（增訂五版）

新譯

古文觀止

（下）

謝冰瑩　邱燮友
林明波　左松超
應裕康　黃俊郎
傅武光　黃志民
注譯

三民書局

新譯古文觀止 目次

下冊

卷七 六朝唐文

卷八　唐文

卷九　唐宋文

卷一〇　宋文

卷一一　宋文

卷一二　明文

卷七 六朝唐文

李 密

李密（西元二二四～？年），字令伯，犍為郡武陽縣（今四川彭山縣東）人。父早逝，母再嫁，由祖母劉氏撫育成人。好學而有才辯，以孝事祖母聞名鄉里。蜀漢後主時為尚書郎，數度出使東吳，以口才出眾，深得孫權的讚揚。蜀漢亡後，晉武帝泰始三年（西元二六七年）徵為太子洗馬。李密以祖母年老多病，無人奉養，上表懇辭。武帝深受感動，賜奴婢二人，又令地方供其祖母生活所需，助其終養祖母。及其祖母去世，服喪期滿，仍以洗馬徵至洛陽（今河南洛陽），後官至漢中（治所在今陝西漢中）太守。今存作品唯〈陳情表〉一篇。

陳情表

【題　解】本文選自《昭明文選》，篇名原作〈陳情事表〉。表，古代人臣向君王進言陳述的文書。主旨在陳述無法應朝廷徵召的理由，是由於撫育自己長大成人的祖母年邁多病，無人奉養，因此不敢遠離，並非自矜名節，另有企圖。

臣密言：臣以險釁❶，夙遭閔凶❷。生孩六月，慈父見背❸；行年❹四歲，舅奪母志❺。祖母劉愍❻臣孤弱，躬親撫養。臣少多疾病，九歲不行；零丁❼孤苦，至于成立。既無伯叔，終鮮❽兄弟；門衰祚薄❾，晚有兒息❿。外無朞功強近之親⓫，內無應門五尺之僮⓬。煢煢⓭獨立，形影相弔⓮。而劉夙嬰⓯疾病，常在牀蓐⓰；臣侍湯藥，未曾廢離。

逮奉聖朝⓱，沐浴清化⓲。前太守臣逵⓳察⓴臣孝廉㉑，後刺史臣榮㉒舉臣秀才㉓，臣以供養無主，辭不赴命㉔。詔書特下，拜臣郎中㉕；尋㉖蒙國恩，除臣洗馬㉗。猥㉘以微賤，當侍東宮㉙，非臣隕首㉚所能上報。臣具以表聞㉛，辭不就職。詔書切峻㉜，責臣逋慢㉝。郡縣逼迫，催臣上道；州司㉞臨門，急於星火㉟。臣欲奉詔奔馳，則劉病日篤㊱；欲苟順私情，則告訴㊲不許。臣之進退，實為狼狽㊳。

伏惟聖朝以孝治天下，凡在㊴故老，猶蒙矜育㊵，況臣孤苦，特為尤甚。且臣少仕偽朝㊶，歷職郎署㊷，本圖宦達㊸，不矜㊹名節。今臣亡國賤俘㊺，至微至陋，過蒙拔擢，寵命優渥㊻，豈敢盤桓㊼，有所希冀？但以劉日薄西山㊽，氣息奄奄㊾，人命危淺㊿，朝不慮夕。臣無祖母無以至今日，祖母無臣無以終餘年，母孫二人更相為命(51)，是以區區(52)不能廢遠(53)。臣密今年四十有四，祖母劉今年九十有六，是臣盡節於陛下之日長，報養劉之日短也。烏鳥私情㊹，願乞終養。

臣之辛苦，非獨蜀之人士及二州牧伯㊺所見明知，皇天后土㊻，實所共鑒㊼。

願陛下矜愍愚誠，聽臣微志，庶劉僥倖，保卒餘年，臣生當隕首，死當結草㊽。

臣不勝犬馬㊾怖懼之情，謹拜表㊿以聞。

【注釋】❶險釁　指命運惡劣。險，惡劣。釁，徵兆。❷夙遭閔凶　早遭災禍。指父死母去。夙，早。閔凶，憂患、凶禍。❸慈父見背　慈父棄我而去。指父親死亡。背，離開。❹行年　已經歷的年歲。即年齡、年紀。❺舅奪母志　舅奪母親守節之志。指舅父強迫母親改嫁。❻愍　憐惜。❼零丁　孤單危弱的樣子。❽鮮　少。❾門衰祚薄　家道衰落，福分微薄。門，家門。祚，福分。❿兒息　兒子。⓫朞功強近之親　指顯達有力的近親。朞，同「期」。期、功，皆喪服名。期，週年之服。古時為伯叔父母、兄弟等親屬服期服。功分兩種：一為大功服，為期九月，一為小功服，為期五月。古時為堂兄弟等親屬服大功，為堂姪、堂姪孫等親屬服小功。強，強有力。一說：強近之親，指勉強可算是接近的親屬。強，勉強。⓬五尺之僮　指未成年的奴僕。古代尺短，故以五尺代指未成年。⓭煢煢　孤單無依的樣子。⓮相弔　互相安慰。⓯嬰　糾纏。⓰牀蓐　床蓆。蓐，蓆子。⓱聖朝　聖明的朝廷。此處尊稱晉朝。⓲沐浴清化　身受清明的教化。⓳太守臣逵　指犍為郡太守名逵。姓氏不詳。⓴察　選拔。㉑孝廉　古代選舉科目的一種。由各地選拔孝悌廉潔的人給朝廷。始於漢代。㉒刺史臣榮　指益州刺史名榮。姓氏不詳。㉓秀才　古代選舉科目的一種。由各地舉拔才能秀異的人給朝廷。始於漢代。㉔赴命　接受詔命。㉕拜臣郎中　任命臣為郎中。拜，任命。郎中，官名。掌管宿衛侍從等事務。㉖尋　不久；隨即。㉗除臣洗馬　任命臣為洗馬。除，指除舊官、就新職，即改任的意思。洗馬，本作「先馬」，漢時為東宮官屬，因太子出門則前驅而得名，晉以後改掌圖籍。㉘猥　鄙陋。自謙之詞。㉙東宮　指太子。因太子居東宮而得名。㉚隕首　斷頭。指犧牲生命。隕，墜落。㉛聞　上奏。㉜切峻　急切嚴厲。㉝逋慢　逃避任命，傲慢不恭。逋，逃避。慢，怠慢。㉞州司　州官。㉟急於星火　指事情急迫，比流星還要急速。星火，流星下墜時的火光。㊱篤　沉重。㊲告訴　申訴。㊳狼狽　指進退兩難。唐段成式《酉陽雜俎・卷一六・廣動植・毛》：「或言狼狽是兩物，狽前足絕短，每行，常駕于狼腿上，狽失狼則不能動，故世言事乖者稱狼狽。」㊴在　屬。

㊵矜育　憐恤撫養。㊶偽朝　指蜀漢。時蜀漢已亡，故對晉朝自貶如此。㊷歷職郎署　指曾任尚書郎。㊸宦達　仕宦顯達。㊹矜　愛惜。㊺亡國賤俘　亡國的卑賤俘虜。蜀漢先滅於魏，後歸於晉，所以自貶如此。㊻優渥　優厚。渥，厚。㊼盤桓　徘徊；觀望。㊽日薄西山　太陽接近西邊的山。比喻生命將盡。薄，迫近。㊾奄奄　氣息微弱的樣子。㊿危淺　危急迫促。(51)更相為命　相依為命。更相，互相。(52)區區　愛戀。(53)廢遠　捨而遠去。(54)烏鳥私情　如烏鴉反哺的孝養之情。古人傳說烏鴉是一種孝鳥，母烏老了，小烏就會反哺。(55)二州牧伯　指益州刺史榮及犍為郡太守逵。牧伯，州郡長官的尊稱。(56)皇天后土　指天地神明。(57)鑒　明察。(58)結草　死後報恩。春秋時代，晉國魏武子有一愛妾，無子，魏武子病，對大兒子魏顆說：「我死後，讓她改嫁。」後病危，又說：「我死後，一定要教她殉葬。」魏武子死，魏顆讓她改嫁，後來魏顆帶兵和秦將杜回作戰，正在危急時，突見一老人用草打成的結把杜回絆倒在地，於是俘虜了杜回，當夜，魏顆夢見老人自稱愛妾的父親，特來結草報恩。見《左傳・宣公十五年》。(59)犬馬　臣民對君主的自謙詞。(60)拜表　上表。古時人臣的章表，都須先拜而後上，故云。

【語　譯】臣李密上言：臣命運惡劣，從小就遭遇災禍。出生才六個月，慈父就去世了；到了四歲，舅父又強迫母親改嫁。祖母劉氏可憐臣孤苦弱小，便親自撫養。臣小時候常生病，九歲還不會走路；孤單困苦，直到成人。既沒有叔伯，也沒有兄弟；家門衰微，福分淺薄，很遲才有兒子。外面沒有顯達有力的近親，家裡沒有看門聽差的僮僕。孤獨無依，只有形影相伴，互相安慰。而劉氏早就疾病纏身，常常躺在床上；臣侍奉湯藥，不曾離開。

到了聖朝，臣身受清明的教化。先是太守臣逵選拔臣為孝廉，後來刺史臣榮又推薦臣為秀才，臣都因為祖母無人奉養，辭謝而沒有應命。陛下特別再頒詔書，任命臣為郎中；不久又蒙受國恩，改任臣為太子洗馬。像臣這樣卑賤的人，竟然能去侍候太子，只怕犧牲生命也無法報答。臣將實情全都上奏，辭謝不敢就職。現在詔書急切嚴厲，責備臣規避、傲慢。郡縣裡來人逼迫，催臣起程；州官登門敦促，簡直比流星還急。臣想遵從詔令，趕快前往，可是劉氏的病一天比一天沉重；想暫且順著私情，申訴又不許可。臣的進退，實在兩難。

臣私自在想，聖朝以孝道治理天下，凡是前朝遺老，尚且蒙受撫恤照顧，何況臣的孤苦，情況更是嚴重。而且臣年輕時曾做蜀漢的官，任尚書郎，本來也想做官顯達，並不愛惜名節。如今臣是個亡國的俘虜，極為低賤鄙陋，承蒙聖上過分提拔，恩寵優厚，豈敢觀望不前，另有企圖呢？只因劉氏已如逼近西山的夕陽，氣息微弱，生命垂危，朝不保夕。臣沒有祖母不能活到今天，祖母沒有臣無法安度餘年。祖孫二人相依為命，所以不忍丟下她而遠去。臣密今年四十四歲，祖母劉氏今年九十六歲，這樣看來，臣效忠陛下的日子還很長，報答劉氏的日子卻很短了。臣懷著像烏鴉反哺的私情，懇請恩准終養祖母的心願。

臣的艱辛處境，不但蜀地人士及梁、益二州的長官知道得很清楚，就連天地神明也看得很明白。希望陛下憐憫臣的這番誠心，成全臣這點小小的心願，使劉氏得以僥倖安度餘年，那麼臣有生之年定當捨命效忠，死後也必報答大恩。臣滿懷犬馬惶恐的心情，恭敬地上表奏報。

【研　析】本文可分四段。首段追敘自幼孤苦而與祖母相依為命之情狀。二段言其蒙朝廷多次徵召而進退兩難的處境。三段進一步闡明祖孫更相為命的關係，委婉地解釋自己並非由於顧慮名節才辭不赴命。末段懇請晉武帝應允其終養祖母之願。

李密是一個「少仕偽朝」的降臣，其忠誠本來就受到新朝的質疑，他「辭不赴命」，以致招來「詔書切峻」的責備，自是勢所必然，而其處境之尷尬，亦不言可喻。因此，當他實欲盡孝又恐蒙不忠之疑時，如何以雅正的道理委婉地感悟君心，就成為陳情成敗的關鍵。

魏、晉兩朝開國之君，皆以篡逆得天下，於德於理俱虧，是以政策上並不刻意強調忠君的觀念，轉而提倡孝道作為立國精神，這不僅是魏、晉名教之治的背景，更是李密〈陳情表〉所以成功的根本原因。在寫作方式上，李密一方面說自己「本圖宦達，不矜名節」，對朝廷的拔擢深感榮寵，以化解當局的疑慮；另方面則環繞「孝」字大作文章，嘗試在符合朝廷獎掖名教的前提下兼顧私情；至於情感之真摯、行文之流暢婉轉，其實只是達成目的的必要條件而非充分條件。

李密洞悉西晉政權以「孝」作為最高的立國價值觀，故而針對晉武帝的這層心理，極力鋪寫自己和祖母的孤弱之苦，一口咬定晉武帝實為自己能否克盡孝道的關鍵。於是，自己對祖母的孝養之情便與「詔書切峻，責臣逋慢」的狼狽之狀形成矛盾，從而揭露了「聖朝以孝治天下」背後責令移孝作忠的無所適從。《華陽國志》記載晉武帝覽表後的反應是「嘉勉其誠款，賜奴婢二人，下郡縣供養其祖母奉膳」，無論他是真心矜愍其誠而予以嘉勉，抑或裝模作樣，李密的陳情表都已確實達到「對揚王庭，昭明心曲」（《文心雕龍·章表》）的效果了。

此外，值得注意的是，李密在文中大量運用否定詞（不、無），刻意營造出一種孤苦的印象：舉凡世所不堪之煢獨、病弱與狼狽，俱集於祖、孫之身；而聖朝清明之教澤，乃無一及己。陳情的訣竅本來不在逼人就範，而恰在欲擒故縱的分寸掌握；李密為盡孝道，技巧地運用否定詞自我解消，使晉武帝愍然俯允其請，可謂善於屬文。

王羲之

王羲之（西元三〇三～三六一年），字逸少，晉瑯琊臨沂（今山東費縣）人。生長官宦世家，年少時即以聰慧博學而享盛名。歷官江州刺史、右軍將軍、會稽內史等職，世稱王右軍。年五十三，歸隱林泉。遍遊名山勝水，結交方外之士，逍遙自適。長於書法，楷、行、草書皆能博採眾長，自成一家，有「書聖」的美譽。文章直抒胸臆，疏朗簡淨。有《王右軍集》。

蘭亭集序

【題解】本文選自《晉書・王羲之列傳》，篇名據文意而訂。序，古代的一種文體（參見〈太史公自序〉題解），本文屬「詩序」。東晉穆帝永和九年（西元三五三年）三月三日，王羲之與謝安、孫綽、李充及支遁等文士名流共四十二人，會集蘭亭（在今浙江紹興西南），舉行春禊，飲酒賦詩，以抒雅懷，並由王羲之作此文，記敘蘭亭雅集的盛況，並抒發一己的感慨。

永和九年，歲在癸丑，暮春之初❶，會於會稽山陰❷之蘭亭，修禊事❸也。群賢畢至，少長咸集。此地有崇山峻嶺，茂林修竹❹，又有清流激湍❺，映帶左右❻。引以為流觴曲水❼，列坐其次。雖無絲竹管絃之盛，一觴一詠，亦足以暢敘幽情❽。

是日也，天朗氣清，惠風⑨和暢。仰觀宇宙⑩之大，俯察品類⑪之盛，所以游目騁懷⑫，足以極視聽之娛，信⑬可樂也。

夫人之相與，俯仰⑭一世，或取諸懷抱，晤言⑮一室之內；或因寄所託⑯，放浪形骸之外⑰。雖趣舍⑱萬殊，靜躁⑲不同，當其欣於所遇，暫得於己，快然自足，不知老之將至⑳。及其所之㉑既倦，情隨事遷，感慨係㉒之矣。向之所欣，俛仰㉓之間，已為陳跡，猶不能不以之興懷㉔。況修短隨化㉕，終期於盡㉖。古人云：「死生亦大矣㉗。」豈不痛哉？

每覽昔人興感之由，若合一契㉘，未嘗不臨文嗟悼㉙，不能喻㉚之於懷。固知一死生為虛誕㉛，齊彭殤為妄作㉜。後之視今，亦猶今之視昔，悲夫！故列敘時人，錄其所述。雖世殊事異，所以興懷，其致㉝一也。後之覽者，亦將有感於斯文。

【注釋】❶暮春之初　農曆三月初。❷會稽山陰　會稽郡山陰縣。晉會稽郡轄有今浙江紹興、蕭山、諸暨、嵊、上虞、餘姚、慈谿、鄞等縣地。山陰，會稽郡屬縣，也是郡治，今併入紹興市。❸修禊事　舉行禊禮。修，舉行。禊，祭祀名。古人於春秋二季到河邊洗濯沖沐，以去除汙穢不祥，在三月上巳（第一個巳日）舉行的稱春禊，七月十四日舉行的稱秋禊，曹魏以後，春禊訂為三月三日。❹修竹　修長的竹子。❺激湍　急流。❻映帶左右　在附近互相映襯。映帶，景物相互映襯。左右，指附近。❼流觴曲水　浮流酒杯的小水渠。流觴，將酒杯放置在環曲的水面上，任其漂流，酒杯止於何處，就由坐在其旁的人取飲。曲水，引水環曲為小渠。❽幽情　幽深的情懷。❾惠風　溫和的風。❿宇宙　世界。上下四方叫宇，即空間，往古來今叫宙，即時間。⓫品類　指萬物。品，眾多。⓬游目騁懷　觀賞景物，舒暢胸懷。⓭信　的確；實在。⓮俯仰　周旋；應對。⓯晤言　相對談論。⓰因寄所託　隨所遇而寄託情懷。因，依隨。⓱放浪形骸之外　謂行為不受禮俗所拘束。放浪，放蕩無檢束。形骸，身軀。⓲趣舍　取捨。趣，通「取」。⓳靜躁　靜與動。靜，指「晤言一室之內」。躁，指「放浪形骸之外」。⓴不知老之將至　不知老年將要來臨。語出《論語・述而》。㉑之　往；追求。㉒係　接連；繼續。㉓俛仰　一俯一仰。形容時間短暫。俛，通「俯」。㉔興懷　引發感觸。㉕修短隨化　壽命的長短，隨造化的安排。修，長。㉖終期於盡　終必走到盡頭。㉗死生亦大矣　死生實在是大事。語出《莊子・德充符》。亦，總；皆。㉘若合一契　如兩契相合一般。形容完全相合。古人刻木為契，各執其半，履行契約之前，先審視兩契是否相合。故形容兩相一致為契合。㉙嗟悼　歎息悲傷。㉚喻　明白；寬解。㉛一死生為虛誕　將死生看成一樣的說法是虛妄荒誕的。「一死生」為莊子的學說，見《莊子・齊物論》。虛誕，大言不實。㉜齊彭殤為妄作　把長壽的人和短命的人看成沒有分別的說法是胡言亂語。「齊彭殤」為莊子的學說，見《莊子・齊物論》。彭，指彭祖，古代長壽的人，相傳活到八百歲。殤，未成年而死的人。此指短命。妄作，虛妄不實。㉝致　原因。

【語　譯】永和九年癸丑歲的三月初，大家聚集在會稽郡山陰縣的蘭亭，舉行禊禮。許多賢達都到了，有老有少。這裡有高山峻嶺、茂密的樹林、修長的竹子，又有清溪急流，與附近的景物互相映襯。我們引來溪水形成環曲的小渠，讓酒杯順水漂流，大家列坐在曲水旁。雖然沒有絲竹管絃的盛況，但是喝一杯酒、吟一首詩，也足以暢快地抒發幽深的情懷。

這一天，天色晴朗，空氣清新，溫風和暢。抬頭看到的是宇宙的浩瀚，低頭看到的是萬物的繁盛，縱目觀賞、舒暢胸懷，足以極盡耳目享受，實在是快樂啊！

人在一生中，與他人相處時，有人喜歡傾訴懷抱，和朋友在屋裡談心；有人隨所遇而寄託情懷，放縱情性。雖然取捨千差萬別，動靜各不相同，但當他們對遇到的事物感到欣喜，即使只是暫時的自得其樂，也會快意滿足，甚至於忘了老年即將到來呢。當他們厭倦了自己所追求的，心情隨著世事改變，感慨便跟著來了。

以前喜愛的，轉眼間已成為過去，還會因此感慨不已。何況生命的長短隨造化的安排，最後都會結束。古人說：「死生是大事啊。」豈不令人痛心嗎？

每次探究古人感慨的原因，幾乎彼此都是契合的，面對那些詩文總會使我歎息悲傷，無法釋懷。這才知道將死生看成一樣，根本是虛誕的理論，而將長壽與短命看成相同，更是胡言亂語。後世人看現代的人，也像現代人看古人一樣，真是可悲啊！所以我列敘今天聚會的人，將他們的詩收錄在一起，雖然時代不同，事情有差異，但詩人感懷的原因還是一樣的。後代讀這篇文章的人，也會有所感慨吧。

【研　析】本文可分四段。首段交代時間、地點，記敘蘭亭聚會的人物之盛與景致之美。二段寫清爽宜人之天時，增添與會人士之樂趣。三段承上文之「樂」轉入個人感慨，對人生之無常感到無奈。末段交代作序之緣由。晚唐詩人杜牧對晉人風度頗為欣賞，有詩謂「大抵南朝多曠達，可憐東晉最風流」，後句用來評價蘭亭雅集也很貼切。

《世說新語》載晉人以〈蘭亭集序〉媲美石崇的〈金谷園詩序〉，王羲之亦頗為自喜。這種集會賦詩的風氣在當時被視為名士風流的表徵，是建安以來逐漸形成的文化現象，可視為文人群體意識興起的標記。值得注意的是「流觴曲水」的園林設計，不僅為靜態的自然景觀注入流通性，同時是人際交往的媒介。藉由這項活動，個體一方面在「一觴一詠」之中「快然自足」，而得以加入社群；另方面則從意識到自我，重新與自然融合。這正是本文前半段「樂」之所在。

東漢末年以來，紛至沓來的天災人禍早已將人心攪得惶惑不安，作為社會中堅的知識分子，莫不在彷徨踟躕中咀嚼那股身不由己的蒼涼悲感。如果說建安文人還普遍懷有報國殉名的慷慨激情和希望，東晉的士大夫恐怕連這點企圖和期盼都幻滅了。世局的飄搖使得多數人只能在遊山玩水中及時行樂，看似瀟灑風流，實未忘懷得失去就之累而感慨興懷，乃至以悲為美。未能超脫死生，故云「豈不痛哉」；驚懼時光飛逝而身名俱滅，遂歎言「悲夫」。死亡是人生最大的限制，也是痛悲之所從來，而〈蘭亭集序〉乃至整個魏、晉、南北朝士人所思考的，其實不外是如何在此一大限之下尋求精神的安頓。因此，無論臨觴賦詩也好，寄情山水也罷，或圍坐清談，以至放浪形骸，都不過是在追尋自我存在的意義和價值。他們雖重個體心靈之解放，卻又難以忘情人事，故而始終陷於自我矛盾的痛苦。大概要到了陶淵明的晚期作品，才有真正的曠達吧！

陶淵明

陶淵明（西元三六五～四二七年），一名潛，字元亮。潯陽柴桑（今江西九江）人。曾祖父陶侃，官至大司馬，封長沙郡公；祖父陶茂，官武昌太守；父陶逸，官安城太守。至陶淵明時，家道已中落。年輕時有建功立業的大志，但幾度出仕，只做過祭酒、參軍等地方上幕僚性質的小官，聊以餬口而已。四十一歲自辭彭澤（今江西湖口東）縣令之後，即不再出仕，躬耕以終。其人格高潔，個性率真自然，喜讀書而不慕榮利，為中國最有名的田園詩人。著有《陶淵明集》。

歸去來辭

【題解】本文選自《陶淵明集》。東晉安帝義熙元年（西元四〇五年），陶淵明決意辭去任職僅八十餘天的彭澤令而歸隱，行前作此文以明志。一方面預想歸後的自在生活和生命安頓，一方面宣示脫離官場，樂天安命以終其餘生的決心。本文之前原有序，此處未收。序文說明為飢寒而出仕，但質性自然，無法適應官場的虛矯，故決然辭官。

歸去來兮❶，田園將蕪胡❷不歸？既自以心為形役❸，奚惆悵而獨悲？悟已往之不諫❹，知來者之可追❺，實迷途其未遠，覺今是而昨非。

舟搖搖❻以輕颺❼，風飄飄而吹衣，問征夫❽以前路，恨晨光之熹微❾。乃瞻衡宇❿，載欣載奔⓫。僮僕歡迎，稚子候門。三徑就荒⓬，松菊猶存。攜幼入室，有酒盈罇⓭。引壺觴以自酌，眄⓮庭柯⓯以怡顏⓰。倚南窗以寄傲，審⓱容膝⓲之易安⓳。園日涉⓴以成趣，門雖設而常關。策扶老㉑以流憩㉒，時矯首㉓而遐觀㉔。雲無心以出岫㉕，鳥倦飛而知還。景翳翳㉖以將入，撫孤松而盤桓㉗。

歸去來兮，請息交以絕游。世與我而相違，復駕言㉘兮焉求？悅親戚之情話㉙，樂琴書以消憂。農人告余以春及，將有事乎西疇㉚。或命巾車㉛，或棹㉜孤舟，既窈窕㉝以尋㉞壑，亦崎嶇而經丘。木欣欣以向榮，泉涓涓㉟而始流。善㊱萬物之得時，感吾生之行休㊲。

已矣乎！寓形宇內㊳復幾時？曷不委心任去留㊴，胡為遑遑㊵欲何之？富貴非吾願，帝鄉㊶不可期㊷。懷㊸良辰以孤往，或植杖而耘耔㊹。登東皋以舒嘯㊺，臨清流而賦詩。聊乘化㊻以歸盡，樂夫天命復奚疑？

【注釋】❶歸去來兮　歸去吧。來、兮，皆助詞。❷胡　何。❸心為形役　心志被形體所役使。此言為飢寒所驅使，違背本性而出仕。❹諫　改正；挽回。❺追　補救。❻搖搖　搖晃的樣子。❼颺　搖蕩。❽征夫　行人。❾熹微　微明。熹，通「熙」。光明。❿衡宇　橫木為門的簡陋屋舍。衡，橫木為門。宇，屋邊。⓫載欣載奔　高興地向前奔跑。載，且；乃。「載

「……載……」的句式，通常表示動作是同時、交叉或連續進行。⓬三徑就荒　園中小徑漸趨荒蕪。三徑，三條小路。相傳西漢末年袞州刺史蔣詡避亂隱居，在家園裡特開三徑，與隱士求仲、羊仲兩人來往遊息。見《三輔決錄》。後用以代指隱士的居所。就，接近。⓭罇　酒器。⓮眄　看。⓯柯　樹枝。此指樹。⓰怡顏　喜悅的神色。⓱審　知悉。⓲容膝　僅能容納雙膝。形容居處狹小。⓳易安　和悅安樂。易，悅。⓴涉　至。㉑策扶老　拿著手杖。策，執持。扶老，手杖的別稱。㉒流憩　隨處行走憩息。㉓矯首　抬頭。㉔遐觀　遠望。遐，遠。㉕岫　山谷；山洞。㉖景翳翳　日光逐漸暗淡。景，日光。㉗盤桓　徘徊。㉘駕言　出遊。此指出門營求功名利祿。《詩經・邶風・泉水》：「駕言出遊。」這裡使用「藏尾」的修辭格。言，語助詞。無義。㉙情話　真心話。情，真實。㉚有事乎西疇　在西邊的田裡耕作。事，指耕作之事。疇，泛指田地。㉛巾車　有帷幔的車子。㉜棹　船槳。此用為動詞。划。㉝窈窕　幽深曲折的樣子。㉞尋　沿著。㉟涓涓　水細流不絕的樣子。㊱善　羨慕。㊲行休　行止。㊳寓形宇內　寄身於天地間。形，形體。㊴委心任去留　隨心所欲，以定行止。委心，聽任本心。去留，行止。㊵遑遑　匆促不安的樣子。㊶帝鄉　仙境；仙鄉。㊷期　求。㊸懷　希望。㊹植杖而耘耔　把手杖插在地裡，用手除草培苗。植，立。耘，除草。耔，培土。㊺登東皐以舒嘯　登上東邊的高地放懷長嘯。皐，高地。舒，縱放。㊻乘化　順應自然的變化。

【語　譯】回去吧！田園將要荒蕪為什麼還不回去呢？既然已讓形體役使了心志，為什麼還要獨自懊悔、悲傷？我覺悟過去的已無法挽回，也確知未來的還可以補救，幸好迷途還不太遠，就覺察到今日的正確和從前的錯誤。

船輕快地搖晃前進，風飄飄地吹拂衣裳，向行人探詢前面的路程，只恨那晨光的微弱。終於望見了家門，欣喜若狂地向前奔跑。僮僕出來歡迎，幼兒等在門口。庭院中的小徑已快荒蕪，松樹和菊花則依然如昔。牽著幼兒走進屋內，酒罈中有滿滿的酒。拿起酒壺、酒杯自斟自飲，望著院子裡的樹木，不覺神色怡然。靠著南窗，心中頗為自傲，我確知這屋子雖狹小，卻能和悅安樂。每天到園裡走走，領略其中的樂趣；大門雖有，卻經常關著。拄著拐杖隨處流連，偶爾抬頭眺望遠處。白雲無意，浮出山谷；鳥兒倦飛，知道回巢。夕陽漸漸昏暗，即將下山，我還撫著孤松，徘徊不去。

回去吧！就讓我和世俗斷絕往來。世俗和我互相違背，我還出去追求什麼呢？親戚間的真心話，能使我心情愉快；彈琴、讀書，可排遣我的憂愁。農人告訴我春天已經來了，就要到西邊的田裡工作。這時趕著蓬車，或者划著小船，既可以沿著幽深曲折的澗谷，也可以走過崎嶇不平的山丘。花木正是欣欣向榮，泉水開始涓涓而流。既羨慕萬物能適應時節，也覺悟這一生應該行止自如。

算了吧！寄身天地之間又能有多久？何不隨自己的心意決定行止，為什麼還心神不安地到底想上哪兒去呢？富貴不是我的心願，仙境也不是可求的。只希望趁著良辰獨自出遊，或者把手杖插在田間，用手除草培苗；或者登上東邊的高地，放懷長嘯；或者對著清澄的溪流，吟作詩篇。就這樣順著自然的變化走完人生的旅程吧，一切聽天由命，還有什麼疑慮呢？

【研　析】本文可分四段。首段宣示今日歸去的決心，肯定歸去的正確，並批判昨日出仕的錯誤，預言歸後種種必可補救昨日之非。二段以下，承首段「知來者之可追」，預擬歸後的生活和生命安頓。二段先寫歸途，用船和風的狀態，寫得歸的輕鬆，用問路和埋怨晨光寫急欲到家的心情；次寫到家的欣喜和家人的歡迎；再次寫飲酒自適；最後寫庭園遊憩的自在。三段重複用「歸去來兮」呼告，宣示其脫離官場，息交絕遊，在純樸的人情味，在琴書怡情，在尋幽訪勝之中所能擁有的喜悅和感發。四段以生命短暫，不願富貴，不求仙鄉，只求耕植吟嘯，樂天乘化以終其餘生。

從文字敘述的表面來看，所謂「歸去」，意指由城歸鄉，由官場歸田園，由仕歸隱；但就其內涵來看，實際是從「心為形役」到「委心任去留」的心靈主體性的追尋和回歸。以時間為軸，昨日為飢寒而出仕，是主體受客體（心受形或心受物）的壓力而屈服妥協，這中間時時存在著掙扎和反抗的「惆悵而獨悲」；今日之所以毅然決定歸去，基本上正如序文所說「飢凍雖切，違己交病」，覺悟到心靈主體性的喪失，其痛苦遠甚於一切，所以「曷不委心任去留」就不僅是反詰，而是一種堅定的宣示。當然，文中兩度使用「歸去來兮」的呼告，以及多處反詰的句子，一方面既表示了對「昨非」的質疑，但另一方面也可視為決心雖已下而仍有惆悵存在，才會不斷的質疑，不斷的呼告宣示，以堅定意志，加強行動的力道。作者是一個世家子弟，有心用世而發現時機不對，他的惆悵是合情合理的，可以了解的。

應該特別指出的是陶淵明所要遠離的並非全部的人世間，與他「相違」的人世間只是那位於城市中的官場，他仍珍惜生命、熱愛生活，他仍和田園中的人和物相往來、相溝通。他不願富貴，因為那代表著官場的爭奪，他認為仙鄉不可求，因為它終究太遙遠。他所期待的是一個真實、樸素而自然的生活空間，那是官場所沒有的，因此他要息交絕游、與世相遺——和官場。

桃花源記

【題　解】本文選自《陶淵明集》，本是〈桃花源詩〉的前記。記敘武陵（治所在今湖南常德）漁人捕魚時，無意間進入桃花源，發現了一個安詳和樂、自給自足的美好世界。漁人離去後再度帶人往尋，卻已迷失路徑，無從進入。

晉太元❶中，武陵人，捕魚為業。緣❷溪行，忘路之遠近。忽逢桃花林，夾岸數百步，中無雜樹，芳草鮮美，落英❸繽紛❹。漁人甚異之。復前行，欲窮其林。林盡水源，便得一山。山有小口，髣髴❺若有光。便捨船，從口入。

初極狹，纔❻通人；復行數十步，豁然❼開朗。土地平曠，屋舍儼然❽，有良田、美池、桑、竹之屬❾，阡陌❿交通，雞犬相聞。其中往來種作，男女衣著，悉如外人⑪；黃髮⑫、垂髫⑬，並怡然自樂。見漁人，乃大驚，問所從來。具⑭答之。便要⑮還家，設酒、殺雞、作食。村中聞有此人，咸來問訊⑯。自云先世避秦時亂，率妻子、邑人⑰來此絕境⑱，不復出焉，遂與外人⑲間隔。問今是何世，乃不知有漢，無論魏、晉。此人一一為具言所聞。皆歎惋⑳。餘人各復延㉑至其家，皆出酒食。停數日，辭去。此中人語云：「不足為㉒外人道也。」

既出，得其船，便扶向路㉓，處處誌㉔之。及郡下㉕，詣太守㉖，說如此。太守即遣人隨其往，尋向所誌，遂迷不復得路。南陽㉗劉子驥㉘，高尚士也，聞之，欣然規往㉙。未果㉚，尋㉛病終。後遂無問津㉜者。

【注釋】❶太元　東晉孝武帝年號。西元三七六～三九六年。❷緣　沿著；順著。❸落英　落花。英，花。一說：指初開的花。落，始。❹繽紛　繁多的樣子。❺髣髴　隱隱約約地。❻纔　僅僅。❼豁然　開闊的樣子。❽儼然　整齊的樣子。❾屬　類。❿阡陌　田間小路。南北曰阡，東西曰陌。⓫外人　外地人。此從漁人觀點。⓬黃髮　指老人。老人髮色轉黃，故云。⓭垂髫　指兒童。古時兒童不束髮，頭髮下垂，故云。髫，小兒垂髮。⓮具　通「俱」。全；都。⓯要　通「邀」。邀請。⓰問訊　問候。⓱邑人　同鄉里的人。⓲絕境　跟外界隔絕的地方。⓳外人　外面的人。此從桃花源中人觀點。下文「不足為外人道也」同。⓴惋　驚訝；驚歎。㉑延　邀請。㉒為　對；向。㉓扶向路　沿著先前的路。扶，沿著；順著。向，先前。㉔誌　做標記。㉕郡下　指郡治所在地。㉖詣太守　謁見太守。詣，往見。太守，官名。掌理一郡政事。㉗南陽　晉朝時王國名。在今河南西南。㉘劉子驥　名驎之。為人仁厚，不慕名利，喜遊山玩水。㉙規往　計畫前往。規，計畫。㉚未果　未成。果，成為事實。㉛尋　不久。㉜問津　尋訪。本指打聽渡口所在。後也用以指打聽、請教。津，渡口。

【語　譯】東晉孝武帝太元年間，有一個武陵地方的人，以捕魚為職業。有一天，划船沿著小溪走，忘記走了多少的路徑。忽然遇到一片桃花林，生長在兩岸有好幾百步之長，中間沒有其他雜樹，青草長得茂盛又芬芳，桃花一片片飄落下來。漁人覺得很奇怪。他再往前划，想找到桃林的盡頭。走出桃林，就是溪流的源頭，便看到一座山。山上有個小洞，隱隱約約地好像有亮光。於是下船，從洞口進去。

起初洞口很窄，僅能容納一個人通過；再走幾十步，眼前一片開闊明亮。但見土地平坦寬廣，房屋排列整齊。有肥美的田地、漂亮的水池，以及桑樹、竹子等等，田間的道路彼此相通，還聽到雞啼狗叫的聲音。這裡來來往往耕種、工作的男男女女，他們的穿著都像是外地人；老人和兒童都顯得自在而快樂。這裡的人看到漁人，大吃一驚，問漁人從哪兒來的。漁夫詳細回答了他們。這些人便邀請漁人到家裡作客，擺下酒、殺了雞、準備食物來招待他。村裡的人一聽說來了這麼一個人，都來問候。他們自稱祖先在秦朝時為了躲避戰亂，帶著妻兒和鄉親來到這個與世隔絕的地方，從此再沒有出去，於是便和外界斷絕了往來。他們問現在是什麼朝代，竟然連漢朝都不知道，更不要說魏、晉了。漁人便把他所知道的一一告訴他們。他們聽了都大為驚歎。其他的人又請漁人到家裡，也都擺出酒、飯來款待。漁人停留幾天後，告辭離開。這裡的人叮嚀他說：「不值得向外面的人說啊！」

漁人出來後，找到船，便順著原路回去，並且處處留下記號。回到郡城，謁見太守，報告一切經過。太守立即派人跟他前去，尋找先前所做的記號，竟迷失而找不到舊路了。南陽劉子驥是位高尚的隱士，聽到這件事，很高興地計畫前往，還沒去成，不久便病死了。後來再也沒有人去尋訪了。

【研　析】本文可分三段。首段寫漁人發現桃花源的經過。二段為文章主體，記漁人在桃花源中的所見所聞。末段記漁人既出後帶人再往而不得路徑。

歷來學者，或以為桃花源實有其地，或以為別有寄託，或以為兼含寫實和寓意。歧見的癥結在於文中寫實和想像兩種敘事語言的交錯運用。文章開頭便仿照史傳的方式，明確交代了事件的時間、地點和人物身分，篇末又煞有介事地記載名士劉子驥尋訪不果的軼事，表面是以漁人為敘事焦點的傳記，主體卻落在現實世界之外的桃花源。然而，這個介於虛實之間的樂土是出現於「忘路」和「忽逢」的偶然驚遇，又在「迷不復得路」的悵惘裡倏然隱沒。何以會有這種想像呢？這恐怕必須考慮到陶淵明道家式的語言觀。「路」作為桃花源與外界溝通的管道就如同語言作為思想的載體般，只局限於指示方向的工具性質而落於形跡；聯想陶淵明在〈飲酒〉詩中「此中有真意，欲辯已忘言」的觀點，可知他無疑是傾向於魏、晉玄學中的「言不盡意」論，而其何以必須「忘路」才能「忽逢」，何以雖「扶向路，處處誌之」卻反而「迷不復得路」，也就不難理解了。

〈桃花源記〉其實象徵陶淵明追求心靈安頓的努力，類似的語言風格在〈歸去來辭〉中也能找到，文章寫在歸家之前，文中卻透過想像描寫許多歸後的情景，將想像當作親身經歷來敘述，從而表現一「追尋」之母題。這種風格，一方面是時間界限的抹除，如本文中的「乃不知有漢，無論魏、晉」和〈歸去來辭〉對春景、躬耕生活的憧憬；另方面則是向自我的回歸。本文雖曰「來此絕境」而「與外人間隔」，但其中卻仍「阡陌交通」而人人「怡然自樂」，實不若老子「民至老死不相往來」的孤絕；〈歸去來辭〉中的「園日涉以成趣，門雖設而常關」也不代表完全的自我封閉，而是安享自身的輕鬆。

五柳先生傳

【題　解】本文選自《陶淵明集》。記敘五柳先生的性格、志趣。文中的五柳先生，其為人安貧樂道、澹泊名利、忘懷得失。《宋書・隱逸傳》認為這篇文章是陶淵明的「自況」，亦即託名五柳先生，其實是用來自比。

先生不知何許❶人也，亦不詳其姓字，宅邊有五柳樹，因以為號焉。閑靜少言，不慕榮利❷。好讀書，不求甚解❸，每有會意❹，便欣然忘食。性嗜酒，家貧不能常得。親舊知其如此，或置酒而招之。造❺飲輒盡，期在必醉。既醉而退，曾不吝情❻去留。環堵蕭然❼，不蔽風日；短褐穿結❽，簞瓢❾屢空，晏如❿也。常著文章自娛，頗示己志。忘懷得失，以此自終。

贊曰：黔婁⓫之妻有言：「不戚戚⓬於貧賤，不汲汲⓭於富貴。」其言茲若人之儔⓮乎？銜觴賦詩，以樂其志。無懷氏⓯之民歟？葛天氏⓰之民歟？

【注　釋】❶何許　何地；何處。許，處所。❷榮利　名利。❸不求甚解　謂讀書但通大意，不求過度艱深的解釋。❹會意　心有領會。❺造　到。❻吝情　心有不捨。❼環堵蕭然　四壁空空地。環堵，屋子的四壁。蕭然，冷清空洞的樣子。❽短褐穿結　粗布短衣，破破爛爛的。穿，破洞。結，補綻。❾簞瓢　皆飲食器具。簞，盛飯之竹器。瓢，剖瓠為之，用以挹水之具。❿晏如　安然平靜的樣子。⓫黔婁　齊國隱士。魯恭公聞其賢，賜粟三千鍾，辭不受，著書四篇，號黔婁子。⓬戚戚　憂慮的樣子。⓭汲汲　迫切追求的樣子。⓮儔　類。⓯無懷氏　上古之帝號。宋羅泌《路史・禪通記》說無懷氏之民，「甘其食，樂其俗，安其居而重其生意，形有動作，心無好惡，老死不相往來」。⓰葛天氏　上古之帝號。《路史・禪通記》：「其為治也，不言而自信，不化而自行。」

【語　譯】先生不知道是什麼地方的人，也不清楚他的姓名字號，他屋邊有五棵柳樹，因此就叫五柳先生。先生安閑沉靜，很少說話，不羨慕名利。喜歡讀書，但求通達大意而已，每當有所領會，便高興得忘記了吃飯。生性喜歡喝酒，可是家裡貧窮不能常常得到酒。親戚故舊知道他有這個嗜好，有時會備酒請他。他到了便盡情暢飲，必定喝醉才停。醉了就告辭，不會捨不得離去。他的屋子四壁空空，遮蔽不了風吹日曬，穿的是補過的粗布短衣，經常缺吃少喝的，可是先生卻安然自得。常寫些文章自己欣賞，很能夠顯示自己的志向。不把得失放在心上，他就這樣地過了一生。

贊說：黔婁的妻子說黔婁：「不憂慮貧賤，不急求富貴。」這兩句話，說的就是像五柳先生這一類人吧！飲酒作詩，來愉悅自己的心志，是無懷氏的百姓呢？還是葛天氏的百姓呢？

【研　析】本文包含傳和贊兩個部分。就其淵源而言，乃是魏、晉以來「高士傳」的傳統；就其目的而言，根據沈約在《宋書‧隱逸傳》的記載，是將此文視為淵明少年時期的「自序」，他因此被「起為州祭酒」，故可當作一篇「自薦文學」來閱讀。

全文亦步亦趨地模仿史傳的格式，從籍貫、字號、性格、學歷、人際關係、經濟狀況、著作、死亡、贊曰，無不加以複製，然而讀者若將之視為史傳，則所得到的卻是期待的落空。這種模糊的修辭風格，來自「不」字的大量運用。他以「不知何許人」否定地望的顯赫，以「不詳其姓字」否定門第的高貴，以「不慕榮利」否定官爵的矜誇，以「不求甚解」否定理解作者原意的可能，以「家貧不能常得」和「曾不吝情去留」、「不蔽風日」否定資財之殷實與對身外之物的眷戀，甚至連五柳先生是何朝何代之人（無懷氏之民歟？葛天氏之民歟？）都不知道。名曰為五柳先生立傳，卻無處不以反語出之，這豈不是件奇怪的事？

然而，這篇文章的魅力，卻正在於這種正常意義的顛覆。陶淵明似乎在名字、讀書、飲酒、貧窮和文章五方面分別樹立起一個二元對立的等級體系，而下文又往往是前文的否定，例如在名號方面，上文謂「不知何許人也，亦不詳其姓字」，後文卻說「宅邊有五柳樹，因以為號焉」，於是「五柳先生」就成了「無名之名」，既有稱謂，卻又是個無名氏，因而形成一種不斷自我解消的敘事風格。

題目的「柳」也具有文化史上的意義，和死亡有著密切的關係（如「翣柳之材」指棺木，「柳車」即靈車），正文謂其「以此自終」，亦將「五柳先生」視為死人，且透過「贊」來「蓋棺論定」，皆可提供這方面的旁證。

因此，〈五柳先生傳〉並不僅在於塑造高士的形象以自況，其深層意涵，乃在於曲折地傳達了陶淵明對世俗名教的反感。

孔稚珪

孔稚珪（西元四四七～五〇一年），字德璋，南朝山陰（今浙江紹興）人。少有文采，辭章清拔。南朝宋時曾官尚書殿中郎，齊高帝時任記室參軍，後官至太子詹事，加散騎常侍。追贈金紫光祿大夫。有《孔詹事集》輯本一卷。

北山移文

【題解】 本文選自《昭明文選》。北山，鍾山。在今江蘇南京北。移文，古代的一種公文書，與檄文頗類似，多用於曉諭或斥責。文中假託北山之神，移文痛斥周顒貪慕富貴，隱居不終，拒絕周顒路過。周顒在《南齊書》中有傳，其一生仕宦不絕，並無先隱後仕之事，雖在北山建有屋舍，然一如別墅，為休假時閒居之所。故本文實僅以周顒為標靶，旨在撻伐當世之假隱士而已。

鍾山之英❶，草堂之靈❷，馳煙驛路，勒移山庭❸。

夫以耿介拔俗之標❹，瀟灑出塵❺之想，度白雪以方絜，干青雲而直上❻，吾方❼知之矣。若其亭亭❽物表❾，皎皎❿霞外；芥千金而不盼⓫，屣萬乘其如脫⓬；

聞鳳吹於洛浦⑬，值薪歌於延瀨⑭，固亦有焉。豈期終始參差⑮，蒼黃翻覆⑯，淚翟子之悲，慟朱公之哭⑰；乍迴跡⑱以心染，或先貞而後黷⑲，何其謬哉！嗚呼！尚生⑳不存，仲氏㉑既往，山阿㉒寂寥，千載誰賞？

世有周子㉓，儁俗㉔之士，既文既博，亦玄㉕亦史。然而學遁東魯㉖，習隱南郭㉗；偶吹㉘草堂，濫巾㉙北岳；誘我松桂，欺我雲壑。雖假容㉚於江皋㉛，乃纓情㉜於好爵㉝。

其始至也，將欲排巢父，拉許由㉞，傲百氏㉟，蔑王侯。風情張日，霜氣橫秋㊱。或歎幽人㊲長往，或怨王孫㊳不游。談空空於釋部，覈玄玄於道流㊴。務光㊵何足比，涓子不能儔㊶。

及其鳴騶㊷入谷，鶴書㊸赴隴㊹，形馳魄散，志變神動。爾乃眉軒㊺席次，袂㊻聳筵上；焚芰製而裂荷衣，抗塵容而走俗狀㊼。風雲悽其帶憤，石泉咽而下愴。望林巒而有失，顧草木而如喪。

至其紐金章，綰墨綬㊽，跨屬城之雄㊾，冠百里㊿之首，張英風(51)於海甸(52)，馳妙譽於浙右(53)。道帙(54)長擯，法筵(55)久埋。敲扑(56)諠囂(57)犯其慮，牒訴(58)倥傯(59)裝其懷。琴歌既斷，酒賦無續。常綢繆於結課(60)，每紛綸於折獄(61)。籠張、趙於往圖[62]，架卓、魯於前籙[63]。希蹤三輔豪[64]，馳聲九州牧[65]。使我高霞孤映，明月獨舉；青松落蔭，白雲誰侶？澗戶[66]摧絕無與歸，石逕荒涼徒延佇[67]。至於還飆[68]入幕，寫[69]霧出楹[70]，蕙帳[71]空兮夜鶴怨，山人去兮曉猿驚。昔聞投簪逸海岸[72]，今見解蘭縛塵纓[73]。

於是南嶽獻嘲，北隴騰笑，列壑爭譏，攢峰竦誚[74]。慨遊子[75]之我欺，悲無人以赴弔。故其林慚無盡，澗愧不歇，秋桂遣風，春蘿罷月[76]。騁西山之逸議[77]，馳東皋之素謁[78]。

今又促裝下邑，浪栧上京[79]。雖情投於魏闕[80]，或假步[81]於山扃[82]。豈可使芳杜[83]厚顏，薜荔[84]蒙恥，碧嶺再辱，丹崖重滓[85]，塵游躅於蕙路[86]，汙淥池以洗耳[87]？宜扃岫幌[88]，掩雲關[89]，斂輕霧，藏鳴湍，截來轅於谷口，杜妄轡於郊端[90]。於是叢條瞋膽，疊穎怒魄[91]，或飛柯以折輪[92]，乍低枝而掃迹[93]。請迴俗士駕，為君[94]謝逋[95]客。

【注釋】❶鍾山之英　鍾山之神。英，精靈；神靈。❷草堂之靈　草堂寺之神靈。草堂，寺名。為周顒所建，在鍾山上。梁簡文帝《草堂傳》：「汝南周顒昔經在蜀，以蜀草堂寺林壑可懷，乃於鍾嶺雷次宗學館立寺，因名草堂。」靈，神。❸馳煙驛路二句　駕著雲霧奔馳於驛路，刻此移文於山庭。驛路，供驛馬車通行的大路。勒，刻。移，移文。官文書之一種。庭，堂階前空地。此引申指山之空曠處。❹耿介拔俗之標　光明正大、超越凡俗的氣度。標，風範；氣度。❺瀟灑出塵　灑脫不拘，超出塵世。❻度白雪以方絜二句　品行廉潔，可與白雪相比擬，志向高遠，直可上觸青雲。度，衡量比較。方，比擬。絜，通「潔」。干，觸。❼方　正是。❽亭亭　高聳的樣子。❾物表　物外；世外。❿皎皎　潔白的樣子。⓫芥千金而不盼　視千金如草芥而不屑一顧。芥，草。此用為動詞。盼，看。⓬屣萬乘其如脫　視棄帝位如脫草鞋。屣，草鞋。萬乘，兵車萬輛。此指帝位。⓭聞鳳吹於洛浦　周靈王太子晉（即王子喬），不願繼位，好吹笙作鳳鳴，遊於伊、洛之間。⓮值薪歌於延瀨　《文選》呂向注：「蘇門先生遊於延瀨，見一人採薪，謂之曰：『子以此終乎？』採薪人曰：『吾聞聖人無懷，以道德為心，何怪乎而為哀也。』遂為歌二章而去。」延，水名。在今陝西省境。瀨，水流沙上。⓯終始參差　謂終始不一，反覆無常。⓰蒼黃翻覆　素絲染蒼則蒼，染黃則黃。言變化無常。⓱淚翟子之悲二句　《淮南子・說林》：「楊子見歧路而哭之，為其可以南可以北；墨子見練絲而泣之，為其可以黃可以黑。」翟子，指墨翟。朱公，指楊朱。⓲乍迴跡　暫時避跡山林。乍，暫時。⓳黷　汙濁。⓴尚生　尚長。字子平，東漢隱士。㉑仲氏　仲長統。字公理，東漢隱士。㉒山阿　山之隱曲處。㉓周子　周顒。字彥倫，南齊汝南安成（治所在今河南汝南東南）人，官至中書郎、國子博士。㉔儁俗　超俗出眾。儁，通「俊」。㉕玄　指玄學。㉖東魯　謂春秋時代魯國賢人顏闔。《莊子・讓王》：「魯君聞顏闔得道之人也，使人以幣先焉。顏闔守陋閭，苴布之衣，而自飯牛。魯君之使者至，顏闔自對之。使者曰：『此顏闔之家與？』顏闔對曰：『此闔之家也。』使者致幣。顏闔對曰：『恐聽者謬而遺使者罪，不若審之。』使者還，反審之，復來求之，則不得已。故若顏闔者，真惡富貴也。」㉗南郭　謂南郭子綦。《莊子・齊物論》：「南郭子綦隱几而坐，仰天而噓，嗒焉似喪其耦。顏成子游立侍乎前，曰：『何居乎？形固可使如槁木，而心固可使如死灰乎？』」㉘偶吹　陪吹。即濫竽充數。謂周顒本非隱者，如吹竽之南郭處士，濫居其間。㉙濫巾　濫用隱者之服。謂周顒濫服幅巾，貌託隱士。㉚假容　假託隱者之容。㉛江皋　江畔。㉜纓情　繫情；繫心。㉝好爵　美好之官爵。㉞排巢父二句　排斥巢父，壓倒許由。排，排斥。拉，壓倒。巢父、許由，皆堯時隱士，堯曾欲以天下讓之，二人皆不受。㉟百氏　百家。㊱風情張日二句　氣概大於日月，神情嚴於秋霜。風情，風致；氣概。張，大。霜氣，嚴肅如秋霜的神氣。橫，蓋過。㊲幽人　隱者。㊳王孫　泛指貴人。㊴談空空於釋部二句　談論空亦是空的佛理，考核玄之又玄的道論。空空，佛家語。謂空亦是空。釋部，指佛典。覈，考驗以求其實。玄玄，即《道德經》所謂玄之又玄。道流，道家之流。《南齊書・卷四一・周顒》謂周顒泛涉百家，長於佛理，兼善《老》《易》，著有《三宗論》。㊵務光　夏代時人。湯得天下，讓之，務光不受而逃。㊶涓子不能儔　涓子不能與之並列。涓子，春秋時代齊國人。好餌朮，隱於宕山，著《天人經》四十八篇。倩，匹配。(42)鳴騶　古代貴官出行，士卒鳴喝以清道。此指皇帝使臣的車駕。騶，前後侍從之騎卒。(43)鶴書　書體名。亦名鶴頭書。古代詔書多用此字體，故詔書曰鶴書。(44)隴　通「壟」。土阜。此指山野。(45)眉軒　揚眉。軒，高舉。(46)袂　衣袖。(47)焚芰製而裂荷衣二句　言其棄隱者之服而為塵俗之狀。芰製、荷衣，皆隱者之服。抗，舉。塵容，塵俗之容態。(48)紐金章二句　佩銅印，繫黑綬。紐，佩帶。金章，銅印。綰，繫。墨綬，黑色印組，用以繫印。漢制，秩六百石以上皆銅印墨綬。(49)屬城之雄　一郡所屬的大縣。周顒後應詔出為海鹽令，即今浙江海鹽。(50)百里　指縣。縣大率屬地百里，故以百里借指縣。(51)英風　美聲。(52)海甸　海疆。此指海鹽縣。(53)浙右　浙江之右。此指海鹽之所在。(54)道帙　泛指道家之書。帙，書套。(55)法筵　佛家說法之講壇。(56)敲扑　鞭打。(57)諠囂　哄鬧之聲。(58)牒訴　公文和訟狀。(59)倥傯　忙亂。(60)綢繆於結課　忙碌於考核官吏。綢繆，糾纏。結課，考核官吏之功過。(61)紛綸於折獄　為判案而忙亂。紛綸，忙亂。折獄，審理案子。(62)籠張趙於往圖　超越張敞、趙廣漢的政績。籠，籠蓋。有超越之意。張趙，張敞與趙廣漢，俱為西漢名臣。往圖，前人的績業。(63)架卓魯於前籙　凌駕卓茂、魯恭的事業。架，凌而上之。卓魯，卓茂與魯恭，並為東漢循吏。前籙，過去之記載。謂前人所為之事業。(64)希蹤三輔豪　希望跟上三輔的傑出人物。希蹤，希望跟上。漢以京兆、左馮翊、右扶風為三輔，即今陝西中部之地。豪，指州郡官吏中之特出者。(65)馳聲九州牧　揚名於天下州牧。馳聲，聲名遠播。九州牧，指全國州長。(66)澗戶　澗水兩旁的山，夾水如門戶，故稱。(67)延佇　久立而望。(68)還飆　迴風；旋風。(69)寫　通「瀉」。吐。(70)楹　堂屋之柱。(71)蕙帳　蕙草編成的帳。蕙，香草。俗名佩蘭。(72)投簪逸海岸　指漢疏廣棄官歸隱東海。投簪，謂掛冠去官。逸，隱。(73)解蘭縛塵纓　指棄隱而仕。幽人佩蘭，仕則非幽人，故云解蘭。縛塵纓，謂參與塵俗之事。入仕已入塵網而有冠纓，故云塵纓。(74)攢峰竦誚　群峰譏笑。攢峰，群峰。誚，譏笑。(75)遊子　指周顒。(76)秋桂遣風二句　秋桂棄風，春蘿棄月。桂得秋風而送香，蘿映春月而弄姿，今則無人賞玩之，應可以棄之罷之。蘿，松蘿。(77)騁西山之逸議　西山發出隱士的清議。騁，迅速傳布。西山，指首陽山。伯夷、叔齊餓死處。逸議，清議。周武王克商，伯夷、叔齊恥之，義不食周粟，隱於首陽山，採薇而食之，及餓且死，作歌曰：「登彼西山兮，采其薇矣。以暴易暴兮，不知其非矣。神農、虞、夏忽焉沒兮，我安適歸矣。于嗟徂兮，命之衰矣。」(78)馳東皋之素謁　東皋宣告躬耕者的心聲。東皋，隱者躬耕之所。素，平素。謁，告。阮籍〈奏記詣蔣公〉：「方將耕東皋之陽。」(79)促裝下邑二句　言周顒以海鹽令秩滿入京。下邑，指海鹽。浪，用作動詞。鼓；擊。枻，通「栧」。楫。上京，指南齊都城建康，即今南京市。(80)魏闕　宮門外懸法令之所。此借指朝廷。(81)假步　借路。(82)山扃　山門。(83)芳杜　香草名。(84)薜荔　香草名。(85)滓　汙濁。(86)塵游躅於蕙路　足跡使蕙草之路受汙染。塵，用為動詞。汙染。游躅，足跡。❽❼汙淥池以洗耳　清水池因為洗耳而弄髒。堯要召許由為九州長，許由不願聽，洗耳於潁水邊，而巢父正牽牛飲水，恐髒了牛嘴，就將牛牽到上游去喝。見《高士傳》。淥，水清。❽❽扃岫幌　關閉山窗。扃，閉。岫幌，山窗。❽❾雲關　以雲為關鍵。❾⓿截來轅於谷口二句　謂截止周顒之車馬，不令入山。轅，車前端直木，以架軛。此借指車。轡，馬韁。此借指馬。❾❶叢條瞋膽二句　形容草木皆不歡迎周顒。叢條，眾多之枝條。瞋膽，張膽；發怒。疊潁，重疊之草穗。❾❷飛柯以折輪　樹枝飛動，欲擊折周顒之車輪。柯，樹枝。❾❸掃迹　掃去行跡。❾❹君　指山靈。❾❺逋　逃。

【語　譯】鍾山的山神，草堂寺的神明，駕著雲霧奔馳在驛路上，把這篇移文刻在山庭。

光明正大、超越凡俗的氣度，灑脫不拘、超越塵世的思想，品行廉潔可比白雪，志向高遠可上青雲，這正是我所知道的真隱士。至於那高聳特立於萬物之上，潔白輝耀於雲霞之外，看待千金如同草芥，鄙棄帝位就像脫鞋，在洛浦吹笙，在延瀨高歌，這種高士也確實是有的。哪裡料到有人竟然始終不一，反覆無常，令人像墨子般悲哀落淚，像楊朱般傷心痛哭；他們暫時隱居山林，心裡卻仍染著俗氣，或是起先清正，後來汙濁，這是多麼荒謬啊！唉！尚子平不在了，仲長統已經去世，山坳寂寞冷清，千年以來還有誰來賞玩呢？

現在世上有個周君，是個超俗出眾的俊士，既有文采而又博學，也精玄學，也通歷史。然而他卻要學習顏闔的遁世，仿效南郭的隱居；在草堂寺裡濫竽充數，在北山中偽裝隱者；迷惑松桂，欺騙雲壑。雖然在江邊偽裝隱士，卻關心高官厚祿。

他剛來北山時，想排斥巢父，壓倒許由，傲視諸子百家，看輕王侯將相。氣概大過日月，神情蓋過秋霜。有時歎息隱士一去不回，有時怨恨王孫不到山中。有時談談佛學，有時講講老、莊。務光那能和他並列，涓子也不能夠和他匹敵。

等到欽差車駕入谷，詔書來到山野，他就變了模樣，散了魂魄，志氣精神全都起了變化。竟然在坐席上眉飛色舞，揮衣舞袖；焚燬了隱者的服裝，露出世俗的醜態。因此，風雲悽愴帶著憤恨，流水哽咽含著悲愴。遠望山林，回看草木，都傷痛若有所失。

等到他身佩銅質官印，繫上黑色印綬，掌理一郡的大縣，成為縣令中的首席，美好的名聲顯揚於沿海，傳布於浙右。從此道書永遠拋棄，講壇久已沉埋。行刑哄鬧擾亂他的心思，公文、訴狀塞滿他的胸懷。彈琴、唱歌已經中斷，飲酒、賦詩也都不再繼續了。常常忙於考核官吏，煩於斷決獄訟。想要超越往日張敞、趙廣漢的政績，凌駕過去卓茂、魯恭的事業。希望趕上三輔豪吏的成就，聲名遠播到全國州牧。使得山中的彩霞明月，孤映獨照；青松白雲，零落寂寞。澗戶已經毀壞，離人不再歸來；石路也已荒涼，徒然久立等待。至於旋風飄飄入簾幕，游霧裊裊出楹柱；蕙帳空了，使得夜鶴悲鳴；山人去了，使得晨猿驚懼。從前有人拋棄官職，隱居海邊；現在卻有人脫去蘭衣，落在塵網。

於是南嶽諷嘲，北山譏笑，萬壑眾峰，爭相譏議。慨歎受了遊子的欺騙，又悲嘆沒人前來慰問。所以樹林羞慚不已，澗水後悔不止；秋桂謝絕清風，春蘿避開明月。西山發出高士的清議，東皋宣告隱者的心聲。

現在他又在海鹽整頓行裝，準備坐船到京師。雖然念念不忘朝廷，卻還要借路再遊北山。怎可使芳杜、薜荔蒙受恥辱，碧嶺、丹崖再受穢濁，俗跡汙染蕙路，因洗耳而沾汙了清池呢？應當關了山窗，閉了雲關，收起輕霧，藏匿鳴湍，在谷口截住他的車輛，在郊外堵住他的馬匹。於是眾枝發怒，叢草動火，有的枝條橫出準備折斷車輪，有的枝葉低垂準備掃去穢跡。請俗士的車馬回去，替山靈拒絕這個逃客。

【研析】自然與名教之爭是魏、晉、南北朝文化史中的核心課題，反映在士人心態上，就是真淳與虛矯、樸實與雕飾、仕與隱等人生價值的抉擇。〈北山移文〉針對此一主題，以諧謔的筆調嘲諷了表面故作清高而實則心懷利祿的假名士，具有批判的意味。另方面，移文原是古代官府的一種公文，用來頒布政令，曉諭民眾，以收移風易俗之功。作者卻藉由北山的名義，鄭重其事地宣布自己受騙的始末和拒絕周顒再度經過的意願，這種作法是寄沉痛於笑聲的一種表現。

本文可分八段。首段四句，託言此文為北山神靈所作。二段概括三種不同類型的隱士：第一種超然高舉，「度白雪以方絜，干青雲而直上」；第二種縱情山水，「芥千金而不盼，屣萬乘其如脫」；第三種虛矯以干譽，實為利祿之徒，「乍迴跡以心染，或先貞而後黷」。三段承上文第三種的假隱士，言周顒之隱居不過是藉此立異鳴高罷了。四段言周顒初隱時的偽裝清高。五段言其奉詔後之醜態。六段言其為官後勤於人事、棄置道心之狀。七段痛言山靈孤清之恨與蒙羞之愧恥。末段拒絕周顒入山。

本文以時間推移為主軸，橫織以情感的波動。自第三段起，由「其始至也」到「及其」、「至其」、「今又」，分別以四個階段概括周顒的墮落史。第一個階段可謂高蹈期，作者刻意樹立起一個隱士與王侯間的二元對立，而以「排」、「傲」、「蔑」等情態動詞烘托出主角的超卓。自第二階段起，這個「儁俗之士」的形象很快破滅了，因為「王孫」以利祿扭轉了原本受鄙夷的劣勢，使得故作姿態的偽君子原形畢露。他始而「形馳魄散，志變神動」，繼而「希蹤三輔豪，馳聲九州牧」，總不外是「雖情投於魏闕，或假步於山扃」；然而這假隱居之名，行養望干祿之實的「俗士」，卻又怎能體會「鍾山之英」心境之波折？這裡不僅將鍾山擬人化，更延續了《楚辭》以來以女性口吻表情的傳統，而其整體的情緒表達，亦不外悲憤、孤寂、慚愧、失落之類所託非人的憾恨與難堪。文章最後的回絕顯示一種徹悟後的決絕，它不免瞋怒，但又何嘗沒有一絲像〈離騷〉那種「何昔日之芳草兮，今直為此蕭艾」的傷痛呢？

魏徵

魏徵（西元五八〇～六四三年），字玄成，魏州曲城（今河北晉縣西）人。少孤苦，有大志。膽識過人，好讀書，留心經國治民之道。隋末，天下大亂，初隨李密起兵，曾貢獻十策，李密不能用。後隨李密降唐，任太子洗馬，頗受愛重。唐太宗即位，任諫議大夫。素有才略，性又正直，以受信任，故知無不言，言無不盡，先後上二百餘奏，皆切中時要。累官至門下侍中，封鄭國公。死後，唐太宗親臨慟哭，廢朝五日。追贈司空，諡號文貞，陪葬昭陵。唐太宗因常思念之，曾向侍臣說：「夫以銅為鏡，可以正衣冠；以古為鏡，可以知興替；以人為鏡，可以明得失。朕常保此三鏡，以防己過。今魏徵殂逝，遂亡一鏡矣！」可見其受敬重。其詩文古樸，有《魏鄭公詩集》、《魏鄭公文集》。

諫太宗十思疏

【題解】本文選自《貞觀政要》，篇名據文意而訂。太宗，指唐太宗。疏，古代人臣向君王進言議事的文書，有疏通、分條陳述的意思。唐太宗貞觀十一年（西元六三七年），魏徵因見唐太宗漸有怠政的跡象，故上此疏，以「十思」諫唐太宗當居安思危、戒奢以儉，積德義、行仁政，做到不言而化、無為而治。

臣聞求木之長❶者，必固其根本；欲流之遠者，必浚❷其泉源；思國之安者，必積其德義。源不深而望流之遠，根不固而求木之長，德不厚而思國之治，雖在下愚，知其不可，而況於明哲[3]乎？人君當神器[4]之重，居域中之大[5]，將崇極天之峻[6]，永保無疆之休[7]；不念居安思危，戒奢以儉[8]，德不處其厚，情不勝其欲，斯亦伐根以求木茂，塞源而欲流長者也。

凡百元首[9]，承天景命[10]，莫不殷憂而道著[11]，功成而德衰；有善始者實繁，能克終者蓋寡。豈其取之易而守之難乎？昔取之而有餘，今守之而不足，何也？夫在殷憂，必竭誠以待下；既得志，則縱情以傲物[12]。竭誠則胡、越為一體[13]，傲物則骨肉[14]為行路[15]。雖董[16]之以嚴刑，震[17]之以威怒，終苟免[18]而不懷仁，貌恭而不心服。怨不在大，可畏惟人[19]。載舟覆舟[20]，所宜深慎，奔車朽索[21]，其可忽乎？

君人者[22]，誠能見可欲，則思知足以自戒；將有作[23]，則思知止以安人；念高危，則思謙沖而自牧[24]；懼滿溢，則思江海而下百川[25]；樂盤遊[26]，則思三驅以為度[27]；憂懈怠，則思慎始而敬終；慮壅蔽[28]，則思虛心以納下；想讒邪，則思正身以黜惡[29]；恩所加，則思無因喜以謬賞；罰所及，則思無因怒而濫刑。總此十思，弘茲九德[30]。簡[31]能而任之，擇善而從之，則智者盡其謀，勇者竭其力，仁者播[32]其惠，信者效其忠。文武爭馳[33]，君臣無事，可以盡豫遊[34]之樂，可以養松、喬之壽㉟，鳴琴垂拱㊱，不言而化㊲。何必勞神苦思，代下司職㊳，役聰明之耳目，虧無為之大道㊴哉？

【注釋】❶長　長得高大。❷浚　挖深；疏通。❸明哲　聰明、睿智的人。此指唐太宗。❹神器　指帝位。《老子・二十九章》：「天下神器，不可為也。」後人因帝王擁有天下，故稱帝位為神器。❺居域中之大　擁有廣大的天下。域中，指天下。❻崇極天之峻　高與天齊。崇，高。用為動詞。極，窮盡。峻，高。❼無疆之休　無窮的福祉。無疆，無窮盡。休，美善；福祉。❽戒奢以儉　用節儉來革除奢侈。❾凡百元首　所有的帝王。凡百，所有的。❿承天景命　承受上天偉大的使命。即受天命為帝王。景，大。⓫殷憂而道著　憂患深重則德義彰明。殷憂，深憂。著，彰明。⓬傲物　傲慢待人。凡天地間有形者，古人皆謂之物。此指人。⓭胡越為一體　疏遠的人都會休戚與共。胡在北，越在南。比喻疏遠。為一體，合成一身。形容休戚與共。⓮骨肉　指親人。⓯行路　路人。⓰董　督正。⓱震　威嚇。⓲苟免　苟且求免。⓳人　民。因避太宗李世民諱，故用「人」字。⓴載舟覆舟　水能載舟，也能覆舟。水，比喻人民。舟，比喻國君。㉑奔車朽索　用腐朽的繩子駕馭奔跑的馬車。比喻極端危險。㉒君人者　治人者。指君王。君，治理。㉓作　建造。指宮室之類。㉔謙沖而自牧　用謙虛來修養自己。而，以。自牧，自我修養。㉕下百川　在百川下游，容受其流注。㉖盤遊　遊樂。此指打獵。盤，安樂。㉗三驅以為度　一年以打獵三次為限度。驅，追逐。此指打獵。㉘壅蔽　蒙蔽。㉙黜惡　斥退壞人。㉚總此十思二句　總括這十種反省工夫及發揚前述各種美德。弘，擴大；發揚。茲，此。指前述各種德行。九，形容數量之多。㉛簡　選拔。㉜播　廣布。㉝馳　奔走效力。㉞豫遊　遊樂。豫，樂。㉟松喬之壽　赤松子、王子喬的長壽。赤松子相傳為神農氏雨師，後與炎帝女兒一起成仙俱去。王子喬即周靈王太子晉，後相傳跨鶴升天。㊱鳴琴垂拱　鳴琴，即鼓琴。相傳虙子賤治理單父時，在堂上鼓琴，身雖不下堂，卻使單父大治。見《說苑・政理》。垂拱，垂衣拱手。語出《尚書・武成》：「垂拱而天下治。」㊲不言而化　不多號令，而自能教化天下。㊳司職　管理職務。㊴無為之大道　指帝王端正己身而化天下的道理。《論語・衛靈公》：「無為而治者，其舜也與！夫何為哉？恭己正南面而已矣。」

【語譯】臣聽說要樹木長得高大，先要鞏固它的根本；要河水流得長遠，先要挖深它的水源；要國家長治久安，先要積累朝廷對人民的德義。水源不挖深卻希望河水流得長遠，根本不穩固卻要求樹木長得高大，德義不深厚卻想要國家治理，臣雖愚笨，也知道那是不可能的，更何況是聰明的人呢？人君身居帝王重位，統治廣大天下，想要高與天齊，永保無盡的福祉；如果不知道在安逸的時候想到危險，用節儉來革除奢侈，德義不能厚積，私慾不能克制，這就如同伐去樹根卻要求樹木茂盛，堵塞水源卻要求水流長遠啊。

所有的帝王，秉承上天偉大的使命，莫不是在憂患深重時德義彰明，功業成就後德義衰退；有好開始的實在很多，能持續到最後的卻很少。難道是創業容易而守成困難嗎？當初創業時能力綽綽有餘，如今守成而能力卻不足，這是為什麼呢？這是因為憂患深重時，必定竭盡誠意地對待屬下；一旦得志，便放縱情慾而傲視他人。能夠竭盡忠誠，就是北胡、南越疏遠的人都會休戚與共；若是傲視他人，就連骨肉親人也會漠不相關。雖然用嚴刑峻法來督正，用威嚴震怒來恐嚇，人民最終也只是苟且求免刑罰而不是感懷仁政，外表恭敬卻不是心悅誠服。怨恨不在它的大小，可怕的是人民。人民像水一樣，可以載舟，也可以覆舟，應該非常謹慎，就像用腐朽的繩子駕馭奔跑的馬車，難道可以疏忽嗎？

做人君的，見到可愛的事物，就該想到以知足來警戒自己；將有所建造，就該想到以知止來安定人民；擔心權位高而危險大，就該想到以謙虛來修養自己；懼怕自滿驕盈，就該想到江海居百川下流而容受它們；喜愛打獵遊樂，就該想到一年以三次為限；憂心鬆懈怠惰，就該想到自始至終都小心謹慎；顧慮受到蒙蔽，就該想到虛心接納屬下的諫言；怕有奸人進讒言，就該想到端正自身來斥退壞人；施恩於人，就該想到不要因一時高興而胡亂賞賜；處罰別人，就該想到不要因一時惱怒而濫用刑罰。總括這十種反省的工夫，發揚那種種古來的美德。選用賢能的人，聽從善良的意見，那麼，有才智的人就會提供他的計謀，勇武的人就會竭盡他的力量，仁德的人就會廣布他的恩惠，誠信的人就會奉獻他的忠心。文武百官爭相奔走效力，君臣之間相安無事，可以享受遊玩的樂趣，可以獲得仙人赤松子、王子喬般的長壽，鼓著琴，垂衣拱手，不用言教，卻能感化百姓。何必勞累精神、苦苦思慮，代替屬下管理事務，役使聰明的耳目，虧損端正自身、使民自化的治國要道呢？

【研析】本文可分三段。首段論述安定邦國必須積德行義的道理，拈出「積德義」三字作為綱領，以統括全文。次段探究自古人君「殷憂而道著，功成而德衰」的原因，將人君必須「積德義」的意思作深一層的說明。末段承前兩段，提出「積德義」的具體內容——「十思」，以建議唐太宗掌握治國要道作結。

綜觀此文，前兩段論的是「積德義」的抽象道理，為末段內容的理論依據；而末段說的則是「積德義」的具體辦法，為前兩段理論的實際運用。一抽象，一具體，兩者相輔相成。而作者考慮到抽象的道理不易使人理解和信服，所以在起段開端便設了兩個形象性與哲理性都十分強烈的比喻：「求木之長者，必固其根本；欲流之遠者，必浚其泉源」，從正面引出「思國之安者，必積其德義」的主旨；然後針對「德不厚而思國之治」、「不念居安思危，戒奢以儉，德不處其厚，情不勝其欲」等句，兩度反用同樣的比喻，作反覆的說明；接著在次段又用舟與水比喻君與民，用奔車朽索比喻戒懼，使得抽象、深奧的道理能具象化、通俗化，叫人讀了，不但明白，並且深信不疑。這是本文運用比喻來說明道理所獲致的效果，也是古來好論說文的一個共同特色。

向帝王提出規諍的意見，古人稱為「批逆鱗」，除須智慧、膽識外，還要講求技巧。《舊唐書・魏徵傳》說魏徵「匡過弼違，能近取譬，博約連類」，而《新唐書・魏徵傳》也說他「有志膽，每犯顏進諫，雖逢帝甚怒，神色不徙，而天子亦為霽威」，可見魏徵是個善諫者，那就無怪乎本文上奏之後，太宗不但不怪罪，反而「手詔嘉美，優納之」（《舊唐書・魏徵傳》）了。

駱賓王

駱賓王（約西元六四〇～約六八四年後），唐義烏（今浙江義烏）人。幼聰慧，七歲能賦詩，有神童之稱。其父官博昌（今山東博昌）令，死於任所，故早年貧困落拓。高宗儀鳳三年（西元六七八年），由長安主簿入朝為侍御史，因事入獄，後遇赦出獄。高宗調露二年（西元六八〇年），任臨海（今浙江臨海）縣丞，故世稱駱臨海。以佐徐敬業討伐武后，兵敗亡命，不知所終。駱賓王長於駢文，詞采富贍，清新俊逸；詩與王勃、楊炯、盧照鄰齊名，並稱初唐四傑。有《駱臨海集》。

為徐敬業討武曌檄

【題解】本文選自《舊唐書・徐敬業傳》，篇名據文意而訂。徐敬業，唐離狐（今河北東明東南）人。唐開國名將徐世勣（賜姓李）之孫，從小隨祖父征伐，襲封英國公。武曌（音ㄓㄠˋ），即武后。曌即「照」，為武后自造之字，取日月當空之意。檄，古代官方文書的一種，多用於軍旅討伐。唐睿宗文明元年（西元六八四年）二月，武后廢唐中宗，改立唐睿宗，並臨朝聽政；九月，改元光宅。時眉州（治所在今四川眉山縣）刺史徐敬業因事被貶為柳州（治所在今廣西柳州）司馬，遂以匡復唐中宗為名，起兵於揚州，討伐武后。駱賓王為徐敬業記室，作此檄文，傳布天下，以先聲討武后之罪行，並號召天下，共襄義舉，興復唐室。

偽❶臨朝❷武氏❸者，性非和順，地實寒微❹。昔充太宗下陳❺，曾以更衣入侍。洎❻乎晚節❼，穢亂春宮❽。潛隱先帝之私❾，陰圖後房之嬖❿。入門見⓫嫉，蛾眉⓬不肯讓人；掩袖工讒⓭，狐媚⓮偏能惑主。踐元后於翬翟⓯，陷吾君於聚麀⓰。加以虺蜴⓱為心，豺狼成性。近狎邪僻⓲，殘害忠良；殺姊屠兄⓳，弒君鴆母⓴。神人之所共嫉㉑，天地之所不容。猶復包藏禍心，窺竊神器㉒。君之愛子㉓，幽之於別宮；賊之宗盟㉔，委之以重任。嗚呼！霍子孟㉕之不作，朱虛侯㉖之已亡。燕啄皇孫㉗，知漢祚㉘之將盡；龍漦帝后㉙，識夏庭之遽衰。

敬業皇唐舊臣，公侯冢子㉚。奉先君之成業，荷本朝之厚恩。宋微子之興悲㉛，良有以也；袁君山㉜之流涕，豈徒然哉？是用氣憤風雲㉝，志安社稷㉞。因天下之失望，順宇內㉟之推心，爰㊱舉義旗，以清妖孽。

南連百越㊲，北盡三河㊳，鐵騎㊴成群，玉軸㊵相接。海陵紅粟㊶，倉儲之積靡窮；江浦黃旗㊷，匡復㊸之功何遠！班聲動而北風起㊹，劍氣沖而南斗平㊺。喑嗚㊻則山岳崩頹，叱咤㊼則風雲變色。以此制敵，何敵不摧㊽？以此圖功，何功不克㊾？

公等或居漢地㊿，或叶周親[51]，或膺重寄於話言[52]，或受顧命於宣室[53]。言猶在耳，忠豈忘心？一抔之土未乾[54]，六尺之孤[55]何託？倘能轉禍為福，送往事居[56]，共立勤王[57]之勳，無廢大君[58]之命，凡諸爵賞，同指山河[59]。若其眷戀窮城[60]，徘徊歧路，坐昧先幾之兆[61]，必貽後至之誅[62]。請看今日之域中，竟是誰家之天下！

【注　釋】❶偽　對僭竊者的貶稱。❷臨朝　指君臨朝廷。❸武氏　即武則天（西元六二四～七〇五年）。名曌，并州文水（今山西文水縣東）人。年十四，入宮，為唐太宗才人。唐太宗崩，依制削髮為尼。唐高宗時，復召入宮。不久，立為皇后。唐高宗晚年，武氏逐漸攬權，專決政事。及唐高宗崩，唐中宗即位，武氏以皇太后臨朝稱制，不久，廢唐中宗為廬陵王，立唐睿宗，仍臨朝聽政，改元光宅。至天授元年（西元六九〇年），改國號為周，號則天皇帝。神龍元年（西元七〇五年），唐中宗復位。同年，歿。❹地實寒微　指出身微賤。地，門地。同「門第」。指家族世系。❺下陳　下列；後列。古代貴族相見必有禮物，陳列禮物之處在堂下，稱下陳。後引申指後宮中的侍妾。此指武氏曾為唐太宗才人。才人為掌燕寢更衣的女官，故下文云「以更衣入侍」。❻洎　及；到了。❼晚節　指武氏年紀稍大以後。❽穢亂春宮　指武氏和太子有淫亂的行為。穢亂，淫亂。春宮，東宮。太子所居，因以借指太子。此指唐高宗。唐高宗為太子時，入宮探問唐太宗疾病，見到武氏而與暗通款曲。❾潛隱先帝之私　隱瞞為唐太宗才人而見幸的事。指武氏於唐太宗死後削髮為尼，以隱瞞其事。❿陰圖後房之嬖　暗中圖謀唐高宗的嬖幸。指武氏蓄髮回宮。嬖，寵愛。⓫見　通「現」。顯現。⓬蛾眉　形容女子姿色美好。蛾，通「娥」。美好。⓭掩袖工讒　指善於設計陷害人。掩袖，用衣袖捂住鼻子。《韓非子．內儲說下》：魏王贈楚懷王美人，楚懷王寵姬鄭袖恐失寵，騙美人說楚懷王討厭她的鼻子，見面時一定要捂住鼻子，美人照做，楚懷王不解，鄭袖告訴楚懷王說美人討厭王的口臭，楚懷王大怒，割掉美人的鼻子。⓮狐媚　像狐狸般迷惑人。俗傳狐能幻化人形以迷惑人。⓯踐元后於翬翟　指武氏登上后位。元后，皇后。翬翟，雉羽。古代皇后車服，用以為飾。⓰陷吾君於聚麀　使國君做出亂倫的醜事。吾君，指唐高宗。聚麀，指父子共妻。聚，共。麀，牝鹿。⓱虺蜴　兩種毒蟲。虺，蛇類，體長兩尺多。蜴，蜥蜴。⓲近狎邪僻　親近小人。狎，親近。邪僻，奸邪不正的人。此指李義府、許敬宗等人。⓳殺姊屠兄　姊，指韓國夫人。早寡，有女甚美，封魏國夫人，母女均有寵。韓國夫人病卒，魏國夫人為武氏所殺。兄，指武氏之異母兄武元爽、武元慶。二人對武氏禮數不周，遭外放而死。⓴弒君鴆母　殺害國君和皇后。君，指唐高宗。鴆，鳥名。羽毛有毒，合酒能殺人。此用作動詞。毒害。母，國母。指王皇后。唐高宗患頭眩病，御醫張文仲想用針砭醫治，武后生氣說：「帝體寧刺血處邪？」不久，唐高宗駕崩。王皇后與蕭淑妃被武氏以鴆酒毒死。㉑嫉　痛恨。㉒神器　指帝位。《老子．二十九章》：「天下神器，不可為也。」後人因帝王擁有天下，故稱帝位為神器。㉓愛子　指唐中宗。㉔賊之宗盟　賊的親屬、同黨。指武承嗣、武三思等人。賊，此指武氏。㉕霍子孟　霍光。字子孟，漢平陽（今山西臨汾西南）人，霍去病異母弟。漢武帝時，任奉車都尉。漢昭帝立，拜大司馬、大將軍。漢昭帝崩，迎立昌邑王賀，賀淫亂，廢之，改立宣帝。前後執政二十年。㉖朱虛侯　即劉章。漢沛郡豐（今江蘇豐縣東）人，漢高祖之孫，入宿衛，呂后封為朱虛侯，呂后崩，與周勃、陳平等老臣聯合，誅殺諸呂，以安定王室。㉗燕啄皇孫　漢成帝后趙飛燕，性奇妒，凡後宮嬪妃有孕皆加以殺害，當時有「燕飛來，啄皇孫」之童謠。㉘祚　國祚；政權。㉙龍漦帝后　相傳夏朝末年，有神龍止於帝庭，帝藏其涎於櫝，傳至周厲王，發櫝而觀之，涎流入後宮，有童妾遭之，孕而生女，即褒姒，後周幽王迷戀褒姒，終至亡國。漦，龍所吐涎沫。㉚冢子　長子。㉛宋微子之興悲　《尚書大傳．二》記載微子朝周，過殷之故墟，見宮室毀壞，生長禾麥，不禁感慨悲傷，而作〈麥秀歌〉。微子，殷紂之兄，名啟。周武王滅殷，封微子於宋，以代殷後。《史記．宋微子世家》作箕子。㉜袁君山　此當指袁安。袁安，字邵公，東漢汝南汝陽（今河南汝南）人，官至司徒。當時和帝年少，而外戚專權，袁安每朝會進見，及與公卿言國事，未嘗不喑嗚流涕，其子袁京曾隱居汝陽之五里山，後世稱之為袁山。此處事屬袁安，而稱之為袁君山，當為作者誤記。㉝風雲　時局；時勢。㉞社稷　指國家。社為土神，稷為穀神，古代天子諸侯均立社稷，歲時祭祀，故用為國家之代稱。㉟宇內　指天下。㊱爰　於是。㊲百越　指今江、浙、閩、粵一帶地方。古代皆越人所居，故稱。㊳三河　漢時稱河東、河內、河南三郡曰三河。即今河南洛陽黃河南北一帶。㊴鐵騎　指強悍的騎兵。㊵玉軸　玉飾的車軸。此借代為兵車的美稱。㊶海陵紅粟　海陵所儲積的粟米，多得變紅而腐爛。海陵，今江蘇泰縣。紅粟，指米粟變紅腐爛。㊷江浦黃旗　江邊的黃旗。古以黃色為正色，故黃旗為象徵正義的旗幟，即上文所言義旗。㊸匡復　光復；恢復。㊹班聲動而北風起　戰馬發出的嘶鳴聲震動大地，凜然如北風之起。班聲，班馬之聲。班馬之省略。班馬，原指馬離群，此處指戰馬。㊺劍氣沖而南斗平　寶劍發出的光氣上沖，與南斗星相齊平。南斗，星宿名。南斗六星，即斗宿。㊻喑嗚　心懷怒氣。㊼叱咤　發怒聲。㊽摧　破。㊾克　成功。㊿居漢地　漢代初行郡國制，以異姓功臣為州郡牧守，即所謂「居漢地」。此處借指居唐室之封地，即異姓功臣之分封者。(51)叶周親　周代行封建制，封王室近親為方國侯伯，此處借指唐室之同姓宗親。叶，通「協」。和合。(52)膺重寄於話言　承受先君臨終口頭的重託。膺，承受。重寄，重託。話言，語言。此指託孤之言。(53)受顧命於宣室　在先君的正寢拜受遺命，顧命，皇帝的遺命。宣室，天子的正室。(54)一抔之土未乾　墳土未乾。指高宗下葬未久。一抔之土，指墳墓。抔，用雙手捧物。(55)六尺之孤　幼小的君主。指唐中宗。(56)送往

事居　送已崩的唐高宗，侍奉現在的唐中宗。往，指死者。居，指生者。57勤王　起兵救援王室之難。58大君　天子。59同指山河　一同指著山河發誓。古時分封功臣，常指山河立誓，以示信用。60眷戀窮城　留戀區區一隅的封地。窮城，指狹小困陋之地。61坐昧先幾之兆　坐失事前參預其事的良機。坐，空；徒然。昧，暗昧不明。先幾，事前的跡象。兆，徵兆。62後至之誅　違命後到的處罰。傳說禹會諸侯於塗山，防風氏因後至而被殺。

【語　譯】僭位執政的武氏，性情不和順，出身很微賤。以前充當太宗的才人，曾經因為服侍更衣而獲得寵幸。到了後來，又和太子淫亂。隱瞞和先帝的關係，暗中圖謀獲得高宗的嬖幸。一進宮門就顯露嫉妒的天性，仗著豔麗的姿色不肯退讓；善於設計害人、說人壞話，極盡媚態特別會迷惑君主。終於登上后位，陷害國君做出亂倫的醜事。加上心腸狠毒，有如蛇蝎；性情殘暴，有如豺狼。親近奸邪，殘害忠良；殺姊殺兄，殺害國君、皇后。真是人神共憤，天地不容。她還包藏篡逆之心，陰謀竊取帝位。皇上的愛子，被她囚禁在別宮；自己的宗親同黨，個個賦予重任。唉！像漢代輔佐幼主的霍光既不出現、消滅呂氏的劉章也不復見。從趙飛燕殘殺皇子皇孫，便知道漢朝的國祚即將中斷；從夏代藏龍涎而變生帝后，就明白夏代的國運即將衰歇。

敬業是大唐舊臣，公侯長子。既承繼先父的功業，又蒙受皇朝的厚恩。從前宋微子路過殷墟而悲歎，的確是有感而發；袁安談及國事，每每暗嗚流涕，難道是徒然的嗎？因此，為時局而憤激，立志安定國家。因應天下對武氏政權的失望，順從海內民心的歸向，於是高舉義旗，以清除妖孽。

從南邊的百越，直抵北邊的黃河兩岸，精銳的騎兵成群，壯盛的兵車相接。在海陵儲積的軍糧，多得吃不完；長江的岸邊遍插著黃旗，國祚重光的事功，已經為期不遠了。戰馬嘶鳴激起怒吼的北風，劍光上沖而與南斗星相齊平。怒氣一發，山岳都會崩塌；怒聲一吼，風雲就會變色。以這樣的義師來滅敵，什麼敵人打不敗？以這樣的義師來立功，什麼功業不能完成？

諸位有的是異姓功臣，有的是皇室宗親，有的承受先君臨危時口頭的重託，有的拜受先君發於正寢的遺命。當時的話語還在耳邊，對王室的忠心豈能就此忘懷？如今先帝的墳土未乾，幼弱的遺孤不知將託與何人？倘若諸位能化禍患為福祉，緬懷先帝在天之靈，迎侍今上復位，共同建立勤王的功勳，不負先帝的遺命，那麼事後的封爵行賞，可以共指山河起誓。如果仍然眷戀目前那狹小的封邑，徘徊在歧路上，錯過建功的良機，必定會遭違命後到的誅戮。請看看今日的國內，究竟是誰家的天下吧！

【研　析】本文可分四段。首段先寫武氏出身的卑微，心性的狠毒，直指其本質之卑劣，接著敘述其淫亂王室、弒逆君王等行徑，顯示武氏的兇惡是由內而外，十分徹底的；為下文討賊的張本。述及武氏一連串的罪行時，依時間先後鋪展，層次井然。其中充滿了強烈鄙薄的字眼：充下陳、更衣、穢亂、潛隱、陰圖、工讒、狐媚、惑、陷、聚麀、虺蜴、豺狼、狎、邪僻、殘害……等，幾乎針針見血，可謂出招精準、快速、密集，顯得武氏無一是處。最後再以趙飛燕、褒姒為喻，用歷史故實來證明武氏禍國殃民將遭滅亡之命運。收煞得十分有力且令人振奮。

第二段先介紹徐敬業的身分，說明他舉義旗的正當性、切宜性。再以宋微子、袁君山之例說明徐敬業起兵的用心和悲憤，希望用充滿情意的文字來感動天下。最後又以天下對武氏的失望、宇內對徐敬業的推心強烈對比，來顯現人心之向背，將徐軍之聲勢推至最高點。

第三段以極度誇張的筆法描述徐軍的強大陣容與威力，從義軍控制的範圍、軍力的強盛、設備的精良、後援的豐沛寫到士氣的高昂，無一不震撼人心，感動天地。顯示徐軍勝利的必然性。

第四段先以充滿情感的柔性語言打動內外諸臣，再以爵賞鼓勵他們，最後則警告眷戀現狀而不響應徐軍者。先動之以情，再誘之以利，復戒之以禍，文氣由婉柔而強硬，漸次增強，最後充滿勝利信心的結束，使氣勢達到最高昂、最強力的境地。

本篇為四六駢文。其中一、三段部分使用連續的四言句，短而有力，正能展現悲憤、堅決的情緒。而其他有連續的六言句或四六相承的句子，則因文氣紓緩婉轉，正能展現感慨深切的情感。在形式與內容的配合上相當成功。

駱賓王一生坎坷，與徐敬業原無很深的交情。他之所以參與起事，可以說是長期鬱積之憤懣情緒的爆發，是對現實的一種抗議，因此他寫這篇檄文，詞鋒也就自然的趨於警利，而氣勢也格外的雄壯了。史載武氏見了此檄而大為歎賞，認為讓如此賢才淪落在外，是宰相的過失。作者跟隨徐敬業起事雖然失敗了，卻得到這樣的讚美，也差可自慰於地下了。

王勃

王勃（西元六四九～六七五年），字子安，唐絳州龍門（今山西河津西）人。六歲能作文，構思無滯，詞情英邁。十五歲，以神童薦於朝。對策高第，授朝散郎。沛王李賢聞其名，徵為王府侍讀。因戲作〈檄英王雞〉一文，高宗覽之而怒，斥出府，遂遠遊巴蜀。後補虢州（治所在今河南靈寶）參軍，以恃才傲物，為同僚所嫉。適有官奴曹達犯罪，王勃藏匿之，又懼事洩，乃殺達以塞口責。事發當誅，遇赦除名。王勃父王福時時為雍州（治所在今陝西西安西北）司功參軍，坐王勃故左遷交趾（治所在今越南河內西北）令。高宗上元二年（西元六七五年），王勃往交趾探望父親。十一月至南海，渡海溺水，驚悸致病而卒。王勃文章宏麗，詩則清新明朗。與楊炯、盧照鄰、駱賓王齊名，並稱初唐四傑。有《王子安集》十六卷。

滕王閣序

【題　解】本文選自《王子安集》，篇名一作〈秋日登洪府滕王閣餞別序〉。滕王閣在今江西南昌章江門上，為唐高祖第二十二子滕王李元嬰任洪州都督時所建。唐高宗上元二年（西元六七五年），王勃赴交趾探望父親，路過洪州。當時都督閻氏於重陽節宴集賓客僚屬，預先讓女婿作好序文，要在當場誇示文才。宴會中佯請賓客為序，眾人皆辭謝，只有王勃不知情而允諾。閻氏大怒退席，而暗中派人通報王勃即席所寫，至「落霞與孤鶩齊飛，秋水共長天一色」，乃歎服曰：「此真天才，當垂不朽矣。」遂極歡宴而罷。序，古代的一種文體（參見〈太史公自序〉題解）。本文屬為宴集賦詩而作的「詩序」。全文寫滕王閣景觀，宴會盛況，以及人生的感懷，最後敦促與會者作詩以記盛況。

豫章❶故郡，洪都❷新府；星分翼、軫❸，地接衡、廬❹。襟三江而帶五湖❺，控蠻荊而引甌越❻。物華天寶❼，龍光射牛斗之墟❽；人傑地靈❾，徐孺下陳蕃之榻❿。雄州霧列⓫，俊彩星馳⓬。臺隍枕夷、夏之交⓭，賓主盡東南之美。都督閻公之雅望⓮，棨戟遙臨⓯；宇文新州之懿範⓰，襜帷暫駐⓱。十旬休暇⓲，勝友如雲；千里逢迎⓳，高朋滿座。騰蛟起鳳，孟學士之詞宗⓴；紫電、青霜，王將軍之武庫㉑。家君作宰㉒，路出名區㉓；童子㉔何知，躬逢勝餞。

時維九月，序屬三秋㉕；潦水㉖盡而寒潭清，烟光凝而暮山紫㉗。儼驂騑於上路，訪風景於崇阿㉘。臨帝子㉙之長洲㉚，得仙人㉛之舊館㉜。層巒聳翠，上出重霄；飛閣流丹㉝，下臨無地㉞。鶴汀鳧渚㉟，窮島嶼之縈迴㊱；桂殿蘭宮㊲，即岡巒之體勢㊳。

披繡闥㊴，俯雕甍㊵。山原曠其盈視㊶，川澤紆其駭矚㊷。閭閻撲地㊸，鐘鳴鼎食㊹之家；舸艦迷津㊺，青雀黃龍之舳㊻。虹銷雨霽㊼，彩徹區明㊽。落霞與孤鶩齊飛㊾，秋水共長天一色㊿。漁舟唱晚，響窮彭蠡(51)之濱；雁陣驚寒，聲斷衡陽之浦(52)。

遙襟甫暢，逸興遄飛(53)。爽籟(54)發而清風生，纖歌(55)凝而白雲遏(56)。睢園綠竹(57)，氣凌彭澤[58]之樽；鄴水朱華[59]，光照臨川[60]之筆。四美[61]具，二難[62]并。窮睇眄於中天[63]，極娛遊於暇日。天高地迥[64]，覺宇宙之無窮；興盡悲來，識盈虛[65]之有數[66]。望長安於日下，指吳、會[67]於雲間。地勢極[68]而南溟[69]深，天柱[70]高而北辰[71]遠。關山難越，誰悲失路[72]之人？萍水相逢[73]，盡是他鄉之客。懷帝閽[74]而不見，奉宣室[75]以何年？

嗟乎！時運不齊[76]，命途多舛[77]；馮唐[78]易老，李廣[79]難封。屈賈誼[80]於長沙，非無聖主；竄梁鴻[81]於海曲[82]，豈乏明時？所賴君子安貧，達人知命。老當益壯，寧移白首之心[83]；窮且益堅，不墜青雲之志[84]。酌貪泉而覺爽[85]，處涸轍[86]而猶懽。北海雖賒[87]，扶搖[88]可接；東隅已逝，桑榆非晚[89]。孟嘗[90]高潔，空懷報國之情；阮籍[91]猖狂，豈效窮途之哭？

勃三尺微命[92]，一介書生。無路請纓，等終軍之弱冠[93]；有懷投筆，慕宗愨之長風[94]。舍簪笏於百齡，奉晨昏於萬里[95]。非謝家之寶樹[96]，接孟氏之芳鄰[97]。他日趨庭，叨陪鯉對[98]；今晨捧袂[99]，喜託龍門[100]。楊意[101]不逢，撫凌雲[102]而自惜；鍾期[103]既遇，奏流水[104]以何慚？

嗚呼！勝地不常，盛筵難再；蘭亭[105]已矣，梓澤[106]邱墟。臨別贈言，幸承恩於偉餞(107)；登高作賦，是所望於群公。敢竭鄙誠，恭疏短引(108)；一言均賦，四韻俱成。請灑潘江，各傾陸海(109)云爾。

滕王(110)高閣臨江渚，佩玉鳴鸞(111)罷歌舞。畫棟朝飛南浦(112)雲，珠簾暮捲西山(113)雨。閒雲潭影日悠悠(114)，物換星移幾度秋(115)。閣中帝子今何在？檻(116)外長江空自流！

【注釋】❶豫章　郡名。漢置，治南昌（今江西南昌），唐代改為洪州。❷洪都　洪州都督。唐代改豫章郡為洪州，設都督。❸星分翼軫　地當翼、軫二宿的分野。分，分野。古代以二十八宿的方位和地上州國相配稱分野。翼、軫二宿的分野為楚，洪州古為楚地，故稱。翼軫，二星宿名。翼宿有星二十二，軫宿有星四。❹衡廬　衡山和廬山。衡山在洪州西南，廬山在其北。❺襟三江而帶五湖　以三江為衣襟，以五湖為腰帶。三江五湖，說法不一，此乃誇飾，形容其地形勢險要。襟，衣襟。衣襟左右相交。帶，腰帶。腰帶環繞腰身。古人常以「襟帶」比喻山川形勝，地勢險要。❻控蠻荊而引甌越　控制蠻荊，連接甌越。蠻荊，舊稱楚地，在今兩湖及川、貴之部分。甌越，在今浙江、福建、兩廣一帶。❼物華天寶　物之精華，天之寶物。❽龍光射牛斗之墟　寶劍光氣，上射牛、斗二星。龍光，指寶劍的劍氣。牛、斗，二星宿名。指牽牛與南斗。墟，域。晉武帝時，牛、斗二星間，常有紫氣，張華問雷煥，雷煥答曰：「此寶劍之精耳。」後雷煥為豐城（今江西豐城南）令，掘獄屋，得二劍：一名龍泉，一名太阿。後二劍沒入水中，化為雙龍。❾人傑地靈　謂人之英傑，乃由於地之靈氣。❿徐孺下陳蕃之榻　徐孺子使陳蕃為他特設一臥榻。徐孺子，名穉，漢豫章郡南昌縣之高士。陳蕃，字仲舉。為豫章太守時，不接賓客，唯特設一榻以待徐穉，徐穉去後，則懸榻而不用。⓫雄州霧列　言連接大郡之多，如霧之羅列。雄州，大郡。⓬俊彩星馳　言往來人物之眾，如星之奔馳。俊彩，傑出人物。⓭臺隍枕夷、夏之交　城池正當夷、夏之交界。臺，城上之樓臺。隍，護城河。有水曰池，無水曰隍。枕，以首枕物。此言臨據。夷，東夷。指前甌越而言。夏，華夏。指中原之地。⓮都督閻公之雅望　都督閻公的清望。都督，官名。唐置都督府，分上中下三等，領諸州軍事。此指州牧。閻公，不知其名，時為洪州州牧。雅望，清望；令名。⑮棨戟遙臨　由遠方來此為州牧。棨戟，有套子或油漆彩繪的木戟。以為官吏前導之儀仗，或陳列於門庭。⑯宇文新州之懿範　宇文新州牧的風範。宇文，複姓，名鈞。時新任豐州牧，道經於此。懿範，典範。⑰襜帷暫駐　車馬暫止。襜帷，車帷。此借指車馬。駐，車馬停止。⑱十旬休暇　十天一次的休假。十天為旬。唐制，遇旬休假。時為重九，而曰十旬，蓋言次日又休假。⑲逢迎　迎接；接待。⑳騰蛟起鳳二句　謂座中賓客有文采者，有如孟學士，為文章之宗師。騰蛟起鳳，喻才華英發，如蛟之騰升，鳳之飛舞。孟學士，指晉時的孟嘉。為桓溫參軍，有文名。詞宗，詞章之宗師。㉑紫電青霜二句　謂座中賓客有武略者，有如王將軍之胸有韜略。紫電、青霜，皆寶劍名。此借指武略、武功。王將軍，指南北朝梁朝王僧辯，學貫九流，武該七略，以功封永寧郡公，官至太尉、車騎大將軍。明楊慎《丹鉛總錄》卷七引《三國典略》曰：蕭明與王僧辯書：「凡諸部曲，並使招攜。赴投戎行，前後雲集。霜戈電戟，無非武庫之兵。」武庫，古時藏兵器之庫。此借指胸中韜略。㉒家君作宰　家父為縣令。家君，家父。宰，縣令。王勃父名王福畤，時為交趾令。㉓名區　猶如「貴處」。指南昌。㉔童子　自謙之稱。勃時年二十七，年紀最輕，故稱。㉕時維九月二句　時令是九月，季節屬季秋。維，為；是。序，時序；季節。三秋，季秋。秋天的第三個月。㉖潦水　雨後的積水。㉗烟光凝而暮山紫　雲霞凝聚，晚山變紫。烟光，雲霞。㉘儼驂騑於上路二句　車馬嚴整行走於路上，遍訪風景名勝於高山。儼，嚴整昂首的樣子。驂騑，駕車之馬在兩旁者。此借指車馬。上路，道路之上。崇阿，高陵。㉙帝子　指滕王李元嬰。唐高祖之子，故曰帝子。㉚長洲　在南昌章江門外，為贛江中之沙洲。滕王閣即建於此。㉛仙人　指滕王。㉜舊館　指滕王閣。㉝飛閣流丹　高閣凌空，丹彩流動。丹，赤色。㉞下臨無地　言此閣臨於江上，如騰空不著地。或謂無地，言所見皆水而不見地。㉟鶴汀鳧渚　白鶴與野鴨棲息聚集的水岸、沙洲。汀，水邊平地。鳧，野鴨。渚，沙洲。㊱窮島嶼之縈迴　島嶼極盡其紆曲迴環。窮，極；盡。縈迴，縈曲迴環。㊲桂殿蘭宮　用桂蘭之材建造的宮殿。形容殿閣之華貴。㊳即岡巒之體勢　配合山巒的起伏形勢。即，就；配合。體勢，形勢。㊴披繡闥　打開美麗的小門。披，開。繡闥，油漆或雕花的小門。闥，小門。㊵雕甍　雕刻之屋脊。甍，屋脊。㊶盈視　滿目。㊷駭矚　駭人眼目。㊸閭閻撲地　屋宅遍地。閭閻，里中門。此指屋宅。撲地，遍地。㊹鐘鳴鼎食　古代富貴大家，擊鐘會食，食物則列鼎而盛。㊺舸艦迷津　船隻堵塞渡口。舸艦，泛指船隻。迷津，言船多至堵塞津口。㊻青雀黃龍之舳　彩畫青雀、黃龍的大船。舳，船尾。一說船舵。此借指船。㊼虹銷雨霽　虹消失，雨停止。霽，雨止。㊽彩徹區明　夕陽遍照，大地通明。彩，光彩。指夕陽。徹，通；遍。區，泛指大地。㊾落霞與孤鶩齊飛　言落霞自天而下，孤鶩自下而上，形如齊飛。鶩，野鴨。㊿秋水共長天一色　言秋水碧而連天，長天空而映水，渾涵一色，不分天地。(51)彭蠡　鄱陽湖。《書經·

禹貢》稱彭蠡。在南昌東北。52聲斷衡陽之浦　叫聲消失於衡陽的水濱。斷，盡。衡陽，衡山之南。衡山在湖南省，其南有回雁峰，傳說秋雁南飛，不過此峰。53遙襟甫暢二句　幽遠的襟懷正告舒暢，超逸之意興又疾速飛揚。54籟　指簫聲。55纖歌　柔細的歌聲。56遏　停留。57睢園綠竹　漢文帝次子梁孝王，於漢景帝時貴達，在睢陽（在今河南商邱南）築東苑，治宮室，招延文士，嘗修菟園，中多植竹。58彭澤　指陶淵明。曾為彭澤令，喜飲酒。59鄴水朱華　鄴宮的荷花。建安末，曹丕為五官中郎將，在鄴宮，常與其弟曹植，名士王粲、劉楨等遊讌西園。曹植〈公讌詩〉：「朱華冒綠池。」鄴，地名。故城在今河南臨漳西。朱華，指荷花。60臨川　指南朝宋謝靈運。嘗為臨川內史，文章之美，江左莫逮。臨川，在今江西臨川西。61四美　謂良辰、美景、賞心、樂事。謝靈運〈擬魏太子鄴中集詩序〉：「天下良辰、美景、賞心、樂事，四者難並。」62二難　指賢主、嘉賓。63窮睇眄於中天　放眼縱觀天地。窮，極；盡。睇眄，左右顧盼。睇，小視。眄，斜視。中天，半空。64迥　遠。65盈虛　指盛衰、成敗、貴賤、窮通等。66數　定數。67吳會　吳郡、會稽郡。68極　遠。69南溟　南海。70天柱　崑崙山。《神異經》：「崑崙之山，有銅柱焉，其高入天，故曰天柱。」71北辰　北極星。72失路　走投無路。73萍水相逢　比喻偶然相逢。74帝閽　本為看守天門的人。此指君門。75宣室　漢未央宮前正殿。賈誼高才能文，漢文帝召為博士，歲中超遷至太中大夫。為權臣所毀，出為長沙王太傅。漢文帝後來思念賈誼，召見宣室，深夜問鬼神之本，備極親重。76不齊　不能配合。齊，齊一。引申指如意。77舛　相違背。引申指不順利。78馮唐　漢安陵（在今陝西咸陽東北）人。白首為郎，漢文帝過郎署，與論將帥，拜為車騎都尉。漢武帝時，求賢良，舉馮唐，年已九十餘，不能復為官。79李廣　漢隴西成紀（治所在今甘肅靜寧西南）人。漢武帝時為右北平太守，多次抗擊匈奴有功，匈奴號為飛將軍，因命運不好，迄不得封侯。80賈誼　漢洛陽（今河南洛陽）人。為絳侯灌嬰所忌，謫為長沙王太傅。81梁鴻　東漢平陵（在今陝西咸陽西北）人。恥事權貴，佞臣毀之，逃匿東吳海曲。82海曲　濱海偏遠之處。83老當益壯二句　年紀雖老，更當志氣壯盛，豈因白首而改變。白首，指年老。後漢馬援，扶風茂陵（在今陝西興平東北）人，嘗謂賓客曰：「丈夫為志，窮當益堅，老當益壯。」84青雲之志　遠大的志向。青雲，天空。引申指其高遠。85酌貪泉而覺爽　雖飲貪泉之水而心志清明。晉吳隱之為廣州刺史，未至州二十里，地名石門，有水曰貪泉。故老云：飲此水者，廉士皆貪。吳隱之至泉所，酌而飲之，賦詩曰：「古人言此水，一歃懷千金。試使夷、齊飲，終當不易心。」86涸轍　乾枯無水的車轍。比喻困境。涸，乾。轍，車輪之跡。87賒　遠。88扶搖　暴風自下而上。《莊子．逍遙遊》：「北海有魚，其名為鯤。化而為鵬，摶扶搖而上者九萬里。」89東隅已逝二句　早晨已過，若能把握傍晚，及時努力，猶未為晚。東隅，東邊。日出東隅，因以指早晨。日落餘光留在桑榆之上，因以桑榆指黃昏。《後漢書・馮異傳》：「失之東隅，收之桑榆。」90孟嘗　字伯周。東漢順帝時，為合浦（治所在今廣西合浦東北）太守，性高潔。91阮籍　字嗣宗。三國魏尉氏（今河南尉氏）人，倜儻不羈，嗜酒放蕩，常獨自駕車入山，遇徑路不通，輒痛哭而返。92三尺微命　指官秩卑微。三尺，指其官服紳帶之長。《禮記・玉藻》：「紳制，士長三尺。」紳，衣帶。王勃曾為虢州參軍，故此自比於古代官秩最低之士。93無路請纓二句　如終軍之年少，而無請纓報國之路。請纓，請求殺敵之任命。纓，繫馬頸的皮帶。終軍，西漢濟南（治所在今山東章丘西北）人。南越與漢和親，終軍年二十，請受長纓，羈南越王，致之闕下。弱冠，指男子二十歲。《禮記・曲禮》：「二十曰弱，冠。」94有懷投筆二句　有心效班超投筆從戎，仰慕宗慤乘風破浪之壯志。東漢班超嘗為書記，意不屬，後從軍，通西域有功，封定遠侯。宗慤，南北朝宋南陽（治所在今河南南陽）人，字元幹，少時叔父問其志，慤曰：「願乘長風破萬里浪。」後果封洮陽侯。95舍簪笏於百齡二句　放棄一生做官的機會，至萬里之外侍奉父母。簪笏，冠簪和手版。皆仕宦之所用，故以代指官職。晨昏，子女早晚向父母請安。《禮記・曲禮》：「凡為人子之禮，冬溫而夏清，昏定而晨省。」定，安床席。省，問安。96謝家之寶樹　指東晉謝玄。謝玄為叔父謝安所器重，謝安曾問何以人皆願有佳子弟，謝玄曰：「譬如芝蘭玉樹，欲使其生于庭階耳。」此喻佳子弟。97接孟氏之芳鄰　言幸與諸賢相接。孟母三遷，為子擇鄰。98他日趨庭二句　此言將赴交趾接受父親教導。他日，來日。趨庭，在庭院中快步走過。叨陪，奉陪。鯉，孔鯉。孔子之子。對，回答。《論語・季氏》記孔子嘗獨立於庭中，孔鯉趨而過庭，孔子教其當學《詩》學《禮》。99捧袂　舉起雙袖作揖，表示對長者的敬意。100龍門　東漢李膺以聲名自高，有被其容接者，謂之登龍門。此以閻公比李膺。101楊意　楊得意。司馬相如同鄉。漢武帝讀司馬相如〈子虛賦〉而善之，楊得意遂薦之於漢武帝。102凌雲　借指司馬相如〈大人賦〉。漢武帝讀〈大人賦〉，感「飄飄然有凌雲之氣」。103鍾期　鍾子期。春秋時代楚國人，能知音。104流水　伯牙鼓琴，志在流水。鍾子期曰：「洋洋乎若江河。」此用其典，意味今日幸獲知音。105蘭亭　在今浙江紹興西南。東晉永和九年三月三日，王羲之與當時名士四十一人在此宴集。106梓澤　西晉石崇在洛陽金谷之別館名，即金谷園。石崇常與賓客宴集於此。107偉餞　盛餞。108恭疏短引　恭敬地寫下這篇短序。疏，條陳其事而書之。短引，短序。109請灑潘江二句　意謂請各展才華。《詩品》：「陸才如海，潘才如江。」潘岳字安仁，陸機字士衡，俱西晉太康時詩人。此以潘、陸比與會諸文士。110滕王　唐高祖子李元嬰，詔封滕王，遂以名閣。111鸞　車鈴。112南浦　地名。今江西南昌西南。113西山　山名。在今江西新建西，章江門外三十里，一名南昌山。114悠悠　閒靜漫長的樣子。115物換星移幾度秋　景物變換，時世推移，不知已過多少年。116檻　欄杆。

【語　譯】南昌是舊時的豫章郡治，今日洪州都督的治所；天上是翼、軫二宿的分野，地面和衡、廬二山緊接。三江像衣襟一樣，在前面交流；五湖像腰帶一般，在四周環繞。可以控制蠻荊，可以連繫甌越。談到物產的精華、天生的寶物，此地有龍泉、太阿，劍光直射到牛、斗二宿；講到人中的俊傑，正因地方的靈氣，此地有高士徐穉，使陳蕃特別為他設一臥榻。大郡像霧般羅列四周，俊傑有如流星奔馳來往。城池正當夷、夏的交界，賓主都是東南的名流。都督閻公的清望，儀仗由遠處蒞臨；宇文新州牧的風範，車馬也暫時停駐。碰到十日一天的休假，勝友如雲彩般聚集；迎接千里而來的賓客，席上坐滿高朋。講到文彩，如蛟飛騰、如鳳起舞，個個都是孟學士一般的文章宗匠；講到武略，或如紫電、或若青霜，人人都有王將軍胸中的韜略。我因家父做交趾縣令，路過貴地；年幼無知，居然能躬逢盛會。

時令是九月，季節屬暮秋；地面積水已乾而寒潭分外清澄，天上雲霞凝集而晚山一片紫色。車馬嚴整地行走在道路上，往高山尋訪風景。來到滕王建閣的長洲，登上他住過的舊館。山巒重疊碧綠，高入雲霄；高閣架空，丹彩流動。水岸沙洲有白鶴野鴨，大小島嶼極盡紆曲迴環；華貴的宮殿，隨著山巒的形勢起伏。

打開華麗的閣門，俯看雕刻的屋脊。山野開闊，盡入眼底；川澤紆曲，駭人眼目。屋宅遍地，盡是鳴鐘列鼎的富貴人家；船隻塞滿渡口，都是青雀黃龍的大船。虹消雨停，夕陽遍照，一片光明。落霞和孤單的野鴨同時飛舞，秋水和無邊的藍天連成一色。傍晚的漁歌響起，一直傳到鄱陽湖邊；雁陣受寒驚叫，聲音消失在衡陽的水濱。

悠遠的情懷正告舒暢，超逸的意興又迅速飛揚。清爽的簫聲引來徐徐清風，柔細的歌聲留住浮雲。像在梁王睢園綠竹下的快飲，氣派勝過陶淵明的酒興；像在鄴水邊欣賞紅荷的魏太子盛宴，文采和謝靈運的妙筆相輝映。這真是良辰、美景、賞心、樂事四美的齊全，賢主、嘉賓兩難的遇合。放眼縱觀天地，在閒暇的日子裡盡情遊樂。天是那樣高，地是那樣遠，令人感到宇宙的無窮無盡；意興盡，悲哀來，令人體悟盛衰成敗都有定數。遙望夕陽中的長安，近指白雲深處的吳、會。大地的盡頭南海最深，天柱高聳而北極星更遠。關塞山嶺難以渡過，有誰可憐走投無路的人？萍水相逢，都是異鄉客。懷念君門而不得覲見，宣室奉召要到哪年？

唉！時運不濟，生涯不順；馮唐到老不得志，李廣終究未封侯。委屈了賈誼遠去長沙，並不是沒有聖明的君主；讓梁鴻逃匿到東海邊，難道是沒有清明的時代？可以倚賴的是君子能夠安貧，達人都知天命。年紀雖老更當志氣壯盛，怎可因為頭髮變白而改變？處境困窘更當意志堅定，決不喪失遠大的志向。就算喝了貪泉的水，還是心志清明；即使處在困境中，也能自得其樂。北海雖然遙遠，乘著大風也能到達；早晨雖已過去，傍晚努力還不算晚。立身像孟嘗那樣高潔，空懷著報國的心志；偶而如阮籍一樣不拘，怎能學他的窮途痛哭呢？

我地位卑微，只是一個書生。雖然和終軍一樣年少，卻沒有請纓報國的機會；有心投筆從戎，仰慕宗慤乘風破浪的壯志。現在我要放棄一生做官的機會，到遠方去侍奉父親。我雖不是謝家芝蘭玉樹一樣的好子弟，卻能夠遇到孟母所選擇的芳鄰。來日在父親身邊，像孔鯉那樣接受教誨；今天拜見長者，有幸能身登龍門。碰不到楊得意，只好撫摸著教人飄飄凌雲的佳作而自我憐惜；既遇到鍾子期，奏一曲高山流水又有什麼好慚愧的呢？

唉！勝地不可能常來，盛宴很難再逢；王羲之等人的蘭亭雅集已經過去了，石崇的梓澤也早已變成土堆。臨別贈言，為的是慶幸能夠在這盛宴上承受恩賜；登高賦詩，這是我所希望於諸位先生的。我只是盡我的一點誠意，恭恭敬敬地寫了這篇短文，並且根據文意，作了一首八句的詩。請諸位揮灑像潘安仁那種江水一樣的才華，展現像陸士衡那種海濤一樣的文思吧！

滕王閣高聳矗立，俯瞰著江中沙洲。
當年佩玉鳴鸞，冠蓋雲集。
如今歌聲已杳，舞影已歇。
南浦晨霧縈繞著畫棟，
西山暮雨輕灑著珠簾。

閒雲映著深潭，白日漫漫。
景物變換，時序移轉，
經歷了幾度春秋？
閣中的皇子，如今安在？
檻外的江水，空自奔流！

【研　析】本文可分七段。第一段先寫滕王閣的所在地，強調其鍾靈毓秀，地靈人傑。再寫宴會的舉行及自己參加的緣由。第二段寫赴宴會的時序及遠望中的滕王閣。第三段描繪登閣俯眺所見的景象。第四段由宴會中歌舞文酒的美好與遠眺中宇宙天地的遼闊，興發人世無常與艱難的悲感。第五段由古代賢達的困蹇例證，轉發出通達振奮的態度，以慰解與會的失意者。第六段抒寫自己的失意與選擇，以及勇於主動作序的心境。第七段說明盛筵難再，宴集賦詩以記錄盛況是與會者共同的願望。序文至此而止，文末所附則為王勃詩作，寫其物換星移，人世變遷的感慨。

全文結構由地寫到事，由事寫到景，由景寫到情，鋪展極有順序，承接極為自然。其技巧則多方用典，對仗嚴整，文字精鍊，富於文采與聲韻之美。其情感則由宇宙的盈虛有數寫到古代才士的困蹇，再及自己的失意，襟懷壯闊，情意澎湃。又由悲慨而通達而振奮，有其領悟與超越，氣象不凡。在景與情的結合上，因景象寫得極其悠遠空闊，故而興發宇宙盈虛之悲慨與個人失路無力的渺小感，可謂情景交融，意境深遠。

李白

李白（西元七〇一～七六二年），字太白，號青蓮居士。祖籍隴西成紀（今甘肅秦安附近）。其先人於隋末流寓碎葉（今中亞細亞吉爾吉斯境內），李白即生於此。幼年隨父遷居綿州昌隆縣（今四川江油）。生性豪邁，輕財任俠，有志匡世濟民而不屑科舉。年二十五離蜀漫遊。曾與孔巢父、韓準、裴政、張叔明、陶沔等居徂徠山之竹溪，酣歌縱酒，時號「竹溪六逸」。玄宗天寶初年至長安，賀知章讀其詩，歎曰：「子，謫仙人也。」道士吳筠薦之於玄宗，詔命供奉翰林。因恃才傲物，不容於權貴，不久便離開長安，再度浪跡四方。浪遊初期在洛陽結識杜甫，一見如故，過從甚密。安史亂起，李白避居廬山。永王李璘時守江陵，擅自引兵東巡，過廬山，邀李白入幕。永王兵敗，李白受牽連，流放夜郎（今貴州正安地），中途遇赦。晚年飄泊困窮，卒於當塗（今安徽當塗）。李白長於詩，風格雄奇飄逸，有「詩仙」之稱，與杜甫齊名，並稱「李杜」。有《李太白全集》三十卷。

與韓荊州書

【題　解】本文選自《李太白全集》。韓荊州，韓朝宗，唐長安（今陝西西安西北）人。唐玄宗開元二十二年（西元七三四年），李白遊襄陽（今湖北襄樊）。當時韓朝宗以荊州長史兼判襄州刺史，其人喜獎掖後進，薦拔人才，為士流所推重。因此李白以此書自薦，希望能得到韓朝宗的薦拔。

白聞天下談士❶相聚而言曰：「生不用封萬戶侯❷，但願一識韓荊州。」何令人之景慕❸，一❹至於此耶？豈不以有周公之風，躬吐握❺之事，使海內豪俊奔走而歸之，一登龍門❻，則聲譽十倍？所以龍盤鳳逸❼之士，皆欲收名定價❽於君侯。願君侯不以富貴而驕之，寒賤而忽之，則三千賓❾中有毛遂❿；使白得穎脫而出⓫，即其人焉。

白隴西布衣⓬，流落楚漢⓭。十五好劍術，偏干⓮諸侯；三十成文章，歷抵⓯卿相。雖長不滿七尺，而心雄萬夫⓰。王公大人，許與⓱氣義。此疇曩⓲心跡⓳，安敢不盡於君侯哉？

君侯制作⓴侔㉑神明，德行動天地，筆參造化，學究天人。幸願開張心顏，不以長揖㉒見拒。必若㉓接之以高宴，縱之以清談，請日試萬言，倚馬可待㉔。今天下以君侯為文章之司命㉕，人物之權衡㉖，一經品題㉗，便作佳士。而君侯何惜階前盈尺之地㉘，不使白揚眉吐氣、激昂青雲㉙耶？

昔王子師為豫州㉚，未下車㉛即辟㉜荀慈明㉝，既下車又辟孔文舉㉞。山濤㉟作冀州㊱，甄拔㊲三十餘人，或為侍中㊳、尚書㊴，先代所美。而君侯亦一薦嚴協律㊵，入為祕書郎㊶；中間崔宗之、房習祖、黎昕、許瑩之徒㊷，或以才名見知，或以清白見賞。白每觀其銜恩撫躬，忠義奮發，以此感激，知君侯推赤心㊸於諸賢腹中，所以不歸他人而願委身國士㊹。儻急難有用，敢效微軀！且人非堯、舜，誰能盡善？白謨猷籌畫㊺，安能自矜？至於制作㊻，積成卷軸㊼，則欲塵穢視聽，恐雕蟲小技㊽，不合大人。若賜觀芻蕘㊾，請給紙墨，兼之書人㊿。然後退掃閒軒，繕寫呈上。庶(51)青萍(52)、結綠(53)，長價(54)於薛(55)、卞(56)之門。幸推下流，大開獎飾(57)，唯君侯圖之。

【注釋】①談士　談論之士。②萬戶侯　食邑萬戶的侯爵。漢制，列侯大者食邑萬戶。③景慕　景仰傾慕。④一　竟然；居然。⑤吐握　吐哺握髮。形容接待客人之勤。周公戒伯禽曰：「我一沐三握髮，一飯三吐哺，起以待士，猶恐失天下之賢人。」⑥登龍門　比喻得到有力者的識拔。後漢李膺負士林名望，凡士人為其容接，名為登龍門。⑦龍盤鳳逸　龍的盤曲，鳳的飛逸。比喻非凡之才，待時而動。⑧收名定價　收美名，定聲價。⑨三千賓　三千食客。《史記・孟嘗君列傳》：「食客三千人，邑入不足以奉客。」⑩毛遂　戰國時趙平原君之食客。⑪穎脫而出　才能顯露。穎，尖端。戰國時，秦圍趙都邯鄲（今河北邯鄲），趙使平原君求救於楚，毛遂自薦請從，平原君曰：「夫士之處世，譬如錐處囊中，其末立見。」毛遂曰：「臣乃今日請處囊中耳。使遂得早處囊中，乃穎脫而出，非特其末見而已。」⑫隴西布衣　隴西的平民。隴西，縣名。隋置，故城在今甘肅隴西南。李白本蜀人，稱隴西者，本其先世族望而言。⑬楚漢　指荊州。春秋戰國時，楚之中心地區在漢水流域，即今湖北一帶，亦稱荊。⑭干　求；謁。⑮抵　拜謁。⑯心雄萬夫　志大於萬人。萬，極言其多。夫，男子之通稱。⑰許與　稱許。⑱疇曩　往日；平素。⑲心跡　存心與行事。⑳制作　指政績。㉑侔　齊等。㉒長揖　拱手高舉、自上而下的相見禮，用於地位相等者之間。㉓必若　如果。㉔倚馬可待　謂作文敏捷。晉桓溫北征，命袁宏倚馬前作露布文，手不停輟，俄成七紙。㉕文章之司命　評定文章之權威。司命，星名。亦名文昌星，主司人間文運。㉖人物之權衡　品評人物之權威。權衡，衡器。引申為衡量之標準。權，秤錘。衡，秤桿。㉗品題　品評。㉘盈尺之地　滿一尺之地。形容不大的地方。即求見者站立之地。㉙青雲　天空。比喻高顯之處。㉚王子師為豫州　王允任豫州刺史。王允，字子師，東漢太原祁（今山東祁縣）人，東漢靈帝時任豫州刺史。為，任。豫州，在今河南。㉛下車　官吏到任。㉜辟　徵召。㉝荀慈明　名爽。官至司空。㉞孔文舉　孔融。字文舉，東漢末魯人，東漢獻帝時，為北海相，故又稱孔北海。㉟山濤　字巨源。晉人，晉武帝時為吏部尚書，清儉無私，甄拔人物，皆一時之選。㊱冀州　州名。在今河北及河南黃河以北。㊲甄拔　選拔人材而薦舉之。㊳侍中　官名。漢為加官，在皇帝左右侍應雜事，魏、晉以來，為門下省長官。㊴尚書　官名。秦置，掌圖籍文書，東漢時職掌朝廷大政。㊵嚴協律　其名未詳。協律，官名。掌音樂。㊶祕書郎　官名。掌圖書。㊷崔宗之　四人皆當時韓荊州所接引之後進。崔宗之，唐宰相崔日用之子，襲封齊國公。黎昕，曾官拾遺。餘二人不詳。㊸赤心　真心；誠心。㊹國士　一國傑出之士。此指韓荊州。㊺謀猷籌畫　計謀策畫。㊻制作　指詩文創作。㊼卷軸　指書籍。㊽雕蟲小技　形容微不足道的技能。此指詩文之事。揚雄《法言》：「或問：『吾子少而好賦？』曰：『然，童子雕蟲篆刻。』俄而曰：『壯夫不為也。』」㊾芻蕘　割草砍柴的人。刈草曰芻，析薪曰蕘。㊿書人　繕寫之人。(51)庶　庶幾；或許。(52)青萍　寶劍名。(53)結綠　美玉名。(54)長價　增價。(55)薛　薛燭。春秋越人，善相劍。(56)卞　卞和。春秋楚人，善於識別美玉。(57)獎飾　嘉獎而表揚之。

【語　譯】我聽說天下談論之士聚集在一起說：「人生在世可以不用封萬戶侯，只希望能夠結識韓荊州。」為什麼您使人景仰傾慕，竟會到這種程度呢？難道不是因為您有周公的風範，能實行周公握髮吐哺接待賢人的往事，使海內的英豪俊傑都爭先來歸附您，認為只要一登龍門，聲譽就增加十倍嗎？所以那些懷才待時的賢士，都希望能夠在您那兒獲得名譽和定評。但願您不因為自己富貴就對他們驕傲，也不因為他們微賤就輕視他們，那麼在三千食客中，就一定有像毛遂那樣的人；如果我有機會展現才華，我也會是那個毛遂。

我是隴西的一介平民，流落在荊州。十五歲愛好劍術，到處去謁見諸侯。三十歲學會做文章，曾一個個地去拜謁卿相。身高雖不滿七尺，雄心卻勝過萬人。那些王公大人，都稱許我的氣節道義。這是我平素的心跡，怎敢不向您和盤托出呢？

您的功業和神明齊等，德行能感動天地，文章能參與天地的化育，學問窮盡天道和人事的奧祕。但願您能敞開心胸，不會因為我長揖不拜而拒絕我。如果能用盛筵來接待我，容許我高談闊論，試試我的才情，即使一日之間萬把字的文章，倚在馬旁邊，也能立即寫好。現在天下人都認為您是評定文章的權威，衡量人物的標準，一經您的品評，便算是佳士。您何必吝惜臺階前尺把的地方，不讓我揚眉吐氣，激昂奮發、直上青雲呢？

從前王允做豫州的刺史，還未到任就徵召荀慈明，到任後又徵召了孔文舉。山濤做冀州刺史，甄選薦舉了三十多人，有的還做到侍中、尚書，這是前代所讚美的事。您也曾經薦舉嚴協律，到朝廷去做祕書郎；中間崔宗之、房習祖、黎昕、許瑩這些人，有的因為才名受您的知遇，有的因為人品清白受您的賞識。我每次看到他們受恩感德，反躬自問，心存忠義，激昂奮發，我因此而感動振奮，知道您是真心對待賢士，所以不願投靠他人而願意委身於您這位國士。倘使遇急難而有用得著我的時候，我願意以微賤的身軀為您效力。但是，人非堯、舜，誰能十全十美？我的謀畫計策，又怎敢自誇？至於我的詩文，已經累積成書，想要給您過目，又恐怕雕蟲小技，不合您的品味。如果您願意看看我這草野之人的文章，請您賜我紙墨，以及抄寫的人。然後我回去打掃靜室，謄寫好了再呈獻給您。或許青萍寶劍、結綠美玉，才能夠在薛燭、卞和的門下，得到更高的評價。但願您能推恩，大大地鼓勵我一番，希望您能考慮。

【研　析】本文可分四段。第一段讚揚韓朝宗拔掖後進的美名為天下人所共慕，而自己正是最值得薦拔的人才。第二段略述自己過去的行跡，並表白宏大的志向。第三段頌揚韓朝宗的學識和評鑑地位，請求他試驗自己的才華。第四段以韓朝宗過去的薦舉佳例和史上因薦舉而成為美談者相媲美，表達自己一心歸附效命的心意，並推薦自己的詩文作品，希望韓朝宗能品鑑獎飾。

唐朝承繼東漢以來品題人物的風氣，加以投刺（將自己的作品同身分介紹一起呈給王公權貴，希望得到他們的舉薦）的風尚，因此這種寫信以推介自己的情形相當常見。這種自我推薦的書信，在辭氣的卑亢抑揚之間最須斟酌。李白在提及自己的才能時充滿自信，但激昂奮厲中又不乏謙遜誠摯之情，在卑亢間拿捏切當，很能觸動高位長者愛才重德的心情。此外李白不斷地在文字間稱頌韓朝宗具有識人的慧眼以及在舉薦人材方面的重要地位，同時又不斷地接續以自己穎異突出的才華，意味著賞識並推舉李白乃是韓朝宗具有慧眼的必然結果。這就使這封自薦信的說服力相當強大。

過商侯評本文說：「人謂白一生負才使氣，未免粗豪。然觀其不敢為『黃鶴樓詩』，乃是天下第一虛心人。能識郭子儀于行伍，乃是天下第一有眼人。即如此書，雖有一段強項不服處，然畢竟眼中知有荊州，並未曾有目空天下之想。故必有李太白之虛心隻眼，然後可以為狂為傲。人固可負才使氣乎哉？」由此亦可見，如此一位豪情縱逸的大文人在追求抱負實踐的過程中，仍不免受到時代投刺風尚的影響，而須謙卑求識於人的境況。

春夜宴桃李園序

【題解】本文選自《李太白全集》，篇名原作〈春夜宴從弟桃花園序〉。序，古代的一種文體（參見〈太史公自序〉題解），本文屬「詩序」。李白於春夜與諸堂弟（從弟）宴集桃花園，作此序文，強調天倫歡聚為人生一大樂事，要求與會者賦詩以伸雅懷。

夫天地者，萬物之逆旅❶也；光陰者，百代❷之過客也。而浮生❸若夢，為歡❹幾何？古人秉燭夜遊❺，良有以❻也。況陽春❼召我以烟景❽，大塊❾假❿我以文章⓫。會桃花之芳園⓬，序天倫⓭之樂事。群季⓮俊秀，皆為惠連⓯；吾人詠歌，獨慚康樂⓰。幽賞未已，高談轉清。開瓊筵⓱以坐花⓲，飛羽觴⓳而醉月⓴。不有佳詠，何伸㉑雅懷？如詩不成，罰依金谷酒數㉒。

【注　釋】❶逆旅　旅舍。逆，迎接。❷百代　世世代代。此指世世代代之人。❸浮生　人生。人生世上，虛浮無定，故曰浮生。❹為歡　行樂。❺秉燭夜遊　持火把夜遊。〈古詩十九首〉：「晝短苦夜長，何不秉燭遊。」秉，執；持。燭，火把。❻良有以　實在很有道理。良，實在；的確。以，原因；道理。❼陽春　溫暖的春天。陽，溫暖。❽烟景　春日之美景。❾大塊　天地；大自然。《莊子・齊物論》：「大塊噫氣。」❿假　借；供給。⓫文章　美麗的顏色或花紋。此指春日之美景。⓬芳園　花園。⓭天倫　指兄弟。⓮群季　諸弟。古人以伯、仲、叔、季為兄弟之排行。⓯惠連　謝惠連。南朝宋陳郡陽夏（治所在今河南太康）人，與族兄謝靈運同以詩著稱，時人並稱為「大小謝」。⓰康樂　謝靈運。南朝著名山水詩人，封康樂公，故世稱謝康樂。⓱瓊筵　珍美的筵席。⓲坐花　坐在花叢中。⓳羽觴　有雙耳的酒杯。⓴醉月　醉酒於月下。㉑伸　抒發。㉒金谷酒數　晉石崇有金谷園，宴賓園中，賦詩不成，罰酒三杯。

【語　譯】天地是世間萬物的旅館，光陰是百代之人的過客。至於虛浮無定的人生就好像做夢一樣，歡樂的日子能有多少呢？古人拿著火把夜遊，實在是很有道理的啊！何況溫暖的春天用如煙似霧的景色來召喚我們，大自然提供我們許多美麗的風光。我們在桃花盛開的園子裡聚會，享受著天倫的樂趣。諸弟都有謝惠連般俊秀的才華，我這個做大哥的卻自愧不如謝靈運。幽雅的賞玩還沒有結束，已轉為清高的談論。擺開美盛的筵席，大家圍坐在花叢中；飛快地傳遞著杯盞，大家一起醉臥月下。此情此景而沒有好詩，怎能抒發幽雅的情懷呢？如果詩沒有寫成的，就照金谷園的前例，罰酒三杯。

【研　析】本文篇幅雖然短小，情境卻極深遠開闊，可分為三層次。第一層先由天地為逆旅、光陰是過客而感發人生短暫無常，引出及時行樂的主題。其情感深沉並涵攝所有人的生命共感。第二層點明良辰、美景、樂事當前，俊才相會，意味眾人必有感懷欲抒發。短短數句間便綰合了時、地、事、人之間的緊密關係。第三層描寫眾人在賞、談、宴、飲上的盡興，進而直接進入要求賦詩的主旨。

全文由天地光陰起筆，綰合時、空、人、事，境界極空闊，氣勢極壯恣，具有樂府歌行般酣暢淋漓的特色。

李華

李華（西元七一五～七七四年），字遐叔，唐趙州贊皇（今河北贊皇）人。玄宗開元二十三年（西元七三五年）中進士。天寶間，歷任侍御史，禮、吏二步員外郎。安史之亂曾接受偽官職，事平貶官。後以風痺去官，避居江南。李華與蕭穎士齊名，同為唐代古文運動先驅；又有詩名，今存大多為古詩。有《李遐叔文集》。

弔古戰場文

【題解】本文選自《李遐叔文集》。全文寫憑弔古戰場，想像自古以來戰爭的恐怖，戰士犧牲的慘烈，抨擊窮兵黷武的禍害之大，並主張用王道感化四夷，消弭戰爭。

浩浩乎平沙無垠❶，夐❷不見人。河水縈帶❸，群山糾紛❹。黯兮慘悴❺，風悲日曛❻；蓬斷草枯，凜若霜晨；鳥飛不下，獸鋌亡群❼。亭長❽告予曰：「此古戰場也。嘗覆❾三軍，往往鬼哭，天陰則聞。」傷心哉！秦歟？漢歟？將❿近代歟？

吾聞夫齊、魏⓫徭戍⓬，荊、韓⓭召募。萬里奔走，連年暴露⓮；沙草晨牧⓯，河冰夜渡；地闊天長，不知歸路；寄身鋒刃，腷臆⑯誰愬？秦、漢而還，多事四夷⑰；中州⑱耗斁⑲，無世無之。古稱戎夏，不抗王師⑳。文教失宣，武臣用奇。奇兵有異於仁義，王道迂闊而莫為。

嗚呼噫嘻！吾想夫北風振漠㉑，胡兵伺便；主將驕敵，期門㉒受戰；野豎旌㉓旗，川迴組練㉔；法重心駭，威尊命賤；利鏃㉕穿骨，驚沙入面；主客㉖相搏，山川震眩㉗；聲析江河㉘，勢崩雷電㉙。至若窮陰凝閉，凜冽㉚海隅㉛；積雪沒脛㉜，堅冰在鬚；鷙鳥休巢㉝，征馬踟躕㉞；繒纊㉟無溫，墮指裂膚。當此苦寒，天假㊱強胡，憑陵㊲殺氣，以相剪屠㊳。徑截輜重㊴，橫攻士卒；都尉㊵新降，將軍復沒。屍填巨港㊶之岸，血滿長城之窟，無貴無賤，同為枯骨，可勝言哉？

鼓衰兮力竭，矢盡兮弦絕；白刃交兮寶刀折，兩軍蹙㊷兮生死決。降矣哉，終身夷狄。戰矣哉，骨暴沙礫。鳥無聲兮山寂寂，夜正長兮風淅淅㊸；魂魄結㊹兮天沉沉，鬼神聚兮雲冪冪㊺；日光寒兮草短，月色苦兮霜白。傷心慘目，有如是耶？

吾聞之，牧㊻用趙卒，大破林胡㊼，開地千里，遁逃匈奴。漢傾天下，財殫力痡㊽。任人而已，其在多乎？周逐玁狁㊾，北至太原，既城朔方㊿，全師而還。

飲至51策勳52，和樂且閒，穆穆棣棣53，君臣之間。秦起長城，竟54海為關，荼毒生靈55，萬里朱殷56。漢擊匈奴，雖得陰山57，枕骸58徧野，功不補患。

蒼蒼59蒸民60，誰無父母？提攜捧負，畏其不壽。誰無兄弟？如足如手。誰無夫婦？如賓如友。生也何恩？殺之何咎61？其存其歿，家莫聞知；人或有言，將信將疑；悁悁62心目，寤寐見之。布奠傾觴63，哭望天涯，天地為愁，草木悽悲。弔祭不至，精魂何依？必有凶年，人其流離。嗚呼噫嘻！時耶命耶？從古如斯。為之奈何？守在四夷64。

【注釋】❶垠　邊際；界限。❷敻　遙遠。❸縈帶　縈繞如帶。❹糾紛　散亂層疊的樣子。❺慘悴　悽愴。❻曛　日色昏黃。❼獸鋌亡群　野獸奔跑失群。鋌，疾走的樣子。亡群，失群；失散。❽亭長　秦、漢之制，每十里設一亭，亭有亭長，掌捕劾盜賊。❾覆　敗亡。❿將　或是；還是。⓫齊魏　戰國時代二國名。⓬傜戍　服勞役和守邊。⓭荊韓　戰國時代二國名。荊，即楚。建國荊山下，故稱。⓮暴露　日曬雨淋。暴，日曬。⓯沙草晨牧　清晨即起，牧馬於沙漠有水草之地。⓰腷臆　鬱悶。⓱多事四夷　常征伐四夷。事，指征伐。四夷，中國四方的外族。⓲中州　中原；中國。⓳耗斁　耗損破壞。耗，消損。斁，敗壞。⓴古稱戎夏二句　古代戎、狄、諸夏，皆不敢抗拒王師。王師，天子之兵。㉑漠　「沙漠」的省略。㉒期門　官名。漢置，掌門禁護衛之事。漢武帝好微行，常使隴西、北地良家子善騎射者期於殿門，故有期門之稱。此泛指武將。㉓旌　用犛牛尾或羽毛飾竿首的旗子。㉔組練　皆戰袍。組謂組甲，練謂練袍。㉕利鏃　利箭。鏃，箭頭。㉖主客　指敵我雙方。㉗震眩　心驚眼花。㉘聲析江河　戰鬥搏殺之聲，可以分裂江河。析，裂。㉙勢崩雷電　交戰之聲，如雷電之崩頹。㉚凜冽　寒甚。㉛海隅　海邊。此指邊境。㉜脛　小腿。㉝鷙鳥休巢　猛禽畏寒而休憩於巢中不敢出。㉞踟躕　徘徊不進。㉟繒纊　指綿衣。繒，絲織品。纊，粗絲綿。㊱假　給予。㊲憑陵　有所依恃而陵人。㊳剪屠　搶劫屠殺。㊴徑截輜重　徑自截取輜重。徑，直接。截，截取。輜重，軍中裝載衣物之車。引申指軍用物資。㊵都尉　官名。漢時都尉官甚多，此當為武階官。㊶巨港　大河。㊷蹙　迫近。㊸淅淅　風聲。㊹結　凝聚；聚集。㊺冪冪　陰慘的樣子。㊻牧　李牧。戰國時代趙國之良將。㊼林胡　匈奴的別支。㊽財殫力痡　財盡力疲。殫，盡。痡，疲。㊾玁狁　北狄名。即秦、漢時匈奴，周宣王時入寇，逼近京邑，周宣王命尹吉甫伐之，逐之太原而歸。㊿朔方　地名。即內蒙古鄂爾多斯地，今綏遠南境。(51)飲至　古代諸侯朝覲會盟後回國或軍隊凱旋，祭告宗廟並飲酒，謂之飲至。(52)策勳　記功勞於簿冊。(53)穆穆棣棣　和敬安嫻的樣子。(54)竟　止；至。(55)荼毒生靈　毒害人民。荼為苦菜，毒為螫蟲，皆惡物，並言以喻苦。生靈，生民；人民。(56)萬里朱殷　血流萬里。朱，紅色。殷，赤黑色。血色本紅，久則變為殷。(57)陰山　山名。在綏遠，橫障漠北。(58)枕骸　屍骨重疊。(59)蒼蒼　眾多的樣子。(60)蒸民　眾民。蒸，眾。(61)咎　罪過。(62)悁悁　憂思的樣子。(63)布奠傾觴　設靈位而祭之。布奠，擺設祭品。(64)守在四夷　謂宣文教，行王道，使戎夏為一，則四夷各為天子守土，無用戰矣。《左傳・昭公二十三年》：「古者天子，守在四夷。」

【語　譯】茫茫無邊無際的大沙原，是那麼遼遠，看不見一個人影。河水像帶子般地縈繞著，群山雜亂層疊地矗立著；風在悲號，日色無光，一片黯淡悽愴；蓬草折斷了，野草枯黃了。寒氣凜冽，就像結霜的早晨；鳥兒在空中盤旋，不敢下來；野獸狂奔亂跑，離群失散。亭長告訴我說：「這兒是古時候的戰場。常有軍隊在這兒覆沒，因此往往有鬼哭的聲音，只要是陰天就可以聽到。」真令人傷心啊！這是秦代的戰場呢？漢代的戰場？還是近代的呢？

我聽說戰國的齊、魏、楚、韓都召募兵員征戰守邊。兵士長途奔走，連年日曬雨淋；大清早就在沙漠有水草的地方牧馬，黑夜裡渡過結冰的河川；天地是那麼遼闊，不知道回家的路在哪裡；生命寄託在刀鋒上，苦悶向誰去傾訴？秦、漢以來，不斷征伐四境的夷狄；中國遭受破壞損耗，沒有哪一代沒有。古人說夷、狄、諸夏，不抵抗天子的軍隊。但是到了後來，文教沒有宣揚，那些武將專用奇兵。奇兵和仁義之師是不同的，可是大家都認為王道太迂闊了，沒有人肯去實行。

唉！我想到那北風吹動沙漠的時候，胡人就乘機來侵犯；只因主將輕敵，以致部將倉皇應戰；曠野裡滿豎著旌旗，河川上戰士來回奔馳；軍令禁嚴而戰士膽戰，主帥威嚴而生命輕賤；利箭穿進骨頭，狂沙撲在臉上；敵我兩軍互相搏鬥，戰鼓聲震眩山川；殺聲可使江河分裂，攻勢就像急雷閃電。至於在天陰地暗凝結不開的時候，邊地朔風凜冽，積雪掩蓋過小腿，堅冰結在鬚髮上；兇猛的飛鳥都躲在巢裡休息，奔騰的戰馬也徘徊不前；身上的綿衣一點也不保暖，凍得人手指皮膚斷裂。在這苦寒的時候，上天給了頑強的胡人好機會，他們靠著騰騰的殺氣，前來搶劫屠殺。直接攔截輜重，縱橫攻擊士卒；都尉剛剛投降，將軍又已死亡。屍體堆積在大河兩岸，鮮血流滿長城的洞穴，不分貴賤，全都成為枯骨，這種慘狀哪說得完呢？

戰鼓聲低弱了，力氣衰竭了，箭射光了，弓弦斷了。白刃交鋒，寶刀斷折；兩軍肉搏，決一生死。投降嗎？那就終身淪為夷狄。再戰嗎？那就屍骨暴露沙礫。鳥兒無聲，山野靜寂；長夜漫漫，風聲淅淅。魂魄凝結啊，天空昏沉沉的；鬼神聚集啊，雲霧陰慘慘的。陽光寒冷，地上的草都變短；月色淒苦，霜雪是那樣慘白。傷心怵目的事，竟有像這樣的嗎！

我聽說，李牧只用趙國的士兵，便大敗林胡，開拓千里的土地，使匈奴逃竄而去。漢朝傾全國的力量打匈奴，卻弄得財盡力疲。所以只要用人得當就行了，哪裡在乎部隊多少呢？周朝驅逐玁狁，一直趕到太原，在朔方築了城池，全軍凱旋回來。朝廷為他們舉行慶功宴，把他們的功勳記錄在簿冊上，大家是那樣和樂安閒，君臣之間也是那樣從容互敬。秦朝建築長城，東邊一直到海為止，設立許多關塞，因此殘害了無數人民，使萬里的土地，都變成赤黑色。漢朝攻打匈奴，雖然奪得陰山，但是積屍遍野，得不償失呀。

眾多的人民，誰沒有父母？小時候父母牽他，帶他，又抱，又背，就怕他不能長命。誰沒有兄弟？他們相親相愛，像手足一般。誰沒有丈夫或妻子？他們像賓客一樣相敬，像朋友一樣互助。活著的時候，他們得到什麼恩惠？被殺而死，他們又是犯的什麼罪過？他們的生死存亡，家裡沒有人知道；有時聽到人家講起，也是信疑參半，心裡憂思，連睡覺時都夢見他。於是設立靈位祭奠他，望著遠方痛哭。這時候，天地都為他憂愁，草木都為他悲哀。但是弔祭達不到遠方，他的魂魄又將依附什麼呢？戰爭之後必有凶年，人民又將流離失所了。唉！這是時世呢？還是命運呢？從古到今都是這樣。那該怎麼辦呢？只有施行仁政，使夷狄歸服，替天子守護四方邊境，才可以避免戰爭。

【研 析】本文可分六段。首段由靜而動，描繪古戰場淒涼可怖的衰颯景象，並藉著亭長的告語，播撒詭異的氣氛。二段歎息古來征戰之苦痛，指責戰爭是王道廢弛的表徵。三段想像秋、冬二季古戰場的情景，前者著重寫戰時的聲勢，後者強調死傷之慘烈。四段以騷體呈現戰士眼中所目睹的慘狀，及其內心矛盾之獨白。五段評論歷代戰事，歸納出「任人而已，其在多乎」的觀點。末段連續透過五個反問句為百姓喊冤，進而呼籲主政者施行仁義，綏化四夷，點出全文主旨。

中國歷來對邊境各民族，多半採羈縻、懷柔的態度，對李華這等深受儒家王道思想影響的知識分子而言，「遠人不服，則修文德以來之」無疑是最理想的政策。他意識到戰爭在本質上是正義感與侵略性的複合體，無論發動戰爭的目的為何，都勢必造成人民身心的巨大傷害，但人們卻往往選擇這種最愚昧的方式來解決爭端，這豈不是件可悲的事？「秦歟？漢歟？將近代歟？」這古戰場負載了多少痛苦的回憶？「時耶命耶？從古如斯」，如果人類註定要在貪婪的馳逐中輪迴，生命的希望何在？過商侯指出：「通篇大旨，在多事四夷一句；通篇歸束，在守在四夷一語。」或許，當人們學會以互助取代劫掠，以文化取代武力，以寬容取代傾軋，各民族間才有和平可言。否則，慘絕人寰的歷史悲劇勢將不斷上演。

劉禹錫

劉禹錫（西元七七二～八四二年），字夢得，唐洛陽（今河南洛陽）人。自幼好學，熟讀儒家經典，瀏覽諸子百家。德宗貞元九年（西元七九三年）中進士。累官至太子賓客，加檢校禮部尚書銜。順宗時，因參與王叔文等人的政治改革而長期被貶任地方官，頗著政績。晚年方回洛陽。劉禹錫是中唐重要作家，其詩介於韓愈的奇崛和白居易的淺顯之間，取境優美，語言精鍊，韻律自然，與白居易常相唱和，並稱「劉白」。古文則辭藻美麗，題旨隱微。有《劉賓客集》。

陋室銘

【題解】本文選自《劉賓客集》。陋室，簡陋的居室。此為劉禹錫的室名，故址在今安徽和縣。銘，古代的一種文體，主要作用有二：記功德、表警誡。大多採用韻文的形式，如本文，除末句外，均隔句用韻，且通篇一韻到底。本文敘述身居陋室而能以德自勵，富有雅趣。

山不在高，有仙則名；水不在深，有龍則靈。斯是❶陋室，惟吾德馨❷。苔❸痕上階綠，草色入簾青。談笑有鴻儒❹，往來無白丁❺。可以調素琴❻，閱金經❼。無絲竹❽之亂耳，無案牘❾之勞形❿。南陽諸葛廬⓫，西蜀子雲亭⓬。孔子云：「何陋之有⑬？」

【注　釋】❶斯是　二字同義。此。❷惟吾德馨　意謂此室雖簡陋，而我之品德美好。馨，芳香；美好。❸苔　隱花植物之一種。如地錢、鱗苔等是。❹鴻儒　大儒。鴻，大。❺白丁　平民。此指沒有知識的俗人。❻素琴　未加雕飾的琴。❼金經　用泥金書寫的佛經。❽絲竹　音樂之總稱。絲謂琴瑟，竹謂簫管。❾案牘　指官府文書。❿勞形　勞頓形神。⓫南陽諸葛廬　諸葛亮在南陽隱居時的草屋。南陽，今湖北襄陽。⓬子雲亭　子雲，揚雄。字子雲，漢蜀郡成都人。成都有揚雄宅，稱草玄堂，後人稱揚子宅，此云亭，係為押韻。⓭何陋之有　《論語・子罕》：「子欲居九夷。或曰：『陋，如之何？』子曰：『君子居之，何陋之有？』」此用其句，含有「君子居之」之意。

【語　譯】山不必高，只要有神仙就有名氣；水不必深，只要有蛟龍便有靈氣。這是一間很簡陋的房子，但我的德行卻是芳香美好。青色鮮苔一直蔓延到臺階上，碧綠的草色也映入簾中來。這兒談笑來往的，只有大儒而沒有俗人。可以彈彈素琴，讀讀佛經。沒有管絃的聲音來擾亂我的清聽，也沒有公文書牘來勞累我的形體。這兒就好像南陽地方的諸葛廬、西蜀地方的子雲亭一樣。孔子說：「有什麼簡陋的呢？」

【研　析】本文僅八十一字，起首數句以山水喻「室」，以不高、不深言「陋」，以仙、龍自況，以名、靈指涉「德馨」，刻意塑造出物與身、外與內的對立印象。接著說室中之景、室中之客、室中之事皆不「陋」，反而洋溢著淡雅的閑趣。最後回溯歷史之流，以諸葛廬和子雲亭作陪襯，而以孔子的話收束，暗示自己是以君子自期來居這陋室。

對劉禹錫來說，物質條件的匱乏並不足以影響心靈的自我提升。生命中本來就潛藏著許多難以逆料的傷害，自己因王叔文事件受株連便是一例；但作為一個有自覺、有理想的君子，在承受衝擊之餘，更重要的是做好自我的心理調適。於是，青苔碧草，何嘗不是萬物生命力的展現？居室雖然簡陋，卻不是與外界全然封閉，情感的交流仍在簡單的談笑中完成。沒有音樂激揚情緒，只有一張素琴聊供撥弄；不須處理繁瑣的公務，卻在佛典的證悟中找到安身立命之處。生活的供養是如此簡樸，而精神的享受卻又安適而多姿。現實遂在詩意的想像中昇華為雅緻的品味，陋室更為人與人、人與自然間的互動和自我的回歸提供了豐富的選擇，儼然成為作者心中高度肯定的傲人成就。由此觀之，何陋之有？

杜牧

杜牧（西元八〇三～八五二年），字牧之，唐京兆萬年（今陝西臨潼東北）人。宰相杜佑之孫。文宗太和二年（西元八二八年）中進士，累官至中書舍人。杜牧以世家子弟而生性耿介，不屑逢迎，故仕宦不得意。生當晚唐衰世，懷抱救亡圖存的理想，關心國事，其為文，往往論政談兵，切中時弊，非泛泛而言。其詩辭采流美，而情致婉約處，與李商隱齊名，人亦稱「李杜」；氣勢豪邁雄健者，則有類杜甫，故亦稱「小杜」。有《樊川文集》。

阿房宮賦

【題解】本文選自《樊川文集》。阿房宮是秦代的宮殿名，故址在今陝西西安鄠鄔嶺。始建於秦始皇三十五年（西元前二一二年），至秦亡（西元前二〇六年）尚未完成，沒有正式命名，當時人以前殿所在為阿房，故稱阿房宮。後為項羽放火燒燬。賦，古代的一種文體。主要特點是用誇大的手法鋪陳事物，散韻夾用，以四言、六言為主。本文以阿房宮為秦朝暴政的象徵，極力鋪寫其豪華奢侈，點出不愛惜人民，是秦滅亡的原因。杜牧在〈上知己文章啟〉中說：「寶曆大起宮室，廣聲色，故作〈阿房宮賦〉。」寶曆（西元八二五～八二六年）是唐敬宗的年號，可見此文旨在藉古諷今。

六王畢❶，四海一❷。蜀山兀❸，阿房出。覆壓❹三百餘里，隔離天日。驪山❺

北構而西折，直走咸陽❻。二川溶溶❼，流入宮牆。五步一樓，十步一閣；廊腰縵迴❽，簷牙高啄❾；各抱地勢❿，鉤心鬥角⓫。盤盤⓬焉，囷囷⓭焉，蜂房水渦，矗不知乎幾千萬落⓮。長橋臥波，未雲何龍⓯？複道行空，不霽何虹⓰？高低冥迷⓱，不知西東。歌臺暖響，春光融融⓲；舞殿冷袖，風雨淒淒⓳。一日之內，一宮之間，而氣候不齊。

妃嬪媵嬙，王子皇孫⓴，辭樓下殿，輦㉑來於秦。朝歌夜絃㉒，為秦宮人。明星熒熒，開妝鏡也㉓；綠雲擾擾，梳曉鬟也㉔；渭流漲膩，棄脂水也；烟斜霧橫，焚椒蘭㉕也；雷霆乍㉖驚，宮車過也，轆轆㉗遠聽，杳㉘不知其所之也。一肌一容，盡態極妍㉙；縵立㉚遠視，而望幸㉛焉。有不得見者三十六年㉜。

燕、趙之收藏，韓、魏之經營，齊、楚之精英，幾世幾年，剽掠其人㉝，倚疊㉞如山。一旦不能有，輸來其間。鼎鐺玉石，金塊珠礫㉟，棄擲邐迤㊱。秦人視之，亦不甚惜。

嗟乎！一人之心，千萬人之心也。秦愛紛奢㊲，人亦念其家。奈何㊳取之盡錙銖㊴，用之如泥沙？使負棟㊵之柱，多於南畝㊶之農夫；架梁之椽㊷，多於機上之工女；釘頭磷磷㊸，多於在庾㊹之粟粒；瓦縫參差，多於周身之帛縷；直欄橫檻，多於九土[45]之城郭；管絃嘔啞[46]，多於市人之言語。使天下之人，不敢言而敢怒。獨夫[47]之心，日益驕固[48]。戍卒叫，函谷舉，楚人一炬，可憐焦土[49]。

嗚呼！滅六國者，六國也，非秦也。族[50]秦者，秦也，非天下也。嗟夫！使六國各愛其人，則足以拒秦；秦復愛六國之人，則遞[51]三世可至萬世而為君，誰得而族滅也？秦人不暇自哀，而後人哀之；後人哀之而不鑑之[52]，亦使後人而復哀後人也。

【注釋】❶六王畢　六國滅亡。六王，指戰國時代齊、燕、楚、韓、趙、魏六國之王。畢，結束。此言滅亡。❷四海一　天下統一。四海，四海之內。指天下。一，統一。❸兀　光禿。❹覆壓　覆蓋；遮蔽。❺驪山　山名。在今陝西臨潼東南。❻咸陽　秦都。故城在今陝西咸陽東，驪山西北。❼二川溶溶　涇、渭二水，浩浩蕩蕩。二川，指涇、渭。均源自甘肅，流入陝西，至高陵相會，東經臨潼，至潼關入河。溶溶，水勢浩大的樣子。❽廊腰縵迴　走廊綿亙曲折，有如迴環的縵帛。廊腰，走廊的轉折處。縵，沒有花紋的絲織品。❾簷牙高啄　簷牙上翹，有如鳥之伸嘴啄物。屋簷兩端上翹如牙，故曰簷牙。❿各抱地勢　各依地勢高下而建。抱，圍繞。⓫鉤心鬥角　形容樓閣重疊交錯、對峙並列。地勢較低的樓閣，屋角伸向高處樓閣的屋心，謂之鉤心。平列的樓閣，屋角相對並列，謂之鬥角。⓬盤盤　曲折的樣子。⓭囷囷　迴旋的樣子。⓮蜂房水渦二句　樓閣密布如蜂窩，迴旋如水渦；層層聳立，數不清有幾千幾萬的院落。蜂房，蜂窩。落，院落。⓯長橋臥波二句　長橋橫跨水面，使人疑惑：天上沒雲，哪來的龍。渭水流入阿房宮，上建長橋，故曰長橋臥波。⓰複道行空二句　複道淩空而過，使人疑惑：並非雨後，哪來的虹。複道，高樓之間的通道。霽，雨止。⓱冥迷　深邃幽遠，模糊不清。⓲歌臺暖響二句　歌臺上樂聲鬧烘烘，有如春光的和煦。⓳舞殿冷袖二句　舞殿中舞者衣袖生風，有如風雨的淒清。⓴妃嬪媵嬙二句　指六國的宮眷、貴族。妃，貴族嫡妻及妾的通稱。嬪、嬙，皆宮廷女官名。媵，陪嫁的人。㉑輦　以人力挽行的車。此用為動詞。載。㉒朝歌夜絃　從早到晚，歌唱彈奏。絃，用為動詞。彈奏。㉓明星熒熒二句　星光閃亮，那是宮人打開梳妝鏡啊。熒熒，光亮閃動的樣子。㉔綠雲擾擾二句　烏雲紛紛，那是宮人在梳髮髻啊。綠雲，烏雲。鬟，髮髻。㉕椒蘭　椒和蘭。椒，有刺灌木，莖、葉、子均有香味。蘭，香草名。㉖乍　忽然。㉗轆轆　車行聲。㉘杳　幽寂。㉙盡態極妍　極盡其體態的嫵媚、容貌的豔麗。㉚縵立　久立。縵，通「曼」。長。㉛幸　天子駕臨。㉜三十六年　此指秦始皇在位之年數。唯據《史記》，秦始皇在位三十七年（西元前二四六～前二一〇年）。㉝人　民。避唐太宗李世民諱，改「民」為「人」。㉞倚疊　堆積。㉟鼎鐺玉石二句　視鼎如鐺，視玉如石，視金如土，視珠如礫。極言其不愛惜。鐺，鍋子。塊，土塊。礫，碎石。㊱邐迤　散亂連延的樣子。㊲紛奢　豪華奢侈。㊳奈何　為何。㊴錙銖　極言其輕微。六銖為錙，四錙為兩。㊵棟　屋大梁。㊶南畝　泛指農田。㊷椽　安在梁上以支架屋瓦的短木。㊸磷磷　光彩耀眼的樣子。形容其多。㊹庾　穀倉。㊺九土　九州之土。意指全天下。㊻嘔啞　樂聲繁雜的樣子。㊼獨夫　天怒人怨、眾叛親離的統治者。此指秦始皇。㊽驕固　驕橫頑固。㊾戍卒叫四句　戍卒怒吼，函谷關被攻破，項羽一把火，可憐阿房宮變成一片焦土。戍卒，守邊的士卒。此指陳勝、吳廣所率領的九百戍卒。函谷，關名。在今河南靈寶西南。舉，攻陷。楚人，指項羽。項羽於秦二世三年（西元前二〇七年）十二月入函谷關，屠咸陽，焚秦宮室，火三月不熄。炬，火把。此用為動詞。放火。㊿族　殺滅全族。(51)遞　傳。(52)鑑之　以之為警戒。之，指秦之滅亡。

【語　譯】六國覆滅，天下統一。蜀山光禿，阿房出現。覆蓋三百多里，隔離了天空和陽光。從驪山北面開始，蜿蜒向西，一直蓋到咸陽。涇、渭二水，浩浩蕩蕩，流進宮牆。五步一座樓，十步一座閣；走廊綿亙曲折有如迴環的繒帛，簷角高高翹起像鳥喙向高處啄食；順著地勢的高下，有的相互重疊，有的彼此對峙。盤迴曲折，有如蜂房，有如水渦，高聳直立，正不知有幾千幾萬個院落。那橫臥水面的長橋，使人疑惑：天上沒雲，哪來的龍？那淩空而過的複道，使人疑惑：並非雨後，哪來的虹？高高低低，深邃幽遠，真分不出西東。歌臺上溫馨的音樂，有如和煦的春光；舞殿中冷清的舞袖，有如淒清的風雨。一天之中、一宮之內，而氣氛不同。

六國的宮眷貴族，離開了他們的宮殿，被送到秦國。從早到晚，歌唱彈奏，成為秦國的宮人。星光閃亮，那是他們打開梳妝鏡；烏雲紛紛，那是他們早起在梳頭；渭水漲起一片油膩，那是他們倒的胭脂水；煙霧瀰漫，那是他們在燒香料；乍起的雷霆，那是宮車經過，車聲轆轆，漸行漸遠，以至於寂靜無聲，也不知停在哪裡。每一寸肌膚、每一張面孔，都極盡其嫵媚豔麗；久立遠望，期待天子的臨幸。可是竟有人在三十六年間都見不到秦天子。

燕國、趙國所收藏的，魏國、韓國所經營的，齊國、楚國的精華，不知多少代、多少年，從百姓那兒搶奪搜括來，堆積得像山一樣高。一旦不能保有它，就都搬運到這兒來。寶鼎被看成飯鍋，美玉被看成石頭，黃金好像土塊，珍珠好像沙礫，到處亂扔。秦王看在眼裡，也不覺得可惜。

唉！一個人的心，也就是千萬人的心。秦王喜歡豪華奢侈，人民也希望幸福美滿。為什麼搜括時絲毫不遺漏，而用起來卻像泥沙一樣。讓那撐著棟梁的柱子，比田裡的農夫還多；架在梁上的椽桷，比織布機旁的女工還多；密密麻麻的釘頭，比穀倉裡的穀粒還多；參差的瓦縫，比全身衣服的絲縷還多；直的欄杆，橫的檻板，比天下的城郭還多；吹彈歌唱的聲音，比市街上路人的言語還多。使天下的人，不敢說話而心懷憤怒。暴君的心，越來越驕橫固執。等到防守邊境的兵卒一聲叫喊，函谷關陷落，楚國人放一把火，可憐啊，阿房宮就變成一片焦土！

滅亡六國的，是六國王室，不是秦國；族滅秦國的，是秦國王室，不是人民。假使六國諸侯都能愛自己的人民，就能夠抵抗秦國；假使秦皇也愛六國的人民，就可以從三代傳到萬代一直做皇帝，誰能滅他的族呢？秦來不及為自己哀傷，只有讓後代的人為它哀傷；後人替它哀傷，如果不拿它做鑑戒，也只有讓更後來的人，為後人哀傷了啊！

【研　析】本文可分五段。首段以阿房宮的空間分布為主軸，由遠及近，自外而內，從宏觀的鳥瞰到微觀的刻畫，為嬴秦國勢的具體展現。起首以四個三字句發端，技巧上應有所承，如晉朝郭璞的〈井賦〉、南朝謝惠連的〈雪賦〉及唐代陸參的〈長城賦〉均以此種句式開篇。接著極寫宮殿的氣勢壯闊，通過「流入宮牆」的「二川」，將讀者的視野帶入宮廷窮奢極華的物質環境。二段從建築的靜態描繪轉入宮人的來源和生活動態的描述。

其中連用六個「也」字，殆受中唐楊敬之〈華山賦〉連用二十三個「矣」字的啟發，後世歐陽脩的〈醉翁亭記〉同以連用二十一個「也」字著稱，應可視為此類作品風格的又一力作。三段言阿房宮不僅竭盡天下之物、悉納六國之人，且剽掠人間之財；不僅揭發六國「不愛其人」的虐民事實，進而痛斥秦的奢侈揮霍更在六國之上。四段轉入議論，以「秦愛紛奢」為其覆亡之主因。作者刻意用六個「多於」將阿房宮的奢華所需和百姓生計所受的壓迫作了一個對比，使讀者從天下人「不敢言而敢怒」的情緒反應中看出獨夫遭受唾棄的必然性。末段指出秦與六國都因不愛其民而導致滅亡，並以四個「哀」字告誡後人，當引為殷鑑。

秦朝在中國歷史上幾已成為暴政的代名詞，無論是賈誼的〈過秦論〉、路溫舒的〈尚德緩刑書〉，乃至陶潛的〈桃花源記〉，都從不同的角度譴責秦的虐厲，杜牧選擇阿房宮作為批判的焦點，固然是有意在前人的典範外另起爐灶，但主要還是要透過作品達到諷諫的目的，表達他對朝政的關心。阿房宮已伴隨秦帝國的瓦解而灰飛煙滅，但歷代不乏師心自用的獨夫，仍一再蹈秦亡的覆轍而罔恤民瘼，這是任何良知未泯的知識分子所難以忍受的。我們固然可從〈阿房宮賦〉裡看到杜牧的悲憤和憂慮，同時也深切體認物極必反、暴政必亡的歷史定律，但「獨夫」又何嘗不了解呢？或許，自我意志的無限擴張可以使人狂妄到無視於歷史教訓的警告吧！

天命無常，德者居之；帝王之德，應落實在愛護人民，以民意為施政依歸的具體作為，否則，縱有強大的武力、嚴密的法網，終有覆敗之日。六國之亡，亡於不「愛其人」；秦之覆敗，敗於不「愛六國之人」。歷史上的興衰存亡，總給後人留下無限慨歎。但帝王貴族的起伏更迭，敗者固因驕奢淫逸，自取滅亡，不值得同情；勝利者的顧盼自雄、不可一世，也自種下國亡族滅的惡因，不值得豔羨。可歎的是在暴政下、戰亂中失去尊嚴的廣大百姓，他們永遠是犧牲者，永遠是英雄豪傑輝煌事功下的籌碼，這才真正是歷史的悲劇。

本文以帝王立場為歷史檢討的基準，提出「愛其人」為統治者所應遵循的道德規範，深符儒家民本思想的傳統，而其譏刺對象竟然直指當時的皇帝，實屬難能可貴。

韓愈

韓愈（西元七六八～八二四年），字退之，唐河南南陽（今河南孟州）人。其先世嘗居昌黎（今河北徐水縣西），故撰文每自稱昌黎韓愈。生三歲而孤，賴兄嫂撫養成人。自幼即知刻苦為學，六經百家之書無所不讀。德宗貞元八年（西元七九二年）中進士，累官至吏部侍郎，卒謚文，世稱韓文公。韓愈才高而敢直言，憲宗元和十四年（西元八一九年）官刑部侍郎時，因上表諫迎佛骨，觸怒皇帝，將置之死。幸得宰相裴度等力救，乃貶潮州（今廣東潮州）刺史。直聲動天下。平生自許極高，以繼承儒家道統自任。自魏、晉以降，佛、老盛行，韓愈不恤生死加以排拒。唐初文章，崇尚駢體，韓愈力主文以載道，用散文代替駢體。北宋蘇軾〈潮州韓文公廟碑〉稱其「文起八代之衰，而道濟天下之溺」，影響甚鉅。長於詩文。其詩別開生面，勇於獨創，開奇崛險怪一派詩風。古文風格多樣，語言精鍊而氣勢雄健，備受後人推崇效法，名列唐宋八大家之首。有《昌黎先生文集》。

原道

【題解】本文選自《昌黎先生文集》。原，推究本原。主旨在探究儒家思想中先王之道的本原，以排斥佛、老。文章以孔、孟的仁義為道德的具體內涵，批駁老子輕視仁義的思想；又從士、農、工、商的社會分工，以及君臣、父子等傳統的五倫觀念，批判老子的無為和佛教的清淨寂滅，進而主張讓佛、道之徒回歸社會分工以及人倫的網絡。

博愛之謂仁，行而宜之之謂義，由是而之焉之謂道，足乎己無待於外之謂德。仁與義為定名[1]，道與德為虛位[2]。故道有君子、小人，而德有凶有吉。老子[3]之小仁義[4]，非毀之也；其見者小也。坐井而觀天，曰天小者，非天小也。彼以煦煦[5]為仁，孑孑[6]為義，其小之也則宜。其所謂道，道其所道，非吾所謂道也；其所謂德，德其所德，非吾所謂德也。凡吾所謂道德云者，合仁與義言之也，天下之公言也；老子之所謂道德云者，去仁與義言之也，一人之私言也。

周道衰，孔子沒[7]。火于秦[8]，黃、老于漢[9]，佛于晉、魏、梁、隋之間[10]。其言道德仁義者，不入于楊[11]，則入于墨[12]；不入于老，則入于佛。入于彼，必出于此。入者主之，出者奴之；入者附之，出者汙之。噫！後之人其欲聞仁義道德之說，孰從而聽之？老者曰：「孔子，吾師之弟子也[13]。」佛者曰：「孔子，吾師之弟子也[14]。」為孔子者習聞其說，樂其誕[15]而自小也，亦曰：「吾師亦嘗師之云爾。」不惟舉之於其口，而又筆之於其書[16]。噫！後之人雖欲聞仁義道德之說，其孰從而求之？甚矣，人之好怪也！不求其端，不訊[17]其末，惟怪之欲聞。

古之為民者四[18]，今之為民者六[19]；古之教者處其一[20]，今之教者處其三[21]。

農之家一，而食粟之家六；工之家一，而用器之家六；賈之家一，而資㉒焉之家六。奈之何民不窮且盜也！

古之時，人之害多矣。有聖人者立㉓，然後教之以相生養之道。為之君，為之師，驅其蟲蛇禽獸而處之中土㉔。寒，然後為之衣；飢，然後為之食；木處而顛㉕，土處㉖而病也，然後為之宮室㉗。為之工，以贍㉘其器用；為之賈，以通其有無；為之醫藥，以濟㉙其夭死；為之葬埋祭祀，以長其恩愛；為之禮，以次其先後；為之樂，以宣其壹鬱㉚，為之政，以率㉛其怠倦；為之刑，以鋤其強梗㉜。相欺也，為之符璽㉝斗斛㉞權衡㉟以信之；相奪也，為之城郭甲兵以守之。害至而為之備，患生而為之防。今其言曰：「聖人不死，大盜不止。剖斗折衡，而民不爭㊱。」嗚呼！其亦不思而已矣！如古之無聖人，人之類滅久矣。何也？無羽毛鱗介㊲以居寒熱也，無爪牙以爭食也。

是故君者，出令者也；臣者，行君之令而致之民者也；民者，出粟米麻絲、作器皿、通貨財以事其上者也。君不出令，則失其所以為君；臣不行君之令而致之民，則失其所以為臣；民不出粟米麻絲、作器皿、通貨財以事其上，則誅㊳。今其法曰：「必棄而㊴君臣，去而父子，禁而相生養之道。」以求其所謂清淨㊵、寂滅㊶者。嗚呼！其亦幸而出於三代㊷之後，不見黜㊸於禹、湯、文、武、周公、孔子也；其亦不幸而不出於三代之前，不見正於禹、湯、文、武、周公、孔子也。

帝之與王㊹，其號名殊，其所以為聖一也。夏葛而冬裘，渴飲而飢食，其事殊，其所以為智一也。今其言曰：「曷不為太古㊺之無事？」是亦責冬之裘者曰：「曷不為葛之之易也？」責飢之食者曰：「曷不為飲之之易也？」

傳㊻曰：「古之欲明明德於天下者，先治其國。欲治其國者，先齊其家。欲齊其家者，先修其身。欲修其身者，先正其心。欲正其心者，先誠其意。」然則古之所謂正心而誠意者，將以有為也。今也欲治其心，而外㊼天下國家，滅其天常㊽。子焉而不父其父，臣焉而不君其君，民焉而不事其事。孔子之作《春秋》㊾也，諸侯用夷禮則夷之㊿，進於中國則中國之[51]。經曰：「夷狄之有君，不如諸夏之亡[52]！」《詩》曰：「戎狄是膺，荊舒是懲[53]。」今也舉夷狄之法，而加之先王之教之上，幾何[54]其不胥[55]而為夷也！

夫所謂先王之教者，何也？博愛之謂仁，行而宜之之謂義，由是而之焉之謂道，足乎己無待於外之謂德。其文《詩》《書》《易》《春秋》，其法禮樂刑政，其民士農工賈，其位君臣、父子、師友、賓主、昆弟、夫婦，其服麻絲，其居宮室，其食粟米果蔬魚肉。其為道易明，而其為教易行也。是故以之為己，則順而祥；以之為人，則愛而公；以之為心，則和而平；以之為天下國家，無所處而不當。是故生則得其情，死則盡其常[56]；郊[57]焉而天神假[58]，廟焉而人鬼饗[59]。曰：「斯道也，何道也？」曰：「斯吾所謂道也，非向所謂老與佛之道也。堯以是傳之舜，舜以是傳之禹，禹以是傳之湯，湯以是傳之文、武、周公，文、武、周公傳之孔子，孔子傳之孟軻。軻之死，不得其傳焉。荀與揚[60]也，擇焉而不精，語焉而不詳。由周公而上，上而為君，故其事行；由周公而下，下而為臣，故其說長。」

然則如之何而可也？曰：「不塞不流，不止不行[61]。人其人[62]，火[63]其書，廬其居[64]，明先王之道以道[65]之，鰥寡孤獨廢疾者[66]有養也。其亦庶[67]乎其可也。」

【注釋】❶定名　確定的名稱。指其有固定具體的內容。❷虛位　空虛的位子。指其無固定具體的內容。❸老子　姓李，名聃。一說姓李，名耳。春秋時代楚國人，作周守藏室史，著《道德經》五千言。❹小仁義　輕視仁義。老子嘗云：「大道廢，有仁義。……絕仁棄義，民復孝慈。」又云：「失道而後德，失德而後仁，失仁而後義。」小，輕視。❺煦煦　指小恩小惠。❻孑孑　指小善行。❼孔子沒　孔子卒於魯哀公十六年（西元前四七九年）。沒，通「歿」。❽火于秦　謂典籍為秦所焚。火，用為動詞。秦始皇三十四年（西元前二一三年），從李斯議，焚民間諸子百家書籍。❾黃老于漢　謂漢初黃帝、老子之學盛行。黃、老，用為動詞。漢惠帝時，曹參為相，漢武帝時汲黯為東海太守，皆用黃老之術治國。漢文帝、漢景帝、竇太后、淮南王等，皆尊信黃、老。❿佛于晉魏梁隋之間　謂晉、魏、梁、隋之間，佛教盛行。佛教於東漢明帝時，自西域傳入中國，至梁、隋之間大盛，譯經典，建寺院，信者極眾。佛，用為動詞。魏，指南北朝之北魏及東、西魏。⓫楊　楊朱。

字子居，戰國時代魏國人，主「為我」，不肯拔一毛以利天下。⓬墨　墨翟。倡兼愛，摩頂放踵以利天下。⓭老者曰三句　孔子至周，嘗問禮於老聃。《莊子．天運》：「孔子行年五十有一，而不聞道。乃南之沛，見老聃。」此外《莊子》〈天地〉、〈天道〉、〈田子方〉、〈知北遊〉及葛洪《神仙傳》等，均載孔子師事老子之事。⓮佛者曰三句　佛家稱孔子為儒童菩薩。《清淨法行經》：「佛遣三弟子震旦教化。儒童菩薩，彼稱孔子。」⓯誕　誇大。⓰而又筆之於其書　而且還寫在書上。如《大戴禮記．曾子問》記孔子從老子學禮事，共四則。他如《史記．孔子世家》、《史記．老子韓非列傳》，均載孔子問禮於老子事。⓱訊　問；探究。⓲古之為民者四　《穀梁傳．成公元年》：「古者有四民，有士民，有商民，有農民，有工民。」⓳今之為民者六　謂士、農、工、商四民外，加僧、道。⓴處其一　指儒學。㉑處其三　指儒、道、佛。㉒資　藉；依賴。㉓立　出現。㉔中土　中原。㉕木處而顛　在樹上構屋而居，則易墜落。顛，墜落。㉖土處　指穴居。㉗宮室　房屋。㉘贍　供給。㉙濟　救。㉚宣其壹鬱　抒發其抑鬱。宣，發洩。壹鬱，抑鬱。㉛率　督促；約束。㉜強梗　指頑強不法之人。㉝符璽　符和印。符，古時用為驗徵的信物。以竹、木等為之，其上書刻文字，剖而為二，各持其一以為信。璽，印。古代尊卑之印皆稱璽，秦、漢以後，惟天子之印稱璽。㉞斗斛　兩種量器。㉟權衡　秤。權，秤錘。衡，秤桿。㊱聖人不死四句　語見《莊子．胠篋》。㊲介　甲殼。㊳誅　懲罰。㊴而　通「爾」。你們。㊵清淨　佛家語。謂遠離罪惡與煩惱。《俱舍論》：「暫永遠離一切惡行煩惱垢，故名為清淨。」㊶寂滅　梵語「涅槃」之義譯。佛家主修真養性，求功德圓滿，超出輪迴，入於不生不死之門，曰涅槃。㊷三代　指夏、商、周。㊸黜　貶斥；斥責。㊹帝之與王　堯、舜號為帝，禹、湯、文、武號為王。㊺太古　遠古。㊻傳　指《禮記．大學》。㊼外　用為動詞。拋棄。㊽天常　倫常。㊾孔子之作春秋　孔子據魯國之「史記」，而作《春秋》，嚴其褒貶。《孟子．滕文公下》：「世衰道微，邪說暴行有作，臣弒其君者有之，子弒其父者有之。孔子懼，作《春秋》。」㊿夷之　視之為夷狄。夷，用為動詞。(51)中國之　視之為中國。中國，用為動詞。(52)夷狄之有君二句　夷狄雖有君長，然無禮義，不如中國之無君。語出《論語．八佾》。諸夏，指中國。亡，通「無」。(53)戎狄是膺二句　戎狄要討伐，荊舒要懲戒。語出《詩．魯頌．閟宮》。戎，泛指西方少數民族。狄，泛指北方少數民族。是，語助詞。膺，擊。荊，楚之舊稱。《春秋．僖公元年》，始稱荊曰楚。舒，楚之與國，故地在今安徽合肥一帶。懲，懲戒。(54)幾何　如何。(55)胥　皆。(56)生則得其情二句　生時能遂其情性，死時能全其常道。(57)郊　祭天。古時天子祭天於圜丘，地在京師之南郊，故稱祭天曰郊。(58)假　至。(59)廟焉而人鬼饗　祭祀宗廟，則祖先來受享。廟，宗廟。此用為動詞。入廟祭祀。人鬼，指祖先。饗，通「享」。享用。(60)荀與揚　荀子與揚雄。荀，荀子。名況，趙國人，戰國末期大儒，著有《荀子》一書。揚，揚雄。字子雲，西漢末儒者，嘗仿

《易》作《太玄》，仿《論語》作《法言》。韓愈〈讀荀〉云：「孟氏醇乎醇者也，荀與揚，大醇而小疵。」與此意近。❻❶不塞不流二句　言佛老之異端不堵塞禁止，則聖人之道，不能流布通行。❻❷人其人　使其人還俗為常人。上「人」字為動詞。下「人」字指僧、道。❻❸火　用為動詞。焚燒。❻❹廬其居　改佛寺道觀為民房。廬，居舍。此處用為動詞。❻❺道通「導」。❻❻鰥寡孤獨廢疾者　老而無妻曰鰥，老而無夫曰寡，幼而無父曰孤，老而無子曰獨，殘廢有疾病者為廢疾。❻❼庶接近；差不多。

【語　譯】心存博愛叫做「仁」，行事合宜叫做「義」，照著仁義做去叫做「道」，發自內心、無求於外叫做「德」。「仁」和「義」是有一定含義的名稱，「道」和「德」只是空虛的概念。所以道有君子之道與小人之道，德有惡德與美德。

老子看輕仁義，並不是有意毀謗它，而是他的見識淺短。坐在井裡看天而說天小，天並不是真的小。他把小恩小惠看做仁，小小的善行看做義，所以他看輕仁義是很自然的。他所講的「道」，是講他自己認為的「道」，不是我所講的「道」。他所講的「德」，也是講他自己認為的「德」，不是我所講的「德」。凡是我所講的道德，是配合仁義一起說的，這是天下的公論。老子所講的道德，是離開仁義而講的，這是他個人的私論。

自從周道衰微，孔子去世，秦始皇焚燒典籍，漢代流行黃、老學說，晉、魏、梁、隋期間佛教興盛。那些講道德仁義的人，不是跟從楊朱，就是跟從墨翟；不是跟從道教，就是跟從佛教。跟從那一家，一定離開這一家。跟從就奉他為主，不跟從就把他看作是奴；跟從就極力附和，不跟從就加以汙辱。唉！後代的人如果想要知道仁義道德的學說，從哪裡去聽呢？道教徒說：「孔子是我們祖師的弟子。」佛教徒說：「孔子是我們祖師的弟子。」研究孔子的人聽慣了這種說法，竟然喜歡他們的誇誕而看輕自己，也附和著說：「我們的先師也曾經拜過老子和佛祖為師。」不但在嘴上說，而且還寫在書上。唉！後代的人即使想知道仁義道德的學說，又從哪裡去找呢？真是太過分了，人們喜歡怪誕的學說，居然不研究它的起因，不探究它的後果，只要是奇怪的就喜歡聽。

古代的人民只有四種，現在的人民卻有六種。古代施行教化的只有一家，現在施行教化的卻有三家。種田的只有一家，消耗糧食的卻有六家；做工的只有一家，使用器具的卻有六家；做生意的只有一家，靠他們供應的卻有六家。這樣，人民又怎能不窮困而淪為竊盜呢！

古時候，人類的災害很多。有聖人出來，才教他們相生相養的方法。替他們設君主，替他們設老師，替他們驅除蟲蛇禽獸，讓他們安居在中原地方。天氣會冷，就教他們做衣服穿；肚子會餓，就教他們取得食物；住在樹上會掉下來，住在地洞會生病，就教他們蓋房子。教他們工藝以供應他們各種器具，教他們做買賣來互通有無，研究醫藥來救助他們的夭折死亡，為他們制訂埋葬祭祀的禮制來增長他們彼此間的恩愛，為他們制訂禮節來分別他們的尊卑先後，替他們製作音樂來發洩他們的鬱積苦悶，替他們制訂政令來約束他們的倦怠懶惰，替他們制訂法律來剷除強橫不法。怕他們互相欺詐，替他們製造符、印、斗斛、權衡，使他們彼此信守；怕他們互相爭奪，替他們建築城郭，製造盔甲刀兵來防守。災害要來的時候，替他們先作好準備；禍患將要發生，替他們作好防範。現在道家卻說：「聖人不死，大盜不會停止。打破斗斛，折斷秤桿，人民就不會爭奪。」唉！這只是他們不用心去想罷了！如果古時候沒有聖人，人類早就消滅了。為什麼呢？因為人類沒有羽毛、鱗甲、介殼來抵擋冷熱，沒有銳利的爪牙來爭奪食物啊。

所以，君主是發布命令的，臣子是奉行命令把它轉達給人民的，人民是生產粟米絲麻、製造器具、流通財物來事奉長上的。君主不發布命令，就有虧人君的職責；臣子不能奉行人君的命令，把它轉達給人民，就有虧人臣的職責；人民不能生產粟米麻絲、製造器具、流通財物來事奉長上，就應該受懲罰。現在佛法卻說：「一定要拋棄你們的君臣關係，捨棄你們的父子關係，禁止你們那種相生相養的方法。」用這去追求他們所謂的「清淨」、「寂滅」。唉！他們幸虧是生在三代以後，才沒有被夏禹、商湯、周文王、周武王、周公、孔子所斥責；他們也是不幸，沒有生在三代以前，不能得到夏禹、商湯、周文王、周武王、周公、孔子的糾正。

帝和王，名號不同，但同樣都是聖人。夏天穿葛衣而冬天穿皮衣，渴了就喝水而餓了就吃飯，這些事情雖然不同，但同樣都是智慧。現在道家卻說：「為什麼不學上古的簡樸無事呢？」這就好像責備冬天穿皮衣的人說：「為什麼不穿葛衣省事些呢？」責備肚子餓了要吃飯的人說：「為什麼不喝水省事些呢？」

古書上說：「古代想要發揚他光明德性於天下的人，先要治理他的國家。想要治理國家的人，先要整頓他的家庭。想要整頓家庭的人，先要修養他個人。想要修養他個人的人，先要端正他的心意。想要端正他的心意的人，先要誠實他的意念。」那麼，古代所說的正心誠意，為的是要有所作為啊。現在說是要修養心性，卻捨棄天下國家，毀滅倫常，兒子不把父親看作父親，臣子不把君主看作君主，百姓不做他應該做的事。孔子作《春秋》時，諸侯採用夷狄禮儀的就把他看成夷狄，夷狄用中國禮儀的就把他看成中國。《論語》上說：「夷狄就是有君主，也比不上中國沒有君主啊！」《詩經》上說：「戎狄要討伐，荊舒要懲戒。」現在卻把夷狄的文化，抬高到先王的教化之上，怎能不全部變成夷狄呢？

所謂先王的教化，是什麼呢？心存博愛叫做「仁」，行事合宜叫做「義」，照著仁義做去叫做「道」，發自內心、無求於外叫做「德」。寫成的書是《詩》、《書》、《易》、《春秋》，治國的法度是禮樂刑政，人民分士農工商，人的名分是君臣、父子、師友、賓主、兄弟、夫婦，穿的是麻絲，住的是宮室，吃的是粟米果蔬魚肉。這種道理很容易明白，這種教化很容易實行。因此，用這種道來修養自己就能夠和順吉祥，治理別人就能仁愛而公正；用來修養心性就能和諧平靜，用來治理天下國家沒有任何不適當的。因此，活著能順遂情性，死後能克盡常道；祭天能使天神下降，祭祖能使祖宗享受。如果有人問：「這個道，是什麼道呢？」我便回答說：「這就是我所講的道，不是前面所說的老子和佛家的道。堯把這個道傳給舜，舜把這個道傳給夏禹，夏禹把這個道傳給商湯，商湯把這個道傳給周文王、周武王、周公，周文王、周武王、周公傳給孔子，孔子傳給孟軻。孟軻死後就失傳了。荀子與揚雄，選擇得不夠精純，說明得不夠詳細。從周公以前的聖人，都是在上面做人君，所以能把這個道付諸實行；從周公以後的聖人，在下面做臣子，所以只好立言來廣加傳揚。」

那麼要怎樣做才可以呢？我說：「不堵塞佛、老思想，聖人之道就不能流傳，不禁止佛、老思想，聖人之道就不能通行。讓僧尼道士還俗，燒掉佛經道書，把寺觀改成民房，闡明先王的道來教導他們，讓鰥夫、寡婦、孤兒、沒有子女的老人和殘廢有病的人，都能得到撫養。能夠這樣，也就差不多了。」

【研析】本文可分十段。首段提出仁義道德的概念，作為全文立論的基礎。二段批判老子片面地強調絕仁棄義，使其所謂道德流於虛無，是昧於事實的「私言」。三段慨歎儒家後學惑於佛、老之說，甘於自貶，這種好奇尚怪、罔顧是非的心態有待檢討。四段對佛老之徒尸位素餐所導致的經濟危機深表不滿。五段秉持《易・繫辭傳》「聖人觀象制器」的觀點，駁斥道家「聖人不死，大盜不止。剖斗折衡，而民不爭」的論調。六段以維護傳統君、臣、民政治網絡的立場強調尊君，認為佛門「清淨」、「寂滅」之旨破壞了社會分工的本然秩序。七段以《大學》「誠意正心」之旨批評老子「無為」的政治主張不符合國家體制和需求。八段借助《詩經》、《春秋》所揭櫫的尊王攘夷大義，批駁佛教罔顧君臣、父子的傳統倫理，是夷狄之法，不合先王之教。九段說明「先王之教」的具體內容，進而明揭道統，以擴大排佛、老的效果。末段提出衛道的對策。

《原道》在本質上可視為一篇文化宣言，企圖藉此喚醒知識分子的群體自覺，以儒家之道而非佛、老之道作為終身奉行不渝的價值體系。他一方面站在夷、夏之辨的立場，從理論的可信度、國家財政的整體規畫、政治運作的人事結構等各個層面攘斥佛、老出世的人生觀。另方面則拈出堯、舜、禹、湯、文、武、周公、孔子、孟子以為道統，其中又以周公為分界線：周公以上，君主是道統的傳承者；周公以下，道統由知識分子延續。道統是至高無上的，「諸侯用夷禮則夷之」，換言之，不能發明「先王之教」而「舉夷狄之法」的君主，是不配代表中國文化而應予以斥逐的。這般激烈的言論顯然針對佞佛的唐憲宗而來，其直言不諱的道德勇氣，著實令人動容。

為了增強文章氣勢，韓愈在技巧上刻意運用大量的排比句，以儒道和佛、老對比的方式展開層層論證。如第五段論述聖人教民以相生相養之道，連用了十七個「為之」，組成四組排比句，顯得氣勢逼人，不愧是古文聖手。

原毀

【題解】本文選自《昌黎先生文集》。原，推究本原。毀，毀謗。主旨在探求毀謗產生的原因。認為其根源在於人心的「怠與忌」，呼籲在位者當細察此一現象，才能將國家治理得好。

古之君子❶，其責❷己也重以周❸，其待人也輕以約❹。重以周，故不怠；輕以約，故人樂為善。聞古之人有舜者，其為人也，仁義人也。求其所以為舜者，責於己曰：「彼，人也；予，人也。彼能是，而我乃不能是！」早夜❺以思，去其不如舜者，就❻其如舜者。聞古之人有周公者，其為人也，多才與藝❼人也。求其所以為周公者，責於己曰：「彼，人也；予，人也。彼能是，而我乃不能是！」早夜以思，去其不如周公者，就其如周公者。舜，大聖人也，後世無及焉；周公，大聖人也，後世無及焉。是人也，乃曰：「不如舜，不如周公，吾之病❽也。」是不亦責於身者重以周乎？其於人也，曰：「彼人也，能有是，是足為良人❾矣；能善是，是足為藝人矣。」取其一，不責其二；即其新，不究其舊❿。恐恐然⓫惟懼其人之不得為善之利。一善易修也，一藝易能也。其於人也，乃曰：「能有是，是亦足矣。」曰：「能善是，是亦足矣。」不亦待於人者輕以約乎？

今之君子則不然。其責人也詳，其待己也廉⓬。詳，故人難於為善；廉，故自取也少。己未有善，曰：「我善是，是亦足矣。」己未有能，曰：「我能是，是亦足矣。」外以欺於人，內以欺於心，未少⓭有得而止矣，不亦待其身者已廉乎？其於人也，曰：「彼雖能是，其人不足稱⓮也；彼雖善是，其用不足稱也。」舉其一，不計其十⓯；究其舊，不圖⓰其新；恐恐然惟懼其人之有聞⓱也。是不亦責於人者已詳乎？夫是之謂不以眾人待其身，而以聖人望於人，吾未見其尊己也。

雖然，為是者有本有原⓲，怠與忌之謂也。怠者不能修，而忌者畏人修。吾常試之矣。嘗試語於眾曰：「某良士，某良士。」其應⓳者，必其人之與⓴也；不然，則其所疏遠不與同其利者也；不然，則其畏也。不若是，強者必怒於言，懦者必怒於色矣。又嘗語於眾曰：「某非良士，某非良士。」其不應者，必其人之與也；不然，則其所疏遠不與同其利者也；不然，則其畏也。不若是，強者必說㉑於言，懦者必說於色㉒矣。是故事修而謗興，德高而毀來。嗚呼！士之處此世，而望名譽之光，道德之行，難已！

將有作於上者，得吾說而存之，其國家可幾㉓而理㉔歟！

【注釋】❶君子　指士大夫。❷責　要求。❸重以周　既嚴格而且周全。重，嚴格。以，而且。周，周密；周全。❹輕以約　既寬緩而且簡易。輕，寬緩。約，簡易。❺早夜　日夜。❻就　接近；趨向。❼藝　技藝；技能。❽病　缺點；毛病。❾良人　好人。❿即其新二句　只就其今日者而論之，不追究其既往者。即，就。新，指現在。舊，指過去。⓫恐恐然　擔心的樣子。⓬廉　少。即疏略寬鬆。⓭少　稍微；一點兒。⓮稱　稱道。⓯舉其一二句　言僅舉其一端，不計其他。⓰圖　考慮。⓱聞　名聲。⓲有本有原　有原因。本即根，原為「源」之本字。本原，原因。⓳應　附和；響應。⓴與　黨與；朋友。㉑說　通「悅」。㉒色　臉色。㉓幾　庶幾；差不多。㉔理　治理。

【語譯】古代的士大夫，他們要求自己既嚴格而且周全，他們對待別人既寬緩而且簡易。嚴格而且周全，所以他們不懈怠；寬緩而且簡易，所以別人就樂意做善事。聽說古代有個叫做舜的人，他的為人，是個仁義之人。他們就探求舜之所以成為舜的原因，並且責問自己說：「他，是一個人；我，也是一個人。他能夠這樣，為什麼我卻不能！」日夜思考這事，而改掉那些和舜不一樣的地方，往合乎舜的方向接近。聽說古代有個叫周公的人，他的為人，是個多才多藝的人。就探求周公之所以成為周公的原因，並且責問自己說：「他，是一個人，我，也是一個人。他能夠這樣，為什麼我卻不能！」日夜思考這事，改掉那些和周公不一樣的地方，往合乎周公的方向接近。舜，是一個大聖人，後代沒有人比得上他；周公，是一個大聖人，後代也沒有人比得上他。這個人居然說：「比不上舜，比不上周公，這是我的缺點啊。」這不就是要求自己既嚴格而且周全嗎？對於別人，就說：「那個人能夠這樣，這就足以算是好人了；能擅長這個，這就足以算是有技能的人了。」只肯定別人的一個優點，不苛求其他方面；只談論他現在的優點，不追究他過去的缺點；戰戰兢兢地只怕別人不能得到為善的好處。一件善事是容易做的，一種技藝是容易學會的。對於別人，他竟說：「能夠這樣，那也就足夠了。」或者說：「能夠把這個做好，那也就足夠了。」這不就是對待別人既寬緩而且簡易嗎？

現在的士大夫卻不是這樣。他們要求別人詳盡得很，要求自己卻很寬鬆。詳盡，所以別人很難做善事；寬鬆，所以自己的收穫很少。自己沒有好的表現，卻說：「我能把這事做好，這也就足夠了。」自己沒有本領，卻說：「我能做到這樣，這也就足夠了。」對外用來欺騙別人，對內用來欺騙自己，還沒有一點收穫便停止了，這不就是對自己的要求太寬鬆嗎？他們對於別人，就說：「他雖然能夠這樣，他這個人卻是不值得稱道的；他雖然能夠把這件事做好，它的功用卻是不值得稱道的。」只提別人的一個缺點，卻不提別人的十個優點；只追究別人過去的表現，不考慮別人現在的成就；提心吊膽地只怕別人有名望。這不就是要求別人的太詳盡了嗎？這就叫做不以要求別人的來要求自己，而用聖人的標準去要求別人，我實在看不出他尊重自己的地方。

話雖這麼說，這樣做的人也是有他根本的原因的，那就是懈怠和妒忌。懈怠的人不能自我修養，妒忌的人害怕別人能修養。這種情形我曾經多次試驗過了，我曾試著對許多人說：「某人是一個良士，某人是一個良士。」那些應和的人，一定是這個人的朋友；不然，就是跟他疏遠而沒有利害關係的人；不然，就是怕他的人。如果不是這樣，個性強悍的一定會在言語上表現出憤怒，個性懦怯的一定會在臉色上表現出憤怒。我又曾對許多人說：「某人不是良士，某人不是良士。」那些不應和的人，一定是這個人的朋友；不然，便是跟他疏遠而沒有利害關係的人；不然，就是怕他的人。如果不是這樣，個性強的一定會在言語上表現出喜悅，懦怯的一定會在臉色上表現出喜悅。因此，事情做成功，毀謗就跟著產生；德行高尚，毀謗也就隨之而來。唉！士大夫處在這樣的世俗裡，希望名譽顯揚，道德流傳，實在太難了。

準備有所作為的在上者，聽到我這一番言論而記在心裡，那麼這個國家或許可以治理得好吧！

【研　析】本文可分四段。首段指出「古之君子」具有嚴以律己、寬以待人的品格。一方面以「古之君子」向舜和周公學習的事例彰顯其嚴於自省，積極向善的自我要求，另方面寫其隱惡揚善的寬大襟懷。二段謂今之君子「其責人也詳，其待己也廉」，與古之君子的心態形成強烈對比。三段推溯「毀」的根源在「怠」與「忌」，接著透過兩個「試語」，從聽的人因親疏、利害關係不同而有不同反應這個現象，體悟到「事修而謗興，德高而毀來」，其來有自。末段表明作者對改變毀謗歪風的殷切期盼。

韓愈的仕途曲折多艱，屢次的貶謫使他充滿了懷才不遇的挫折感，也更加厭惡士大夫黨同伐異、嫉賢妒能的不良風尚。在他看來，毀謗原於人心的怠與忌。「怠」源自本能的惰性，通常以安定為藉口，頑強地抗拒任何可能的嘗試或改變；「忌」直接根源於存在的焦慮，因為感到自身的安全受到威脅而悍然採取先入為主的敵視態度。怠與忌形成認知上的蔽障，同時阻礙了改革的腳步；然而古之君子卻能以寬容的態度與人為善，氣度的廣狹實不可共量。歌德曾在《少年維特之煩惱》中感歎「天才之火，何以如此容易被澆熄」，今人錢鍾書在《圍城》一書中也諷刺近代中國人都得了「紅眼病」，見不得別人好。看來嫉妒和毀謗乃是古今中外的通病，只是，挑人毛病容易，能從他人的缺點中發掘其可能的潛力，才是更有建設性的做法呀！

獲麟解

【題解】本文選自《昌黎先生文集》。麟，麒麟。古人以為麒麟是仁獸，聖人在世，王道施行，則麒麟出現，是上天所示的嘉瑞。解，古代的一種文體，用於解說或辨析疑難。相傳春秋時代魯哀公十四年（西元前四八一年），魯國大夫的車夫在魯西大野澤中狩獵時獲得一隻麟。孔子有感於當代無聖明天子來感應上天的嘉瑞，王道不能復興，於是在《春秋》經上記下「西狩獲麟」就慨然停筆。本文即就此事，自設詰難，自作解答，寄託其生不逢時的感慨。

麟之為靈，昭昭❶也。詠於《詩》❷，書於《春秋》，雜出於傳記百家之書。雖婦人小子，皆知其為祥也。然麟之為物，不畜於家，不恆❸有於天下。其為形也不類❹，非若馬、牛、犬、豕❺、豺❻、狼、麋❼、鹿然。然則，雖有麟，不可知其為麟也。角者吾知其為牛，鬣❽者吾知其為馬，犬、豕、豺、狼、麋、鹿，吾知其為犬、豕、豺、狼、麋、鹿，惟麟也不可知。不可知，則其謂之不祥也亦宜。雖然，麟之出，必有聖人在乎位，麟為聖人出也。聖人者，必知麟，麟之果❾不為不祥也。又曰：麟之所以為麟者，以德不以形。若麟之出不待聖人，則謂之不祥也亦宜。

【注　釋】❶昭昭　明明白白。❷詩　《詩經》。《詩經．周南》有〈麟之趾〉。❸恆　經常。❹不類　無從歸類。❺豕　豬。❻豺　狼屬。身瘦，尾長下垂，性貪殘。❼麋　似鹿而大。❽鬣　馬頸上的長毛。❾果　終究；畢竟。

【語　譯】麟是一種靈異的動物，這是很明白的。《詩經》有歌詠麟的詩篇，《春秋》有「獲麟」的記載，在經傳、諸子百家的書裡，提到麟的地方也很多。即使是婦人、小孩，也都知道麟是一種祥瑞的動物。但是麟這種動物，不畜養在家裡，世上也不常出現。牠的形狀無從歸類，不像馬、牛、狗、豬、豺、狼、麋、鹿。那麼，即使有麟，也不能認得牠就是麟了。有角的我們知道牠是牛，有鬣毛的我們知道牠是馬，狗、豬、豺、狼、麋、鹿，我們知道那是狗、豬、豺、狼、麋、鹿，只有麟無法知道。因為無法知道，那麼說牠不祥也可以。話雖然這樣說，可是麟出現，一定有聖人在位，麟是為聖人出現的。聖人一定認得麟，麟畢竟不是不祥的動物。再說，麟之所以為麟，是因為牠的德行，不是因為牠的形狀。如果麟不等待有聖人就出現，那麼說牠不吉祥也是可以的。

【研　析】本文可依思考脈絡區分為五小節。韓愈首先根據經典載籍，以「靈」字肯定麟為祥瑞之物。接著連用五個否定句指出麟之為物，殊難確認，進而以「知」字為焦點，謂麟亦可視為不祥。接著又強調「麟為聖人出」，暗示自己雖有才智，卻不為君主識拔。最後拈出「德」字為全文總綱，既照應前文的「靈」字，又與第二節中的「形」字相映襯。

中國傳統的政治形態以人治為主，故而對人才的拔擢就不僅是人事上新陳代謝的問題，更關係到國運的興衰。《呂氏春秋‧論人》有八觀六驗之法，曹魏時劉劭撰《人物志》，均顯示歷代對人才之認定的重視。韓愈在本文中，也曲折地傳達出期盼君王擢用人才的呼籲。對韓愈而言，科場和仕途的波折始終是心頭揮不去的陰影，而問題的癥結，就在於人才並未獲得真誠的重視。何以故？一般人就如同馬、牛、犬、豕、豺、狼、麋、鹿般，可輕易地觀形跡以知其材用；麟雖兼有眾材，卻無法按一般的標準加以歸類（如《論語》所謂「君子不器」），在常人習慣以「貼標籤」的方式辨識對象的情況下，麟之見棄於當權者是可以理解的。麟非聖人不能識，聖人不世出，於是麟亦往往成為歷史中的飄泊者，甚至被視為不祥了。韓愈以麟自喻，是何等的自負，卻又何其悲涼！

雜說 一

【題解】本文選自《昌黎先生文集》。雜，是組合的意思。說，古代的一種文體，用以闡明事理，或倡導主張。原題共四篇短文，大致在議論現實，抒發感慨，故總題為〈雜說〉。本文為四篇中的第一篇，主旨在以龍與雲的關係，譬喻君臣的遇合，認為臣不可無君，而君尤不可無賢臣之輔弼，君臣相得，方可成就功業。

龍❶噓❷氣成雲，雲固弗靈於龍也。然龍乘是氣，茫洋❸窮乎玄間❹，薄❺日月，伏❻光景❼，感震電❽，神❾變化，水下土❿，汩⓫陵谷。雲亦靈怪矣哉。雲，龍之所能使為靈也。若龍之靈，則非雲之所能使為靈也。然龍弗得雲，無以神其靈矣。失其所憑依，信⓬不可歟？異哉！其所憑依，乃其所自為也。《易》曰：

「雲從龍⑬。」既曰龍，雲從之矣。

【注釋】❶龍　傳說謂鱗蟲之長。能興雲雨，利萬物，與麟、鳳、龜並稱為四靈。❷噓　吐；呼。❸茫洋　廣大無際的樣子。❹玄間　天空；天際。天色玄，故云。❺薄　接近；逼近。❻伏　遮蔽。❼景　日光。❽感震電　引動雷電。感，動。震，雷。❾神　使之神奇。❿水下土　使水遍下於地。⓫汩　淹沒。⓬信　真的。⓭雲從龍　《易經．乾卦．文言》曰：「雲從龍，風從虎。」

【語譯】龍吐出的氣成為雲，雲本來就不會比龍靈異。然而龍乘著雲氣，卻能在廣大無邊的天空裡無所不至，逼近日月，遮蔽陽光，引動雷電，使大自然發生神妙的變化，使雨水遍灑大地，淹沒丘陵山谷。雲也算是靈異的了。雲，是龍的能力使它變成靈異的。至於龍的靈異，就不是雲的能力使牠變成靈異的了。然而，龍如果沒有雲，就沒有法子使牠的靈異神妙莫測。龍失去牠所依憑的東西，真的就不可以了吧？奇怪得很啊！牠所依憑的，竟然是牠自己吐出來的。《易經》上說：「雲跟著龍。」既然稱為龍，雲當然跟著牠了。

【研析】本文根據《易經．乾卦．文言》中「雲從龍」一句加以發揮，分三個層次描述了雲和龍的關係：首先，雲是龍噓氣所聚的結果，雲因龍騰而變化靈怪。其次，龍之所以能「神其靈」，亦在於雲氣之烘托。最後指出龍所憑依的雲是由自己創造的，故而龍能成為自身命運的主宰。

歷來對本篇主旨的看法，大多認為是指君臣際遇，但也有人說是指朋友交誼。無論如何，文中的鼓勵意味是很明顯的。「其所憑依，乃其所自為也」，展現出強大的氣魄：一方面顯示圖謀大事，必待客觀條件的配合；另方面，透過個人主觀的努力，我們才有可能跨越當下的限制而掌握先機，操控全局。於是，人生不再像是受命運撥弄的棋子，而是自我實現的過程。未來，總還有點希望！

【題解】本文選自《昌黎先生文集》。雜，是組合的意思。說，古代的一種文體，用以闡明事理，或倡導主張。原題共四篇短文，大致在議論現實，抒發感慨，故總題為〈雜說〉。本文為四篇中的第四篇，主旨在以千里馬比喻賢士，以伯樂比喻能識拔賢士的執政者，闡述識拔人才的重要，並抒發賢士埋沒不得施展的感慨。

世有伯樂❶，然後有千里馬。千里馬常有，而伯樂不常有。故雖有名馬，秖❷辱於奴隸人之手，駢❸死於槽櫪❹之間，不以千里稱也。馬之千里者，一食或盡粟一石❺。食❻馬者，不知其能千里而食也。是馬也，雖有千里之能，食不飽，力不足，才美不外見❼，且欲與常馬等不可得，安求其能千里也？策❽之不以其道，食之不能盡其材，鳴之而不能通其意，執策❾而臨之，曰：「天下無馬。」嗚呼！其真無馬邪？其真不知馬也？

【注釋】❶伯樂　人名。姓孫名陽，字伯樂，春秋時代秦穆公時期的人，以善相馬而著名於時。❷秖　通「衹」。只；僅。❸駢　並；一起。❹槽櫪　槽，餵牲口時放置飼料的器具。櫪，馬棚。❺石　古代的量詞。可指重量，也可指容量。此指容量，十斗。❻食　通「飼」。餵養。❼見　通「現」。顯現。❽策　鞭打；驅趕。❾策　馬鞭。

【語譯】世上有伯樂，然後才有千里馬。千里馬常有，可是伯樂卻不常有。所以即便有名馬，也只不過受辱於養馬的奴隸，和普通的馬一樣死在槽櫪之間，不被稱作是千里馬。日行千里的馬，一餐有的要吃掉一石的糧草。養馬的人，不知道牠是匹千里馬才會有那樣大的食量。這匹馬，雖然有日行千里的能力，牠吃不飽、力氣不夠，優異的才能無法發揮，就是想要和普通的馬一樣都不可能，怎能要求牠日行千里呢？鞭策牠不能依照御馬的方法，飼養牠不能滿足牠的材質所需，牠叫了又不能了解牠的意思，卻拿著馬鞭在牠面前，說：「天下沒有千里馬。」唉！是真的沒有千里馬呢？還是不懂得馬呢？

【研　析】本文可依思考脈絡分為三層：第一層先慨歎伯樂之罕有，第二層由發現千里馬和飼養千里馬之難，轉而描述「不以千里稱」的千里馬的悲慘境遇，最後一層則對那些埋沒良駒、有眼無珠的昏庸之徒表達了強烈的憤慨。

人才問題是韓愈政治關懷的焦點之一，在他的許多文章中，如〈師說〉、〈送董邵南序〉、〈毛穎傳〉、〈進學解〉等，都表達了他對發現和培育人才的重視；而在〈為人求薦書〉、〈送權秀才序〉、〈送溫處士赴河陽軍序〉等文章裡，則集中地援引伯樂相馬的典故闡述其人才觀。以本文而言，千里馬優異的材質蘊藏著巨大的潛能，其前景理應具有無窮希望；但千里馬仍有其無可避免的客觀限制，即須仰賴伯樂之發掘。伯樂不常有，於是千里馬之慘遭汩沒就成為無可奈何的現實。千里馬「秖辱於奴隸人之手，駢死於槽櫪之間」，「奴隸人」草菅「馬」命的敷衍態度，正是造成這一齣齣悲劇的殺手。這裡的「奴隸人」，可以視為一般行政官僚的借喻，他們慣常以「秉公處理」為藉口，營造一齊頭式的假象平等，為圖個人處理的方便，刻意忽略個體間的差距，甚或根本沒有發掘人才的企圖和自覺，故而正如養馬者不僅「不知其能千里而食」，抑且「鳴之而不能通其意」了。韓愈讓讀者在千里馬的悲鳴中看到了天才之火如何被無情地澆熄的慘痛歷程，同時從執鞭者自謂「天下無馬」的瞎說裡體會到現實殘酷的一面。這種懷才不遇的挫折感，又何嘗不是作者的血淚控訴？在那不能致千里的千里馬身上，也似乎可以看到韓愈個人的影子！

人才是國家社會最重要的資源，每一個進步的國家都重視人才的培育。千里馬如不經伯樂賞識，只是匹凡馬而已，影響畢竟不大，但一個人才不獲賞識，終身鬱鬱，則不僅是他個人的遺憾，很可能成為整個社會不可彌補的損失。所以社會固然需要人才，更需要有見識、能容人，像伯樂一般能提攜真才的人。

卷八 唐文

師說

【題解】本文選自《昌黎先生文集》。說，古代的一種文體，用以闡明事理，或倡導主張。本文以「師」為主題，旨在闡述從師問學的重要，以及應有的觀念，並批判當時士大夫恥於相師的謬誤。文章大約作於唐德宗貞元十九年（西元八〇三年），韓愈時任國子監四門博士，負有傳道授業之責，積極指導並獎掖後進，頗受當時士大夫之家的議論。韓愈基於師道重振實攸關文化命脈的存續、儒學道統的傳承，因而藉著後進李蟠的請學，作為此文，以回應時議，闡述理想。

古之學者必有師。師者，所以❶傳道❷、受業❸、解惑也。人非生而知之者，孰❹能無惑？惑而不從師，其為惑也，終不解矣。

生乎吾前，其聞道也固先乎吾，吾從而師之；生乎吾後，其聞道也亦先乎吾，吾從而師之。吾師道也，夫庸❺知其年之先後生於吾乎？是故無貴、無賤、無長、無少，道之所存，師之所存也。

嗟乎！師道❻之不傳也久矣！欲人之無惑也難矣！古之聖人，其出❼人也遠矣，猶且從師而問焉；今之眾人，其下❽聖人也亦遠矣，而恥學於師。是故聖益聖，愚益愚。聖人之所以❾為聖，愚人之所以為愚，其皆出於此乎？

愛其子，擇師而教之，於其身❿也則恥師焉，惑矣！彼童子之師，授之書而習其句讀⓫者也，非吾所謂傳其道、解其惑者也。句讀之不知，惑之不解，或師焉，或不⓬焉。小學而大遺⓭，吾未見其明也。

巫醫⓮、樂師⓯、百工⓰之人，不恥相師。士大夫之族，曰師、曰弟子云者，則群聚而笑之。問之，則曰：「彼與彼年相若⓱也，道相似也。」位卑則足羞⓲，官盛則近諛⓳。嗚呼！師道之不復⓴可知矣！巫醫、樂師、百工之人，君子不齒㉑，今其智乃反不能及，其可怪也歟！

聖人無常師㉒，孔子師郯子㉓、萇弘㉔、師襄㉕、老聃㉖。郯子之徒，其賢不及孔子。孔子曰：「三人行，則必有我師㉗。」是故弟子不必不如師，師不必賢於弟子。聞道有先後，術業有專攻㉘，如是而已。

李氏子蟠㉙，年十七，好古文㉚。六藝經傳㉛，皆通習㉜之；不拘於時，請學於余。余嘉㉝其能行古道，作〈師說〉以貽㉞之。

【注釋】❶所以 用來……。表示憑藉。❷道 指儒家修己治人的道理。❸受業 講授學業。受，通「授」。業，古代書寫文字的木板。此指學業。❹孰 誰。❺夫庸 何必。夫，發語詞。無義。庸，何必。❻師道 從師問學的傳統。❼出 超出。❽下 低於；不如。❾所以 ……的原因。表示結果。❿身 自身；自己。⓫句讀 指文章的斷句。文中語意完足的稱為句，語意未完而可稍停頓的稱為讀。讀，也作「逗」。⓬不 通「否」。⓭小學而大遺 學習小的而遺漏了大的。小，指「習其句讀」。大，指「傳其道，解其惑」。⓮巫醫 即醫生。古代巫能為人祈福消災，故巫亦醫，巫醫遂連稱。⓯樂師 指有音樂專長的人。⓰百工 泛指各種工匠。⓱若 相似；相近。⓲位卑則足羞 向地位低的人學習，就覺得十分可恥。足，十分；非常。⓳官盛則近諛 向地位高的人學習，就覺得近於諂媚。⓴不復 不能恢復。㉑不齒 極端鄙視，不屑與之同列。齒，牙齒。引申有排比、並列的意思。㉒聖人無常師 聖人沒有固定的老師。聖人，指孔子。《論語・子張》：「子貢曰：『……夫子焉不學，而亦何常師之有？』」㉓郯子 春秋時代郯國（故城在今山東郯城西南）國君。子，子爵。郯子曾到魯國，談起少昊氏以鳥名官的事，孔子特地去向他請教。㉔萇弘 周敬王時大夫。相傳孔子曾向他請教古樂。㉕師襄 春秋時代魯國的樂官。相傳孔子曾向他學鼓瑟彈琴。㉖老聃 即老子。春秋時代楚國人，為道家之祖，相傳孔子曾向他問禮。㉗三人行二句 三個人同行，其中一定有足以為我師的人。語出《論語・述而》。原文無「則」字，「師」下有「焉」字。㉘攻 研究。㉙李氏子蟠 李蟠。唐德宗貞元十九年（西元八〇三年）進士。㉚古文 指周、秦、西漢質樸、載道的散文。有別於六朝以來流行的駢體文。㉛六藝經傳 指儒家經典。六藝，即《詩》、《書》、《禮》、《樂》、《易》、《春秋》六經。聖人的著作叫「經」，後賢解說經義的著作叫「傳」。如《春秋》為經，解說《春秋》的《左氏》、《公羊》、《穀梁》為傳。㉜通習 通曉熟習。㉝嘉 讚許。㉞貽 贈送。

【語譯】古代求學問的人一定要有老師。老師，就是傳授道理、講授學業、解答疑惑的人。人不可能生下來就明白一切道理，誰能沒有疑惑？有疑惑而不請教老師，那疑惑就永遠不能解決了。

年紀比我大的，他領會道理當然比我早，我跟他學習；年紀比我小的，如果他領會道理也比我早，我也跟他學習。我要學習的是道理，何必管他年紀比我大還是小呢？所以，不論地位貴賤、年紀大小，只要他懂得道理，就可以做我的老師。

唉！從師問學的傳統早已消失了，想要一般人沒有疑惑也就難了！古代的聖人超出常人很多，尚且從師求教；現在一般的人遠不如聖人，卻認為跟老師學習是可恥的。所以，聖人越發聖明，愚人越發愚昧。聖人之所以能成為聖人，愚人之所以終究是愚人，大概都是這個緣故吧！

人們疼愛自己的兒子，會選擇老師來教他，可是自身卻以跟老師學習為可恥，這真是令人不解啊！那兒童的老師，只是教兒童讀書、學習句讀，並非我所說的傳授道理、解答疑惑。句讀不曉得，便去請教老師；疑惑不能解，卻不請教老師。小的地方去學習，大的地方反而遺漏不去學習，我真看不出他的聰明在哪裡。

巫醫、樂師、各種工匠，都不以跟老師學習為可恥。倒是那些士大夫，只要有人稱呼「老師」、「學生」，大家就聚在一塊嘲笑他。問他們為什麼笑，就說：「他和他年紀差不多，學識也差不多呀！」向地位低的人學習，便覺得十分可恥，而向地位高的人學習，又覺得近於諂媚。唉！從師問學的傳統難以恢復是很明白的了。巫醫、樂師、各種工匠，是君子所鄙視的，現在君子的見識反而比不上他們，這不是很奇怪的事嗎？

聖人沒有固定的老師，孔子曾向郯子、萇弘、師襄、老聃請教。其實郯子這些人，他們的才智都比不上孔子。孔子說過：「三個人同行，其中一定有可以做我老師的人。」所以學生不一定不如老師，老師也不一定比學生高明。只是領會道理的時間有先後，學業各有專門的研究，就是這樣罷了。

李蟠十七歲，喜好古文，熟習六經經傳。不受時俗拘束，來跟我學習。我讚許他能依循古人從師問學的傳統，所以作這篇〈師說〉送給他。

【研　析】本文可分七段。首段以「古之學者必有師」，開宗明義強調從師問學為古道之不可易者，進一步指出教師的功能為傳道、受業和解惑。以下各段即以此為中心觀點而開展其議論。二段強調不論年齡、地位，凡在我之前聞道者，皆可以為吾師。此為五、六兩段先伏一筆。三段謂古人從師而今人不從師，古今面對從師的態度不同，故有聖愚之別。四段批評時人僅知為子擇師而自身卻恥於從師的錯誤心態，而其對學習內容短視淺薄的認知程度，亦亟待修正。五段透過對比的方式指出：當時士大夫對於從師問學的態度，反不如其所鄙視之庶民。六段舉孔子學無常師，虛心求教的學習態度，反證世俗觀點的偏執妄誕，進而提出「聞道有先後，術業有專攻」的主張，回應二段「無貴、無賤、無長、無少，道之所存，師之所存」的論點。末段嘉勉李蟠能不拘於時，行古人從師問學之道，點出贈文之原委，並回應首段作結。

本文透過一「恥」字對士大夫心態加以批判，以反省唐代教育的危機，實具有文化革新的意義。今人指出：唐代的高等教育有三種形態，一是學校形態的官學、私學，以教授經學為其內容；一是非學校形態的自學，以學習文選和時賢詩文，在以文會友中完成自我教育。另方面，唐代選拔人才的科舉制度以進士科最為尊貴，而進士科以崇尚文學為特質。詩賦創作大多是個人創造力、想像力的展現，得之於師傳者少，於是，以經學教育為主的官學和私學便逐漸式微，自學成材儼然成為唐代士子高等教育的普遍形態，而恥於從師、恥於為師則是士子自學成材風氣的質變。

韓愈本身也是自學成材的成功案例，他何以會對時人恥學於師、恥於為師的風氣作如此強烈的抨擊呢？這與他「文以載道」的文學觀應有密切關係。他在本文中將教師的職責界定為傳道、受業、解惑，稱許李蟠能通習六藝經傳，而〈原道〉一文更明揭所謂道統；於是，教師以其能傳釋往聖的人生智慧，遂為道統之所繫。傳道、受業、解惑實屬一體，對教師的尊重，即是對前人智慧以及文化傳統的尊重。師道的淪喪，不僅象徵文化傳承的斷裂，更標誌著維繫社會安定的倫常綱紀的初步解體。明乎此，則其以師道倡，實有民族文化之傳承的深意在。

在寫作技巧上，本篇大量運用對比的方式展開議論。作者刻意以古之聖人、巫醫樂師百工之人、孔子、李蟠和今之士大夫之族形成強烈對比，此種技巧的運用，可使文章氣勢宏偉，富於說服力。作者還運用了其他的修辭技巧，如首段以頂真格破題，「古之學者必有師。師者，所以傳道、受業、解惑也」，第二句句首「師」字和第一句末尾的「師」字緊緊相扣；四段「句讀之不知，惑之不解，或師焉，或不焉」採錯綜句法，更顯得奇崛而富於變化。這些都是本文在語言風格上的特色，值得再三玩味。

進學解

【題解】本文選自《昌黎先生文集》。進學，精進學業；使學業進步。解，古代的一種文體，用於解說或辯析疑難。唐憲宗元和七年（西元八一二年），韓愈因替人辯罪而左遷為國子博士，心有不平，遂作此文以自喻。文中國子先生教誨諸生當求業精行成，不可荒嬉放任，而學生反詰，先生回應辯說。藉由師生對話表達其對世道不公，有司不平，有才有德反受黜斥的憤慨。

國子先生[1]晨入太學[2]，召諸生立館下，誨[3]之曰：「業精於勤，荒於嬉[4]；行成於思，毀於隨[5]。方今聖賢[6]相逢，治具畢張[7]。拔去[8]兇邪，登崇[9]俊良。占小善者率以錄[10]，名一藝者無不庸[11]。爬羅剔抉[12]，刮垢磨光[13]。蓋有幸[14]而獲選，孰云多[15]而不揚[16]？諸生業患不能精，無患有司[17]之不明；行患不能成，無患有司之不公。」

言未既[18]，有笑於列者曰：「先生欺余哉！弟子事先生，於茲有年[19]矣。先生口不絕吟於六藝[20]之文，手不停披[21]於百家之編[22]。記事者必提其要[23]，纂言者必鉤其玄[24]。貪多務得，細大不捐[25]。焚膏油以繼晷[26]，恆兀兀以窮年[27]。先生之業，可謂勤矣。

「觝排異端㉘，攘斥㉙佛老。補苴罅漏㉚，張皇幽眇㉛。尋墜緒㉜之茫茫，獨旁㉝搜而遠紹㉞。障百川而東之㉟，迴狂瀾於既倒㊱。先生之於儒，可謂有勞矣。

「沉浸醲郁㊲，含英咀華㊳，作為文章，其書滿家。上規㊴姚姒㊵，渾渾無涯㊶；周誥㊷殷盤㊸，佶屈聱牙㊹。《春秋》謹嚴㊺，《左氏》浮誇㊻；《易》奇而法㊼，《詩》正而葩㊽。下逮《莊》、《騷》㊾，太史所錄㊿，子雲、相如(51)，同工異曲。先生之於文，可謂閎其中而肆其外(52)矣！

「少始知學，勇於敢為。長通於方(53)，左右具宜。先生之於為人，可謂成矣。

「然而公不見信於人，私不見助於友。跋前躓後(54)，動輒得咎。暫為御史，遂竄南夷(55)。三年博士(56)，冗不見治(57)。命與仇謀(58)，取敗幾時！冬暖而兒號寒，年豐而妻啼飢。頭童齒豁(59)，竟死何裨(60)？不知慮此，而反教人為！」

先生曰：「吁，子來前。夫大木為杗(61)，細木為桷(62)，欂櫨(63)侏儒(64)，椳(65)闑(66)居(67)楔(68)，各得其宜，施以成室者，匠氏之工也。玉札(69)、丹砂(70)，赤箭(71)、青芝(72)，牛溲(73)、馬勃(74)，敗鼓之皮(75)，俱收並蓄，待用無遺者，醫師之良也。登(76)明選公，雜進巧拙，紆餘(77)為妍，卓犖(78)為傑，校短量長，惟器是適者，宰相之方也。

「昔者孟軻好辯(79)，孔道以明；轍環天下(80)，卒老於行。荀卿守正，大論是弘。逃讒於楚，廢死蘭陵(81)。是二儒者，吐辭為經，舉足為法，絕類離倫(82)，優入聖域，其遇於世何如也？

「今先生學雖勤而不繇(83)其統，言雖多而不要其中(84)。文雖奇而不濟(85)於用，行雖修而不顯於眾。猶且月費俸錢，歲靡廩粟(86)。子不知耕，婦不知織。乘馬從徒(87)，安坐而食。踵常途之促促(88)，窺陳編(89)以盜竊。然而聖主不加誅(90)，宰臣不見斥，茲非其幸歟？動而得謗，名亦隨之。投閑置散(91)，乃分(92)之宜。若夫商財賄(93)之有亡，計班資之崇庳(94)，忘己量(95)之所稱，指前人之瑕疵，是所謂詰匠氏之不以杙為楹(96)，而訾醫師以昌陽(97)引年(98)，欲進其豨苓(99)也。」

【注釋】❶國子先生　指國子博士。此韓愈自稱。唐代中央設國子監，為最高教育行政機關，下設六學：國子學、太學、四門學、律學、書學、算學。國子學置國子博士二人，掌教國子學生。❷太學　古代學校名。此指國子學。❸誨　教導。❹業精於勤二句　學業的精進在於勤勉，其荒廢由於嬉戲。❺行成於思二句　德行的修成在於慎思，其敗壞在於放任。隨，放任；隨便。❻聖賢　聖君賢臣。❼治具畢張　治國的措施都已完備。張，布設；施設。❽拔去　除掉；除去。❾登崇　提拔任用。❿占小善者率以錄　凡有一點長才的大都已被錄用。占，擅有。率，大都；大抵。以，通「已」。⓫名一藝者無不庸　凡治一經而有名的無不被任用。一藝，指一種經書。六經亦稱六藝。庸，用。⓬爬羅剔抉　搜羅挑選。⓭刮垢磨光　刮去汙垢，磨出光彩。比喻訓練、培養人才。⓮幸　僥倖。⓯多　優。⓰揚　顯揚。⓱有司　主管官員。職有所司，故稱。⓲既　終；完。⓳有年　數年；多年。⓴六藝　即六經：《易》、《書》、《詩》、《禮》、《樂》、《春秋》。㉑披　翻閱。㉒百家之編　指諸子的著作。編，書籍。㉓提其要　摘錄其綱要。㉔纂言者必鉤其玄　立言的書必探求其精義。鉤，探求。玄，精深的道理。㉕捐棄。㉖焚膏油以繼晷　夜晚點燈以繼續白天的攻讀。形容勤讀不怠。焚膏油，指點燈。晷，日光。㉗恆兀兀以窮年　終年勤勉不息的樣子。兀兀，勤勉不息的樣子。窮年，終年；一年到頭。㉘觝排異端　排斥異端。觝，通「牴」。抵制。排，排斥。異端，與正統相反的學說。此指佛、老。㉙攘斥　排斥；駁斥。㉚補苴罅漏　彌補縫隙缺漏。此指彌補儒家學說因佛、老衝激而顯現的缺漏。苴，彌縫；填補。罅，裂縫。㉛張皇幽眇　發揚隱微的聖人之道。張皇，發揚光大。幽眇，隱微。㉜墜緒　中衰將絕的事業。緒，前人遺留的事業。此指儒家道統。㉝旁　廣泛。㉞紹　繼承。㉟障百川而東之　障阻百川橫決的流水，使之就正道而東流。謂抵制邪說，排斥異端，使其回歸儒家之正道。百川比喻異端邪說，百川東之則歸於海，故此隱以海喻儒家。障，防堵。㊱迴狂瀾於既倒　挽回已潰決的大浪，使之歸於平靜。比喻挽救世風人心之陷溺於佛、老，使歸於儒，轉危為安。㊲沉浸醲郁　涵泳在典籍的濃郁中。醲郁，濃厚的滋味、強烈的香氣。此指書中含義之精粹。㊳含英咀華　品味文章的精華。含，玩味。咀，體會。英、華，指文章精妙之所在。㊴規　效法；學習。㊵姚姒　指《尚書》中的〈虞書〉和〈夏書〉。姚，虞舜之姓。姒，夏禹之姓。㊶渾渾無涯　廣大深遠而無邊際。㊷周誥　指《尚書．周書》中的〈大誥〉、〈康誥〉、〈酒誥〉、〈召誥〉、〈洛誥〉。記周武王、周公告誡臣民之辭。㊸殷盤　指《尚書．商書》的〈盤庚〉上、中、下三篇。記商代帝王盤庚自奄遷殷的史事。㊹佶屈聱牙　文辭艱澀難讀。佶屈，屈曲。形容文句艱深。聱牙，不順口。㊺春秋謹嚴　《春秋》常以一字寓其褒貶，極為鄭重，故云。㊻左氏浮誇　《左傳》多記鬼神、福禍、預言，敘事富於文學技巧，文辭往往虛浮誇大，故云。㊼易奇而法　《易經》變化神奇而有規律。㊽詩正而葩　《詩經》義理正而詞藻美。葩，華美。㊾莊騷　《莊子》和《離騷》。㊿太史所錄　指司馬遷所著《史記》。司馬遷繼其父談為太史令。(51)子雲相如　揚雄和司馬相如。揚雄，字子雲，漢成帝時人，著〈甘泉〉、〈河東〉、〈羽獵〉、〈長楊〉等賦。司馬相如，漢武帝時人，著〈上林〉、〈大人〉、〈哀二世〉等賦。(52)閎其中而肆其外　義理宏通而文筆豪邁。(53)通於方　通達待人處世之道。方，道理。(54)跋前躓後　形容進退失據。跋，踩踏。躓，一作「疐」。絆倒。語本《詩經．豳風．狼跋》：「狼跋其胡，載疐其尾。」胡，頸下的垂肉。載，則。這二句是說：狼前進就踏到頸下垂肉，後退就踩到尾巴而絆倒。(55)暫為御史二句　唐德宗貞元十九年（西元八〇三年），韓愈由四門博士升任監察御史，不久因上書論事，得罪唐德宗，貶陽山縣令。陽山縣在今廣東，當時視為蠻荒，故稱南夷。(56)三年博士　唐憲宗元和元年（西元八〇六年）六月，召韓愈權知國子博士，四年六月，遷都官員外郎。(57)冗不見治　處於閒散的官位，無以見其治績。冗，閒散。(58)命與仇謀　司命之神與仇敵共謀。指命運不佳。(59)頭童齒豁　頭禿齒落。童，山無草木。後以形容頭禿。豁，脫落。(60)裨　助。(61)杗　棟梁。(62)桷　方椽。用以承屋瓦。(63)欂櫨　拱承屋棟的方木。似斗形，即斗拱。(64)侏儒即「株欐」。梁上短柱。(65)根　門樞之臼。(66)闑　門檻。(67)扂　門閂。用以閉戶的橫木。(68)楔　門兩旁的木柱。(69)玉札　草名。即地榆，味苦，性微寒，可止痛、止膿血。(70)丹砂　即朱砂。中醫用為鎮靜劑。(71)赤箭　草名。又名獨搖芝。根曬乾可入藥，稱天麻。味辛，性溫，可消癰腫。(72)青芝　菌類。生在枯木上，《本草》謂有青、黃、赤、白、黑、紫六色，古以為瑞草，服之可延年益壽。(73)牛溲　即車前。種子味甘，性寒，可止痛、除濕痹。(74)馬勃　菌類。秋季生於山林蔭地，暗褐色，呈球狀，其質如綿，中含褐色孢子，味辛，性平，可用為止血藥。(75)敗鼓之皮　破鼓的皮。舊說可治蠱毒。(76)登　進用。(77)紆餘　舒緩從容。(78)卓犖　卓絕出眾。(79)孟軻好辯　《孟子．滕文公下》：「公都子曰：『外人皆稱夫子好辯，敢問何也？』孟子曰：『予豈好辯哉？予不得已也！』」(80)轍環天下　車轍遍天下。即周遊天下。孟子曾遊說齊宣王、梁惠王、滕文公等。轍，車輪之跡。(81)廢死蘭陵　荀子遊齊，為祭酒，後避讒適楚，春申君以為蘭陵令，春申君死，荀子亦廢，卒葬蘭陵。蘭陵，戰國楚邑。故城在今山東嶧縣東。(82)絕類離倫　超群出眾。倫，同類。(83)繇　由。(84)不要其中　不合中道。要，指歸。(85)濟助。(86)歲糜廩粟　每年耗費官倉的米粟。糜，耗費。(87)從徒　有僕役隨從。(88)促促　拘謹的樣子。(89)陳編　古籍。(90)誅　責罰。(91)投閑置散　居於閑散不重要的職位。投、置，安排；放置。(92)分　本分。(93)財賄　財物。(94)班資之崇庳　官位的高低。班資，班位資格。庳，低下。(95)量　分量；才能。(96)以杙為楹　用小木樁當梁柱。杙，小木樁。(97)昌陽　即白菖。生於池澤，根莖長，可供藥用，服食可以延年。(98)引年　延年。(99)豨苓　即豬苓。菌類，多生於楓樹上，呈塊狀，色黑似豬屎，可供藥用，主滲泄。

【語　譯】國子先生早上來到太學，把學生集合在館下，教誨他們說：「學業的精進在於勤勉，學業的荒廢由於嬉戲；德行的修成在於慎思，德行的敗壞由於放任。當今朝廷君聖臣賢會合，治國的措施都已完備。除去兇惡奸邪的人，拔用傑出賢良之士。只要有一點點長才的都已被錄用，只要通一經而有名的沒有不被任用。多方網羅選拔人才，用心加以培養造就。或許會有僥倖而獲得選拔的人，誰說有優異而不能顯揚的呢？諸位應擔心學業不能精進，不用怕在位的人不明察；應擔心德行不能修成，不必怕在位的人不公平。」

話還沒說完，有人在行列裡笑著說：「先生騙我們哪！弟子跟著先生學習，到現在已經幾年了。先生口不停地吟誦六經的文章，手不停地翻閱諸子百家的著作。凡是記事的書一定摘錄綱要，凡是立言的書必定探求精義。力求廣泛而有心得，不論大小都不放棄。夜晚點燈繼續白天的攻讀，一年到頭勤奮不息。先生在學業方面，可說是夠勤勉的了。

「抵制異端邪說，駁斥佛、老。彌補儒家的缺漏，發揚隱微的聖道，探求中衰將絕的儒家學術，獨自多方搜求以遠接道統。障阻橫決的河川使它就正道而東流，挽回已潰決的大浪使它平靜。先生在儒學方面，可說是有功勞了。

「涵泳在典籍的濃郁裡，品味文章的精華，寫成的著作，堆滿家中。向上取法〈虞書〉、〈夏書〉的廣大深遠，〈周書〉誥文和〈商書．盤庚〉的艱澀深奧；學習《春秋》的嚴謹，《左傳》的誇張；《易經》的變化神奇而有規律，《詩經》的義理中正而詞藻華美。下至《莊子》、《離騷》，太史公的《史記》，以及揚雄、司馬相如的文章，汲取他們風格各異、巧妙相同之處。先生在寫作方面，可說是內容閎通、文辭豪邁的了！

「自小就知道努力向學，又敢於有所作為。長大後通達人情世故，言談舉止無不合宜。先生在做人方面，可說是修養有成的了！

「然而在公的方面不被人信任，在私的方面得不到朋友的幫助。進退失據，往往獲罪。升任御史沒多久，就被貶到南蠻荒遠之地。擔任三年博士，職位閒散無所施展。命運不濟，隨時可能遭遇挫折。在溫暖的冬日，兒子還直哭冷；在豐收的年歲，妻子還直叫餓。而先生頭禿齒落，就這樣一直到老死，又有什麼好處呢？先生不知道憂慮這些，卻反而教我們努力！」

先生說：「吁！你到前面來。用粗大的木材做棟梁，細小的木材做方椽，斗拱、短柱、門臼、門檻、門閂、門柱，各用在適當的地方，以建造房子，這是工匠的技藝。玉札、丹砂、赤箭、青芝、牛溲、馬勃、破敗的鼓皮，全都收藏備用，沒有缺漏，這是醫師的高明。用人明察，選才公平，巧拙並用，從容舒緩的是美材，卓絕出眾的是俊傑，考量長短優劣，因才任用，這是宰相的治道。

「從前孟軻喜歡和人辯論，孔子學說因而發揚光大；他周遊列國，奔走到老。荀卿堅守正道，弘揚儒學；為了避讒逃到楚國，後來還是被免官，老死在蘭陵。這兩位大儒，言談即為經典，舉止便是楷模，超群出眾，已達聖人的境界而有餘，他們在人世的際遇又如何呢？

「而今我雖然勤學卻沒有遵循道統，言論雖多卻不合中道，文章雖奇特卻不適用於世，德行雖修美卻很少人知道。尚且每月白領公家的薪俸，每年耗費官倉的米粟。兒子不會耕作，妻子不懂織布。出門時騎著馬、有僕役隨從，安逸地享受飲食。拘謹地隨波逐流，抄襲舊書而沒有創見。然而聖主並不加以責罰，宰相大臣也都沒有排斥我，這難道不是我的幸運嗎？雖然一舉一動常常遭受毀謗，聲名卻也跟著大起來。處在閑散的職位，正是合於本分。至於計算財物的有無，計較官位的高低，忘了自己的才幹是否相稱，指責前輩的缺失，這正如責問木匠不用小木樁做梁柱，而批評醫師教人用白菖來滋補延年，卻要他教人吃豬苓啊！」

【研　析】本文可三大段。第一大段虛擬國子先生對太學生訓話，勉勵學生努力進德修業，毋需擔心出路。第二大段透過學生的訕笑，反詰國子先生冠冕堂皇的說辭，又可分為五小節：第一小節從治學態度上肯定國子先生之勤奮。第二小節從維護儒學傳統上肯定國子先生的功績。第三小節從文章風格之豐富肯定國子先生之文學成就。第四小節從為人處事上肯定國子先生之涵養。第五小節則以譏諷的口吻質疑國子先生學養和仕宦生涯上的嚴重落差。第三大段是國子先生的自我辯白，可分為三小節：第一小節以工匠選材和醫者用藥比喻人事的安排，暗示宰相必須承擔「野有遺賢」的政治責任。第二小節以孟子、荀子自況，以他們也曾遭受位不當才的委屈自我安慰。第三小節表面上是自謙處窮得宜，實則自視奇高，不屑苟合於世俗，展現了自己狷介的風骨。

〈進學解〉是韓愈的傳世名作，通篇採對話的形式進行駁難，多以駢文的句式來析理明志，表白其懷才不遇的心聲；就內容而言，實可視為一篇自傳文學。自傳文學在本質上乃是誇耀與謙遜的複合體，既得適當地顯揚自身的優越，又必須避免過於自炫而落人口實，故而在寫作方式上就顯得格外曲折。韓愈在論述策略上顯然作了精心的安排：一方面，所有的稱讚均由學生的譏諷帶出，嘲謔本來帶有「看笑話」的性質，作者卻反用於自誇；至於對其所遭受的不公平待遇，則以懷疑、反諷的方式間接表達同情與憤激。另方面，國子先生並非順水推舟地欣然接受這似貶實褒的讚揚，而是鄭重其事地予以否認，遂使學生的賞譽與嘲諷、同情與義憤胥皆落空，而透顯出弔詭的氣氛。

前人曾指出，韓愈的〈進學解〉乃是模仿東方朔〈答客難〉和揚雄〈解嘲〉的寫法，辨析進德修業的道理；但韓愈並非如前人所作般自數家珍而歎人不見，只是超然作壁上觀，先後針對情感和理智的層面去開解、去排遣個人命運中那些無可奈何的挫折感，這就顯發出一種積極的人生態度，具有更正面的諷諭意涵。

圬者王承福傳

【題解】本文選自《昌黎先生文集》。圬者，泥水匠。圬，泥鏝。泥水匠塗抹泥灰的工具。本文是韓愈為泥水匠王承福所作的傳，但文章的重點在於透過記述王承福的話語，表彰其自食其力、無愧於心的生活態度。一方面肯定王承福的「獨善其身」，比起尸位素餐的富貴者高尚，另一方面也用以自我警惕。

圬❶之為技，賤且勞者也。有業之❷，其色❸若自得者。聽其言，約而盡。問之，王其姓，承福其名，世為京兆長安❹農夫。天寶之亂❺，發❻人為兵。持弓矢十三年，有官勳，棄之來歸。喪其土田，手鏝❼衣食，餘三十年。舍❽於市之主人❾，而歸其屋食之當❿焉。視時屋食之貴賤，而上下⓫其圬之傭⓬以償之。有餘，則以與道路之廢疾餓者焉。

又曰：「粟，稼⓭而生者也。若布與帛，必蠶績⓮而後成者也。其他所以養生之具，皆待人力而後完也，吾皆賴之。然人不可徧為，宜乎各致⓯其能以相生也。故君者，理⑯我所以生者也，而百官者，承⑰君之化者也。任有小大，惟其所能，若器皿焉。食焉而怠其事，必有天殃，故吾不敢一日舍鏝以嬉。夫鏝易能，可力焉，又誠有功，取其直⑱，雖勞無愧，吾心安焉。夫力易強而有功也，心難強而有智也。用力者使於人，用心者使人，亦其宜也。吾特擇其易為而無愧者取焉。

「嘻！吾操⑲鏝以入貴富之家有年⑳矣。有一至者焉，又往過之，則為墟㉑矣。有再至、三至者焉，而往過之，則為墟矣。問之其鄰，或曰：『噫！刑戮也。』或曰：『身既死，而其子孫不能有也。』或曰：『死而歸之官㉒也。』吾以是觀之，非所謂食焉怠其事而得天殃者邪？非強心以智而不足，不擇其才之稱㉓否而冒之者邪？非多行可愧，知其不可而強為之者邪？將㉔貴富難守，薄功而厚饗㉕之者邪？抑豐悴㉖有時，一去一來而不可常者邪？吾之心憫焉，是故擇其力之可能者行焉。樂富貴而悲貧賤，我豈異於人哉？」

又曰：「功大者，其所以自奉㉗也博。妻與子皆養於我者也，吾能薄而功小，不有之可也。又吾所謂勞力者，若立吾家而力不足，則心又勞也。一身而二任㉘焉，雖聖者不可能也。」

愈始聞而惑之，又從而思之，蓋賢者也，蓋所謂「獨善其身」者也。然吾有譏㉙焉，謂其自為也過多，其為人也過少。其學楊朱㉚之道者邪？楊之道，不肯拔我一毛而利天下，而夫人以有家為勞心，不肯一動其心以畜㉛其妻子，其肯勞其心以為人乎哉？雖然，其賢於世之患不得之而患失之者，以濟㉜其生之欲，貪邪而亡道以喪其身者，其亦遠矣！又其言有可以警余者，故余為之傳而自鑒㉝焉。

【注　釋】❶圬　泥鏝。此用為動詞。❷業之　以之為業；從事這種工作。之，指「圬」。❸色　臉色；神情。❹京兆長安　唐關內道京兆府長安縣。在今陝西西安西北。❺天寶之亂　又稱「安史之亂」。唐玄宗天寶十四載（西元七五五年），安祿山以誅楊國忠為名，起兵反，陷洛陽、長安，玄宗逃到四川，亂事歷七年多。❻發　徵發；徵集。❼手鏝　持鏝。指從事泥水匠的工作。手，拿；持。鏝，泥水匠塗抹泥灰的工具。❽舍　居住。❾主人　指房東。❿屋食之當　房租和伙食的費用。當，相當的代價。⓫上下　增減。⓬傭　工資。⓭稼　種植。⓮蠶績　養蠶紡織。⓯致　用；盡。⓰理　治理。唐代避唐高宗李治諱，以「理」代「治」。⓱承　通「丞」。佐理。⓲直　通「值」。指工資。⓳操　拿。⓴有年　若干年；多年。㉑墟　廢墟。㉒歸之官　歸公；充公。㉓稱　合。㉔將　或是。㉕饗　通「享」。享受。㉖豐悴　興衰。㉗奉　供給；供養。㉘二任　雙重負擔。指勞力又勞心。㉙譏　批評。㉚楊朱　字子居。戰國時代人，主張「貴生重己」、「為我」。㉛畜　養。㉜濟　滿足；達成。㉝鑒　警惕。

【語　譯】塗泥抹灰的工作，既卑賤又勞苦。有個從事這種工作的人，他的樣子好像很自得似的。聽他講話，簡單而透徹。問他，他說姓王，名承福，世代是京兆長安縣的農夫。天寶之亂，政府徵召百姓當兵。他從軍十三年，立下可以當官的功勳，但他放棄當官回鄉。田地沒有了，他就當泥水匠謀生，這樣又過了三十多年。他租街上人家的屋子住，付房租和伙食費。看當時房租伙食費的貴賤，增減工錢來付生活費用。如果有剩，就送給路上那些殘廢疾病和沒有飯吃的人。

他又說：「稻穀，要種植才能長出來。至於布帛，一定要養蠶紡織才能製成。其他用來維持生活的物資，都要靠人力才能完成。我們都要依賴它來維持生活。可是一個人不可能什麼都自己做，應當各自盡他的能力來互相供養。所以，人君是治理我們生計的，至於百官，是輔佐人君推行教化的。責任有大小，要各盡其力，就像器具一樣。假使只吃飯而懶於做事，一定會有上天的懲罰，所以我一天也不敢丟開泥鏝去玩樂。塗泥抹灰的工作容易學會，可以憑力氣去做，又的確有貢獻，拿這種工錢，雖然勞苦卻不慚愧，我很安心。用氣力的事容易勉強去做而且有功效，用心思的事很難勉強去做而表現出智慧。勞力的被人指使，勞心的指使別人，這也是應該的。我只是選擇容易而且不慚愧的事來做。

「唉！我拿著泥鏝到富貴人家去工作好多年了。有的去過一次，再經過那裡時，已變成廢墟了；有的去過兩次三次，再經過那裡時，也變成廢墟了。問他們的鄰居，有的說：『唉！犯罪被殺了。』有的說：『本人死後，子孫守不住這些產業了。』有的說：『人死，家產充公了。』我從這些事情來看，他們不就是所謂好吃懶做而受到上天懲罰的嗎？不就是強用心思而智力不夠，不管才能是否相稱就冒充能幹的嗎？不就是做了許多問心有愧的事，明知道不可以還勉強去做的嗎？還是富貴很難守得住，功勞小而享受又太過的緣故呢？還是盛衰有一定的時期，一來一去都不可能長久的緣故呢？我心裡很感傷，所以選擇我能力可以做的事去做。喜歡富貴而哀傷貧賤，我難道和別人不一樣嗎？」

他又說：「功勞大的人，他用來供養自己的也多些。妻子兒女都要我來養活，我的能力薄弱而功勞又小，沒有妻子兒女也是可以的。同時，我是所謂勞力的人，如果成了家而力量不夠，那又要勞心了。一個人要同時勞心又勞力，即使聖人也不可能做到。」

我起初聽了這些話，感到很疑惑，接著又仔細想想，發覺他可算是一個賢人，可能就是古人所謂「獨善其身」的人吧。不過，我對於他還有一些批評，我以為他為自己著想的太多，為別人著想的太少。或許他是信仰楊朱學說的人吧？楊朱的學說，不肯拔自己的一根毛去使天下人都有利，而這個人以為有家庭是勞心的，不肯費一點心來養活妻子兒女，他還肯勞心去為別人著想嗎？話雖這麼說，他比起世間那些怕得不到又怕失去的人，那些只求滿足自己的生活慾望，貪心邪惡而忘記道義以致丟了生命的人，要好得多了！還有，他的話有可以警惕我的地方，所以我替他寫了這篇傳記，並時時自己警惕。

【研　析】本文可分四段。首段概述王承福的身世、經歷及其淡泊名利扶危濟困的人品。二段記敘王承福對自身職業的態度，以為人「各致其能以相生」，「是故擇其力之可能者行焉」，安於以圬為業。三段交代其何以不成家的緣故。末段是韓愈對王承福的整體評價，一方面認為他是「獨善其身」的賢者，另方面又質疑這種自為過多、為人過少的態度，最後仍肯定他遠勝一般世俗的利祿之徒。

韓愈在這篇傳記中，嘗試透過王承福的言行來表彰一種「任有小大，惟其所能」的人生哲學。他從社會分工的角度將人區分為用力者和用心者兩類，進而從聞見的經驗中歸納出「擇其力之可能者行焉」的處世態度。如果將這項觀點和韓愈個人在仕途上的波折連繫起來，則本篇顯然寄寓了一些批判的意味。在權力遊戲中，並不是每個人都可以才當其位的。高據要津的權貴奮不顧身地掠奪資源，處心積慮地經營個人的勢力範圍，但其下場或者身遭刑戮，或者由於子孫不能守而蒙受天殃，或者充公，如此，則宦海尚有何保障可言？王承福放棄眾所同好的官勳而「特擇其易為而無愧者取焉」，豈非顯示其燭照世情的人生智慧？這種但求無愧於心而不逐物慾遷流的操守源於清明的自覺，卻由一個「賤且勞」的圬者輕易完成，對那些「食焉怠其事」、「冒之者」、「強為之者」及「薄功而厚饗之者」來說，可算是一大諷刺了。

諱　辯

【題　解】本文選自《昌黎先生文集》。古代對於君主或尊長的名字，不可以直接說出或寫出，要用其他的字代替，稱為避諱。辯，古代的一種文體。用以針對問題，反駁既有的主張或觀點，以明是非，別真偽。唐憲宗元和五年（西元八一〇年），李賀因韓愈的鼓勵，在河南府參加鄉試中舉，韓愈勉勵李賀繼續參加進士科考試。但因為李賀的父親名「晉肅」，「晉」與「進」同音，有人以李賀應避父諱，不可參加進士考試。韓愈遂作此文，從《唐律》的規定，以及歷史事例，辯駁議論者的謬誤，認為李賀應進士試，並未犯諱。

愈與李賀❶書，勸賀舉進士❷。賀舉進士有名❸，與賀爭名者毀之，曰：「賀父名晉肅，賀不舉進士為是，勸之舉者為非。」聽者不察也，和而唱之，同然一辭。皇甫湜❹曰：「若不明白❺，子與賀且得罪。」愈曰：「然。」

《律》❻曰：「二名不偏諱❼。」釋之者曰：「謂若言『徵』不稱『在』，言『在』不稱『徵』是也。」《律》曰：「不諱嫌名❽。」釋之者曰：「謂若『禹』與『雨』、『丘』與『蓲』之類是也。」今賀父名晉肅，賀舉進士，為犯二名律❾乎？為犯嫌名律❿乎？父名晉肅，子不得舉進士；若父名仁，子不得為人乎？

夫諱始於何時？作法制以教天下者，非周公、孔子歟？周公作詩不諱⓫，孔子不偏諱二名，《春秋》不譏不諱嫌名⓬。康王「釗」之孫，實為「昭」王⓭；曾參⓮之父名「皙」，曾子不諱「昔」⓯。周之時有騏期，漢之時有杜度，此其子宜如何諱？將諱其嫌，遂諱其姓乎？將不諱其嫌者乎⓰？漢諱武帝名「徹」為「通」⓱，不聞又諱車轍之「轍」為某字也；諱呂后⓲名「雉」為「野雞」，不聞又諱治天下之「治」為某字也。今上章及詔，不聞諱「滸」⑲「勢」⑳「秉」㉑「饑」㉒也。惟宦官宮妾，乃不敢言「諭」㉓及「機」，以為觸犯。士君子言語行事，宜何所法守也？今考之於經，質㉔之於律，稽㉕之以國家之典，賀舉進士為可邪？為不可邪？

凡事父母，得如曾參，可以無譏矣。作人得如周公、孔子，亦可以止矣。今世之士，不務㉖行曾參、周公、孔子之行，而諱親之名，則務勝於曾參、周公、孔子，亦見其惑也。夫周公、孔子、曾參卒㉗不可勝，勝周公、孔子、曾參乃比於宦者宮妾。則是宦者宮妾之孝於其親，賢於周公、孔子、曾參者邪？

【注　釋】❶李賀　（西元七九一～八一七年）字長吉。唐福昌（今河南宜陽）人，鄭王李亮的後代，曾官奉禮郎、協律郎等小官，長於詩，有《昌谷集》。❷舉進士　指受薦舉參加進士科的考試。進士，唐代科舉考試的名稱。❸賀舉進士有名　指李賀在參加進士考試時已有詩名。唐代科舉試卷不彌封，考生名氣往往影響錄取。❹皇甫湜　字持正。新安（今浙江淳安西）人，元和進士，官至工部郎中。❺明白　說明白。❻律　指《唐律》，為唐代法律條文。❼二名不偏諱　兩個字的名，不必避諱其中任一個單一的字。諱，避忌。此一規定見《唐律・職制律》，原出《禮記・曲禮上》。鄭玄注：「謂二名不一一諱也。孔子之母名徵在，言在不言徵，言徵不言在。」孔子母名徵在，兩個字，即「二名」。孔子單獨提到徵或在時，都不必避諱。即「不一一諱」，亦即「二名不偏諱」。如《論語・八佾》，孔子說「宋不足徵」，是「言徵不言在」；又《論語・衛靈公》，孔子說「某在斯」，是「言在不言徵」。❽不諱嫌名　不必避諱讀音相近的字。此一規定見《唐律・職制律》，原出《禮記・曲禮上》。鄭玄注：「嫌名，謂音聲相近，若禹與雨，丘與蓲也。」❾犯二名律　犯二名俱未諱之法。孔子母名徵在，孔子如提到徵在，即為犯二名律。進士與晉肅字本不同，進、晉音同，但士、肅音不同，合於「不諱嫌名」。又李賀考「進士」而非考「晉肅」，故不犯二名律。❿犯嫌名律　嫌名本不必諱，故此一問，意謂縱然「進」「晉」音同，但因「不避嫌名」，故李賀考進士根本不犯諱。⓫周公作詩不諱　周文王名昌，周武王名發，而《詩經・周頌》中的〈噫嘻〉、〈雝〉二篇中有「克昌厥後」、「駿發爾私」等句，或謂二詩皆周公所作，而昌、發二字，皆不諱。⓬春秋不譏不諱嫌名　《春秋》不譏不避諱聲音相近的字。下文「康王」二句即其例證。⓭昭王　周昭王。周康王之子，名瑕。昭是其謚號，與周康王之名「釗」同音而不諱。文中作康王孫，誤。⓮曾參　孔子弟子。⓯曾子不諱昔　曾參不避諱「昔」。《論語・泰伯》記曾子的話：「昔者吾友嘗從事於斯矣。」昔、皙聲近而曾子不諱。⓰周之時有騏期五句　春秋時代楚國有騏期，東漢有杜度。騏與期、杜與度，姓名同音，如果其子要避諱同音字，勢必不能從父姓。⓱漢諱武帝名徹為通　漢武帝名徹，漢避其名，因改「徹侯」為「通侯」。⓲呂后　漢高祖后。⓳滸　唐太祖名虎，滸、虎音近。⓴勢　唐太宗名世民，勢、世音近。㉑秉　唐世祖（唐高祖之父）名昞，秉、昞音近。㉒饑　唐玄宗名隆基，饑、基音近。㉓諭　唐代宗名豫，諭、豫音近。㉔質　對照。㉕稽　查考。㉖務　致力；努力。㉗卒　終究；到底。

【語　譯】我寫信給李賀，勸他去參加進士考試。李賀參加進士考試前已有名聲，和他爭名的人就毀謗他，說：「李賀的父親名晉肅，李賀不去參加進士考試才是對的，勸他去考的人錯了。」聽到的人也不仔細考慮，便隨聲附和，大家都說著相同的話。皇甫湜對我說：「如果這件事不分辨清楚，您和李賀都將要承擔罪名了。」我回答說：「是的。」

《律》說：「兩個字的名，不必避諱其中單一的字。」解釋的人說：「這是說，像是只說『徵』字沒說『在』字，只說『在』字沒說『徵』字是可以的。」《律》說：「不必避諱讀音相近的字。」解釋的人說：「這是說，好像『禹』和『雨』，『丘』和『蓲』這一類的字。」現在李賀的父親名晉肅，而李賀去應考進士，這是犯了兩個字都沒有避諱呢？還是犯了讀音相近呢？父親名晉肅，兒子就不能考進士，那麼，如果父親名仁，兒子就不能做人嗎？

避諱從什麼時候開始的？訂法制來教天下人的，不就是周公、孔子嗎？周公作詩並不避諱，孔子對於兩個字的名字，也不避諱其中單一的字。《春秋》並不譏諷沒有避諱讀音相近的字。周康王名「釗」，他的孫子諡號是「昭」王。曾參的父親名「皙」，曾子不避諱「昔」字。周朝有人叫騏期，漢朝有人叫杜度，這叫他們兒子應該怎樣避諱呢？是要避讀音相近的字，因此就避諱他的姓呢？還是不避讀音相近的字呢？漢朝避武帝的名，改「徹」為「通」，但是沒聽說避車轍的「轍」，改為另一個字。避呂后的名，改「雉」為「野雞」，沒聽說又避治天下的「治」改為另一個字。現在的奏章和詔命，也沒有聽說諱「滸」、「勢」、「秉」、「饑」等字。只有宦官宮女，才不敢提到「諭」字和「機」字，以為這樣算是犯諱的。士君子說話做事，應該遵守什麼禮法呢？現在考察經籍，對照《律》條，查核國家典章，李賀去考進士是可以的呢？還是不可以呢？

大凡事奉父母，能夠像曾參一樣，便可以不受譏評了。做人能夠像周公、孔子一般，也可以算是到頂了。現在的士人，不致力學習曾參、周公、孔子的品行，卻在避諱父母親的名字上，極力想勝過曾參、周公、孔子，也可見他們的迷惑了。像周公、孔子、曾參，終究是無法勝過的。自以為勝過周公、孔子、曾參，那是和宦官宮女相似。那麼，難道宦官宮女對父母的孝順，會勝過周公、孔子、曾參嗎？

【研　析】本文可分四段。首段交代撰寫此文的原委。二段引《唐律》中的「二名律」和「嫌名律」，從法制上推翻爭名者反對李賀參加進士考試的理由，進而透過諧謔性的反詰，揭露了這種避諱在實踐上的矛盾。三段考察避諱的歷史，舉例反證偏諱二名、諱嫌名皆於史無據，從而諷刺只有宦官宮妾才會拘泥於避諱。末段斥責謗者不法聖教而務為宦者宮妾之舉，誠然荒謬可怪。

所謂避諱，乃是在語言中避開那些忌諱的字眼，最初源自某種禁忌的心理，逐漸經由禮俗的浸染和道德的滲透而轉化成多樣風貌，就應用的層面看，可視為一種語言運用的藝術。人名避諱是避諱中常見的類型。名字原本只是用以指涉對象的稱謂，但先民在「名魂相關」的觀念下，真誠地相信人的靈魂就附在他的名字上，於是，名字儼然成為一種必須忌諱的神聖符號。春秋、戰國以後，人名避諱更在政治權勢和禮教的雙重增飾下變得格外具有敏感性。就發生來源說，有避皇帝本人及其父祖之名的「國諱」，有避個人父祖及長輩名字的「家諱」（反對者指責李賀所犯的就是這種），有為聖人避諱的「聖賢諱」，甚至還有自恃權勢的官員私自定下的「官諱」等等，可說是千奇百怪，其實多半是當政者強制規範的結果。韓愈本人並不反對「諱」及其倫理義蘊，但是如果「諱」已脫離它作為委婉的語言藝術及反映禮法的原始作用，而質變為政治鬥爭的手段，這就有待商榷了。李賀成為「諱」這種習俗的箭靶，不僅是他個人的不幸，更透露韓愈在這徒重形式、是非不分的時代裡，注定要面臨那種千喙一音的無奈和孤寂啊！

爭臣論

【題解】本文選自《昌黎先生文集》。爭臣即諫諍之臣，專門負責對皇帝的規勸。本文旨在諷諭身為諫議大夫的陽城，任職五年，只是飲酒自樂，從未對朝政有一言之批評，以敦促陽城能善盡其職而不可尸位素餐。

或❶問諫議大夫❷陽城❸於愈：「可以為有道之士乎哉？學廣而聞❹多，不求聞於人也，行古人之道。居於晉❺之鄙❻，晉之鄙人❼薰❽其德而善良者幾❾千人。大臣❿聞而薦之，天子⓫以為諫議大夫。人皆以為華⓬，陽子不色喜⓭。居於位五年矣，視其德，如在野，彼豈以富貴移易其心哉？」

愈應之曰：「是《易》所謂『恆其德貞，而夫子凶⓮』者也，惡得為有道之士乎哉？在《易．蠱》之上九⓯云：『不事王侯，高尚其事。』〈蹇〉之六二⓰則曰：『王臣蹇蹇，匪躬之故⓱。』夫亦以所居之時不一，而所蹈⓲之德不同也。

若〈蠱〉之上九，居無用之地，而致[19]匪躬之節；以〈蹇〉之六二，在王臣之位，而高不事之心，則冒進[20]之患生，曠官[21]之刺[22]興。志不可則[23]，而尤[24]不終無也。今陽子在位，不為不久矣；聞天下之得失，不為不熟矣；天子待之，不為不加[25]矣，而未嘗一言及於政。視政之得失，若越人視秦人之肥瘠[26]，忽焉不加喜戚於其心。問其官，則曰：『諫議也。』問其祿，則曰：『下大夫之秩[27]也。』問其政，則曰：『我不知也。』有道之士，固如是乎哉？且吾聞之：『有官守[28]者，不得其職則去；有言責者，不得其言則去。』今陽子以為得其言，言乎哉？得其言而不言，與不得其言而不去，無一可者也。陽子將為祿仕[29]乎？古之人有云：『仕不為貧，而有時乎為貧。』謂祿仕者也。宜乎辭尊而居卑，辭富而居貧，若抱關[30]擊柝[31]者可也。蓋孔子嘗為委吏[32]矣，嘗為乘田[33]矣，亦不敢曠其職，必曰『會計[34]當而已矣』，必曰『牛羊遂[35]而已矣』。若陽子之秩祿，不為卑且貧，章章[36]明矣，而如此，其可乎哉？」

或曰：「否，非若此也。夫陽子惡訕[37]上者，惡為人臣招[38]其君之過而以為名者。故雖諫且議，使人不得而知焉。《書》[39]曰：『爾有嘉謨嘉猷[40]，則入告爾后[41]於內，爾乃順之於外，曰：「斯謨斯猷，惟我后之德。」』夫陽子之用心，亦若此者。」

愈應之曰：「若陽子之用心如此，滋[42]所謂惑者矣！入則諫其君，出不使人知者，大臣宰相者之事，非陽子之所宜行也。夫陽子本以布衣隱於蓬蒿[43]之下，主上嘉其行誼，擢[44]在此位。官以諫為名，誠宜有以奉[45]其職，使四方後代，知朝廷有直言骨鯁[46]之臣，天子有不僭賞[47]、從諫如流之美。庶巖穴之士[48]，聞而慕之。束帶結髮，願進於闕下[49]而伸其辭說，致[50]吾君於堯、舜，熙[51]鴻號[52]於無窮也。若《書》所謂，則大臣宰相之事，非陽子之所宜行也。且陽子之心，將使君人者惡聞其過乎？是啟之也。」

或曰：「陽子之不求聞而人聞之，不求用而君用之，不得已而起，守其道而不變，何子過[53]之深也？」

愈曰：「自古聖人賢士皆非有求於聞用也，閔[54]其時之不平，人之不乂[55]，得其道，不敢獨善其身，而必以兼濟天下也。孜孜矻矻[56]，死而後已。故禹過家門不入[57]，孔席不暇暖，而墨[58]突[59]不得黔[60]。彼二聖一賢者，豈不知自安佚[61]之為樂哉？誠畏天命[62]而悲人窮也。夫天授人以賢聖才能，豈使自有餘而已？誠欲以補其不足者也。耳目之於身也，耳司[63]聞而目司見，聽其是非，視其險易，然後身得安焉。聖賢者，時人之耳目也；時人者，聖賢之身也。且陽子之不賢，則將役於賢以奉其上矣；若果賢，則固畏天命而閔人窮也，惡[64]得以自暇逸乎哉？」

或曰：「吾聞君子不欲加[65]諸人，而惡訐以為直者[66]。若吾子之論，直則直矣，無乃[67]傷於德而費於辭乎？好盡言以招人過，國武子[68]之所以見殺於齊也，吾子其亦聞乎？」

愈曰：「君子居其位，則思死其官；未得位，則思修其辭以明其道。我將以明道也，非以為直而加人也。且國武子不能得善人而好盡言於亂國，是以見殺。傳[69]曰：『惟善人能受盡言。』謂其聞而能改之也。子告我曰：『陽子可以為有道之士也。』今雖不能及已，陽子將不得為善人乎哉？」

【注釋】❶或 有人。❷諫議大夫 官名。唐時隸門下省，掌侍從規諫。❸陽城 字亢宗。唐定州北平（今河北完縣東南）人，德宗時進士，曾隱居中條山，德宗貞元四年（西元七八八年），因宰相李泌的推薦，召為諫議大夫。任諫官五年，終日飲酒，無一言進諫。❹聞 見聞；知識。❺晉 指山西。山西為春秋時代晉國的領地。❻鄙 鄉野。❼鄙人 鄉野之人。❽薰 薰陶；感化。❾幾 將近。❿大臣 指李泌。⓫天子 指唐德宗。名适。唐代宗之子。在位二十六年（西元七八〇～八〇五年）。⓬華 光榮；榮耀。⓭色喜 喜悅的表情。⓮恆其德貞二句 《易經・恆》六五爻辭：「恆其德貞，婦人吉，夫子凶。」意謂婦人恆久保持其貞一之德則吉，若男子則為凶。本文引此，意謂為人臣者，當視其官職而有不同的分寸，不可死守不變。《易經》六十四卦，各卦皆以六爻組成，爻有陰爻（⚋）、陽爻（⚊），陰爻為「六」，陽爻為「九」，自下而上，稱：初、二、三、四、五、上。二者相配合，以定一爻的名稱。恆為《易經》六十四卦之一，其卦巽下震上（䷟），其第五爻為陰爻（⚋），故稱「六五」。每卦各爻的解釋文字稱爻辭。⑮易蠱之上九　指《易經・蠱》的第六爻。〈蠱〉為《易經》六十四卦之一，其卦巽下艮上（䷑），第六爻為陽爻（⚊），故稱「上九」。下文所引二句，為〈蠱〉上九的爻辭。⑯蹇之六二　指《易經・蹇》的第二爻。〈蹇〉為《易經》六十四卦之一，其卦艮下坎上（䷦），第二爻為陰爻（⚋），故稱「六二」。⑰王臣蹇蹇二句　〈蹇〉六二的爻辭。蹇蹇，極為艱難。匪躬，不顧自身。匪，通「非」。躬，自身。⑱蹈　實踐；踐行。⑲致　盡力；致力。⑳冒進　冒昧行事。冒，不明。㉑曠官　荒廢職守。㉒刺　譏諷。㉓則　效法。㉔尤　過失。㉕加　厚；重。㉖越人視秦人之肥瘠　越國人看待秦國人的肥瘦。越、秦皆春秋時代國名，越在東南，秦在西北，相距甚遠。此形容極為疏遠，漠不關心。瘠，瘦。㉗下大夫之秩　下大夫的俸祿。唐諫議大夫年俸二百石，約相當於古代下大夫。秩，官吏的俸祿。㉘官守　官職。㉙為祿仕　為俸祿而做官。㉚抱關　看守城門。㉛擊柝　打更。柝，木梆。㉜委吏　官名。春秋時代魯國管理糧倉的小吏。㉝乘田　官名。春秋時代魯國管理牧養牲畜的小吏。㉞會計　管理財物出納的工作。㉟遂　順利生長。㊱章章　明明白白。㊲訕謗　誹謗；詆毀。㊳招　揭露。㊴書　《尚書》。以下所引見〈君陳〉。㊵嘉謨嘉猷　好的謀略。嘉，善；好。謨、猷，皆謀略或計謀之意。㊶后　君主。㊷滋　更加。㊸蓬蒿　草莽。㊹擢　提拔。㊺奉　奉行；遵行。㊻骨鯁　魚骨卡在喉嚨。比喻正直剛勁。㊼僭賞　濫用獎賞。㊽巖穴之士　山林隱居之士。㊾闕下　指朝廷。闕，宮殿前的望樓。㊿致　置。(51)熙　光大；光耀。(52)鴻號　盛名。鴻，大。(53)過　責備。(54)閔　通「憫」。憐憫。(55)乂　安定；太平。(56)孜孜矻矻　勤奮不息的樣子。(57)禹過家門不入　夏禹治水，八年中曾三過家門而不入。(58)墨　墨翟。戰國時代墨家學派的代表人物，主張兼愛、非攻等。(59)突　煙囪。(60)黔　黑。(61)佚　通「逸」。安樂。(62)天命　上天的意旨。(63)司　職掌；主管。(64)惡　哪裡；怎麼。(65)加　凌駕；凌辱。《論語・公冶長》：「子貢曰：『我不欲人之加諸我也，吾亦欲無加諸人。』」(66)惡訐以為直者　厭惡以攻擊、揭發別人短處而自以為正直的人。語見《論語・陽貨》。訐，攻擊或揭發別人之短。(67)無乃　豈不是。(68)國武子　名佐。春秋時代齊國大夫。魯成公十七年（西元前五七四年），諸侯會盟於柯（今山東東阿西南），國武子褒貶善惡，直言無諱，單襄公說他在淫亂之國，而好揭發他人過失，是招致怨恨的根源，次年，果因揭發齊靈公母親的姦情而被殺。(69)傳　古書。此指《國語・周語下》。

【語　譯】有人向我問起諫議大夫陽城說：「他可以算是有道之士吧？他學問廣博而見聞豐富，不求聞名，按照古人的道理行事。隱居在山西的郊野，當地的鄉下人受他道德的薰陶而變得善良的接近千人。大臣聽到這件事就薦舉了他，天子封他做諫議大夫。人家都認為很光榮，陽子卻沒有得意的神色。他任職已經五年了，觀察他的德行，和在野時一樣，他難道會因為富貴而改變心志嗎？」

我回答他說：「這就是《易經》所謂：『恆久保持貞一的德行，這在男子是凶險的。』他怎麼能算是有道之士呢？《易經・蠱》的上九說：『不去臣事王侯，高尚自己的志節。』〈蹇〉的六二說：『王臣歷盡艱難，因為不顧自身。』這也是因為所處的時代不同，所實踐的德行也不同啊！如果像〈蠱卦〉上九所說，處於沒有官職的情況，卻要盡不顧自身而效忠的節操；像〈蹇卦〉六二所說，處在王臣的地位，卻要以不事王侯為高尚，那麼，冒昧行事的禍患就要發生，曠廢官職的譏刺就會出現。這樣的志節不可以效法，過失終究是免不掉的。如今陽子身居諫議大夫的官位，不能說不久了；對於天下政治的得失，不能算不熟悉了；天子待他，不能算不優厚了，但是他未曾有一句話說到朝政。他看朝政的得失，就好像越國人看秦國人的肥瘦一樣，心裡一點也沒有喜悅或憂愁。問他的官職，就說：『諫議大夫。』問他的俸祿，就說：『下大夫的俸祿。』問他朝政，就說：『我不知道。』有道之士，本來是這樣的嗎？而且我聽說：『有官職的人，不能盡職就要離職；有進言責任的人，沒有盡進言的責任就該離職。』現在陽子自己以為進了言，他進言了嗎？可以進言而不進言，和不能進言卻不離職，二者沒有一樣是可取。陽子是為了俸祿才做官嗎？古人曾說：『做官並不是為了貧窮，但有時確是為了貧窮。』這是說為了俸祿而做官的人。他們應該辭去高位而擔任卑賤的職務，放棄富貴而安處貧困的生活，像當個守城門的、打更的小吏就可以了。孔子就曾經當過管理糧倉的小官，也曾經當過管理牛羊飼養的小官，但他也不敢曠廢職守，一定說『把財物出納弄妥當才可以』，一定說『讓牛羊生長得很好才可以』。像陽子的官階俸祿，不算卑賤微薄，這是非常顯明的了，然而卻如此，這樣可以嗎？」

有人說：「不，不是這樣的。陽子是個厭惡誹謗長上的人，是個厭惡身為人臣而以揭發人君過失來求名的人。因此他雖然也進諫建議，卻不讓人知道。《尚書》說：『你有好的計畫策略，就到裡面去告訴你的君主。你到外面就附和著說：「這個好計畫好策略，都是我們君主的大德。」』陽子的用心，也是這樣的。」

我回答說：「如果陽子的用心是這樣，那就更可以說是個迷惑的人了。進去規諫君主，出來不使人知道，這是大臣宰相的事，不是陽子所應該做的。陽子本來是個平民，隱居田野，皇上讚賞他的德行，提拔他擔任這個官職。官職名為諫議，實在應該有所作為來履行他的職務，使得天下人和後代的人，知道朝廷有直言敢諫的臣子，天子有不濫賞、從諫如流的美德。或許山野隱士，就會聞風羨慕，整理衣帶、紮好髮髻，願意來到朝廷發表他們的意見。使我們君主做到跟堯、舜一樣，光大他君王的美名流傳萬代。至於像《尚書》所說的，那是大臣宰相的事，不是陽子所應該做的。並且像陽子的用心是要使君主厭惡聽到自己的過失嗎？這是在誘導君王啊。」

有人說：「陽子不求出名而人家都知道他的大名，不求任用而君主任用了他，不得已才出來做官，仍然堅守自己的德行而不改變，為什麼您這樣苛責他呢？」

我說：「自古的聖人賢士都不求聞名而被重用，他們只是哀憐時代的動盪，百姓的不安，既已掌握了道術，便不敢獨善其身，一定還要兼善天下。他們勤奮不息，直到老死。所以大禹治水，在外八年三過家門而不入；孔子風塵僕僕，連座席都沒有坐暖，又遊他國去了；墨翟連煙囪都來不及燒黑，就又匆匆離去。那兩位聖人、一位賢者，難道不知道讓自己安逸是很快樂的嗎？實在是敬畏天命而且悲憫人民的窮困啊！上天把聖賢才能賜給人，難道只讓他自己有餘嗎？實在是要他用才能來彌補別人的不足啊。正如耳目對於人身，耳朵管聽而眼睛管看，聽清楚是非，看明白安危，然後身體才能安全。聖賢，就好像世人的耳朵和眼睛；世上的人，就好像是聖賢的身體。而且，陽子如果不賢明，就應該被賢人所役使來事奉他的君主；如果真的很賢明，那麼本來就應該敬畏天命而且哀憐人民的窮困，怎麼能夠只求自己的閒適安逸呢？」

有人說：「我聽說君子不凌辱別人，也厭惡把揭發別人的短處當作正直。像您這種論調，正直是正直了，恐怕未免有傷德行而且多言了吧？喜歡直言不諱去指摘別人的過失，這是國武子在齊國被殺的原因，您可聽說過嗎？」

我說：「君子在位時，就想到為他的官職而死；沒有得到官位時，就想到運用辭令來闡明道理。我為的是闡明道理，並不是自以為正直而去凌辱別人。並且國武子是因為沒有遇到善人又喜歡在亂國直言不諱，所以被殺。古書上說：『只有善人才能夠接受直言。』這是說他聽到之後能改過。您告訴我說：『陽子可以算是有道之士。』現在他雖然夠不上稱為有道之士，難道就不能做善人嗎？」

【研　析】本文可分八段，凡四問四答，一辯一駁，層層深入，詞峰犀利，有如一場精彩的辯論。首段記他人的詢問，以「學廣而聞多，不求聞於人也，行古人之道」為標準，探問陽城是否為「有道之士」。二段是作者對這項論點的回應。首先援引《易經》，提出「所居之時不一，而所蹈之德不同」的原則，作為否定陽城為有道之士的理據；接著用諧謔和反諷的口吻，從在位時間、職責所在和天子恩榮三方面譴責陽城有虧職守；最後以孔子「不敢曠其職」為例，反證陽城絕非有道之士。三段引《尚書》代陽城辯解。四段從進諫方式和直諫所蘊含的社會教化作用兩方面予以駁斥。五段以陽城「不得已而起，守其道而不變」為藉口代之申辯。六段以聖賢「不敢獨善其身，而必以兼濟天下」和「畏天命而悲人窮」的高尚情操否定了代答者的遁辭。七段以君子不以攻訐他人為正直，質疑對陽城的評論為傷德費辭。八段交代自己所以直言不諱的本意，而以陽城應善盡言責作結。

諫議大夫肩負著「言責」的重任，是處境最尷尬的職位：它一方面是社會正義與政府公權力的表徵，另方面則須面臨人情壓力、個人安危與職業良心的直接衝擊，成為語言與權力激鬥的焦點。諫諍作為一種批判性的語言活動，是國家法制所賦予的權責，目的在維繫朝政的正常運作；但由於諫諍所抗爭的對象，往往是政治黑暗面的惡勢力及由讒言與謗讟構築而成的詐偽世界，遂使諫諍成為一項擺盪在整體利益與個人安危、正義與邪惡、沉默與揭露的矛盾抉擇。韓愈對陽城的質疑，集中在他是否為「有道之士」這點上。從事理上說，處世原則本是因時制宜的，「所居之時不一，而所蹈之德不同」。陽城身為一個有言責的諫議大夫，須有「不得其言則去」的骨氣和「畏天命而悲人窮」的責任感；而所謂有道之士，亦絕非抱持「視政之得失，若越人視秦人之肥瘠，忽焉不加喜戚於其心」的冷漠態度而自命清高且自得其樂。韓愈刻意透過一連串的反詰，以其認定的「陽子之所宜行」來挑明其所臆度的「陽子之用心」，甚至藉由答覆「若吾子之論，直則直矣，無乃傷於德而費於辭乎」這種鄉愿式的遁辭來為自己的批判立場辯白，無非基於兼濟天下的熱情和耿介絕俗的操守，目的在激發陽城的使命感，值得有理想的知識分子進一步深思。

本文寫於唐德宗貞元八年，韓愈時年二十五，剛考中進士，已可見其年輕有為，見識、詞采俱不凡。據說陽城見此文並不介意。貞元十一年，佞臣裴延齡誣陷宰相陸贄，陽城乃上疏力諫，為陸贄申冤而極言裴延齡之非，終使裴氏不得為相。後雖因不得皇帝歡心而左遷道州刺史，但所到之處皆有善政。本文可說還實際發揮了激勵之用。

後十九日復上宰相書

【題解】本文選自《昌黎先生文集》，篇名原作〈後十九日復上書〉。唐代制度，進士及第後，須再經吏部任官考試取中，方可授官，否則，唯有大臣（如宰相、藩鎮）擢用一途。韓愈於唐德宗貞元八年（西元七九二年）四度應考，方始進士及第，其後連續三年參加吏部任官試，迄未得中，於是上書當朝宰相，請求援引。從唐德宗貞元十一年正月二十七日起，前後共三封。本文是第二封，距前一封相隔十九日。信中以境況陷於窮餓水火之中，勢急而情悲，希望宰相能一伸援手。

二月十六日，前鄉貢進士❶韓愈，謹再拜❷言相公❸閤下❹：向❺上書及所著文，後待命❻凡十有九日，不得命。恐懼不敢逃遁，不知所為，乃復敢自納於不測之誅❼，以求畢其說而請命於左右❽。

愈聞之，蹈❾水火者之求免❿於人也，不惟其父兄子弟之慈愛然後呼而望之也。將⑪有介⑫於其側者，雖其所憎怨，苟不至乎欲其死者，則將大其聲、疾呼而望其仁⑬之也。彼介於其側者，聞其聲而見其事，不惟其父兄子弟之慈愛然後往而全⑭之也。雖有所憎怨，苟不至乎欲其死者，則將狂奔盡氣，濡⑮手足，焦毛髮，救之而不辭也。若是者何哉？其勢誠急，而其情誠可悲也。

愈之強學力行有年⑯矣，愚不惟道之險夷⑰，行且不息，以蹈於窮餓之水火。其既危且亟⑱矣，大其聲而疾呼矣。閣下其亦聞而見之矣，其將往而全之歟？抑將安而不救歟？有來言於閣下者曰：「有觀溺於水而爇⑲於火者，有可救之道而終莫之救也。」閣下且以為仁人乎哉？不然，若愈者，亦君子之所宜動心者也。或謂愈：「子言則然矣，宰相則知子矣，如時不可何？」愈竊謂之不知言者，誠其材能不足當吾賢相之舉耳。若所謂時者，固在上位者之為耳，非天之所為也。

前五、六年時，宰相薦聞⑳，尚有自布衣蒙抽擢㉑者，與今豈異時哉？且今節度㉒、觀察㉓使及防禦、㉔營田㉕諸小使等，尚得自舉判官㉖，無間㉗於已仕未仕者，況在宰相，吾君所尊敬者，而曰不可乎？古之進人者，或取於盜㉘，或舉於管庫㉙。今布衣雖賤，猶足以方㉚乎此。情隘㉛辭蹙㉜，不知所裁㉝，亦惟少㉞垂憐焉。愈再拜。

【注　釋】❶前鄉貢進士　唐代進士科考試，由地方舉送中央應考者稱鄉貢。進士及第而尚未授官者稱前進士。❷再拜　古代的一種禮節。先後拜兩次，以示隆重。❸相公　對宰相的稱呼。❹閣下　同「閤下」。古代對尊貴者的稱呼，後也用在一般人互稱。閤，宮殿正門旁的小門。古代三公可以開閤，故稱三公為閤下。意謂不敢直指對方，而稱其閤下之人。❺向　以前。❻待命　等待覆命。❼誅　責罰。❽左右　在左右辦事的人。書信中對受信人的尊稱，不敢直指對方，只稱其左右之人。❾蹈　陷入；踏入。❿免　免除。指免除水火之害。⓫將　如果。⓬介　界。此引申指臨近。⓭仁　憐恤。⓮全　保全。即救援。⓯濡　沾濕。⓰有年　多年；若干年。⓱險夷　艱險與平坦。此為複詞偏義，重在險字。⓲亟　緊急。⓳爇　焚燒。⓴薦聞　薦之於天子。聞，知。㉑抽擢　提拔。㉒節度　節度使。官名，唐以都督駐守各道，其加旌節者，謂之節度使，初惟邊疆有之，後則全國遍設，凡軍民之政，用人理財，皆得自主。㉓觀察　觀察使。官名，唐置，掌州縣官吏政績及民事，位次於節度使，後為節度使兼職。㉔防禦　防禦使。凡大郡要害之地則置之，以治軍事，多由刺史兼之。㉕營田　營田使。掌邊地屯田事務。㉖判官　官名。唐置。如節度、觀察、防禦諸使，皆有判官為僚屬，謂之節度判官、觀察判官。㉗間　區分。㉘或取於盜　《禮記・雜記》：「孔子曰：管仲遇盜，取二人焉，上以為公臣。」㉙舉於管庫　《禮記・檀弓下》：「趙文子所舉於晉國管庫之士，七十有餘家。」㉚方　比方；比擬。㉛隘　窘迫。㉜蹙　急切。㉝裁　剪裁。㉞少　稍微。

【語　譯】二月十六日，前鄉貢進士韓愈謹再拜言相公閤下：前些時候呈上一封信和所作的文章，後來恭候您的回音已十九天了，一直沒有等到。心裡惶恐又不敢離開，不知道該怎麼辦，於是再冒著不可預料的責罰，想說完心中的話並且向您討個回示。

愈聽說，陷於水火的人向人求救，不一定要遇到和自己有著父兄子弟般慈愛的人才呼喊求救。如果有站在他附近的人，即使是他憎恨的人，如果憎恨的程度還不至於是要他死，那麼就會大聲地極力呼喊希望那個人憐憫而救他。那個站在他附近的人，聽到他的聲音，看見他的情況，不一定要彼此有著父兄子弟般的慈愛然後才去救他。即使對他有所怨恨，如果怨恨的程度還不至於要他死，那麼那個人也會盡力狂奔，弄濕了手足、燒焦了毛髮去救他而不推辭。這是什麼道理呢？這是因為情勢實在危急，情況實在令人同情啊。

愈勤學力行已經多年了。很愚笨地從未考慮到道路的險阻或平坦，便行走不停，因此才陷入貧窮飢餓的水深火熱中。情況既危險又急迫，已經大聲極力呼救了。您應該也聽到而且見到了，您是來救助我呢，還是坐視不救呢？假使有人來對您說：「有人看見人家被水淹、被火燒，雖然有可以去救他的方法但卻始終沒去救他。」您以為這人是仁人嗎？如果不是，像愈這樣的遭遇，也是君子應該會動心的吧。有人對愈說：「您的話是對的，宰相也是了解您的，怎奈時機不許可，怎麼辦呢？」愈認為他是不會說話的人，其實是我的才能不值得賢宰相您的舉薦罷了。至於所謂時機，本來是在上位的人造成的，並非上天造成的。

五、六年前，宰相薦舉上奏，還有平民而承蒙提拔的，那時和現在難道時機不同嗎？並且現在的節度使、觀察使和防禦、營田等地方官，還可以自己選用判官，不分是已做官或未做官的人，何況宰相是我們君王尊敬的人，反而說不能夠嗎？古時候薦舉人材，有的取自強盜，有的取自管倉庫的人。現在我雖然只是個卑賤的平民，但總還比得上這些人。我的處境窘迫，言辭急切，不知道修飾，只希望您對我稍加關愛罷了。愈再拜。

【研　析】本文可分四段。首段交代寫信的原因。二段以「蹈水火者之求免於人」為喻，就「勢」與「情」分析求救者與施援者的心態。三段反覯自身境遇，一方面暗諷宰相見危不救，未免不仁；另方面則拈出「時」字感慨時運不濟。末段表達自己期盼受到薦舉的強烈渴望，希求在位者擢用人才，以免造成野有遺賢的憾恨。

韓愈進士得第後，曾採擇所著文章進呈當時宰相，但始終無人延譽，他的仕途似乎也因無達官貴人的提拔而顯得曲折晦暗了。他在另一篇文章〈進學解〉中也以拔擢人才為宰相當仁不讓的職責：「校短量長，惟器是適者，宰相之方也。」像這般大聲疾呼以求官於宰相，似乎與印象中剛腸嫉惡的韓愈形象大相逕庭，然其所欲批判者，亦在達官貴人坐視危殆而竟無動於衷，不加救援。這是因為他們視而未見呢？還是由於他們所需要的只是「同事」而非人才？抑或認為韓愈的材能不足當其舉？「若所謂時者，固在上位者之為耳，非天之所為也」，這幾句冷酷地道出了事實的真相，政要們用漠視間接透露了對進用人才的態度。只是——情何以堪？

後廿九日復上宰相書

【題解】本文選自《昌黎先生文集》，篇名原作〈後二十九日復上書〉。韓愈在上宰相第二封書（參見〈後十九日復上宰相書〉題解）後二十九日，始終未獲回音，中間曾三次上門求見，復遭拒絕，故再上此書。書中說明自己求仕進而不止，乃因憂心天下，不甘於終老山林，希望宰相能效法周公禮遇人才的典範，接見而後決定其去留，不宜默不回應。

三月十六日，前鄉貢進士❶韓愈謹再拜❷言相公❸閣下❹：愈聞周公❺之為輔相，其急於見賢也，方一食三吐其哺，方一沐三握其髮❻。當是時，天下之賢才皆已舉用，姦邪讒佞❼欺負❽之徒皆已除去，四海❾皆已無虞❿，九夷八蠻⓫之在荒服⓬之外者皆已賓貢⓭，天災時變⓮、昆蟲草木之妖⓯皆已銷息，天下之所謂禮樂刑政教化之具皆已修理⓰，風俗皆已敦厚，動植之物、風雨霜露之所霑被⓱者皆已得宜，休徵嘉瑞⓲、麟鳳龜龍⓳之屬皆已備至。而周公以聖人之才，憑叔父之親，其所輔理承化之功又盡章章⓴如是，其所求進見之士，豈復有賢於周公者哉？不惟不賢於周公而已，豈復有賢於時百執事㉑者哉？豈復有所計議能補於周公之化者哉？然而周公求之如此其急，惟恐耳目有所不聞見，思慮有所未及，以負成王託周公之意，不得於天下之心。如周公之心，設使㉒其時輔理承化之功未盡章章如是，而非聖人之才，而無叔父之親，則將不暇食與沐矣，豈特吐哺握髮為勤而止哉？維㉓其如是，故於今頌成王之德而稱周公之功不衰。

今閤下為輔相亦近耳，天下之賢才豈盡舉用？姦邪讒佞欺負之徒豈盡除去？四海豈盡無虞？九夷八蠻之在荒服之外者豈盡賓貢？天災時變、昆蟲草木之妖豈盡銷息？天下之所謂禮樂刑政教化之具豈盡修理？風俗豈盡敦厚？動植之物、風雨霜露之所霑被者，豈盡得宜？休徵嘉瑞、麟鳳龜龍之屬豈盡備至？其所求進見之士，雖不足以希望盛德，至比於百執事，豈盡出其下哉？其所稱說豈盡無所補哉？今雖不能如周公吐哺握髮，亦宜引而進之，察其所以而去就㉔之，不宜默默而已也。

愈之待命，四十餘日矣。書再上而志不得通，足三及門而閽人㉕辭焉。惟其昏愚，不知逃遁，故復有周公之說焉，閤下其亦察之。古之士，三月不仕則相弔㉖，故出疆必載質㉗。然所以重於自進㉘者，以其於周不可則去之魯，於魯不可則去之齊，於齊不可則去之宋、之鄭、之秦、之楚也。今天下一君，四海一國，舍乎此則夷狄矣，去父母之邦矣。故士之行道者，不得於朝，則山林而已矣。山林者，士之所獨善自養而不憂天下者之所能安也。如有憂天下之心，則不能矣。故愈每自進而不知愧焉。書亟㉙上，足數㉚及門，而不知止焉。寧㉛獨如此而已？惴惴㉜焉惟不得出大賢之門下是懼，亦惟少垂察焉。瀆冒㉝威尊，惶恐無已。愈再拜。

【注　釋】❶前鄉貢進士　唐代進士科考試，由地方舉送中央應考者稱鄉貢。進士及第後尚未授官者稱前進士。❷再拜　古代的一種禮節。先後拜兩次，以示隆重。❸相公　對宰相的稱呼。❹閤下　同「閣下」。古代對尊貴者的稱呼，後也用在一般人互稱。閤，宮殿正門旁的小門。古代三公可以開閤，故稱三公為閤下。意謂不敢直指對方，而稱其閤下之人。❺周公　名旦。周文王之子、周武王之弟、周成王之叔，佐周武王滅紂。周武王崩，周成王年幼，周公攝政，誅武庚，殺管叔，放逐蔡叔，訂制度禮樂，制冠婚喪祭之儀，天下大治。❻方一食二句　吃一頓飯，三次吐出口中食物；洗一次頭，三次握著濕頭髮。形容求賢心切，及時接待來訪的賢士。哺，口中咀嚼的食物。沐，洗頭髮。❼讒佞　說話陷害人，對人諂媚。❽欺負　欺騙人，對人不守信用。❾四海　天下。❿虞　憂慮。⓫九夷八蠻　泛指東方及南方的民族。⓬荒服　離王畿二千里至二千五百里之地。古代王城四周千里之地稱王畿，王畿之外，每五百里分一區，按其遠近分成五等，稱五服，即：侯、甸、綏、要、荒。荒服為五服最遠之地。服，服事天子。⓭賓貢　歸順進貢。賓，來歸順而以客禮待之。貢，進獻地方特產。⓮時變　時令的異常。⓯妖　事物的變異反常。⓰修理　完善；完備。⓱霑被　滋潤覆蓋之所及。⓲休徵嘉瑞　美好吉祥的徵象。休、嘉，皆美好之意。徵、瑞，皆預兆之意。⓳麟鳳龜龍　皆古人心目中的吉祥之物，合稱四靈。⓴章章　明顯。㉑百執事　百官。百，言其多。執事，辦事。㉒設使　假使。㉓維　通「唯」。因為。㉔去就　去留。㉕閽人　守門的人。㉖弔　慰問。㉗質　通「贄」。初見時所獻的禮物。㉘自進　自我推薦。㉙亟　屢次。㉚數　屢次。㉛寧　難道。㉜惴惴　憂懼的樣子。㉝瀆冒　觸犯。

【語　譯】三月十六日，前鄉貢進士韓愈謹再拜言相公閤下：愈聽說周公做宰相的時候，因為急著要接見賢人，在吃一頓飯時常要三次吐出口中的東西，洗一次頭常要三次握著濕濕的頭髮。在這時候，天下的賢才都已舉用了，奸詐邪惡、進讒獻媚、欺騙背信的人都已除去了，天下都已沒有憂患了，遠在荒服之外的九夷八蠻都已歸順進貢了，天災時變、昆蟲草木的妖異都已銷聲斂跡了，天下有關禮樂刑政教化的措施都已完善了，風俗都已敦厚了，動物植物、風雨霜露的滋潤都已各得其所宜了，美好的徵兆、麒麟鳳凰靈龜神龍之類都已全部出現了。而周公以聖人的才能，又有皇叔的至親身分，他輔助治理奉行教化的功勞又都是這樣的顯著，那些來求進見的士人，難道還有比周公更賢明的嗎？不但沒有比周公更賢明的，難道還有比當時的百官還賢明的嗎？難道還有什麼計策建議能幫助周公推行教化嗎？但是周公求賢是這樣的急切，只擔心有耳朵聽不到的，眼睛看不到的，思考想不到的，以致辜負周成王託付周公的一番心意，得不到天下的人心。照周公的心意，假使那時他輔助治理奉行教化的功勞沒有這樣顯著，而他既沒有聖人的才能，也沒有皇叔的至親身分，那麼恐怕會沒空吃飯和洗頭了，豈僅只是吐哺握髮這樣的勤勞而已呢？因為他這樣，所以直到現在人們還歌頌周成王的德政而且不停地稱頌周公的功勞。

現在您當宰相地位和周公也相近，但天下的賢才難道都已舉用了嗎？奸詐邪惡、進讒獻媚、欺騙背信的人難道都除去了嗎？天下難道都沒有憂患了嗎？遠在荒服之外的九夷八蠻難道都歸順進貢了嗎？天災時變、昆蟲草木的妖異難道都銷聲斂跡了嗎？天下有關禮樂刑政教化的措施難道都完善了嗎？風俗難道都敦厚了嗎？動物植物、風雨霜露的滋潤，難道都各得其所宜了嗎？美好的徵兆、麒麟鳳凰靈龜神龍之類難道都出現了嗎？那些要求進見的士人，雖然不能期望有您這樣的盛德，至於比起那些百官難道都不如他們嗎？他們的陳述，難道都無所裨益嗎？現在您即使不能像周公那樣吐哺握髮，也應當接見他們，觀察他們的才能然後決定去留，不應該一直默不作聲就算了。

愈等待您的回音，已經四十多天了。兩次上書而心意仍不能上達，三次登門都被門房拒絕。只因我的昏庸愚昧，不知道離開，所以才又有前面關於周公的這一番說法，希望您也能明察。古代的士人，如果三個月沒有官職就會互相慰問，所以出境的時候一定載著初次見面的禮物。但是他們所以會重視自我推薦，是因為他們在周朝不能實現理想可以離開周朝到魯國去，在魯國不能實現理想，可以離開魯國到齊國去，在齊國不能實現理想可以離開齊國到宋國、到鄭國、到秦國、到楚國去。現在天下只有一個君主，四海之內只有一個國家，離開這裡就只有夷狄，就是離開父母之國了。所以要實現理想的士人，在朝廷不得志，便只有隱居山林了。山林是士人獨善其身、不憂心天下才能夠處之泰然的。如果有憂慮天下之心，就不能夠那樣了。所以愈才一再自薦而不知道慚愧。書信屢次呈上，腳步屢次走到府門，而不知道停止。難道只是這樣而已嗎？我心裡還非常憂懼，只怕不能出身於大賢人的門下。這一點，也希望您稍加垂察。冒犯了您的威儀尊嚴，惶恐得很。愈再拜。

【研　析】這一封上書異於前二封的委婉含蓄，一變而為慷慨陳詞。全文可分三段。首段援引周公吐哺握髮的故實來頌揚尊賢之德，可分為三小節：第一小節運用九個「皆已」，將周公輔政時的太平氣象鋪陳開來。第二小節披露周公「輔理承化之功」所以如此昭著的主客觀條件——聖人之才，叔父之親。繼而又以三個「豈復」的反問句，從「所求進見之士」反襯野無遺賢的昇平與周公求才若渴的誠意。第三小節虛擬狀況，反證周公之可敬。二段就首段第一節的文字稍加更動，將九個「皆已」改為九個「豈盡」，以周公所樹立的典範來暗諷時相虧於職守；接著又加上兩個「豈盡」的反問句，為「所求進見之士」抱不平。末段先解釋反覆上書的本意；接著從「天下一君，四海一國」的客觀態勢和「憂天下」的主觀情志兩方面，凸顯自己「自進而不知愧」的曲折心路；最後以「不得出大賢之門下是懼」回應篇首的「周公之為輔相」，重申上書的本願。

傳統政治形態下的用人之道，似乎總在「任人唯親」與「唯才是用」兩條路線中擺盪著：前者隱然以糾結著利害關係的私情基礎來提供現實面的保障，後者則企圖以革新的姿態突破滯留式的安定。對韓愈這等銳意經世的知識分子而言，周公吐哺握髮、君子無逸的禮賢之舉，不僅建立了摶聚文化中國的推動力，更成為激勵人心的象徵。何以故？如果不是出之於真誠的尊重，如果僅僅將「人才」理解為有用的工具，那麼那些入世的知識分子，充其量不過是皇權下的行政人員。也就在周公這份懇切的求賢之情中，知識分子得以在有尊嚴的前提下施展其抱負，共同開創國家的生機、文明的高峰。然而，韓愈所遭遇的實際狀況卻是「書再上而志不得通，足三及門而閽人辭焉」的羞辱，連「察其所以而去就之」的機會都沒有，這豈不是件可悲的事？

但我們也不免懷疑：在〈雜說〉四中隱然以千里馬自居的韓愈，是否也如千里馬般只想找個好主人，遇上便「士為知己者死」，遇不上便長歎懷才不遇呢？

與于襄陽書

【題　解】本文選自《昌黎先生文集》。于襄陽，于頔（西元？～八一八年），字允元，唐河南洛陽（在今河南洛陽）人。唐德宗貞元十八年（西元八〇二年），韓愈任國子監四門博士，由於官微祿薄，生活貧困，故上此書求助於當時任山南東道節度使，駐節襄陽（今湖北襄樊）的于頔，請求援引資助。

七月三日，將仕郎❶守❷國子❸四門博士❹韓愈謹奉書尚書❺閤下❻：士之能亨大名顯當世者，莫不有先達❼之士、負天下之望者為之前❽焉；士之能垂休光❾照後世者，亦莫不有後進之士、負天下之望者為之後❿焉。莫為之前，雖美而不彰；莫為之後，雖盛而不傳。是二人者，未始⓫不相須⓬也，然而千百載乃一相遇焉，豈上之人無可援⓭，下之人無可推⓮歟？何其相須之殷⓯而相遇之疏⓰也？其故在下之人負⓱其能不肯諂其上，上之人負其位不肯顧⓲其下，故高材多戚戚⓳之窮⓴，盛位無赫赫㉑之光。是二人者之所為皆過也。未嘗干㉒之，不可謂上無其人；未嘗求㉓之，不可謂下無其人。愈之誦此言久矣，未嘗敢以聞於人。

側聞閣下抱不世之才㉔，特立而獨行㉕，道方而事實㉖，卷舒不隨乎時㉗，文武㉘唯其所用。豈愈所謂其人哉？抑㉙未聞後進之士有遇知於左右，獲禮於門下者。豈求之而未得邪？將㉚志存乎立功而事專乎報主，雖遇其人，未暇禮邪？何其宜聞而久不聞也？愈雖不材，其自處不敢後於恆人㉛。閣下將求之而未得歟？古人有言：「請自隗始㉜！」

愈今者惟朝夕芻米僕賃之資㉝是急，不過費閣下一朝之享㉞而足也。如曰：「吾志存乎立功，而事專乎報主，雖遇其人，未暇禮焉。」則非愈之所敢知也。世之齪齪㉟者既不足以語之，磊落㊱奇偉之人又不能聽焉，則信乎命之窮也。謹獻舊所為文一十八首，如賜覽觀，亦足知其志之所存。愈恐懼再拜㊲。

【注　釋】❶將仕郎　唐代文階官名。從九品。階官又稱散官，文武皆有，無固定職務，僅作為官員身分級別的標誌，與職事官之有固定職務者相對，如下文「四門博士」即職事官。❷守　階官品級較職事官低者之稱。亦即以低階而署理高階之官職。韓愈此時以將仕郎的階官，任國子四門博士的職官，其階較職為低，故稱守。❸國子　國子監之省稱。唐代管理國家教育的機構和最高學府，下設七學：國子、太學、廣文、四門、律、書、算。❹四門博士　四門學博士。學官名，北魏初置，在京師四門，故名。唐代四門學置博士六人，掌教七品以上侯伯子男之子弟及庶人子弟之有才者。❺尚書　官名。此指于頔。韓愈上此書時，于頔由工部尚書任山南東道節度使。❻閤下　同「閤下」。古代對尊貴者的稱呼，後也用在一般人互稱。閤，宮殿正門旁的小門。古代三公可以開閤，故稱三公為閤下。意謂不敢直指對方，而稱其閤下之人。❼先達　前輩。❽前　前導；在前面提挈。❾休光　美盛的光輝。休，美好。❿後　後繼。⓫未始　未嘗。⓬相須　相互依存。須，等待；倚賴。⓭援援引；拔擢。⑭推　推崇。⑮殷　殷切；急切。⑯疎　稀少。⑰負　仗恃。⑱顧　關心；照顧。⑲戚戚　憂愁的樣子。⑳窮困窘。㉑赫赫　顯耀的樣子。㉒干　求取。㉓求　尋訪。㉔不世之才　不是每個時代都有的才能。指才能非凡、罕有。㉕特立而獨行　立身卓異，行為獨特。指品行超俗。㉖道方而事實　道德方正，行事踏實。㉗卷舒不隨乎時　官場進退，不隨時俗而浮沉。謂其進退自有原則。卷，收藏。喻引退。舒，舒展。喻仕進。㉘文武　指文才武略。㉙抑　但是。㉚將　或者；或許。㉛恆人　平常人。㉜請自隗始　此為戰國時代郭隗答燕昭王語。韓愈引此語，以郭隗自比，請于頔薦引。燕昭王欲報齊仇，打算招致賢士以成事，問計於郭隗，郭隗曰：「王必欲致士，先從隗始。隗且見事，況賢於隗者，豈遠千里哉？」燕昭王乃為郭隗築宮室而以師禮事之，於是樂毅自魏往，鄒衍自齊往，劇辛自趙往，士爭先歸燕，終復齊仇。㉝芻米僕賃之資　指生活費用。芻，養馬的草料。僕賃，雇用僕人。資，費用。㉞一朝之享　一頓早餐的花費。㉟齪齪　心胸狹窄拘謹。㊱磊落　心胸坦白，光明正大。㊲再拜　古代的一種禮節。先後拜兩次，以示隆重。

【語　譯】七月三日，將仕郎守國子四門博士韓愈謹奉書尚書閣下：士人能夠享有大名顯揚於當代的，沒有一個不是有負天下聲望的先進做他的前導；士人能夠流傳美好的光輝照耀後世的，也沒有一個不是有負天下聲望的後進做他的後繼。沒有人做前導，即使有高才也不能顯揚；沒有人做後繼，即使有盛德也不能流傳。這兩種人，未嘗不是相互依存的，但是千百年也只能相逢一次，難道是居上位而沒有可以拔擢的人，居下位而沒有可以推崇的人嗎？為什麼相互依存是這樣的殷切而相逢的機會卻這麼少呢？這個原因在於居下位的人自恃才能不肯奉承居上位的人，居上位的人自恃位高不肯照顧居下位的人，所以才高的人大多為困窘而憂戚，位高的人卻沒有顯赫的光輝。這兩種人的作為都是錯誤的。未曾向上求取，不可以說上面沒有肯拔擢後進的人；未曾去尋訪，不可以說下面沒有能推崇先進的人。這些話在愈的心裡很久了，從來不敢告訴別人。

聽說您懷抱著非凡的才能，有高尚獨特的志節，道德方正而行事踏實，進退不隨時俗浮沉，文才武略隨時施展。豈不就是愈所說的先達之士嗎？但是不曾聽說後進之士曾受您的賞識，在您門下得到禮遇。難道是尋訪而尚未找到嗎？還是您立志建立功業專注在報答主上的事，雖然遇到了這種人，卻沒有工夫去禮遇他呢？為什麼應該聽到而久未聽到呢？愈雖然沒有才能，但在自我要求方面還不敢落在常人之後。您或許是尋求後進人才而尚未找到吧？古人說：「請從我郭隗開始吧！」

愈現在只為每天的柴米和僕役的工錢等費用而焦急，這些不過花費您一頓早餐的享用就夠了。如果您說：「我立志建立功業，專注於報答主上，雖然遇到了這種人，也沒有工夫禮遇他。」那便不是愈所敢知道的了。世上心胸狹窄拘謹的人既然不值得和他談，胸襟磊落、氣概奇偉的人又不能聽取我的話，那就真的是我命中注定該窮困了。謹獻上以前所寫的文章十八篇，如果蒙您賜閱，也可以知道我的志向所在了。愈恐懼再拜。

【研　析】本文可分三段。首段透過「先達之士」與「後進之士」的依存關係來解釋「士之能享大名，顯當世」的原因，而以「下之人負其能，不肯諂其上；上之人負其位，不肯顧其下」作為「高材多戚戚之窮，盛位無赫赫之光」的關鍵。二段推崇于頔是不世之才，在對「未聞後進之士，有遇知於左右，獲禮於門下者」的一連串質疑中技巧地自我推薦。末段自道處境之困窘，而以「世之齪齪者，既不足以語之」回應首段「未嘗敢以聞於人」之語，含不盡之意於言外，可謂諂而不失其態，媚而不著痕跡。

過商侯指出：「退之上諸當事書，皆各有自占地步處，人每不之察，而徒以其言詞之遜共為指摘，抑獨何哉？謝枋得評此，謂『韓公自處最高，如下之人負其能不肯諂其上，不害為君子；上之人負其位不肯顧其下，不免為小人。高材多戚戚之窮，則是君子而安貧賤；盛位無赫赫之光，則是庸人而為富貴，是何等占地步處』，最確。後之君子，幸勿輕議為也。」干謁文字在本質上是對現實的一種妥協，是對「無慾則剛」這一做人原則的背離，是伴隨著尊嚴與羞慚、期待與失落的靈魂拉鋸戰。從三上宰相書中的「亦惟少垂憐焉」、「亦惟少垂察焉」，到本文的「愈恐懼再拜」，均使讀者意識到傳統士大夫深以為傲的君子小人的義利之辨，在面對現實壓力時竟是如此脆弱！我們固然敬佩在〈祭田橫文〉中寫出「苟余行之不迷，雖顛沛其何傷」的那個韓愈，卻對這個「惟朝夕芻米僕賃之資是急」的韓愈更添一分同情的理解。

與陳給事書

【題解】本文選自《昌黎先生文集》。陳給事，陳京，字慶復，唐泗上人。唐德宗貞元十九年（西元八〇三年）任門下省給事中。給事中是門下省要職，掌駁正政令之違失。信中歷述與陳京的交往，委婉表示希望在仕途上獲得援引。

愈再拜❶：愈之獲見於閣下❷有年❸矣，始者亦嘗辱一言之譽。貧賤也，衣食於奔走❹，不得朝夕繼見。其後閣下位益尊，伺候❺於門牆者日益進❻。夫位益尊，則賤者日隔；伺候於門牆者日益進，則愛博而情不專。愈也道不加修，而文日益有名。夫道不加修，則賢者不與❼；文日益有名，則同進❽者忌。始之以日隔之疏，加之以不專之望❾，以❿不與者之心，而聽忌者之說，由是閣下之庭無愈之跡矣。

去年春，亦嘗一進謁於左右矣。溫乎其容，若加⓫其新也；屬⓬乎其言，若閔其窮也。退而喜也，以告於人。其後如東京⓭取妻子⓮，又不得朝夕繼見。及其還也，亦嘗一進謁於左右矣。邈⓯乎其容，若不察其愚也；悄⓰乎其言，若不接⓱其情也。退而懼也，不敢復進。

今則釋然⓲悟，翻然⓳悔，曰：「其邈也，乃所以怒其來之不繼也；其悄也，乃所以示其意也。」不敏⓴之誅㉑，無所逃避。不敢遂㉒進，輒自疏㉓其所以，并獻近所為〈復志賦〉㉔以下十首為一卷，卷有標軸㉕。〈送孟郊序〉㉖一首，生紙㉗寫，不加裝飾，皆有揩字㉘註字㉙處。急於自解而謝㉚，不能竢㉛更寫，閤下取其意而略其禮可也。愈恐懼再拜。

【注　釋】❶再拜　古代的一種禮節。先後拜兩次，以示隆重。❷閤下　同「閣下」。古代對尊者的稱呼，後也用在一般人互稱。閤，宮殿正門旁的小門。古代三公可以開閤，故稱三公為閤下。意謂不敢直指對方，而稱其閤下之人。❸有年　若干年。❹衣食於奔走　為衣食而奔走。❺伺候　等候。❻進　增多。❼與　嘉許；稱許。❽同進　同輩。❾望　抱怨。❿以　與；和。⓫加　通「嘉」。嘉許。⓬屬　連續不斷。⓭如東京　到東京。如，到。東京，指洛陽（今河南洛陽）。⓮取妻子　接妻兒。取，接。⓯邈　遠。此指疏遠冷漠。⓰悄　沉默。⓱接　承受；了解。⓲釋然　形容疑慮消除。⓳翻然　形容轉變很快。⓴敏　聰明。㉑誅　責備。㉒遂　立即；馬上。㉓疏　條列說明。㉔復志賦　作於唐德宗貞元十三年（西元七九七年）。唐德宗貞元十二年，韓愈隨宣武軍節度使董晉平定汴州軍亂，卻未獲重用，遂以生病告歸。歸後作此賦，表示躬耕退隱之志。㉕標軸　書寫標題的書畫軸子。古代書畫可捲起，其兩端有棍桿，謂之軸。㉖送孟郊序　即〈送孟東野序〉，作於唐德宗貞元十九年（西元八〇三年）冬。孟郊（西元七五一～八一四年），字東野。唐湖州武康（今浙江德清）人。年四十六始中進士，做過溧陽（今江蘇溧陽西北）縣尉，一生困窮，詩多寒苦之音。㉗生紙　未經加工精製的紙。㉘揩字　塗去的字。㉙註字　添加的字。㉚謝　道歉。㉛竢　等待。

【語　譯】愈再拜：愈有幸拜見閤下已有好幾年了，起初也承蒙您的一些稱讚。由於貧賤，為衣食而奔走，不能繼續經常拜見。後來您的地位更加尊貴，等候在您門下的人一天比一天多。地位愈加尊貴，卑賤的人自然會日漸疏遠；等候在門下的人一天比一天多，關愛之情就會廣泛而不能專一。愈的道德學問沒有什麼進步，文章卻漸漸出名。道德學問沒有進步，賢者就不會稱許；文章漸漸出名，同輩就會妒忌。由剛開始的日漸疏遠，再加上關愛不專的怨望，以及不稱許的心，加上聽了妒忌者的話，從此您的門庭就沒有愈的足跡了。

去年春天，也曾經有一次去謁見您。您的臉色溫和，好像嘉許我最近的表現；您不斷地跟我說話，好像同情我的窮困。告退後心裡很高興，就把這事告訴別人。後來，我到洛陽接家眷，又不能早晚經常拜見。等到回來，也曾經有一次去謁見您。您的神情冷漠，好像不了解我的私衷；您的話很少，好像並不了解我的心情。告退後，我感到很惶恐，就不敢再去拜見了。

現在我的疑懼已消失，覺得很懊悔。心裡想：「他冷漠的神情，是怪我不經常拜見；他的話很少，是表示他責怪的意思啊。」責怪我不聰明，我是沒有託辭的。我不敢馬上再去謁見您，就陳述其中的緣故，並且獻上我所寫的〈復志賦〉以下的文字一共十篇，編為一卷，卷軸上寫有標題。送孟郊序一篇，用生紙書寫，沒有裝飾，都有塗改添加的地方。為了急於自我表白和謝罪，不能再等待重新謄寫，您只要了解我的心意，不要計較我的失禮就好了。愈恐懼再拜。

【研　析】本文可分三段，通篇以「見」字為焦點。首段推測雙方交遊轉疏的原因。先追憶昔日曾見，但自己一則受困於貧賤，再則為忌者所毀謗，是以雖欲見而終不得見；陳京一方面由於位尊而不便下交，二方面亦因「伺候於門牆者日益進」而更顯疏遠；最後將自己不得見的原因歸於主觀上的日隔之疏、不專之望和客觀上的不與者之心而聽忌者之說。二段由兩次進謁陳京時所遭遇的態度上的差異，說明自己「不敢復進」的原因。末段虛語實說，反謂陳京態度之冷淡實肇因於自己未再繼見，進而敬呈近作，以表明自己「急於自解而謝」的心情。

一旦有求於人，書信的往返就脫離純粹的情感交流而淪為尷尬的應酬活動。在韓愈的多篇上書裡，我們不時感受到作者那種身為「伺候於門牆者」的焦慮感。其中雜揉著仕途茫茫的不確定性、因時空阻隔與地位尊卑所導致的疏離感，及由「同進者」的中傷所帶來的孤憤與悲涼。他究竟想證明什麼？能反駁什麼？想追求什麼？能完成什麼？這一切都充滿變數。在〈與陳給事書〉中，我們實際上看到的是一顆憂悶的心靈，一個疲於自薦、急於自解的韓愈；同時也不免懷疑其所謂「釋然悟，翻然悔」，是否真是發自肺腑，抑或只是個性的又一次扭曲呢？

應科目時與人書

【題　解】本文選自《昌黎先生文集》。唐代科舉，分科取士，有種種名目，亦即考試的類科，叫做科目。如禮部主持的進士、明經、秀才等，以及吏部主持的博學宏詞、拔萃等，都是科目。依唐制，進士及第後，仍須參加吏部考試，方能正式授官。韓愈於唐德宗貞元八年（西元七九二年）中進士，次年參加吏部博學宏詞科的考試，考前以此信求人推薦。這個人姓韋，官職是中書省舍人。

月日❶，愈再拜❷：天池❸之濱❹，大江之濆❺，曰有怪物❻焉，蓋非常鱗凡介❼之品彙❽匹儔❾也。

其得水，變化風雨，上下於天不難也。其不及水，蓋尋常尺寸之間❿耳，無高山大陵曠途⓫絕險為之關隔⓬也，然其窮涸⓭不能自致乎水，為獱獺⓮之笑者，蓋十八九矣。如有力者哀其窮而運轉⓯之，蓋一舉手一投足之勞也。

然是物也，負⓰其異於眾也，且曰：「爛死於沙泥，吾寧⓱樂之？若俛首帖耳⓲搖尾而乞憐者，非我之志也。」是以有力者遇之，熟視⓳之若無睹也。其死其生，固不可知也。今又有有力者當其前矣，聊試仰首一鳴號焉。庸詎⓴知有力者不哀其窮，而忘一舉手一投足之勞而轉之清波乎？

其哀之，命也；其不哀之，命也；知其在命而且鳴號之者，亦命也。愈今者實有類㉑於是，是以忘其疏愚之罪，而有是說焉。閤下㉒其亦憐察之！

【注釋】❶月日　書信稿中，月日二字之間暫時空著，至正式謄清發信，始填上當日日期。❷再拜　古代的一種禮節。先後拜兩次，以示隆重。❸天池　大海。古人以大海大川皆非人力所成，乃造化之功，故謂之天池。❹濱　水邊。❺濆　水岸。❻怪物　指蛟龍。韓愈以此自比。❼常鱗凡介　指普通的水族。鱗，鱗片。此指魚類。介，甲殼。此指龜鱉類。❽品彙　品種；類別。❾匹儔　彼此相等。此謂同類。❿尋常尺寸之間　形容狹小的範圍。八尺為尋，二尋為常。⓫曠途　遙遠的路途。⓬關隔　阻礙；障礙。⓭窮涸　困於乾枯。窮，困窘。涸，水枯竭。⓮獱獺　小水獺。獱，小獺。獺，獸名。在水中捕食魚類。⓯運轉　運送轉移。⓰負　憑藉；仗恃。⓱寧　豈；難道。⓲俛首帖耳　低頭垂耳。形容柔順屈服的樣子。俛，低頭。⓳熟視　常見；見慣。⓴庸詎　豈；哪。㉑類　近似；類似。㉒閤下　同「閣下」。古代對尊貴者的稱呼，後也用在一般人互稱。閤，宮殿正門旁的小門。古代三公可以開閤，故稱三公為閤下。意謂不敢直指對方，而稱其閤下之人。

【語譯】月日，愈再拜：大海的水邊，大江的岸邊，傳說有一個怪物，牠不是普通水族所能相比的。

牠一旦得到水，就能興風作雨，在空中上上下下都不困難。牠如果得不到水，就只能在狹小的範圍內活動而已，雖然沒有高大的山陵、遙遠的路途、險阻的地方成為牠的阻礙。可是，牠受困在乾涸窘困的地方時，自己無法到達水中，被小水獺嘲笑，這種情形往往十之八九會發生。如果有力的人哀憐牠的窘困而把牠移到水裡去，只是一舉手一動腳之勞罷了。

可是這個怪物，自恃牠和普通的水族不同，還說：「爛死在泥沙裡，我難道樂意嗎？但是若要低著頭垂下耳朵，搖著尾巴乞求憐惜，那絕不是我的個性。」因此有力量的人遇到牠受困，也就視若無覩。至於牠會死還是會活，當然無法預料了。現在又有有力量的人在牠的面前了，牠姑且試著抬起頭來號叫了一聲。哪裡知道有力量的人並不哀憐牠的窘困，竟忘記一舉手一動腳之勞就可以把牠移到清水裡去呢？

如果哀憐牠，那是命運；不哀憐牠，也是命運；知道一切都是命運卻還要號叫，那還是命運。愈現在的處境實在和這怪物有些相像，因此不顧自己疏陋愚昧的罪過，而有這樣的說法，您也哀憐體察一下我的處境吧！

【研　析】本文可分四段。首段以「非常鱗凡介之品彙」的蛟龍自喻。二段以蛟龍之得水與不及水來比況人的機遇。三段謂蛟龍每每困於窮涸而為猵獺所笑，暗示自己需人引薦。以蛟龍孤高自負的形象，表明自己狷介的風骨以及待援的焦慮。四段將際遇歸諸時命，揭示渴望憐察的題旨。

在韓愈的文章中有一類寓言體的「動物文學」，如〈獲麟解〉、〈雜說〉一、〈雜說〉四及本篇，均以動物為喻體，曲折地傳達生不逢辰、懷才不遇的遺憾。在諸文擬人化的動物世界裡，因「不可知」而被目為不祥的麟、見笑於猵獺的蛟龍、「秪辱於奴隸人之手，駢死於槽櫪之間」的千里馬，個個幾無倖免地走向悲劇性的下場。這是韓愈對個人命運的自覺呢？抑或在「爛死於沙泥，吾寧樂之？若俛首帖耳搖尾而乞憐者，非我之志也」這類硬語背後，仍不免殷切期待著「哀其窮」的「有力者」來「轉之清波」呢？我們固然看出作品中飽含著一股頑抗命運作弄的強大意志，同時也意識到作者在〈感二鳥賦〉裡那種「遭時者，雖小善必達；不遭時者，累善無所容焉」的無奈，未嘗不是人生的現實。

送孟東野序

【題　解】本文選自《昌黎先生文集》。孟東野，即韓愈的好友孟郊（西元七五一～八一四年），字東野。唐湖州武康（今浙江德清）人。其人性情耿介而仕途不順。四十六歲才進士及第，五十歲才任溧陽（今江蘇溧陽西北）縣尉的小官，次年又遭降官降俸，生活十分困苦。唐德宗貞元十九年（西元八〇三年），孟郊有事到長安，當時韓愈新任監察御史。二人短暫相聚後，孟郊又回溧陽。臨別韓愈作此文為孟郊抱不平，並以順乎天命相慰解。序，古代的一種文體（參見〈太史公自序〉題解），本文屬「贈序」。

大凡物不得其平則鳴❶。草木之無聲，風撓❷之鳴。水之無聲，風蕩❸之鳴。其躍❹也，或激❺之；其趨❻也，或梗❼之；其沸❽也，或炙❾之。金石之無聲，或擊之鳴。人之於言也亦然，有不得已者而後言，其謌❿也有思，其哭也有懷。凡出乎口而為聲者，其皆有弗平者乎！

樂也者，鬱於中而泄於外者也，擇其善鳴者而假⓫之鳴。金、石、絲、竹、匏、土、革、木⓬八者，物之善鳴者也。惟天之於時⓭也亦然，擇其善鳴者而假之鳴。是故以鳥鳴春，以雷鳴夏，以蟲鳴秋，以風鳴冬。四時之相推敓⓮，其必有不得其平者乎！

其於人也亦然。人聲之精者為言，文辭之於言，又其精也，尤擇其善鳴者而假之鳴。其在唐、虞⓯，咎陶⓰、禹⓱其善鳴者也，而假以鳴。夔⓲弗能以文辭鳴，又自假於〈韶〉⓳以鳴。夏之時，五子⓴以其歌鳴。伊尹㉑鳴殷，周公㉒鳴周。凡載於《詩》、《書》六藝㉓，皆鳴之善者也。周之衰，孔子之徒鳴之，其聲大而遠。

傳[24]曰：「天將以夫子為木鐸[25]。」其弗信矣乎？其末也，莊周[26]以其荒唐[27]之辭鳴。楚，大國也，其亡也，以屈原[28]鳴。臧孫辰[29]、孟軻[30]、荀卿[31]，以道鳴者也。楊朱[32]、墨翟[33]、管夷吾[34]、晏嬰[35]、老聃[36]、申不害[37]、韓非[38]、昚到[39]、田駢[40]、鄒衍[41]、尸佼[42]、孫武[43]、張儀[44]、蘇秦[45]之屬，皆以其術鳴。秦之興，李斯[46]鳴之。漢之時，司馬遷[47]、相如[48]、揚雄[49]，最其善鳴者也。其下魏、晉氏，鳴者不及於古，然亦未嘗絕也。就其善者，其聲清以浮，其節數[50]以急，其辭淫[51]以哀，其志弛以肆。其為言也，亂雜而無章。將[52]天醜[53]其德，莫之顧耶？何為乎不鳴其善鳴者也？

唐之有天下，陳子昂[54]、蘇源明[55]、元結[56]、李白[57]、杜甫[58]、李觀[59]，皆以其所能鳴。其存而在下者，孟郊東野，始以其詩鳴。其高出魏、晉，不懈而及於古，其他浸淫[60]乎漢氏[61]矣。從吾遊者，李翺[62]、張籍[63]其尤[64]也。三子者之鳴信善矣，抑不知天將和其聲，而使鳴國家之盛耶？抑將窮餓其身，思愁其心腸，而使自鳴其不幸耶？三子者之命，則懸乎天矣。其在上也奚以喜？其在下也奚以悲？

東野之役[65]於江南[66]也，有若不釋[67]然者，故吾道其命於天者以解[68]之。

【注釋】❶鳴　發出聲音。❷撓　吹動。❸蕩　激盪。❹躍　跳動。❺激　阻遏水勢。❻趨　水勢迅疾。❼梗　堵塞。❽沸　沸騰；水滾。❾炙　燒煮。❿謌　同「歌」。⓫假　憑藉。⓬金石絲竹匏土革木　古代用不同材料做成的八種樂器，合稱「八音」。金，指鐘。石，指磬。絲，指琴、瑟。竹，指簫、籥。匏，指笙、竽。土，指塤。革，指鼓。木，指柷、敔。⓭時　時令；季節。⓮推敓　推移變遷。敓，古「奪」字。⓯唐虞　唐堯、虞舜。皆上古帝王。⓰咎陶　也作「皋陶」、「咎繇」。舜時為獄官之長。《尚書》有〈皋陶謨〉。⓱禹　夏代開國君主。曾奉舜命治平洪水。《尚書》有〈大禹謨〉、〈禹貢〉。⓲夔　舜時的樂官。⓳韶　夔所作的樂曲。用以讚美堯、舜的揖讓之教化。⓴五子　夏君太康的五個弟弟。太康好遊獵，其弟五人，敘述大禹的教誡，作歌以諷太康，即〈五子之歌〉。㉑伊尹　名摯。佐商湯滅夏桀。相傳曾作〈伊訓〉、〈太甲〉、〈咸有一德〉等。㉒周公　姓姬，名旦。周文王之子，周武王之弟，佐周武王滅商，相傳曾作〈金縢〉、〈大誥〉、〈無逸〉、〈君奭〉、〈立政〉等。㉓六藝　指六經。㉔傳　古書。此指《論語》。㉕天將以夫子為木鐸　語出《論語・八佾》。木鐸，金口木舌的大鈴。古代宣布政教法令時，用以召集百姓。㉖莊周　戰國時代宋國蒙（今河南商邱南）人。思想家，著有《莊子》。㉗荒唐　廣大無邊際。㉘屈原　戰國時代楚國大夫。忠而被放逐，投汨羅江而死，著有〈離騷〉等。㉙臧孫辰　即臧文仲。春秋時代魯國執政大夫，其言論略見《左傳》、《國語・魯語》。㉚孟軻　即孟子。名軻，戰國時代鄒（今山東鄒縣）人，周遊列國，宣揚仁義，不能行其道，退而與學生萬章之徒著書立說，有《孟子》。㉛荀卿　即荀子。名況，戰國時代趙國人，著有《荀子》。㉜楊朱　字子居。戰國時代衛國人，主張為我，拔一毛以利天下而不為。㉝墨翟　即墨子。戰國時代魯國人，主張兼愛、非攻，著有《墨子》。㉞管夷吾　即管仲。春秋時代齊桓公之相，佐齊桓公成霸業，有《管子》。㉟晏嬰　字平仲。春秋時代齊相，有《晏子春秋》。㊱老聃　即老子。春秋時代楚國人，曾為周朝守藏室史，著有《老子》。㊲申不害　戰國時代京（今河南鹿邑東）人。為韓昭侯相，善黃老刑名之學，著有《申子》。㊳韓非　戰國時代韓國之公子。荀子門人，法家之集大成者，著有《韓非子》。㊴眘到　戰國時代趙國人。善刑名之學，著有《慎子》。眘，古「慎」字。㊵田駢　戰國時代齊國人。著有《田子》。㊶鄒衍　戰國時代齊國人。陰陽家，曾為燕昭王師，著作今不傳。㊷尸佼　戰國時代魯國人。著有《尸子》。㊸孫武　春秋時代齊國人。著有《兵法》十三篇。㊹張儀　戰國時代魏國人。縱橫家，曾為秦惠王相，以連橫破六國縱約，著有《張子》。㊺蘇秦　戰國時代洛陽（今河南洛陽）人。縱橫家，曾以合縱遊說六國，佩六國相印，著有《蘇子》。㊻李斯　戰國時代楚國上蔡（今河南汝南北）人。荀子門人，為秦始皇相。㊼司馬遷　字子長。西漢左馮翊夏陽（今陝西韓城）人，著有《史記》。㊽相如　司馬相如。字長卿，西漢蜀郡成都（今四川成都）人，著名辭賦作家。㊾揚雄　字子雲。西漢蜀郡成都（今四川成都）人，著名辭賦作家及思想家，著有《法言》、《太玄》等。50數　繁密；細密。51淫　放蕩無節制。52將　也許；或許。53醜　厭惡。54陳子昂　字伯玉。唐梓州射洪（今四川射洪）人，曾官右拾遺，有《陳拾遺集》。55蘇源明　字弱夫。唐京兆武功（今陝西武功）人，官至祕書少監，詩文散見於《全唐詩》、《全唐文》。56元結　字次山。唐汝州（今河南臨汝）人，官至道州刺史，有《元次山集》。57李白　字太白，號青蓮居士。祖籍隴西成紀（今甘肅秦安），居綿州昌明縣（今四川江油），天寶初，曾供奉翰林，有《李太白集》。58杜甫　字子美。唐鞏縣（今河南鞏縣）人，曾官檢校工部員外郎，世稱杜工部，有《杜工部集》。59李觀　字元賓。唐贊皇（今河北贊皇）人，官至太子校書郎，有《李元賓文集》。60浸淫　逐漸接近。61漢氏　漢代。此指漢代詩歌。62李翺　字習之。唐趙郡（今河北趙縣）人，官至山南東道節度使，卒諡文，有《李文公集》。63張籍　字文昌。唐吳郡（治所在今江蘇蘇州）人，曾任國子博士、司業，有《張司業集》。64尤　優異；傑出。65役　任職。66江南　此指溧陽。唐代溧陽屬江南道。67不釋　心有鬱悶，放不開。68解　舒解；安慰。

【語譯】大抵萬物得不到平靜就會發出聲音。草木本來沒有聲音，風吹動它就發出聲音。水本來沒有聲音，風激盪它就發出聲音。水的跳動是有東西阻遏了它，水的奔流是有東西堵塞了它，水的沸騰是有火燒煮它。金石本來沒有聲音，有東西敲打它就發出聲音。人的言辭也是這樣，因為不得已然後才說出來，他歌詠是因為情緒，他哭泣是因為悲傷。凡是從嘴裡發出來的聲音，大都是心中不平靜吧！

音樂，是人們宣洩內心鬱積的表現，選擇那些善於發聲的東西憑藉它們來發聲。金、石、絲、竹、匏、土、革、木八種樂器，都是善於發聲的東西。上天對於季節也是這樣，選擇那些適合發聲的而憑藉它們來發聲。因此春天憑藉鳥來發聲，夏天憑藉雷來發聲，秋天憑藉蟲來發聲，冬天憑藉風來發聲。四季遞相推移，一定是有不得平靜的緣故吧！

人也是這樣。人聲的精華是語言，文辭又是語言的精華，更要選擇擅長發聲的人而憑藉他來發聲。在唐堯、虞舜時代，咎陶、禹是擅長發聲的人，於是憑藉他們來發聲。夔不能用文辭來發聲，自己就憑藉〈韶〉樂來發聲。夏代的時候，太康的五個弟弟用他們的歌來發聲。商代有伊尹來發聲，周代有周公來發聲。凡是記載在《詩》、《書》等六經上面的，都是發聲發得好的。周代衰微的時候，孔子等人發聲，聲音宏亮而且久遠。《論語》說：「上天要把孔子作為警眾的木鐸。」這話難道不是真實的嗎？周代末年，莊子用他那廣大無涯的文辭來發聲。楚國是一個大國，當它衰亡的時候，有屈原來發聲。臧孫辰、孟軻、荀卿等人，用理論來發聲。楊朱、墨翟、管夷吾、晏嬰、老聃、申不害、韓非、慎到、田駢、鄒衍、尸佼、孫武、張儀、蘇秦這些人，都用他們的策略主張來發聲。秦朝興起，有李斯來發聲。漢朝時，司馬遷、司馬相如、揚雄等人，是最擅長發聲的。以後到了魏、晉時代，發聲的人比不上古代，但也不曾斷絕過。就當時發聲發得最好的來說，他們的聲音清新而輕浮，他們的節奏細密而急促，他們的文辭放蕩而哀傷，他們的意志鬆弛而放肆。他們所作的文章，雜亂而無條理。或許是上天厭惡他們的德行，不肯關注他們吧？為什麼不讓那些擅長發聲的人來發聲呢？

唐朝得天下後，陳子昂、蘇源明、元結、李白、杜甫、李觀等人，各以所長而發聲。那些目前還處在下位的人當中，孟郊東野開始用他的詩來發聲。他的詩高出魏、晉時的作品，某些好詩已經達到古人的程度，其他作品也逐漸接近漢代的水準了。跟我學習的人，李翺、張籍最為傑出。這三個人的鳴聲的確是很好了。然而不知道上天要應和他們的聲音，而使他們發出國家強盛的鳴聲呢？還是要使他們的身體受窮餓，讓他們的心情憂愁，而使他們發出自己不幸的鳴聲呢？這三個人的命運是掌握在上天了。那麼，在上位又有何喜？在下位又有何悲呢？

孟東野在江南任職，好像不太快活的樣子，所以我說了這番命運決定於天的話來勸慰他。

【研 析】本文可分五段。首段開門見山地拈出「大凡物不得其平則鳴」這句以為中心論點，把自然界的草、木、風、水之鳴，和人類社會的鳴聲歌哭都看作是不平而鳴的結果。二段則以樂器、四時風物，進一步強調「擇其善鳴者而假之鳴」的觀點。三段由物而人，歷舉自唐、虞、三代至秦、漢、魏、晉間的善鳴者。四段提出唐代的善鳴者，特標孟郊、李翺、張籍三人，且為其遭遇惋惜不已。末段勉孟郊順天安命。吳楚材評曰：「此文得之悲歌慷慨者為多，謂凡形之聲者，皆不得已。不得已中，又有善不善；所謂善者，又有幸不幸之分。只是從一鳴中，發出許多議論，句法變換，凡二十九樣，如龍變化，屈伸於天，更不能逐鱗逐爪觀之。」

中國傳統知識分子普遍具有一種憂患意識，認為自己肩負著修齊治平的歷史使命，這分激情支撐他們前仆後繼地對抗政治運作中的腐敗勢力，同時也帶來仕宦生涯中無可迴避的挫折感。詩文創作是知識分子自我調適的方式之一，所有的委屈與感傷、希望與榮耀，都在創作中得到撫平和積澱。「鳴」的內容和方式容或有異，但無非是「不得其平」的結果，是「鬱於中而泄於外」的產物，是理想與現實碰撞的火花，是心靈活動的軌跡。無論是以文辭鳴、以道鳴、以術鳴、以詩鳴，或是鳴國家之盛、自鳴其不幸，作者均已在歌哭之際、悲喜之間昇華其情感，於是作品不再只是個人的騁才抒情，而是「物不得其平則鳴」這一天理的體現，個人的順逆、現象界的變動在文學的永恆裡被輕易地忘卻了。如此，又何不釋然之有？

送李愿歸盤谷序

【題解】 本文選自《昌黎先生文集》。李愿，生平不詳。序，古代的一種文體（參見〈太史公自序〉題解），本文屬「贈序」。唐德宗貞元十七年（西元八〇一年），李愿因不得志而歸隱盤谷（今河南濟源西北），韓愈作此序以贈別，藉李愿之口，讚頌潔身自好、與世無爭的隱居之士，嘲諷志得意滿以及趨炎附勢之徒。

太行❶之陽❷有盤谷。盤谷之間，泉甘而土肥，草木藂❸茂，居民鮮少。或曰：「謂其環兩山之間，故曰盤。」或曰：「是谷也，宅❹幽而勢阻，隱者之所盤旋❺。」友人李愿居之。

愿之言曰：「人之稱大丈夫者，我知之矣。利澤施於人，名聲昭❻於時。坐於廟朝⑦，進退⑧百官而佐天子出令。其在外，則樹旗旄⑨，羅⑩弓矢，武夫前呵⑪，從者塞途，供給⑫之人，各執其物，夾道而疾馳。喜有賞，怒有刑。才畯⑬滿前，道⑭古今而譽⑮盛德，入耳而不煩。曲眉豐頰⑯，清聲而便體⑰，秀外而惠中⑱，飄輕裾⑲，翳⑳長袖，粉白黛綠㉑者，列屋㉒而閒居，妒寵而負恃，爭妍㉓而取憐㉔。大丈夫之遇知於天子，用力㉕於當世者之所為也。吾非惡此而逃之，是有命焉，不可幸㉖而致也。

「窮居而野處，升高而望遠，坐茂樹以終日，濯清泉以自潔。採於山，美可茹㉗；釣於水，鮮可食。起居無時，惟適之安。與其有譽於前，孰若㉘無毀於其後；與其有樂於身，孰若無憂於其心。車服不維㉙，刀鋸不加㉚；理亂㉛不知，黜陟㉜不聞。大丈夫不遇於時者之所為也，我則行之。

「伺候於公卿之門，奔走於形勢㉝之途，足將進而趑趄㉞，口將言而囁嚅㉟，處穢汙而不羞，觸刑辟㊱而誅戮，徼倖於萬一，老死而後止者，其於為人賢不肖何如也？」

昌黎韓愈聞其言而壯之。與之酒，而為之歌曰：「盤之中，維㊲子之宮㊳。盤之土，可以稼㊴。盤之泉，可濯可沿㊵。盤之阻，誰爭子所㊶？窈㊷而深，廓㊸

其有容。繚㊹而曲，如往而復。嗟盤之樂兮，樂且無央㊺。虎豹遠跡兮，蛟龍遁藏。鬼神守護兮，呵禁㊻不祥。飲且食兮壽而康，無不足兮奚所望？膏㊼吾車兮秣㊽吾馬，從子於盤兮，終吾生以徜徉㊾！」

【注釋】❶太行　山名。綿延山西、河北、河南三省，主峰在山西晉城南。❷陽　山的南面。❸藂　同「叢」。草木叢生。❹宅　居。此指所居的位置。❺盤旋　盤桓；逗留。❻昭　顯著。❼廟朝　指朝廷。廟，宗廟。朝，朝廷。❽進退　升降任免。❾樹旗旄　樹起旗幟。樹，樹立。旄，竿頂用犛牛尾作裝飾的一種旗子。❿羅　擺列。⓫呵　吆喝；喝斥。古代大官出行，武士在車馬前吆喝開道。⓬供給　供應。⓭才畯　才俊之士。畯，通「俊」。才能傑出的人。⓮道　引述。⓯譽　稱讚。⓰曲眉豐頰　眉毛彎彎，臉頰豐腴。⓱清聲而便體　聲音清脆，體態輕盈。⓲秀外而惠中　美麗又聰明。外，指容貌。惠，通「慧」。聰明。中，指內心。⓳裾　衣服的後襟。⓴翳　通「曳」。拖曳。㉑粉白黛綠　臉上擦白粉，眉上畫青黛。形容女人濃妝豔抹。黛，深青色的顏料。古代女子用以畫眉。㉒列屋　成列的房屋。㉓妍　美麗。㉔憐　疼愛。㉕用力　掌握權力。㉖幸　僥倖。㉗茹　吃。㉘孰若　何如；不如。㉙車服不維　謂車服的榮耀，不能束縛我。車服，車馬服飾。古代官員車服，隨位階高下而有差別，其有功勳者，天子往往特賜車服以賞之。此指官位賞賜。維，束縛。㉚刀鋸不加　刀鋸的酷刑，不能加害我。刀鋸，古代的刑具。此指刑罰。㉛理亂　治亂。唐人避高宗李治名諱，故以「理」代「治」。㉜黜陟　官職升降。黜，貶退。陟，提升。㉝形勢　權勢。㉞趦趄　猶豫不敢向前的樣子。㉟囁嚅　想說又不敢說的樣子。㊱刑辟　刑法。㊲維　是。㊳宮　房屋。㊴稼　耕種。㊵沿　順著行走。㊶所　地方。㊷窈　深遠。㊸廓　廣大。㊹繚　環繞。㊺無央　不盡。央，盡。㊻呵禁　呵斥禁止。㊼膏　用油脂塗抹。㊽秣　用草料餵食。㊾徜徉　逍遙自得的樣子。

【語譯】太行山的南面有個盤谷。盤谷裡面，泉水甘甜而土地肥沃，草木茂盛而居民稀少。有人說：「因為它環繞在兩座山中間，所以叫做『盤』。」也有人說：「這個山谷，地處幽僻而形勢險阻，是隱士盤桓的地方。」我的朋友李愿就住在那裡。

李愿曾說：「一般人所說的大丈夫，我已經了解了。他們對人民施加恩澤，在當代名聲顯赫。身在朝廷之上，升降任免百官並且輔佐天子發布政令。他們外出時，樹起旗幟，擺列弓箭，武士在前面吆喝開道，隨從塞滿道路，供應的人，各自拿著東西，在道路兩旁迅速奔走。他們高興時就有獎賞，生氣了就會處罰。傑出之士聚滿面前，引述古今來讚美他們的功德，聽起來順耳而不會厭煩。那些眉毛彎彎，臉頰豐腴，聲音清脆，體態輕盈，外表秀麗，內心聰明，身上衣襟輕飄，手上長袖拖曳，濃妝豔抹的美人，閒居在一排排的後房裡，什麼事都不做，只是爭寵吃醋，負氣撒嬌，只是賽美鬥豔，博取憐愛。這就是被皇帝賞識，在當代掌權的大丈夫的作為啊。我不是厭惡這些而避開它，這些是命運的安排，不是可以僥倖得到的。

「住在山野過窮困的日子，登上高山眺望遠處，坐在茂密的樹蔭下消磨一整天，在清潔的泉水裡洗濯自己的身體。到山上採來野菜，味道甘美可以食用；在河裡釣來魚蝦，鮮美可口。起居沒有定時，舒適就好。與其當面被人讚美，何如背後不被毀謗；與其身體享受快樂，何如心中沒有憂愁。不受官職賞賜的束縛，也不會有刑罰加身；不知道天下的治亂，聽不到官職的升降。這是不得志的大丈夫的作為，我就是這樣做。

「伺候在達官貴人的門下，奔走在權勢的道路上，腳要走又不敢前進，嘴想說又不敢說出來，身處汙穢卻不感到羞恥，觸犯法律就會被殺戮，貪求那非分而渺茫的富貴，直到老死為止，如此做人到底是賢還是不肖呢？」

昌黎韓愈聽到他的話，覺得他的見解很了不起。於是請他喝酒，並且為他作歌：「盤谷裡，是您的家。盤谷的土地，可以耕種。盤谷的泉水，可以洗濯，可以沿岸散步。盤谷的險阻，有誰來和您爭這地方？幽靜深遠，那麼廣大而能容納。曲折迂迴，似乎向前走卻又繞回來。啊！盤谷的快樂，無窮無盡。虎豹離得遠，蛟龍也躲藏。鬼神守護著，呵斥禁止一切的不祥。有吃又有喝，長命且健康。沒有什麼不滿足，哪裡還會有奢望？把我的車子擦上油，餵飽我的馬，我要到盤谷去跟隨您，逍遙自在過一生！」

【研析】本文可分三段。首段說明盤谷地理及命名。第二段引述李愿的話，可分三節。第一節寫得志者的威風與生活情態。第二節寫不遇於時而隱居者的逍遙自在。第三節寫趨炎附勢追逐功名者的可恥醜態。第三段歌頌盤谷豐富之美與生活其中之樂，表達自己也想歸隱盤谷的心意。

本文重心在引述李愿的話而還贈李愿，文中李愿所敘的三種人之中，自然是頌揚第二類的隱逸者，將其生活寫得悠遊適意、快樂無央。而第一類得志者雖然威赫，卻不免夾雜有奢縱弄權的貶抑意味，至於第三類者之厚顏無恥，則不待多言。然而細味其所言第一類得志者「是有命焉，不可幸而致也」，則欣羨渴慕之情與無奈不平之氣已喻。由此可知，這種頌揚隱逸生活之清高逍遙的高論，其實是在求「遇知於天子」的第一志願落空之後，退而求其次的一種自我慰解與振作的言辭。

那麼，韓愈是以什麼心情來寫這篇文章？三類人當中他又認同哪一類呢？從第三段的歌辭來看，他似乎是羨慕李愿的歸隱而有意相隨，但從此文的寫作背景來看，這應該只是一時不遇的牢騷而已。從貞元八年中進士之後，韓愈滿懷抱負，卻在仕途上遭受連番挫折，至此時（貞元十七年）也只擔任四門博士這麼一個低階的學官，所以他是在藉李愿之口，諷刺奢縱的當權者，嘲笑趨附的勢利者，讚美山林隱逸，表達了他懷才不遇的感慨。

本文也是韓愈的名作之一。通篇駢散雜用，收放自如，文氣酣暢，且善於描繪，形容如畫，無怪乎蘇軾會說：「唐無文章，惟韓退之〈送李愿歸盤谷〉一篇而已。」（《東坡題跋・跋退之送李愿序》），譽之為唐文第一。

送董邵南序

【題解】本文選自《昌黎先生文集》。董邵南，唐壽州安豐（今安徽壽縣西南）人，生平不詳。序，古代的一種文體（參見〈太史公自序〉題解），本文屬「贈序」。董邵南家境清寒而耕讀力學，但參加進士考試，連連失利，欲至河北投效藩鎮，另謀出路。本文為送董邵南而作，既惋惜好友失意，也委婉表示不願其投奔與朝廷對抗的藩鎮。

燕、趙❶古稱多感慨悲歌之士❷。董生舉進士❸，連不得志於有司❹，懷抱利器❺，鬱鬱適❻茲土❼，吾知其必有合❽也。董生勉乎哉！

夫以子之不遇時，苟慕義彊❾仁者，皆愛惜焉。矧❿燕、趙之士出乎其性者哉！然吾嘗聞風俗與化⓫移易⓬，吾惡知其今不異於古所云邪？聊以吾子之行卜⓭之也。董生勉乎哉！

吾因子有所感矣。為我弔望諸君⓮之墓，而觀於其市，復有昔時屠狗者⓯乎？為我謝⓰曰：「明天子在上，可以出而仕矣。」

【注釋】❶燕趙　戰國時代二國名。燕在今河北、遼寧，趙在今河北南部、山西北部。此指河北一帶。❷感慨悲歌之士　意氣激昂、憤慨不平之士。❸舉進士　應薦舉參加進士科考試。進士，唐代科舉考試的一科。❹有司　官吏。古代設官分職，各有所司，故稱。此指主持進士科考試的禮部和主考官。❺利器　比喻卓越的才幹。❻適　往；去。❼茲土　此地。指河北。❽合　遇合。指得到賞識。❾彊　強行；力行。❿矧　何況。⓫化　教化。⓬移易　改變。⓭卜　觀察。⓮望諸君　指戰國名將樂毅。燕昭王時，樂毅統兵破齊七十餘城，及燕昭王死，燕惠王中齊人反間計，派騎劫代替其職務，樂毅懼而離燕奔趙，趙封之於觀津，號曰望諸君。⓯屠狗者　荊軻至燕，與燕國一個屠狗者，及善於擊筑的高漸離相交為至友。後荊軻刺秦王，失敗而死，高漸離為荊軻復仇，亦失敗被殺。⓰謝　告訴。

【語譯】燕、趙在古代號稱多慷慨憤激的豪傑。董生應舉參加進士考試，接連幾次得不到主考官的賞識，懷抱英才，悶悶不樂地要到那個地方去，我知道他一定會遇到賞識他的人。董生努力吧！

像你這樣的人才而遇不到好時機，如果是仰慕仁義並且力行仁義的人，一定都會愛惜你。何況燕、趙的豪傑，仁義是出於他們的天性呢！但我曾經聽說風俗隨著教化而改變，我怎能確定現在那兒的情形跟古人所說的沒有不同呢？姑且以你此行來觀察它吧。董生努力吧！

我因為你的北遊而有感觸。請你替我憑弔一下望諸君的墳墓，並且去那裡的市街，看看是否還有像從前那種隱於屠狗行業中的豪傑？請替我告訴他們：「有聖明的天子在位，可以出來做官了。」

【研　析】本文可分三段。首段以「燕、趙古稱多感慨悲歌之士」推測董邵南此行必有遇合。二段反疑今日燕、趙之士未必悉如古時之慕義彊仁，則此行又未見其必要，故宜好自為之。末段弔古諷今，一方面透過樂毅和屠狗者的悲情表達對當權者忽視人才的不滿，另方面亦號召今之燕、趙之士回歸朝廷，婉勸董邵南打消效力藩鎮的念頭。

綜觀全文，韓愈並不贊成董邵南前往河北，但既作序送他，又不能說他不應該去。所以韓愈下筆，不說現在的河北，只說以前的燕、趙；不說那些做官的人，只說那些慷慨悲歌之士。說那些慷慨悲歌之士，仁義是出自天性，與董邵南同調相憐相合，就是說董邵南也是仁義之人，這是勸勉他；最後要董邵南弔古人，勸今人出仕，這是要他明白自處的道理。全篇以古今二字相呼應，而以「風俗與化移易」句為過脈，文字委婉含蓄，曲盡吞吐之妙。

傳統知識分子在面臨出處問題時，往往抱著一種「待價而沽」的心態。若不幸未遇「善沽者」，就成了「感慨悲歌之士」。董邵南懷抱利器而連不得志於有司，鬱鬱於不遇時，這是可以理解的；但韓愈卻也不得不質疑他這種但求聞達於諸侯而罔顧國家整體安全的做法，認為是有待商榷的。客觀情勢顯示：朝廷的選士制度已經造成野有遺賢的不公平事實，董邵南在這層意義上是值得同情的；然而人才若自謀出路而致以私害公，則未免傷義。韓愈本人對董邵南赴河北一事所抱持的矛盾態度間接透露了他的無力感，作者雖然宣稱「明天子在上，可以出而仕矣」，但燕、趙的「屠狗者」是否能「得志於有司」，卻還是個未知數呢！

送楊少尹序

【題解】本文選自《昌黎先生文集》。楊少尹，楊巨源，字景山，唐河中蒲州（治所在今山西永濟）人。以能詩知名，官至國子司業，年滿七十辭官返鄉，宰相惜其才，任為河中府少尹，並贈詩勉勵。韓愈時任吏部侍郎，因病未能送行，作此文以贈之。序，古代的一種文體（參見〈太史公自序〉題解），本文屬於「贈序」。

昔疏廣、受❶二子，以年老一朝辭位而去❷。於時公卿設供張❸，祖道❹都門外，車數百兩❺；道路觀者多歎息泣下，共言其賢。漢史❻既傳其事，而後世工畫者又圖❼其迹❽。至今照人耳目，赫赫若前日事。

國子司業❾楊君巨源，方以能詩訓❿後進。一旦以年滿七十，亦白⓫丞相，去歸其鄉。世常說古今人不相及，今楊與二疏，其意豈異也？

予忝⓬在公卿後，遇病不能出，不知楊侯⓭去時，城門外送者幾人，車幾兩，馬幾匹，道旁觀者亦有歎息知其為賢以⓮否？而太史氏⓯又能張大其事為傳繼二疏蹤跡⓰否？不落莫⓱否？見⓲今世無工畫者，而畫與不畫固不論也。然吾聞楊侯之去，丞相有愛而惜之者，白以為其都少尹⓳，不絕其祿，又為歌詩以勸⓴之，京師之長於詩者亦屬而和之。又不知當時二疏之去，有是事否？古今人同不同，未可知也。

中世㉑士大夫以官為家，罷則無所於歸。楊侯始冠㉒，舉於其鄉，歌〈鹿鳴〉㉓而來也。今之歸，指其樹曰：「某樹，吾先人之所種也；某水、某丘，吾童子時所釣遊也。」鄉人莫不加敬，誡子孫以楊侯不去其鄉為法㉔。古之所謂鄉先生㉕沒而可祭於社㉖者，其在斯人歟！其在斯人歟！

【注釋】❶疏廣受　疏廣、疏受。疏廣，字仲翁。西漢東海蘭陵（今山東臨沂西南）人，宣帝時任太子太傅。疏受，字公子。疏廣之姪。宣帝時任太子少傅。叔姪同時在位五年，同時稱病告退。❷去　離開。❸供張　也作「供帳」。陳設帳幕以供宴會或行旅駐足之需。❹祖道　為遠行者祭祀道路之神，並飲酒餞行。❺兩　通「輛」。❻漢史　指《漢書‧疏廣傳》。❼圖描畫。❽迹　故事。❾國子司業　官名。國子監祭酒的屬官，幫助祭酒教授生徒。國子，國子監。唐代國家教育機構和最高學府。❿訓　教誨。⓫白　稟告。⓬忝　辱；愧。⓭侯　用作尊稱。同於「君」。⓮以　通「與」。⓯太史氏　泛指史官。⓰蹤跡　事跡。⓱落莫　冷落寂寞。⓲見　通「現」。現在。⓳其都少尹　指河中府少尹。楊巨源為河中府人，故云其都。少尹，官名。為地方州府長官的輔佐官。⓴勸　勉勵。㉑中世　近世；近代。㉒冠　冠禮。古代男子年二十行冠禮，表示成年。㉓歌鹿鳴　指鄉試中舉。唐代州縣長官宴請中舉者，宴會中歌《詩經‧鹿鳴》，因稱鹿鳴宴。〈鹿鳴〉，《詩‧小雅》篇名，燕享賓客之詩。㉔法　榜樣。㉕鄉先生　鄉賢之長者。㉖祭於社　致祭於鄉社。社，祭土神之所。

【語譯】從前疏廣、疏受叔姪，因為年老同時辭官離開京師。當時朝中公卿設了帳幕，在都城門外替他們餞行，車子有幾百輛；路上觀看的人都為他們歎息流淚，稱讚兩人的賢智。《漢書》既記載了這件事，後代擅長繪畫的人又畫下這個故事，直到現在這個事跡還照耀著人們的耳目，清清楚楚地像是前天的事情一樣。

國子司業楊巨源君，正以他的詩才教導後學。因為年紀已滿七十歲，也稟告丞相，要辭官返鄉。一般人常說現代的人不能和古人相比，現在楊君和二疏，他們的想法難道不同嗎？

我很慚愧位列在公卿之後，正好生病不能去送行。不知道楊君離開時，城門外送行的有多少人，車子有幾輛，馬有幾匹。路旁觀看的人有沒有知道他的賢智而讚歎？史官是否能夠宣揚這件事繼二疏的事跡而替他立傳？有沒有冷落了他？現在世上沒有擅長繪畫的人，所以畫不畫可以不必管它。但是我聽說楊君離開的時候，丞相中有人愛惜他的才學，奏明皇帝讓他當他家鄉的府少尹，不停止他的俸祿，又作詩勉勵他，京城裡擅長作詩的人也跟著作詩應和。我又不知道當年二疏離開時，是否也有這樣的事？古代人和現代人究竟同不同，就無法知道了。

近代的士大夫以官為家，一旦免官就沒有地方可以回去。楊君剛成年，就在他的家鄉中了舉，以鄉貢進士的資格來到京師應試。現在回去，他會指著那兒的樹說：「某一棵樹，是我先人所種的；某一處河流，某一個山丘，是我孩童時釣魚、遊玩的地方。」家鄉的人沒有一個不加倍尊敬他，訓誡他們的子孫以楊君不離開家鄉做模範。古代所謂死後可以入鄉社接受祭祀的鄉先生，楊君就是這種人吧！楊君就是這種人吧！

【研　析】本文可分四段。首段推溯漢代疏廣、疏受叔姪年老退休時世人對他們敬愛的表現。二段謂楊巨源的賢德及其所蒙受的敬重與當年的二疏無異。三段由「不知楊侯去時」轉出「不知當時二疏之去」，憑空擬測楊巨源與二疏臨行之情狀。末段想像楊巨源回鄉後種種親切恬惔的舉措，而以「沒而可祭於社」讚美其可敬可愛。

韓愈在這篇贈序中展現出一種表面上看似優游醇和而實則感慨繫之的文章風格。二疏辭官的理由是「吾聞知足不辱，知止不殆。功成身退，天之道也」，這顯然是一種明哲保身的人生態度。韓愈謂「今楊與二疏，其意豈異也」，豈非暗示楊巨源之退休或有其無奈之處？當二疏之去，「道路觀者，多歎息泣下，共言其賢」；今楊巨源亦歸其鄉，終老仍未盡其材用，而徒曰「沒而可祭於社」，恐其心亦未必能平。作者以大量推測的口吻取代論斷，使得解讀的過程充滿了不確定性，而這刻意營造的模糊和疏離，或許正是楊巨源自我定位和人生遭遇的折射吧！

送石處士序

【題解】本文選自《昌黎先生文集》。石處士，石洪，字濬川，唐河陽（治所在今河南孟縣南）人。曾任黃州（今湖北黃岡）錄事參軍，後罷官歸隱洛陽（今河南洛陽）十餘年，公卿屢薦而不出，故稱「處士」。序，古代的一種文體（參見〈太史公自序〉題解），本文屬「贈序」。憲宗元和五年（西元八一〇年），新任河南軍節度使烏重胤禮聘石洪，石洪以遇知己而應命前往。時韓愈在洛陽任官，與眾人為石洪餞行，各自賦詩，作此序，讚揚烏重胤禮賢下士，石洪以道自任，並委婉忠告二人，當以國事為重，勿圖利私人。

河陽軍節度❶、御史大夫❷烏公❸為節度之三月，求士於從事❹之賢者。有薦石先生者。公曰：「先生何如？」曰：「先生居嵩❺、邙❻、瀍❼、穀❽之間，冬一裘，夏一葛；食朝夕，飯一盂❾，蔬一盤。人與之錢，則辭；請與出遊，未嘗以事辭；勸之仕，不應。坐一室，左右圖書。與之語道理，辨古今事當否，論人高下，事後當成敗，若河決❿下流而東注，若駟馬⓫駕輕車就熟路，而王良⓬、造父⓭為之先後也，若燭照數計⓮而龜卜⓯也。」

大夫曰：「先生有以自老，無求於人，其肯為某⓰來邪？」從事曰：「大夫文武忠孝，求士為國，不私於家。方今寇聚於恆⑰，師環其疆，農不耕收，財粟殫亡⑱。吾所處地，歸輸之塗⑲，治法征謀⑳，宜有所出。先生仁且勇，若以義請而彊委重㉑焉，其何說之辭？」於是譔㉒書詞㉓，具馬幣㉔，卜日㉕以授使者，求先生之盧而請焉。

先生不告於妻子，不謀於朋友，冠帶出見客，拜受書禮於門內。宵則沐浴，戒行事㉖，載書冊，問道所由，告行㉗於常所來往。晨則畢至，張㉘上東門㉙外。酒三行㉚，且起㉛，有執爵㉜而言者曰：「大夫真能以義取人，先生真能以道自任，決去就。為先生別。」又酌而祝曰：「凡去就出處何常，惟義之歸。遂以為先生壽㉝。」又酌而祝曰：「使大夫恆無變其初，無務富其家而飢其師，無甘受佞人㉞而外敬㉟正士，無昧㊱於諂言，惟先生是聽，以能有成功，保天子之寵命。」又祝曰：「使先生無圖利於大夫而私便其身。」先生起拜祝辭，曰：「敢不敬蚤夜㊲以求從祝規㊳。」於是東都㊴之人士咸知大夫與先生果能相與以有成也。遂各為歌詩六韻，退，愈為之序云。

【注　釋】❶河陽軍節度　即河陽軍節度使。領孟、懷二州，治所在孟州河陽（今河南孟縣南）。唐代節度使所轄，相當於一個軍區，故稱「軍」。節度，節制使的省稱，統轄數州軍、民、財政，可自行任用僚屬。❷御史大夫　官名。掌彈劾、糾察及圖籍祕書。❸烏公　名重胤，字保君。唐張掖（今甘肅張掖）人，憲宗元和五年（西元八一〇年），任河陽軍節度使、御史大夫。節度使是實職，御史大夫是兼銜。❹從事　官名。三公及州府長官自行任免的僚屬。❺嵩　山名。在河南登封北。❻邙　山名。在河南西部。❼瀍　水名。即瀍河，源出洛陽西北穀城山。❽穀　水名。源出河南澠池。❾盂　盛飲食的圓口器皿。❿決　堤岸沖開缺口。⓫駟馬　四匹馬。古代車輛一車四馬，故稱馬四匹為駟。⓬王良　人名。相傳是春秋時代晉國的善御馬者。⓭造父　人名。相傳是周穆王時的善御馬者。⓮燭照數計　用燭火照亮，用數字計算。比喻料事明確精準。⓯龜卜　用龜甲占卜吉凶。比喻料事如神。⓰某　自稱之代詞。⓱寇聚於恆　寇賊聚集在恆州。恆，州名。治所在今河北正定。當時屬成德軍管轄。唐憲宗元和四年（西元八〇九年），成德軍節度使王士真卒，其子王承宗叛變，朝廷派兵討伐失敗，被迫任命王承宗為節度使。⓲財粟殫亡　錢財米糧竭盡。殫亡，窮盡。⓳歸輸之塗　糧餉轉運的要道。歸輸，往來轉運。塗，通「途」。道路。⓴治法征謀　治民之方法與征討之計謀。㉑委重　委派重任。㉒譔　通「撰」。寫。㉓書詞　書信。㉔馬幣　馬匹和禮物。幣，泛指皮帛玉器等饋贈的禮物。㉕卜日　選擇吉日。㉖戒行事　準備旅行所需的事。戒，準備。㉗告行　告別；辭行。㉘張　「供張」的省略。指設筵餞行。㉙上東門　洛陽城東三門，最北的城門稱上東門。㉚三行　三巡。飲宴時，主人勸酒一輪，謂之一行或一巡。㉛且起　將要相別起行。㉜爵　古代的一種酒杯。㉝壽　敬酒表示祝人長壽或祝福。㉞佞人　花言巧語、奉承討好的人。㉟外敬　表面恭敬。㊱昧　看不清。㊲蚤夜　日夜。蚤，通「早」。㊳祝規　祝辭中之規勸。㊴東都　指洛陽。

【語　譯】河陽軍節度使、御史大夫烏公，就任節度使的第三個月，向僚屬中的賢者訪求人才。有人推薦石先生。烏公說：「石先生為人怎麼樣？」回答說：「石先生住在嵩山、邙山、瀍水、穀水之間，冬天穿一件皮衣，夏天穿一件葛布衣；一天吃早晚兩頓，只有飯一碗，蔬菜一盤。人家給他錢，他就推辭；請他一同出遊，從不藉故推辭；勸他做官，他不回答。他坐在一個房間裡，四周都是圖書。和他談論道理，他分析古今事情的對錯，評論人物的高下，事情結局的成敗，就好像黃河決口的水滔滔東流，好像四匹馬駕著輕便的車走在熟悉的道路上，有古代很會駕車的王良和造父替他前後照料，好像用燭光照著、用數字計算、用龜甲占卜一樣。」

大夫說：「石先生既然有他終老一生的想法，不求別人，難道肯為我而來嗎？」那位僚屬說：「大夫文武雙全，既忠且孝，是為國求賢，又不是為自身圖謀私利。如今賊寇聚集在恆州，王師滿布在恆州的邊界，農民不能耕種收穫，錢財米糧都快消耗光了。我們所處的地方，是糧餉轉運的要道，不管治理人民的方法或征討的計畫，都應該有人出主意。石先生既仁且勇，如果用大義去請求堅決把重任委託給他，他還有什麼話可以推辭呢！」於是大夫就寫好書信，準備了馬匹、禮物，挑選好日子把東西交給使者，帶著到石先生的家裡去聘請他。

石先生沒有告訴妻子，沒有和朋友商量，就穿戴整齊出來接見客人，在家門內接受了書信和禮物。當天晚上就沐浴梳洗，準備旅行的事項，裝好書籍，問明路上經過的地方，向經常來往的人辭行。第二天早晨，朋友都來了，在上東門外設筵餞行。酒過三巡，石先生正要起身告別，有人舉杯對他說：「大夫真是能夠按照大義來延攬人才，先生也真是能夠按照道義來承擔責任，決定去就。這杯酒，替先生送別。」又倒了酒祝賀說：「凡是做官或退隱哪有什麼常規呢，只有依歸仁義啊。我就用這杯酒祝先生長壽。」接著又倒了酒祝賀說：「希望大夫永遠不要改變他當初的想法，不要光追求自己的富裕而使軍隊挨餓，不要喜歡花言巧語的小人而只在表面上敬重正直的賢士，不要被奉承討好的話所蒙蔽，但願他一切都只聽您的，因此能獲得成功，保全天子對他的寵信任命。」又祝賀說：「希望先生不要向大夫謀求自己的私利。」石先生站起來拜謝祝辭，說：「我怎敢不恭敬謹慎地從早到晚努力去做，以求符合您的祝願和規戒。」於是洛陽的人士都知道烏大夫和石先生一定能夠密切配合而取得成功。各人就都作詩六韻，事後，我寫了這篇序。

【研　析】本文可分三段。首段透過烏重胤及其僚屬的答問描述烏氏求賢若渴的心理與石洪人品之高潔、學識之淵博，及決斷力之機敏。二段由烏重胤之疑慮引出石洪必然應命的三項理由。末段記石洪欣然應命及友人在石洪臨行前的祝辭。祝辭一則稱美烏、石二人以道義相與，同時也對雙方提出了嚴正的忠告。通篇以對話的方式展開，過商侯評曰：「其文章深刻處，全在借他人口中說盡許多規諷。所云處士純盜虛聲，昌黎未必慮及此；而勉處士以勉烏公，說到保天子之寵命，愛國忠君，韓文、杜詩，無篇不然，與漫作者別。」

韓愈在這篇文章裡透露了一些訊息：首先，石洪對徵召他的對象採取截然不同的態度，而時人亦以「去就出處何常，惟義之歸」許之，則烏重胤儼然以節度使的角色躍居政統的核心位置，而朝廷的地位反倒下滑至歷史舞臺的邊緣，這顯示知識分子政治認同的對象似有所轉移。其次，石洪對個人的角色規畫顯然不僅止於隱士，隱居生涯裡仍關心著「辨古今事當否，論人高下，事後當成敗」這類人事的活動。換言之，隱居的目的乃在以拒絕和沉默表達對政治現勢的不滿，隱居是為下一次出仕熱身。第三，雖然知識分子對出處的態度稍有鬆動，但仍未偏離忠於一姓的政治倫理。烏重胤之所以得人，必須以「求士為國，不私於家」為前提，而石洪也是在「惟義之歸」的理念下方才「拜受書禮於門內」。經由上述分析，韓愈所寄望於烏、石二人者，實亦昭然若揭。

送溫處士赴河陽軍序

【題解】本文選自《昌黎先生文集》。溫處士，溫造，字簡輿，唐并州（治所在今山西太原西南）人。有才學，有膽略，隱居洛陽（今河南洛陽）附近王屋山，故稱「處士」。序，古代的一種文體（參見〈太史公自序〉題解）。本文屬「贈序」。憲宗元和五年（西元八〇一年）冬，河陽節度使烏重胤禮聘溫造為幕僚。東都留守鄭餘慶等人以詩為溫造送行，韓愈時任河南縣令，作此序推崇烏重胤之識賢拔才，對於溫造應徵離開洛陽，表示惋惜。

伯樂❶一過冀北❷之野，而馬群遂空。夫冀北馬多於天下，伯樂雖善知馬，安能空其群邪？解之者曰：「吾所謂空，非無馬也，無良馬也。伯樂知馬，遇其良輒取之，群無留良焉。苟無良，雖謂無馬，不為虛語矣。」

東都③，固士大夫之冀北④也。恃才能深藏而不市⑤者，洛⑥之北涯曰石生⑦，其南涯曰溫生。大夫烏公⑧以鈇鉞⑨鎮河陽⑩之三月，以石生為才，以禮為羅⑪，羅⑫而致之幕下。未數月也，以溫生為才，於是以石生為媒⑬，以禮為羅，又羅而致之幕下。東都雖信多才士，朝取一人焉，拔其尤⑭；暮取一人焉，拔其尤。自居守河南尹⑮以及百司之執事⑯，與吾輩二縣⑰之大夫，政有所不通，事有所可疑，奚所諮⑱而處焉？士大夫之去位而巷處⑲者，誰與嬉遊？小子後生於何考德而問業⑳焉？搢紳㉑之東西行過是都者，無所禮㉒於其廬㉓。若是而稱曰：「大夫烏公一鎮河陽，而東都處士之廬無人焉。」豈不可也？

夫南面㉔而聽天下㉕，其所託重而恃力者，惟相與將耳。相為天子得人於朝廷，將為天子得文武士於幕下，求內外無治，不可得也。愈縻㉖於茲，不能自引去㉗，資㉘二生以待老。今皆為有力者奪之，其何能無介然㉙於懷耶？

生既至，拜公於軍門，其為吾以前所稱為天下賀，以後所稱為吾致私怨於盡取也。留守相公㉚首為四韻詩歌其事，愈因推其意而序之。

【注　釋】❶伯樂　姓孫名陽。春秋時代秦穆公時人，善於相馬。❷冀北　冀州的北部。今河北、山西一帶的地方。❸東都　指洛陽（今河南洛陽）。❹士大夫之冀北　謂東都多賢士，正如冀北多良馬。❺市　出售。此指任官貢獻其才能。❻洛　水名。即洛河，源出陝西洛南西北，入河南，流經洛陽。❼石生　石先生。名洪，字濬川，唐河陽（治所在今河南孟縣南）人。生，古代對讀書人的稱呼。參見〈送石處士序〉❽烏公　名重胤，字保君。唐張掖（今甘肅張掖）人。憲宗元和五年（西元八一〇年），任河陽節度使、御史大夫。❾鈇鉞　古代軍中殺人的刑具。古代人臣，天子賜之鈇鉞，然後得掌生殺之權。時烏重胤為河陽節度使，得征伐生殺，故用鈇鉞之儀衛。鈇，通「斧」。鉞，大斧。❿河陽　縣名。在今河南孟縣南，為河陽節度使之治所。⓫羅　羅網。此喻招致賢士的方法。⓬羅　網羅；招致。⓭媒　媒介；介紹。⓮尤　特出之才。⓯居守河南尹　指東都留守河南府尹（治所在今河南洛陽）鄭餘慶。居守，即留守。古代帝王巡幸出征時，由親王或重臣鎮守京師，稱京城留守，行都或陪京亦常設留守，多以地方行政長官兼任。河南尹，河南府的長官。⓰百司之執事　各部門的官吏。⓱二縣　指東都所屬之洛陽、河南二縣。⓲諮　請問。⓳巷處　家居。⓴考德而問業　探索道德，請教學業。㉑搢紳　同「縉紳」。搢手版於腰帶間。古代官員插手版於腰帶間，故用以借指官吏。搢，插。紳，束腰的大帶。㉒禮　拜見。㉓廬　房屋。㉔南面　面向南方。古代人君坐位向南，因以借指帝王。㉕聽天下　處理天下事務。聽，處理。㉖縻　牽繫。㉗引去　引退；辭去。㉘資　借助。㉙介然　有心事；在意。㉚留守相公　指東都留守鄭餘慶。鄭餘慶曾兩次為相，故稱相公。

【語　譯】伯樂一經過冀北的原野，那裡的馬群就空了。冀北的馬比天下任何地方都多，伯樂雖然擅長識馬，又怎能讓那裡的馬群空了呢？解釋這話的人說：「我所說的空，並不是沒有馬，而是說沒有良馬啊。伯樂識馬，遇到良馬就挑走了，馬群中沒有良馬留下。如果沒有良馬，即使說沒有馬，也不算是虛妄之辭了。」

東都洛陽，原本是士大夫的「冀北」。具備才能而隱居不做官的，在洛水北邊的是石先生，南邊的是溫先生。御史大夫烏公以節度使的身分鎮守河陽的第三個月，認為石先生是人才，以禮作羅網，把他招致在幕府中。不到幾個月，又認為溫先生是人才，於是以石先生為介紹人，以禮作羅網，又把他招致在幕府中。洛陽雖然確實有很多人才，但是早晨選一個人，挑其中最優秀的；晚上選一個人，挑其中最優秀的。這樣一來，從東都留守、河南府尹到各部門的官吏，和我們兩縣的縣令，如果在政事方面有不順暢的地方，事務方面有疑惑的地方，將到哪裡去請問而加以處理呢？辭官回鄉來隱居的士大夫，跟誰一起遊玩呢？那些後生晚輩到哪裡去探索道德、講習學業呢？東西來往，經過這個地方的官員，也將沒有辦法到他們家裡去拜訪。這樣一來，如果說：「大夫烏公一鎮守河陽，洛陽處士的家裡便沒有人了。」難道不可以嗎？

皇帝治理天下，他所能交託重任和依靠其出力的人，只有宰相和將軍罷了。宰相為天子訪求賢人到朝廷，將軍為天子選取文武賢士到幕府，這樣而內外都治理得不好，是不可能的。愈被羈絆在這裡，無法自己引退，依靠二位先生到老。現在都被有力的人將他們奪走，叫我怎能不耿耿於懷呢？

先生到達後，在軍門拜見烏公時，請用我前面所說的話為天下人道賀，用我後面所說的話替我表示對烏公挖空人才的埋怨。東都留守鄭公率先做了四韻的詩歌詠這件事情，愈因此推衍他的意思做了這篇序。

【研 析】本文可分四段。首段以伯樂善知馬喻烏重胤善擇士。二段以近乎詼謔的口吻謂烏重胤已將洛下才雋一網打盡，由自己和各類人等的悵惘表達了臨行不捨的心情。三段以將相為國舉賢的應盡職責暗諷朝廷未能使人盡其材，反襯烏重胤符合治國的原則，自己對此一則為溫造高興，而私心又不免悵然。末段以國家利益和個人私怨相對照，一方面慶賀朝廷得人，同時也表達了朋友離去的失落感。

通篇亦諧亦莊，似喜還怨，可與前篇〈送石處士序〉參看。過商侯謂：「同是一樣序，『送河南石處士』篇純用實敘，『溫處士』篇純用虛敘，而文各極其妙，此昌黎之所以不可測也。」韓愈在〈雜說〉四、〈送權秀才序〉等篇中都引用伯樂相馬的故事來說明拔擢人才的重要，本篇亦然。石、溫二人幸蒙烏重胤識舉，非惟個人之殊遇，誠亦社稷黎民之福。韓愈雖未直接稱美溫造，但從諸人的反應（疑無所諮、無從考德問業、無可崇禮者），卻在在凸顯溫造作為洛下才士的象徵意義。另方面，不曰烏重胤為國得賢，反因「有力者奪之」而「介然於懷」，亦是正話反說，從而使文章更為曲折，更有可讀性。

祭十二郎文

【題解】本文選自《昌黎先生文集》。十二郎，韓老成，韓愈二哥韓介之子，過繼給大哥韓會。「十二」是同輩堂兄弟中的排行。韓愈自幼喪父，全賴大哥夫婦撫養，和十二郎名為叔姪而情同手足。韓愈仕途波折，直到唐德宗貞元十九年（西元八〇三年）三十六歲時才官運初起，俸給漸豐，十二郎卻在同年六月去世。韓愈滿懷悲痛，追悔自責，寫下這篇祭文，派人弔祭十二郎。祭文，古代的一種文體。最初大多用於祭告天地、山川、社稷、宗廟、神靈，後世則多半用於祭奠死者，表達哀思。其體製有散、韻之別，而以散文及四言、騷賦的韻文居多。本文屬散體祭文。

年月日❶，季父❷愈聞汝喪之七日，乃能銜哀❸致誠，使建中❹遠具時羞❺之奠❻，告汝十二郎之靈：

嗚呼！吾少孤❼，及長，不省所怙❽，惟兄嫂❾是依。中年❿，兄歿南方⓫，吾與汝俱幼，從嫂歸葬河陽⓬，既又與汝就食江南⓭。零丁孤苦，未嘗一日相離也。吾上有三兄，皆不幸早世⓮。承先人後者，在孫惟汝，在子惟吾，兩世一身⓯，形單影隻。嫂常撫汝指吾而言曰：「韓氏兩世，惟此而已！」汝時尤小，當不復記憶；吾時雖能記憶，亦未知其言之悲也。

吾年十九，始來京城⓰。其後四年，而歸視汝。又四年，吾往河陽省⓱墳墓，遇汝從嫂喪來葬。又二年，吾佐董丞相於汴州⓲，汝來省吾，止一歲，請歸取其孥[19]。明年，丞相薨[20]，吾去[21]汴州，汝不果來。是年，吾佐戎徐州[22]，使取汝者始行，吾又罷去[23]，汝又不果來。吾念汝從於東[24]，東亦客[25]也，不可以久。圖久遠者，莫如西[26]歸，將成家[27]而致汝。嗚呼！孰謂汝遽去吾而歿乎！吾與汝俱少年，以為雖暫相別，終當久相與處，故捨汝而旅食[28]京師，以求斗斛之祿[29]。誠知其如此，雖萬乘之公相[30]，吾不以一日輟[31]汝而就也。

去年，孟東野[32]往，吾書與汝曰：「吾年未四十，而視茫茫，而髮蒼蒼，而齒牙動搖。念諸父[33]與諸兄，皆康彊而早世，如吾之衰者，其能久存乎？吾不可去，汝不肯來，恐旦暮死，而汝抱無涯之戚也！」孰謂少者歿而長者存，彊者夭[34]而病者全乎？嗚呼！其信然邪？其夢邪？其傳之非其真邪？信也，吾兄之盛德而夭其嗣[35]乎？汝之純明[36]而不克蒙其澤乎？少者彊者而夭歿，長者衰者而存全乎？未可以為信也！夢也，傳之非其真也。東野之書，耿蘭[37]之報，何為而在吾側也？嗚呼！其信然矣！吾兄之盛德而夭其嗣矣！汝之純明宜業[38]其家者，不克蒙其澤矣！所謂天者誠難測，而神者誠難明矣！所謂理者不可推，而壽者不可知矣！

雖然，吾自今年來，蒼蒼者或化而為白矣，動搖者或脫而落矣。毛血日益衰，志氣日益微，幾何㊴不從汝而死也！死而有知，其幾何離？其無知，悲不幾時，而不悲者無窮期矣！汝之子始十歲㊵，吾之子始五歲㊶，少而彊者不可保，如此孩提㊷者，又可冀其成立邪？嗚呼哀哉！嗚呼哀哉！

汝去年書云：「比㊸得軟腳病，往往而劇㊹。」吾曰：「是疾也，江南之人常常有之。」未始以為憂也。嗚呼！其竟以此而殞㊺其生乎？抑別有疾而致斯乎？汝之書，六月十七日也。東野云，汝歿以六月二日，耿蘭之報無月日。蓋東野之使者不知問家人以月日，如㊻耿蘭之報不知當言月日。東野與吾書，乃問使者，使者妄稱以應之耳。其然乎？其不然乎？

今吾使建中祭汝，弔㊼汝之孤與汝之乳母。彼有食可守以待終喪，則待終喪而取以來；如不能守以終喪，則遂取以來。其餘奴婢，並令守汝喪。吾力能改葬，終葬汝於先人之兆㊽，然後惟其所願。

嗚呼！汝病吾不知時，汝歿吾不知日；生不能相養以共居，歿不能撫汝以盡哀；斂㊾不憑其棺，窆㊿不臨其穴。吾行負神明而使汝夭，不孝不慈而不能與汝相養以生，相守以死。一在天之涯，一在地之角。生而影不與吾形相依，死而魂不與吾夢相接。吾實為之，其又何尤(51)？彼蒼者天，曷(52)其有極！自今以往，吾其無意於人世矣！當求數頃之田於伊潁53之上，以待餘年。教吾子與汝子，幸54其成；長55吾女與汝女，待其嫁，如此而已。嗚呼！言有窮而情不可終，汝其知也邪？其不知也邪？嗚呼哀哉！尚饗56！

【注釋】❶年月日　某年某月某日。祭文事先寫定，年月日三字之間暫時空著，至日期確定再填上數字。此處一本作「貞元十九年五月二十六日」。❷季父　叔父。古時兄弟以伯仲叔季排行，韓愈排行第四，故自稱季父。❸銜哀　含著悲傷。銜，含著。❹建中　人名。❺時羞　應時的食物。羞，美味的食物。❻奠　祭品。❼孤　幼年喪父。韓愈父韓仲卿為武昌（治所在今湖北鄂城）令，生韓愈三歲而亡。❽不省所怙　不認識自己的父親。省，認識；知道。所怙，所依賴的。指父親。《詩經・蓼莪》：「無父何怙，無母何恃。」後遂以「怙」、「恃」為父母之代稱。❾兄嫂　指長兄韓會，長嫂鄭氏。即十二郎之父母。❿中年　指四、五十歲的年紀。韓會卒年四十二。⓫兄歿南方　唐代宗大曆十二年（西元七七七年）韓會貶韶州（治所在今廣東韶關南）刺史，卒於任所。⓬河陽　南陽縣。故城在今河南孟縣，韓愈祖墳所在地。⓭就食江南　到江南謀生。就食，謀生活。唐德宗建中二年（西元七八一年），中原兵亂，韓愈隨長嫂移居宣州（今安徽宣城）。⓮早世　早去世。⓯一身　一人。⓰始來京城　唐德宗貞元二年（西元七八六年），韓愈自宣州遊京師。⓱省　探視。此指祭掃。⓲佐董丞相於汴州　唐德宗貞元十三年（西元七九七年），董晉為宣武節度使，駐汴州，任愈為節度推官。汴州，唐州名。治所在今河南開封。⓳孥　妻和子之統稱。⓴薨　周代稱諸侯死為薨。唐二品以上官員死稱薨。㉑去　離開。㉒佐戎徐州　在徐州（治所在今江蘇徐州）佐理軍務。韓愈離開汴州後，往徐州依武寧節度使張建封，任節度推官。㉓吾又罷去　唐德宗貞元十六年（西元八〇〇年）張建封免除韓愈職位，韓愈離徐州，回洛陽（今河南洛陽）。㉔東　指徐州。㉕客　客地；異鄉。㉖西　指河陽。㉗成家　安頓好家小。㉘旅食　在外謀生。㉙斗斛之祿　形容微薄的俸祿。斗斛，古量器名。斛容十斗。㉚萬乘之公相　泛指高官。古代一車四馬為一乘。公相，公卿宰相。㉛輟　停止；離去。㉜孟東野　孟郊，字東野。唐湖州武康（今浙江德清）人，時往江南為溧陽尉。㉝諸父　伯父、叔父的統稱。㉞夭　早死；短命。㉟嗣　兒子。㊱純明　純真聰明。㊲耿蘭　人名。十二郎的家人。㊳業　繼承家業。㊴幾何　多久。意謂不久。㊵汝之子始十歲　此指十二郎的長子韓湘。一本作「一歲」，則指十二郎次子韓滂。㊶吾之子始五歲　此指韓愈長子韓昶。㊷孩提　指幼童。孩，小兒笑。提，提攜；懷抱。㊸比　近來。㊹劇嚴重；厲害。㊺殞　喪失。㊻如　而。㊼弔　慰問。㊽兆　墳地。㊾斂　通「殮」。為死者更衣稱小殮，將死者放入棺中稱大殮。㊿窆　下葬。(51)尤　埋怨。(52)曷　何。(53)伊潁　二水名。伊河源出河南盧氏東南，入洛河。潁水源出河南登封西南，入淮河。(54)幸　希望。(55)長　撫養。(56)尚饗　祭文中之收尾語。希望死者來享用祭品。饗，通「享」。

【語　譯】年月日，叔父愈聽到你死訊後的第七天，才能夠忍著悲傷來表示心意，派建中由遠道帶了應時的祭品，祭告你十二郎的亡靈：

唉！我從小就失去父親，長大以後，根本記不得父親的模樣，惟有以哥哥嫂嫂為依靠。哥哥中年就在南方去世，那時我和你都很小，跟著嫂嫂送哥哥的棺木回河陽安葬，後來又和你一起到江南去謀生。孤單窮困，卻沒有一天分開過。我上面有三個哥哥，都不幸很早就去世。繼承祖先的後代，在孫子輩只有你，在兒子輩只有我，兩代都只剩一個人，形影孤單。嫂嫂常常撫摸著你指著我說：「韓家兩代，只剩你們兩個了！」你當時年紀更小，應當不記得了；我當時雖然已經能夠記憶，也還不能體會她說這話的悲痛。

我十九歲時，才來到京師。過了四年，曾回去看望你。又過了四年，我去河陽掃墓，碰到你送嫂嫂的靈柩來安葬。又過了兩年，我在汴州輔助董丞相，你來看我，住了一年，你要求回去接家眷。第二年，丞相去世，我離開汴州，結果你沒有來成。這一年，我在徐州佐理軍務，派去接你的人剛動身，我又離職，你又沒來成。我想如果你跟我到東邊去，東邊也是異鄉，不可能長久待下去。長遠的打算，不如西歸，本來想把家安頓好再接你過來。唉！誰想到你竟突然離開我而去世了呢？我和你都還年輕，總以為雖然暫時分開，終歸會長久在一起，所以才離開你到京師謀生，以求微薄的俸祿。如果知道會這樣，即使是公卿宰相的高官，我也不肯離開你一天而去就任啊。

去年，孟東野到南方，我曾經託他帶信給你說：「我還不到四十歲，而視力已模糊，頭髮已灰白，牙齒已動搖。想到伯父、叔父和哥哥們，都在身強力壯的時候就去世，像我這樣衰弱的人，還能活得長久嗎？我不能到你那裡去，你又不肯來我這裡，只怕我一旦死去，你就要抱著無盡的悲痛了！」誰知道年輕的先死而年長的反而活著，強壯的短命而多病的反而生存呢？唉！難道這是真的嗎？還是在做夢呢？還是消息不正確呢？如果是真的，難道以我哥哥的好德行，卻使他的兒子早死嗎？以你的純真聰明，竟不能承受他的德澤嗎？是年輕的、強壯的應當早死，年長的、衰弱的應當生存嗎？這不是真的！這是做夢，這是消息不正確。但是，孟東野的信，耿蘭帶來的消息，為什麼會在我身邊呢？唉！這是千真萬確的了！以我哥哥的好德行，他的兒子也要早死了！以你的純真聰明應該繼承家業的，卻不能承受他的德澤了！這正是所謂天命實在很難預料，所謂神意實在很難了解啊！所謂道理是不可推究的，所謂人壽是無法預測的啊！

雖然如此，我從今年以來，灰白的頭髮有的變成全白了，動搖的牙齒有的已經脫落了。氣血一天比一天衰弱，精神一天比一天萎靡，還能活多久呢，不也即將跟著你死去嗎！如果人死後還有知覺，那麼我們分離的日子又會有多久？如果沒有知覺，那麼悲傷的日子也不多，倒是不悲傷的日子卻沒有窮盡啊！你的兒子才十歲，我的兒子才五歲，年輕強壯的人尚且不能保存，這麼幼小的孩子，還能期望他們長大成人嗎？唉！真是傷心啊！真是傷心啊！

你去年來信說：「最近患了軟腳病，常常發作得很厲害。」我說：「這種毛病，江南人常常有的。」也不認為值得憂慮。唉！難道你竟然因此而喪生嗎？還是另外有病才弄到這樣呢？你的信，是六月十七日寫的。孟東野說，你死於六月二日，耿蘭的報告沒有說明日期。可能是東野派遣的人不知道該向家人問清楚日期，而耿蘭的報告又不知道應當說明日期。東野寫信給我，才問他所派遣的人，那人隨便回答他罷了。是這樣嗎？還是不是這樣呢？

現在我派建中來祭奠你，慰問你的兒子和你的乳母。他們如果能夠維持生活守到喪期結束，那麼就等喪期滿了再接他們過來；如果不能守滿喪期，那麼就馬上接過來。其餘的奴婢，都叫他們守你的喪。只要我有力量能夠改葬，最後一定會將你遷葬到祖先的墓地去，這樣才算了卻我的心願。

唉！你生病我不知道時間，你去世我不知道日期；活著不能和你互相照顧、一起生活，死時不能撫著你的遺體表達哀痛；你入殮時不能站在棺木旁邊，你下葬時不能親臨你的墓穴。我的行為對不起神明才使你早死，我不孝不慈不能和你生活在一起，相守到老死。一個在天涯，一個在地角。你活著的時候身影不能和我的形體相依，死後靈魂也不到夢中來和我相會。這都是我造成的，又能怨誰？蒼天呀！這悲痛何時才能終止呢！從今以後，我也不留戀人世間了！我只想在伊水和潁水旁買下幾百畝田地，度過我的餘年。教導我的兒子和你的兒子，希望他們能夠成長；撫養我的女兒和你的女兒，等待她們出嫁，就是這樣罷了。唉！話有說完的時候，哀痛之情卻永遠沒有終結，你究竟知道呢？還是不知道呢？唉！真是哀痛極了！希望你來享用祭品吧！

【研析】本文可分八段。首段為祭文的開端，交代致祭的時間、致祭者與被祭者。二段就身世、家世之不幸，寫自幼「兩世一身，形單影隻」的孤苦之情。三段對成年後三聚三別以至於永訣的無奈深感憾恨。四段追述託孟東野轉交的一封書信，披露自己對早衰的恐懼，接著透過一連串的追問，悲歎「少而彊者不可保」。五段敘述自身的衰老，擔心幼孤的成長。六段推疑於十二郎的死期和死因。七段言致祭之後，當代理家務，以安死者之心。末段連用十三個「不」字表達自己無限的哀悔。全篇看似絮絮叨叨，卻又貫之以情，而作者邊哭邊寫的狀貌，似亦宛然在目。林西仲評曰：「祭文中出以情至之語，以茲為最。蓋以其一身承世代之單傳，可哀一；年少且強而早世，可哀二；子女俱幼，無以為自立計，可哀三；就死者論之，已不堪道如此，而韓公以不料其死而遽死，可哀四；相依日久，以求祿遠離，不能送終，可哀五；報者年月不符，不知是何病亡，何日歿，可哀六。在祭者處此，更難為情矣。故自首至尾，句句俱以自己插入伴講。始相依，繼相離，瑣瑣敘出；復以己衰當死，少而強者不當死，作一疑一信波瀾，然後以不知何病、不知何日慨歎一番；末歸罪於己不當求祿遠離，而以教嫁子女作結，安死者之心，亦把自家子女平平敘入，總見自生至死，無不一體關情，悱惻無極，所以為絕世奇文。」

祭文是以追憶為本質的文類，傳達了生者對死者那分「知其不可奈何而安之若命」的依依離情。如果說，宦途的波折帶給韓愈的是種「欲渡無舟楫」（孟浩然〈望洞庭湖贈張丞相〉詩）的焦慮感，則十二郎的死無疑更添一重天人永隔的悵恨，這分哀怨來自「兩世一身」的共同記憶，來自「捨汝而旅食京師，以求斗斛之祿」的失算，來自許許多多的「不知」和「不能」。人們常常在狂熱的追求中忽略身旁可親的事物，直到失去才恍然驚覺，許多得不償失的懊悔不都是這麼造成的嗎？

祭鱷魚文

【題解】本文選自《昌黎先生文集》。祭文，古代的一種文體（參見〈祭十二郎文〉題解）。唐憲宗元和十四年（西元八一九年），韓愈反對皇帝迎佛骨至京師供奉，上〈論佛骨表〉，觸怒唐憲宗，被貶為潮州（治所在今廣東潮安）刺史。到任後，因境內惡溪有鱷魚為害百姓，遂派人以此文告祭鱷魚，命其南徙大海，否則將用強弓毒矢，趕盡殺絕。

維❶年月日❷，潮州刺史❸韓愈，使軍事衙推❹秦濟❺，以羊一、豬一，投惡谿❻之潭水，以與鱷魚食，而告之曰：

「昔先王既有天下，烈❼山澤，罔繩❽擉刃❾，以除蟲蛇惡物為民害者，驅而出之四海之外。及後王德薄，不能遠有，則江、漢❿之間，尚皆棄之，以與蠻夷⓫楚越。況潮，嶺海之間⓬，去京師萬里哉！鱷魚之涵淹⓭卵育⓮於此，亦固其所。

「今天子⓯嗣唐位，神聖慈武。四海之外，六合⓰之內，皆撫而有之。況禹跡所揜⓱，揚州⓲之近地，刺史、縣令之所治，出貢賦⓳以供天地宗廟⓴百神之祀之壤㉑者哉！鱷魚其不可與刺史雜處此土也！

「刺史受天子命，守此土，治此民。而鱷魚睅然㉒不安谿潭，據處食民畜、熊、豕、鹿、麞㉓，以肥其身，以種㉔其子孫，與刺史抗拒，爭為長雄。刺史雖駑弱，亦安肯為鱷魚低首下心。伈伈㉕睍睍㉖，為民吏羞，以偷活於此邪？且承天子命以來為吏，固其勢不得不與鱷魚辨㉗。

「鱷魚有知，其聽刺史言。潮之州，大海在其南。鯨鵬㉘之大，蝦蟹之細，無不容歸，以生以食。鱷魚朝發而夕至也。今與鱷魚約：盡三日，其率醜類㉙南徙於海，以避天子之命吏。三日不能，至五日；五日不能，至七日；七日不能，是終不肯徙也。是不有刺史，聽從其言也；不然，則是鱷魚冥頑不靈㉚，刺史雖有言，不聞不知也。夫傲天子之命吏，不聽其言，不徙以避之，與冥頑不靈而為民物害者，皆可殺。刺史則選材技㉛吏民，操強弓毒矢，以與鱷魚從事㉜，必盡殺乃止。其無悔！」

【注釋】❶維　發語詞。祭文年月日之前常用此字。❷年月日　祭文事先寫定，年月日暫時空著，至日期確定再填上數字。一本作「元和十四年四月二十四日」。❸刺史　官名。唐代為州的行政長官。❹衙推　或作「牙推」。官名。唐代節度使、觀察使、團練使、刺史等的下屬官吏。軍事衙推掌刑獄。❺秦濟　人名。❻惡谿　又名「鱷谿」。即今廣東韓江，流經潮安東北。

❼烈　放火燒。❽罔繩　編繩為網。罔，同「網」。❾擉刃　用利刃為擉。擉，刺取魚鱉的器具。❿江漢　長江、漢水。⓫蠻夷　古代對南方和東方民族的蔑稱。南為蠻，即指下文「楚」，東為夷，即指下文「越」。⓬嶺海之間　指五嶺之南，南海之北。五嶺，越城、都龐、萌渚、騎田、大庾等五座山嶺。⓭涵淹　潛伏。⓮卵育　繁殖。⓯今天子　指唐憲宗。⓰六合　天地四方。⓱禹跡所揜　大禹足跡所至。禹治洪水，足跡遍及九州，故「禹跡」即指九州之地。揜，止；至。⓲揚州　古九州之一。潮州即在古揚州境內。⓳貢賦　地方進貢的物品和人民繳納的賦稅。⓴宗廟　古代天子至士等祭祖先的廟。此指天子的太廟。㉑壤　土地。㉒睅然　瞪眼的樣子。形容兇惡。㉓麏　動物名。形體略似鹿而較小。㉔種　繁殖。㉕伈伈　小心恐懼的樣子。㉖睍睍　側目而視的樣子。形容懦怯。㉗辨　爭論是非。㉘鵬　即鯤。傳說能化為大鵬的一種大魚。㉙醜類　同類。醜，相同的。㉚冥頑不靈　愚昧無知。㉛材技　才能技術。㉜從事　周旋；對付。

【語　譯】維年月日，潮州刺史韓愈，派軍事衙推秦濟，把一隻羊、一隻豬，投到惡谿的深水裡，給鱷魚吃，並且警告鱷魚說：

「從前先王擁有天下後，就焚燒山林湖澤，用繩子編成的網，用利刃做成的擉，來驅除危害人民的蟲蛇毒物，把牠們趕到四海之外。到了後代帝王，德澤薄弱，不能保有邊遠地方，就是長江、漢水之間，尚且都放棄了，把它讓給蠻、夷中的楚、越，何況潮州位在五嶺和南海之間，距離京師上萬里呢！鱷魚在這裡潛伏繁殖，自然也是住得其所。

「當今天子承繼大唐帝位，他既神聖，又仁慈威武，四海之外，天地之間，都為他所安撫擁有。何況潮州是夏禹足跡所到，在古代揚州的境內，又是刺史、縣令治理的地方，出貢物、納賦稅來供給天子祭祀天地、宗廟、百神的地方呢！鱷魚不可以和刺史一起雜處在這塊地方！

「刺史奉天子的命令，防守這塊土地，治理這裡的人民。可是鱷魚兇悍地不肯安居在深潭，卻盤據在這裡，吃人民的禽畜和熊、豕、鹿、麞，來養肥自己，來繁殖後代，並和刺史對抗爭雄。刺史雖然平庸軟弱，可是怎肯向鱷魚低聲下氣，側目恐懼，被人民官吏所恥笑，在這裡苟且偷生呢？而且刺史是奉了天子的命令來這裡做官，在情勢上本來就不能不和你們這些鱷魚爭辯。

「你們這些鱷魚如果有靈性，應該聽刺史的話。潮州這個地方，大海就在它的南面，像鯨魚鯤魚那樣大，蝦子螃蟹那樣小，無不容納在大海中。牠們在那裡生育，在那裡覓食。鱷魚早晨出發，晚上就到了。現在和鱷魚約定：限你們在三天內，率領同類向南遷徙到大海去，以迴避天子的命官。三天辦不到，寬延到五天；五天辦不到，寬延到七天。如果七天還辦不到，那就是終究不肯遷徙了。那就是你們心目中沒有刺史，不聽從刺史的話了；否則就是你們愚昧無知，刺史雖然說了許多話，你們都不肯聽，都不肯了解。看不起天子的命官，不聽他的話，不肯遷徙以迴避他，和愚昧無知、危害人民生物的毒物，都是可殺的。刺史就會挑選有才能有技術的官吏、人民，拿著強弓毒箭來和你們周旋，一定要殺光你們才停止。那時，你們可不要後悔啊！」

【研析】本文分兩部分。第一部分為祭文的套語，交代祭鱷魚的時間、地點和主祭官員等。第二部分為祭文，可分四段。首段在歷史的回顧中比較先王和後王處置毒物的態度。二段頌揚當朝天子「神聖慈武」，德威廣被天下。三段以天子命吏的身分歷數鱷魚罪狀，進而宣示「刺史雖駑弱，亦安肯為鱷魚低首下心」的剿滅決心。末段是作者向鱷魚發出的最後通牒。曾國藩在《求闕齋讀書錄》中將本篇擬諸司馬相如的〈喻巴蜀檄〉，認為本篇雖名為祭文，實無異於討鱷魚檄，誠可視為韓愈諧謔文風之力作。

韓愈因上〈論佛骨表〉而遠貶潮州，心境之苦悶自不待言，但本文卻故弄玄虛地和鱷魚玩起文字遊戲，不無自我排遣的意味。作者雖假裝板起臉孔說教，但詔告的對象卻是兇惡無知的鱷魚，這就播撒了幾分幽默而詭異的理趣。文章以一張一弛的方式展開：先云先王除惡務盡，繼而謂後王放任惡物孳蕃；先堅示驅害的決心，繼而再三勸誘，終以「必盡殺乃止」威嚇冥頑不靈的群鱷。或謂鱷魚喻指地方豪霸，又傳聞鱷魚為之遠退六百里，這類臆測往往言之鑿鑿，卻又不耐推敲。單就寫作技巧言之，本篇顯然採取「檄」的形式，《文心雕龍．檄移》云：「凡檄之大體，或述此休明，或敘彼苛虐，指天時，審人事，算彊弱，角權勢，……譎詭以馳旨，煒燁以騰說。」檄文通常以恩威並施的方式達到勸諭的效果，在這篇「檄式祭文」裡，作者雖義正辭嚴地搬出天子、刺史來「奉天討罪」，但在俳諧的聲討背後，何嘗沒有一絲「為民吏羞，以偷活於此」的悵惘呢？

柳子厚墓誌銘

【題解】本文選自《昌黎先生文集》。柳子厚，柳宗元（參見〈駁復讎議〉作者）。墓誌銘，古代的一種文體。概括死者一生事跡及重要成就，刻於碑石，碑石或立在墓上，或埋在墓穴中。唐憲宗元和十四年（西元八一九年）十一月，柳宗元在柳州刺史任上逝世，韓愈正從潮州（治所在今廣東潮安）刺史改調袁州（治所在今江西宜春）刺史，途中寫了〈祭柳子厚文〉，表示痛惜哀悼。次年，又寫了這篇墓誌銘，概括柳宗元的一生，著重於肯定其政治才能而惋惜其「材不為世用，道不行於時」，並斷定柳宗元的文章必能流傳後世。

子厚諱❶宗元。七世祖慶❷，為拓跋魏❸侍中❹，封濟陰公❺。曾伯祖奭❻，為唐宰相，與褚遂良❼、韓瑗❽俱得罪武后❾，死高宗❿朝。皇考⓫諱鎮，以事母，棄太常博士⓬，求為縣令江南⓭。其後以不能媚權貴⓮，失御史⓯。權貴人死，乃復拜侍御史⓰。號為剛直，所與遊皆當世名人。

子厚少精敏，無不通達。逮其父時，雖少年，已自成人，能取進士第⓱，嶄然⓲見頭角⓳。眾謂柳氏有子矣。其後以博學宏詞⓴授集賢殿㉑正字㉒。儁傑廉悍㉓，議論證據今古㉔，出入經史百子㉕，踔厲風發㉖，率常屈其座人，名聲大振，一時皆慕與之交。諸公要人爭欲令出我門下，交口㉗薦譽之。貞元㉘十九年，由藍田尉㉙拜監察御史㉚。順宗㉛即位，拜禮部員外郎㉜。遇用事者㉝得罪，例出為刺史㉞。未至，又例貶永州㉟司馬㊱。居閒，益自刻苦，務記覽，為詞章，氾濫㊲停蓄㊳，為深博無涯涘㊴，而自肆㊵於山水間。元和㊶中，嘗例召至京師，又偕出為刺史，而子厚得柳州㊷。既至，歎曰：「是㊸豈不足為政耶？」因㊹其土俗，為設教禁，州人順賴㊺。其俗以男女質㊻錢，約不時㊼贖，子本相侔㊽，則沒為奴婢㊾。子厚與設方計，悉令贖歸。其尤貧力不能者，令書其傭㊿，足相當，則使歸其質(51)。觀察使(52)下其法於他州，比(53)一歲，免而歸者且千人。衡、湘(54)以南為進士者，皆以子厚為師；其經承子厚口講指畫為文詞者，悉有法度可觀。

其召至京師而復為刺史也，中山(55)劉夢得(56)禹錫亦在遣中，當詣(57)播州(58)。子厚泣曰：「播州非人所居，而夢得親(59)在堂，吾不忍夢得之窮，無辭以白(60)其大人，且萬無母子俱往理。」請於朝，將拜疏，願以柳易播，雖重得罪，死不恨。遇有以夢得事白上者(61)，夢得於是改刺連州(62)。嗚呼！士窮乃見節義。今夫平居里巷相慕悅，酒食游戲相徵逐(63)，詡詡(64)強笑語以相取下，握手出肺肝相示，指天日涕泣，誓生死不相背負，真若可信。一旦臨小利害，僅如毛髮比[65]，反眼若不相識，落陷穽[66]，不一引手[67]救，反擠之，又下石[68]焉者，皆是也。此宜禽獸夷狄所不忍為，而其人自視以為得計。聞子厚之風，亦可以少愧矣！

子厚前時少年，勇於為人[69]，不自貴重顧藉[70]，謂功業可立就，故坐廢退。既退，又無相知有氣力[71]得位者推挽[72]，故卒死於窮裔[73]，材不為世用，道不行於時也。使子厚在臺省[74]時，自持[75]其身，已能如司馬、刺史時，亦自不斥；斥時，有人力能舉之，且必復用不窮。然子厚斥不久，窮不極，雖有出於人，其文學辭章，必不能自力以致必傳於後如今，無疑也。雖使子厚得所願，為將相於一時，以彼易此，孰得孰失，必有能辨之者。

子厚以元和十四年十一月八日卒，年四十七。以十五年七月十日歸葬萬年[76]先人墓側。子厚有子男二人：長曰周六，始四歲；季曰周七，子厚卒乃生。女子二人，皆幼。其得歸葬也，費皆出觀察使河東[77]裴君行立[78]。行立有節概，重然諾[79]，與子厚結交，子厚亦為之盡，竟賴其力。葬子厚於萬年之墓者，舅弟盧遵。遵，涿[80]人，性謹慎，學問不厭。自子厚之斥，遵從而家焉，逮其死不去。既往葬子厚，又將經紀[81]其家，庶幾有始終者。銘曰：

是惟子厚之室[82]，既固既安，以利其嗣人[83]。

【注釋】❶諱　指死者的「名」。古人避忌以示尊敬。生時叫「名」，死時叫「諱」。❷慶　柳慶，字更興。河東解（今山西運城解州鎮）人，北魏時任侍中，入北周，封平齊縣公。❸拓跋魏　指南、北朝的北魏。北魏皇族複姓拓跋，故稱。❹侍中　官名。魏、晉、南、北朝時，其地位相當於宰相。❺濟陰公　爵位名。按：此為柳慶之子柳旦在北周的封爵，韓愈有誤。❻奭　柳奭，字子燕。唐高宗時為中書令，武后時為人誣陷，被殺。中書令為中書省長官，唐時相權分屬尚書、中書、門下三省，故下文云「為唐宰相」。按：柳奭為柳宗元高伯祖，韓愈有誤。❼褚遂良　字登善。唐錢塘（今浙江杭州）人。官至尚書右僕射，因諫阻唐高宗立武后，被貶，憂憤而死。❽韓瑗　字伯玉。唐京兆三原（今陝西三原）人。因救褚遂良，亦被貶，死於貶所。❾武后　名曌。唐高宗皇后，唐高宗崩，曾自稱帝，改國號周，唐中宗復位後，上尊號為則天大聖皇帝。❿高宗　名治。唐太宗之子，在位三十四年（西元六五〇～六八三年）。⓫皇考　尊稱已死的父親。皇，大。生曰父，死曰考。⓬太常博士　官名。太常寺的屬官，掌禮儀祭祀、議定王公大臣謚號。⓭求為縣令江南　請求到江南任縣令。吏部尚書常袞推薦柳鎮為太常博士，柳鎮因老母在江南，請求為江南道宣城縣（今安徽宣城）令。江南，指江南道，唐代的行政區，宣城縣屬之。⓮權貴　指御史中丞盧佋、中書侍郎竇參。⓯失御史　柳鎮後任殿中侍御史，因平反冤獄，得罪竇參、盧佋，被貶為夔州（今四川奉節）司馬。御史，官名。此指殿中侍御史。唐御史臺分三院，即臺院、殿院、察院。殿中侍御史屬殿院，在皇帝左右糾察群臣。⓰侍御史　官名。屬臺院，掌糾舉百官、審訊案件。⓱取進士第　考中進士。柳宗元於唐德宗貞元九年（西元七九三年）中進士，時年二十一。⓲嶄然　高峻出眾的樣子。⓳見頭角　顯現才華。見，通「現」。頭角，喻優異傑出處。⓴博學宏詞　唐代考試科目的一種。由吏部考拔進士中博學能文之士，錄取後即授官職。柳宗元於唐德宗貞元十二年（西元七九六年）考中此科。㉑集賢殿　集賢殿書院的省稱。掌刊輯經籍，搜求佚書。㉒正字　官名。掌校讎典籍，刊正文字。㉓儁傑廉悍　才能出眾，方正能幹。儁，通「俊」。廉，方正。悍，能力強。㉔證據今古　引述古今，以為證據。㉕百子　指諸子百家。㉖踔厲風發　見識高超，意氣奮發。㉗交口　眾口同聲。㉘貞元　唐德宗年號。㉙藍田尉　藍田縣尉。藍田，縣名。在今陝西藍田。尉，官名。掌全縣治安。㉚監察御史　官名。屬御史臺的察院，掌分察百官，巡按郡縣，視察刑獄，糾正朝儀。㉛順宗　名誦。唐德宗之子，在位二年（西元八〇五～八〇六年）。㉜禮部員外郎　官名。唐尚書省下分設吏、戶、禮、兵、刑、工六部，禮部掌禮樂祭享及學校貢舉。員外郎，尚書省各部設司，各司置員外郎一人。㉝用事者　當權的人。此指王叔文。王叔文在唐順宗時任戶部侍郎，深為唐順宗所信任，引用新進，力圖改革政治，柳宗元也加入其行列，對此韓愈頗有微詞。時唐憲宗為太子，不滿王叔文。及即位，遂貶王叔文，不久，又殺王叔文。㉞例出為刺史　照例貶為刺史。王叔文失敗，柳宗元亦因王叔文黨，被貶為邵州（今湖南邵陽）刺史，時為唐順宗永貞元年（西元八〇六年）。㉟永州　州名。州治在今湖南零陵。㊱司馬　官名。州刺史的屬官，唐代此官為閒職，多用來安置貶官者。㊲汎濫　洪水橫流。形容文章汪洋恣肆。㊳停蓄　水積聚靜止。形容文章深厚凝煉。㊴涯涘　水邊。㊵肆　放縱不羈。㊶元和　唐憲宗年號。㊷柳州　州名。舊治在今廣西柳州。唐憲宗元和十年（西元八一五年）三月，柳宗元為柳州刺史。㊸是　這裡。指柳州。㊹因　因應；按照。㊺順賴　順從信賴。㊻質　抵押。㊼不時　不按時。㊽子本相侔　利息累積到和本金一樣的數目。子，利息。本，本金。侔，相等。㊾沒為奴婢　沒入為奴婢。謂本利相等，則不容取贖。㊿書其傭　寫下在主人家勞動應得的工資。即訂立傭工契約。傭，工錢。(51)質　抵押品。此指用以質錢的子女。(52)觀察使　官名。唐代分天下為十五道，每道置觀察使一名，監察州縣官吏政績。(53)比　及；到。(54)衡湘　衡山和湘江。在今湖南。(55)中山　定州之別名。在今河北定縣。劉禹錫為洛陽（今河南洛陽）人，此云中山，乃其郡望。郡望，郡中望族，為當地所仰望，如昌黎韓氏、清河崔氏、隴西李氏。(56)劉夢得　名禹錫。以進士登博學宏詞科，累官至太子賓客，加檢校禮部尚書，有《劉賓客文集》。(57)詣　往；到。(58)播州　州名。舊治在今貴州遵義。(59)親　此指母親。(60)白　說明。(61)遇有以夢得事白上者　指當時御史中丞裴度。(62)連州　州名。舊治在今廣東連縣。(63)徵逐　互相邀集追隨。徵，招呼；邀請。逐，追隨。(64)詡詡　融洽和樂的樣子。(65)比　相似；相近。(66)陷穽　陷坑。比喻禍難。(67)引手　伸手。(68)下石　投下石頭。(69)為人　助人。(70)顧藉　顧惜；愛惜。(71)氣力　權力。(72)推挽　推薦提拔。(73)窮裔　邊遠之地。(74)臺省　指御史臺和尚書省。柳宗元曾在御史臺任監察御史，在尚書省任禮部員外郎。(75)持　約束。(76)萬年　縣名。在今陝西西安。(77)河東　郡名。治所在今山西永濟。(78)裴君行立　裴行立。唐絳州稷山（今山西稷山）人，時任桂管觀察使。(79)然諾　承諾；諾言。(80)涿　州名。在今河北涿縣。(81)經紀　料理；安排。(82)室　指墓穴。(83)嗣人　後代。

【語　譯】子厚諱宗元。他的七世祖柳慶，拓跋魏時任侍中，封濟陰公。曾伯祖父柳奭，擔任過唐朝的宰相，和褚遂良、韓瑗都因為得罪了武后，死在高宗朝。父親諱鎮，為了侍奉母親，推掉太常博士，請求到江南去做縣令。後來因為不能討好權貴，失去御史的職位。權貴死後，才又任侍御史。以剛強正直有名，所交往的都是當代名人。

子厚從小就精明聰敏，沒什麼事不明白的。當他父親在世時，他雖然還年輕，就已經能自立了，能考中進士，嶄露傑出的才華。大家都說柳家有個好子弟了。後來考上博學宏詞科任集賢殿正字。他才能出眾，方正幹練，發表議論時引證古今，參考經、史、諸子百家，見識高超，意氣風發，經常折服在座的人，於是名聲大大震動當代，人們都希望和他交朋友。達官顯要都爭著要羅致他在自己的門下，異口同聲地舉薦、稱讚他。

貞元十九年，他從藍田縣尉升任監察御史。順宗即位後，任禮部員外郎。後來當權者得罪，受牽連，按例被貶為刺史。還沒到任所，又按例貶為永州司馬。他處在閒散的職位，更加刻苦，努力記誦閱覽，作詩文，詩文或汪洋恣肆，或深厚凝煉，淵深博大，無邊無際，並且他還盡情遊覽山水。元和年間，曾照例召回京城，又和同案的人一起外放為刺史，子厚分發到柳州。到任後，慨歎著說：「這裡難道就不能辦好政教嗎？」他因應當地的風俗，為人民訂立教化禁令，柳州的人都順從信賴他。當地的風俗借貸時用子女當抵押，約定如果不按時贖回，到利息和本金相等時，就沒收人質當奴婢。子厚為他們想了辦法，使他們都能贖回子女。那些特別貧窮無力贖回子女的，讓他們重訂契約做傭工，到工錢和欠債相抵，就令債主放還他們所抵押的子女。觀察使把這個辦法頒行到其他各州去，才一年，解除奴婢身分而回家的將近一千人。衡山、湘江以南要考進士的，都拜子厚做老師；那些經過子厚講說指教作詩文的，作品都有法度，值得欣賞。

當他被召回京城又出任刺史的時候，中山人劉夢得禹錫也在外放之列，應當去播州。子厚流著淚說：「播州不是人住的地方。而且夢得家有老母，我不忍心夢得受這樣的苦，無法向他母親稟明這件事，並且也萬萬沒有母子都去的道理。」他將要上奏章向朝廷請求，願意將自己的柳州換播州，即使再次得罪，死也沒有遺憾。剛好有人把夢得的事情稟報朝廷，夢得因此改派連州。唉！讀書人在窮困時才更顯出節操和道義。如今有些人平時住在鄰近彼此親熱，在一起吃喝遊樂，表面上融洽和樂，有說有笑，謙遜有禮，才一握手，就好像要把肝肺掏出來給人看，指著天日、流著眼淚，發誓生死不相背棄，好像真誠而可信賴似的。一旦碰到一點點利害衝突，即使只像毛髮那麼小，就翻臉不認人，任他掉下陷阱，也不伸手援救，反而推擠他，又丟下石頭，這樣的人到處都是。這應當是連禽獸夷狄都不忍心做的事，在他們卻自以為計策很好。他們如果聽到子厚對待朋友的風範，也應該有點慚愧吧！

子厚從前年輕時，勇於助人，不重視自己、愛惜自己，以為功業可以馬上建立，所以受連累被貶官。被貶官後，又沒有了解他的、有力量有地位的人來推薦提拔，所以結果死在窮荒的邊遠之地，才能不被當世所用，抱負無法在生前實現。假使子厚在尚書省、御史臺的時候，就能自我約束，像擔任司馬、刺史時那樣，自然也不會被貶斥；如果被貶斥時，有人有力量推舉他，也一定會再被起用，不致窮困。然而，如果子厚被貶斥的時間不長，窮困也不到極點，雖然在仕途有出人頭地的機會，他的文學辭章，一定不能靠自己努力達到像現在這樣必然可傳於後世的成就，這是沒有疑問的。即使子厚能夠達成他的願望，在一個時期內出將入相，拿那樣來換這樣，何者為得，何者為失，一定有人能夠分辨的。

子厚在元和十四年十一月八日逝世，享年四十七歲。在十五年七月十日歸葬萬年縣祖墳旁邊。子厚有兩個兒子，大的叫周六，才四歲；小的叫周七，子厚死後才出生。兩個女兒，都還幼小。他的靈柩能歸葬，費用都是觀察使河東裴行立君出的。行立有節操、有氣概，重信用，他和子厚結交，子厚也曾替他盡過力，死後到底也得到他的幫助。把子厚安葬在萬年縣祖墳的，是他的表弟盧遵。盧遵是涿州人，性情謹慎，做學問很勤勉。從子厚被貶斥後，盧遵就跟他住在一起，直到子厚死都沒有離開。安葬子厚後，又準備要替他安排家務，可以說是一個有始有終的人。銘詞是：

這是子厚的墓穴，既堅固又安適，有利於他的後代。

【研　析】本文可分七段。首段敘述柳宗元的家世，著重寫其賢孝剛直的門風。二段述其少年英敏之狀，且以諸公要人交相薦譽，見其所與遊處皆係當世名人。三段先以曲筆敘其遭貶經過，繼而謂其學問文章精進，且政績斐然。四段從柳宗元情願「以柳易播」引出「士窮乃見節義」的價值判斷，對世情以落穽下石為常至表不屑。五段總論柳氏生平得失，先抑後揚，一方面對其年少輕狂略有微詞，但也不免感傷其「材不為世用，道不行於時」，且恨世之有力者未之救，但肯定其文學辭章必能傳世。六段敘其後嗣及歸葬情況。末段為銘辭。

墓誌銘在性質上略似傳記，但較為莊重嚴肅。韓愈曾被時人譏為諛墓專家，可知寫墓誌銘是他最具「經濟效益」的一項專長；但要替柳子厚這個文壇盟友兼政壇異見者撰寫墓誌銘，心境上可謂百感交集。如何避免成為一篇諂媚故友的「履歷表」，是技術上必須克服的首要問題。韓愈雖基於當世對門第閥閱的重視而溯其父祖與子厚個人之政績，卻將論述重點移轉至個性之剛直廉悍、辭章之深博無涯、交友之亮節高義與廢退之乏人推挽。當韓愈肆意揮灑著飽蘸情感墨水的巨筆寫就此一至文時，也不免將個人的人格投影深烙其中。於是，宦途的得失、政治立場的異同，都隨著主角的亡故而歸於無謂，而文學辭章卻能自歷史的邊緣崛起且不朽，這豈不也是種補償？

卷九 唐宋文

柳宗元

柳宗元（西元七七三～八一九年），字子厚。唐河東解縣（今山西解虞）人。世稱柳河東。自幼聰敏勤學，四歲時母親盧氏即親自教之讀詩賦。德宗貞元九年（西元七九三年）中進士。十二年，又中博學宏詞。十九年，任監察御史。順宗永貞元年（西元八〇五年），王叔文、韋執誼等執政，有意裁抑宦官，整頓政治，乃破格登用人才，柳宗元也被擢，任禮部員外郎。沒幾個月，唐順宗病倒，傳位唐憲宗，政局驟變，王、韋等都得罪被貶。是年九月，柳宗元也被牽連貶邵州（今湖南邵陽）刺史，途中又貶永州（今湖南永州）司馬。永州地處荒涼，司馬又是閒職，遂遊覽山水，寄情詩文。憲宗元和九年（西元八一四年），奉召回長安。次年，調任柳州（今廣西柳州）刺史。任內興利除弊，頗有政績，深得柳州人民愛戴。元和十四年卒於柳州，世又稱柳柳州。柳宗元長於詩文，皆為大家。其古文名列唐宋八大家，與韓愈同為中唐古文運動領袖，合稱「韓、柳」。所作論說文結構嚴密，思想深刻；山水遊記文筆清麗，情景交融；寓言短文，警策而含意深遠；人物傳記刻劃精細，形象鮮明。有《柳河東集》。

駁復讎議

【題　解】本文選自《柳河東集》。唐武后時，下邽（在今陝西渭南東北）人徐元慶為報父仇而殺縣尉，然後向官府自首。當時諫議大夫陳子昂建議「誅之而旌其閭」，亦即先殺以正國法，再加以旌表以彰其孝。柳宗元作此文駁之，認為誅、旌不可並用，而從禮制、法律本同而用異的觀點，認為徐元慶復仇為守禮而行孝，不當誅。

臣伏見天后❶時，有同州❷下邽人徐元慶者，父爽，為縣尉❸趙師韞所殺，卒能手刃父讎❹，束身歸罪。當時諫臣陳子昂❺建議，誅之而旌其閭❻，且請編之於令❼，永為國典❽。臣竊獨過之。

臣聞禮之大本，以防亂也。若曰無為賊虐❾，凡為子者殺無赦。刑之大本，亦以防亂也。若曰無為賊虐，凡為治者❿殺無赦。其本則合，其用則異，旌與誅莫得而並⓫焉。誅其可旌，茲謂濫，黷⓬刑甚矣。旌其可誅，茲謂僭⓭，壞⓮禮甚矣。果以是示於天下，傳於後代，趨義者不知所向，違害者不知所立，以是為典可乎？

蓋聖人之制，窮理以定賞罰，本情以正褒貶，統於一而已矣。嚮使⓯刺讞⓰其誠偽⓱，考正其曲直⓲，原始而求其端⓳，則刑禮之用，判然離矣。何者？若元慶之父不陷於公罪⓴，師韞之誅獨以其私怨，奮其吏氣㉑，虐於非辜㉒；州牧㉓不知罪㉔，刑官不知問，上下蒙冒㉕，籲號㉖不聞；而元慶能以戴天㉗為大恥，枕戈㉘

為得禮，處心積慮[29]，以衝[30]讎人之胸，介然[31]自克[32]，即死無憾，是守禮而行義也。執事者宜有慚色，將謝[33]之不暇，而又何誅焉？

其或元慶之父，不免於罪，師韞之誅，不愆[34]於法，是非死於吏也，是死於法也。法其可讎乎？讎天子之法，而戕[35]奉法之吏，是悖驁[36]而凌[37]上也。執而誅之，所以正邦典，而又何旌焉？且其議曰：「人必有子，子必有親，親親相讎，其亂誰救？」是惑於禮也甚矣！禮之所謂讎者，蓋以冤抑沉痛而號無告也，非謂抵罪觸法，陷於大戮。而曰：「彼殺之，我乃殺之。」不議曲直，暴寡脅[38]弱而已。其非[39]經背聖，不亦甚哉！

《周禮》調人[40]掌司萬人之讎。凡殺人而義者令勿讎，讎之則死。有反殺者，邦國交讎之。又安得親親相讎也？《春秋公羊傳》[41]曰：「父不受誅，子復讎可也。父受誅，子復讎，此推刃[42]之道，復讎不除害。」今若取此以斷兩下相殺，則合於禮矣。

且夫不忘讎，孝也；不愛[43]死，義也。元慶能不越於禮，服孝死義，是必達理而聞道者也。夫達理聞道之人，豈其以王法為敵讎者哉？議者反以為戮，黷刑壞禮，其不可以為典明矣。請下臣議，附於令，有斷斯獄者，不宜以前議從事。

謹議。

【注　釋】❶天后　指武后。名曌，唐高宗皇后。高宗崩，臨朝聽政，後廢中宗，自立為帝，改國號周，中宗復位，上尊號為則天大聖皇帝。❷同州　州名。故治在今陝西大荔。❸縣尉　官名。縣令的屬官，掌一縣治安。❹手刃父讎　親手殺死殺父仇人。刃，殺死。徐元慶決心報父仇，改變姓名，在驛站附近當傭工，後趙師韞升任御史，外出時住在驛亭，徐元慶乘機刺死他，自縛到官府投案。❺陳子昂　字伯玉。唐梓州射洪（今四川三臺東南）人，武后時任右拾遺，掌供奉諫諷，故上云「諫臣」。❻旌其閭　在其鄉里給予表揚。旌，建牌坊或賜匾額加以表揚。閭，里門。此指鄉里。❼令　法令。唐代法律條文有律、令、格、式四種，令為立作制度的條文。❽國典　國家法典。❾賊虐　殺人行凶。賊，殺害。虐，殘害。❿為治者　為官治民者。⓫並　並用；同時使用。⓬黷　輕慢。⓭僭　越分。⓮壞　破壞。⓯嚮使　假使。⓰刺讞　訊問審判。⓱誠偽　真假。⓲考正其曲直　推究其理之是非。⓳原始而求其端　追究根源，找出原因。原始，推其根源。端，原因。⓴公罪　國法規定的罪刑。㉑吏氣　官吏的氣燄。㉒非辜　無罪。㉓州牧　州的行政長官。即刺史。㉔罪　懲罰。㉕蒙冒　掩蓋。㉖籲號　呼叫喊冤。㉗戴天　同立於天下。此代指父仇。《禮記・曲禮上》：「父之讎，弗與共戴天。」㉘枕戈　以戈為枕，隨時準備復讎。㉙處心積慮　心裡思考計畫已久。㉚衝　突擊。此指刺殺。㉛介然　堅定的樣子。㉜克　完成。㉝謝　謝罪。㉞愆　差錯。㉟戕　傷害；殺害。㊱悖驁　違法不馴。㊲凌　冒犯。㊳脅　威迫。㊴非　不合；違背。㊵調人　官名。掌調解人民的糾紛、仇怨。㊶春秋公羊傳　書名。《春秋三傳》之一，公羊高撰。公羊，複姓。㊷推刃　刀一往一來。指互相仇殺不停。㊸愛　吝惜。

【語　譯】臣看到武后時的案例，有一個同州下邽人徐元慶，他的父親徐爽，被縣尉趙師韞所殺，他後來親手殺了殺父仇人，然後投案認罪。當時諫臣陳子昂建議，將他處死而在他的鄉里給予旌表，並且請求把這判例編到法令裡，永遠作為國家的法典。臣個人認為他的建議是錯的。

臣聽說禮的宗旨，是用來防亂的。例如說禁止殺人行凶，即使做兒子的為了報父仇而殺人也要處死，決不赦免。刑法的宗旨，也是用來防亂的。例如說禁止殺人行凶，即使是官吏殺錯了人也要處死，決不赦免。

禮和刑的宗旨相同，但實際運用不同，旌表和處死不能同時使用。處死可以旌表的人，這叫做濫殺，最是輕慢刑法了。旌表可以處死的人，這叫做越分，最是破壞禮制了。果真把這種作法向天下人宣示，並且傳到後代，會使行義的人不知道方向，要遠離禍害的人不知道如何處世。拿這種方法來作法典，可以嗎？

本來聖人建立制度，一定是窮究事理來決定賞罰，根據實情來端正褒貶，無非求其統一而已。假使當初能查明案情的真假，推究事理的是非，追究事情的根源找出原因，那麼該用刑或用禮，就可以清楚地分辨了。為什麼呢？如果元慶的父親並未獨犯國法，師韞殺他只是出於私仇，濫用官吏的權勢氣燄，殘害無罪的人；州牧沒有懲罰他，刑官也不過問，上下互相掩蓋，人家叫喊呼號他們都不聞不問；於是元慶以父仇為奇恥大辱，而隨時準備復仇是合禮的事，處心積慮，要刺殺仇人，堅決要自力復仇，雖死也無遺憾，這既是守禮也是行義。執政者應該感到慚愧，向他謝罪都來不及，又怎可以處死他呢？

如果元慶的父親，的確有罪，師韞殺他，在法律上沒有差錯，這樣他就不是死於官吏，而是死於法律。法律可以仇視嗎？仇視天子的法律，而殺害執法的官吏，這是違法不馴又犯上啊。加以逮捕處死，是為了端正國家的法典，又有什麼可旌表的呢？並且陳子昂的議論說：「人一定有兒子，兒子一定有父母，為了愛父母而互相仇殺，那禍亂誰來挽救？」這是太不了解禮制了。禮所說的報仇，是指受冤曲壓抑而沉痛呼號又無處申訴的人，不是指觸犯法律，構成死罪的人。如果說：「他殺了人，我才殺他。」這就是不論是非，欺侮少數、壓迫弱勢罷了。這種行為的違反經典、背離聖人，不是也太嚴重了嗎？

《周官》裡「調人」這種官是負責調解眾人仇恨的。凡是殺人而合乎情理的，規定不許報仇，報仇就犯死罪。如果有反過來殺人的，全國人都把他看成仇敵。這樣又怎麼會為愛父母而互相仇殺呢？《春秋公羊傳》說：「父親不應死而被處死，兒子報仇是可以的。父親被法律處死，兒子卻去報仇，這是互相殘殺，仇是報了，禍害卻免不了。」現在如果拿這話來推斷師韞、元慶的互相殺戮，就合乎禮制了。

況且兒子不忘父仇，這是孝；不惜一死，這是義。元慶能夠不超越禮制，遵行孝道為義而死，一定是個明白道理的人。一個明白道理的人，哪會是一個把王法看成仇敵的人呢？議論這件事的人，反而要把他處死，這就是輕慢刑法，破壞禮制，這種方法不可以作為法典，是很明白的了。臣請求把臣的意見，附在法令上，凡有判決這種案件的人，不應當照以前的建議辦理。臣恭恭敬敬地這樣建議。

【研　析】本文可分六段。首段簡述徐元慶殺趙師韞以報父仇之始末，由徐元慶「束身歸罪」之舉，突出此案之棘手與陳子昂建議之不當。二段就禮、刑之「本」與「用」兩層來說明「旌與誅莫得而並」的道理。三段先謂聖人透過賞罰褒貶以維護社會的公平，若徐元慶之父無罪而枉遭誅戮，則徐元慶復仇之舉，實為「守禮而行義」，不當誅之。四段謂若趙師韞據法誅徐爽，則徐元慶復仇之舉，係「讎天子之法，而戕奉法之吏，是悖驁而凌上」，其罪行相當清楚，固不容旌之。五段引《周禮》和《公羊傳》說明「復讎」的真諦。末段肯定徐元慶「不越於禮，服孝死義」，為「達理聞道之人」，實不當誅。謝枋得《文章軌範》卷二謂此文「字字經思，句句著意，無一句懈怠」，過商侯亦謂：「只旌誅莫得而並一句，便已駁倒。以下設為兩段議論，深明旌誅所以不可並處，更明白痛快，蕭、曹恐亦無此卓議。」

曹魏時，嵇康在〈聲無哀樂論〉中曾提出一項著名的論辯原則：「夫推類辨物，必先求之自然之理，理已定，然後借古義以明之耳。」亦即先推究事物的本原，再引事例反覆證成己見。柳宗元在本文中也採取相同的論述策略。他首先確立禮與刑之本皆在「防亂」的基本論點，進而區分「本」與「用」的層次差異，接著拈出所謂「聖人之制」為準則，就徐元慶之父是否因罪被誅這點作兩面論證，最後引《周禮》和《公羊傳》以斷讞。平心而論，陳子昂的建議心態乃是「法先於情」，而柳宗元則站在刑禮殊用的立場上駁斥陳子昂「誅之而旌其閭」的矛盾，並主張從復仇動機上重新翻案。歐陽脩在〈縱囚論〉中以《春秋》「誅心」的方式對唐太宗大加撻伐，柳宗元此文又何嘗不是這一心態下的產物呢？

桐葉封弟辨

【題解】本文選自《柳河東集》。《呂氏春秋》、《說苑》等書曾記載周成王用桐葉戲稱封給幼弟叔虞，周公認為天子無戲言，遂促成封叔虞於唐（桐、唐古音同）的事。辨，古代的一種文體。用以針對問題，反駁既有的主張或觀點，以明是非，別真偽。本文針對古書記載，認為桐葉封弟一事，非周公所促成。

古之傳者❶有言：成王❷以桐葉與小弱弟❸，戲曰：「以封汝。」周公❹入賀。王曰：「戲也。」周公曰：「天子不可戲。」乃封小弱弟於唐❺。

吾意不然。王之弟當封耶，周公宜以時言於王，不待其戲而賀以成之也；不當封耶，周公乃成其不中❻之戲，以地與人，以小弱弟者為之主，其得為聖乎？且周公以王之言不可苟焉而已，必從而成之耶？設有不幸，王以桐葉戲婦寺❼，亦將舉❽而從之乎？凡王者之德，在行之何若。設未得其當，雖十易之不為病；要於其當，不可使易也，而況以其戲乎？若戲而必行之，是周公教王遂❾過也。

吾意周公輔成王宜以道，從容❿優樂，要歸之大中而已，必不逢⓫其失而為之辭。又不當束縛之，馳驟⓬之，使若牛馬然，急則敗矣。且家人父子尚不能以此自克⓭，況號為君臣者耶？是直小丈夫缺缺⓮者之事，非周公所宜用，故不可信。

或曰⑮：封唐叔⑯，史佚⑰成之。

【注釋】❶古之傳者　古代的書；古代的記載。下文所云周成王以桐葉封弟事，《呂氏春秋・重言》、《說苑・君道》、《史記・晉世家》均載。❷成王　周天子。名誦，周武王之子。❸小弱弟　小弟弟。此指成王的幼弟叔虞。❹周公　姓姬。名旦，周武王之弟，周成王之叔。佐周武王滅殷，奠定周代典章制度，封於周，故稱周公。❺唐　古代國名。在今山西翼城西。周武王時作亂，周成王立，周公滅之。❻不中　不合情理。中，合。❼婦寺　婦人與宦官。❽舉　提出。❾遂　完成；成就。❿從容　舉止行動。⓫逢　迎合。⓬馳驟　驅策。⓭自克　自制。⓮鈌鈌　小聰明。⓯或曰　一說；有人說。以下「史佚成之」之說，見《史記・晉世家》。⓰唐叔　即叔虞。⓱史佚　周太史。亦稱尹佚。

【語　譯】古書上說：周成王拿著削成圭形的梧桐葉給小弟弟，開玩笑地說：「用這個封你。」周公進去道賀。周成王說：「我是跟他說著玩的。」周公說：「天子不可以開玩笑。」於是周成王就把他的小弟弟封在唐地。

我認為事情不可能是這樣的。如果周成王的弟弟應當封，周公應該及時告訴周成王，不必等到他鬧著玩的時候才去道賀促成他；如果不應當封，周公竟然促成這種不合理的遊戲，把土地、人民，交給一個幼小的孩子去做那兒的君主，這樣能夠算是聖人嗎？

並且，周公只是認為天子的話不可以隨便亂說罷了，哪裡是一定要順著去促成他呢？如果不幸，周成王拿梧桐葉跟婦人宦官說著玩，難道也要提出來照著做嗎？一個王者的德行，主要是看他做得怎麼樣。如果做得不妥當，就是改十次也不算毛病；如果妥當，就不能讓他變更了，何況他是鬧著玩的呢？如果鬧著玩也一定要照辦，那就是周公教周成王錯到底了。

我認為周公輔佐周成王一定是順著正道，使他的舉動遊樂，合乎中道就是了。一定不會迎合他的過失還替他掩飾。也不會束縛他，驅使他，使他好像牛馬一樣。如果太急躁，就會把事情弄糟了。並且如果家人父子的關係尚且不能用這種方法自制，那麼名分上是君臣關係的人呢？這簡直是小人物耍小聰明的事，不是周公所應當做的，所以不可相信。

有的書上說：成王封唐叔，是太史尹佚促成的。

【研　析】本文可分五段。首段引述古籍所傳「桐葉封弟」的舊聞。二段以設問、反詰的方式，就王弟之當封與否，質疑此事之真實性。三段一方面指出周公只是主張君無戲言，未必促成此事；另方面透過「王以桐葉戲婦寺」的大膽假設，辯證「王者之德」在於為所當為的道理。四段推測周公應是以大中之道輔佐周成王，從理論上判斷桐葉封弟非周公促成。末段引《史記》所述來證成己說之非誣。

本文表面上是針對《呂氏春秋・重言》和《說苑・君道》的記載所作的辨偽文章，實則藉此闡述個人的政治理念。作者企圖以「理論上之當然」作為翻案的論據，故而在推證的過程中刻意強調周公優入聖域的歷史評價，他的一切言行均被賦予理想化、合理化的解釋，於是作者亦不妨臆測「周公輔成王宜以道，從容優樂，要歸之大中而已」。「宜」字與前文的「當」字都顯示出一種「應然」的價值取向，是聖人實際行為上的「必然」，一旦肯定周公為「聖」，就必須連帶承認桐葉封弟一事「非周公所宜用」，而這正是傳統政治思維的慣用模式。

另方面，柳宗元提出「凡王者之德，在行之何若」的命題，形成對君主威權的一大挑戰，其觀念之大膽與前衛，實令人耳目一新；而其所謂大中之道，不僅在於行事之能得其當，尚涵括輔弼方式與態度上的從容優樂，亦可見其慮事之周詳。如果說，對桐葉封弟一事的傳統看法著眼於期勉君主注意個人行為上的慎言，柳宗元的觀點顯然更側重國家機器的正常運作與永續發展所必須維持的穩定政局。就理念設計的層面而言，柳宗元也算是頗具前瞻性的政治家了。

箕子碑

【題　解】本文選自《柳河東集》。篇名原作〈箕子廟碑〉，文後有頌詞，此處未錄。碑，指記敘死者生平事跡的墓碑文。箕子，名胥餘，是殷商紂王的叔父，封於箕，故稱箕子。紂王無道，箕子屢諫不聽，於是裝瘋，被囚禁。周武王滅商紂，箕子為周武王陳述治國大法，即今《尚書‧洪範》。後避往朝鮮。唐時汲郡（治所在今河南汲縣）有箕子廟，本文即為箕子廟而作的碑文，旨在肯定箕子行事，合乎大人之道。

凡大人❶之道有三：一曰正蒙難❷，二曰法授聖❸，三曰化及民❹。殷❺有仁人曰箕子，實具茲道以立於世，故孔子述六經之旨，尤殷勤❻焉。

當紂❼之時，大道悖亂，天威之動不能戒❽，聖人之言無所用。進死以併命❾，誠仁矣，無益吾祀❿，故不為。委身以存祀⓫，誠仁矣，與⓬亡吾國，故不忍。且是二道⓭，有行之者矣。

是用保其明哲⓮，與之俯仰⓯，晦⓰是謨⓱範⓲，辱於囚奴。昏⓳而無邪，隤⓴而不息。故在《易》曰：「箕子之明夷㉑。」正蒙難也。及天命既改，生人㉒以正，乃出大法㉓，用為聖師；周人得以序彝倫㉔而立大典。故在《書》曰：「以箕子歸，作《洪範》㉕。」法授聖也。及封朝鮮，推道訓俗。惟德無陋，惟人無遠，用廣殷祀，俾㉖夷為華。化及民也。率㉗是大道，藂㉘於厥躬，天地變化，我得其正。其大人歟？

於虖㉙！當其周時㉚未至，殷祀未殄㉛，比干已死，微子已去，向使㉜紂惡未稔㉝而自斃，武庚㉞念亂以圖存，國無其人，誰與共理？是固人事之或然者也。然則先生隱忍而為此，其有志於斯乎？

唐某年，作廟汲郡，歲時致祀。嘉先生獨列於《易》象，作是頌云。

【注釋】❶大人　德行高尚的人。❷正蒙難　堅持正道，不惜蒙受苦難。❸法授聖　陳述大法，傳授給聖王。❹化及民　推行教化，及於百姓。❺殷　朝代名。始祖為契，及湯滅夏，以封地商為國號，盤庚遷都於殷，故又稱殷，其後或單稱殷、商，或合稱殷商。❻殷勤　情意深摯周到。❼紂　殷商末代君主。一作「受」，也稱「帝辛」。❽戒　引以為戒；警惕。❾進死以併命　冒死進諫，不顧生命。此指比干。商紂叔父，諫紂不聽，被剖心而死。併，通「屏」。捨棄。❿祀　祭宗廟社稷。⓫委身以存祀　屈身以保宗廟社稷之祭祀。此指微子。名啟，商紂之庶兄，封於微，故稱微子，紂王無道，殷商將滅，微子屢諫不聽，故出走，及周武王滅商，微子降周，封於宋。委身，屈身。⓬與　幫助。⓭且是二道二句　指前文「進死以併命」、「委身以存祀」兩種作法，已有比干、微子行之。是，此。⓮明哲　明智。⓯俯仰　周旋；應付。⓰晦　隱藏。⓱謨　謀略。⓲範　風範。⓳昏　昏亂。⓴隤　衰敗。㉑明夷　《易》卦名。離下坤上（䷣），離為火，坤為地，故其卦象為日入地中，明而見傷。凡賢者不得志，憂讒畏譏，皆謂之明夷。其「爻辭」六五曰：「箕子之明夷。」言以宗室之臣而居暗地，近昏君，而能正其志，乃箕子之象徵。夷，傷。㉒生人　生民；人民。唐代避太宗李世民諱，改民為「人」。㉓大法　指〈洪範〉。㉔彝倫　常道倫理。㉕洪範　《尚書》篇名。相傳是箕子向武王所陳述的治國大法。洪，大。範，法則。㉖俾　使。㉗率　遵循。㉘藂　通「叢」。聚集。㉙於虖　同「嗚呼」。㉚時　時機。㉛殄　斷絕。㉜向使　假使。㉝稔　成熟。㉞武庚　殷紂之子。周公封為殷君，後與管叔、蔡叔聯合叛周，被殺。

【語譯】大凡一個德行高尚的人，他的立身處世之道有三點：一是堅持正道，不惜受難；二是陳述大法，傳授給聖王；三是推行教化，施及人民。殷代有個仁人叫箕子，他的確具備了這三者而立身於世上，所以孔子敘述六經的意旨時，特別懇切地提到他。

當商紂的時候，大道悖逆混亂，天威的震怒不能警惕他，聖人的話對他也沒有作用。這時，冒死進諫，不顧生命，的確可以算是仁了，但是對自己的社稷宗廟沒有益處，所以箕子不願意這樣做。屈辱自身以保存宗廟社稷的祭祀，也的確可以算是仁了，但是這有如助成別人來滅亡自己的國家，所以箕子不忍心這樣做。況且這兩種作法，已經有人做了。

因此箕子保持自己的明智，暫時和世俗周旋，把自己的謀略風範隱藏起來，在奴隸群中忍受屈辱。雖然時代昏暗，他卻不做奸邪的事；雖然國家衰敗，他卻不停止努力。所以《易經》上說：「這是箕子賢明而遭亂世的卦象。」這就是堅持正道，不惜受難。等到天命已經改變，人民都納入正軌後，他就向周武王陳述治天下的大法，做了聖王的老師。周朝因此才能使倫常有序而制訂重大的典章。所以《書經》上說：「因為箕子回來，才制訂〈洪範〉。」這就是陳述大法，傳授給聖王。等到受封在朝鮮後，他推廣大道，移風化俗；推行德教，不分賢愚；教化人民，不論遠近，因此擴大了殷朝的宗祀，使夷狄變為華夏。這就是推行教化，施及人民。遵循這三種大道，聚集在他身上，不論天地如何變化，始終堅守正道。難道不是德行高尚的人嗎？

唉！當周的時機未到，殷的國祚還沒有斷絕，比干已經被殺，微子已經離開的時候，假使紂的罪惡還沒有滿盈就死了，武庚憂念國家的紛亂而想要救亡圖存，國家卻沒有人才，誰和武庚一起來治理國家呢？這本來是人事變化中可能會出現的。那麼箕子如此的隱忍受辱，也許是有這個想法吧！

唐朝某年，在汲郡建了一座箕子廟，每年按時祭祀。我佩服先生獨能列名在《易經》象辭裡，所以做了這篇頌詞。

【研　析】本文可分五段。首段為總綱，先肯定箕子具有「大人之道」作為以下論述的基礎。二段用孔子所稱「殷有三仁」（《論語‧微子》中的另兩位仁者——比干和微子作對比，以烘托箕子的崇高形象。三段以具體事例證明箕子「正蒙難」、「法授聖」和「化及民」三種「大人之道」全備。四段推原箕子隱忍為奴的深刻用心來凸顯其謀國之忠勤。末段補述作碑文之緣由。

柳宗元主張「文以明道」，強調文章須能顯發聖道。他在〈桐葉封弟辨〉中拈出所謂大中之道，而本文亦明揭「大人之道」。由此推之，其所謂「道」並未達到哲學的層次，僅是就社會現象作經驗上的概括，指的是策略或原則。另方面，出處問題是古代士大夫的一大關注焦點，它不僅關乎士大夫個人的價值取向，同時也涉及君臣關係的適度平衡。柳宗元推崇箕子「得其正」，豈非透露他對比干和微子兩極化的作風尚持審慎評估的模稜態度？而箕子以中道面對「天威之動不能戒，聖人之言無所用」的商紂，授周人以〈洪範〉大法，推道訓俗於朝鮮，在在顯示他卓異的政治智慧與愛民無私的態度。箕子樹立了政治史上有守有為的典範，他既不肯無條件地死忠，也不迴避實現理想的機會，為後世提供了更具啟發性的務實選擇，這正是其價值之所在。

捕蛇者說

【題　解】本文選自《柳河東集》。作者被貶永州司馬，認識了一個捕蛇的蔣某，自述其祖孫三代，寧願冒死捕捉毒蛇交付官府，以抵免租稅負擔。本文記蔣某所說，從中反映當時人民在苛捐雜稅下的痛苦，溫婉地諷刺了為政者不恤民生的作為，並深刻表達了對於民生疾苦的真摯同情。

永州❶之野產異蛇，黑質❷而白章❸，觸草木盡死，以齧❹人，無禦❺之者。然得而腊❻之以為餌❼，可以已❽大風❾、攣踠❿、瘻⓫、癘⓬，去死肌⓭，殺三蟲⓮。其始太醫⓯以王命聚之，歲賦⓰其二。募有能捕之者，當其租入⓱。永之人爭奔走焉。

有蔣氏者，專其利三世矣。問之，則曰：「吾祖死於是，吾父死於是，今吾嗣⑱為之十二年，幾⑲死者數⑳矣。」言之貌若甚戚㉑者。余悲之，且曰：「若㉒毒㉓之乎？余將告於蒞事者㉔，更若役㉕，復若賦㉖，則何如？」蔣氏大戚，汪然㉗出涕，曰：「君將哀而生之乎？則吾斯役之不幸，未若復吾賦不幸之甚也。嚮㉘吾不為斯役，則久已病㉙矣。自吾氏三世居是鄉，積於今六十歲矣，而鄉鄰之生日蹙㉚。殫㉛其地之出，竭其廬之入，號呼而轉徙㉜，餓渴而頓踣㉝，觸風雨，犯寒暑，呼噓㉞毒癘㉟，往往而死者，相藉㊱也。曩㊲與吾祖居者，今其室十無一焉；與吾父居者，今其室十無二三焉；與吾居十二年者，今其室十無四五焉。非死即徙爾，而吾以捕蛇獨存。悍吏之來吾鄉，叫囂㊳乎東西，隳突㊴乎南北，譁然而駭者，雖雞狗不得寧焉。吾恂恂㊵而起，視其缶㊶，而吾蛇尚存，則弛然㊷而臥。謹食㊸之，時而獻焉。退而甘食其土之有，以盡吾齒㊹。蓋一歲之犯死者二焉，其餘則熙熙㊺而樂，豈若吾鄉鄰之旦旦有是哉？今雖死乎此，比吾鄉鄰之死則已後矣，又安敢毒耶？」

余聞而愈悲。孔子曰：「苛政猛於虎㊻也。」吾嘗疑乎是，今以蔣氏觀之，猶信。嗚呼！孰知賦斂之毒有甚是蛇者乎！故為之說，以俟夫觀人風㊼者得焉。

【注釋】❶永州 州名。治所在今湖南零陵。❷質 質地。此指蛇皮。❸章 花紋。❹齧 咬。❺禦 防止。此指治療。❻腊 乾肉。此用為動詞。曬乾肉。❼餌 藥物。❽已 止。❾大風 痲瘋病。❿攣踠 手腳拳曲不能伸展。⓫瘻 脖子腫。⓬癘 惡瘡。⓭死肌 壞死的肌肉。⓮三蟲 三尸蟲。指人體之寄生蟲。⓯太醫 官名。即皇室之醫師，亦曰御醫。⓰賦 徵收。⓱租入 應納的租稅。入，繳納。⓲嗣 繼承。⓳幾 幾乎。⓴數 多次。㉑戚 悲傷。㉒若 你。㉓毒 怨恨。㉔莅事者 主其事的人。㉕役 差使。㉖賦 租稅。㉗汪然 眼淚滿眶的樣子。㉘嚮 如果。㉙病 困苦。㉚蹙 窘迫；艱難。㉛殫 竭盡。㉜轉徙 遷徙流離。㉝頓踣 勞累而仆倒。踣，仆倒。㉞呼噓 呼吸。㉟毒癘 毒氣。㊱相藉 相疊。㊲曩 從前。㊳叫囂 大聲呼叫。㊴隳突 衝撞破壞。隳，毀。突，衝撞。㊵恂恂 戒慎的樣子。㊶缶 一種瓦器。腹大口小。㊷弛然 放心的樣子。㊸食 餵食。㊹齒 年齡；年壽。㊺熙熙 安樂的樣子。㊻苛政猛於虎 煩苛的政令，比老虎還兇猛。語出《禮記・檀弓》。㊼人風 民情風俗。

【語譯】永州的郊野出產一種特別的蛇，黑色的皮，白色的花紋。一碰到草木，草木就都枯死；一咬到人，人便沒得醫治。不過，捉到這種蛇，曬乾做成藥物，可以治好痲瘋、手足拳曲、脖子腫、惡瘡等疾病，可以去腐生肌，殺死人體內的寄生蟲。當初是太醫奉皇帝的命令搜集這種蛇，每年徵收兩次。招募能捕捉這種蛇的人，用蛇充當應繳的租稅。永州的人都爭著去捕捉。

有一個姓蔣的人，專門捕蛇抵稅已經三代了。問他，他就說：「我的祖父死於捕蛇，我的父親死於捕蛇，現在由我繼承又捕了十二年，幾乎送掉性命也有好幾次了。」說著，他臉色好像很悲傷的樣子。我為他而悲哀，便說：「你怨恨這種差事嗎？我替你去告訴管這事的官吏，免了你這差使，恢復你的租稅，怎麼樣？」蔣氏更加悲傷，眼淚汪汪地說：「您是可憐我想讓我活下去嗎？那麼我這個差使的不幸，還不及恢復我賦稅那樣的不幸來得嚴重啊。如果我不做這個差使，那我早就困苦不堪了。自從我家三代住在這裡，到現在已經六十年了，這兒的鄉鄰生活一天比一天艱難。他們已經竭盡田裡的出產，用盡家裡的收入來應付賦稅，還是呼號求救而遷徙流離，挨餓受渴，顛沛困頓，頂著風雨，冒著寒暑，呼吸著瘴疫毒氣，因此而死去的人，往往屍體堆積。以前和我祖父同住在這兒的人，現在十家剩不到一家了；和我父親同住在這兒的人，現在十家剩不到兩三家了。和我一同住在這兒十二年的人，現在十家剩不到四五家了。他們不是死亡，就是搬走，只有我因為捕蛇獨能生存下來。那些兇惡的差役來到我們鄉裡的時候，到處叫囂，到處騷擾，嚇得大家亂哄哄的，即使雞狗也不得安寧。這時我只要起身，小心翼翼地看看瓦罐，那蛇還在，就很放心地再去睡覺。我小心地餵養牠，按時獻上去。回來以後，就安安逸逸地吃我田裡出產的東西，這就足以安享我的天年。大約一年只不過兩次冒生命的危險，其餘的時間，都很舒服安樂，哪像我的鄉鄰天天都在痛苦中呢？現在即使因捕蛇而死，比起我的鄉鄰，已經算是死得晚了，我又怎敢怨恨呢？」

我聽了這些話，心裡更加悲痛。孔子說：「苛政比老虎還凶猛。」我以前懷疑過這句話，現在從蔣氏的遭遇看起來，是真可以相信的。唉！誰知道賦稅的毒害竟然比這種毒蛇還厲害呢！所以寫了這篇〈捕蛇者說〉，等待那些觀察民情風俗的人，拿去做參考。

【研　析】本文可分三段。首段記朝廷以豁免租稅誘使人民捕蛇供應王室。蛇有劇毒，「以齧人，無禦之者」，但「永之人爭奔走焉」，這留給人一個懸念：何以如此危險，而人民趨之若鶩？也可以說作者在暗示一個辛酸的事實：租稅比毒蛇更可怕！二段記捕蛇者蔣某的話。蔣氏以捕蛇而免租稅，已經三代六十年，祖、父皆死於蛇吻，第三代的蔣某繼其業十二年，「幾死者數矣」，但仍寧願「一歲之犯死者二焉」，而不願接受柳宗元為其「更若役，復若賦」。原因無他，六十年來鄉鄰或死或徙，戶口銳減，其幸而存者亦生活在痛苦恐懼之中，這都是賦斂所造成，而蔣氏一家得以獨存，皆因不必擔負租稅。在深情懇切而坦白真摯的對話中，尤其是在蔣某的口述中，主題所在，已昭然若揭。三段則承前所述，印證孔子「苛政猛於虎」的話，點明主旨作結。

柳宗元此文作於永州司馬任上，當時正是李吉甫上〈國計篇〉的時候，煩賦苛斂，民不聊生，固非止於永州一地，所以本文可謂以小見大：以捕蛇的小人物，見國家財計不當的大病；以永州一地，反映舉國皆然的民生疾苦。柳宗元之所以貶永州，乃因參與王叔文等人的政治改革集團失敗；從在朝為官，著眼於大計方針，到遠貶荒僻，親眼目睹生民之水火，其深沉的感慨，隨著政治地位的下降，有著更為踏實的指向。中國自古以來的知識分子，大多以社稷蒼生為念，但也大多停留在書本知識所培育出來的理念，高尚而往往抽象。以柳宗元為例，當他讀到《禮記・檀弓下》孔子「苛政猛於虎」的慨歎時，他有過懷疑，但親聞蔣氏的話，他相信了。這就是理念和現實之間存在的差距，必須親身經歷才能有真切的認識。看來，真是「盡信書不如無書」，古人沒有騙我們啊！

種樹郭橐駝傳

【題　解】本文選自《柳河東集》。主旨在藉由記敘種樹專家郭橐駝的種樹方法，說明為政治民要能順民之性，不可繁苛擾民，否則雖曰愛之，而其實是害之。

郭橐駝，不知始何名。病僂❶，隆然❷伏行❸，有類橐駝❹者，故鄉人號之駝。駝聞之，曰：「甚善，名我固當。」因捨其名，亦自謂橐駝云。

其鄉曰豐樂鄉，在長安❺西。駝業種樹，凡長安豪富人為觀游❻及賣果者，皆爭迎取養。視駝所種樹，或移徙，無不活，且碩茂❼，蚤實以蕃❽。他植者雖窺伺傚慕，莫❾能如也。

有問之，對曰：「橐駝非能使木壽且孳❿也，能順木之天⓫，以致其性焉爾。凡植木之性，其本⓬欲舒，其培⓭欲平，其土欲故⓮，其築⓯欲密。既然已，勿動勿慮，去不復顧。其蒔⑯也若子，其置也若棄，則其天者全，而其性得矣。故吾不害其長而已，非有能碩而茂之也；不抑耗⑰其實而已，非有能蚤而蕃之也。他植者則不然，根拳⑱而土易⑲。其培之也，若不過焉則不及。苟有能反是者，則又愛之太殷，憂之太勤，旦視而暮撫，已去而復顧，甚者爪⑳其膚以驗其生枯，搖其本以觀其疏密，而木之性日以離矣。雖曰愛之，其實害之；雖曰憂之，其實讎之。故不我若㉑也。吾又何能為哉？」

問者曰：「以子之道，移之官理，可乎？」駝曰：「我知種樹而已，官理非吾業也。然吾居鄉，見長人者㉒好煩其令，若甚憐焉，而卒以禍。旦暮，吏來而呼曰：『官命促爾耕，勗㉓爾植，督爾穫㉔，蚤繰㉕而㉖緒㉗，蚤織而縷㉘，字㉙而幼孩，遂㉚而雞豚㉛。』鳴鼓而聚之，擊木而召之。吾小人輟飧饔㉜以勞㉝吏者，且不得暇，又何以蕃㉞吾生而安吾性耶？故病且怠㉟。若是，則與吾業者其亦有類㊱乎？」

問者曰：「嘻㊲，不亦善夫！吾問養樹，得養人術。」傳其事以為官戒也。

【注釋】❶僂　駝背。❷隆然　高聳的樣子。❸伏行　行走時面向地面。❹橐駝　即駱駝。❺長安　唐代京城。在今陝西西安。❻觀游　觀賞遊覽。❼碩茂　高大而茂盛。❽蚤實以蕃　結實早而且多。蚤，通「早」。蕃，繁盛；繁多。❾莫　無人。❿壽且孳　活得長久，長得茂盛。孳，滋生；繁殖。⓫天　自然。⓬本　樹根。⓭培　覆蓋泥土。⓮故　舊有的。⓯築擣土。⓰蒔　栽種。⓱抑耗　抑制和耗損。⓲拳　屈曲。⓳易　更換。⓴爪　用指甲抓破。㉑不我若　不若我；不如我。㉒長人者　治人者。㉓勗　勉勵。㉔穫　收割。㉕繅　抽繭取絲。㉖而　通「爾」。你們。下三句「而」字同。㉗緒　絲。㉘縷線。㉙字　撫養；養育。㉚遂　長成。㉛豚　小豬。㉜飧饔　晚餐和早餐。㉝勞　慰勞；接待。㉞蕃　繁殖。㉟病且怠　困苦又疲憊。㊱類　相似；相近。㊲嘻　感歎聲。

【語　譯】郭橐駝，不知道他本來叫什麼名字。他患駝背的毛病，走路時背部凸起，臉向著地，好像駱駝的樣子，所以鄉里的人叫他「橐駝」。橐駝聽了說：「很好！這樣叫我很恰當。」因此就不用他的本名，也自稱「橐駝」了。

他的家鄉叫豐樂鄉，在長安西邊。他以種樹為業，所有長安一帶有錢有勢的人家要種花木觀賞的，以及種果樹賣水果的，都爭著接他到家裡去供養他。看他所栽種的樹，或者移植的樹，沒有不存活的，並且都長得高大茂盛，果子結得又早又多。別的種樹的人，即使偷看仿效，也沒有人能像他一樣。

有人問他，他回答說：「我並沒有什麼祕訣能夠使樹木活得長久、長得茂盛，只不過能順著樹木的天然，讓它的本性盡量發展罷了。大凡種植樹木的基本原則是：根要舒展，培土要均勻，根土要用舊土，四周的土要搗結實。種好後，就不要再去動它、擔心它，離開後不再去管它。種的時候好像照顧子女似的，種好後就擺在一邊好像把它拋棄了似的，那麼它的天然就可以保全，本性就可以獲得發展了。所以我只是不妨害它的生長罷了，並不是有什麼祕訣能夠使它長得又高大又茂盛啊；只是不抑制耗損它結實罷了，並不是有什麼祕訣能夠使果實結得又早又多啊。別的種樹的人就不是這樣，他們把樹根弄得彎曲著，根土換了新的。培的土不是太多，就是太少。如果有人能不犯這些毛病，又會愛護得太殷切，擔心得太過分，早晨去看看，晚上去摸摸，走開了又回頭望望，甚至還抓破樹皮查驗它的死活，搖動樹根看看泥土的鬆緊，這樣一來，樹木的本性就一天天地受到耗損了。雖說是愛它，其實是害它；雖說是擔心它，其實是仇視它。所以他們比不上我。我又有什麼特別的本領呢？」

問的人說：「把您的辦法，應用到做官治民上去，可以嗎？」橐駝說：「我只懂得種樹罷了，做官治民不是我的本業。但我住在鄉下，看見那些做官的老喜歡多發命令，好像很憐惜百姓，結果卻造成災禍。一天到晚，差役都會來叫喊著說：『長官的命令，教我來催促你們耕田，勉勵你們種植，督促你們收割，要你們早些繅絲，早些紡織，好好地養育孩子，雞、豬都飼養好。』一會兒擊鼓集合他們，一會兒又打梆子召喚他們。我們這些小百姓，就算不吃早餐晚飯來接待公差，都還忙不過來，又怎麼能夠增加我們的生產，過自在安樂的生活呢？所以既困苦又疲憊。像這樣，和我所做的工作，是不是有些相似呢？」

問的人說：「唉，這不是好極了嗎！我問的是種樹，卻得到養民的方法。」所以記敘了他的事，作為官吏治民的鑑戒。

【研析】本文可分五段。首段敘述「郭橐駝」這個名字的由來。一般人都忌諱自己的缺點毛病，不願被宣揚流傳，但是郭橐駝卻怡然接受那帶著嘲諷的綽號，說「名我固當」，這樣的個性，與他在種樹方面所表現出的認識是有關連的。第二段記郭橐駝種樹的成就，為他人所不及。第三段說明種樹的道理，要點在於「順木之天，以致其性」。第四段呈現為政者擾民的情狀。末段點明作傳本意。

全文重點在三、四段。第三段用正反對比的方式來說明種樹道理，精要有序，比喻生動。第四段並未直接說明為政之道，只是以一介小民的眼光如實地描述官吏好煩其令的情景和感受，雖未直接評論，但與前一段種樹道理相對比，其理立見。故為文似紆實直。

郭橐駝雖非業官者，但身為被管理的小民，其感受最為真切。第四段只有敘述、呈現，而無直接評論，正符合說話者的身分。而養樹與養人，同為長養照護生命，其理相通，故第三段實為作者為政之道的見解所在，近於老子無為而治的政治哲學。

梓人傳

【題解】本文選自《柳河東集》。梓人，類似今日所謂建築師。本文藉由梓人楊潛擘畫指揮而不必親自動手，就能建造出堅固的屋舍，說明宰相佐天子治理天下，只要掌握大計方針，確立典章法紀，分官授職即可，不必事事躬親，以致誤事。

裴封叔❶之第❷，在光德里❸。有梓人❹款❺其門，願傭❻隙宇❼而處❽焉。所職❾，尋引❿、規矩⓫、繩墨⓬，家不居⓭礱斲之器⓮。問其能，曰：「吾善度⓯材。視棟宇⓰之制⓱，高深、圓方、短長之宜，吾指使⓲而群工役⓳焉。捨我，眾莫能就⓴一宇。故食於官府㉑，吾受祿㉒三倍；作於私家，吾收其直㉓太半焉。」他日㉔，入其室，其床闕㉕足而不能理，曰：「將求他工。」余甚笑之，謂其無能而貪祿嗜貨㉖者。

其後，京兆尹㉗將飾㉘官署，余往過焉。委㉙群材，會眾工。或執斧斤，或執刀鋸，皆環立嚮之。梓人左持引，右執杖，而中處焉。量棟宇之任㉚，視木之能舉㉛，揮其杖曰：「斧！」彼執斧者奔而右。顧而指曰：「鋸！」彼執鋸者趨而左。俄而，斤者斲，刀者削，皆視其色，俟其言，莫敢自斷㉜者。其不勝任者，怒而退之，亦莫敢慍㉝焉。畫宮於堵㉞，盈尺而曲盡其制㉟，計其毫釐而構大廈，無進退㊱焉。既成，書於上棟曰：「某年某月某日某建。」則其姓字也，凡執用之工不在列。余圜㊲視大駭，然後知其術之工㊳大矣。

繼而嘆曰：彼將捨其手藝，專其心智，而能知體要㊴者歟！吾聞勞心者役人，勞力者役於人，彼其勞心者歟！能者用而智者謀㊵，彼其智者歟！是足為佐天子相㊶天下法矣。物莫近乎此也。彼為㊷天下者，本於人。其執役者，為徒隸㊸，為鄉師㊹、里胥㊺。其上為下士，又其上為中士，為上士。又其上為大夫，為卿，為公㊻。離㊼而為六職㊽，判㊾而為百役㊿。外薄(51)四海，有方伯、連率(52)。郡有守，邑有宰，皆有佐政(53)。其下有胥吏(54)，又其下皆有嗇夫(55)、版尹(56)以就役焉，猶眾工之各有執伎以食力(57)也。

彼佐天子相天下者，舉而加焉(58)，指而使焉，條(59)其綱紀而盈縮(60)焉，齊(61)其法制而整頓焉，猶梓人之有規矩、繩墨以定制也。擇天下之士，使稱(62)其職；居天下之人，使安其業。視都知野，視野知國，視國知天下。其遠邇(63)細大，可手據其圖而究焉，猶梓人畫宮於堵而績於成也。能者進而由(64)之，使無所德(65)；不能者退而休(66)之，亦莫敢慍。不衒(67)能，不矜(68)名，不親小勞，不侵眾官，日與天下之英才討論其大經(69)。猶梓人之善運眾工而不伐(70)藝也。夫然後相道得而萬國理矣。

相道既得，萬國既理，天下舉首而望曰：「吾相之功也！」後之人循跡而慕曰：「彼相之才也！」士或談殷、周之理者，曰伊、傅[71]、周、召[72]，其百執事之勤勞而不得紀焉，猶梓人自名其功而執用者不列也。大哉相乎！通是道者，所謂相而已矣。其不知體要者反此。以恪勤[73]為功[74]，以簿書為尊，衒能矜名，親小勞，侵眾官，竊取六職、百役之事，听听[75]於府庭，而遺其大者遠者焉，所謂不通是道者也。猶梓人而不知繩墨之曲直，規矩之方圓，尋引之短長，姑奪眾工之斧斤刀鋸以佐其藝，又不能備其工，以至敗績用[76]而無所成也。不亦謬歟？

或曰：「彼主為室者，儻或[77]發其私智，牽制梓人之慮，奪其世守[78]而道謀[79]是用，雖不能成功，豈其罪耶？亦在任之而已。」

余曰不然。夫繩墨誠陳[80]，規矩誠設，高者不可抑而下也，狹者不可張而廣也。由我則固，不由我則圮[81]。彼將樂去固而就圮也，則卷[82]其術，默其智，悠爾[83]而去，不屈吾道，是誠良梓人耳。其或嗜其貨利，忍而不能捨也，喪其制量，屈而不能守也。棟橈[84]屋壞，則曰：「非我罪也！」可乎哉？可乎哉？

余謂梓人之道類於相，故書而藏之。梓人，蓋古之審曲面勢[85]者，今謂之「都料匠[86]」云。余所遇者，楊氏，潛其名。

【注釋】❶裴封叔　名瑾。唐河東聞喜（今山西聞喜）人，柳宗元之姊夫。❷第　住宅。❸光德里　唐代長安街坊名。故址在今陝西西安西南郊。❹梓人　《周禮・考工記》：木工有七種，其中一種叫梓人。其主要工作是以梓木造樂器、飲器及箭靶等。此處指木匠師傅，相當於現在的建築師。❺款　叩；敲。❻傭　租賃。❼隙宇　空房子。宇，屋子。❽處　居住。❾職　掌管。此指隨身所帶。❿尋引　古代兩個長度單位。此指測量長度的工具。八尺為尋，一丈為引。⓫規矩　圓規和曲尺。規以畫圓，矩以畫方。⓬繩墨　墨繩和墨斗。繩附於斗，用以畫直線。⓭居　存放。⓮礱斲之器　磨光砍削的工具。礱，磨光。斲，砍削。⓯度　量度；估量。⓰棟宇　指房屋。棟，屋梁。宇，屋簷。⓱制　規模；規格。⓲指使　指揮。⓳役服役。即做工。⓴就　完成。㉑食於官府　為官府所雇用。食，養。㉒祿　俸祿。此指工資。㉓直　通「值」。工資。㉔他日　另一天。即有一天。㉕闕　通「缺」。㉖貨　錢財。㉗京兆尹　官名。即京兆府的府尹，是管理京師地方的長官。唐代京兆府治所在今陝西西安。㉘飾　修理；修建。㉙委　堆積。㉚任　負載。㉛舉　承擔；承受。㉜自斷　自作主張；自己出主意。㉝慍　生氣；抱怨。㉞畫宮於堵　在牆上畫房屋的圖樣。宮，房屋。此指其圖樣。堵，牆壁。㉟其制　指房屋的規模結構。㊱進退　出入；誤差。㊲圜　四周。㊳工　高明；巧妙。㊴體要　綱要；要領。㊵能者用而智者謀　有能力的人執行，有智慧的人策畫。㊶相　治理。㊷為　治理。㊸徒隸　服勞役的人。㊹鄉師　官名。監察一鄉的教化和政事。㊺里胥　官名。古代鄉里最基層的吏役。㊻其上為下士六句　三代時，官職有公、卿、大夫、士四級。士有上中下三級。㊼離　區分。㊽六職　六種官職。即冢宰、司徒、宗伯、司馬、司寇、司空等六卿的職事。㊾判　區分。㊿百役　百官。百為虛數，言其多。(51)薄　接近。(52)方伯連率　皆官名。據《禮記・王制》，王畿千里之外設方伯，為一方諸侯的領袖，又十國以為連，連有率。(53)郡有守三句　郡有太守，邑有縣令，而守與令又皆有佐理政務之官。(54)胥吏　掌文書的小吏。(55)嗇夫　古代一鄉之長。掌聽訟、收稅。(56)版尹　掌戶籍的小吏。(57)食力　自食其力。(58)舉而加焉　舉薦官吏，使各任其職。舉，舉薦。加，居。指任職。(59)條　分條；分項。(60)盈縮　增減。(61)齊　齊一。(62)稱　合適。(63)邇　近。(64)由　任用。(65)德　感德；感恩。(66)休　免職。(67)衒　炫耀；賣弄。(68)矜　誇大；誇張。(69)大經　大原則。經，常法。(70)伐　自誇。(71)伊傅　皆殷之賢相。伊，伊尹。佐商湯建國。傅，傅說。佐殷高宗中興。(72)周召　皆周代之賢相。周，周公。佐周武王建國，又輔佐周成王平亂。召，召公。助周公佐周成王。(73)恪勤　敬慎而勤勞。(74)功　功勞。本作「公」，今據《全唐文》校改。(75)听听　爭辯的樣子。(76)績用　效率；功用。(77)儻或　如果；倘若。(78)世守　世代相傳。(79)道謀　路人的計謀。此指旁人的意見。(80)陳　陳設；擺設。(81)圮　倒塌。(82)卷　收藏。(83)悠爾　自在悠閒的樣子。(84)橈　通「撓」。折斷。(85)審曲面勢　審察木材之曲直正反形狀。語出《周禮・考工記》。㊱都料匠　木匠。

【語　譯】裴封叔的住宅，在光德里。有一天，有個梓人去敲他的門，想租一間空房子住。他隨身攜帶的，只是長尺、短尺、圓規、曲尺、墨線、墨斗，家裡沒有磨光砍削一類的工具。問他的本領，他說：「我擅長估量材料，看房子的規格，高深圓方短長，選用所需要的木材，我指揮，由工人去做。沒有我，他們就沒有人能蓋好一幢房子。所以在官府裡做，我的工資是工人的三倍；在私人家裡做，我拿全部工錢的一大半。」

有一天，我到他屋裡去，看見他的床缺了腳，自己卻不會修理。他說：「要找別的工人來修。」我覺得他很可笑，以為他是一個沒有能力卻貪圖工錢、喜歡財物的人。

後來，京兆尹要修繕官署，我路過那兒，看見堆積著各種材料，聚集了各類工人。有的拿著斧頭，有的拿著刀鋸，大家圍成圓圈面向他站著。梓人左手拿著長尺，右手拿著手杖，站在中央。他估量房子的負載，計算木材的承受能力，揮動手杖說：「砍！」那個拿斧頭的就跑到右邊去。他回過頭來指著說：「鋸！」那個拿鋸子的就跑到左邊去。一會兒，拿斧頭的在斫，拿刀的在削，都看他的臉色，等他的吩咐，沒有人敢自作主張。對不能勝任工作的人，他就很生氣地斥退他，也沒有人敢抱怨。他把房子的圖樣畫在牆壁上，只有一尺大小，可是房屋的規格結構都很完全地勾畫出來，依照圖上的尺寸比例放大蓋成一幢大廈，絲毫沒有誤差。房子蓋好了，在正梁上寫著：「某年某月某日某建。」寫的就是他的姓名，所有執行工作的工人都不列名。我四周都看了一下，不覺大吃一驚，這時我才知道他的技術確實高妙。

接著，我讚歎說：他應該是一個捨棄手藝，專用心智，而且又能知道工作要領的人吧！我聽說，勞心的人指揮人，勞力的人被人指揮，他應該是勞心的人吧！有能力的人執行而有智慧的人籌畫，他應該是有智慧的人吧！這件事可以作為輔佐天子治理天下的榜樣。在道理上沒有比這件事更相似的了。那治理天下的工作，根本在於用人。那些執行工作的人，是徒隸，是鄉師、里胥。上面是下士，再上面是中士、上士。再上面是大夫、是卿、是公。中央區分有六卿的官職，再細分為百官。京師以外到四方邊境，有方伯、連率。郡有太守，縣有縣令，都有佐理政事的人。下面有胥吏，再下面有嗇夫、版尹，辦理各種事務，就好像工人們各憑技能做工吃飯似的。

那輔佐天子治理天下的宰相，舉用官吏而分派職務，並且指揮他們，條列整理國家法令而加以增減，統一典章制度而加以整頓，這就好像梓人有圓規、曲尺、墨線、墨斗來決定規格一樣。選擇天下的人才，讓他們擔任適合的職務；安定天下的人，使他們都能安心工作。看了京城的情形就知道四郊的情形，看了四郊的情形就知道地方各國的情形，看了各國的情形就知道全天下的情形。那些遠近小大的事情，可以用手按著圖表了解得清清楚楚，這就好像梓人把房子的圖樣畫在牆壁上就能夠照著圖樣完成工作一樣。薦舉有能力的人而重用他，使他不感到這是私人的恩惠；辭退沒有能力的人而停止他的職務，也沒有人敢抱怨。不炫耀自己的才能，不誇大自己的名聲，不做瑣碎的小事，不侵犯眾官的職權，每天和天下的英才討論國家的大計方針，這就好像梓人善於運用工人而不誇耀自己的技藝。這樣，才是掌握了當宰相的要領，天下也就可以治理好了。

當宰相的要領掌握了，天下已經治理好了，天下的人就會抬頭仰望著說：「這是我們宰相的功勞啊！」後代的人也會根據他的行事讚歎著說：「他是當宰相的人才啊！」讀書人有時談論商、周二代的政績，總是提到伊尹、傅說、周公、召公，其餘百官的功勞都沒有記載，這就好像梓人署名在自己完成的建築物上，而實際動手的工人不列名一樣。宰相實在是重要啊！懂得這個道理的，才是我們所說的宰相。那些不知道要領的正好相反。他們把謹慎勤苦當作功勞，把簿記文書看得很重要，炫耀自己的才能，誇大自己的名聲，親自去做瑣碎的小事，侵犯眾官的職權，搶奪六卿甚至百官的職務，在朝廷上爭論不停，反而遺漏了那些重大長遠的規畫，這就是所謂不懂做宰相之道的人。這就好像梓人不懂得用墨線墨斗來定曲直，用圓規曲尺來定方圓，用長尺短尺來定短長，姑且奪取工人的斧斤刀鋸來展現自己的技藝，但是又不能把工作做得完善，以致破壞效率，沒有一點成就。這不是很荒謬嗎？

有人說：「那個蓋房子的主人，倘若發揮他個人的小聰明，牽制梓人的計畫，不用梓人世代相傳的經驗，而採納外行人的意見，就算是不能蓋好房子，難道能說是梓人的錯嗎？這也在於主人信不信任他罷了。」

我認為不能這樣說。當繩墨已經完備，規矩也已齊全，高的就不可以硬把它壓低，狹的就不可以硬把它擴大。照我的做法就堅固，不照我的做法就會倒塌。如果主人情願不要堅固而要會倒塌的，那就收起自己的技術，保留自己的智慧，自在地離開，絕不變更自己的主張，這樣才真正是好的梓人啊。如果因為貪圖財利，容忍著而不願離去；放棄自己的設計，遷就而不能堅持。等到棟梁斷折，屋子倒塌了，卻說：「這不是我的罪過啊！」可以嗎？可以嗎？

我以為梓人的道理類似於宰相，所以寫下來保存。梓人，大概就是古代所說的「審曲面勢」的人，現在叫做「都料匠」。我所碰到的那一位，姓楊，名潛。

【研析】本文可分九段。首段由梓人所攜工具，引出其「能」在於「善度材」和「指使」。二段作者以梓人不能自理其床為無能，在一、三段間為一波瀾跌宕。三段記梓人主持官署修建。其所譬畫，絲毫不差；其所指揮，眾工唯命。既否定二段，亦呼應前段。四段言梓人指揮眾工，猶宰相統御百官，或勞心用智，或勞力用能，各有所司。此段由梓人而引入宰相，在全文為一轉折。五段承四段，進一步指出宰相之職，在於用人、指揮、定綱紀、齊法制，一如梓人。故為相之道，在於把握「大經」，而不可「衒能」、「矜名」、「親小勞」、「侵眾官」。此段為全文重心，亦即題旨之所在。六段言得相道，則「萬國理」，而天下萬世皆仰其功勳；反之，則「敗績用而無所成」。此段主要從反面立論，指出為相者之所忌。七段設問再生議論；八段則承此，謂梓人規畫既成，若不得主人尊重，則當堅持原則，不可貪財利而屈從。此二段說梓人而實喻宰相。九段說明為文的原因在於「謂梓人之道類於相」，點明目的不在為梓人立傳，而在議論為相之道；又補述梓人之姓名，回應題目及首段。

本文題為〈梓人傳〉，其實對梓人的生平事跡，著墨有限。一至三段及七、八段所寫雖直接、間接與梓人有關，但其著重點仍在暗伏為相之道的議論；四、五、六段寫相職，看似句句照應梓人，其實梓人云云，僅作為譬況比較之用。故自文類的角度看，本文既以「傳」為名，應是傳狀之類敘述為主，但就其實際內容來看，敘述中暗含議論，或者可說文中的一切敘述，其實都是議論，這是一種很奇特而且高明的寫法。至於文中所談到的為相之道，在今天仍有相當高的參考價值；原來量能授官、分層負責，是我們老祖宗早就認識到，並且大聲疾呼的政治要領呢！

愚溪詩序

【題解】本文選自《柳河東集》。愚溪原名冉溪或染溪，在永州（今湖南零陵）西南，是瀟水的一條小支流。唐憲宗元和元年（西元八〇六年），柳宗元貶永州司馬，愛其溪風景秀麗，因此住在溪邊，並稍加修葺，備有丘、泉、溝、池、堂、亭、島的景致，連同溪流，皆冠以「愚」名，凡八愚，作了〈八愚詩〉。本文即此〈八愚詩〉的序，藉以抒發觸罪被貶的憤慨。

灌水❶之陽❷有溪焉，東流入於瀟水❸。或曰：「冉氏嘗居也，故姓❹是溪為冉溪。」或曰：「可以染也，名之以其能❺，故謂之染溪。」余以愚觸罪❻，謫❼瀟水上。愛是溪，入二、三里，得其尤絕者家焉。古有愚公谷❽，今予家是溪，而名莫能定，土❾之居者猶齗齗❿然，不可以不更也，故更之為愚溪。

愚溪之上，買小丘，為愚丘。自愚丘東北行六十步⓫，得泉焉，又買居⓬之，為愚泉。愚泉凡六穴，皆出山下平地，蓋上出也。合流屈曲而南，為愚溝。遂負土累⓭石，塞其隘，為愚池。愚池之東為愚堂，其南為愚亭，池之中為愚島。嘉木異石錯置，皆山水之奇者，以余故，咸以愚辱焉。

夫水，智者樂也⑭。今是溪獨見辱於愚，何哉？蓋其流甚下，不可以溉灌；又峻急⑮，多坻石⑯，大舟不可入也；幽邃淺狹，蛟龍不屑，不能興雲雨，無以利世。而適類⑰於余。然則雖辱而愚之，可也。

甯武子⑱邦無道則愚，智而為愚者也；顏子⑲終日不違如愚，睿⑳而為愚者也。皆不得為真愚。今余遭有道㉑，而違於理，悖於事，故凡為愚者莫我若也。夫然，則天下莫能爭是溪，余得專而名焉。

溪雖莫利於世，而善鑑萬類㉒，清瑩秀澈㉓，鏘鳴金石㉔，能使愚者喜笑眷慕，樂而不能去也。余雖不合於俗，亦頗以文墨自慰，漱滌㉕萬物，牢籠㉖百態，而無所避之。以愚辭歌愚溪，則茫然而不違，昏然而同歸，超鴻蒙㉗，混希夷㉘，寂寥而莫我知也。於是作〈八愚詩〉㉙，紀於溪石上。

【注釋】❶灌水　流經永州的一條河流，是瀟水的支流。❷陽　稱河流的北邊。❸瀟水　河流名。源出湖南寧遠西南九疑山，在湖南零陵西注入湘江。❹姓　用為動詞。❺能　作用；用途。❻以愚觸罪　唐憲宗朝，柳宗元因參與王叔文等人的政治改革，而被貶為永州司馬。此言「愚」，乃不敢直說，亦含悲憤之意。❼謫　官吏被降調或放逐。❽愚公谷　相傳春秋時代齊桓公出獵，進入一個山谷，遇見一個老人，齊桓公問：「這山谷叫什麼?」老人答說：「叫愚公之谷。」問他原因，他回答：「因為我而命名。」見《說苑．政理》。谷在今山東臨淄西。❾土　當地。❿斷斷　爭辯不休的樣子。⓫步　古代的長度名。各代不同，唐代以周尺的六尺四寸為步。⓬居　擁有。⓭累　堆積。⓮夫水二句　水是智者所愛好的。《論語・雍也》：「子曰：『知者樂水，仁者樂山。』」⓯峻急　水流湍急。⓰坻石　水中灘石。⓱類　相似。⓲甯武子　甯俞。春秋時代衛國大夫，死諡「武」。當時衛成公無道，他盡心竭力，不避艱險，而卒能保其身，以佐其君。《論語・公冶長》：「子曰：『甯武子，邦有道則知，邦無道則愚。其知可及也，其愚不可及也。』」⓳顏子　顏回。字子淵，孔子弟子。《論語・為政》：「子曰：『吾與回言終日，不違，如愚。退而省其私，亦足以發。回也不愚。』」⓴睿　通達。㉑有道　有道之世。即太平盛世。㉒善鑒萬類　善於照映萬物。鑒，照。萬類，萬物。㉓澈　水靜而清。㉔鏘鳴金石　水聲鏘鏘如金石之聲。㉕漱滌　以水洗淨。㉖牢寵　包羅；包含。㉗鴻蒙　指渾然的元氣。㉘希夷　指虛無靜寂的境界。《老子》：「聽之不聞名曰希，視之不見名曰夷。」㉙八愚詩　此詩今不見於《柳河東集》。

【語　譯】灌水的北邊有一條溪，向東流入瀟水。有人說：「從前有姓冉的人家曾經住過，所以用他的姓稱這條溪為冉溪。」有人說：「因為溪水可以漂染，以它的作用來取名，所以叫做染溪。」我因愚笨而犯了罪，被貶到瀟水邊。很喜歡這條溪。沿著溪往裡走兩、三里，找到一處風景特別好的地方住了下來。古代有一個愚公谷，現在我住在這條溪的旁邊，溪的名字卻還不能肯定，當地人還在爭辯不停，實在不能不替它換個名字，所以將它改名為愚溪。

在愚溪的溪邊，我買了一座小丘，稱它為愚丘。從愚丘向東北走六十步，發現一處泉水，又買下來，稱它為愚泉。愚泉共有六個泉眼，都在山下平地，原來水是向上冒的。幾道泉水匯合後彎彎曲曲地向南流，稱它為愚溝。於是就挑泥土，堆石頭，把它狹窄的地方堵住，稱它為愚池。愚池的東邊是愚堂，南邊是愚亭，池的中央是愚島。美麗的樹木、奇異的石頭，錯雜散布，都是山水中很奇特的景致，卻因為我的緣故，全被一個愚字屈辱了。

水，是聰明人所愛好的。現在這條溪卻偏偏被一個愚字所屈辱，為什麼呢？這是因為它的水位很低，不能用來灌溉；水流又很湍急，灘石很多，大船進不來；幽僻遙遠，又淺又狹，蛟龍不屑居住，因為不能興雲作雨，對世人沒有什麼好處。而這些正好都和我相似。那麼，即使屈辱它，稱它為愚，也是可以的。

甯武子在國家紛亂不上軌道時，便表現出愚笨的樣子，這是聰明人裝作愚人；顏回整天唯唯諾諾，從來沒有和孔子相反的意見，好像很愚笨的樣子，這是通達的人裝作愚人啊。他們都不能算是真正的愚笨。現在我活在太平盛世，卻違反事理，背離人情，所以世上的愚人沒有一個比我愚笨。既然如此，那麼，天下沒有人能和我爭這條溪，我可以獨占它並為它取名。

這條溪雖然對世人沒有好處，但是它善於照映萬物，溪水秀麗清澈，水聲鏘鏘有如敲打金玉一般，能使愚笨的人歡笑愛慕，快樂得捨不得離開。我雖然和世俗不能相合，但是也很能用文章來自我安慰，洗淨萬物，包羅世態，沒有什麼避忌。用我愚笨的文字來歌詠愚溪，在不知不覺中彼此不相違背，在昏昏然中彼此相契合，超越了宇宙自然，進入了虛無靜寂的境界，清靜超脫，沒有人能了解我。於是我作了〈八愚詩〉，記在溪中的石頭上。

【研　析】本文可分五段。首段說明愚溪之位置命名。第二段介紹愚溪的地形和池館內容。景致雖美，皆因作者之愚而以愚名之。第三段說明愚溪水流的特質無利於世，宜於名愚，恰與作者相似。第四段譏諷自己昧於事理，為天下之最愚，故能專有此溪而名之曰愚。第五段寫溪水的清澈鑑照，正與作者的性情志趣相合，故可悠遊忘情於其中，乃作〈八愚詩〉。

全文在記山水之中寓含著作者的性情、人生態度的表白，寫溪即寫人。尤其第三段寫溪的水流低下、峻急多石、幽邃淺狹、無以利世，實則均同時比喻柳宗元身分的低下、性情的剛介、心意的幽深不被人知以及無法濟世的困頓。因此第四段就明寫自己的處境。第五段於是總攝此意，以溪的善鑑萬類對照自己的牢籠百態，以溪的清瑩秀澈對照自己的漱滌萬物，以溪的莫利於世對照自己的不合於俗。最後以溪與自己冥合兩忘的快樂，聊為貶抑之慰藉作結。

全文用「愚」貫穿，在「愚」的總攝之下，溪與人雙寫，情與景交融。而在行文中，所謂的「愚」，只不過是清高孤介、不合於俗的一種讚譽與反寫而已。因此，過商侯說：「不過借一愚字，發洩胸中的抑鬱。故將山水亭池，咸以愚辱焉。詞委曲而意深長。」

永州韋使君新堂記

【題解】本文選自《柳河東集》。韋使君，韋彪，使君是漢、唐以來對州郡長官的尊稱。韋彪大約在唐憲宗元和八、九年間為永州（治所在今湖南零陵）刺史，時柳宗元尚在永州司馬任上。韋彪整頓州治附近景觀，並構建新堂以為觀遊，柳宗元作此文以記其事，表達其因順自然的園林山水觀，並讚揚韋彪此舉所寓含的治民的道理。

將為穹谷❶、嵁巖❷、淵池❸於郊邑之中，則必輦❹山石，溝❺澗壑，凌❻絕嶮阻，疲極人力，乃可以有為也。然而求天作地生之狀，咸無得焉。逸其人❼，因❽其地，全其天❾，昔之所難，今於是乎在。

永州實惟九疑之麓❿。其始度土⓫者，環山為城。有石焉，翳⓬於奧草⓭；有泉焉，伏⓮於土塗⓯。蛇虺⓰之所蟠⓱，狸鼠之所游，茂樹惡木、嘉葩⓲毒卉亂雜而爭植⓳，號為穢墟⓴。

韋公之來，既逾月，理㉑甚無事。望其地，且異之。始命芟㉒其蕪，行其塗㉓。積之丘如㉔，蠲之瀏如㉕。既焚既釃㉖，奇勢迭出，清濁辨質，美惡異位。視其植㉗，則清秀敷舒㉘；視其蓄㉙，則溶漾紆餘㉚。怪石森然㉛，周於四隅，或列或跪，或立或仆，竅穴逶邃㉜，堆阜㉝突怒㉞。乃作棟宇㉟，以為觀遊。凡其物類，無不合形輔勢㊱，效伎於堂廡㊲之下。外之連山高原、林麓之崖，間廁㊳隱顯，邇延野綠，遠混天碧，咸會於譙㊴門之內。

已乃延客入觀，繼以宴娛。或贊且賀曰：「見公之作，知公之志。公之因土而得勝，豈不欲因俗以成化？公之擇惡而取美，豈不欲除殘而佑仁？公之蠲濁而流清，豈不欲廢貪而立廉？公之居高以望遠，豈不欲家撫而戶曉？」夫然，則是堂也，豈獨草木、土石、水泉之適歟？山原林麓之觀歟？將使繼公之理者，視其細，知其大也。宗元請志諸石，措㊵諸壁，編以為二千石㊶楷法㊷。

【注釋】❶穹谷　深谷。❷嵁巖　高而不平的山。❸淵池　深池。❹輦　搬運；載運。❺溝　用為動詞。挖。❻凌　攀登。❼逸其人　使人民安逸。亦即不必勞動人民。唐人避太宗李世民諱，以人代「民」。❽因　順著。❾天　自然。❿九疑之麓　九疑山的山腳下。九疑，山名。在湖南寧遠南。麓，山腳。⓫度土　丈量土地。⓬翳　遮蔽。⓭奧草　深草。⓮伏　埋沒。⓯土塗　泥土。⓰虵虺　毒蛇。⓱蟠　通「盤」。盤據。⓲葩　花。⓳植　通「殖」。生長。⓴穢墟　荒蕪之地。㉑理　即「治」。唐人避高宗李治諱，以理代「治」。㉒芟　割除。㉓行其塗　挖去湮塞泉水的泥土。行，去。此指挖去。其，指上文「泉」。塗，泥土。㉔積之丘如　堆積得像小山一樣。之，指割下的草和挖出的泥土。㉕蠲之瀏如　流出來的泉水很清澈。蠲，顯示。此指流出。瀏，水清澈的樣子。㉖釃　疏通。㉗植　樹木。㉘敷舒　廣布舒展。㉙蓄　蓄積的泉水。㉚溶漾紆餘　水波晃動，水勢迂迴。㉛森然　密布的樣子。㉜逶邃　曲折幽深。㉝堆阜　堆高的土山。㉞突怒　高聳突出。㉟棟宇　房屋。棟，屋梁。

宇，屋簷。㊱合形輔勢　配合地形，映襯地勢。㊲堂廡　堂下四周的房屋。堂，正房前臺階上的地方。㊳間廁　夾雜交錯。㊴譙　城上之高樓，用以瞭望。㊵措　安置；安放。㊶二千石　二千石俸祿的官。漢代郡守俸祿二千石。此指刺史。㊷楷法　楷模。

【語　譯】要在城郊建造幽深的山谷、不平的高山、淵深的池塘，就一定要搬運山石，挖掘澗谷，那就要攀越險阻，費盡人力，才有可能成功。雖然大家都想營造出天造地設的自然景致，卻都沒有人做到。不必勞動人力，能順著地形，保全它的自然狀態，這是以前所難辦到的，現在都在這裡出現了。

永州就在九疑山的山腳下。當初丈量土地的人，環山建城。這兒有巖石，但都埋沒在深草堆；有泉水，但也隱藏在泥土裡。這兒是毒蛇盤據、狸鼠出沒的地方，茂盛的樹和雜木、美麗的花和毒草雜亂地生長著，所以被人視為荒蕪的地方。

韋公到任一個月後，政事方面已經沒什麼可做。他看了這個地方，覺得很特別。這才叫人割除荒草，挖走泥土。荒草泥土堆積得像小山，流出來的泉水清澈見底。焚燒了荒草，疏通了泉水，奇異的景色便紛紛顯露出來，清濁有了區別，美醜也有了改變。看看這裡的樹木，是那麼清秀舒展；看看這裡的泉水，是那麼蕩漾迂迴。怪石密布，四周都是，有的成列，有的跪拜，有的站立，有的臥倒，洞穴曲折幽深，那些堆積的土山高聳突出。於是在這裡建造房屋，以便觀賞遊覽。各種設施，都配合著地形，映襯著地勢，在廳堂下展現它們的特色。外面有連綿的山巒和高原、長著林木的崖壁，錯綜排列，或隱或現，近處和綠野相接，遠處和藍天混一，這些景色，都會聚到門樓內來。

不久，韋公就邀請賓客進來參觀，接著又設宴娛賓。有人一面稱讚一面道賀說：「看了您的新堂，就知道您的志向。您順著地勢取得勝景，難道不是要順著習俗來達成教化嗎？您剔除醜陋選取美好，難道不是要剷除殘暴維護善良嗎？您清除汙濁讓流水清淨，難道不是要消除貪婪建立清廉的風氣嗎？您站在高處眺望遠方，難道不是要使家家得到安撫、戶戶受到教諭嗎？」如此，則這座新堂，哪裡只是為了草木、土石、水泉的適意呢？哪裡只是山巒原野樹林山麓的觀賞呢？是要讓接替韋公治理這個地方的人，看到小事而知道大事啊。我請求把這意思刻成石碑，安裝在牆壁上，作為後來刺史的楷模。

【研　析】本文可分四段。首段論在郊邑建造山水勝景之困難，只有永州韋使君新堂能輕易點化出天造地設的美景。第二段描述永州原來的荒蕪穢亂。第三段述韋使君整頓的經過與完成後的美景。第四段藉賓客的賀詞來讚揚韋使君此舉所寓含的仁政大義，並期勉後繼者效法；此為本文章旨之所在。

本文所述範圍實為永州郡圃。從寫景、敘事與議論中抒發了柳宗元的園林觀：其一，園林山水的創設不單為耳目肢體的悅適，尚具有化民成俗、助益治理的功能。這中間實為山水比德、山水悟道觀念的繼承與發揚。其二，一切創設活動都是在「既逾月，理甚無事」之後才著手的，顯示徜徉山水的樂趣仍以治平無事為前提。這是貶謫之人在追求逍遙自得的生活時難以放下的羈束。其三，「逸其人，因其地，全其天」與「求天作地生」等語充分表達了一切人為造設仍以因順自然為大原則的造園理念。其四，從二、三段前後的對照，可知在因順自然的原則下，相地工夫與人為點化的神奇效果。

實則韋使君整頓州治附近的景觀並築建新堂，其初衷應屬單純的改善居處環境，然而寫記刻石不得不賦以大義。但觀本文前三段的著墨與景觀煥然神奇的變化，可知柳宗元寫作的興味仍在前三段，與韋使君的心意是相應的。

鈷鉧潭西小丘記

【題　解】本文選自《柳河東集》。鈷鉧潭，永州（治所在今湖南零陵）境內染溪溪流中的一個小潭，形狀像鈷鉧（熨斗），故名鈷鉧潭。柳宗元貶官永州司馬，職事清閒，因此藉山水詩文排遣心情，寄託憤慨，寫下不少膾炙人口的文章，其中尤以「永州八記」最為後人稱道。八記依次為〈始得西山宴遊記〉、〈鈷鉧潭記〉、〈鈷鉧潭西小丘記〉、〈至小丘西小石潭記〉、〈袁家渴記〉、〈石渠記〉、〈石澗記〉、〈小石城山記〉，各自獨立而又前後聯貫。本文透過小丘景致的描述，寄託其貶官的心情。

得西山❶後八日❷，尋❸山口西北道二百步❹，又得鈷鉧潭。潭西二十五步，當湍❺而浚❻者為魚梁❼。梁之上有丘焉，生竹樹。其石之突怒偃蹇❽、負土而出❾爭為奇狀者，殆❿不可數。其嶔然⓫相累⓬而下者，若牛馬之飲於溪；其衝然角列⓭而上者，若熊羆⓮之登於山。

丘之小不能⓯一畝，可以籠而有之⓰。問其主，曰：「唐氏之棄地，貨而不售⓱。」問其價。曰：「止⓲四百。」予憐⓳而售之⓴。李深源、元克己㉑時同游，皆大喜，出自意外。即更取器用㉒，剷刈㉓穢草㉔，伐去惡木㉕，烈㉖火而焚之。嘉木立，美竹露，奇石顯。由其中以望，則山之高、雲之浮、溪之流、鳥獸之遨遊，舉熙熙然㉗迴巧獻技㉘，以效㉙茲丘之下。枕席而臥，則清泠之狀與目謀㉚，瀯瀯㉛之聲與耳謀，悠然而虛者㉜與神謀，淵然而靜者㉝與心謀。不匝旬㉞而得異地者二㉟，雖古好事之士㊱，或未能至焉。

噫！以茲丘之勝，致之澧、鎬、鄠、杜㊲，則貴游之士㊳爭買者，日增千金而愈不可得。今棄是州也，農夫漁夫過而陋㊴之；賈㊵四百，連歲不能售。而我與深源、克己獨喜得之，是其果有遭㊶乎？書於石，所以賀茲丘之遭也。

【注釋】❶西山　山名。在湖南零陵西，瀟水支流染溪旁，自朝陽巖至黃茅嶺，綿亙數里。❷後八日　據〈始得西山宴遊記〉，得西山在唐憲宗元和四年（西元八〇九年）九月二十八日，則所謂後八日，當在是年十月上旬。❸尋　通「循」。沿著。❹步　古代長度名。各代不一，唐以周尺六尺四寸為步。❺湍　急流。❻浚　深。❼魚梁　一種捕魚的設置。用土石橫截溪流，留缺口以通水流，缺口可放置竹製的捕魚器具。❽突怒偃蹇　高聳突出的樣子。突怒，尖銳突出的樣子。偃蹇，高聳的樣子。❾負土而出　自土中突冒而出。負，背負。❿殆　幾乎。⓫嶔然　高聳的樣子。⓬累　堆聚；累積。⓭衝然角列　對立排列、直衝而上。衝然，直上的樣子。角列，如犄角般對立排列。⓮羆　動物名。體形大於熊，毛黑褐色，產於寒帶山麓間。⓯不能　不足；不到。⓰籠而有之　全部買下。籠，包舉；概括。⓱貨而不售　想賣而賣不出去。貨，出賣。售，賣出。⓲止　僅；只。⓳憐　愛惜。⓴售之　使之售出。即買下。㉑李深源元克己　皆人名。生平不詳。㉒器用　器具。㉓刈　割草。㉔穢草　雜草。㉕惡木　形狀不佳的樹木。㉖烈　放火燒。㉗熙熙然　和樂的樣子。㉘迴巧獻技　表現其巧妙與特色。迴，操作。㉙效　呈現。㉚清泠之狀與目謀　清新涼爽的情狀充滿眼前。泠，清涼。謀，交往接觸。㉛瀯瀯　水流聲。㉜悠然而虛者　悠閒空靈的情境。㉝淵然而靜者　深沉靜謐的氣氛。淵然，深沉的樣子。㉞不匝旬　不滿十日。匝，滿。旬，十日。㉟得異地者二　得到二處風景佳勝之地。二，指鈷鉧潭及此小丘。㊱好事之士　本指好製造事端者。此指喜好山水風雅者。㊲灃鎬鄠杜　皆地名。唐時皆在京師長安之郊。灃，水名。此借為酆，地名，故城在今陝西鄠縣東。鎬，故城在今陝西西安西南。鄠，今陝西鄠縣。杜，在今陝西長安縣南。㊳貴游之士　本指不任官職的王公貴族。此指達官富豪。㊴陋　鄙視；看輕。㊵賈　價錢。㊶遭　遭遇；運氣。

【語譯】發現西山後第八天，沿著山口一條向西北去的路，走了二百步，又發現鈷鉧潭。潭的西邊大約二十五步，在流急水深的地方，是一座魚梁。魚梁上方有一座小丘，長著竹子和樹木。小丘上的石頭，高聳突出、從土裡冒出來表現出各種奇奇怪怪的樣子，多得幾乎數不清。有的高聳相疊延伸而下，好像一群牛馬到溪邊飲水一樣；有的分立並排向上衝，好像一群熊羆向山上攀登。

小丘的大小還不到一畝，可以全買下來。打聽它的主人，人家告訴我說：「這是唐家的荒地，想賣而賣不出去。」我問它的價錢，那人回答說：「只要四百錢。」我很喜歡這塊地，就把它買了下來。李深源、元克己當時和我一道，都很高興，認為出乎意料之外。接著大家就拿了工具，剷除雜草，砍掉雜樹，放火燒了。於是，美好的樹木、漂亮的竹子、奇異的石頭，就都顯現出來。從小丘中向四周眺望，那山的高聳、雲的飄浮、溪的流動、鳥獸的遨遊，統統都很和樂地在這座山丘的四周，極力表現出各自的巧妙和特色。躺在那兒，眼睛看到的是清涼的情狀，耳朵聽到的是潺潺的水聲，精神接觸到的是悠閒空靈的情境，心靈感受到的是深沉靜謐的氣氛。不到十天就發現兩處風景美好的地方，即使是古代喜歡山水風雅的人，恐怕也做不到。

唉！以這小丘的勝景，如果移到京師附近的灃、鎬、鄠、杜去，那麼，那些達官富豪一定爭著去買，即使每天增加千金，恐怕都買不到吧。現在卻被拋棄在這個州，連農夫漁夫經過這兒，都看不起它。開價只有四百錢，一連好幾年都賣不出去。惟獨我和深源、克己，很高興能得到它，這難道真有所謂運氣存在嗎？我把這經過寫在石頭上面，用來慶賀這座小丘的遭遇。

【研　析】本文可分三段。首段記小丘的位置，及丘上的怪石景觀。二段記買下小丘，加以整理，由其中觀賞所得的樂趣。末段感歎小丘之棄置荒廢，並賀其得主。

本文作於唐憲宗元和四年（西元八〇九年）十月初，時作者貶官已五年。政治上的挫折感，在永州幽麗的山水奇景中，似已得到一些撫慰，所以在小丘中可以看到「熙熙然」的高山、浮雲、溪流、鳥獸，可以感覺到周遭的「清泠之狀」、「瀯瀯之聲」，以及「悠然而虛」、「淵然而靜」的氣氛。但其改革政治，裁抑奸佞的平生抱負，卻猶未忘懷，所以丘中之石，如牛馬、如熊羆般，它們「負土而出，爭為奇狀」，它們或「嶔然相累」，或「衝然角列」，而都「突怒偃蹇」，充滿著強韌張揚的生命力；丘中的「穢草」、「惡木」，作者不但加以剷刈砍伐，又「烈火而焚之」，表現出一股「嫉惡如仇」、「除惡務盡」的堅持。而貶官的挫折，似乎也並未對他造成信心的打擊，故「連歲不能售」的小丘，一旦「致之灃鎬鄠杜」，他認為必然為貴游之士所爭買，且身價日增。而末段對小丘得主的致賀，雖含自悼，但所悼者是懷才不遇，而非自我懷疑或否定。小丘原本多年荒蕪，無人過問，而今卻有作者的賞識，是真值得賀喜；反過來說，作者遠貶蠻荒，悠悠五載，迄未見平反，顯見朝廷政治之不公，人才之閒置浪費，是社稷之大不幸，此則自悼之餘，有著更多的憤慨。

全文名為寫丘、寫石，實則藉丘、藉石以寫人，故景中句句寓情，情景交融，人丘為一，這正是柳宗元山水遊記之被後人高度推崇的原因。

小石城山記

【題解】本文選自《柳河東集》。小石城山在永州（治所在今湖南零陵）西山北側、黃茅嶺下，是柳宗元發現的一處景點。本文是「永州八記」（參見〈鈷鉧潭西小丘記〉題解）的最後一篇，作於柳宗元永州十年的末期。十年來困守南荒，精神體力均極困頓，因此，文章透過小石城山的瑰麗勝景，表現了對造物者之有無的矛盾、疑惑的心情。

自西山❶道口徑北❷，踰❸黃茅嶺而下，有二道。其一西出，尋之無所得。其一少❹北而東，不過四十丈，土斷而川分，有積石橫當其垠❺。其上為睥睨❻、梁欐❼之形，其旁出堡塢❽，有若門焉。窺之正黑❾，投以小石，洞然❿有水聲，其響之激越⓫，良久乃已。環之可上，望甚遠。無土壤而生嘉樹美箭⓬，益奇而堅，其疏數⓭偃仰⓮，類智者所施設也。

噫！吾疑造物者之有無久矣。及是，愈以為誠有。又怪其不為之於中州⓯，而列是夷狄⑯，更千百年不得一售其伎，是固勞而無用。神者儻⑰不宜如是，則其果無乎？或曰：「以慰夫賢而辱於此者。」或曰：「其氣之靈，不為偉人，而獨為是物，故楚⑱之南，少人而多石。」是二者，余未信之。

【注　釋】❶西山　山名。在湖南零陵西，瀟水支流染溪旁，自朝陽巖至黃茅嶺，綿亙數里。❷徑北　一直往北。徑，直接；一直。❸踰　越過。❹少　稍微。❺垠　邊；界。❻睥睨　亦作「埤堄」。城上的短牆。排列如鋸齒，有小孔以望城外。❼梁欐　屋梁。欐，正梁。❽堡塢　堡壘。❾正黑　純黑；全黑。❿洞然　形容回聲深邃。⓫激越　聲音清脆深遠。⓬箭　一種竹名。此指竹。⓭數　稠密。⓮偃仰　俯仰；高低。⓯中州　中原。⓰夷狄　古代稱漢族以外的兩種民族。此指荒遠之地。⓱儻　似乎；或許。⓲楚　楚國。春秋、戰國時代國名。永州地屬古代楚國疆域。

【語　譯】從西山的路口一直往北，越過黃茅嶺下去，有兩條路。一條向西，沿路探尋，找不到好的景觀。另一條稍稍偏北又轉向東，不過四十丈遠，地勢中斷，水流分開，有積石擋在路的盡頭。它的上面像城牆、屋梁的形狀，旁邊有天然的堡塢，好像門一般。朝裡面一望，黑黝黝一片，拿小石塊投進去，回聲深邃像是落在水裡，聲音清脆深遠，很久才停止。繞著堡塢可以走到上面去，那兒可以看得很遠。上面沒有泥土，卻長著好看的樹和竹子，長得特別的奇異堅挺，或疏或密、或俯或仰，像是聰明人特意布置的。

唉！我疑心造物者的有無已經很久了。看到這些，更加相信確實是有的。但是又奇怪造物者為何不把這些安排在中原，卻安排在這荒遠的地方。經過幾千百年都不能展現它優美的姿態，這真是勞而無功的事。神似乎不會這樣，那麼是真的沒有造物者嗎？有人說：「這是用來安慰那有賢才而辱沒在這裡的人的。」有人說：「這種天地的靈氣，不創造偉人，卻創造這種美景，所以楚的南方，缺少偉人，卻多出奇石。」這兩種說法，我都不相信。

【研　析】本文可分二段。首段描繪小石城山的地形、景色。末段抒發感觸，以美景間接議論賢才的遇合問題。

作者認為優美奇妙的景色理應列於中州，理應受到賞識，才算發揮其「用」。這樣的論點非常奇特，其實是隱含著人才遇合進退的喻意。這顯現出作者對於是否受到賞識任用、是否能發揮長才等十分在意，所以見奇石棄置僻壤便油然而生同情之心。

作者在末段先以小石城山的奇美認定真有造物者，推翻前此的懷疑，繼而又因將此美景列於夷狄、勞而無用再度懷疑造物者的存在。在短短文字中肯定與懷疑交迭，其內心的矛盾和疑惑可謂相當強烈，這正與司馬遷〈伯夷列傳〉「儻所謂天道，是邪非邪」的心境相似，都反映出傳統士大夫將生命價值建立在與君王的遇合上所衍生的疑惑與怨悶。

賀進士王參元失火書

【題解】本文選自《柳河東集》。王參元，唐濮州（今河南濮縣西）人，憲宗元和二年（西元八〇七年）中進士。王參元未中進士前，因家境富有，以致眾人避嫌，不敢推舉，故長期科場失利。柳宗元得知王家遭火災而破財，寫這一封信向他道賀，預祝其家財耗損後，真才實學得以顯白而為世人所知，繼而科場得意，大有作為。

得楊八❶書，知足下❷遇火災，家無餘儲❸。僕❹始聞而駭，中而疑，終乃大喜，蓋將弔❺而更以賀也。道遠言略，猶未能究❻知其狀，若果蕩❼焉泯❽焉而悉無有，乃吾所以尤賀者也。

足下勤奉養❾，樂朝夕，惟恬安❿無事是望也。今乃有焚煬⓫赫烈⓬之虞⓭，以震駭左右⑭，而脂膏滫瀡⑮之具，或以不給⑯。吾是以始而駭也。凡人之言，皆曰：「盈虛倚伏⑰，去來之不可常。」或將大有為也，乃始厄困震悸⑱，於是有水火之孽⑲，有群小之慍⑳。勞苦變動，而後能光明，古之人皆然。斯道遼闊誕漫㉑，雖聖人不能以是必信，是故中而疑也。

以足下讀古人書，為文章，善小學㉒，其為多能若是，而進不能出群士之上，以取顯貴者，蓋無他焉。京城人多言足下家有積貨㉓，士之好廉名者皆畏忌，不敢道足下之善，獨自得之，心蓄之，銜忍而不出諸口。以公道之難明，而世之多嫌㉔也。一出口，則嗤嗤㉕者以為得重賂。

僕自貞元㉖十五年見足下之文章，蓄之者蓋六、七年未嘗言。是僕私一身而負公道久矣，非特負足下也。及為御史、尚書郎，自以幸為天子近臣，得奮其舌，思以發明㉗足下之鬱塞㉘。然時稱道於行列㉙，猶有顧視而竊笑者。僕良恨修己之不亮，素譽㉚之不立，而為世嫌之所加，常與孟幾道㉛言而痛之。

乃今幸為天火之所滌盪，凡眾之疑慮，舉為灰埃。黔㉜其廬，赭㉝其垣㉞，以示其無有，而足下之才能乃可以顯白而不汙，其實出矣。是祝融、回祿㉟之相㊱吾子也。則僕與幾道十年之相知，不若茲火一夕之為足下譽也。宥㊲而彰之，使夫蓄於心者，咸得開其喙㊳；發策決科者㊴，授子而不慄㊵。雖欲如嚮之蓄縮㊶受侮，其可得乎？於茲吾有望乎爾，是以終乃大喜也。

古者列國有災，同位者皆相弔。許不弔災，君子惡之㊷。今吾之所陳若是，有以異乎古，故將弔而更以賀也。顏、曾㊸之養，其為樂也大矣，又何闕焉！

【注釋】❶楊八　楊敬之。排行第八，故稱楊八。柳宗元之親戚，王參元之好友。❷足下　稱人的敬辭。通常用於平輩。❸儲　蓄積。❹僕　自稱的謙辭。❺弔　慰問。❻究　詳盡。❼蕩　毀損。❽泯　盡；徹底。❾奉養　供養父母。❿恬安　平安。⓫焚煬　焚燒。⓬赫烈　火勢猛烈。⓭虞　災害。⓮左右　稱人的敬辭。不敢直指對方，而稱其左右執事之人，表示敬意。⓯脂膏滫瀡　謂調和飲食。《禮記・內則》：「滫瀡以滑之，脂膏以膏之。」脂膏，肉類的脂肪。滫瀡，淘米汁。古人用淘米汁浸泡食物使柔滑。⓰不給　不備；無法供應。給，備。⓱盈虛倚伏　盈虛互相依存，互相轉化。盈虛，指盛衰、吉凶、禍福、得失等。《老子》：「禍兮福之所倚，福兮禍之所伏。」⓲震悸　驚恐。⓳孽　禍殃。⓴慍　怨恨。㉑誕漫　廣大而無邊際。㉒小學　研究文字形音義的學問。㉓貨　錢財。㉔嫌　猜疑。㉕嗤嗤　嘲笑的樣子。㉖貞元　唐德宗年號。西元七八五～八〇五年。㉗發明　表明；說明。㉘轗塞　困頓不順。㉙行列　指同僚。㉚素譽　平時之聲譽。㉛孟幾道　孟簡。字幾道，平昌（今四川平昌）人，進士，官至山南東道節度使。㉜黔　黑色。此用為動詞。燒黑。㉝赭　紅色。此用為動詞。燒紅。㉞垣　牆壁。㉟祝融回祿　皆火神名。㊱相　幫助。㊲宥　通「佑」。幫助。㊳喙　本指鳥嘴。此指人嘴。㊴發策決科者　指主考官發策，出策發問以考諸士。即出題目。決科，指錄取。㊵慄　畏懼。㊶蓄縮　畏忌退縮。㊷許不弔災二句　《左傳・昭公十八年》記宋、衛、陳、鄭四國發生火災，許國不弔災，君子以此知許將先亡。㊸顏曾　顏回與曾參。皆孔子弟子，顏回能安貧，曾參能孝養父母。

【語譯】接到楊八的信，知道您遭到火災，家裡財物一點也不剩。我初聞大吃一驚，接著有點懷疑，最後卻非常高興，本來想慰問您而改為道賀了。由於路遠信裡說得又簡略，還不能詳盡知道確實的情況，如果真的燒得精光，一點也不剩，那我就格外要向您道賀了。

您勤謹地奉養父母，快樂地過日子，只希望平安無事。現在竟然有猛火烈焰的災難，使您受到驚嚇，而調和飲食的物品，可能因此無法供應。所以我起初大吃一驚。人們常說：「盛衰互相倚伏，來去沒有一定。」或許您將要有大作為，所以先要遭到困厄驚恐，於是有水火的禍殃，有小人的懷恨。經歷勞苦變動，到最後才能有光明。古人都是這樣的。不過這個道理很深遠廣大，即使聖人也不敢認為這是一定可信的，所以接著我就起了懷疑。

以您讀古人書，會寫文章，又擅長文字學，這樣的多才多藝，可是在做官進取方面卻不能超過眾人，而取得顯達富貴，這實在沒有別的緣故，而是京城裡的人多說您家裡很有錢，那些喜歡清廉名聲的人都有所畏懼顧忌，不敢稱道您的才能，他們只是自己明白，藏在心裡，隱忍著不敢說出來。因為公道很難明白，而世人又多猜疑啊。一說出來，喜歡嘲笑別人的人就以為他一定得到很多的賄賂。

我從貞元十五年看到您的文章，隱藏在心裡已有六、七年了，一直不敢公開稱道您。那是我只顧自己而違背公道已經很久了，不僅僅對不起您而已。等到做了御史、尚書郎，自以為僥倖做了天子的近臣，能夠有機會開口說話，很想表白您的困頓不順。但是有時在同僚中稱道您，還有人你看我我看你的在背地裡笑我。我深恨自己的修養不好，平時的聲譽沒有建立起來，而被世人所猜疑，我常常跟孟幾道談起，都感到痛心。

現在幸而被一場大火燒得乾乾淨淨，所有眾人的疑慮，全都變為灰燼。大火燒黑您的房子，燒紅您的牆壁，來表示您已經一無所有，這樣，您的才能才可以顯露出來而不被玷汙，實情就可以顯現了。那是火神祝融、回祿在幫助您哩。我和孟幾道與您十年的相知，竟比不上這場火災在一夜之間造成了您的名譽啊。這場火災幫助您，讓您的真才和實情顯露出來，使那些隱藏在心裡不敢說的人，都能夠開口了；那些主持考試的官員，給您功名，也不會害怕。即使想要和以前一樣隱忍畏縮，擔心受人家的譏笑，還有可能嗎？在這方面，我對您懷著很大的希望，所以到最後我就非常高興了。

古時候，各國有災難，同樣爵位的諸侯都會互相慰問。有一次，許國不派人慰問宋、衛、陳、鄭等國的災難，君子都厭惡許國。現在我所陳述的情況卻是如此，和古代有所不同，所以本來要慰問您，又改作向您道賀。至於曾子和顏回，對父母的奉養也不豐富，但他們卻是非常快樂的，又有什麼不足的呢！

【研　析】本文可分六段。首段言致書目的在賀王參元之失火。「始聞而駭，中而疑，終乃大喜，蓋將弔而更以賀也」是全文的綱目，為以下各段之所本，而重點尤在於喜而賀。二段言「駭」和「疑」。王參元勤於奉養，今遭大火，或將飲食不給，此其所以「駭」；世事「盈虛倚伏」，王參元或將因而大有作為，此理「遼闊誕漫」，此其所以「疑」。三至六段說明其所以喜而賀。三段言王參元素多才勤學，而迄不能取顯貴，乃因其「家有積貨」，世人避嫌，不敢稱揚之。四段自言雖嘗稱道王參元，但為同列所竊笑。五段言王參元此次受災破財，或將使人勇於稱揚之、薦舉之，而不必顧忌。六段收束全文，以王參元遭遇異於古時，「故將弔而更以賀」。

綜觀全文，作者其實是以「盈虛倚伏，去來之不可常」的觀點，安慰王參元的失火破財，並預祝王參元在家財耗損之後，其才能「可以顯白而不汙」，能科場得意，大有作為，其用心可謂良苦。但作者在書信一開始，卻給人疑惑錯愕的感覺，用始駭、中疑、終喜而賀，顛覆了世俗對於災害的觀感，這是本文非常奇特的地方。深層來看，這個「賀」字是有其背景的，其根源在於「公道之難明，而世之多嫌」。科舉取才的最大優點在於公平，王參元「多能」而久困，原因是他多財，使稱道者、薦舉者因避嫌而有所顧忌，這對王參元而言，就是不公平，因此使作者為他抱屈，為他心痛，如今王參元仕進的障礙既除，當然值得喜、值得賀了。過商侯以「奇情恣筆」評此文：奇則奇矣，但在這奇特的文筆、論調中，是否深藏著作者對於世道的諷刺呢？

王禹偁

王禹偁（西元九五四～一〇〇一年），字元之，北宋濟州鉅野（今山東鉅野）人。太宗太平興國八年（西元九八三年）中進士。累官至禮部員外郎，知制誥。真宗朝，參預修纂太宗實錄，因與宰相張齊賢、李沆意見不合，出知黃州（治所在今湖北黃岡），後徙蘄州（治所在今湖北蘄春），未踰月卒於任上。王禹偁出身貧寒而為官清廉，秉性剛正而不畏權勢，為官八年而三度遭貶官，曾作〈三黜賦〉以明志。其詩宗杜甫、白居易，內容多反映現實，語言平易流暢，風格簡雅古淡。其文繼承中唐韓、柳，以宗經復古為職志，內容充實而文從字順。是北宋初期的詩文大家。有《小畜集》。

待漏院記

【題解】本文選自《小畜集》。古代百官清晨準備朝見天子，謂之待漏。待漏院是唐、宋時期宰相等待上早朝休息的地方。始設於唐憲宗元和（西元八〇六～八二〇年）年間。漏，古代的計時器。本文旨在強調宰相身繫一國之政，萬人之命，待漏之際，當思如何公忠勤政，造福萬民，不當私心自用，禍國殃民，尤不當尸位素餐，無所作為。

天道不言，而品物亨❶，歲功❷成者，何謂也？四時之吏❸，五行❹之佐，宣❺其氣矣。聖人❻不言，而百姓親，萬邦寧者，何謂也？三公❼論道，六卿❽分職，張⑨其教矣。是知君逸於上，臣勞於下，法乎天也。古之善相⑩天下者，自咎、夔⑪至房、魏⑫，可數也。是不獨有其德，亦皆務於勤爾。況夙興夜寐⑬，以事一人，卿大夫猶然，況宰相乎？

朝廷自國初因舊制，設宰臣待漏院於丹鳳門⑭之右，示勤政也。至若北闕⑮向曙⑯，東方未明，相君⑰啟行，煌煌⑱火城⑲；相君至止，噦噦⑳鑾㉑聲。金門㉒未闢㉓，玉漏㉔猶滴；徹蓋㉕下車，于焉以息。待漏之際，相君其有思乎？

其或兆民㉖未安，思所泰㉗之；四夷未附，思所來之；兵革㉘未息，何以弭㉙之；田疇㉚多蕪，何以闢㉛之；賢人在野，我將進之；佞臣㉜立朝，我將斥㉝之；六氣㉞不和，災眚㉟薦㊱至，願避位以禳㊲之；五刑㊳未措㊴，欺詐日生，請修德以釐㊵之。憂心忡忡㊶，待旦而入。九門㊷既啟，四聰㊸甚邇㊹。相君言焉，時君納焉。皇風㊺於是乎清夷㊻，蒼生㊼以之而富庶。若然，則總百官，食㊽萬錢，非幸也，宜也。

其或私讎未復，思所逐之；舊恩未報，思所榮之；子女㊾玉帛，何以致之；車馬器玩，何以取之；姦人附勢，我將陟㊿之；直士抗言(51)，我將黜(52)之；三時(53)告災，上有憂色，構巧詞以悅之；群吏弄法，君聞怨言，進諂容以媚之。私心慆慆(54)，假寐(55)而坐。九門既開，重瞳(56)屢迴(57)。相君言焉，時君惑焉。政柄于是乎隳(58)哉，帝位以之而危矣。若然，則死下獄，投遠方，非不幸也，亦宜也。

是知一國之政，萬人之命，懸于宰相，可不慎歟！復有無毀無譽，旅進旅退(59)，竊位而苟祿，備員(60)而全身者，亦無所取焉。

棘寺(61)小吏王禹偁為文，請誌院壁，用規(62)於執政者。

【注釋】❶品物亨　萬物順利生長。品物，萬物；眾物。亨，通達。❷歲功　一歲之收成。❸四時之吏　掌四時之神。謂春勾芒、夏祝融、秋蓐收、冬玄冥之神。❹五行　金木水火土。❺宣　疏通。❻聖人　指皇帝。❼三公　《尚書・周官》以太師、太傅、太保為三公。此指宰相。唐代以尚書、中書、門下三省分掌相權。❽六卿　《尚書・周官》以冢宰、司徒、宗伯、司馬、司寇、司空為六卿。此指六部長官。唐代尚書省設吏、戶、禮、兵、刑、工六部，相沿至清。❾張　宣揚；推展。❿相　佐理；輔助治理。⓫咎夔　皆舜臣。咎，皋陶。舜時掌刑獄。夔，舜時掌音樂。⓬房魏　房玄齡、魏徵。皆唐太宗時之賢相。⓭夙興夜寐　早起晚睡。形容勤勉。⓮丹鳳門　宋代皇城的南門。⓯北闕　宮殿北門上的望樓。⓰向曙　天快亮的時候。⓱相君　尊稱宰相。⓲煌煌　明亮的樣子。⓳火城　指宰臣早朝時的燈火儀仗，猶如火城。⓴噦噦　形容節奏清晰的車鈴聲。㉑鑾　車鈴。㉒金門　用黃金裝飾的門。指宮門。㉓闢　開啟。㉔玉漏　有寶玉裝飾的漏壺。㉕徹蓋　撤下傘蓋。徹，除去。蓋，車傘。㉖兆民　百姓；人民。兆，極言其多。㉗泰　安。㉘兵革　指戰爭。兵，武器。革，皮製的甲冑。㉙弭　平息。㉚田疇　田地。疇，已耕的田地。㉛闢　開墾。㉜佞臣　阿諛諂媚之臣。㉝斥　斥退。㉞六氣　指陰、陽、風、雨、晦、明。㉟災眚　災禍。眚，災禍。㊱薦　通「洊」。接連。㊲禳　祈求消災的祭禱。㊳五刑　五種刑法。唐代以笞、杖、徒、流、死為五刑，沿用至清代。㊴措　棄置不用。㊵釐　治理。㊶忡忡　憂心不安的樣子。㊷九門　古代天子九門：路門、應門、雉門、庫門、皋門、城門、近郊門、遠郊門、關門。此泛指宮門。九，言其多。㊸四聰　四方的聽聞。天子須廣聽四方反映，以決策發令，故此指天子而言。㊹邇　近。㊺皇風　政風。㊻清夷　清平。夷，平。㊼蒼生　百姓。㊽食　俸祿。

㊾子女　男女。指奴婢侍妾等。㊿陟　擢升；進用。51抗言　直言。52黜　斥退；降官。53三時　指春夏秋農忙之時。54慆慆　放縱無度。55假寐　不脫衣冠而睡。56重瞳　指皇帝的眼睛。相傳舜目有雙瞳人。57迴　回頭看。58隳　毀敗；敗壞。59旅進旅退　謂眾人進則進，眾人退則退。即與眾人共進退。旅，眾。60備員　聊以充數。61棘寺　指大理寺。掌刑獄的最高官署。相傳上古在棘木之下審斷案件，故稱。王禹偁曾官大理評事，後又以左司諫、知制誥判大理寺。62規　規勸；勸戒。

【語　譯】上天並不說話，但是萬物都能順利生長，年年都能有收成，這是什麼道理呢？因為有四季五行的神相輔佐，代替上天疏通節氣。皇帝也不說話，但是百姓都能和睦，萬國都能安寧，這是什麼道理呢？因為有三公討論治國的原則，六卿分別掌理各種職務，推展了皇上的政教。由此可以知道，在上面的君主很安逸，在下面的臣子很勞苦，這是效法天道。古代善於輔佐天子治理天下的人，從舜時的皋陶、夔，到唐代的房玄齡、魏徵，可以一一數得出來。他們不但有德行，也都專力於勤勞工作。況且早起晚睡，來事奉君主，卿大夫尚須如此，何況宰相呢？

本朝自立國開始就沿襲前代制度，在丹鳳門的右邊設置了宰相的待漏院，表示對政事的勤勞。當北闕將近天亮，東方還未發白的時候，宰相就已出發上朝，道路上炬火通明好像火城一樣。宰相一到，只聽到一陣噦噦的車鈴聲。這時宮門還沒開，玉漏還在滴水；於是便撤去車上的傘蓋，宰相下車來，在待漏院裡休息。在等待上朝時，宰相應該有所思考吧！

或者想的是人民還未安定，該怎樣使他們安定下來；四方夷狄還沒有全部歸附，該怎樣使他們來歸附；戰亂還沒有停止，該怎樣使它平息；田地還有很多荒蕪，該怎樣加以開墾；賢能的人還有在山野的，我要引進他們；奸邪的人還有在朝的，我要斥退他們；陰、陽、風、雨、晦、明等六氣不調和，災禍一再發生，我願意讓位以祈求上天消除災禍；五刑還不能廢止，欺詐的事每天都在發生，願意修明德行來治理它。所以滿心憂慮不安，等待天亮入朝。宮門開啟，聖明的天子就在眼前。這時宰相奏事，皇帝採納。政風因此而清平，百姓因此而富庶。如果這樣，那麼他總管百官，享受優厚的俸祿，並非僥倖，是應該的。

或者想的是私仇還未報復，要怎樣驅逐仇人；舊恩還未報答，要怎樣使恩人榮顯；奴婢侍妾、美玉絲帛，要怎樣才可以弄到；車馬玩器，要怎樣才可以取得；依附我的奸人，我要提拔他們；直言的正人君子，我要罷黜他們。春夏秋三季發生災害，君主顯出憂慮的臉色，要編造一些巧妙的話讓他高興；官吏玩弄法令，君主聽到怨言，要表現諂諛的樣子去討好他。滿懷私心，坐在那兒打盹。宮門開啟，君主一再注視。這時，宰相說話了，君主也被迷惑了。政權因此而敗壞，帝位因此而危險。如果這樣，那麼判他死罪，關進監獄，或放逐到遠方去，並非不幸，也是應該的。

可見，一個國家的政治，千萬人的生命，都決定在宰相身上，怎麼可以不謹慎呢！此外還有一種人，既沒有人毀謗他，也沒有人稱讚他，跟著眾人一起進退，竊取高位，苟得俸祿，聊以充數而只知保身，這種人也是沒有什麼可取的。

大理寺小吏王禹偁作這篇文章，請記在待漏院的牆壁上，用來規勸執政者。

【研析】本文可分六段。首段說明君逸臣勞是天道的表現，自古賢相，既有其德，又皆能勤政。第二段說明設待漏院的目的。末二句「待漏之際，相君其有思乎」，開啟以下賢相、奸相的不同思惟。第三段設想賢相在待漏院憂思國事的情形。第四段設想奸相在待漏院巧思媚上斥仇的情形。第五段收束上二段對賢奸者的設想，結出宰相責任重大，並斥竊位苟祿者之不可取。第六段說明此文規勸的意旨。

本文首段揭示宰相「勤」於政乃合乎天道的表現，用此勤勞之意貫串全文。因待漏院等待上朝的時間不長，善加運用，正是勤政的表現。然而待漏之際勞思苦慮的卻有公私之別，賢奸於焉見矣。作者以三、四兩段的強烈對比，將賢奸者的心態深刻披露，肯定賢相而斥責奸相。賢者使皇風清夷、蒼生富庶，奸者使政柄隳、帝位危，然則待漏之際雖短，待漏院雖小，其功用影響之大且遠，豈可等閒視之。

本文既刻誌於待漏院壁，則當時宰相在待漏之際均得見之。而所有宰相均不出作者所述的賢、奸、竊位苟祿三類，亦即每位宰相都可以在此文中看到自己的心思，昭然若揭，進而產生勸勉或箴戒的效應。這正是作者的期待。

過商侯說：「通篇出力，只寫一勤字。勤字下得好，正與待漏待字恰恰相當。相君有思，亦是待漏時所必有之想，寫得森嚴可畏，有體有裁，宜與溫公〈諫院題名記〉並垂。」

黃岡竹樓記

【題解】本文選自《小畜集》，篇名原作〈黃州新建小竹樓記〉。北宋真宗咸平元年（西元九九八年），王禹偁因參與修撰太祖實錄，與宰相意見不合，被貶為黃州（治所在今湖北黃岡）知州。到任後在子城西北角蓋小竹樓，以覽觀水色山光，作為公餘休閒之用。乃作此文以記之，表現出幽閒自適、隨遇而安的生活品味。

黃岡之地多竹，大者如椽❶。竹工破之，刳❷去其節，用代陶瓦❸。比❹屋皆然，以其價廉而工省也。

子城❺西北隅，雉堞❻圮毀❼，蓁莽荒穢❽。因作小樓二間，與月波樓❾通。遠吞山光❿，平挹江瀨⓫，幽闃遼敻⓬，不可具狀⓭。夏宜急雨，有瀑布聲；冬宜密雪，有碎玉聲；宜鼓琴，琴調和暢；宜詠詩，詩韻清絕；宜圍棋，子聲丁丁⓮然；宜投壺⓯，矢⓰聲錚錚⓱然。皆竹樓之所助也。

公退之暇，被鶴氅⓲衣，戴華陽巾⓳，手執《周易》一卷，焚香默坐，消遣⓴世慮。江山之外，第㉑見風帆沙鳥，煙雲竹樹而已。待其酒力醒，茶烟歇，送夕陽，迎素月。亦謫㉒居之勝概㉓也。彼齊雲㉔、落星㉕，高則高矣；井幹㉖、麗譙㉗，華則華矣。止於貯妓女，藏歌舞，非騷人㉘之事，吾所不取。

吾聞竹工云：「竹之為瓦，僅十稔㉙。若重覆之，得二十稔。」噫！吾以至道乙未歲㉚，自翰林出滁上㉛；丙申㉜，移廣陵㉝；丁酉㉞，又入西掖㉟。戊戌㊱歲除日㊲，有齊安㊳之命，己亥㊴閏三月到郡。四年之間，奔走不暇，未知明年又在何處，豈懼竹樓之易朽乎？幸後之人與我同志，嗣而葺㊵之，庶斯樓之不朽也。

咸平二年八月十五日記。

【注釋】❶椽　承托屋瓦的圓木。❷刳　挖空。❸陶瓦　泥土燒成的瓦。❹比　並列；相連。❺子城　附屬於大城的小城。❻雉堞　城上凹凸相連如齒狀的矮牆。❼圮毀　倒塌毀壞。❽蓁莽荒穢　雜草叢生，髒亂不堪。蓁，草茂盛的樣子。莽，草。荒穢，蕪雜紛亂的樣子。❾月波樓　城樓名。王禹偁所建，在黃岡城上。❿山光　山的景色。⓫平挹江瀨　平目而望，湍急的江水如被竹樓所牽引。挹，牽引。瀨，急流。⓬幽闃遼敻　幽靜而遼闊。闃，寂靜。敻，遙遠。⓭具狀　一一形容。⓮丁丁　形容棋子落盤的聲音。⓯投壺　古代飲宴時的一種遊戲。以長頸的壺為目標，將箭形的籌投進去，以進籌的多少為勝負，負者罰酒。見《禮記．投壺》。⓰矢　指投壺用的箭形的籌。⓱錚錚　形容金屬相擊的聲音。⓲鶴氅　用鶴羽編製而成的外套。氅，以鳥羽所製的外套。⓳華陽巾　道士或隱士所戴的一種頭巾。⓴消遣　排遣；消除。㉑第　只有；僅有。㉒謫　降官職或放逐到遠地。㉓勝概　佳趣；勝事。㉔齊雲　樓名。唐代曹恭王所建，在吳縣（今江蘇吳縣）子城上。㉕落星　樓名。三國時代孫權所建，在金陵（今江蘇南京）東北落星山上。㉖井幹　樓名。漢武帝所建，在建章宮北，高五十丈，樓以木造，轉相交架如井欄，故名。幹，通「韓」。井上欄干。㉗麗譙　樓名。曹操所建。譙，通「嶕」。高峻的樣子。㉘騷人　詩人。屈原作〈離騷〉，後世因稱詩人為騷人。㉙稔　年。古代穀一熟稱稔，故用指一年。㉚至道乙未歲　指北宋太宗至道元年（西元九九五年），歲次乙未。㉛自翰林出滁上　從翰林學士罷為工部郎中，出知滁州。滁上，滁州。州治在今安徽滁縣。㉜丙申　北宋太宗至道二年。㉝廣陵　州名。州治在今江蘇揚州。㉞丁酉　北宋太宗至道三年。㉟西掖　指中書省。在禁中西側，故稱。㊱戊戌　北宋真宗咸平元年（西元九九八年）。㊲除日　除夕。㊳齊安　郡名。宋時屬黃州。㊴己亥　北宋真宗咸平二年。㊵葺　修理；維修。

【語譯】黃岡盛產竹子，大的好像屋椽一樣。竹工剖開它，挖空竹節，用來代替土燒的瓦。家家如此，因為它價錢便宜又省工。

子城的西北角，矮牆傾覆毀壞，長滿雜草，髒亂不堪。因此我在這裡蓋了兩間小樓，和月波樓相通。從樓上遠望，高處的山野風光盡入小樓，低處的江水湍急奔流而來，既幽靜，又遼闊，無法一一形容。夏天合適下急雨，聽起來好像瀑布聲；冬天最好是下密雪，聽起來好像碎玉聲；適合彈琴，琴調和順舒暢；適合吟詩，詩韻清麗無比；適合下圍棋，棋子發出丁丁的聲響；適合玩投壺，竹籌發出錚錚的聲音。這都是因為竹樓的幫助。

公餘閒暇時，身上披件鶴氅衣，頭上戴頂華陽巾，手拿一本《周易》，點上香默默地坐著，可以排遣世俗的煩惱。山光水色以外，只見風帆、沙鳥、煙雲、竹樹而已。等到酒醒，茶煙消盡，目送夕陽，迎接明月。這些，也算是貶官生涯的佳趣啊。

那齊雲、落星二樓，高是夠高了；井幹、麗譙二樓，華麗也是夠華麗了。然而只有妓女，只有歌舞，那不是詩人的事，我不屑去做。

我聽竹工說：「竹瓦只能用十年，如果蓋上雙層，就能用二十年。」唉！我在至道乙未年，從翰林被貶到滁州；丙申年，調到廣陵；丁酉年，再入中書省；戊戌年除夕，又奉派齊安，己亥年閏三月到齊安郡。四年之間，奔走不停，不知道明年又會在什麼地方，還怕竹樓容易腐朽嗎？只希望以後的人和我志趣相同，繼續修補，這座竹樓或許就不會腐朽倒塌了。

咸平二年八月十五日記。

【研　析】本文可分六段。首段記黃岡多竹，可代陶瓦。第二、三段描寫竹樓內外視聽之美、詩酒之娛。第四段以古代名樓為映襯，顯示此竹樓不可多得的韻致。第五段憶數年間流徙變動之狀與隨遇而安的態度。末段載明寫作時間。

本文幾乎全為寫景、敘事所組成，不涉強烈的情感慨歎，且通篇均為短句結構，因而甚富沖淡蕭散、超越世情的清明格調。這樣的形式又與其所寫景色之清寂、生活之閒逸等內容相統一。是則清平雋朗為本文之特色，讀來令人欣悅怡然。

然觀其不取高華歌舞之樓，而以騷人之事自命，又希望在奔走不暇之際，竹樓得以不朽，則作者在沖淡簡疏之中又隱含著氣格與情感上的執著，讀來在欣悅怡然之餘仍不免感慨之情。

林西仲評此文有云：「以竹瓦起，以竹瓦結，中間撰出六宜，俱在竹瓦聲音相應上描寫，皆非尋常意想所及；至敘登樓對景清致，飄飄出塵，可以上追柳州得意之作。」（《古文析義》初編卷五）此評充分點出本文的結構描寫之妙，然本文更值得玩味稱道的地方，尤在於作者那接近自然、出自性靈的生活情趣，那隨遇而安的處世態度。

李格非

李格非（約西元一〇四五～約一一〇五年），字文叔，北宋濟南（今山東濟南）人。神宗熙寧九年（西元一〇七六年）中進士。官至禮部員外郎、提點京東刑獄。因為出自韓琦門下，又以文章受知於蘇軾，被列元祐黨籍中而罷官，年六十一卒。學識淵博，尤用意於經學，唯著述今僅存《洛陽名園記》一卷。其女李清照，為當時有名之女詞人。

書洛陽名園記後

【題解】本文選自《洛陽名園記》。《洛陽名園記》記載洛陽一地自北宋富弼以下共十九所名園，包括其歷史變遷，景物形勢，亭榭布置，花木種類等。本文是其書後跋語，說明著書旨趣在戒勉為官者須以天下治亂為懷，勿徒沉溺園林，以致天下既亡，而園林逸樂亦隨之而消逝。

洛陽❶處天下之中，挾殽❷、黽❸之阻，當秦、隴❹之襟喉❺，而趙、魏❻之走集❼，蓋四方必爭之地也。天下常無事則已，有事則洛陽必先受兵❽。予故嘗曰：

「洛陽之盛衰，天下治亂之候❾也。」

方唐貞觀⑩、開元⑪之間，公卿貴戚開館列第於東都⑫者，號千有餘邸⑬。及其亂離，繼以五季⑭之酷，其池塘竹樹，兵車蹂蹴⑮，廢而為丘墟；高亭大榭⑯，煙火焚燎⑰，化而為灰燼，與唐共滅而俱亡者，無餘處矣。予故嘗曰：「園囿⑱之興廢，洛陽盛衰之候也。」

且天下之治亂，候⑲於洛陽之盛衰而知；洛陽之盛衰，候於園囿之興廢而得。則《名園記》之作，予豈徒然哉？

嗚呼！公卿大夫方進於朝，放⑳乎一己之私以自為，而忘天下之治忽㉑，欲退享此，得乎？唐之末路㉒是矣！

【注釋】❶洛陽　即今河南洛陽。為中國六大古都之一，自東周起，先後有東漢、曹魏、西晉、北魏、隋、武周、五代唐等朝代建都於此。❷殽　殽山。山名，在河南洛寧北。❸黽　即黽隘。古隘道名，即今河南信陽西南的平靖關。❹秦隴　指今陝西與甘肅。❺襟喉　衣襟和咽喉。比喻要害之地。❻趙魏　皆戰國時代國名。此指二國所領之地，即今山西、陝西、河南、河北一帶。❼走集　往來必經的要衝之地。❽兵　戰爭。❾候　徵候；徵兆。❿貞觀　唐太宗年號。⓫開元　唐玄宗年號。⓬東都　指洛陽。唐都長安，以洛陽為東都。⓭邸　府第。此用為量詞。⓮五季　五代。即後梁、後唐、後晉、後漢、後周。⓯蹂蹴　蹂躪；踐踏。蹂，踐踏。蹴，腳踢。⓰榭　建在高臺上的屋子。⓱燎　放火燒。⓲囿　有牆垣的園苑，蓄育鳥獸，種植花木，開鑿水池，以供遊獵。⓳候　觀察。⓴放　放縱。㉑治忽　治亂。忽，怠忽。㉒末路　下場；結局。

【語譯】洛陽位居天下的中心，有殽山、黽隘的險阻，正當秦、隴的要害，趙、魏的要衝，可以說是四方必爭之地。天下太平無事便罷，如果有事，那麼洛陽一定會最先遭受戰禍。所以我曾經說：「洛陽的盛衰，是天下治亂的徵兆。」

當唐朝貞觀、開元的太平盛世，公卿貴戚在洛陽建造館舍的，號稱一千多家。後來天下動亂，接著又有五代的酷烈爭戰，那些池塘竹樹，經過兵車的蹂躪踐踏，變成廢墟；那些高大的亭臺樓閣，被大火焚燒，化為灰燼，和唐朝一起滅亡，沒有留下一點痕跡。所以我曾經說：「園囿的興廢，是洛陽盛衰的徵兆。」

並且，天下的治亂，可以從洛陽的盛衰觀察得知；洛陽的盛衰，可以從園囿的興廢觀察得知。那麼我寫《洛陽名園記》，怎會是白費力氣的呢？

唉！如果公卿大夫剛進入朝廷做官，就放縱私心為個人打算，而忘了天下的治亂，卻想要退休後，享受園林的樂趣，辦得到嗎？唐朝的結局就是這樣啊！

【研 析】本文可分四段。首段說明洛陽地處衝要，其盛衰為天下治亂之徵候。二段以唐代洛陽園囿，隨唐亡而化為丘墟灰燼，說明園囿興廢為洛陽盛衰之徵候。三段結前二段，說明《洛陽名園記》之作，目的在觀天下之治亂。末段勸戒公卿大夫勿放縱遊賞私慾而怠忽政務，以免招致滅亡。

園林原為休閒的場所，是十分閒逸自在的地方，而作者竟能洞見其興廢與天下治亂之密切關係。雖說園囿興廢乃天下治亂之表徵，然其二、三段與末段之議論認為能否長享園林遊賞之樂乃維繫於天下治亂，似有以園林遊賞為最終目的之意。

又作者雖賦予園林如此重大之政治意義，自負「《名園記》之作，予豈徒然哉」，但是遍觀《洛陽名園記》全書，則以描述各名園中造景之匠巧精緻為主，其書旨趣仍在於遊賞美感經驗之載錄，讓讀者產生神遊嚮往之意，似乎不見治亂戒惕之所在。是則作者與當時一般文人一樣，嗜愛園林遊賞並珍惜其美感經驗，卻又無法安立於純然的美趣，故要在書後借治亂之大義以彰皇之。此中國傳統文士心跡之精微處，不可不辨。

范仲淹

范仲淹（西元九八九～一〇五二年），字希文，北宋蘇州吳縣（今江蘇吳縣）人。二歲喪父，母親再嫁朱氏，遂從繼父姓朱，名說。及長，知其家世，涕泣辭別母親，至應天府（治所在今河南商邱南），入應天書院，晝夜苦讀。冬夜疲倦，以水洗面；飲食不足，稀粥餬口。真宗大中祥符八年（西元一〇一五年）中進士，迎其母歸養，恢復本姓，改名仲淹。為官不畏權貴，據理直諫，屢遭貶謫。仁宗朝，曾出仕陝西經略副使，守邊數年，號令嚴明，德威遠播，西夏不敢犯其境，謂「小范老子，胸中自有數萬甲兵」。後拜樞密副使，進參知政事，大事整飭吏治，推行改革，因異己者反對，自請罷相，出知青州（治所在今山東益都），不久病卒。諡文正。其生平以天下為己任，不計個人進退得失，又喜獎掖後進，隱然為當時清流領袖。有《范文正公集》。

嚴先生祠堂記

【題解】本文選自《范文正公集》。嚴先生，嚴光（西元前三七～四三年），字子陵。本姓莊，因避東漢明帝劉莊之諱而改為嚴。嚴光與東漢光武帝劉秀為同學好友。劉秀即帝位，嚴光變姓名逃避。劉秀派人召之進京，授諫議大夫，嚴光婉拒，歸隱於富春山。范仲淹於北宋仁宗明道二年（西元一〇三三年）出任睦州（治所在今浙江建德東北）知州，建祠堂以祀嚴光，並作此文，讚美嚴光的風範，有如山高水長。

先生，漢光武❶之故人❷也，相尚❸以道。及帝握〈赤符〉❹，乘六龍❺，得聖人❻之時，臣妾億兆❼，天下孰加❽焉？惟先生以節高之。既而動星象❾，歸江湖❿，得聖人之清⓫，泥塗軒冕⓬，天下孰加焉？惟光武以禮下之。

在〈蠱〉之上九⓭，眾方有為，而獨「不事王侯，高尚其事」，先生以⓮之。在〈屯〉之初九⓯，陽德⓰方亨⓱，而能「以貴下賤，大得民也」，光武以之。蓋先生之心，出乎日月之上；光武之器⓲，包乎天地之外。微⓳先生不能成光武之大，微光武豈能遂⓴先生之高哉？而使貪夫廉，懦夫立，是大有功於名教㉑也。

仲淹來守是邦㉒，始構堂而奠㉓焉。迺復㉔其為後㉕者四家，以奉祠事。又從而歌曰：「雲山蒼蒼，江水泱泱㉖。先生之風，山高水長。」

【注釋】❶漢光武　東漢光武帝劉秀。在位三十三年（西元二五～五七年）。❷故人　老朋友。❸尚　尊重。❹赤符　〈赤伏符〉的簡稱。儒生彊華獻〈赤伏符〉，上有讖文，大意說劉秀起兵，正是漢室中興的好時機，劉秀遂應群臣的請求，即皇帝位。❺乘六龍　指即天子之位。《易經．乾》彖辭：「時乘六龍以御天。」《易經》凡六十四卦，每卦由六條單或雙的橫線組成，稱六爻，單橫線「—」是陽爻，雙橫「--」是陰爻，乾為《易經》六十四卦之首，其卦乾下乾上（䷀），六爻皆陽爻，古人把它比作六龍。❻聖人　指天子。❼臣妾億兆　統治萬民。臣妾，用為動詞。指統治。億兆，極言人民之多。❽加　超過。❾動星象　光武帝曾與嚴光同臥，嚴光腳伸到光武帝腹上。第二天，太史奏稱有客星犯御座甚急，光武帝笑著說：「我和老友嚴子陵同臥罷了。」見《後漢書．嚴光傳》。❿江湖　泛指山林田野。⓫聖人之清　《孟子．萬章下》：「伯夷，聖之清者也。」伯夷於商亡後，不食周粟，餓死於首陽山，故曰「清」。此以嚴光不受祿而歸隱江湖，故比之伯夷之清。⓬泥塗軒冕　視功名富貴如泥塗。軒冕，顯貴者之車服。此指功名富貴。⓭蠱之上九　指《易經．蠱》的第六爻。六十四卦各爻自下而上，依次稱「初、二、三、四、五、上」，其陽爻稱「九」，陰爻稱「六」。〈蠱〉為《易經》六十四卦之一，其卦巽下艮上（䷑），第六爻為陽爻（⚊），故稱上九。下文「不事王侯，高尚其事」即其爻辭。⓮以 有。下文「光武以之」，同。⓯屯之初九 指《易經・屯》的第一爻。〈屯〉為《易經》六十四卦之一，其卦震下坎上（䷂），第一爻為陽爻，故稱初九。下文「以貴下賤，大得民也」即其象辭。⓰陽德 陽氣。日為陽德，月為陰德。此指帝王之德威。⓱亨 通達；旺盛。⓲器 器量；度量。⓳微 不是；沒有。⓴遂 成就。㉑名教 謂有關名分之教化。㉒守是邦 指任睦州知州。守，做州郡的長官。漢代郡有太守，可稱「守某郡」，宋代無郡太守，應稱「知某州」，此沿用舊稱。睦州轄今浙江桐廬、建德、淳安三縣，北宋徽宗宣和三年（西元一一二一年），改稱嚴州。㉓奠 祭祀。㉔復 免除賦稅或勞役。㉕後 後裔；後代子孫。㉖泱泱 水深廣的樣子。

【語譯】嚴先生是漢光武帝的老朋友，他倆以道義相尊重。等到光武接受〈赤符〉，如駕六龍上天，得到做皇帝的時機而即位，統治萬民，天下有誰能超過他的權勢呢？只有嚴先生憑著氣節向他顯示自己的高尚。不久，嚴先生和光武帝同臥而驚動了星象，回到山野隱居，做到聖人的清高，鄙棄功名富貴，天下有誰能夠超過他呢？只有光武帝能以禮節敬重他。

在《易經》蠱卦上九的爻辭上說：正當大家有所作為的時候，只有他「不去侍候王侯，高尚自己的志節」，嚴先生就有這種志節。在屯卦初九的象辭上說：在帝王德威正旺盛時，卻能「以尊貴的身分去敬重卑下的人，這是大得民心的」，光武帝就有這種器度。因為嚴先生心地的光明，在日月之上；光武帝器量的恢宏，包籠到天地以外。沒有嚴先生，不能成就光武帝的偉大；沒有光武帝，又哪能成就嚴先生的清高呢？嚴先生能使貪婪的人清廉，懦怯的人自立，這對於名教是很有功勞的呀！

我到這裡來任職，才建造祠堂祭祀嚴先生。又免除他後代子孫四家的賦稅勞役，讓他們去處理祠堂的事。又做了一首歌：「雲山蒼蒼，江水泱泱。先生之風，山高水長。」

【研析】本文可分三段。首段以「相尚以道」概括嚴光和光武帝二人的交誼。二段引《易經》的爻辭、象辭，對兩人的品格賦予高度評價。末段說明作記的緣由，而以歌頌嚴光的歌辭作結。

在范仲淹看來，光武帝和嚴光之間的交往是極難能可貴的。嚴光人格之高潔，表現在能事上不諂；光武器量之大，表現在能「以禮下之」。事上不諂易，以禮下之難。由此推之，祠祀嚴光，亦所以表彰光武，非徒推崇嚴光而已。

岳陽樓記

【題解】本文選自《范文正公集》。岳陽樓，岳陽縣（今湖南岳陽）城石門樓。不知始建於何時。唐玄宗開元四年（西元七一六年）岳州刺史張說曾擴建，始命名為岳陽樓。北宋仁宗慶曆四年（西元一〇四四年），范仲淹好友滕宗諒貶官岳州（治所在今湖南岳陽）知州，次年，重修此樓，由范仲淹作記文，蘇舜欽繕寫，邵餗篆額，與樓合稱四絕。本文作於慶曆六年，時范仲淹因慶曆新政遭異己之反對，自請罷相，出為知州，故藉作記，抒發「先天下之憂而憂，後天下之樂而樂」的襟懷，以與好友滕宗諒共勉。

慶曆四年春，滕子京❶謫守巴陵郡❷。越明年❸，政通人和❹，百廢具興❺。乃重修岳陽樓，增其舊制❻，刻唐賢、今人詩賦於其上，屬❼予作文以記之。

予觀夫巴陵勝狀❽，在洞庭❾一湖。銜遠山❿，吞長江⓫，浩浩湯湯⓬，橫無際涯⓭；朝暉夕陰，氣象萬千⓮。此則岳陽樓之大觀⓯也，前人之述⓰備矣。然則北通巫峽⓱，南極⓲瀟湘⓳，遷客騷人⓴，多會於此，覽物之情，得無異乎？

若夫㉑霪雨霏霏㉒，連月不開㉓，陰風㉔怒號，濁浪排空㉕；日星隱耀㉖，山岳潛形㉗；商旅不行，檣傾楫摧㉘；薄暮冥冥㉙，虎嘯猿啼。登斯樓也，則有去國㉚

懷鄉，憂讒畏譏㉛，滿目蕭然㉜，感極而悲者矣。

至若春和景㉝明，波瀾不驚，上下天光，一碧萬頃；沙鷗翔集㉞，錦鱗㉟游泳；岸芷汀蘭㊱，郁郁青青㊲。而或長煙一空㊳，皓月千里；浮光耀金㊴，靜影沉璧㊵；漁歌互答，此樂何極？登斯樓也，則有心曠神怡，寵辱偕忘，把酒臨風，其喜洋洋㊶者矣。

嗟夫！予嘗求古仁人之心，或異二者之為㊷。何哉？不以物喜，不以己悲㊸。居廟堂㊹之高，則憂其民；處江湖㊺之遠，則憂其君。是進亦憂，退亦憂，然則何時而樂耶？其必曰「先天下之憂而憂，後天下之樂而樂」乎！噫！微斯人㊻，吾誰與歸㊼！

時六年九月十五日。

【注釋】❶滕子京　名宗諒。北宋河南（今河南洛陽）人。真宗大中祥符八年（西元一〇一五年），與范仲淹同登進士第。仁宗慶曆初，擢天章閣待制，後因罪降知虢州（治所在今河南靈寶），又徙岳州、蘇州（治所在今江蘇蘇州），不久去世。❷謫守巴陵郡　貶任岳州知州。謫，降官職或被流放。守，做州郡的長官。漢代郡有太守，可稱「守某郡」，宋代無郡太守，應稱「知某州」，此沿用舊稱。巴陵郡，岳州的古稱，治所在巴陵縣，即今湖南岳陽。❸越明年　到了明年，即慶曆五年。越，及；至。❹政通人和　政事通達，民生和樂。❺百廢具興　所有廢弛的政事，都興辦起來。百，虛數，極言其多。具，通「俱」。全部。❻舊制　舊有的規模。❼屬　通「囑」。請託。❽勝狀　勝景；美景。❾洞庭　湖名。在湖南東北部，長江南岸。❿銜

遠山　含著遠山。指洞庭湖中有君山。銜，口中含物。遠山，指君山。⓫吞長江　吸納長江。指洞庭湖吸納長江的流水。⓬浩浩湯湯　水勢廣大而迅疾的樣子。浩浩，水廣大的樣子。湯湯，大水急流的樣子。⓭橫無際涯　廣大無邊。橫，廣大開闊。際涯，邊；岸。⓮朝暉夕陰二句　指從早到晚，晴陰變化，景觀無窮。暉，日光。⓯大觀　壯麗的景觀。⓰前人之述　前人作品的描述。如文中所述刻在樓壁上的「唐賢、今人詩賦」等。⓱巫峽　長江三峽之一。在今四川巫山縣東、湖北巴東西。⓲極　至；到。⓳瀟湘　二水名。瀟水，源出湖南寧遠南九疑山，至零陵西北入湘水。湘水，源出廣西興安海陽山，北流經長沙，入洞庭湖。二水合流，故合稱瀟湘。⓴遷客騷人　指遭貶遠調的官吏與多愁善感的文人。遷，貶謫。騷，憂愁。屈原作〈離騷〉，離騷即遭憂，後世因以騷人為詩人或失意文人的代稱。㉑若夫　相當於今語「像那」。㉒霪雨霏霏　久雨不停。霪雨，久雨。霏霏，雨絲綿密的樣子。㉓開　放晴。㉔陰風　冷風。㉕濁浪排空　渾濁的波浪衝向空中翻騰。排，推；擠。㉖耀　光輝。㉗潛形　隱沒形跡。㉘檣傾楫摧　桅杆傾倒，船槳斷折。檣，船的桅杆。楫，船槳。摧，折斷。㉙薄暮冥冥　傍晚時分，天色昏暗。冥冥，昏暗的樣子。㉚去國　離開京城。國，指京城。㉛憂讒畏譏　擔心遭毀謗，害怕被諷刺。㉜蕭然　蕭條淒涼的樣子。㉝景　日光。㉞翔集　飛翔棲止。集，鳥棲於樹。此泛指棲止。㉟錦鱗　色彩鮮麗的魚類。錦，本指花紋美麗的絲織物，後也用以形容花紋的鮮明美麗。鱗，有鱗動物的總稱。此專指魚類。㊱岸芷汀蘭　岸邊及沙洲上的白芷、蘭草。芷，香草名。即白芷，葉可做香料。汀，小沙洲。㊲郁郁青青　香氣濃烈，花葉茂盛。郁郁，形容香氣濃烈。青青，茂盛的樣子。㊳一空　完全消散。㊴浮光耀金　水面月光浮動，有如黃金片片。㊵靜影沉璧　水中月影倒映，有如沉下的璧玉。㊶洋洋　喜悅自得的樣子。㊷二者之為　指遷客、騷人遇晴而喜、遇雨而悲的反應。二者，指遷客、騷人。為，指或喜或悲的反應。㊸不以物喜二句　不因外在環境和個人遭遇而或喜或悲。㊹居廟堂　指在朝做官。廟堂，宗廟朝堂。此指朝廷。㊺處江湖　指退居在野。㊻微斯人　沒有這種人。微，無。斯人，此種人。指先憂後樂的仁人。㊼誰與歸　歸附誰。為「與歸誰」的倒裝。與，依從；歸，歸附。

【語　譯】慶曆四年春天，滕子京被貶謫為巴陵郡太守。到了明年，政事通達，民生和樂，所有廢弛的政事，都一一興辦了。於是重修岳陽樓，擴大舊有的規模，刻上唐代名家和今人的詩賦，並囑託我寫文章來記述這件事。

我看巴陵郡最美的景觀，就在一個洞庭湖。它含著遠處的君山，吸納著長江的流水，水勢洶湧壯闊，寬廣無邊；從早到晚，晴陰變化，氣象萬千。這就是岳陽樓壯麗的景觀，前人的描述已經很詳盡了。但是這兒北邊通向巫峽，南邊直到瀟湘，流放的官吏與多愁善感的文人，往往聚在這裡，他們觀覽景物的心情，能不有所差異嗎？

像那陰雨綿綿、連月不晴的日子裡，冷風呼呼地怒吼著，渾濁的波浪衝向空中翻騰；太陽和星星掩蔽了光輝，山岳隱沒了形跡；商人旅客都不敢通行，船的桅杆被風吹倒，船槳也折斷了；傍晚時分，天色昏暗，只聽見老虎狂嘯猿猴哀啼。這時登上岳陽樓，就會有遠離京城、思念家鄉、擔心毀謗、害怕被譏諷的心情，滿眼蕭條淒涼，感慨至極而悲傷了。

至於在春風和煦、陽光明亮、波平浪靜的時刻，天光水色交互輝映，湖面一片澄碧廣闊無邊；沙鷗自在地飛翔棲息，魚兒快樂地游來游去；岸邊及沙洲上的白芷和蘭草，香氣濃烈、花葉茂盛。有時雲煙消盡，皓月當空，一望無際；水面月光閃爍如黃金，湖底月影倒映如白璧；漁人的歌聲相互應和，這樣的快樂哪有窮盡呢？這時登上岳陽樓，就會有心胸開朗、精神愉悅、得失全忘、迎著春風、舉杯暢飲，洋洋得意的感覺了。

唉！我曾探求古代仁人的胸懷，他們和這兩種人的表現有所不同。為什麼呢？因為他們不會為外在環境或自己的遭遇而悲喜。他們在朝做官，就為人民而憂慮；退處在野，就為國君而擔心。像這樣，在位時要憂慮，不在位時也要憂慮，那麼什麼時候才能快樂呢？他們一定會說「在天下人還沒憂慮以前，就先憂慮；在天下人都得到快樂以後，才享受快樂」吧！唉！如果沒有這種人，我將歸附誰呢！

作記的時間是慶曆六年九月十五日。

【研　析】本文可分六段。首段敘作記緣由，次段寫洞庭氣象，三、四段分寫遷客騷人的雨景悲情，晴景喜情，五段抒發先憂後樂的懷抱，六段為作記時間。

全文可概分為記敘與抒感兩部分。記敘部分，首段先敘滕子京謫守巴陵郡、重修岳陽樓，並囑己作記，預為下文寫樓外景觀鋪路。文章以岳陽樓為題，但二段以巴陵勝狀，厥在洞庭，一宕而轉入湖光山色之樓外景觀的描述。先總述其常景，段末「然則北通巫峽」至「得無異乎」等句轉引出三、四兩段細寫變景的文字。三、四兩段依次以雨景帶出悲情、晴景帶出喜情。此二段相互對照，見出一般人往往心無定見，志不遠大，故或因物、或因己而悲喜之情不能自制，由此而引發以下的感慨。五段抒感，收束前二段的覽物異情，提出古代仁人的用心有別於一般遷客騷人，他們「不以物喜，不以己悲」，唯懷「先天下之憂而憂，後天下之樂而樂」的胸襟，此是一篇主旨，既自抒懷抱，並以慰勉知己滕宗諒於遷謫之中。

全文由序言引入敘景，敘景之中，寄寓情感，可謂情景交融。其結構則章法綿密，條理井然，交互織串，首尾照應；而駢儷句子的穿插使用，又使文采工麗。凡此誠為文章之極致，故能千古傳誦，以為傑作。然尤可讚佩者，更在其悲天憫人的胸懷，放眼天下的抱負，可謂中國傳統士大夫的優良典型。

司馬光

司馬光（西元一〇一九～一〇八六年），字君實，北宋陝州夏縣（今山西夏縣）。仁宗寶元元年（西元一〇三八年）中進士，累官端明殿學士，知永興軍。神宗時，以議新法，與王安石不合，退居洛陽十五年，絕口不論時事。哲宗立，起用為相，悉去新法之為民害者，躬親庶務，不舍晝夜。在相位八月而卒，贈溫國公，諡文正。司馬光自幼即勤奮好學，其為人恭儉磊落，嘗自云「平生所為，未嘗有不可對人言者」，文章亦樸實明暢，一如其人。主編《資治通鑑》，為史學名著，又有《溫國文正司馬公文集》。

諫院題名記

【題解】本文選自《溫國文正司馬公文集》。諫院是諫官辦公的官署，諫官負責侍從規諫皇帝。司馬光於北宋仁宗嘉祐八年（西元一〇六三年）知諫院（即諫官之長），立碑刻列諫官姓名，並作此文，以戒勉諫官當一心謀求國家利益而不為身謀。

古者諫無官，自公卿大夫至於工商，無不得諫者，漢興以來始置官❶。夫以天下之政，四海之眾，得失利病，萃❷於一官使言之，其為任亦重矣。居是官者，當志❸其大，舍其細；先其急，後其緩；專利國家，而不為身謀。彼汲汲❹於名者，猶汲汲於利也。其間❺相去何遠哉！

天禧❻初，真宗❼詔置諫官六員❽，責其職事。慶曆❾中，錢君❿始書其名於版⓫。光恐久而漫滅⓬，嘉祐八年刻著於石。後之人將歷指其名而議之曰：「某也忠，某也詐，某也直，某也曲。」嗚呼！可不懼哉！

【注釋】❶漢興以來始置官　漢代才開始設諫官。秦朝置諫議大夫，掌諫諍及議論，屬郎中令，至漢武帝元狩五年（西元前一一八年）始更置之，屬光祿勳。❷萃　聚；集中。❸志　記住。❹汲汲　急切的樣子。❺其間　指汲汲於名利的心態和諫官當「專利國家而不為身謀」的職責之間。❻天禧　北宋真宗年號。❼真宗　名恆。太宗之子，在位二十五年（西元九九八～一〇二二年）。❽詔置諫官六員　北宋真宗天禧元年（西元一〇一七年），詔別置諫官六員，不兼他職，專司諫諍。宋代諫官分左、右諫議大夫，左、右正言，左、右司諫，共六人，總名諫官。❾慶曆　北宋仁宗年號。❿錢君　不詳何人。⓫版　木板。⓬漫滅　磨損消滅。

【語譯】古代沒有專設的諫官，自公卿大夫到工匠商人，沒有誰不可以進諫，漢朝開國後才設置諫官。把天下的政治，全國的人民，一切的得失利弊，都集中由一種職官去負責進言，責任也算重的了。當這種官的人，應當牢記那些大的事，捨棄那些小的事；先諫緊要的事，後諫可以緩辦的事；一心謀求國家利益，不要為自身打算。那些急於求名的人，就和那些急於求利的人一樣。這種求名利的心態和諫官的職責之間，相差是多麼遠啊！

天禧初年，真宗下詔設置諫官六名，責成他們專任諫諍的職務。慶曆年間，錢君才把他們的名字寫在木板上。我怕時間一久，字跡會磨損消滅，嘉祐八年把它刻在石碑上。後來的人將會一個個地指著上面的名字議論說：「某人忠貞，某人奸詐，某人正直，某人邪惡。」唉！諫官們能不戒懼嗎！

【研　析】本文可分二段。首段說明諫官由來，及其責任之重大和應有的處事原則。末段記述作記緣由及其意旨。全文雖只有百餘字，但筆鋒犀利，議論嚴厲。末段以「可不懼哉」作結，其震懾警戒之用意十分強烈。

諫官的職責性質，很容易忤怒君上，必須不計個人利害得失，方能直諫不阿。因此作者戒其要不為身謀，要專利國家，並鄙斥汲汲於名利者，可謂掌握諫職最大的關鍵與難處。但這裡卻產生一個弔詭，作者雖戒其莫汲汲於名，卻在文末以後人之評斷警懼之，則是懼之以千秋萬世之名。是則諫官應珍視個人名節而不計名位，此方是題「名」之真意。

錢公輔

錢公輔（西元一〇二二～一〇七四年），字君倚。北宋常州武進（今江蘇武進）人。仁宗皇祐元年（西元一〇四九年）中進士，為集賢校理，進知制誥。英宗即位，陳治平議；王疇擢副樞密，錢公輔不肯起草詔書，因此被謫。神宗立，拜天章閣待制，以忤王安石，出知江寧府（治所在今江蘇南京）。徙揚州（治所在今江蘇揚州），改提舉崇福觀。卒於神宗熙寧七年。

義田記

【題解】本文選自《宋文鑑》。義田，為贍養族人或周濟貧困者而置的田產。北宋范仲淹以其所得祿賜，在蘇州（今江蘇蘇州）購置義田，以周濟親族及非親族之賢士，而自奉儉薄，一生貧窮，甚至歿而無可殯斂。作者欽敬范仲淹的義行，故作此文以傳其事。

范文正❶公，蘇❷人也。平生好施與❸，擇其親而貧、疏而賢者，咸施之。方貴顯時，置負郭❹常稔❺之田千畝，號曰義田，以養濟群族之人。日有食，歲有衣，嫁娶凶葬皆有贍❻。擇族之長而賢者主其計❼，而時其出納❽焉。日食人一升，歲衣人一縑⑨；嫁女者五十千⑩，再嫁者三十千；娶婦⑪者三十千，再娶者十五千；葬者如再嫁之數，幼者十千。族之聚者九十口，歲入給稻⑫八百斛⑬。以其所入，給其所聚，沛然⑭有餘而無窮。仕⑮而家居俟代⑯者與焉，仕而居官者罷莫給。此其大較⑰也。

初，公之未貴顯也，嘗有志於是⑱矣，而力未逮⑲者三十年。既而為西帥⑳，及參大政㉑，於是始有祿賜之入，而終㉒其志。公既歿，後世子孫修㉓其業，承其志，如公之存也。公既位充㉔祿厚，而貧終其身。歿之日，身無以為斂㉕，子無以為喪。惟以施貧活族之義遺其子而已。

昔晏平仲㉖敝車羸馬㉗。桓子㉘曰：「是隱㉙君之賜也。」晏子曰：「自臣之貴，父之族，無不乘車者；母之族，無不足於衣食；妻之族，無凍餒者；齊國之士，待臣而舉火㉚者三百餘人。以此而為隱君之賜乎？彰㉛君之賜乎？」於是齊侯㉜以晏子之觴㉝而觴㉞桓子。予嘗愛晏子好仁，齊侯知賢，而桓子服義也；又愛晏子之仁有等級，而言有次也。先父族，次母族，次妻族，而後及其疏遠之賢。孟子㉟曰：「親親而仁民，仁民而愛物㊱。」晏子為近之。觀文正之義，賢㊲於身後，其規模遠舉㊳，又疑過之。

嗚呼！世之都㊴三公㊵位，享萬鍾㊶祿，其邸第㊷之雄，車輿之飾，聲色㊸之多，妻孥㊹之富，止乎一己；而族之人，不得其門而入者，豈少哉？況於施賢乎？其下為卿、大夫、為士㊺，廩稍㊻之充，奉養之厚，止乎一己；族之人，瓢囊㊼為溝中瘠㊽者，豈少哉？況於他人乎？是皆公之罪人也。公之忠義滿朝廷，事業滿邊隅㊾，功名滿天下。後必有史官書之者，予可略也。獨高其義，因以遺於世云。

【注釋】❶范文正　范仲淹。字希文，文正是其諡號，北宋蘇州吳縣（今江蘇吳縣）人，進士，累官參知政事。❷蘇　指蘇州。治所在今江蘇吳縣。❸施與　以財物周濟他人。❹負郭　靠近外城。即近郊。負，背靠。郭，外城。❺稔　穀物成熟。❻贍　供給；補足。❼計　會計。❽時其出納　按時收付財物。❾縑　細絹。❿千　一千枚。古代千枚錢為一貫。⓫婦　媳婦。⓬給稻　指義田的租穀。⓭斛　量器名。亦為容量單位。古以十斗為斛，南宋末改為五斗。⓮沛然　充裕的樣子。⓯仕　曾出仕。⓰俟代　等待補缺。⓱大較　大概。⓲是　此。指施與之事。⓳逮　及；到。⓴為西帥　北宋仁宗康定元年（西元一〇四〇年），范仲淹任陝西經略副使，慶曆元年（西元一〇四一年）為陝西西路經略使，四年，為陝西河東宣撫使。㉑參大政　北宋仁宗慶曆三年（西元一〇四三年），范仲淹為樞密副使，同年，拜參知政事。㉒終　完成。㉓修　經營；辦理。㉔充　高。㉕斂　為死者更衣曰小斂，屍體入棺曰大斂。㉖晏平仲　名嬰。字仲，諡曰平，春秋時代齊國夷維（今山東高密）人。歷相靈、莊、景三公。㉗敝車羸馬　破車瘦馬。敝，破舊。羸，瘦弱。㉘桓子　陳無宇。春秋時代齊景公大夫，諡曰桓。㉙隱　隱匿；隱沒。㉚舉火　燒火煮飯。㉛彰　彰顯。㉜齊侯　指齊景公。齊國是侯爵。㉝觴　古代盛酒器。㉞觴　用為動詞。此指罰酒。㉟孟子　名軻，戰國時代鄒（今山東鄒縣）人。國時代儒家，有《孟子》。㊱親親而仁民二句　語出《孟子・盡心上》。親親，愛其親人。上為動詞，下為名詞。仁，用為動詞。仁愛。㊲賢　推重；尊重。㊳遠舉　可以長久施行。舉，施行。㊴都　居；處。㊵三公　周以太師、太傅、太保為三公，西漢以大司馬、大司徒、大司空為三公，東漢以太尉、司徒、司空為三公。此泛指大官。㊶萬鍾　指優厚的俸祿。鍾，量器名。可容六斛四斗。㊷邸第　王侯大官所居的住宅。㊸聲色　歌舞和女色。

㊹娶　兒女。㊺為卿大夫為士　泛指各種官職。㊻廩稍　公家儲藏的米糧。此指官吏的俸祿。廩，糧倉。稍，公糧。㊼瓢囊　瓠瓢和布袋。此用為動詞。指帶著瓢囊行乞。瓢以盛水，囊以貯糧。㊽溝中瘠　溝中的死屍。瘠，通「胔」。腐爛的屍體。㊾邊隅　邊疆。

【語譯】范文正公是蘇州人。他生平喜歡周濟他人，選擇那親近而貧困、疏遠而賢能的人，都周濟他們。當他貴顯時，在近郊購置了一千畝良田，稱為義田，用來供養周濟同族的人。每天有飯吃，每年有衣穿，嫁娶喪葬也都有補助。挑選族裡年長而且賢能的人管會計，按時收付財物。每人每天給一升米，每年給一匹絹；第一次嫁女兒的給錢五十貫，第二次給三十貫；第一次娶媳婦的給錢三十貫，第二次給十五貫；喪葬比照第二次嫁女兒的錢數，小孩的喪葬給十貫。族人聚居在一起的有九十人，義田租穀的收入每年有八百斛。拿這些收入，給與那些聚居的族人，足足有餘而不會匱乏。做官而離職家居等待補缺的人也在供給之列，當官在職的人就停止供給。這是義田的大概情形。

當初，文正公還沒貴顯的時候，就有意從事這種慈善事業，可是三十年來一直沒有力量辦到。後來，他當了陝西經略使等方面大員，又參與國家大政，於是才有俸祿和賞賜的收入，來完成他的心願。文正公逝世後，他的後代子孫仍然照舊辦理，繼承他的遺志，就和他在世的時候一樣。文正公當時雖然官位崇高，俸祿優厚，可是他卻窮了一輩子。去世的時候，竟然沒有入斂的衣物，兒子也沒錢辦喪事。他留給兒子的只是周濟貧人養活族人的高義罷了。

從前齊國大夫晏平仲出門坐破車、駕瘦馬。桓子說他：「你這是隱匿君王給你的賞賜啊。」晏子回答說：「自從我顯貴後，父親這一族沒有不乘坐車子的，母親這一族沒有衣食不足的，妻子這一族沒有挨餓受凍的，齊國士人等我接濟才能生火燒飯的有三百多人。這樣算是隱匿君王的賞賜嗎？還是彰顯君王的賞賜呢？」於是齊侯就拿晏子的酒杯罰桓子喝酒。我很欣賞晏子的愛好仁道，齊侯的了解賢人，桓子的服從義理；又欣賞晏子的仁愛有等級，說話有次序。他先說父族，其次母族，再次是妻族，最後才提到和他關係疏遠的賢人。孟子說：「親愛親人進而仁愛人民，仁愛人民進而愛護萬物。」晏子差不多是這樣了。現在看文正公的義行，死後還受推重，同時義田的規模和辦法可以長久推行，恐怕又超過晏子了。

唉！世間那些居三公高位，享萬鍾厚祿的人，他們宅第的雄偉，車轎的華麗，歌舞女色的眾多，妻妾兒女的富足，也只不過是他一家人享受而已；他族裡的人，不能進他家門的，難道還少嗎？何況要他周濟關係疏遠的賢人呢？其次那些卿、大夫、士，俸祿的充足，奉養的富厚，也同樣只是他一家人享受；他族裡的人，帶著瓢囊行乞，最後餓死在溝壑中的，難道是少數嗎？何況要他周濟其他的人呢？這些人在文正公面前都是罪人啊。文正公的忠義滿朝敬佩，功業遍及邊境，功名傳布天下。將來一定有史官的記載，我可以省略。我只是推崇他的義行，因此寫了這篇記，讓他流傳在世間。

【研　析】本文可分四段。首段記義田的設置和施行辦法。第二段記范仲淹實現義田志業的艱難歷程與其子孫紹繼不絕的情形。第三段讚揚晏子的義行，而以范仲淹又賢於晏子。末段以一般顯貴之人自養豐厚而無視族人之飢苦為襯，對比出范仲淹義行之彌足珍貴。

本文除記義田的內容辦法之外，並溯及范文正公立此志三十年方能實現的歷程，以及其子孫承其志業的事況，使這分志業的艱難與堅定性更加凸顯。而以范文正公歿而無以為斂葬的事實，與世之都三公位者厚養止乎一己的現象做強烈對比，在一揚一抑之間表現作者的崇敬與批判。又用晏子故實以讚頌范文正公之義可推及君國萬物，可謂推崇至極。

李覯

李覯（西元一〇〇九～一〇五九年），字泰伯，北宋建昌軍南城（今江西南城）人。曾舉茂才異等，不中，創建盱江書院，以講學自給，來學者常數十百人，學者稱盱江先生。仁宗皇祐（西元一〇四九～一〇五三年）初，范仲淹薦為太學助教，後為直講。兼長詩文而文勝其詩。有《直講李先生文集》。

袁州學記

【題解】本文選自《直講李先生文集》。袁州州治在今江西宜春。北宋仁宗至和元年（西元一〇五四年），祖無擇任袁州知州，見舊有學舍破敗，恐人才散失，儒學式微，於是擇地重建。本文為州學新建完成而寫，旨在表彰祖無擇和通判陳侁的功勞，闡明學校教育的功能和重要性。

皇帝❶二十有三年❷，制詔❸州縣立學。惟時守令❹，有哲❺有愚。有屈力殫慮❻，祗❼順德意；有假官僭師❽，苟❾具文書。或連數城，亡❿誦弦聲⓫。倡而不和⓬，教尼⓭不行。

三十有二年，范陽祖君無擇⓮知袁州⓯。始至，進諸生，知學宮闕⓰狀。大懼人材放失⑰，儒效闊疎，亡以稱⑱上旨。通判⑲潁川陳君侁⑳聞而是之㉑，議以克合㉒。

相㉓舊夫子廟㉔陋㉕隘不足改為，乃營治㉖之東北隅。厥㉗土燥剛，厥位面陽，厥材孔㉘良，瓦甓㉙黝堊丹漆㉚，舉以法，故殿堂室房廡㉛門，各得其度㉜。百爾㉝器備，並手偕作㉞。工善吏勤，晨夜展力，越明年成。

舍菜㉟且有日，盱江㊱李覯諗㊲於眾曰：「惟四代㊳之學，考諸經可見已。秦以山西㊴鏖㊵六國，欲帝㊶萬世，劉氏㊷一呼，而關門㊸不守，武夫健將，賣降恐後，何邪？詩書之道廢，人唯見利而不聞義焉耳。孝武㊹乘豐富，世祖㊺出戎行㊻，皆孳孳㊼學術，俗化之厚，延於靈、獻㊽。草茅㊾危言㊿者，折首(51)而不悔；功烈(52)震主者，聞命而釋兵；群雄相視，不敢去(53)臣位，尚數十年。教道之結人心如此。今代遭聖神，爾袁得聖君，俾爾由庠序(54)踐古人之迹。天下治，則禪(55)禮樂以陶(56)吾民；一有不幸，猶當伏大節(57)，為臣死忠，為子死孝。使人有所法，且有所賴。是惟國家教學之意。若其弄筆墨以徼(58)利達而已，豈徒二三子(59)之羞，抑為國者之憂。」

【注　釋】❶皇帝　指北宋仁宗。名禎，真宗之子，在位四十一年（西元一〇二三～一〇六三年）。❷二十有三年　指北宋仁宗即位的第二十三年。即慶曆五年（西元一〇四五年）。❸制詔　皇帝的命令。《史記・秦始皇本紀》：「命為制，令為詔。」❹守令　州郡太守和縣令。宋無太守，此用舊稱。❺哲　智。❻屈力殫慮　竭力盡心。屈，竭盡。殫，極盡。❼祗　恭敬。❽假官僭師　假借官府名義，冒充教師身分。僭，冒充。❾苟　苟且；隨便。❿亡　通「無」。沒有。⓫誦弦聲　誦讀絃歌之聲。指學生的讀書聲。⓬倡而不和　有提倡者而無響應者。和，應和；響應。⓭尼　停止；停頓。⓮范陽祖君無擇　范陽人祖無擇。范陽，郡名。故城在今河北涿縣。君，對人的尊稱。祖無擇，字擇之。上蔡（今河南上蔡）人，進士，累官知制誥。祖無擇非范陽人，此處是用其郡望。郡望是指世居某郡，為當地所仰望的家族，如太原王氏、昌黎韓氏。⓯知袁州　為袁州知州。宋代州的長官稱「知某州軍州事」，簡稱知州。⓰闕　通「缺」。缺失。此指破敗。⓱放失　散失。⓲稱　符合。⓳通判　官名。州官的副手，與知州共治一州政事，號稱監州官。⓴潁川陳君侁　潁川人陳侁。潁川，郡名。在今河南禹縣一帶。此為陳侁郡望。陳侁，福州長樂（今福建長樂）人，進士。㉑是之　以為是；認為對。㉒議以克合　意見相合。克，能。㉓相　視；察看。㉔夫子廟　孔廟。㉕陿　同「狹」。㉖治　治所。指州衙。㉗厥　其。㉘孔　甚；很。㉙甓　磚。㉚黝堊丹漆　泛指塗抹漆刷的材料。黝，微青黑色。堊，石灰。用以塗牆。丹，赤色。漆，油漆。㉛廡　堂下周圍有走廊的房屋。㉜度　規格；尺度。㉝百爾　所有的；一切的。百，極言其多。爾，助詞。㉞並手偕作　通力合作。㉟舍菜　也稱「釋菜」。古代學校開學時，陳設芹藻之類祭祀先師的一種典禮。舍、釋，皆陳設之意。㊱盱江　河流名。源出江西廣昌，流經南城縣東。作者為南城人，故以此自稱。㊲諗　告訴。㊳四代　指虞、夏、商、周。㊴山西　指殽山以西。㊵鏖　苦戰；激戰。㊶帝　為帝。㊷劉氏　指漢高祖劉邦。㊸關門　指函谷關。㊹孝武　指漢武帝劉徹。㊺世祖　指東漢光武帝劉秀。㊻戎行　軍隊行伍。㊼孳孳　勤勉不懈的樣子。㊽靈獻　指漢靈帝劉宏和漢獻帝劉協。㊾草茅　指在野。《儀禮》：「在野則曰草茅之臣。」㊿危言　正言；直言。(51)折首　斷頭。(52)功烈　功業；功勳。(53)去　背離。(54)庠序　學校名。《孟子・滕文公上》：「夏曰校，殷曰序，周曰庠。」(55)禪　傳授。(56)陶　陶冶；造就。(57)伏大節　守大節。大節，死生危難之際的節操。(58)徼　謀求。(59)二三子　諸位；各位。

【語　譯】當今皇上即位的第二十三年，下詔命令各州縣都設立學校。不過當時的州官、縣令，有賢明的，也有愚昧的。有人竭盡心力，恭恭敬敬地遵行皇上的德意；有人假借官府名義，濫充教師身分，隨便做些官樣文章敷衍。有些地方，接連好幾個城都沒有讀書朗誦的聲音。皇上倡導，地方官不響應，教育停頓，無法推行。

到了三十二年，范陽祖無擇君來任袁州知州。剛到任，就召見學生，了解到學校的破敗。他深怕人才散失，儒教式微，不能符合皇上的意旨。當時的通判潁川陳侁君聽了他的話，認為的確如此，兩人意見完全相合。他們去察看舊有的孔廟，覺得太狹小無法改建，就在州衙門的東北邊著手營建州學。郡裡的土地乾燥堅實，地勢向陽，所用的建材都很好，瓦磚、石灰、紅漆等，都照著規格，所以殿、堂、室、房、廊屋、門，都合乎尺度。所有的器材都齊備，大家通力合作。工匠技術好，官吏勤督促，日夜努力。隔了一年就落成了。

開學典禮的日子也選定了，盱江李覯告訴眾人說：「虞、夏、商、周四代學校的情況，查考經書就可以了解。秦國憑殽山以西地區的力量與六國激戰，想千秋萬世做皇帝，可是劉邦登高一呼，函谷關就守不住了，武夫健將爭先恐後地賣國投降，這是什麼緣故呢？因為詩書的道理荒廢，人們都只看見私利而不知道公義罷了。漢武帝時國家富足，光武帝出身行伍，他們都努力不懈的提倡學術。風俗教化的敦厚，一直延續到靈帝、獻帝的時候。在野的直言之士，即使殺頭也不後悔；功業大到連皇上都不安的人，只要一接到命令就交出兵權；群雄互相觀望，不敢公然離棄臣道，這種情形也還維持了數十年。教化的深入人心，就是這樣。現在國家欣逢聖明的皇帝，你們袁州因為有聖君，才使你們可以到學校去學習古人的典範。天下太平，就傳授禮樂來陶冶我們的人民；一旦有不幸，更應當守大節，為人臣的要為忠而犧牲，為人子的要為孝而犧牲。使人人有所取法，而且有所憑藉。這是國家辦學的本意。如果只是舞文弄墨，追求富貴顯達而已，這豈僅是諸位的羞恥，也是治國者的憂患哩。」

【研　析】本文可分四段。首段記各地方官員對於朝廷辦學詔令的不同態度。二、三段言祖無擇了解袁州學校荒敗的情況，與陳侁合力重建州學的情形和州學的規模。末段以秦、漢對舉，說明教育的功能和重要性。

就關注焦點而言，李覯認為教育關係著國家的興衰存亡，故首段藉由地方官員辦學的態度聯結「忠君」這一倫理標準，末段又透過秦、漢二代淪亡的快慢，重申教育對人心的深刻影響，更預設「不幸」發生時的對應之道，可謂大義凜然。

歐陽脩

歐陽脩（西元一〇〇七～一〇七二年），字永叔，號醉翁，晚號六一居士。北宋吉州廬陵（今江西吉安西南）人。四歲喪父，母親鄭氏親自授讀。家貧無紙筆，常以荻畫地學書。仁宗天聖八年（西元一〇三〇年）中進士。歷仕仁宗、真宗、神宗三朝，為官忠直寬簡，關心民生疾苦。因剛正敢言，曾兩度遭貶。累官至參知政事，以太子少師致仕。卒諡文忠。早年讀韓愈文，苦心探索，其後遂以繼承韓愈、倡導古文自任。為文主張明道致用，反對浮靡文風。性喜獎掖後進，曾鞏、蘇軾、蘇轍皆受其提拔，論者推為宋代古文運動之宗師。其古文平易流暢，詩則清新自然，詞風綺麗婉約，皆卓然成家。有《歐陽文忠公集》、《新五代史》，及與宋祁合纂之《新唐書》等。

朋黨論

【題解】 本文選自《歐陽文忠公集》。朋黨，指彼此勾結為惡而形成的集團。東漢以來朋黨的指斥，每每成為栽贓鬥爭、進行政治迫害的手段。北宋仁宗天聖末年，范仲淹獻〈百官圖〉並上疏譏刺時政，因而得罪宰相，被貶官，歐陽脩等人被視為同黨而遭貶謫。慶曆三年（西元一〇四三年），范仲淹等人當權，推行「慶曆新政」。歐陽脩被擢知諫院，每多建言，保守人士上〈朋黨論〉攻擊新政諸人。於是歐陽脩作此文以呈皇帝，認為君子以同道為朋，小人以同利為朋，人君當進用君子之朋，斥退小人之朋，天下方可大治。

臣聞朋黨之說自古有之，惟幸❶人君辨其君子小人而已。大凡君子與君子以同道❷為朋，小人與小人以同利為朋，此自然之理也。

然臣謂小人無朋，惟君子則有之。其故何哉？小人所好者祿利也，所貪者財貨也。當其同利之時，暫相黨引❸以為朋者，偽也。及其見利而爭先，或利盡而交疏，則反相賊害❹，雖其兄弟親戚，不能相保。故臣謂小人無朋，其暫為朋者，偽也。君子則不然。所守者道義，所行者忠信，所惜者名節❺。以之修身，則同道而相益；以之事國，則同心而共濟❻，終始如一。此君子之朋也。故為人君者，但當退小人之偽朋，用君子之真朋，則天下治矣。

堯之時，小人共工❼、驩兜❽等四人❾為一朋，君子八元❿、八愷⓫十六人為一朋。舜佐堯，退四凶小人之朋，而進元、愷君子之朋，堯之天下大治。及舜自為天子，而皋陶、夔、稷、契⓬等二十二人竝列於朝，更相⓭稱美，更相推讓，凡二十二人為一朋，而舜皆用之，天下亦大治。《書》⓮曰：「紂有臣億萬，惟億萬心；周有臣三千，惟一心。」紂之時，億萬人各異心，可謂不為朋矣，然紂以亡國。周武王之臣，三千人為一大朋，而周用以興。後漢獻帝⓯時，盡取天下名士囚禁之，目為黨人⓰。及黃巾賊起⓱，漢室大亂。後方悔悟，盡解黨人而釋之⑱，然已無救矣。唐之晚年，漸起朋黨之論⑲。及昭宗⑳時，盡殺朝之名士，或投之黃河，曰：「此輩清流，可投濁流㉑。」而唐遂亡矣。

夫前世之主，能使人人異心不為朋，莫如紂；能禁絕善人為朋，莫如漢獻帝；能誅戮清流之朋，莫如唐昭宗之世，然皆亂亡其國。更相稱美推讓而不自疑，莫如舜之二十二臣，舜亦不疑而皆用之。然而後世不誚㉒舜為二十二人朋黨所欺，而稱舜為聰明之聖者，以能辨君子與小人也。周武之世，舉其國之臣三千人共為一朋。自古為朋之多且大莫如周，然周用此以興者，善人雖多而不厭㉓也。

夫興亡治亂之迹，為人君者可以鑒矣。

【注　釋】❶幸　希望。❷同道　道義相同。❸黨引　互相勾結援引。❹賊害　傷害。賊，傷害。❺名節　名譽節操。❻濟　幫助；扶持。❼共工　水官名。❽驩兜　人名。❾四人　指共工、驩兜、三苗、鯀。即下文「四凶」。❿八元　傳說為高辛氏的八個才子。即：伯奮、仲堪、叔獻、季仲、伯虎、仲熊、叔豹、季貍。元，善良。⓫八愷　傳說為高陽氏的八個才子。即蒼舒、隤敳、檮戭、大臨、尨降、庭堅、仲容、叔達。愷，和樂。⓬皋陶夔稷契　皆舜臣。皋陶掌司法，夔掌音樂，稷掌農業，契掌教育。⓭更相　互相。⓮書　《尚書》。以下引文見〈泰誓上〉。原文「紂」作「受」，「周」作「予」。⓯後漢獻帝　名協。東漢靈帝之子，在位三十一年（西元一九〇～二二〇年），為曹丕所篡，漢亡。⓰盡取天下名士二句　此指東漢末年的黨錮之禍。東漢桓帝延熹九年（西元一六六年），以司隸校尉李膺等二百餘人為黨人，逮捕下獄。東漢靈帝建寧二年（西元一六九年），復殺杜密、李膺等百餘人，並制詔州郡，大舉鉤捕黨人。見《後漢書‧桓帝紀》、《後漢書‧靈帝紀》。此處以為事起獻帝時，誤。⓱黃巾賊起　東漢靈帝中平元年（西元一八四年）二月，鉅鹿（今河北鉅鹿）人張角，自稱「黃天」，聚眾三十六萬造反，因全著黃巾，故稱黃巾賊。⑱盡解黨人而釋之　東漢靈帝中平元年三月，以皇甫嵩之議，下令大赦天下黨人，以舒解眾怨。見《資治通鑑・漢紀五〇》。⑲唐之晚年二句　唐末穆宗、敬宗、文宗、武宗之世，以牛僧孺、李宗閔為首的牛黨，與以李德裕父子為首的李黨，互相傾軋，前後將近四十年。見《新唐書・李德裕傳》。⑳昭宗　唐昭宗。名傑，唐僖宗之子，在位十六年（西元八八九～九〇四年），為朱全忠所弒。㉑此輩清流二句　唐昭宣帝天祐二年（西元九〇五年）六月，朱全忠殺裴樞等三十餘人於白馬驛，時李振因屢舉進士不中，深恨搢紳之士，便對朱全忠說：「此輩嘗自謂清流，宜投之黃河，使為濁流。」遂將三十餘人投進河裡。見《資治通鑑・唐紀八一》。唐昭宣帝名祝，為唐昭宗之子，本文以為事在唐昭宗時，誤。㉒誚　譏刺；嘲笑。㉓厭　通「饜」。滿足。

【語譯】臣聽說朋黨的說法自古就有，只希望人君能夠分辨他們是君子還是小人而已。大致說來，君子和君子是因為道義相同而結朋，小人和小人是因為利益相同而結朋，這是很自然的道理。

可是，臣以為小人沒有朋，只有君子才有。這是什麼緣故呢？小人所愛的是利祿，所貪的是錢財。當他們利益一致時，暫時互相勾結援引而結朋，這是假的。等到他們看見利益而爭奪，或者利益消失而交誼疏遠，就反而互相傷害，即使是兄弟親戚，也不能互相保全。所以臣說小人沒有朋，他們雖然暫時結朋，是假的。君子就不是這樣。他們堅守的是道義，奉行的是忠信，珍惜的是名節。用這些來修身，就會志同道合，互相助益；用這些來服務國家，就能同心協力，互相扶持，始終如一。這是君子的朋。所以人君只要斥退小人的假朋，重用君子的真朋，那天下就太平了。

堯時，小人共工、驩兜等四人結為一朋，君子八元、八愷等十六人結為一朋。舜輔佐堯，斥退四凶小人之朋，引進八元、八愷君子之朋，堯的天下因此而太平。到了舜自己做天子，皋陶、夔、稷、契等二十二人同在朝廷做官，彼此互相讚美，互相推讓，一共二十二人成為一朋，舜都重用他們，結果也是天下太平。《尚書》上說：「商紂有臣子億萬，但有億萬顆心；周有臣子三千，只有一顆心。」商紂時，億萬人的心都不同，可以說並沒有結朋，可是商紂卻因此而亡國。周武王的臣子，三千人結為一個大朋，可是周卻因此而興起。後漢獻帝時，逮捕天下名士，全都囚禁起來，把他們都看作是同黨。等到黃巾賊造反，漢室大亂。後來才懊悔覺悟，解除黨禁並釋放所有黨人，但是已經無可挽救了。唐朝末年，漸漸興起朋黨的議論。到唐昭宗時，殺盡朝廷的名士，把他們都扔進黃河，並且說：「這些人自命清流，可以把他們投到濁流裡去。」而唐朝也就滅亡了。

前代的君主，能夠使每個人都不同心，不結為朋黨的，沒有一個比得上商紂；能夠禁絕好人結為朋黨的，沒有一個比得上漢獻帝；能夠殺戮清流的朋黨的，沒有一個比得上唐昭宗的時代，但是結果都使國家動亂滅亡。能夠互相讚美，彼此推讓，一點也不懷疑的，沒有人能比得上舜的二十二臣，舜也不懷疑他們，並且都任用他們。可是，後代的人並不譏笑舜被二十二人的朋黨所欺騙，反而稱讚舜是聰明的聖君，這是因為他能分辨君子和小人。周武王時，全國臣子三千人結為一個朋黨。自古以來，朋黨人數之多、規模之大，沒有哪一個朝代比得上周，可是周因此而興起，這是因為善人不嫌其多啊。

以上治亂興亡的事跡，人君應當拿來做警惕啊。

【研　析】本文的主要論點有二：一是區分君子之朋和小人之朋，一是期待人君進用君子之朋，斥退小人之朋。全文可分五段。首段立論。指出君子以同道為朋，小人以同利為朋，人君當分辨之。二段承首段進一步加以申論。以為君子之朋，同道而利國；小人之朋，爭利而為己。人君當退小人而用君子之朋。三、四兩段舉例以證成其議論。用歷代治亂興衰的正反對比，強調人君用君子之朋則致治，用小人之朋則亂亡，故君子之朋，惟恐其不多。末段總結，戒人君當以古為鑑。

全文有論有證有結，結構完整；各段之間，脈絡分明，條理井然；而其主題明確集中，議論反覆婉切。可說是相當嚴謹而具有說服力的一論說文。至於文中所殷殷致意而期待人君鑑戒的用君子而斥小人，尤為千古忠臣共同關注的焦點。所謂「物以類聚」，客觀而言，人之或以同利而相結合，或因同道而相扶持，原是極為自然的事。「君子喻於義，小人喻於利」（《論語・里仁》），人各有志，也是勉強不得。但可怕的是利益的結合，進而透過政柄的掌握操縱，小人之朋所可能導致的後果，關係到整個國計民生。它會使分配不公、貧富懸殊；它會使人才壅蔽、賢奸混淆；它會使吏治汙濁、賄賂公行。它最終將導致民心的喪失，政權的淪亡。而在君權決定一切的年代裡，國君的用人將是決定的關鍵，那就不能不明辨而慎擇了。歷史一再顯示：親君子而遠小人，則天下太平，民生樂利；親小人而遠君子，則天下動亂，民生塗炭。令人沮喪的是小人朋比援引，結黨成派，而君子則往往特立獨行，孤高自賞；小人之朋力量集中，君子單打獨鬥，不屑結朋而致力量分散；小人慣常以讒言對君主形成蔽障，而君子卻往往固執於理念，極言直諫以致激怒君主。剛柔直曲之間，端視國君取決；而國君又未必皆有膽識以自強，遂致悲劇一再重演，而小人之朋常居上風。據《續資治通鑑》記載，宋仁宗似乎接受了歐陽脩的看法，就這點而言，宋仁宗也算是極開通的了。

縱囚論

【題解】本文選自《歐陽文忠公集》。唐太宗貞觀六年（西元六三二年），縱放死囚犯三百九十人返家，諭令來年秋天返獄候死，以示恩德。後來，這些犯人全部如期返回，唐太宗嘉其義而赦之，世人皆譽為「施恩德」和「知信義」之典範。本文針對此事大加撻伐，抨擊此舉是「上下交相賊以成此名」，並強調治國不可標新立異，不可矯情求名，必須本於人情才是天下之常法。

信義行於君子，而刑戮施於小人。刑入於死者，乃罪大惡極，此又小人之尤甚者也。寧以義死，不苟幸生，而視死如歸，此又君子之尤難者也。

方唐太宗之六年❶，錄❷大辟❸囚三百餘人，縱❹使還家，約其自歸以就❺死。是以君子之難能，期小人之尤者以必能也。其囚及期而卒自歸，無後❻者。是君子之所難，而小人之所易也。此豈近於人情？

或曰：「罪大惡極，誠小人矣，及施恩德以臨之，可使變而為君子。蓋恩德入人之深而移人之速，有如是者矣。」

曰：「太宗之為此，所以求此名也。然安知夫縱之去也，不意❼其必來以冀❽免，所以縱之乎？又安知夫被縱而去也，不意其自歸而必獲免，所以復來乎？夫意其必來而縱之，是上賊下之情❾也；意其必免而復來，是下賊上之心也。吾見上下交相賊以成此名也，烏❿有所謂施恩德與夫知信義者哉？不然，太宗施德於天下，於茲六年矣，不能使小人不為極惡大罪。而一日之恩，能使視死如歸而存信義，此又不通之論也。」

「然則何為而可？」曰：「縱而來歸，殺之無赦。而又縱之，而又來，則可知為恩德之致爾。然此必無之事也。若夫縱而來歸而赦之，可偶一為之爾。若屢為之，則殺人者皆不死，是可為天下之常法乎？不可為常者，其聖人之法乎？是以堯、舜、三王⓫之治，必本於人情，不立異以為高，不逆情以干⓬譽。」

【注釋】❶唐太宗之六年　唐太宗即位的第六年。即貞觀六年（西元六三二年）。唐太宗，名世民，唐高祖子，在位二十三年（西元六二七～六四九年）。❷錄　登記於名冊。❸大辟　死罪；死刑。辟，罪；刑罰。❹縱　釋放。❺就　接受。❻後延誤；過期。❼意　料想；預期。❽冀　希求。❾上賊下之情　在上者竊測在下者之心思。❿烏　何；哪裡。⓫三王　三代之王。指夏禹、商湯、周文王。⓬干　謀取；謀求。

【語　譯】信義是對待君子的，刑罰是處分小人的。刑罰判處了死刑的人，一定是罪大惡極，這又是小人中特別壞的人。寧願為正義而死，不肯苟且僥倖地活，因而視死如歸，這又是君子中更為難能可貴的人。

當唐太宗即位的第六年，登記了死刑犯三百多人，釋放他們回家，約定他們到期自動回來接受死刑。這是以君子都難做到的事，希望那些特別壞的小人一定要做到。那些囚犯到了限期果然都自動回來，沒有一個過期的。這是君子也難做到的，而小人卻很容易地做到了。這難道近於人情嗎？

有人說：「罪大惡極，的確是小人了，但是到了用恩德對待他，也可以使他變為君子。本來恩德感動人心的深刻，改變人性的快速，就會是這樣的。」

我說：「太宗之所以做這件事，為的是求得恩德的美名。然而，我們哪能知道在釋放囚犯的時候，不是料想他們一定會回來以求得到赦免，所以才放了他們的呢？我們又哪能知道那些囚犯在被釋放回去的時候，不是料想自動回來一定會獲得赦免，所以才又回來的呢？料想他們一定會回來才把他們放了，這是上面的人窺測下面的人的心理；料想一定可以獲得赦免才又回來，這是下面的人窺測上面的人的心理。我只看見上下互相窺測，來成就這種美名，哪裡有什麼施恩德和知信義的事呢？否則，太宗對天下人施恩德，到現在已經六年了，還不能使小人不犯大罪惡。只是一天的恩德，就能使死囚視死如歸，而且堅守信義，這又是不通的論調啊。」

「那麼要怎樣做才行呢？」我說：「釋放他們，他們回來後，就殺掉他們，不要赦免。再釋放一批，如果他們又回來了，這就可以知道是恩德所使然。不過，這是一定不會有的事情。至於放他們回去，回來就赦免他們，這只可偶爾做一次罷了。如果屢次這樣做，那麼殺人的罪犯都可以不死，這難道可作為天下的常法嗎？不可以做常法的，會是聖人的法制嗎？因此唐堯、虞舜和夏、商、周三王治理天下，一定根據人情，不標新立異來表現崇高，不違背人情來干求名譽。」

【研　析】本文可分五段。首段言待君子以信義，待小人則以刑戮；縱使君子，也很難做到甘為信義而死。此是全文立論之基礎。二段指出唐太宗縱囚而囚自歸，此事殊不近人情。此切入主題。三段引述世俗觀點，以為囚犯自動歸來受刑，乃因皇帝恩德感動所致。此作一翻覆。四段駁斥上述論調，揣測唐太宗與囚犯的心理，直斥此事乃「上下交相賊」，不過成就唐太宗布施恩德的虛名罷了。五段言唐太宗此舉不可以為常法，強調君主治國須「本於人情，不立異以為高，不逆情以干譽」。

宋人讀史特重《春秋》尊王攘夷之微言大義，且疑古之風特盛；歐陽脩即為疑古學風的代表人物，其論史尤重《春秋》「誅心」之義，本篇可視為此一閱讀方式的具體展現。根據歐陽脩的推斷，縱囚之舉實乃唐太宗自導自演的絕妙喜劇。何以故？就唐太宗而言，所欲者不過「施恩德」的聖君之名；對死囚而言，則是孤注一擲的難逢良機。死囚以本無生還之理的殘生為賭注而搏命演出，唐太宗則坐收令名而掠美示恩，終以喜劇收場。唐太宗之可議，在於他犧牲國家法制來滿足個人的虛榮心，間接助長了百姓的投機心理，故而不免成為淆亂德義的「鄉愿」。歐公深得「誅心」說之三昧，獨發此論，可謂別具隻眼。

釋祕演詩集序

【題　解】本文選自《歐陽文忠公集》。釋祕演，北宋僧人，山東人，生平不詳。序，古代的一種文體（參見〈太史公自序〉題解）。本文屬「書序」。釋是東晉高僧釋道安以來，僧尼共同的姓，因為佛法之本，原於釋迦牟尼，故皆以釋為姓；祕演是法號。《宋史・藝文志》有《釋祕演詩集》二卷，本文即歐陽脩為這部詩集寫的序。文章對於釋祕演懷材不用，寄身佛門，表達惋惜與同情。

予少以進士遊京師，因得盡交當世之賢豪。然猶以謂❶國家臣一❷四海❸，休兵革❹，養息天下以無事❺者四十年，而智謀雄偉非常之士，無所用其能者，往往伏❻而不出。山林屠販❼，必有老死而世莫見者，欲從而求之，不可得。其後，得吾亡友石曼卿❽。曼卿為人，廓然❾有大志，時人不能用其材，曼卿亦不屈以求合。無所放❿其意，則往往從布衣⓫野老，酣嬉⓬淋漓⓭，顛倒而不厭。予疑所謂伏而不見者，庶幾狎⓮而得之，故嘗喜從曼卿遊，欲因以陰⓯求天下奇士。

浮屠⓰祕演者，與曼卿交最久，亦能遺外世俗⓱，以氣節相高。二人懽⓲然無所間⓳。曼卿隱於酒，祕演隱於浮屠，皆奇男子也。然喜為歌詩以自娛。當其極飲大醉，歌吟笑呼，以適⓴天下之樂，何其壯也！一時㉑賢士皆願從其遊，予亦時至其室。十年之間，祕演北渡河㉒，東之濟、鄆㉓，無所合，困而歸。曼卿已死，祕演亦老病。嗟夫！二人者，予乃見其盛衰，則予亦將老矣。

夫曼卿詩辭清絕，尤稱祕演之作，以為雅健有詩人之意。祕演狀貌雄傑，其胸中浩然。既習於佛，無所用。獨其詩可行於世，而懶不自惜。已老，胠其橐㉔，尚得三四百篇，皆可喜者。曼卿死，祕演漠然無所向。聞東南多山水，其巔崖崛崪㉕，江濤洶涌，甚可壯也，遂欲往遊焉。足以知其老而志在也。於其將行，為敘其詩，因道其盛時，以悲其衰。

【注釋】❶以謂　以為。❷臣一　統一。臣，使臣服。❸四海　天下。古人認為中國四境皆有海，故稱四方為四海，國內為海內，國外為海外。❹兵革　指戰爭。兵，武器。革，皮製的甲冑。❺無事　無兵革勞役之事。❻伏　隱居；匿藏。❼屠販　屠夫商販。❽石曼卿　石延年（西元九九四～一〇四一年）。字曼卿，北宋宋州宋城（今河南商邱）人。工詩文，善書法，官至祕閣校理、太子中允。❾廓然　開闊的樣子。❿放　發舒。⓫布衣　平民；百姓。⓬酣嬉　飲酒嬉遊。⓭淋漓　酣暢快意的樣子。⓮狎　親近而不拘禮節。⓯陰　暗中；暗地裡。⓰浮屠　亦作「浮圖」。梵語的音譯，意指佛陀。後亦指佛教、佛寺、佛塔或佛教徒。此指和尚。⓱遺外世俗　謂遺棄世俗，視世俗所有為外物。⓲懽　同「歡」。⓳間　隔閡；距離。⓴適　到；得。㉑一時　當代；同時代。㉒河　黃河。㉓濟鄆　皆州名。濟州治所在今山東鉅野，鄆州治所在今山東東平。㉔胠其橐　打開他的袋子。胠，打開。橐，囊；袋。㉕崛崪　形容山勢高峻。

【語譯】我年輕時因為考進士，曾到過京師，得以結交許多當代的知名人士。但是總還以為國家統一，沒有戰爭，人民休養生息，天下太平無事已經有四十年了，而一些有才智謀略、志向遠大、不平凡的人，因為沒有機會施展他們的才能，往往隱居不出。在山林間或屠夫商販中，一定有直到老死都沒有被人發現的人才，我想去尋找他們，可是找不到。

後來，找到亡友石曼卿。曼卿為人，心胸開闊，有遠大的志向，當時在位的人不能重用他的才學，曼卿也不肯委屈自己去迎合他們。他無處發舒心意，就常常和布衣野老在一起，喝酒嬉戲，酣暢快意，顛顛倒倒，也不厭倦。我懷疑那些隱匿不見的人才，或許只有在親近不拘的情況下才能找得到他們。所以我喜歡和曼卿交往，想藉以暗中訪求天下的奇士。

有個和尚法號祕演，和曼卿交往最久，他也能夠拋開世俗，和曼卿以氣節相推重。兩個人在一起，非常快樂，沒有一點隔閡。曼卿隱居在酒杯中，祕演隱居在佛門中，都是奇男子。祕演喜歡作詩吟詠來自我娛樂。

當他豪飲大醉時，歌唱吟詠，嬉笑呼喊，以此享受天下最大的快樂，這是何等雄壯啊！當代的賢士都願意和他交往，我也時常到他的住所去。在這十年中，祕演曾北渡黃河，東到濟、鄆一帶，可是沒有什麼遇合，仍然窮困地回來。這時，曼卿已經去世，祕演也老病了。唉！這兩個人，我親眼看到他們從壯盛到衰老，而我也快老了！

曼卿的詩文清新無比，但他特別稱讚祕演的作品，認為風格雅健有詩人的意味。祕演相貌雄偉傑出，胸襟磊落。既學了佛，他的才學便無所施展。只有他的詩可以流傳於世，可是他個性懶散，不珍惜自己的作品。到了老年，打開他的詩囊，還找到三、四百首，都是令人喜愛的作品。曼卿去世後，祕演變得冷漠，也沒有地方可以走動。他聽說東南地方多山水，山峰高峻，江濤洶湧，非常壯觀，就想去遊覽。可見他年紀雖老壯心還在。在他將要遠行時，我為他的詩稿寫序，順便說一點他的壯年，也為他的衰老表示哀傷。

【研　析】本文可分四段。首段一方面表明自己結交當世賢豪的高度意願，另方面亦暗示野有遺賢的社會真相。二段透過對亡友石曼卿的描寫，間接刻畫與他「以氣節相高」的釋祕演。三段仍以石曼卿陪襯釋祕演，二者一隱於酒，一隱於浮屠，俱為奇男子，進而由二人之盛衰感歎自己將老。末段藉石曼卿之觀點稱許釋祕演之詩，並交代作序之由。

本文雖是序、跋一類，但作者在構思時，卻刻意將敘事重心擺在寫人，而非如一般序跋之偏重評價其作品，因而予人耳目一新之感。他一方面從自己「盡交當世之賢豪」的意願引出石曼卿，復由「伏而不見」的石曼卿引出「隱於浮屠」的奇男子釋祕演；另方面，寫釋祕演亦只就其生平始終盛衰言之，而以石曼卿作陪襯，並插入自己的感慨。石曼卿與釋祕演都是歐陽脩樂於交遊的朋友，然而十年之間，石曼卿已死，釋祕演亦老病，而自己也將步入衰老，怎不令人傷悲？石曼卿之死，歐陽脩有〈祭石曼卿文〉，釋祕演則「漠然無所向」。死者已矣，而生者終不免於寂寞，盛衰之際，情何以堪？

再就石曼卿與釋祕演的人格特質而言，亦不乏類似之處。石曼卿「不屈以求合」，釋祕演亦能「遺外世俗」，二人「以氣節相高」；石曼卿隱於酒，釋祕演隱於浮屠；石曼卿「廓然有大志」，釋祕演亦「老而志在」。在歐陽脩看來，二人皆為奇男子，生平俱不平順，「無所用其能」，且「老死而世莫見」，言下不無憤懣悲涼之感。茅坤在《唐宋八大家文鈔》中評論此為「多慷慨嗚咽之旨」，可謂深中肯綮。

卷一〇　宋文

梅聖俞詩集序

【題解】本文選自《歐陽文忠公集》。梅聖俞（西元一〇〇二～一〇六〇年），梅堯臣，字聖俞。北宋宣州宣城（今安徽宣城）人。是北宋初的大詩人，文學改革運動的先驅者，有《宛陵先生集》。序，文體的一種（參見〈太史公自序〉題解）。本文屬「書序」。歐陽脩與梅堯臣過從甚密，文學上志同道合，在梅堯臣去世的第二年，為其詩集寫下這篇序，記敘其困窮的一生，肯定其文學成就，並提出「窮而後工」的詩歌創作觀。

予聞世謂詩人少達而多窮，夫豈然哉？蓋世所傳詩者，多出於古窮人之辭也。凡士之蘊❶其所有，而不得施❷於世者，多喜自放❸於山巔水涯之外，見蟲魚、草木、風雲、鳥獸之狀類，往往探其奇怪。內❹有憂思感憤之鬱積，其興❺於怨刺，以道羈臣❻寡婦之所歎，而寫人情之難言，蓋愈窮則愈工。然則非詩之能窮人，殆❼窮者而後工也。

予友梅聖俞，少以蔭補❽為吏。累舉進士，輒抑於有司❾，困於州縣，凡十餘年。年今五十，猶從辟書❿，為人之佐。鬱其所畜，不得奮見於事業。其家宛陵⑪，幼習於詩，自為童子，出語已驚其長老⑫。既長，學乎六經仁義之說。其為文章，簡古純粹⑬，不求苟說⑭於世。世之人徒知其詩而已。然時無賢愚，語詩者必求之聖俞。聖俞亦自以其不得志者，樂於詩而發之。故其平生所作，於詩尤多。世既知之矣，而未有薦於上者⑮。

昔王文康⑯公嘗見而歎曰：「二百年無此作矣。」雖知之深，亦不果薦也。若使其幸得用於朝廷，作為雅、頌⑰，以歌詠大宋之功德，薦之清廟⑱，而追商、周、魯頌⑲之作者，豈不偉歟？何使其老不得志而為窮者之詩，乃徒發於蟲魚物類、羈愁感歎之言？世徒喜其工，不知其窮之久而將老也，可不惜哉？

聖俞詩既多，不自收拾。其妻之兄子謝景初⑳，懼其多而易失也，取其自洛陽㉑至於吳興㉒以來所作，次㉓為十卷。予嘗嗜聖俞詩，而患不能盡得之，遽㉔喜謝氏之能類次㉕也，輒序而藏之。

其後十五年，聖俞以疾卒於京師。余既哭而銘之，因索於其家，得其遺稿千餘篇，并舊所藏，掇㉖其尤者六百七十七篇為一十五卷。嗚呼！吾於聖俞詩，論之詳矣，故不復云。

【注釋】❶蘊　積藏；懷抱。❷施　施展。❸放　縱情。❹內　心裡。❺興　產生。❻羈臣　留滯在外的臣子。❼殆　大概；恐怕。❽蔭補　因先世官職或功勳的餘廕而得官。梅堯臣因其叔父梅詢之蔭而任河南主簿。❾有司　官吏。此指主考官。❿辟書　徵聘的文書。⓫宛陵　漢代縣名。宋為宣州宣城，此用舊稱。⓬長老　長輩；前輩。⓭簡古純粹　簡潔古樸，純正精粹。⓮苟說　苟且取悅。說，通「悅」。⓯未有薦於上者　沒有人向朝廷薦舉他。北宋仁宗嘉祐元年（西元一〇五六年），學士蘇槩等薦梅聖俞為國子直講，又遷都官員外郎，時梅堯臣年五十五，而歐陽脩作此序初稿時，梅堯臣年五十，尚未得官。⓰王文康　王曙。字晦叔，北宋河南（治所在今河南洛陽）人。北宋仁宗時，官到樞密使、同中書門下平章事，卒諡文康。⓱雅頌　今本《詩經》有〈風〉、〈雅〉、〈頌〉三部分，〈風〉收民間歌謠，〈雅〉收朝廷樂歌，〈頌〉收宗廟祭曲。後世往往即以雅頌泛指盛世的音樂，此處亦然。⓲清廟　皇帝的祖廟。清，清靜；靜穆。⓳商周魯頌　即《詩經》的〈商頌〉、〈周頌〉、〈魯頌〉。⓴謝景初　字師厚。北宋富陽（今浙江富陽）人，仁宗慶曆六年（西元一〇四六年）進士，官至屯田郎。㉑洛陽　縣名。即今河南洛陽。㉒吳興　縣名。即今浙江吳興。㉓次　編。㉔遽　意外。㉕類次　分類而編次。㉖掇　摘選；選取。

【語譯】我聽人說詩人顯達的少而窮困的多，難道真的是這樣嗎？大概是因為世間所流傳的詩，大多出於古代窮困者所寫的吧。大凡讀書人懷著學問和抱負，卻不能在世間施展的，多半喜歡縱情於山頂水邊，看見蟲魚、草木、風雲、鳥獸的情狀，往往探求它們奇特的地方。他們內心鬱積著憂愁憤慨苦悶，產生了怨恨譏刺之心，就藉由抒寫流放者、寡婦的哀歎，表現內心難以言喻的衷曲。大概處境愈窮困，詩就愈做得好。那麼，並不是作詩會使人窮困，恐怕是窮困的人才能寫得好呢。

我的朋友梅聖俞，年輕時因為先人的餘廕補了一個小官。幾次考進士，都被考官壓抑，被困在州縣的小職位上，一共十幾年。現在已經五十歲了，還要接受徵聘的文書，做別人的僚屬。委屈他滿腹的才學，不能奮發表現在事業上。他的家在宛陵，自小就學習作詩。從他兒童時期，寫出來的詩已經使前輩吃驚。長大後，學習六經仁義的道理。他所做的文章，簡潔古樸，純正精粹，不隨便討好世俗。所以，世人只知道他會作詩罷了。不過當時不論賢愚，談到作詩一定要請教聖俞。聖俞也喜歡把自己不得意的心情，在詩裡表達出來。所以他平生的創作，詩特別多。世人都知道他能詩了，可是始終沒有人向朝廷薦舉他。

從前王文康公曾見到他的詩而讚歎說：「二百年來沒有這樣的好作品了！」對聖俞雖然了解得這樣深，但也還是沒有推薦他。如果聖俞幸而能夠被朝廷所用，讓他去寫一些雅、頌的樂章，來歌頌大宋的功德，在宗廟裡演奏，讓他能追隨〈商頌〉、〈周頌〉、〈魯頌〉的作者，那豈不是很盛大的嗎？為什麼使他到老還不得志而寫些窮困者的詩，只是發表一些蟲魚物類、羈旅感歎的話呢？世人光喜歡他的詩寫得好，卻不知道他窮困很久，而且快要老了，這不是令人惋惜的嗎？

聖俞的詩很多，自己又不收集整理。他的內姪謝景初怕他的詩多了容易散失，就選取他從洛陽起到在吳興供職這段時間的詩，編成十卷。我一向很喜歡聖俞的詩，可是擔心不能完全讀到，謝氏能夠分類編纂成集，讓我有意外的驚喜，就替它寫了一篇序，並且收藏它。

十五年後，聖俞因病死在京師。我哭他，為他寫了墓誌銘以後，就到他家裡去搜索，找到他的遺稿一千多篇，加上以前所藏的，選取了最好的六百七十七篇，編成十五卷。唉！我對於聖俞的詩，已評論得很詳細了，所以就不再說什麼。

【研　析】本文可分五段。首段反駁世人「詩人少達而多窮」的說法，認為並非「詩之能窮人」，而是「愈窮則愈工」、「窮者而後工」。二段由梅堯臣生平之窮困言其詩文之工。三段深惜梅堯臣詩工而運窮。四段謂梅堯臣本人並不在意其作品的保存集結，而由其甥謝景初作了初步的整編。末段言己代其整理遺稿之經過。

歐陽脩提出「殆窮者而後工」的詩歌主張，認為詩人「內有憂思感憤之鬱積，其興於怨刺」，才能寫出「人情之難言」的作品。這項看法顯然受到韓愈的啟發。何以故？韓愈在〈送孟東野序〉中說：「物不得其平則鳴」，而〈荊潭唱和詩序〉中也提出「夫和平之音淡薄，而愁思之聲要妙；讙愉之辭難工，而窮苦之言易好」的見解。韓、歐二公敏銳地察覺個人經歷上的「窮」與作品的內涵深度密不可分。「窮」則「不平」，不平則所「鳴」發為「愁思之聲」與「窮苦之言」；愁思之聲要妙，而窮苦之言易好，故曰「愈窮則愈工」。

本篇與〈釋祕演詩集序〉的論調頗為近似，可相互參看。就創作動機而言，釋祕演「老而志在」、「胸中浩然」而「喜為詩歌以自娛」；梅堯臣則「自以其不得志者，樂於詩而發之」、「老不得志而為窮者之詩」，此可視為「詩三百篇，大抵聖賢發憤之所為作也」（司馬遷〈報任少卿書〉）這一觀點的延續。就創作態度而言，歐陽脩稱許梅堯臣「不求苟說於世」，說石曼卿「不屈以求合」，釋祕演「能遺外世俗」，乃是主張作家除盡量展現個人才情外，還得具備一顆真誠的心，亦即堅持自我理念而不媚俗求寵。此外，釋祕演於其詩「懶不自惜」，梅堯臣亦「不自收拾」，又何嘗不是一種消極的自我隱遯呢？詩窮而後工，但有幾人甘於守窮而無怨？這或許是千古文人難解的心結吧！

送楊寘序

【題　解】 本文選自《歐陽文忠公集》，篇名一作〈送楊二赴劍浦序〉。楊寘其人，生平不詳。因屢次進士不第，只能賴先人餘蔭任官，被派到偏遠的劍浦（今福建南平）擔任縣尉，歐陽脩知其有不平之心，臨別作此文以撫慰之。序，古代的一種文體（參見〈太史公自序〉題解）。本文屬「贈序」。

予嘗有幽憂❶之疾，退而閒居，不能治也。既而學琴於友人孫道滋❷，受❸宮聲❹數引❺，久而樂之，不知疾之在其體也。

夫琴之為技，小矣。及其至也，大者為宮，細者為羽。操絃驟作，忽然變之，急者悽然以促，緩者舒然以和。如崩崖裂石，高山出泉，而風雨夜至也；如怨夫寡婦之歎息，雌雄雍雍❻之相鳴也。其憂深思遠，則舜❼與文王❽、孔子❾之遺音也；悲愁感憤，則伯奇⑩孤子、屈原忠臣之所歎也。喜怒哀樂，動人心深。而純古淡泊，與夫堯、舜、三代⑪之言語、孔子之文章⑫、《易》之憂患⑬、《詩》之怨刺無以異。其能聽之以耳，應之以手，取其和者，道⑭其堙鬱⑮，寫⑯其憂思，則感人之際，亦有至者焉。

予友楊君⑰，好學有文。累以進士舉，不得志。及從廕調⑱，為尉⑲於劍浦⑳，區區㉑在東南數千里外，是其心固有不平者。且少又多疾，而南方少醫藥，風俗飲食異宜。以多疾之體，有不平之心，居異宜之俗，其能鬱鬱以久乎？然欲平其心，以養其疾，於琴亦將有得焉。故予作琴說以贈其行，且邀道滋酌酒進琴以為別。

【注釋】❶幽憂　深憂；過度的憂勞。❷孫道滋　人名。生平未詳。❸受　接受。❹宮聲　宮調。以宮聲為基準音的曲調。古人以宮、商、角、徵、羽為五音或五聲，形成一個五聲音階，依次大致相當於現代音樂簡譜上的1、2、3、5、6。❺引　樂曲的數量單位名。❻雍雍　形容聲音和諧融洽。❼舜　上古帝王。相傳曾彈五絃之琴，以歌〈南風〉之辭。❽文王　周文王。相傳被囚於羑里時，曾作琴曲〈拘憂操〉。❾孔子　名丘，字仲尼。春秋魯人，相傳學琴於師襄，曾於離開魯國時作琴曲〈龜山操〉以明志。❿伯奇　尹伯奇。周人，尹吉甫子。母死，尹吉甫聽後妻言而逐之，乃彈琴作〈履霜操〉，曲終，投河自殺。⓫三代　指夏、商、周。⓬孔子之文章　指《春秋》。⓭易之憂患　《易經》作者的憂患。《易經．繫辭下》：「作《易》者，其有憂患乎。」⓮道　通「導」。疏導。⓯堙鬱　鬱結；鬱悶。⓰寫　通「瀉」。宣洩；抒發。⓱楊君　即楊寘。⓲廕調　因先世官職或功勳的餘廕而得官。⓳尉　縣尉。掌治盜賊。⓴劍浦　縣名。即今福建南平。㉑區區　小小的。

【語　譯】我曾經得過憂勞的病症，辭職回家靜養，但是也治不好。不久跟朋友孫道滋學彈琴，學了幾支宮調的曲子。時間一長，覺得彈琴很快樂，居然忘了有病在身。

彈琴只是小技藝。但是，如果造詣高了，大聲是宮，細聲是羽。撫絃急彈，能在快速之間改變琴音，快的節奏令人覺得淒涼迫促，慢的令人覺得舒暢平和。有時像山崩石裂、高山湧泉、夜來風雨；有時像怨夫寡婦的歎息，有時又像雌鳥雄鳥在融洽地唱和。那憂思深遠的琴聲，簡直就是虞舜、周文王和孔子的遺音；那悲愁感憤的琴聲，簡直就是孤子伯奇、忠臣屈原的嗟歎聲啊。

喜怒哀樂的琴聲，感動人心是很深刻的。至於純古淡泊的琴聲，和唐堯、虞舜及夏、商、周三代的言語、孔子的文章、《易經》作者的憂患、《詩經》裡所呈現的怨恨和諷刺，沒有什麼不同。如果能用耳朵去聽，用手去配合，選擇用那種平和的聲音，疏導人心的鬱結，宣洩人心的憂愁，那麼，琴聲在感人方面，也有著深刻的作用。

我的朋友楊君，好學而且會寫文章。好幾次參加進士考試，都不能如願。如今以先人廕餘而補官，被派到劍浦去做縣尉，那裡地方小，又在東南幾千里以外，這樣他心裡當然是不平的。同時他從小多病，南方又缺少醫藥，風俗和飲食的習慣也不一樣。以多病的身體，加上不平的心理，住在風俗和飲食習慣都不同的地方，悶悶不樂地怎能長久呢？然而要使他心平氣和，調養他的疾病，彈琴倒是會有點益處的。所以我做了這篇談論彈琴的文章來為他送行，並且還邀了孫道滋一起喝酒，為他彈琴作為臨別的紀念。

【研　析】本文可分四段。首段追憶自己由於憂病、閒居而學琴的一段因緣。二段由音律論及琴聲的效果。三段謂琴聲不僅可以感人宣情，也能淨化昇華人的精神層面。末段轉入正題，交代作這篇「琴說」以贈楊寘的緣由，勉其平心養疾，藉琴銷憂。

三國時代，嵇康在〈琴賦〉中曾說：「眾器之中，琴德最優。」把琴視為高雅的象徵；歐陽脩在這篇序文裡，也稱許琴音的「純古淡泊」，以為和堯、舜、文王、孔子的至言，《易》、《詩》的微旨無異。另方面，琴聲雖足以抒發個人的憂憤，卻又哀而不傷，從而具備陶冶情性的效果。楊寘之所以心有不平，主因有二：一以「好學有文」而仍屢試不中，二則派任劍浦縣尉，地處偏遠；加以自少多疾，風俗飲食異宜，是以憂煩不樂。歐公睹其塊壘鬱悒，特援琴德以舒解其愁懣之情。既然際遇的逆順起伏終究難料，所能掌握的也只是隨變適性罷了。

五代史伶官傳序

【題解】本文選自《新五代史‧伶官傳》。伶官，指在宮中供職的樂工、藝人。〈伶官傳〉記敘五代後唐莊宗李存勗因沉溺逸樂，寵任伶官而怠於政事，導致敗政禍國，身死亂兵之手。本文為〈伶官傳〉前的序論，針對這一段史實，加以評論，旨在闡明興衰之理，主要繫於「人事」而非「天命」，「憂勞可以興國，逸豫可以亡身」，乃自然之理。

嗚呼！盛衰之理，雖曰天命❶，豈非人事❷哉？原❸莊宗❹之所以得天下，與其所以失之者，可以知之矣。

世言晉王❺之將終也，以三矢賜莊宗而告之曰：「梁❻，吾仇❼也；燕王❽，吾所立❾；契丹❿與吾約為兄弟⓫，而皆背晉以歸梁。此三者，吾遺恨也。與爾三矢，爾其無忘乃⓬父之志！」莊宗受而藏之於廟⓭。其後用兵，則遣從事⓮以一少牢⓯告廟，請其矢，盛以錦囊，負而前驅，及凱旋而納之。

方其係燕父子以組⑯，函梁君臣之首⑰，入於太廟，還矢先王而告以成功，其意氣⑱之盛，可謂壯哉！及仇讎已滅，天下已定，一夫夜呼，亂者四應⑲，蒼皇東出⑳，未及見賊而士卒離散，君臣相顧，不知所歸，至於誓天斷髮，泣下沾襟㉑，何其衰也！豈得之難而失之易歟？抑本㉒其成敗之迹㉓而皆自㉔於人歟？

《書》㉕曰：「滿招損，謙受益。」憂勞可以興國，逸豫㉖可以亡身，自然之理也。故方其盛也，舉天下之豪傑莫能與之爭；及其衰也，數十伶人困之㉗，而身死國滅，為天下笑。夫禍患常積於忽微㉘，而智勇多困於所溺㉙，豈獨伶人也哉！作〈伶官傳〉。

【注釋】❶天命　上天的意旨。❷人事　人的力量；人的作為。❸原　推究事物的本原。❹莊宗　指五代後唐莊宗李存勗。西突厥的沙陀族人，李克用的養子。驍勇善戰，滅後梁而為帝，國號唐，以寵任伶官，朝政敗壞，為伶官郭從謙所弒，在位四年（西元九二三～九二六年）。❺晉王　指李克用。李存勗養父，西突厥沙陀族人。原姓朱邪，世為沙陀部酋長，其父於唐德宗貞元中歸唐，賜姓李。黃巢陷京師，李克用以沙陀兵大敗黃巢，因功封晉王。卒後，其養子李存勗稱帝，追諡武，廟號太祖。❻梁　指後梁太祖朱全忠。本名溫，初為黃巢部將，既而降唐，賜名全忠，於唐昭宣帝天祐四年（西元九〇七年）末篡位，國號梁，在位六年（西元九〇七～九一二年）。❼吾仇　朱全忠嘗宴請李克用，夜裡放火想燒死李克用，未成。❽燕王　指劉仁恭父子。深州（治所在今河北深州西南）人。劉仁恭因李克用的推薦，拜檢校司空盧龍軍節度使，旋叛附朱全忠，後其子劉守光受梁封為燕王，不久，稱帝。❾立　扶植。❿契丹　指契丹首領耶律阿保機。即遼太祖。⓫約為兄弟　李克用與耶律阿保機曾握手相約為兄弟，並約定共同舉兵擊梁。既而耶律阿保機背盟，歸附於梁。⓬乃　你；你的。⓭廟　指宗廟。

⑭從事　官名。為僚佐之吏，此指一般官員。⑮少牢　古代祭祀，用牛、羊、豕三牲，謂之太牢，只用羊、豕謂之少牢。牢，祭祀用的犧牲。⑯係燕父子以組　用繩索捆綁燕王父子。係，捆綁。燕父子，指劉仁恭及其子劉守光。組，絲帶或絲繩。此泛指繩索。唐昭宣帝天祐十年（西元九一三年），晉軍破燕，執劉仁恭、劉守光父子，次年，殺之。⑰函梁君臣之首　用木匣盛梁帝君臣的頭。函，木匣。此為動詞。盛以木匣。梁君臣，指梁末帝朱友貞和他的臣子皇甫麟。後唐莊宗同光元年（西元九二三年）十月，後唐軍攻克梁都，梁末帝知道不能投降，就命皇甫麟殺死自己，而皇甫麟隨著也自殺，莊宗下詔收梁末帝屍，殯於佛寺，漆其首而盛以木匣，藏於太社。⑱意氣　氣概。⑲一夫夜呼二句　貝州（治今河北清河）軍士皇甫暉於莊宗同光四年（西元九二六年）作亂，攻入鄴都（今河南安陽），附近駐軍紛紛響應。後唐莊宗派李嗣源率兵平亂，而李嗣源反戈叛變，並向京城洛陽進攻。⑳倉皇東出　後唐莊宗聞李嗣源叛變，倉皇出奔汴（今河南開封），未至汴而折回，所帶軍隊二萬餘，途中逃散大半。㉑誓天斷髮二句　後唐莊宗折回洛陽途中，在石橋地方，曾置酒於野地，悲啼不樂，命群臣各自陳言，元行欽等百餘人，拔刀斷髮，誓死效忠，君臣痛哭號泣。誓天，向天發誓。㉒本　推究根源。㉓迹　事跡。㉔自　起源。㉕書《尚書》。以下引文見〈大禹謨〉。㉖逸豫　安逸享樂。㉗數十伶人困之　後唐莊宗嗜好音律，常粉墨登場，和伶人一起演戲，伶人因而當權。伶官郭從謙乘李嗣源叛變，也率部下作亂，莊宗死於流矢，伶人用樂器點火燒其屍。㉘忽微　古代兩個極小的度量單位。此極言其細微。㉙溺　沉迷；嗜好。

【語譯】唉！朝代興衰的道理，雖然說和天命有關，難道就跟人為無關嗎？推究後唐莊宗得天下和失天下的原因，就可以明白這個道理了。

世上傳說晉王臨終時，把三枝箭賜給莊宗，並且告誡他說：「梁是我的仇敵；燕王是我所扶植的；契丹和我相約為兄弟，可是後來他們都背叛我們晉國去歸附梁。這三件事，是我這一生的遺恨。現在我給你三枝箭，你千萬別忘了替父親報仇！」莊宗接受了那三枝箭，把它藏在宗廟裡。以後每次出兵，他就派一個官員，帶著少牢到宗廟裡祭祀禱告，請出一枝箭，裝在錦袋裡，背著在前面做先鋒，到戰勝歸來，再把箭放回宗廟。

當他用繩子捆綁著燕王劉仁恭父子，又用木匣裝著梁國君臣的頭顱，送進太廟，把箭送還先王，稟告大仇已報，這時，他的氣概可以說是夠壯盛的了。等到仇敵都已消滅，天下已經平定，卻因一個軍士在夜裡一聲呼喊，各地叛亂的人竟四處響應。莊宗君臣慌慌張張地向東逃生，還沒見到賊兵，士卒就四處逃散，君臣面面相覷，不知該逃往何處。幾個忠貞的臣子，甚至截斷頭髮，對天發誓，淚濕衣襟，這是多麼頹喪啊！難道是得天下困難，失天下容易嗎？或者成敗的根源，都是由於人為的因素嗎？

《尚書》說：「自滿會招致損傷，謙虛能得到助益。」憂思勤勞可以使國家興盛，安逸享樂可以使人喪身，這是自然的道理。所以當莊宗興盛的時候，全天下的英雄豪傑沒有人能夠和他對抗；等到他衰敗的時候，幾十個伶人圍困他，就使他身死國亡，被天下人所恥笑。禍患常常是由細微的事情積累起來的，而有才智又勇敢的人，常常受困於他所沉湎的事，哪裡只是伶人才這樣呢！因此，作〈伶官傳〉。

【研　析】本文可分四段。前二段以敘史為主，後二段方轉入論理。首段推溯後唐莊宗之事跡，指出國家盛衰之契機在於「人事」而非「天命」。二段透過一則軼事凸顯後唐莊宗早年之「盛」肇因於「人事」上的發憤圖治。三段以時間為軸，用「方其……及……至於……」的句型概括後唐王朝的衰亡史，進而推敲其覆敗的根本原因。末段節引《尚書》經文，帶出「憂勞可以興國，逸豫可以亡身」和「禍患常積於忽微，而智勇多困於所溺」的結論。

歐陽脩在編修《新五代史》時，從朝代的興替中概括出「盛衰之理，雖曰天命，豈非人事哉」的觀點，無疑是極具前瞻性的。傳統看法多半認為：「天命」的掌握，直接關係著社稷盛衰與帝業興替，「天命」不可見，於是人道主義者固然可曰「天視自我民視，天聽自我民聽」，權佞亦可媚主曰「奉天承運」，於是所謂「天命」，一方面是王朝遞代的根據，同時又是政荒主闇的遁辭。歐陽脩以「人事」為盛衰之樞機，形成對「天命」論的一項挑戰，似乎是較激烈的；但他也在盛衰的強烈對比中質疑：「豈得之難而失之易歟？抑本其成敗之迹，而皆自於人歟」，以「推測」取代「論斷」，這就使讀者多了一些反思的機會。或許此種對歷史的反思，正是歐陽脩撰史的精神所在。

五代史宦者傳論

【題解】本文選自《新五代史・宦者傳》。宦者，宦官。〈宦者傳〉記敘唐末至五代後唐莊宗時，宦官張承業、張居翰二人事跡。歐陽脩深惡宦官之禍害，而獨於此二人立傳，乃取二人猶有一善之可取，即所謂「愛而知其惡，憎而知其善」。本文節取傳後的評論，旨在強調宦官之為禍，較女色尤為深重，故人君當引為殷鑑。

自古宦者❶亂人之國，其源深於女禍。女，色而已；宦者之害，非一端也。

蓋其用事❷也近而習❸，其為心也專而忍❹。能以小善中❺人之意，小信固人之心，使人主必信而親之。待其已信，然後懼以禍福而把持之。雖有忠臣碩士❻列于朝廷，而人主以為去己疏遠，不若起居飲食、前後左右之親為可恃也。故前後左右者日益親，則忠臣碩士日益疏，而人主之勢日益孤。勢孤則懼禍之心日益切，而把持者日益牢。安危出其喜怒，禍患伏於帷闥❼，則嚮❽之所謂可恃者，乃所以為患也。患已深而覺之，欲與疏遠之臣圖左右之親近，緩之則養禍而益深，急之則挾人主以為質❾。雖有聖智，不能與謀。謀之而不可為，為之而不可成，至其甚，則俱傷而兩敗。故其大者亡國，其次亡身，而使姦豪得借以為資❿而起，至抉⓫其種類⓬，盡殺以快天下之心而後已。此前史所載，宦者之禍常如此者，非一世也。

夫為人主者，非欲養禍於內而疏忠臣碩士於外，蓋其漸積而勢使之然也。夫女色之惑，不幸而不悟，則禍斯及矣。使其一悟，捽⓭而去之可也。宦者之為禍，雖欲悔悟，而勢有不得而去也。唐昭宗⓮之事是已。故曰深於女禍者，謂此也。可不戒哉！

【注釋】❶宦者　宦官；太監。❷用事　行事；做事。❸習　親狎；親昵。❹忍　殘酷；殘忍。❺中　迎合。❻碩士　賢士。❼帷闥　指宮廷之內。帷，帳幕。闥，門屏。❽嚮　以前；從前。❾質　人質。❿資　藉口；理由。⓫抉　挑出。⓬種類　同類；同黨。⓭捽　揪出來。⓮唐昭宗　名曄。唐懿宗之子，在位十五年（西元八八九～九〇三年）。唐昭宗為宦者楊復恭所立，楊復恭恃功專恣，唐昭宗與宰相崔胤謀誅宦官，宦官懼，幽禁唐昭宗於少陽院，共立太子裕，其後朱溫盡殺宦官，唐昭宗亦卒為朱溫所弒。

【語譯】自古以來宦官敗亂國家，這種禍害比起女人所造成的更為根深柢固。女人，只不過使人君沉迷色慾罷了；而宦官的禍害，就不止一方面了。因為宦官在宮裡做事和人君親近，他們用心堅深而且殘忍。能用一點點小善去迎合人君的意旨，靠小信用抓牢人君的心，使人君深信他們，親近他們。等到取得人君的信任，然後就藉禍福去恐嚇並且控制人君。這時，即使有忠臣賢士在朝，但是人君卻以為他們和自己很疏遠，不像那些起居飲食經常在前後左右關係親近的宦官那樣可靠。所以人君和在前後左右的宦官一天比一天親近，那麼就和忠臣賢士一天比一天疏遠，這樣一來，人君的形勢就一天比一天孤立了。形勢孤立，恐懼禍患的心理就一天比一天嚴重，宦官對人君的控制就一天比一天穩固。人君的安危就看宦官的喜怒，人君的禍患就潛伏在宮廷之內，那麼，以前認為可靠的人，現在就成了禍患。到了禍患已經嚴重才發覺，想和那些疏遠的臣子設法剷除左右親近的宦官，事情進行得慢了就會讓禍患培養得更深，進行得快了，那些宦官就會挾持人君作為人質。這樣，即使有大聖大智的人，也無法替人君謀畫。就算是謀畫好了，也無法去做，就算是做了，也不會成功，情勢嚴重的，就會兩敗俱傷。所以宦官的禍患，大的亡國，小的喪身，同時使奸雄能夠藉此機會起來，直到捕捉那些宦官，把他們全部殺光，讓天下人的心裡痛快才罷了。這是過去史書上記載的，宦官的禍患常常是這樣的，並不是只有一個朝代如此。

一個做人君的，並不會想在宮廷裡培養禍患而疏遠外面的忠臣賢士，可以說那是漸漸累積起來的形勢使他這樣的。人君對於女色的迷惑，如果不幸不能覺悟，那麼禍患就要臨頭了。假若一旦覺悟，只要揪出她、捨棄她就可以了。至於宦官的禍患，即使想悔悟，在形勢上也有一時不能把他們除去的困難。唐昭宗被殺的事情就是這樣的。所以我說宦官造成的禍患，比女人的更為根深柢固，就是這個緣故。人君可以不警惕嗎？

【研析】本文可分二段。首段指出宦官為禍較女色尤甚。末段則謂宦官之禍較女禍更難收拾。

歐陽脩站在維護政權的立場看待宦官與人主的互動關係，分別就宦官的心理特質、客觀優勢、弄權模式，乃至對國家造成的危害，逐層剖析，以見其禍患之深且重。從心路歷程看，宦官擅長以兩面手法來「中人之意」、「固人之心」，以取得人主的親信，並在奪權的過程中，憑藉「近而習」的先天優勢，肆其「專而忍」之慾念。此處的「忍」不僅是對政敵的殘忍，還包含忍辱俟機而不躁進的堅忍。「待其已信，然後懼以禍福而把持之」二句，實乃宦官得以專權而忠臣碩士所以扼腕的慣見模式。歐陽脩先連用五個「日益」（前後左右者日益親、忠臣碩士日益疏、人主之勢日益孤、懼禍之心日益切、把持者日益牢），而宦官與忠臣碩士間的勢不兩立、人主的孤危禍患，俱在其中。接著，又連用兩個「不可」（謀之而不可為、為之而不可成）逼顯「大者亡國，其次亡身」的悲劇下場。最後，將罹禍之不可免歸結於「勢」（漸積而勢使之然、勢有不得而去）。歐陽脩清楚地意識到：董卓、朱溫之所以有機會亡漢篡唐，均以宦官為禍階，所謂「使姦豪得借以為資而起，至抉其種類，盡殺以快天下之心而後已」，實際上是以天下的長期分裂和動亂為代價，有鑑於此，人主怎能不慎於馭之呢？

相州晝錦堂記

【題　解】本文選自《歐陽文忠公集》。北宋名臣韓琦（西元一〇〇八～一〇七五年）於仁宗至和二年（西元一〇五五年），出任其故鄉相州（治所在今河南安陽南）知州，在官署後園修建晝錦堂，並立石碑刻其〈晝錦堂〉詩，表達不以昔人所謂「衣錦榮歸」自誇耀，反引以為戒的想法。歐陽脩與韓琦在政治上可謂志同道合，故為此文以表彰其超拔世俗的胸襟。強調韓琦的功業成就，乃邦家之光，非僅是閭里之光而已。

仕宦而至將相，富貴而歸故鄉，此人情之所榮，而今昔之所同也。蓋士方窮時，困阨❶閭里❷，庸人❸孺子❹皆得易❺而侮之，若季子❻不禮於其嫂，買臣❼見棄於其妻。一日高車駟馬❽，旗旄❾導前而騎卒擁後，夾道之人相與駢肩累迹❿，瞻望咨嗟⓫，而所謂庸夫愚婦者，奔走駭汗⓬，羞愧俯伏，以自悔罪於車塵馬足之間。此一介⓭之士得志於當時，而意氣之盛，昔人比之衣錦之榮⓮者也。

惟大丞相衛國公⓯則不然。公，相人也。世有令德⓰，為時名卿。自公少時，已擢⓱高科⓲、登顯仕，海內之士聞下風而望餘光⓳者，蓋亦有年⓴矣。所謂將相而富貴，皆公所宜素有，非如窮阨之人僥倖得志於一時，出於庸夫愚婦之不意，以驚駭而夸㉑耀之也。然則高牙大纛㉒不足為公榮，桓圭袞冕㉓不足為公貴。惟德被㉔生民㉕而功施社稷㉖，勒㉗之金石㉘，播之聲詩，以耀後世而垂㉙無窮，此公之志，而士亦以此望於公也。豈止夸一時而榮一鄉哉！

公在至和㉚中，嘗以武康之節來治於相，乃作晝錦之堂於後圃㉛。既又刻詩於石以遺㉜相人。其言以快㉝恩讎、矜㉞名譽為可薄㉟。蓋不以昔人所夸者為榮，而以為戒。於此見公之視富貴為如何，而其志豈易量哉？故能出入將相，勤勞王家㊱，而夷險一節㊲。至於臨大事、決大議，垂紳正笏㊳，不動聲色而措㊴天下於泰山之安，可謂社稷之臣矣。其豐功盛烈㊵，所以銘彝鼎㊶而被絃歌㊷者，乃邦家之光，非閭里之榮也。余雖不獲登公之堂，幸嘗竊誦公之詩，樂公之志有成，而喜為天下道也。於是乎書。

【注釋】❶困阨　窮困。❷閭里　鄉里；家鄉。閭，里巷的門。❸庸人　一般人；平常人。❹孺子　兒童；小孩子。❺易　輕視；輕慢。❻季子　蘇秦，字季子，戰國時代洛陽（今河南洛陽）人。曾以連橫的策略遊說秦惠王，秦惠王不採用，金盡裘敝，狼狽而歸，嫂嫂不做飯給他吃。見《戰國策・秦策》。❼買臣　朱買臣。西漢武帝時會稽吳（治所在今江蘇蘇州）人。家貧好學，靠打柴維生，其妻不耐清貧而求去，買臣留不住。見《漢書・朱買臣傳》。❽駟馬　四匹馬。古代顯貴者的馬車，用四匹馬拉車。❾旗旄　泛指旗子。旄，桿頭有犛牛尾做裝飾的旗子。❿駢肩累迹　形容人很多。駢肩，肩挨肩。累迹，足跡相重覆。⑪咨嗟　讚歎。⑫駭汗　因驚駭而出汗。⑬一介　一個。⑭衣錦之榮　指富貴顯達而榮歸鄉里。衣，穿。錦，有文彩之絲織品。《漢書・項籍傳》：「富貴不歸故鄉，如衣錦夜行。」⑮大丞相衛國公　指北宋名臣韓琦。字稚圭，相州安陽（今河南安陽南）人。北宋仁宗嘉祐三年（西元一〇五八年），拜同中書門下平章事、集賢殿大學士，即所謂大丞相。英宗嗣位（西元一〇六四年），封衛國公，後改封魏國公。清王昶《金石萃編》云：「右〈晝錦堂記〉文稱大丞相衛國公。按韓忠獻於皇祐中，封南陽郡開國公。嘉祐中入相，進封儀國公。英宗嗣位，改衛國公。後又改魏國公。碑立於治平二年（西元一〇六五年）三月，猶稱衛國，則魏國之封，當在其後。」⑯令德　美德。令，美好。⑰擢　拔取；選拔。⑱高科　科舉考試中的高等科目。此指進士科。⑲聞下風而望餘光　居下位而聞其高風，仰望其丰采。⑳有年　若干年；多年。㉑夸　誇耀。㉒高牙大纛　形容儀從的榮顯。牙，牙旗。古代將軍用的大旗，竿上用象牙做裝飾，故稱牙旗。纛，儀仗中的大旗。㉓桓圭袞冕　形容服飾的尊貴。桓圭，三公所執的禮器。袞冕，三公所穿的禮服。㉔被　施加。㉕生民　人民。㉖社稷　土地神和穀神。後借指國家。㉗勒　刻。㉘金石　鐘鼎石碑之類。㉙垂　流傳。㉚至和　北宋仁宗年號。西元一〇五四～一〇五五年。㉛圃　園地。㉜遺　贈送。㉝快　快意；滿足。㉞矜　自誇。㉟薄　鄙薄。㊱王家　王室。㊲夷險一節　不論在太平或動亂，節操始終一致。夷，平。㊳垂紳正笏　形容從容莊重。紳，束袍的大帶。笏，手版。朝臣所執，以玉、象牙或竹片製成，可記事或指畫。㊴措　安置。㊵烈　功業；功績。㊶銘彝鼎　刻在彝鼎上。銘，刻記。彝鼎，古代用為立國象徵的寶器。此應上段「勒之金石」句。㊷被絃歌　寫入樂歌中。被，施於。絃歌，樂歌。此應上段「播之聲詩」句。

【語　譯】 做官而做到將相，富貴而回到家鄉，這是一般人心裡都感到榮耀的事，也是古今都相同的。大抵士人還不得志時，困居在鄉里，連平常人和小孩都會瞧不起他、欺侮他，像蘇秦就受到嫂子無禮的對待，朱買臣就遭妻子遺棄。一旦富貴，坐著四匹馬拉的高大車子，前有旌旗引導而後有騎兵簇擁，路旁的人肩挨著肩、腳跟著腳，仰望讚歎，而先前瞧不起他們的那些凡夫愚婦，奔走向前，嚇得一身是汗，羞愧地低頭伏地，在他們的車塵馬蹄間懺悔告罪。這是一般窮書生得志於當時的意氣風發，古人用衣錦榮歸來比擬。

大丞相衛國公卻不是如此。公是相州人。世代有美德，是當代有名的公卿。公在年輕時，便高中進士，逐步顯達，海內士人聞風嚮往，仰慕丰采，已有好幾年了。所謂將相和富貴，都是公一向所擁有的，不像一般出身窮困的人一旦僥倖得志，出乎凡夫愚婦意料之外，使他們驚嚇而向他們誇耀。所以將軍的牙旗大纛不足以顯示公的榮耀，公卿的圭笏禮服不足以顯示公的尊貴。惟有恩德施加於百姓而功業奉獻給國家，鐫刻在鐘鼎碑石上，流傳在詩歌樂章中，以顯耀後世而永遠傳誦，這才是公的志願，而士人也以此期望於公，豈只是誇耀於一時而榮顯於一鄉呢？

公在至和年間，曾以武康軍節度使來治理相州，就在官署的後園建晝錦堂。接著又在石碑上刻詩留贈給相州人。他認為痛快地報恩仇和自誇名譽都是可鄙的。大抵不以古人所誇耀的為榮，而且還引以為戒。從這些可以了解公對於富貴的看法，而他的心志又豈是容易估量的呢？所以他能夠出將入相，為王室勤勞，不論太平或動亂都是同一節操。至於面臨大事，決定大計，從容莊重，不動聲色而使天下如泰山般的安定，可以說是國家的重臣了。他的豐功偉業，被刻在彝鼎上、寫入樂歌中，實在是邦國的光彩，不僅是閭里的榮耀啊。我雖不曾登上公的晝錦堂，幸而曾私下誦讀公的詩，樂見公的志願有成，而樂於向天下人道及此事。於是寫下這篇文章。

【研　析】本文可分三段。首段說明世俗之人衣錦榮歸的想法和世態，間接點出「晝錦」二字。二段讚美韓琦的功績德行足以垂耀無窮。末段說明韓琦成就輝煌卻反以世俗所誇的晝錦之榮為戒，更顯出其志節之高亮。

本文雖為堂作記，然全文未曾提及晝錦堂的建築、布置和景觀，而著筆在韓琦一生的志向與德業，並且讚歎其不以晝錦為榮反以為戒的識見。從字面看來，其旨意似正與「晝錦」之名相悖謬。然細看其末段，則知惟其以誇榮矜名為戒，方足以彰顯其志概風範，也才更使其錦衣輝耀懾人，其實更切合於晝錦之意。故本文看似與題相反，實則相成，此乃本文奇特之處。

豐樂亭記

【題　解】本文選自《歐陽文忠公集》。北宋仁宗慶曆五年（西元一〇四五年），歐陽脩因支持韓琦、范仲淹等所推行的朝政改革，得罪守舊一派，被貶為滁州（治所在今安徽滁州）知州。次年，在州南豐山下幽谷中發現一處清泉，遂建亭以臨泉上，取名「豐樂」，並作此文，記敘建亭經過，描述豐山一帶美景及滁州人民豐足安樂的生活，表達「宣上恩德」、「與民同樂」的旨趣。

脩既治滁之明年夏，始飲滁水而甘。問諸滁人，得於州南百步之近。其上豐山❶聳然❷而特立❸，下則幽谷窈然❹而深藏，中有清泉滃然❺而仰出。俯仰左右，顧而樂之。於是疏泉鑿石，闢地以為亭，而與滁人往遊其間。

滁於五代❻干戈❼之際，用武之地❽也。昔太祖皇帝❾，嘗以周師❿破李景⓫兵十五萬於清流山⓬下，生擒其將皇甫暉、姚鳳於滁東門之外，遂以平滁⓭。脩嘗考其山川，按⓮其圖記⓯，升高以望清流之關，欲求暉、鳳就擒之所，而故老皆無在者，蓋天下之平久矣。

自唐失其政，海內分裂，豪傑並起而爭，所在為敵國⓰者，何可勝數？及宋受天命，聖人⓱出而四海一⓲，嚮之憑恃險阻⓳，剗⓴削消磨。百年之間，漠然㉑徒㉒見山高而水清，欲問其事，而遺老㉓盡矣。今滁介於江、淮㉔之間，舟車商賈、四方賓客㉕之所不至。民生㉖不見外事，而安於畎畝㉗衣食，以樂生送死。而孰知上之功德，休養生息，涵煦㉘百年之深也。

脩之來此，樂其地僻而事簡，又愛其俗之安閒。既得斯泉於山谷之間，乃日與滁人仰而望山，俯而聽泉。掇㉙幽芳㉚而蔭喬木，風霜冰雪，刻露㉛清秀，四時之景，無不可愛。又幸其民樂其歲物㉜之豐成，而喜與予遊也。因為本其山川，道其風俗之美，使民知所以安此豐年之樂者，幸生無事之時也。夫宣上恩德，以與民共樂，刺史㉝之事也。遂書以名其亭焉。

【注釋】❶豐山　山名。在今安徽滁州西。❷聳然　高聳的樣子。❸特立　挺立；矗立。❹窈然　深遠的樣子。❺滃然　水勢浩大的樣子。❻五代　指後梁、後唐、後晉、後漢、後周五個朝代，自西元九〇七年至西元九五九年。❼干戈　古代兩種兵器的名稱。此借指戰爭。❽用武之地　形勢險要宜於用兵作戰的地方。❾太祖皇帝　指北宋太祖趙匡胤。宋代開國皇帝，在位十七年（西元九六〇～九七六年）。太祖為其死後祀於宗廟的廟號。❿周師　後周的軍隊。北宋太祖原為後周世宗的部將。⓫李景　五代時南唐元宗。在位十九年（西元九四三～九六一年）。⓬清流山　山名。在今安徽滁州西北，上有清流關。⓭平滁　平定滁州。五代周世宗於顯德三年（西元九五六年）親征南唐，在正陽（今安徽壽縣正陽關）大破南唐軍，南唐將皇甫暉、姚鳳自定遠（今安徽定遠）退保清流關，趙匡胤奉周世宗命襲之，擒皇甫暉、姚鳳，遂平滁州。⓮按　查考；查驗。⓯圖記　地圖與文字記載。⓰所在為敵國　天下群雄割據，相互抗衡。所在，到處。⓱聖人　古代臣民對帝王的尊稱。此指北宋太祖。⓲四海一　天下統一。四海，天下。一，統一。⓳嚮之憑恃險阻　從前憑藉險要而割據自立的人或事。嚮，從前。⓴剗　削平。㉑漠然　冷清平靜的樣子。㉒徒　只；僅。㉓遺老　歷經世事的老人。㉔江淮　長江和淮河。㉕賓客　旅客。㉖民生　民性；民風。㉗畎畝　田間。此指耕種之事。畎，田間的水溝。㉘涵煦　滋潤覆照。比喻德澤化育的深厚。涵，潤澤。煦，溫暖。㉙掇　拾取。㉚芳　芳香。此指芳香的花。㉛刻露　顯現。㉜歲物　農作物。㉝刺史　官名。始置於秦朝，本以監督各郡，漢代以後漸為州郡長官，唐代州稱刺史，郡稱太守。宋代於諸州置知州，相當於漢、唐之刺史，歐陽脩時知滁州，故云。

【語　譯】我治理滁州的第二年夏天，才喝到當地的泉水，覺得很甘美。問滁州的人，說是取自州城南方百步距離的地方。在那裡，高處是豐山，高聳矗立；低處是幽谷，深邃閉藏；中間有清泉，大股地湧出。看著上下左右的景色，心裡很喜歡它。於是疏導泉水，開鑿巖石，闢出空地建了亭子，和滁州人士一同遊賞這地方。

滁州在五代戰亂的時候，是個用兵爭戰的地方。從前太祖皇帝，曾率領後周軍隊在清流山下打敗南唐李景的十五萬大軍，在滁州東門外活捉了南唐的將領皇甫暉、姚鳳，因而平定滁州。我曾經考察此地山川，查驗圖譜上的記錄，登高眺望清流關，想找出皇甫暉和姚鳳就擒的所在，然而長一輩的父老都不在世，原來天下太平已經很久了。

自唐朝政治失修，天下分裂，群雄並起，互相爭奪，彼此敵對，怎能數得清？到了大宋朝接受天命，聖人出來而天下統一，以前憑恃險要割據的人物和事跡，都被剷除消滅。這一百年來，平平靜靜地只見山高水清，想查問從前那些事，而老一輩的人都不在世了。今日的滁州，介於長江和淮河之間，是個舟車、商人、四方旅客所不到的地方。人們看不到外間的事情，只安心地種田過日子，活著快快樂樂，死了好好安葬。哪知道這是皇上的功德，養民生息，經過百年覆育的深恩呢。

我來到此地，喜愛這裡的僻靜和人事的簡單，又愛這裡風俗的安閒自在。自從找到這山谷間的泉水，就成天和滁州的人來到這裡，抬頭看看山，低頭聽聽泉。春天摘些幽雅的香花，夏天在大樹下乘涼，秋冬欣賞霜雪降落所呈現的清秀氣象，四季的景色，無不可愛。又慶幸當地人們高興年成的豐收，而喜歡跟我同遊。便為他們追溯當地山川的陳蹟，說出此間風俗的良善，使人們明白所以能享受豐年的快樂，是幸而生在太平的時代。至於宣揚皇上的恩德，與民同樂，這本是刺史的職責。於是寫上「豐樂」兩個字，作為這座亭的名字。

【研　析】本文可分四段。首段記得泉建亭，是從作者眼前之事入手。二、三段以五代戰亂割據對照今日的太平安樂，是從滁州的今昔對比宕開來寫。四段收回眼前，寫四季遊賞之樂，應首段「而與滁人往遊其間」，其敘作記目的，所謂「宣上恩德」，則應三段末「上之功德」三句。

從建亭遊賞的平凡事，寫出唯天下太平，時和年「豐」，人民方能安居「樂」業的大道理，是全文脈絡，也是亭名「豐樂」的命義所在；而「豐」與「樂」又因天子「休養生息，涵煦百年」的「功德」，則為全文旨趣所在。

醉翁亭記

【題解】本文選自《歐陽文忠公集》。北宋仁宗慶曆五年（西元一〇四五年），歐陽脩因支持韓琦、范仲淹等所推行的朝政改革，得罪守舊一派，被貶為滁州（治所在今安徽滁州）知州。次年作此文，記醉翁亭上的山水之美、宴遊之樂，並抒發「與民同樂」的胸懷。

環滁皆山也。其西南諸峰，林壑❶尤美。望之蔚然❷而深秀者，瑯邪❸也。山行六、七里，漸聞水聲潺潺❹而瀉出於兩峰之間者，釀泉❺也。峰回路轉❻，有亭翼然❼臨於泉上者，醉翁亭也。作亭者誰？山之僧智僊也。名之❽者誰？太守❾自謂也。太守與客來飲於此，飲少❿輒醉，而年又最高，故自號曰醉翁也。醉翁之意不在酒，在乎山水之間也。山水之樂，得之心而寓⓫之酒也。

若夫日出而林霏⓬開，雲歸而巖穴暝⓭，晦明變化者，山間之朝暮也。野芳⓮發而幽香，佳木秀⓯而繁陰，風霜高潔，水落而石出者，山間之四時也。朝而往，暮而歸，四時之景不同，而樂亦無窮也。

至於負者歌於塗⑯，行者休於樹，前者呼，後者應，傴僂⑰提攜⑱，往來而不絕者，滁人遊也。臨谿⑲而漁，谿深而魚肥；釀泉為酒，泉香⑳而酒洌㉑；山肴㉒野蔌㉓，雜然而前陳者，太守宴也。宴酣㉔之樂，非絲非竹㉕，射㉖者中，弈㉗者勝，觥籌交錯㉘，起坐而諠譁者，眾賓懽㉙也。蒼顏㉚白髮，頹㉛然乎其間者，太守醉也。

已而夕陽在山，人影散亂，太守歸而賓客從也。樹林陰翳㉜，鳴聲上下，遊人去而禽鳥樂也。然而禽鳥知山林之樂，而不知人之樂；人知從太守遊而樂，而不知太守之樂其樂也。醉能同其樂，醒能述以文者，太守也。太守謂誰？廬陵歐陽脩也。

【注釋】❶林壑　林木澗谷。❷蔚然　林木茂盛的樣子。❸琅邪　山名。在今安徽滁州西南。❹潺潺　水流聲。❺釀泉　山泉名。因水質清澈甘甜可以釀酒而得名。❻峰回路轉　山勢迂迴，山路曲折。❼翼然　鳥張開翅膀的樣子。❽名之　替它命名。名，用為動詞。取名；命名。❾太守　官名。秦置郡守，漢改為太守，宋改郡為州，其長官稱知軍州事，簡稱知州。歐陽脩此時知滁州，其自稱太守，乃沿用舊稱。❿少　少量。⓫寓　寄託。⓬林霏　指林中之霧氣。⓭暝　昏暗。⓮野芳　野花。芳，用為名詞。花。⓯秀　茂盛。⓰塗　通「途」。道路。⓱傴僂　彎腰駝背。此指老人。⓲提攜　牽手扶持。此指小孩。⓳谿　山澗；溪谷。⓴泉香　泉水甘美。㉑洌　清澄。㉒山肴　山中的野味。肴，熟肉。㉓野蔌　野菜。蔌，蔬菜。

㉔宴酣　宴會飲酒而樂。㉕非絲非竹　不是絲竹。絲、竹，泛指音樂。絲，指絃樂，如琴、瑟。竹，指管樂，如簫、管。㉖射投壺。古代飲宴時的一種遊戲，以長頸的壺為目標，將箭形的籌投進去，以進籌的多少為勝負，負者罰酒。㉗弈　指下圍棋。㉘觥籌交錯　酒杯酒籌，錯雜往來。觥，酒器。以兕牛角製成，後亦有銅製、木製。此指酒杯。籌，酒碼。行酒令時計算勝負之具。㉙懽　同「歡」。㉚蒼顏　衰老的容顏。㉛頹　醉倒。㉜陰翳　陰暗。翳，暗。

【語　譯】滁州四面環山。西南面一帶的山峰，林木澗谷更是優美。遠遠望去林木茂密而山谷幽深秀麗的，是琅琊山。沿著山路走六、七里，漸漸聽到水聲潺潺從兩座山峰之間傾瀉而出，那是釀泉。山峰迂迴，山路曲折，轉一個彎後有座亭子簷角翹起像鳥兒展翅的樣子建在釀泉上方，那就是醉翁亭。蓋亭的是誰？是山裡的僧人智僊。替亭子取名的是誰？是太守親自命名的。太守和賓客來此飲酒，往往喝一點點就醉了，而年紀又最老，所以替自己取了「醉翁」的號。醉翁的心意並不在酒，而在山水之間。他對山水的樂趣，是得自於內心而藉著喝酒表現出來啊。

清晨太陽出來而林間霧氣消散，傍晚雲霧聚集而山谷一片昏暗，這是山上早晚景色、明暗不同的變化。春天野花開放而散發出幽香，夏天樹木枝葉繁茂而濃密成蔭，秋天天氣高爽而霜色潔白，冬天澗水降低而露出澗石，這是山間四季的景色。清晨到山裡去，晚上才回來，四季的景致各不相同，其中的樂趣也是無窮無盡啊。

至於有人背著東西邊走邊唱，有人走累了在樹下休息，前面的人呼喚，後面的人回答，老老少少，往來不斷，這是滁州人民遊山的盛況。到溪邊捕魚，溪水深而魚兒肥；用泉水釀酒，泉水甘美而酒色清澄；山間的野味野菜，錯雜地陳列在面前，那是太守在宴客。飲宴的快樂，不在於聆聽音樂，大家投壺的投中了，下棋的下贏了，酒杯、酒籌傳來遞去，有的站著，有的坐著，大伙兒叫鬧成一片，這是賓客歡樂的情景。一位容顏蒼老、滿頭白髮的老者，醉倒在眾人之間，那就是喝醉了的太守呀。

不久，夕陽斜倚山頭，人影散亂，太守要回去而賓客跟著走了。樹林裡光線陰暗，鳥兒上上下下地鳴叫，這是遊人離開後鳥兒的歡樂。然而鳥兒只知道山林的快樂，並不知道人們遊山的快樂；人們只知道跟隨太守遊山的快樂，並不知道太守是以他們的快樂為快樂。酒醉時能跟大家同樂，醒來後能寫文章記下快樂的，正是太守。太守是誰呢？是廬陵人歐陽脩。

【研　析】本文可分四段。首段介紹醉翁亭的位置與命名義涵。第二段描繪醉翁亭四時朝暮的景色。第三段述寫此地遊宴的盡興和樂趣。末段由遊罷歸去的景況抒寫其情懷。

本文在形式上有幾個特色：其一，全篇多為短句，氣韻活潑躍動，十分洗鍊。其二，駢散交雜，流麗有致。其三，全文用了二十一個「也」字，說明性與斬截果決的口吻顯得精準有力。通篇運筆神奇別致。

在內容方面，寫景只以簡要數句完成，重點反而落在遊宴活動的記述，將作者與郡人遊宴時的怡然自樂、自在開懷，寫得有聲有色、鮮明活潑。「鳴聲上下，遊人去而禽鳥樂也」一句最能對比出喧鬧與靜謐的戲劇效果。凡此種種都為表達醉翁之意在乎山水之樂的情懷，怡悅之情躍然紙上。

秋聲賦

【題　解】本文選自《歐陽文忠公集》。秋聲，泛指秋天裡自然界的各種聲音，如風聲、落葉聲、蟲鳥聲等。賦，古代的一種文體。主要特點是用誇大的手法鋪陳事物，散韻夾用，以四言、六言為主。本文秋聲，指風聲。歐陽脩秋夜讀書，聽到風聲而浮想聯翩，作此賦以抒發人生的感慨與領會。

歐陽子❶方夜讀書，聞有聲自西南來者，悚然❷而聽之，曰：「異哉！」初淅瀝❸以❹蕭颯❺，忽奔騰而砰湃❻，如波濤夜驚，風雨驟至。其觸於物也，鏦鏦錚錚❼，金鐵皆鳴，又如赴敵之兵，銜枚❽疾走，不聞號令，但聞人馬之行聲。

余謂童子：「此何聲也？汝出視之。」童子曰：「星月皎潔，明河⑨在天，四無人聲，聲在樹間。」

余曰：「噫嘻，悲哉！此秋聲也，胡為而來哉？蓋夫秋之為狀也，其色慘淡⑩，煙霏雲斂⑪；其容清明，天高日晶⑫；其氣慄冽⑬，砭⑭人肌骨；其意蕭條⑮，山川寂寥⑯。故其為聲也，淒淒切切⑰，呼號憤發。豐草綠縟⑱而爭茂，佳木蔥蘢⑲而可悅；草拂之而色變，木遭之而葉脫。其所以摧敗零落者，乃其一氣之餘烈⑳。

「夫秋，刑官㉑也，於時為陰㉒；又兵象㉓也，於行為金㉔，是謂天地之義氣㉕，常以肅殺而為心。天之於物，春生秋實。故其在樂也，商聲主西方之音㉖，夷則為七月之律㉗。商，傷也，物既老而悲傷；夷，戮㉘也，物過盛而當殺㉙。

「嗟乎，草木無情，有時飄零。人為動物，惟物之靈。百憂感其心，萬事勞其形。有動于中，必搖其精㉚。而況思其力之所不及，憂其智之所不能，宜其渥然丹者為槁木㉛，黟然黑者為星星㉜。奈何以非金石之質㉝，欲與草木而爭榮？念誰為之戕賊㉞，亦何恨乎秋聲！」

童子莫對，垂頭而睡。但聞四壁蟲聲唧唧，如助余之歎息。

【注　釋】❶歐陽子　作者自稱。❷悚然　驚懼的樣子。❸淅瀝　狀聲詞。模擬風雨落葉的聲音。❹以　連詞。作用與「而」同，表示上下並列的關係。❺蕭颯　形容風雨吹打草木的聲音。❻砰湃　狀聲詞。模擬波濤或暴雨聲。❼鏦鏦錚錚　狀聲詞。模擬金屬撞擊聲。❽銜枚　口中含著枚。枚，形狀如筷子的小木棒，兩頭有帶子，可繫在頸上。古代行軍襲敵時，令士卒銜枚，以防喧譁。❾明河　天河；銀河。❿慘淡　暗淡。⓫煙霏雲斂　煙霧飄散，雲彩消失。霏，飄散。⓬晶　光明瑩潔。⓭慄冽　寒冷的樣子。⓮砭　動詞。刺。⓯蕭條　寂寞冷清。⓰寂寥　寂靜空虛。⓱淒淒切切　淒涼悲切。⓲綠縟　碧綠而繁茂。⓳蔥蘢　青翠茂密的樣子。⓴一氣之餘烈　秋氣的餘威。一氣，指秋氣。烈，威。㉑刑官　周禮分六官，配以天地春夏秋冬。秋官司寇，掌刑法邦禁之事，故稱秋為刑官。㉒於時為陰　古人以宇宙間有陰陽二氣，陽主生育，陰主肅殺，春夏為陽，秋冬為陰。㉓兵象　用兵的徵象。兵象主肅殺，秋令亦主肅殺，故稱。㉔於行為金　在五行中屬金。五行，金木水火土。古人以五行配四季，秋屬金。㉕天地之義氣　天地間的肅殺之氣。《禮記・鄉飲酒義》：「天地嚴凝之氣，始於西南，而盛於西北，此天地之尊嚴氣也，此天地之義氣也。」西南，象徵秋的開始。㉖商聲主西方之音　商聲是代表西方的音調。商聲，五聲之一。古人以五聲配季節，春為角，夏為徵，季夏為宮，秋為商，冬為羽。古人以四方配四季，春為東，夏為南，秋為西，冬為北。秋位西方，故曰商聲主西方之音。㉗夷則為七月之律　夷則是七月的音律。夷則，十二律之一。十二律：黃鐘、大簇、姑洗、蕤賓、夷則、無射、大呂、夾鐘、仲呂、林鐘、南呂、應鐘。十二律配十二月，夷則配七月。《史記・律書》：「七月也，律中夷則。」㉘戮　殺。㉙殺　摧殘減退。㉚搖其精　損耗其精神。㉛渥然丹者為槁木　紅潤的容顏變為枯乾。渥然，紅潤的樣子。槁木，枯乾的樹木。㉜黟然黑者為星星　烏黑的頭髮變為花白。黟然，烏黑的樣子。星星，頭髮斑白的樣子。㉝金石之質　堅固如金石的質地。㉞戕賊　傷害。

【語　譯】我正在夜讀時，聽到有一陣聲音從西南方傳來，驚懼地聽著，說：「奇怪呀！」起初，是蕭颯的淅瀝聲，忽然變成奔騰的砰湃聲，好像波濤在夜裡洶湧而起，風雨驟然來到。它碰到任何物體，都發出鏦鏦錚錚的聲響，好像金鐵互撞齊鳴，又好像開往敵前的軍隊，口裡含著枚迅速地前進，聽不到號令，只聽到人和馬疾走的聲音。我對書童說：「這是什麼聲音？你出去看看。」書童回來說：「只有皎潔的星月，和一抹銀河橫在天空，四面沒有人聲，聲音從林間傳來。」

我說：「唉，可悲啊！這是秋天的聲音，它為何而來呢？大抵秋天的形狀是這樣的：它的顏色暗淡，煙霧飄散，雲彩消失；它的姿容清明，天空高曠，陽光明亮；它的氣溫寒冷，刺人肌骨；它的意味寂寞冷清，山川寂靜空虛。所以它的聲音，淒涼悲切，呼號激憤。豐腴的青草碧綠茂盛而爭繁競盛，美好的樹木青翠茂密而令人賞心悅目，但青草一到秋天顏色就變，樹木一到秋天樹葉就掉。草木之所以衰敗凋零，都是由於秋天寒氣的餘威。

「秋，是刑官，時令屬陰；又是用兵的徵象，在五行中屬金。它是天地間肅殺的義氣，常以嚴肅摧殘為用心。上天對於萬物，春天生長，秋天結實。所以在音樂上，商聲屬於西方的音調，夷則是七月的音律。商，就是悲傷，萬物已衰老而悲傷。夷，就是殺戮，萬物過盛而應當摧殘。

「唉！草木沒有情感，時候一到就飄零。何況人是動物，是萬物中最具靈性的，各種憂慮感動他的心，各種事情勞累他的形，心中有所感動，精神必定損耗。何況人常會思考他能力所無法達到的，憂慮他智慧所不能解決的，自然那紅潤的容顏會變成枯槁，烏黑的頭髮會變成花白。真不知為什麼要以非金石的質地，去跟草木爭榮茂呢？應該想想傷害自己的是誰，又何必去怨恨秋聲呢！」

書童沒有回答，低著頭睡著了。只聽得四周蟲聲唧唧，好像在附和我的歎息。

【研　析】本文可分三段。首段形容秋聲。末段記述作者的領悟得不到童子的共鳴。第二段為全文重心，可分三層：其一，描寫秋天的整體特性。其二說明與秋天特性相配合的人文概念。其三抒發生命興衰的感慨與人生處世的體會。

本文在結構上，由秋聲而及秋之整體性狀，復由與之配合回應的人文概念而導入生命智慧的主題，布局十分穩當有次。第一段描摹秋聲的部分，作者以具體的視覺意象來表現聲音特質，將視覺與聽覺意象作了相當貼切而生動的轉換。而且全段雖未提及秋字，然而「自西南來」、「蕭颯」、「鏦鏦錚錚」、「金鐵」、「赴敵之兵」等描寫和比喻中，已由方位、五行、氣氛與兵象等暗示著秋天的特性。

在內容方面，作者能擺脫過去「悲秋」的文學傳統，以較為超越冷靜的心境，洞徹秋天蕭索乃天地自然，而人類生命的消損實來自於憂勞、情動與非分的追求，無關乎秋聲。表現出曠達的氣度、通透的識見，可以發人深省。

祭石曼卿文

【題 解】本文選自《歐陽文忠公集》。石曼卿（西元九九四～一〇四一年），石延年，北宋宋州宋城（今河南商邱）人。官終祕閣校理、太子中允。平生以氣概自豪，尤關心時局，發為詩文，勁健飄逸，名重一時。歐陽脩與石曼卿交情深厚，對其英年早逝深感悲悼，作此文以祭之。祭文是古代的一種文體（參見〈祭十二郎文〉題解）。

維治平四年❶七月日，具官❷歐陽脩謹遣尚書都省❸令史❹李敭❺至於太清❻，以清酌庶羞❼之奠，致祭于亡友曼卿之墓下，而弔之以文曰：

嗚呼曼卿！生而為英❽，死而為靈。其同乎萬物生死而復歸於無物者，暫聚之形；不與萬物共盡而卓然其不朽者，後世之名。此自古聖賢莫不皆然，而著在簡冊❾者，昭如日星。

嗚呼曼卿！吾不見子久矣，猶能髣髴❿子之平生⓫。其軒昂⓬磊落⓭、突兀⓮崢嶸⓯，而埋藏於地下者，意其不化為朽壤，而為金玉之精。不然，生長松之千尺，產靈芝而九莖⑯。奈何荒煙野蔓⑰，荊棘⑱縱橫，風淒露下，走燐⑲飛螢，但見牧童樵叟，歌唫⑳而上下㉑，與夫驚禽駭獸，悲鳴躑躅㉒而咿嚶㉓。今固如此，更千秋而萬歲兮，安知其不穴藏狐貉㉔與鼯鼪㉕？此自古聖賢亦皆然兮，獨不見夫纍纍㉖乎曠野與荒城㉗！

嗚呼曼卿！盛衰之理，吾固知其如此，而感念疇昔㉘，悲涼悽愴，不覺臨風而隕涕㉙者，有媿乎太上之忘情㉚。尚饗㉛！

【注釋】❶治平四年　西元一〇六七年。治平，北宋英宗年號。❷具官　備具官爵履歷。唐、宋以後，公私文書或文章的底稿，往往將官爵品級省略，用「具官」代替。時歐陽脩知亳州。❸尚書都省　官署名。即尚書省，管理全國行政。❹令史　官名。掌文書。❺李敭　人名。生平不詳。❻太清　地名。在今河南商邱。❼清酌庶羞　祭祀用的清酒和各種食物。庶，眾多。羞，食物。❽英　傑出的人才。❾簡冊　史書。❿髣髴　依稀。⓫平生　平日。⓬軒昂　謂意氣高超不凡。⓭磊落　胸懷坦白。⓮突兀　高邁特出的樣子。⓯崢嶸　超出尋常。⓰靈芝而九莖　靈芝，菌類植物。俗稱瑞草。《漢書．武帝紀》：「元封二年，甘泉宮產芝九莖。」九莖之芝，最為名貴。⓱蔓　指蔓生的草。⓲荊棘　叢生的多刺植物。⓳燐　墳間忽隱忽現的野火。俗稱鬼火。⓴唫　「吟」的古字。㉑上下　往來行走。㉒躑躅　徘徊不前的樣子。㉓咿嚶　形容鳥鳴聲。㉔狐貉　皆動物名。狐似犬而小，貉似貍。㉕鼯鼪　皆動物名。鼯，近似松鼠，腹旁有飛膜。鼪，即鼬。一名黃鼠狼。㉖纍纍　相接連重疊的樣子。㉗荒城　荒廢的墳墓。城，借指墳墓。相傳漢代夏侯嬰安葬時，挖墓穴得石，上有「佳城郁郁」的銘文。後世因以「佳城」借指墳墓。㉘疇昔　往日。㉙隕涕　落淚。隕，掉下。㉚太上之忘情　聖人淡忘人間喜怒哀樂之情。太上，最上的。指聖人。㉛尚饗　臨祭時希望鬼神來享用祭品之辭。尚，希望。饗，享用。

【語譯】治平四年七月日，具官歐陽脩恭謹地派尚書都省令史李敭前往太清，用清酒和各種食物做祭品，在亡友曼卿的墓前祭奠，並寫一篇祭文悼念他：

唉，曼卿！您在世時是個英才，死後必化為神靈。那同萬物一樣有生有死而又回到無物的，是您暫時凝聚的肉體；不同萬物一起消滅而卓立不朽的，是您留傳後世的英名。自古以來的聖賢，沒有一個不是如此。那些記錄在史書上的，如同太陽、星星般地光明。

唉，曼卿！我好久沒有看到您了，還能依稀記得您平日的樣子。您那高超不凡的意氣、光明坦白的胸懷，高邁而特出，雖然肉體已被埋葬在地下，我想它們不會化成土壤，應該化成金玉的精粹。不然，也會長出千尺高的松樹，或九根莖的靈芝。無奈您墳前卻是荒煙蔓草，荊棘叢生，在淒風雨露下，燐火游動，流螢飛舞，只見牧童和樵夫，往來歌吟，再加上那些受驚的飛禽走獸，悲傷地徘徊而咿嚶鳴叫。現在已經如此，再過千年萬年，怎知它不變成狐貉或鼯鼪的洞穴呢？古來的聖賢都是如此的遭遇，您難道沒看見連綿不絕的曠野和荒墳！

唉，曼卿！盛衰的道理，我固然曉得它是這樣，然而感念往日，心裡仍免不了悲涼悽愴，忍不住臨風而落淚，實在自慚無法達到古聖人不動情的境界。唉！希望您來享用祭品吧！

【研 析】本文可分四段。首段交代時間、地點、祭奠方式，說明了為文的目的。二段表達作者對亡友的高度評價。三段追憶亡友的音容風骨，轉而痛惜其死而不彰。末段謂己雖知盛衰之理如此，仍不勝悼惜之情，有愧於「太上之忘情」之旨。

歐陽脩與石曼卿私交甚篤。石曼卿才華洋溢，卻以四十八歲的壯年鬱鬱以終，這對歐陽脩而言是極沉痛的遺憾。在這篇祭文裡，他首先透過「死亡」這一人生的最大限制，樹立起形軀和聲名的二元對立，形軀是暫聚於世的，而聲名卻可以卓然不朽。其次，形軀不免化為朽壤，而「軒昂磊落，突兀崢嶸」的精神風貌卻足以長駐人心。再者，作者原本預期以石曼卿之英靈，死後必將化為千尺勁松、九莖靈芝，不意徒留荒冢，則盛衰之無常，實有人意難料者。歐公刻意將石曼卿擬諸古之聖賢，一喜彼等皆垂名聲於後世，又傷聖賢亡故，亦不過黃土一抔，與草木同朽，悲喜之間，亦有人力之無可奈何者。〈古詩十九首〉中，已有針對時間推移的悲哀而書懷者，所謂「古墓犁為田，松柏摧為薪」、「人生忽如寄，壽無金石固」。與其說歐公是因「感念疇昔」而「悲涼悽愴」，毋寧說是出自那種人類普遍具有的悲感，即明知事勢已不可挽而仍願寄望於建立不朽之名，卻終究無法忘情於「更千秋而萬歲兮，安知其不穴藏狐貉與鼯鼪」的焦慮與拘執。作者雖自謂「有媿乎太上之忘情」，但對亡友的悼念，固自真情難掩。

瀧岡阡表

【題　解】本文選自《歐陽文忠公集》。瀧岡，山岡名，在今江西永豐南鳳凰山上。阡表，即墓碑，樹立在墓前或墓道內，用以表彰亡者，故稱表。阡，墓道。歐陽脩之父歐陽觀卒後葬於瀧岡。北宋仁宗皇祐五年（西元一〇五三年），歐陽脩護母喪歸葬瀧岡時，曾作〈先君墓表〉，至北宋神宗熙寧三年（西元一〇七〇年），歐陽觀逝世六十年，又據〈先君墓表〉增改而成本文，憑藉慈母生前的口述，追記亡父的仁孝與母親的賢淑，以表彰父德母愛，寄託追思。

嗚呼！惟❶我皇考❷崇公❸卜吉❹於瀧岡之六十年，其子脩始克表於其阡，非敢緩也，蓋有待也。

脩不幸，生四歲而孤。太夫人❺守節❻自誓，居❼窮，自力於衣食，以長❽以教，俾❾至於成人。太夫人告之曰：「汝父為吏，廉而好施與，喜賓客，其俸祿雖薄，常不使有餘。曰：『毋以是為我累。』故其亡也，無一瓦之覆⑩，一壠之植⑪，以庇⑫而為生。吾何恃而能自守邪？吾於汝父，知其一二，以有待於汝也。自吾為汝家婦，不及事吾姑⑬，然知汝父之能養也。汝孤而幼，吾不能知汝之必有立，然知汝父之必將有後也。吾之始歸⑭也，汝父免於母喪方逾年，歲時祭祀，則必涕泣曰：『祭而豐，不如養之薄也！』間⑮御⑯酒食，則又涕泣曰：『昔常不足，而今有餘，其何及也！』吾始一二見之，以為新免於喪適然耳。既而其後常然，至其終身未嘗不然。吾雖不及事姑，而以此知汝父之能養也。汝父為吏，嘗夜燭⑰治⑱官書⑲，屢廢⑳而歎。吾問之，則曰：『此死獄㉑也，我求其生不得爾。』吾曰：『生可求乎？』曰：『求其生而不得，則死者與我皆無恨也，矧㉒求而有得邪？以其有得，則知不求而死者有恨也。夫常求其生，猶失之死㉓，而世常求其死也！』回顧乳者㉔劍㉕汝而立於旁，因指而歎曰：『術者㉖謂我歲行在戌㉗將死。使其言然，吾不及見兒之立也，後當以我語告之。』其平居㉘教他子弟，常用此語，吾耳熟焉，故能詳也。其施於外事，吾不能知，其居于家，無所矜飾㉙，而所為如此，是真發於中㉚者邪！嗚呼！其心厚於仁者邪！此吾知汝父之必將有後也。汝其勉之！夫養不必豐，要㉛於孝；利雖不得博㉜於物，要其心之厚於仁。吾不能教汝，此汝父之志也。」脩泣而志之，不敢忘。

先公少孤力學。咸平三年㉝進士及第㉞。為道州㉟判官㊱，泗、綿㊲二州推官㊳，又為泰州㊴判官。享年五十有九，葬沙溪之瀧岡。

太夫人姓鄭氏，考諱㊵德儀，世為江南名族。太夫人恭儉仁愛而有禮，初封福昌㊶縣太君㊷，進封樂安、安康、彭城㊸三郡太君㊹。自其家少微時，治其家以儉約，其後常不使過之。曰：「吾兒不能苟合於世，儉薄所以居患難也。」其後脩貶夷陵㊺，太夫人言笑自若，曰：「汝家故貧賤也，吾處之有素矣。汝能安之，吾亦安矣。」

自先公之亡二十年，脩始得祿而養㊻。又十有二年，列官於朝，始得贈封其親㊼。又十年，脩為龍圖閣㊽直學士、尚書吏部郎中㊾、留守㊿南京[51]，太夫人以疾終于官舍，享年七十有二。又八年，脩以非才，入副樞密[52]，遂參政事[53]，又七年而罷。自登二府[54]，天子推恩，褒其三世，故自嘉祐以來，逢國大慶，必加寵錫[55]。皇曾祖府君[56]累贈金紫光祿大夫[57]、太師[58]、中書令[59]，曾祖妣[60]累封楚國太夫人；皇祖府君[61]累贈金紫光祿大夫、太師、中書令兼尚書令[62]，祖妣[63]累封吳國太夫人；皇考崇公累贈金紫光祿大夫、太師、中書令兼尚書令，皇妣[64]累封越國太夫人。今上(65)初郊(66)，皇考賜爵為崇國公，太夫人進號魏國。

於是小子脩泣而言曰：「嗚呼！為善無不報，而遲速有時，此理之常也。惟我祖考，積善成德，宜享其隆，雖不克有於其躬(67)，而賜爵受封，顯榮褒大，實有三朝(68)之錫命，是足以表見於後世，而庇賴(69)其子孫矣。」乃列其世譜(70)，具刻于碑。既又載我皇考崇公之遺訓，太夫人之所以教而有待於脩者，並揭於阡。俾知夫小子脩之德薄能鮮，遭時竊位(71)，而幸全大節，不辱其先者，其來有自。

熙寧三年(72)，歲次庚戌(73)、四月辛酉朔(74)十有五日乙亥(75)，男推誠保德崇仁翊戴功臣(76)、觀文殿學士(77)、特進(78)行(79)兵部尚書(80)、知青州軍州事(81)、兼管內勸農使(82)、充京東東路(83)安撫使(84)、上柱國(85)、樂安郡開國公(86)、食邑(87)四千三百戶、食實封(88)一千二百戶，脩表。

【注釋】❶惟　發語詞。無義。❷皇考　敬稱已死的父親。❸崇公　崇國公的省稱。歐陽脩之父歐陽觀，字仲賓，北宋神宗時追封為崇國公。❹卜吉　選擇吉地。古人相信風水之說，故或生前自擇，或死後由家屬選擇吉地安葬之。❺太夫人　母親之尊稱。❻守節　指婦女喪夫後不再嫁。❼居　指生活。❽長　撫養。❾俾　使。❿無一瓦之覆　無一片瓦可蓋覆。指無屋可居。⓫一壠之植　一畝田可以種植。連上句指無田產。壠，田畝；田埂。⓬庇　依靠。⓭姑　婆婆。婦稱夫的母親。⓮歸　稱女子出嫁。⓯間　偶爾；偶然。⓰御　進用。⓱燭　點燭。⓲治　處理。⓳官書　公文。⓴廢　停止。㉑獄　案件。㉒矧　何況。㉓猶失之死　還不免判人死罪。㉔乳者　乳母；奶媽。㉕劍　將嬰兒挾於脅下，如帶劍。《禮記·曲禮》孔穎達疏：

「劍，謂挾於脅下，如帶劍也。」㉖術者　方術之士。指算命、看相者。㉗歲行在戌　太歲在戌的時候。歲，指太歲。中國古代天文家所假設的星名。中國古代把天上黃道附近一周天十二等分，以與子丑寅卯等十二支相配，由東而西，順時針而行，稱十二辰，每辰各有一個太歲名，用來紀年。歐陽脩的父親死於北宋真宗大中祥符三年庚戌，本文作於北宋神宗熙寧三年庚戌，都是「歲行在戌」。㉘平居　平日。㉙矜飾　矜誇矯飾。㉚中　內心。㉛要　求；期。㉜博　普遍。㉝咸平三年　西元一〇〇〇年。咸平，北宋真宗年號。㉞及第　應考錄取。㉟道州　宋代州名。治所在今湖南道縣。㊱判官　官名。州官的屬員，掌文書。㊲泗綿　皆宋代州名。泗，治所在今安徽泗縣。綿，治所在今四川綿陽。㊳推官　官名。州官的屬員，掌刑獄。㊴泰州　宋代州名。治所在今江蘇泰縣。㊵諱　稱死者之名。生曰名，死曰諱。㊶福昌　宋代縣名。即今河南宜陽。㊷縣太君　古代官員母親的封號。宋制，官員母親有國太夫人、郡太君、縣太君等封號，所封國、郡、縣並無實際意義。郎中、京府少尹、縣令之母，封為縣太君。㊸樂安安康彭城　皆宋代郡名。樂安，治所在今山東惠民。安康，治所在今陝西漢陰。彭城，治所在今江蘇銅山縣。㊹郡太君　宋代四品官如侍郎、翰林學士、給事中、諫議大夫之母的封號。㊺夷陵　宋代縣名。在今湖北宜昌境。北宋仁宗景祐三年（西元一〇三六年），因范仲淹觸怒宰相呂夷簡被貶，歐陽脩言其不當，亦被貶為夷陵令。㊻始得祿而養　北宋仁宗天聖八年（西元一〇三〇年），歐陽脩年二十四，中進士，授將仕郎，試祕書省校書郎，充西京留守推官，距其父歿二十年。㊼親　尊親。此指曾祖父、祖父、父親。㊽龍圖閣　北宋真宗大中祥符年間所建閣名。閣上藏北宋太宗御書、御製文集等，置學士、直學士、待制、直閣等官。㊾尚書吏部郎中　尚書省吏部郎中。尚書，官署名。尚書省的簡稱。吏部，尚書省六部之一，掌全國官吏的任免、考課、升降、調動等。郎中，尚書省六部諸司之長官。㊿留守　官名。北宋在西京、北京、南京各設留守一人，以知府兼任。(51)南京　北宋真宗大中祥符七年（西元一〇一四年），以應天府為北宋太祖舊時封地，建為南京，治所在今河南商邱。(52)入副樞密　進樞密院任副使。時為北宋仁宗嘉祐五年（西元一〇六〇年）。樞密院掌全國軍事，以樞密使為長官，副使為副。(53)參政事　參與國家大政。北宋仁宗嘉祐六年，歐陽脩轉任戶部侍郎參知政事。參知政事，官名。即副相。(54)二府　指中書省和樞密院。宋制，中書省為最高行政機關，與樞密院分掌文武，號稱二府。(55)寵錫　恩寵賞賜。錫，賜與。(56)皇曾祖府君　尊稱已死的曾祖父。皇，對先代的敬稱。府君，子孫尊其先世之辭。歐陽脩之曾祖名彬。(57)金紫光祿大夫　宋以光祿大夫為散官，加金印紫綬則稱金紫光祿大夫。金紫，金印紫綬。散官亦稱階官，與職事官相對，無實職。(58)太師　天子之師，為三公（太師、太傅、太保）之最尊者。宋沿唐制，以太師為贈官。(59)中書令　中書省長官。唐時為宰相，宋以為贈官。(60)曾祖妣　尊稱已死的曾祖母。(61)皇祖府君　尊稱已死的祖父。歐陽脩之祖父名偃。

62尚書令　尚書省長官。唐初為宰相，宋以為贈官。63祖妣　尊稱已死的祖母。64皇妣　尊稱已死的母親。65今上　指北宋神宗。66郊　天子於冬至日到南郊祭天。天子往往於此時對臣下加官贈封，以示恩寵。北宋神宗熙寧元年（西元一〇六八年）十一月，初行郊祀之禮，故推恩封贈群臣。67躬　自身。68三朝　指北宋仁宗、英宗、神宗三朝。69庇賴　庇蔭。70世譜　家譜。71遭時竊位　言幸逢時機，雖無才德而居高位。72熙寧三年　西元一〇七〇年。熙寧，北宋神宗年號。73歲次庚戌　即庚戌年。古代以歲星紀年，每年歲星所值的星次和它的干支稱歲次，也稱年次。北宋神宗熙寧三年的歲次，值庚戌。74四月辛酉朔　四月的辛酉日是初一。古人用干支紀年、紀月、紀日、紀時。在提到某月的某一日時，先指出該月的初一是何干支。75乙亥　此為上文十五日的干支。76推誠保德崇仁翊戴功臣　北宋英宗賞賜給歐陽脩的褒詞。77觀文殿學士　宋觀文殿，置大學士、學士，非曾任執政者不授。78特進　官名。漢置，位在三公之下，宋為散官的第二階。79行　兼。宋制，階官品級高於職事官者，在職事官上加「行」字。如此處「特進」為階官，其品級高於職事官的「兵部尚書」，故加「行」字。80兵部尚書　兵部之長官。掌軍政。81知青州軍州事　宋制，朝臣外放治理一州政務，帶「權知某州軍州事」銜，兼管軍、民政事，簡稱知州。歐陽脩於北宋神宗熙寧元年知青州。青州，治所在今山東益都。82內勸農使　獎勵農作之官。宋時為州官兼職。83京東東路　宋代行政區之一。治所在青州。路，宋代行政區域名稱。統轄府、州、軍、監、縣等。84安撫使　官名。宋制，掌一路軍政，多以知州兼任。85上柱國　宋代勳官十二級的最高一級。86開國公　宋代十二等封爵中的第六等。87食邑　收取封地的租稅。88食實封　實封的食邑。宋代食邑和食實封，已成虛名。

【語　譯】唉！先父崇國公擇地安葬在瀧岡以後的六十年，兒子脩才能夠在他的墓道上作表刻碑，並不是敢於拖延，實在是有所等待呀。

脩不幸，出生四歲父親便去世。先母立誓守節，生活貧窮，自己獨力謀生來扶養我教導我，使我長大成人。先母曾告訴我：「你父親做官，清廉而喜歡助人，愛交朋友，俸祿雖然少，也經常不讓它有剩餘。他說：『不要因為錢使我受累。』所以當他去世時，沒有留下一屋一瓦可以容身，也沒有一點田地可以種植以維持生活。我憑什麼而能夠守節呢？無非是我對你父親約略有所了解，因而對你有所期待啊。自從我做了你家的媳婦，沒能趕上侍候我的婆婆，但我知道你父親是能孝養的。你從小失去父親，我不能確定你長大後必定有成就，但我確信你父親必然有好的後代。當初我嫁過來時，你父親除去母親的喪服剛過一年，逢年過節祭祀，必定哭著說：『死後祭祀的豐厚，不如生前奉養的菲薄。』偶爾吃點酒食，就又流著淚說：『從前常常不夠，而現在卻有餘，可惜已經來不及了！』頭一兩次我看到這種情形，以為剛除去喪服才會這樣。可是後來仍然經常如此，甚至到老死始終是這樣。我雖沒趕上服侍婆婆，卻因此知道你父親是能孝養的。你父親做官，常在晚上點著蠟燭處理公文，往往一再停下來歎氣。我問他，他便說：『這是死罪的案子，我想替他找一條生路卻找不到。』我說：『生路可以找的嗎？』他說：『替他找過生路而找不到，那麼死囚和我都沒有遺憾了，何況有時是能找到的呢？正因為有時可以找到，就可以知道不替他找便判他死刑會有遺憾。試想常替他們找生路，還不免要判死罪，何況世間有些官吏常常要判人家死罪呢！』說完，回頭看奶媽抱著你站在旁邊，就指著你歎著氣說：『算命的人說我活到戌年就會死。如果他的話靈驗，我將來不及看到兒子成人了，以後應當把我的話告訴這孩子。』他平日教導別的子弟，也常用這些話，我聽熟了，所以能詳細記得。他在外面所做的事，我無從知道；他在家時，沒有一點矜誇矯飾，他的行為就是這樣，都是真正發自內心的呀！唉！他的心是那樣的仁厚呀！因此我確信你父親必然有好的後代。你要努力呀！奉養父母不一定要物質豐厚，但求其孝順；恩惠不一定能普及萬物，但求其存心仁厚。我不懂得教導你，這些是你父親的意思啊。」脩流著眼淚把這些話記在心裡，不敢忘掉。

先父小時候失去父親，努力求學。咸平三年考中進士。擔任過道州的判官，泗、綿兩州的推官，又擔任過泰州的判官。享年五十九歲，安葬在沙溪的瀧岡。

先母姓鄭，她的父親名叫德儀，世代是江南的名族。先母恭敬節儉仁愛而有禮節，最初封為福昌縣太君，後進封樂安、安康、彭城三郡太君。自從早年家境貧寒時起，持家便很儉約，以後也一直不使開支超過限度。她說：「我的孩子不能苟且迎合世俗，節儉才能過困窘的日子。」後來脩貶官到夷陵，先母談笑自在，說：「你家本來貧窮，我已過慣了。只要你能夠安於這處境，我也就安心了。」

先父去世後二十年，脩才開始有俸祿可以供養母親。又十二年，在朝廷做官，才得到皇上恩典封贈先人。又過十年，脩做龍圖閣直學士、尚書吏部郎中、留守南京，先母因病在官舍逝世，享年七十二歲。又過八年，脩以低劣的才能，進樞密院任副使，不久任參知政事，又過七年才解職。自進入中書省、樞密院二府以後，蒙天子推廣恩澤，褒揚我的三代。所以自嘉祐以來，每逢國家大慶典，一定得到恩寵賞賜。先曾祖父累次贈封到金紫光祿大夫、太師、中書令，先曾祖母累次贈封到楚國太夫人；先祖父累次贈封到金紫光祿大夫、太師、中書令兼尚書令，先祖母累次贈封到吳國太夫人；先父崇國公累次贈封到金紫光祿大夫、太師、中書令兼尚書令，先母累次贈封到越國太夫人。當今皇上初行郊祀的祭典，先父被賜爵為崇國公，先母也進號為魏國太夫人。

於是小子脩哭著說：「唉！做好事沒有得不到好報的，只是時間的遲早，這是常理呀。我的祖先，積善修德，應當享受隆厚的回報，他們雖不能親身享有，但身後得到賜爵贈封，光榮褒揚，得到三朝的賞賜，這就足夠顯揚於後世，而庇廕他的子孫了。」於是我列出世代的族系，一一刻在碑上。又記錄了先父崇國公的遺訓，先母對脩的教導和期望，一併揭示在墓道上。使人知道小子脩無德無能，只因遇到好的機會而竊居高位，卻幸而能保全大節，不致辱沒先人，實在是有原因的。

熙寧三年，歲次庚戌，四月初一辛酉十有五日乙亥，男推誠保德崇仁翊戴功臣、觀文殿學士、特進行兵部尚書、知青州軍州事、兼管內勸農使、充京東東路安撫使、上柱國、樂安郡開國公、食邑四千三百戶、食實封一千二百戶，脩表。

【研　析】本文可分七段。首段提出「有待」二字說明遲緩作阡表的原因，先後點出題目之瀧岡、表、阡。二段透過太夫人反覆憶述的「知」（吾於汝父，知其一二；知汝父之能養；知汝父之必將有後）、「不及」（不及事吾姑；不及見兒之立）和「不能」（吾不能知汝之必有立；其施於外事，吾不能知；吾不能教汝），具體揭示「待」的內容，實寫其亡父的為人處世（事親至孝、居官仁厚、廉而好施與）。三段簡述亡父的仕進歷程。四段補敘母親「恭儉仁愛而有禮」的處世觀及隨遇而安的人生態度。五段簡述自身仕途經歷，進而補述「天子推恩，褒其三世」的歷次寵賜。六段歸美祖先之積善成德，「足以表見於後世，而庇賴其子孫」，謙言自己

「德薄能鮮，遭時竊位，而幸全大節，不辱其先」，實現了父母「有後」的願望。末段記載立表時間及立表人之爵祿。

清人林雲銘於《古文析義》中評本篇有四難云：「墓表請代作，與誌銘同用於葬日，此常例也。今乃自為表於既葬六十年後，事屬創見，且其文尤不易作，何也？幼孤不能通知父之行狀，必借母平日所言為據，多一曲折，一難也。人生大節，莫過廉孝仁厚數端，而母以初歸，既不逮姑，且婦職中饋，外言不入於閫，惡從知之，二難也。母卒已十數年，縱有平日之言，亦不知今日用以表墓，錯綜引入，不成片段，三難也。贈封祖考，實己之顯親揚名，詠歎語稍不斟酌歸美，便涉自矜，四難也。是作開口便擒有待二字，隨接以太夫人教言其有待處，即決於乃翁素行，因以死後之貧驗其廉，以思親之久驗其孝，以治獄之歎驗其仁。或反跌，或正敘，瑣碎曲盡，無不極其斡旋。中敘太夫人將治家儉薄一節，重發而諸美自見。末敘歷官贈封以贊歎語結之。」林氏的評語頗能概括此文特出的寫作技巧。

轉折語和否定詞的交錯運用是本篇行文的一大特色，如「吾不能知汝之必有立，然知汝父之必將有後也」，先以否定詞「不能知」逼顯情勢的緊張性，次用轉折詞「然知」解消其壓力，最後以補述的方式完成疑點的解答。此種敘事模式有助於深化文章的曲折度，而這正是歐陽脩作此文時內心百感交集的具體呈現。

蘇洵

蘇洵（西元一〇〇九～一〇六六年），字明允，北宋眉州眉山（今四川眉山縣）人。二十七歲始發憤為學，應進士試不中，於是閉門苦讀，精研經史百家，留心時務。仁宗嘉祐元年（西元一〇五六年），攜同兒子蘇軾、蘇轍，入京應試。次年，二子均進士及第。蘇洵則拜會當代文壇盟主歐陽脩，呈上所著《權書》及《論衡》等二十二篇文章，經歐陽脩推薦，一時學者競效其文。後得宰相韓琦保舉，以祕書省校書郎試用，與姚闢同修《太常因革禮》，書成去世，特贈光祿寺丞。蘇洵與蘇軾、蘇轍父子三人同列名唐宋古文八大家，世稱「三蘇」。其為文議論精切，筆力強勁，條理明晰，多得力於《孟子》、《戰國策》。有《嘉祐集》。

管仲論

【題解】本文選自《嘉祐集》。管仲，名夷吾，字仲，春秋齊國人。因好友鮑叔牙的推薦，得以輔佐齊桓公，以尊周室、攘夷狄為號召，稱霸諸侯。本文旨在評論管仲臨死時未能薦賢以自代，致齊桓公為小人所包圍，而引發齊國動亂。

管仲相❶桓公❷，霸❸諸侯，攘❹戎狄❺，終其身，齊國富強，諸侯不叛。管仲死，豎刁、易牙、開方❻用，桓公薨❼於亂，五公子爭立❽。其禍蔓延，訖簡公❾，齊無寧歲。

夫功之成，非成於成之日，蓋必有所由起⑩；禍之作，不作於作之日，亦必有所由兆⑪。則齊之治也，吾不曰管仲，而曰鮑叔⑫；及其亂也，吾不曰豎刁、易牙、開方，而曰管仲。何則？豎刁、易牙、開方三子，彼固亂人國者，顧⑬其用之者，桓公也。夫有舜，而後知放四凶⑭，有仲尼，而後知去少正卯⑮。彼桓公何人也？顧其使桓公得用三子者，管仲也。

仲之疾也，公問之相。當是時也，吾以仲且舉天下之賢者以對，而其言乃不過曰豎刁、易牙、開方三子，非人情⑯，不可近而已。嗚呼！仲以為桓公果能不用三子矣乎？仲與桓公處幾年⑰矣，亦知桓公之為人矣乎！桓公聲不絕乎耳，色不絕乎目，而非三子者，則無以遂⑱其欲。彼其初之所以不用者，徒以有仲焉耳。一日無仲，則三子者可以彈冠⑲相慶矣。仲以為將死之言，可以縶⑳桓公之手足邪？夫齊國不患有三子，而患無仲。有仲，則三子者，三匹夫㉑耳。不然，天下豈少三子之徒？雖桓公幸而聽仲，誅此三人，而其餘者，仲能悉數㉒而去之邪？嗚呼！仲可謂不知本者矣。因桓公之問，舉天下之賢者以自代，則仲雖死，而齊國未為無仲也，夫何患三子者？不言可也。

五霸㉓莫盛於桓、文㉔，文公之才，不過桓公，其臣㉕又皆不及仲。靈公㉖之虐，不如孝公㉗之寬厚。文公死，諸侯不敢叛晉，晉襲文公之餘威，得為諸侯之盟主㉘者百有餘年。何者？其君雖不肖，而尚有老成人㉙焉。桓公之薨也，一亂塗地，無惑也。彼獨恃一管仲，而仲則死矣。夫天下未嘗無賢者，蓋有有臣而無君者矣。桓公在焉，而曰天下不復有管仲者，吾不信也。

仲之書㉚，有記其將死，論鮑叔、賓胥無之為人㉛，且各疏㉜其短。是其心以為是數子者，皆不足以託國，而又逆知㉝其將死；則其書誕謾㉞不足信也。吾觀史鰌㉟以不能進蘧伯玉㊱而退彌子瑕㊲，故有身後之諫㊳；蕭何且死，舉曹參以自代㊴。大臣之用心，固宜如此也。一國以一人興，以一人亡。賢者不悲其身之死，而憂其國之衰，故必復有賢者，而後可以死。彼管仲者，何以死哉？

【注釋】❶相　輔佐。❷桓公　齊桓公。春秋時代齊國國君，名小白，齊襄公之弟，齊僖公之子，在位四十三年（西元前六八五～前六四三年），為春秋霸主。❸霸　用為動詞。稱霸。❹擯　排除；排斥。❺戎狄　皆古代少數民族名。在東方者稱戎，在北方者稱狄。❻豎刁易牙開方　皆齊桓公之幸臣。豎刁為宦官，易牙善烹調，開方為衛公子。❼薨　周稱諸侯死為薨。❽五公子爭立　齊桓公無嫡子，六位如夫人皆生子，即武孟、元（即後來的齊惠公）、昭、潘（即後來的齊昭公）、商人（即後來的齊懿公）、雍，其中公子昭在齊桓公生前已被立為太子，齊桓公病，其他五公子各樹黨爭立，豎刁三人閉宮門，絕齊桓公之食，齊桓公因而餓死，齊國大亂，後公子昭立，是為齊孝公。❾簡公　齊簡公。春秋時代齊國國君，名壬，齊悼公之子，在位四年（西元前四八四～前四八一年），為陳恆所弒。⑩所由起　發生的原因。⑪所由兆　發生預兆的跡象。⑫鮑叔　鮑叔牙。管仲之友，薦管仲於齊桓公，齊桓公用之。⑬顧　不過；但是。⑭四凶　即共工、驩兜、三苗、鯀。⑮少正卯　春秋時代魯國大夫。孔子攝魯相，以其亂政，誅之。⑯非人情　不合人情；不近人情。豎刁自行閹割以求接近齊桓公，易牙曾殺死兒子煮成羹獻給齊桓公，開方背叛君父來為齊桓公臣，故管仲以為三人非人情，不可用。⑰幾年　若干年；多年。⑱遂　順；成。⑲彈冠　彈去帽子上的灰塵。表示準備做官。漢代王吉（字子陽）和貢禹是好友，時稱「王陽在位，貢公彈冠」。⑳縶　捆綁；束縛。㉑匹夫　普通人。㉒悉數　全部。㉓五霸　指春秋五霸：齊桓公、晉文公、秦穆公、宋襄公、楚莊王。㉔桓文　齊桓公和晉文公。㉕其臣　指晉文公所用之臣。較著者有狐偃、趙衰、先軫、陽處父諸大夫。㉖靈公　春秋時代晉國國君。名夷皋，晉文公孫，在位十四年（西元前六二〇～前六〇七年），以暴虐為其臣趙穿所弒。㉗孝公　春秋時代齊國國君。名昭，齊桓公子，在位十年（西元前六四二～前六三三年）。㉘盟主　諸侯盟會之主。即霸主。㉙老成人　指見識廣、通世故的賢者。㉚仲之書　指《管子》。《漢書・藝文志》著錄八十六篇。今所傳之《管子》為偽書。㉛論鮑叔賓胥無之為人　《管子》中記載，管子病重，對桓公曰：「鮑叔之為人也，好直而不能以國絀；賓胥無之為人也，好善而不能以國絀。」賓胥無，春秋時代齊國賢大夫。㉜疏　指明；指出。㉝逆知　預知。㉞誕謾　荒誕不經。㉟史鰍　春秋時代衛國史官。字子魚，亦稱史魚。㊱蘧伯玉　名瑗。春秋時代衛國賢大夫。㊲彌子瑕　春秋時代衛靈公之寵臣。㊳身後之諫　指陳屍於牖下，以屍為諫。史魚將卒時，自以不能進蘧伯玉、退彌子瑕，生而不能正君，死後不必按大夫禮治喪，置屍於牖下即可，其子從之。衛靈公弔喪時，怪而問之，曰：「是寡人之過也。」於是命其子按大夫禮治喪，進用蘧伯玉，斥退彌子瑕。㊴蕭何且死二句　蕭何、曹參，均沛人，為西漢名相，蕭何病重，西漢惠帝親自探視，問曹參可否繼任為相，蕭何平日與曹參不和，仍以為西漢惠帝所選恰當而贊同。

【語　譯】管仲輔佐齊桓公，使齊桓公稱霸於諸侯，攘除夷狄，終其一生，齊國始終富有強大，諸侯不敢背叛。管仲死後，豎刁、易牙、開方被重用，齊桓公死於變亂，五個公子爭奪王位。這禍亂蔓延開來，一直到齊簡公為止，齊國沒有一年安寧過。

說到功業的成就，並不是成於成功的那一天，必定有它成功的原因；禍害的發生，也不是起於發生的那一天，必定有它發生的預兆。那麼齊國的安定，我不認為是管仲的功勞，而是鮑叔的功勞；齊國的禍亂，我不認為是豎刁、易牙、開方所造成，而是由於管仲。為什麼呢？豎刁、易牙、開方三個人，他們固然是擾亂國家的人，但是任用他們的是齊桓公。從前有了舜，然後曉得放逐四凶，有了仲尼，然後曉得除去少正卯。那齊桓公是怎樣的人？但是使得齊桓公任用這三個人的，是管仲啊。

管仲病重時，齊桓公問他誰可以接替相位。這時候，我以為管仲將會舉薦天下的賢才來回答，可是他所說的不過是豎刁、易牙、開方三個人不合人情，不應該接近他們罷了。唉，管仲以為齊桓公果真就不會用這三人嗎？管仲和齊桓公相處多少年了，也應該了解齊桓公的為人吧！齊桓公的耳朵沒離開過音樂，眼睛沒離開過女色，而沒有這三個人，便無法滿足他的慾望了。當初他們三人所以不被重用，只因為有管仲在。一旦管仲不在了，他們自然可以整潔冠冕準備上臺而相互慶賀了。管仲以為臨終的勸告，可以束縛齊桓公的手腳嗎？其實齊國不怕有這三個人，怕的是沒有管仲，有管仲，這三個人不過是三個普通的人罷了。不然，天下會缺少像他們之類的小人嗎？即使齊桓公幸而聽信管仲的話，殺掉這三人，而其餘的小人，管仲能將他們全部除去嗎？唉！管仲可以說是不知道根本的人了。趁齊桓公的垂問，他應該舉薦天下賢才來代替自己，那麼管仲雖然死了，而齊國不會沒有像管仲的人，還怕這三個小人嗎？就是不必提他們也可以的。

春秋五霸中沒人能超過齊桓公和晉文公，晉文公的才幹，不會超過齊桓公，他的臣子又都不如管仲。晉靈公的暴虐，不如齊孝公的寬厚。晉文公死後，諸侯不敢背叛晉國，晉國承襲晉文公的餘威，還能做諸侯的盟主一百多年。為什麼呢？晉國的國君雖然不肖，然而尚有老成的賢臣在。齊桓公死後，齊國一亂而不可收拾，是用不著疑惑的。齊國只憑仗管仲一人，可惜管仲已經死了。其實天下不是沒有賢才，而是有賢臣在卻沒有國君去用他。當齊桓公還在世時，卻說天下不再有管仲這種的人才，我不相信。

管仲的書裡，記載他將死的時候，評論鮑叔和賓胥無的為人，並且分別指出他們的短處。這是說他的內心以為這幾個人都不足以託付治國的重任，同時又預知自己將要去世；可見這部書是荒誕不經，不足以採信的。我看衛國的史鰍因為不能舉薦蘧伯玉並黜退彌子瑕，所以有死後的屍諫；漢代蕭何將死的時候，保舉曹參來代替自己。大臣的用心，固然應當如此。國家往往因一個人而興盛，因一個人而衰亡。賢人不悲傷自身的死，而擔心國家的衰亡，所以必須找到賢者，然後才可以安心死去。那管仲，為什麼就這樣死去呢？

【研　析】本文可分四段。首段以用人問題為功禍之關鍵，認為管仲責無旁貸。二段抨擊管仲對齊桓公的答覆缺乏建設性，進而代管仲謀畫人事策略。三段拿晉文公和齊桓公相比，指出國家治亂的關鍵在於有無賢者在位。末段主張大臣之用心，當「不悲其身之死，而憂其國之衰」，因而質疑管仲其人其書之不足取。

《史記・管晏列傳》刻畫管仲的形象，著重其與齊桓公的君臣遇合及管仲「善因禍而為福，轉敗而為功」的靈活手腕。但在蘇洵看來，管仲雖知齊桓公在本質上不過是個貪功近利、衝動多慾的人，卻未積極薦賢以佐之，實無異於見死不救；而其責管仲以「不知本」，亦在於小人誅之不盡，惡之而愈出，唯有致力發掘賢佐，才是正本清源之道。

蘇洵的文風頗受《戰國策》的影響，自亦不免沾染縱橫家信口開河的習氣。文中謂「靈公之虐，不如孝公之寬厚」尚可，謂「文公之才，不過桓公，其臣又皆不及仲」則似有待商榷。從《左傳》的記載看來，晉文公可謂恩怨分明，忍辱負重，其從臣如狐偃、趙衰、子犯之徒，亦均老成持重，君臣咸具恢宏之氣度。反觀齊桓公，他因怒少姬改嫁而襲蔡，又陰欲背曹沫之約，幸賴管仲「因禍而為福，轉敗而為功」（〈管晏列傳〉）的外交手腕免鑄大錯，但管仲亦未能致君於王道而僅僅成就霸者之業，故孔子譏誚其器識狹小。由此觀之，本篇之論據尚有待斟酌。然中間一段設想居管仲之位而代為圖謀，可謂一擊中的，對蘇軾作〈鼂錯論〉、〈范增論〉啟發甚大。

辨姦論

【題　解】本文選自《宋文鑑》。主旨在揭發世間有大姦大惡之人，表面服膺聖賢之言，其實內藏奸偽，若獲重用，天下將蒙其禍。歷來均以為本文係針對王安石而發，至於是否為蘇洵所作，則至今仍未有定論。

事有必至，理有固然。惟天下之靜者，乃能見微而知著❶。月暈而風❷，礎潤而雨❸，人人知之。人事之推移❹，理勢之相因，其疏闊❺而難知，變化而不可測者，孰與❻天地陰陽之事，而賢者有不知，其故何也？好惡亂其中❼，而利害奪其外❽也。

昔者山巨源❾見王衍❿，曰：「誤天下蒼生者，必此人也！」郭汾陽⓫見盧杞⓬，曰：「此人得志，吾子孫無遺類⓭矣！」自今而言之，其理固有可見者。以吾觀之，王衍之為人，容貌言語，固有以欺世而盜名者，然不忮不求⓮，與物浮沉⓯，使晉無惠帝⓰，僅得中主⓱，雖衍百千，何從而亂天下乎？盧杞之姦，固足以敗國，然而不學無文，容貌不足以動人，言語不足以眩⓲世，非德宗⓳之鄙暗，亦何從而用之？由是言之，二公⓴之料二子㉑，亦容㉒有未必然也。

今有人㉓，口誦孔、老㉔之言，身履㉕夷、齊㉖之行，收召好名之士、不得志之人，相與造作言語，私立名字，以為顏淵㉗、孟軻㉘復出，而陰賊險狠，與人異趣㉙，是王衍、盧杞合而為一人也，其禍豈可勝言㉚哉！

夫面垢不忘洗，衣垢不忘澣㉛，此人之至情也。今也不然，衣㉜臣虜㉝之衣，食犬彘㉞之食，囚首喪面㉟，而談詩書，此豈其情也哉？凡事之不近人情者，鮮不為大姦慝㊱，豎刁、易牙、開方㊲是也。以蓋世之名，而濟㊳其未形之患，雖有願治之主，好賢之相，猶將舉而用之，則其為天下患，必然而無疑者，非特二子㊴之比也。

孫子㊵曰：「善用兵者，無赫赫㊶之功。」使斯人而不用也，則吾言為過，而斯人有不遇之歎，孰知禍之至於此哉？不然，天下將被㊷其禍，而吾獲知言之名，悲夫！

【注釋】❶見微而知著　看到細微的跡象，能預知其發展或結果。❷月暈而風　月亮四周出現彩色光環，則不久將要起風。❸礎潤而雨　柱下石墩濕潤，則不久將要下雨。❹推移　變化。❺疎闊　疏遠迂闊。❻孰與　怎能相比；哪能比得上。❼中　內心。❽外　指行為。❾山巨源　山濤。字巨源，晉河內懷縣（今河南武陟西）人，官至右僕射，竹林七賢之一。❿王衍　字夷甫。晉瑯琊臨沂（今山東臨沂）人，官至尚書令、太尉。⓫郭汾陽　郭子儀。唐華州鄭縣（今陝西華縣）人，累官太尉、中書令，封汾陽郡王。⓬盧杞　唐滑州靈昌（今河南滑縣）人。德宗時為相，專權自恣，搜括民財，後被貶死。盧杞貌醜而有口才，曾於郭子儀病重時往探視，郭子儀悉屏退侍妾，人問其故，子儀曰：「杞貌陋而心險，婦人見之必笑，他日杞得志，吾族無遺類矣。」⓭遺類　殘存的人。⓮不忮不求　不嫉妒人亦不貪求。⓯與物浮沉　隨世俗而進退上下。⓰惠帝　西晉皇帝。名衷，晉武帝之子，在位十七年（西元二九〇～三〇六年），性痴愚。⓱中主　中等才智之君主。⓲眩　迷惑。⓳德宗　唐代皇帝。名适，唐代宗之子，在位二十六年（西元七八〇～八〇五年），性貪鄙。⓴二公　指山濤、郭子儀。㉑二子　指王衍、盧杞。㉒容　或許。㉓今有人　指王安石。㉔孔老　孔子和老子。㉕履　實行。㉖夷齊　伯夷、叔齊。孤竹國國君的兩個兒子，兄弟讓國，逃到海濱，後投奔周文王，武王伐紂，他們諫止不成，逃到首陽山隱居，餓死。㉗顏淵　名回，字子淵，春秋時代魯國人。孔子弟子，貧而好學，孔子稱其賢。㉘孟軻　字子輿，戰國時代鄒（今山東鄒縣南）人。以王道、仁政諸說遊說齊、梁，未被採納，退而與弟子論敘《詩》、《書》，有《孟子》一書。㉙異趣　不同的趨向。㉚勝言　盡言；全部說出來。

㉛澣　洗衣。㉜衣　穿。作動詞用。㉝臣虜　指囚犯。㉞犬彘　狗和豬。㉟囚首喪面　髮蓬亂如囚徒，面不洗如居喪。㊱姦慝　奸惡；邪惡。㊲豎刁易牙開方　春秋時代齊桓公的三個近臣。豎刁自行閹割為太監，以接近齊桓公；易牙殺自己兒子做菜給齊桓公吃；開方放棄自己在衛國的貴族身分，到齊國做官。管仲認為三人皆不近人情。㊳濟　助成；促成。㊴二子　指上文王衍、盧杞二人。㊵孫子　孫武。春秋時代齊國人，兵法家，著《孫子》十三篇。㊶赫赫　盛大的樣子。㊷被　遭受。

【語　譯】事情會有必然的結果，道理也有不變的原則。只有冷靜的人，才能看到細微的跡象就能預知它的發展或結果。月亮四周圍繞著光氣就要刮風，柱下石墩潮濕就要下雨，這是人人知道的事。至於人事的變化，理勢的互為因果，在疏遠迂闊而難以了解，變化多端而不可測度兩方面，哪裡比得上天地陰陽的事，但是賢能的人也有不知道的，這是什麼緣故呢？這是好惡擾亂了他們的內心，利害動搖了他們的行為啊。

從前山巨源看到王衍，說：「將來為害天下百姓的，必定是這個人啊！」郭子儀看到盧杞，說：「這個人一旦得志，我的子孫便不會有存活的了！」從現在來說，這當中的脈絡確實是看得到的。以我看來，王衍的為人，他的容貌和言談，固然有可以欺騙世人盜取名譽的地方，可是他不害人也不貪求，隨世俗而進退上下，假使晉朝沒有惠帝，只有中等才智的國君，就算有千百個王衍，又從何去擾亂天下呢？盧杞的奸險，固然足以敗壞國家，然而他不讀書，沒有文才，容貌不足以使人動心，言語不足以迷惑世人，若不是唐德宗的鄙陋昏庸，又怎會去任用他呢？這樣說來，二公對王、盧兩人的預料，或許也未必盡然啊。

現在有這樣一個人，口裡講著孔子、老子的話，親身實踐伯夷、叔齊的行為，收羅一般好名的士子、不得意的人，共同捏造謊言，私下建立名號，自以為是顏回、孟子再生，而他陰賊險狠，又和別人有不同的趨向，這是把王衍和盧杞的性情合併在一人的身上，他的禍害，難道說得完嗎？

大抵臉上有汙垢不會忘記洗掉，衣服髒了不會忘記洗淨，這是人的常情。現在他卻不然，穿著囚犯般的衣服，吃豬狗吃的東西，蓬頭像囚犯，垢面像居喪的人，卻大談詩書，這哪裡是人之常情呢？大凡做事不近人情的人，很少不是個大壞蛋，像豎刁、易牙、開方就是這種人。以他蓋世的盛名，去助長未來的禍害，雖然有渴望治好國家的君主，喜歡進用賢才的宰相，尚且還必將提拔他、任用他，那麼他將給天下帶來禍患，是必然無疑的，這就不是王、盧兩人所能比得上的了。

孫子說：「善用兵的將領，沒有顯赫的功勞。」假使這個人不被重用，那麼人家會認為我的話說錯了，而這個人就有懷才不遇的感歎，又有誰知道禍害會像我說的那樣呢？如果不是這樣，那麼天下將蒙受他的禍害，我倒獲得知言的名聲，這才是可悲呢！

【研析】本文可分五段。首段以「知」字為核心點出題意，認為「事有必至，理有固然」的原則只適用於自然現象的推測，至於「人事之推移」，則「疎闊而難知，變化而不可測」，人如「好惡亂其中，而利害奪其外」，則往往發生誤判。二段援引山濤評王衍、郭子儀論盧杞之史實，言其智雖足以辨姦，卻不料禍殃肇於人主之愚闇。三段由古及今，譏諷有人表面上道貌岸然，實則「陰賊險狠，與人異趣」，直言此人為禍將更甚於王衍和盧杞。四段具體刻畫其「與人異趣」之處，以春秋時代齊國的三個奸臣為證，提出「凡事之不近人情者，鮮不為大姦慝」的觀點。末段以「禍」字為中心，盼賢者見微知著，擯斥此人，使天下得免其禍。

作者以「好惡亂其中，而利害奪其外」作為「賢者有不知」的根本原因，是極發人深省的。「賢者」可能是國之大老、文壇主盟如歐陽脩者，也可以是一國之君，總之是具有決定性地位的人。「好惡」往往涉及個人主觀的偏私，「利害」則是基於對現實情勢的功利性考量，二者都違離了冷靜的思考而略涉浮淺，是導致「不知」的直接因素。如果一個國家的決策者，因著個人稍嫌輕率的判斷，而使群體蒙受威脅禍害，這豈不是件令人遺憾的事？而這也正是作者極不願其發生的緣由。文章以「悲夫」作結，猶如一聲歎息，令人不由為之悒鬱。

心術

【題解】本文選自《嘉祐集》。心術，指認識客觀世界的方法、途徑。本文旨在闡論為將者對於戰爭、帶兵之事，應有的認識、素養和實際的作法。

為將之道，當先治心。泰山❶崩於前而色不變，麋鹿❷興於左❸而目不瞬❹，然後可以制❺利害，可以待敵。

凡兵上義❻；不義，雖利勿動。非一動之為害，而他日將有所不可措手足也。夫惟義可以怒士❼，士以義怒，可與百戰。

凡戰之道，未戰養其財，將戰養其力，既戰養其氣，既勝養其心。謹烽燧❽，嚴斥堠❾，使耕者無所顧忌，所以養其財；豐犒❿而優游⓫之，所以養其力；小勝益急，小挫益厲⓬，所以養其氣；用人不盡其所欲為⓭，所以養其心。故士常蓄其怒、懷其欲而不盡。怒不盡則有餘勇，欲不盡則有餘貪。故雖并天下，而士不厭兵⓮，此黃帝⓯之所以七十戰而兵不殆⓰也。不養其心，一戰而勝，不可用矣。

凡將欲智而嚴，凡士欲愚。智則不可測，嚴則不可犯，故士皆委己而聽命，夫安得不愚？夫惟士愚，而後可與之皆死。

凡兵之動，知敵之主，知敵之將，而後可以動於險。鄧艾⓱縋⓲兵於蜀中，非劉禪⓳之庸，則百萬之師可以坐縛，彼固有所侮⓴而動也。故古之賢將，能以兵嘗敵㉑，而又以敵自嘗，故去就㉒可以決。

凡主將之道，知理而後可以舉兵，知勢而後可以加兵，知節㉓而後可以用兵。知理則不屈，知勢則不沮㉔，知節則不窮。見小利不動，見小患不避，小利小患，不足以辱吾技也，夫然後有以支大利大患。夫惟養技而自愛者，無敵於天下。故一忍可以支百勇，一靜可以制百動。

兵有長短，敵我一也。敢問：「吾之所長，吾出而用之，彼將不與吾校㉕；吾之所短，吾蔽而置之，彼將強與吾角㉖，奈何？」曰：「吾之所短，吾抗而暴之㉗，使之疑而卻㉘；吾之所長，吾陰而養之㉙，使之狎㉚而墮其中，此用長短之術也。」

善用兵者，使之無所顧，有所恃。無所顧，則知死之不足惜；有所恃，則知不至於必敗。尺箠㉛當猛虎，奮呼而操擊；徒手遇蜥蜴㉜，變色而卻步，人之情也。知此者，可以將矣。袒裼㉝而按劍，則烏獲㉞不敢逼；冠冑衣甲㉟，據兵㊱而寢，則童子彎弓㊲殺之矣。故善用兵者以形㊳固。夫能以形固，則力有餘矣。

【注釋】❶泰山　山名。在山東中部。古人以泰山為中國最高的山。❷麋鹿　麋和鹿。麋，形似鹿而體大，亦鹿類。一說：麋鹿，獸名。俗稱四不像。❸左　旁。❹瞬　眨眼。❺制　判斷。❻上義　崇尚正義。上，通「尚」。❼怒士　使士卒振奮。

怒，用為動詞。激怒；激勵。❽烽燧　古代在邊地築臺瞭望，有事示警，則夜間焚燒積薪，稱為烽；白天焚燒狼糞，使其冒煙，稱為燧。❾斥堠　偵察；候望。❿犒　酬賞功勞。⓫優游　從容自在。⓬厲　通「勵」。激勵。⓭欲為　慾望；願望。⓮士不厭兵　士兵不厭戰。⓯黃帝　古帝名。亦稱軒轅氏、有熊氏，相傳為中華民族的始祖。⓰殆　通「怠」。懈怠。⓱鄧艾　三國時代魏國的大將。蜀漢後主炎興元年（西元二六三年），鄧艾率兵攻蜀，自陰平道行無人之地七百餘里，鑿山通道，遇山高艱險處，將士皆攀木緣崖，以繩索縛身，自山上往下送，至江油（今四川江油），守將馬邈降，至成都（今四川成都），蜀漢後主出降。⓲縋　繫於繩索而使之下。⓳劉禪　蜀漢後主。小字阿斗，劉備子。在位四十一年（西元二二三～二六三年）。⓴侮　輕視。㉑嘗敵　試探敵人。㉒去就　去留。此指撤退或進攻。㉓節　調度。㉔沮　沮喪；灰心喪氣。㉕校　較量。㉖角　角鬥；競爭。㉗抗而暴之　故意暴露出來。與下句「陰而養之」相對。抗，舉。暴，暴露。㉘卻　退避。㉙陰而養之　隱密而培養之。㉚狎　輕忽。㉛箠　木棍。㉜蜥蜴　爬蟲類。形似蛇而有腳，俗稱四腳蛇。㉝袒裼　露臂赤膊。㉞烏獲　戰國時代秦國之勇士。相傳能力舉千鈞。㉟冠冑衣甲　戴頭盔，穿甲衣。冠、衣，皆作動詞用。冑，頭盔。㊱據兵　持兵器。㊲彎弓　拉開弓。㊳形　力量強弱的形勢。

【語　譯】做將領的原則，應先修養內心。做到泰山在面前崩塌而臉色不變，麋鹿在旁邊跳躍而不眨眼，然後才可以判斷利害，可以對付敵人。

凡是用兵，都要崇尚正義；如果不合正義，雖然有利也不要動兵。並不是一動就有什麼害處，而是怕以後再要調動他們，便不知怎麼辦才好。只有正義才能激勵士兵，士兵因正義而激奮，便可以和他們應付所有戰役了。

凡是作戰的原則，沒打仗以前要積聚物資，將打仗時要培養戰力，已經交戰要保持士氣，打了勝仗要保持軍心。謹慎做好瞭望示警，嚴密監視偵察敵情，使農民無所顧慮，這是積聚物資的方法；豐厚的犒賞，使士兵從容自在，這是培養實力的方法；得到小勝要加緊督促，遇到小挫折要越發激勵，這是培養士氣的方法；用人不要全部滿足他的慾望，這是培養軍心的方法。所以要士兵經常存有怒氣而不能完全發洩，懷有慾望而不能完全滿足。怒氣不能完全發洩便有用不完的勇氣，慾望不能完全滿足便會常保進取心。因此就算打遍天下，士兵也不會討厭戰爭，這就是黃帝打了七十次戰役，而士兵仍不懈怠的緣故。如果不培養軍心，打一次仗可能勝利，以後就不能再打了。

凡是將領要有智謀和威嚴，士兵要愚直。有智謀，別人就猜不透他；有威嚴，別人就不敢侵犯。所以士兵都把生命交出來而聽從命令，這怎能不要他們愚直呢？只有士兵愚直，然後才可以和他們同生共死。

凡是軍隊出動，應該了解敵人的君主，了解敵人的將領，然後才可以冒險犯難。鄧艾用繩索繫著兵士越過山嶺攻打蜀國，如果不是劉禪的昏庸，就算鄧艾有百萬的軍隊，蜀漢也可以輕易地將他們俘虜，鄧艾本來就輕視劉禪才採取這樣的行動啊。所以古代的賢將，能用軍隊來試探敵人，而又能引敵兵來考驗自己，因此進退就可以決定了。

凡是做將領的原則，要懂得軍事原理才可以發兵作戰，要了解形勢才可以出兵攻擊，要懂得調度才可以指揮軍隊。懂得原理就不會屈服，了解形勢就不會沮喪，懂得調度就不會遇困。見小利不動心，見小患不躲避，小利小患不足以勞動我的才能，這樣才能爭取大利和應付大患。只有培養才能而且自愛的人，才能無敵於天下。所以一忍可以抵擋百勇，一靜可以牽制百動。

軍隊有優點和缺點，敵人和我一樣。試問：「我軍的優點，我拿出來運用，敵軍將不跟我較量；我軍的缺點，我隱蔽不用，敵軍將硬要跟我角鬥，那怎麼辦？」答道：「我軍的缺點，我故意暴露出來，使敵軍懷疑而退卻；我軍的優點，我暗中培養它，使敵軍輕忽而中計。這是運用優點和缺點的方法啊。」

善於用兵的人，使士兵沒有顧慮，有所憑藉。沒有顧慮，便覺得死不足惜；有所憑藉，就曉得不至於必定失敗。拿著一尺長的木棍面對猛虎，也能大聲喊叫揮動棍子去攻擊；空手遇到蜥蜴，就會臉色大變而後退，這是人之常情啊。明白這道理，可以帶兵了。露臂赤膊拿著劍，就算是古代的勇士烏獲也不敢逼近；戴著頭盔穿著鐵甲，拿著兵器睡覺，連小孩子都敢拉弓來射殺他。所以善用兵的人要以堅強的形勢來鞏固安全，能表現出堅強的形勢，那麼力量便充足有餘了。

【研　析】本文可分八段。首段言為將當先治心，二段言兵以義動，二者為全文論述之總綱。三段依照時間序列，主張作戰的各個階段（未戰、將戰、既戰、既勝）宜各有所「養」（養財、養力、養氣、養心）。四段言將欲智而嚴，士欲愚，方可令出必行，同生共死。五段言為將者當須知己知彼，且舉鄧艾平蜀之役為證。六段就治軍與治心的關係申論所謂「主將之道」，主要在於理、勢、節三者的掌握和運用，進而揭櫫以忍對勇、以靜制動的戰術原則。七段言兵有長短，為將者當知用之以取勝。八段提出「善用兵者，使之無所顧，有所恃」的觀點，以有備則無慮作為戰勝必具的心理條件。清人吳楚材評此文云：「此篇逐節自為段落，非一片起伏，首尾議論也；然先後不紊，由治心而養士，由養士而審勢，由審勢而出奇，由出奇而守備，段落鮮明，井井有序，文之善變化也。」

蘇洵在文中主要是從軍事心理學的角度概略申論了自己在戰術方面的觀點。發動戰爭之前，必須累積一定的條件，以創造有利的形勢；而一場勝利的戰爭，也必然是物質與精神條件整體配合的結果。蘇洵認為：「善用兵者，使之無所顧，有所恃。」無所顧的前提是「養其財」，亦即嚴密軍事上的預警制度，使耕者得以生產，作為支持軍隊作戰的經濟實力。「治心」是有所恃的必要條件，又可分將領和士兵兩方面言之。良將必定具備四項特質，即智、嚴、忍、靜。智不僅是難以常情推測的智謀，更是對局勢全盤掌控的能力，包括知敵、知理、知勢、知節。嚴是軍令如山的威嚴，忍即沉著堅韌而內斂的定力，靜是不躁進以待敵。至於帶兵，亦有其道。首先是建立為正義而戰的觀念，「不義，雖利勿動」。其次是「常蓄其怒、懷其欲而不盡」，激發其建功的強烈鬥志。最後是使其養成信任長官、服從命令的習慣，以確保軍令的貫徹。宋朝在對外關係上一向表現得十分軟弱，但求苟安而已，蘇洵此文特別著眼於心理建設，或許是有感而發吧！

張益州畫像記

【題　解】本文選自《嘉祐集》。張益州，張方平（西元一〇〇七～一〇九一年），字安道，北宋宋城（今河南商邱）人。時任益州（治所在今四川成都）刺史，故稱張益州。北宋仁宗至和元年（西元一〇五四年），蜀地謠傳南詔將進犯益州，民心浮動不安。張方平受命出任知州，從容應付，消弭動亂於無形。益州人民感戴，立其畫像於淨眾寺以供人瞻仰，蘇洵為此文以讚頌張方平之功德。

至和元年秋，蜀人傳言有寇❶至，邊軍夜呼，野無居人。妖言❷流聞，京師震驚，方命擇帥，天子曰：「毋養亂，毋助變，眾言朋興❸，朕❹志自定。外亂不作，變且中起，不可以文令❺，又不可以武競❻。惟朕一二大吏，孰為能處茲文武之間，其命往撫朕師。」乃推曰：「張公方平其人。」天子曰：「然。」公以親辭，不可，遂行。

冬十一月，至蜀。至之日，歸屯軍❼，徹守備，使謂郡縣：「寇來在吾，無爾勞苦。」明年正月朔旦❽，蜀人相慶如他日，遂以無事。又明年正月，相告留公像於淨眾寺❾，公不能禁。

眉陽❿蘇洵言於眾曰：「未亂，易治也；既亂，易治也。有亂之萌，無亂之形，是謂將亂。將亂難治，不可以有亂急，亦不可以無亂弛。是惟元年之秋，如器之欹⓫，未墜於地，惟爾張公，安坐於其旁，顏色不變，徐起而正之。既正，油然⓬而退，無矜容。為天子牧小民不倦，惟爾張公；爾繄⓭以生，惟爾父母。

且公嘗為我言：『民無常性，惟上所待。人皆曰蜀人多變，於是待之以待盜賊之意，而繩⑭之以繩盜賊之法，重足屏息⑮之民，而以碪斧⑯令。於是民始忍以其父母妻子之所仰賴之身，而棄之於盜賊，故每每大亂。夫約之以禮，驅之以法，惟蜀人為易。至於急之而生變，雖齊魯⑰亦然。吾以齊魯待蜀人，而蜀人亦自以齊魯之人待其身。若夫肆意於法律之外，以威劫齊民⑱，吾不忍為也。』嗚呼！愛蜀人之深，待蜀人之厚，自公而前，吾未始見也。」皆再拜稽首⑲曰：「然。」

蘇洵又曰：「公之恩在爾心，爾死，在爾子孫。其功業在史官，無以像為也。且公意不欲，如何？」皆曰：「公則何事於斯？雖然，於我心有不釋焉。今夫平居⑳聞一善，必問其人之姓名，與鄉里之所在，以至於其長短、大小、美惡之狀，甚者或詰㉑其平生所嗜好，以想見其為人，而史官亦書之於其傳。意使天下之人，思之於心，則存之於目。有之於目，故其思之於心也固。由此觀之，像亦不為無助！」蘇洵無以詰，遂為之記。

公，南京㉒人。為人慷慨有節，以度量雄天下。天下有大事，公可屬㉓。系之以詩曰：「天子在祚㉔，歲在甲午㉕。西人㉖傳言，有寇在垣㉗。庭有武臣，謀夫如雲。天子曰：『嘻，命我張公。』公來自東，旗纛㉘舒舒㉙。西人聚觀，于巷于塗㉚。謂公暨暨㉛，公來于于㉜。公謂西人：『安爾室家，無敢或訛。訛言不祥，往即爾常。春爾條桑㉝，秋爾滌場㉞。』西人稽首：『公我父兄。』公在西囿㉟，草木駢駢㊱。公宴其僚，伐鼓淵淵㊲。西人來觀，祝公萬年。有女娟娟㊳，閨闥㊴閑閑㊵。有童哇哇㊶，亦既能言。昔公未來，期㊷汝棄捐。禾麻芃芃㊸，倉庾㊹崇崇。嗟我婦子，樂此歲豐。公在朝廷，天子股肱㊺。天子曰歸，公敢不承？作堂嚴嚴㊻，有廡㊼有庭㊽。公像在中，朝服冠纓㊾。西人相告，無敢逸荒。公歸京師，公像在堂。」

【注釋】❶寇　強盜；敵人。此指南詔。❷妖言　謠言。❸朋興　並興；同時出現。❹朕　古人自稱。自秦始皇起，專用為天子自稱。❺以文令　用文教來感化。❻以武競　用武力來鎮壓。❼屯軍　戍守的軍隊。❽正月朔旦　元旦；正月初一。朔，農曆每月的初一。旦，早晨。❾淨眾寺　在成都西北。一名萬福寺。❿眉陽　即眉州。⓫欹　傾斜。⓬油然　和順安詳的樣子。⓭緊　是；此。⓮繩　約束；管束。⓯重足屏息　形容極為恐懼的樣子。重足，兩腳相並，不敢前進。屏息，憋住呼吸，不敢作聲。⓰碪斧　碪刀斧鉞。皆戮人之具。此指嚴刑峻法。⓱齊魯　二國名。齊為太公之封邑，魯為周公之封邑，皆禮儀之邦。⓲齊民　平民；百姓。⓳稽首　叩頭。古代最恭敬的跪拜禮。⓴平居　平日。㉑詰　問。㉒南京　北宋以宋州為南京，治所在今河南商邱。㉓屬　託付。㉔祚　帝位。㉕歲在甲午　即甲午年。歲，歲星。古人用以紀年。㉖西人　指蜀人。㉗垣　城牆。此指邊地。㉘纛　大旗。㉙舒舒　飄揚的樣子。㉚塗　通「途」。道路。㉛暨暨　果毅的樣子。㉜于于　行動安詳自得的樣子。㉝條桑　修剪桑枝。㉞滌場　清掃場地。場，指曬穀場。㉟囿　園林。㊱駢駢　茂盛的樣子。㊲淵淵　形容鼓聲平和。㊳娟娟　美好的樣子。㊴閨闥　閨房。㊵閑閑　自得的樣子。㊶哇哇　小兒學語聲。㊷期　猜想；設想。㊸芃芃　美盛的樣子。㊹倉庾　藏穀之處。在邑曰倉，在野曰庾。㊺股肱　大腿和胳膊。引申指帝王左右的得力大臣。㊻嚴嚴莊嚴肅穆的樣子。㊼廡　堂周圍的廊屋。㊽庭　廳堂。㊾纓　冠帶。繫在頷下。

【語　譯】至和元年秋天，蜀人流言說有賊寇侵犯邊境，守邊的士兵在夜裡驚叫，邊野的地方已經沒人居住。謠言流傳開來，連京城也為之震驚，朝廷正下令選派元帥，天子說：「不要造成禍亂，也不要助長事變。雖然謠言紛紛流傳，朕自有主張。如今外患還沒發生，內部卻將先有變故，這事既無法以文教來感化，又不可以用武力來鎮壓。朕身旁的一兩位大臣，誰能夠處理這項文武之間的事，就派他去安撫朕的軍隊。」於是大家推舉說：「張公方平這個人可以勝任。」天子說：「對。」張公卻以奉養父母為理由而推辭，天子不允許，於是他就去上任。

那年冬十一月，張公抵蜀。到的那天，就把戍守的軍隊召回原駐地，撤除守備，並派人告訴郡縣的長官：「賊寇來了有我在，不用你們勞苦。」第二年的正月初一，蜀地人民相互賀年跟往年一樣，沒有發生什麼事故。又過了一年的正月，大家商量要把張公的畫像留在淨眾寺裡，張公沒法禁止。

眉陽蘇洵對眾人說：「沒亂，容易治理；已亂，也容易治理。只有亂的徵兆，沒有亂的跡象，叫做將亂。將亂最難治理，不可以因為有亂的徵兆而嚴厲，不可以因為無亂的跡象而鬆懈。至和元年秋天的情況，像器物傾斜了，還沒倒在地上，幸而張公安詳地坐在旁邊，臉色不變，慢慢地將它扶起來擺正。擺正之後，很安詳地離開，沒有驕傲的神情。替天子安撫百姓不倦的，只有張公；你們因他而安生，他如同是你們的父母。並且張公曾對我說：『人民沒有固定不變的性情，只看在上的人怎樣對待他們。人們都說蜀人性情多變，於是用對待盜賊的心情對待他們，用管束盜賊的方法管束他們，對待那些安分而惶恐的百姓，卻拿嚴刑峻法來號令他們。於是百姓才狠下心以他們父母妻子所仰賴的他的身體，拋棄不顧而去當強盜，所以常常有大亂。如果用禮儀來約束，用法令來管理，其實蜀人是很容易治理的。至於過度嚴厲而生變亂，即使是齊、魯的地方也是一樣。我拿對待齊、魯人的方式來對待蜀人，那蜀人也會以齊、魯之人看待自身。至於在法律以外任意橫行，來威脅百姓，我是不忍心這樣做的。』唉，像這樣深切地愛護蜀人，這樣優厚地對待蜀人，在張公以前，我還沒見過啊。」大家聽了都再拜叩頭說：「是的。」

蘇洵又說：「張公的恩澤你們都記在心裡，你們死後，你們的子孫還會記住。他的功業史官會記載，不必用畫像來表示。何況張公也不願意，你們認為怎麼樣？」大家都說：「張公怎麼會在意這些？雖然這樣，我們的心裡卻感到過意不去。平日聽到有人做一件善行，必定要問他的姓名，和他鄉里的所在，以至於他的高矮、大小、相貌，甚至再問他平時的嗜好，以想見他的為人，而史官也會在他的傳記裡記載這些。用意是使天下的人，在心裡思慕他，更希望能看到他。看到他後，心裡的思慕也就更加的堅定。這樣看來，畫像也不是沒有幫助啊。」蘇洵無話可以反駁，於是為他寫了這篇記。

張公是南京人。為人慷慨有節操，以度量稱雄於天下。天下有大事，張公是可以託付的人。蘇洵接著又為他寫一首詩：「天子在位，歲在甲午。蜀人流言，賊寇臨邊。朝廷有武官，謀士多如雲。天子說：『好，派張公去。』」張公從東而來，大旗飄揚。蜀人聚集觀看，滿巷滿街。都說張公果敢堅毅，舉止安詳。張公對蜀人說：『安守你們的家室，不要聽信謠言。謠言是不祥的，仍然做你們平常的事情。春天你們修剪桑枝，秋天你們清掃曬穀場。』蜀人叩頭說道：『張公是我們的父兄。』張公駐節西園，草木茂密。張公宴請僚屬，只聽得鼓聲平和。蜀人來觀賞，祝張公長壽萬年。美麗的姑娘，都能在閨房中從容自得。牙牙學語的幼童，也能哇哇叫喚。張公沒來前，人們猜想他們都可能被拋棄路旁。如今禾麻茂盛，穀倉裡也堆得高高的。唉，我們的妻兒子女，都快樂地享受這豐盛年景。張公在朝廷裡，是天子的得力大臣。天子叫他回朝廷，張公怎敢不奉命？蜀人造了一座祠堂，莊嚴而肅穆，有廊屋，有廳堂。中間掛著張公的畫像，他穿著朝服，戴著朝冠。蜀人相互勸勉，沒人敢淫逸荒怠。張公雖然回京城去了，他的畫像仍掛在堂上。」

【研　析】本文可分五段。首段言蜀地流傳謠言，驚動朝廷，因而派遣張方平入蜀鎮撫，間接凸顯張方平在朝中的聲望。二段寫張方平穩定民心，轉危為安，受到蜀人的感戴，從而彰顯其膽識才略。三段就張方平的韜略和治理態度加以評賞。一方面透過器欵的形象化比喻強調「將亂」之難治甚於「未亂」和「既亂」，進而稱美張方平功成而無矜驕之態；另方面轉述其治民理念，發自全然的尊重與矜愍之情。四段以對話提示的方式，指出百姓自動為張方平留像的迫切心聲，乃出於強烈的感激之情。末段概括評價張方平的為人和氣度，進而以詩歌的形式頌揚其政績。

綜觀全文可發現，蘇洵對張方平的讚揚主要有三方面：首先是臨危不亂的從容氣度。未亂與既亂均易於判斷，唯有將亂是「有亂之萌，無亂之形」；張方平洞見是時蜀地乃是處於將亂的態勢，「不可以有亂急，亦不可以無亂弛」，遂技巧地採取以靜制動的策略，若無其事地化解原本無中生有的緊張情勢，由此可見其膽識。其次，他在局勢穩定後「油然而退，無矜容」，展現了高度的謙沖自牧，足為人臣之法式。第三，張方平提出「民無常性，惟上所待」的正確看法，顯示父母官對百姓的一分尊重，同時表現其以教化黎民為己任的胸懷，此點尤其不易。

張方平曾將蘇洵推薦給歐陽脩，對蘇洵有提攜之恩。但作者在寫這篇文章時，並不是一味地稱揚，而係採低調的方式，技巧地傳達自己與蜀民的感戴。一方面透過其鎮撫方式強調「愛蜀人之深，待蜀人之厚，自公而前，吾未始見也」，以鋪墊留像之條件；另方面則先以公不能禁蜀民留其像，與自己無以反駁蜀民「有之於目，故其思之於心也固」的留像理由，表達了欲言又止的感恩之情。通篇融敘事、抒情、議論為一體，富含幽深曲折之致，殊為佳構。

蘇　軾

蘇軾（西元一〇三七～一一〇一年），字子瞻，號東坡居士，北宋眉州眉山（今四川眉山縣）人。仁宗嘉祐二年（西元一〇五七年），與弟蘇轍同時中進士，名動京師。神宗時，因反對王安石新法，以及作詩譏評朝政之嫌，被遷謫。哲宗初，以太后護佑，累官至禮部尚書。及哲宗親政，又被視為元祐舊黨而大受排擠，曾遠謫儋州（今海南市）。後遇赦歸，途中卒於常州。諡文忠。

蘇軾與父蘇洵、弟蘇轍，並以古文名世，合稱「三蘇」，並列於唐宋古文八大家。嘗自評其文云：「吾文如萬斛泉源，不擇地而出……，常行於所當行，常止於不可不止。」古文之外，又工詩、詞、書法、繪畫。有《東坡先生全集》。

范增論

【題　解】本文選自《東坡先生全集》。范增（西元前二七七～前二〇四年），秦末居鄛（今安徽巢縣東北）人。善計謀，輔佐項羽稱霸諸侯，被尊稱「亞父」。後因項羽中劉邦反間計，削奪其職權，遂憤而離去，途中背疽發作而死。本文以范增的去就為議題，認為范增不明去就之分，以致失敗，但仍肯定范增為漢高帝之所畏，也是人傑。

漢用陳平❶計，間❷疏楚❸君臣，項羽❹疑范增與漢有私，稍❺奪其權。增大怒，曰：「天下事大定矣，君王自為之，願賜骸骨，歸卒伍[6]。」未至彭城[7]，疽[8]發背死。

蘇子曰：「增之去，善矣，不去，羽必殺增。獨恨其不早爾。」然則當以何事去？增勸羽殺沛公[9]，羽不聽，終以此失天下。當以是去耶？曰：「否。增之欲殺沛公，人臣之分也；羽之不殺，猶有君人之度也。增曷為[10]以此去哉？《易》曰：『知幾其神乎[11]！』《詩》曰：『如彼雨雪，先集維霰[12]。』增之去，當於羽殺卿子冠軍[13]時也。」

陳涉之得民也，以項燕、扶蘇[14]。項氏之興也，以立楚懷王孫心[15]，而諸侯之叛之也，以弒義帝。且義帝之立，增為謀主矣。義帝之存亡，豈獨為楚之盛衰，亦增之所與同禍福也；未有義帝亡而增獨能久存者也。羽之殺卿子冠軍也，是弒義帝之兆也。其弒義帝，則疑增之本也，豈必待陳平哉？物必先腐也，而後蟲生之；人必先疑也，而後讒入之。陳平雖智，安能間無疑之主哉？

吾嘗論義帝，天下之賢主也。獨遣沛公入關，而不遣項羽；識卿子冠軍於稠人[16]之中，而擢為上將，不賢而能如是乎？羽既矯[17]殺卿子冠軍，義帝必不能堪，非羽弒帝，則帝殺羽，不待智者而後知也。增始勸項梁[18]立義帝，諸侯以此服從，中道而弒之，非增之意也。夫豈獨非其意，將必力爭而不聽也。不用其言，而殺其所立，羽之疑增必自此始矣。

方羽殺卿子冠軍，增與羽比肩⑲而事義帝，君臣之分未定也。為增計者，力能誅羽則誅之，不能則去之，豈不毅然大丈夫也哉？增年七十，合則留，不合即去，不以此明去就之分，而欲依羽以成功，陋矣！雖然，增，高帝之所畏也。增不去，項羽不亡。嗚呼！亦人傑也哉！

【注釋】❶陳平　陽武（今河南陽原東南）人。事西漢高帝劉邦，封曲逆侯。曾為西漢高帝六出奇計，離間范增，即奇計之一。❷間　離間。❸楚　指西楚。項羽的國號。❹項羽　名籍，楚國貴族。秦末起兵，秦亡，自立為西楚霸王，號令天下，後為劉邦所敗，自刎於烏江邊。❺稍　逐漸。❻歸卒伍　退出軍隊。❼彭城　地名。在今江蘇銅山縣，時為項羽之都。❽疽　背疽。凡瘡毒赤腫者為癰，不赤腫者為疽。❾增勸羽殺沛公　鴻門之宴，范增曾三次以玉玦暗示項羽殺劉邦，項羽不聽，范增又使項莊舞劍，欲乘機殺劉邦，而項伯與之對舞，翼蔽沛公。沛公，指西漢高帝劉邦。劉邦起兵於沛，眾立為沛公。❿曷為　為何；為什麼。曷，同「何」。⓫知幾其神乎　語出《易經．繫辭傳》。言能預知事之幾微者唯有神。幾，微小。此指事之徵兆。⓬如彼雨雪二句　語出《詩經．小雅．頍弁》。言下雪之前，先有小雪珠結集。霰，小雪珠。⓭卿子冠軍　指楚國上將軍宋義。楚義帝命宋義為上將軍，諸別將皆屬之，號為卿子冠軍。卿子為尊稱，有如「公子」。冠軍，全軍之冠。宋義為上將軍，故合稱「卿子冠軍」。宋義曾奉命救趙，至安陽，留四十六日不進，欲使趙、秦互攻，以收漁人之利，而項羽主張合趙夾擊秦軍，宋義言詞間激怒項羽，項羽遂誣宋義欲謀反，矯命殺之。⓮陳涉之得民也二句　陳涉之所以得民心，乃因假借項燕、扶蘇的名義。陳涉，名勝。秦末與吳廣共同起義反秦，為爭取民心，故假借楚將項燕和秦始皇長子扶蘇的名義。項燕，戰國末年楚將，兵敗被殺，楚人憐之。⓯楚懷王孫心　戰國時代楚懷王之孫，名心。楚懷王客死於秦，楚人哀之。項羽之叔項梁起兵時，范增勸項梁立楚之後代，以為號召，乃求得楚懷王之孫心於民間而立之，亦稱楚懷王。項羽滅秦，尊之為義帝，及項羽自立為西楚霸王，令九江王英布擊殺義帝於江中。⓰稠人　眾人。⓱矯　假託。⓲項梁　項燕之子，項羽之叔父。⓳比肩　並肩。比喻聲望或地位相等。救趙時，項羽為次將，范增為末將，故曰比肩。

【語　譯】漢王用陳平的計策，離間楚國君臣，項羽因而懷疑范增和漢王私通，逐漸削減范增的權力。范增大怒，說：「天下事大體已定了，君王自己去處理吧，請讓我帶著這把老骨頭，退出行伍吧。」他還沒回到彭城，背上的疽瘡發作而死。

蘇子說：「范增的離開是正確的，如果不離開，項羽必定殺他。只遺憾他不早點離開而已。」那麼范增應該在什麼事情發生後離開呢？范增曾勸項羽殺沛公，項羽不聽，終於因此而失去天下，他應該在這時候離開嗎？答道：「不是的。范增想殺沛公，這是臣子分內的事；項羽不殺沛公，表示他還有君王的器度。范增怎可為這件事離開呢？《易經》上說：『能預知事情徵兆的，只有神吧！』《詩經》上說：『如果天要下雪，會先有一些結集的小雪珠。』范增的離開，應該在項羽殺宋義的時候。」

陳涉之所以得到民心，是假借項燕的名分。項羽的崛起，是他擁立了楚懷王的孫子心。後來諸侯的叛離項羽，是因為他殺了義帝。再說，義帝的被立，范增是定計的主要人物。義帝的存亡，何只關係著楚的盛衰，也和范增的禍福與共啊；沒有義帝死了而范增可以單獨長久生存的道理。項羽殺宋義，便是殺害義帝的預兆。他殺害義帝，便是懷疑范增的開始，哪裡還需要等陳平來離間呢？大抵物體一定自身先腐敗，然後才會生蟲；人必定先有了疑心，然後讒言才能乘機而入。陳平雖然聰明，又怎能離間沒有起疑心的君主呢？

我曾經評論過義帝，認為他是天下賢明的君主。他只派沛公入函谷關，而不派項羽；在眾人中獨賞識宋義，而擢升他為上將軍，不賢明怎能這樣呢？項羽既已假造義帝命令殺了宋義，義帝必定不能忍受，不是項羽殺害義帝，便是義帝殺死項羽，不必聰明人才看得出來。范增起初勸項梁立義帝，諸侯因此服從，半途又殺掉義帝，並不是范增的意思。不僅不是范增的意思，而且必定經過力爭而項羽不肯聽從。項羽不採用他的話，反而殺害他所擁立的義帝，項羽懷疑范增必是從這時候開始。

當項羽殺宋義的時候，范增和項羽是以同樣的地位奉事義帝，君臣的名分還沒確定呢。替范增設想，這時力量足夠殺項羽便該殺了他，不能殺便該離開他，這樣做，難道不是一個果決的大丈夫嗎？范增那時已經七十歲了，合得來便留下，合不來便該離開，不在這個時候明白作個去留的決定，而想依靠項羽來成功名，也太淺陋！雖然這樣說，范增畢竟是漢高帝所畏懼的人。范增不離去，項羽也不會滅亡。唉！范增也可算是人中的豪傑啊！

【研　析】本文可分五段。首段節引《史記．項羽本紀》中關於范增離開項羽的敘述作為發論的材料。二段以「獨恨其不早爾」為焦點，用設問設答的方式探討范增離去的適當時機。三段由陳涉帶出項楚之盛衰，指出宋義、義帝和范增的死生去就息息相關。四段謂義帝有知人之賢，項羽殺范增所勸立之義帝，實為疑范增之先兆。末段為范增設想去就之道，仍舊肯定他是個人傑。

在這篇以君臣去就之分為論述焦點的歷史人物論中，作者一方面透過大量反問句多方推敲范增去就的各種可能性，另方面則根據項羽和宋義、義帝及范增四者關係的辯證發展，斷言范增遭讒見疑與義帝、項羽勢難兩立的必然性。蘇軾認為：范增和義帝的悲劇性下場，實繫於一個「獨」字。義帝之遣沛公入關與拔擢宋義，猶如范增之勸項梁立義帝，均顯示其見識之獨到，而這正是剛愎如項羽者所難於忍受的。立義帝本來只是范增的一著棋，其象徵意義大於實質意義；但項羽連這個虛位的「賢主」也容不下，沒落貴族的熾盛野心與沛公竟先入關的羞憤，使他犯下「弒義帝」與「疑范增與漢有私」這兩項關鍵性的錯誤。前者使其正統性受到質疑，而諸侯亦因此叛楚；後者則使此後的政軍行動均成為項羽「奮其私智而不師古」的試驗品，終不免於敗亡。

漢高祖平定天下後大宴群臣，曾指出「項羽有一范增而不能用」為其最大失敗原因，高度肯定了范增的才智。但蘇軾何以會將范增不明去就之分視為固陋的表現呢？蓋宋以後忠君觀念增強，特重君臣名分與分寸的拿捏。但換個角度看，范增雖含恨以終，卻能贏得對手的敬畏與肯定，倒也是極難能可貴的了。

刑賞忠厚之至論

【題 解】本文選自《東坡先生全集》。北宋仁宗嘉祐二年(西元一〇五七年),蘇軾參加進士考試,策論題目即「刑賞忠厚之至論」。古代科舉考試命題,多出自四書五經,此題取《尚書·大禹謨》「罪疑惟輕,功疑惟重」句下孔安國注:「刑疑附輕,賞疑從重,忠厚之至。」蘇軾此文,旨在闡明居位者當如何行使刑賞,使人民向善去惡,以合乎「忠厚」的最高原則。當時主考官為歐陽脩,對本文頗為驚歎激賞,但疑其為門人曾鞏所作,乃以第二名錄取,實際上是第一。

堯、舜、禹、湯、文、武、成、康❶之際,何其愛民之深,憂民之切,而待天下之以君子長者之道也。有一善,從而賞之,又從而詠歌嗟歎之,所以樂其始而勉其終;有一不善,從而罰之,又從而哀矜懲創❷之,所以棄其舊而開其新。故其吁俞❸之聲,歡忻慘戚❹,見於虞、夏、商、周之書❺。

成、康既沒,穆王❻立而周道始衰,然猶命其臣呂侯❼,而告之以祥刑❽。其言憂而不傷,威而不怒,慈愛而能斷,惻然有哀憐無辜之心,故孔子猶有取焉。《傳》❾曰:「賞疑從與❿,所以廣恩也;罰疑從去⓫,所以謹刑也。」

當堯之時,皋陶⓬為士⓭,將殺人。皋陶曰「殺之」三,堯曰「宥之」三。

故天下畏皋陶執法之堅，而樂堯用刑之寬。四岳⑭曰：「鯀⑮可用。」堯曰：「不可。鯀方命⑯圮族⑰。」既而曰：「試之。」何堯之不聽皋陶之殺人，而從四岳之用鯀也？然則聖人之意，蓋亦可見矣。

《書》⑱曰：「罪疑惟輕，功疑惟重。與其殺不辜，寧失不經⑲。」嗚呼！盡之矣。可以賞，可以無賞，賞之過乎仁；可以罰，可以無罰，罰之過乎義。過乎仁，不失為君子；過乎義，則流而入於忍人⑳。故仁可過也，義不可過也。古者賞不以爵祿，刑不以刀鋸。賞以爵祿，是賞之道行於爵祿之所加，而不行於爵祿之所不加也；刑以刀鋸，是刑之威施於刀鋸之所及，而不施於刀鋸之所不及也。先王知天下之善不勝賞，而爵祿不足以勸也；知天下之惡不勝刑，而刀鋸不足以裁也。是故疑則舉而歸之於仁，以君子長者之道待天下，使天下相率而歸於君子長者之道。故曰忠厚之至也。

《詩》㉑曰：「君子如祉，亂庶遄已。」「君子如怒，亂庶遄沮㉒。」夫君子之已亂，豈有異術哉？制其喜怒，而不失乎仁而已矣。《春秋》之義，立法貴嚴，而責人貴寬，因其褒貶之義以制賞罰，亦忠厚之至也。

【注　釋】❶堯舜禹湯文武成康　皆古代帝王。堯，唐堯。舜，虞舜。禹，夏代開國君主。湯，商代開國君主。文，周文王。武，周武王。周文王之子，周代開國天子。成，周成王。周武王之子。康，周康王。周成王之子。❷哀矜懲創　哀憐懲戒。❸吁俞　嗟歎讚許。此二字《尚書》中多用之。吁，歎氣聲。表示不以為然。俞，應允。❹歡忻慘戚　歡愉與悲戚。❺虞夏商周之書　指《尚書》中的〈虞書〉、〈夏書〉、〈商書〉、〈周書〉。❻穆王　周天子。名滿，周康王之孫，周昭王之子。❼呂侯　一作甫侯。周穆王的大臣。周穆王曾採納其言，制定刑法，今《尚書》有〈呂刑〉。❽祥刑　用刑須審慎。《尚書‧呂刑》：「告爾祥刑。」祥，通「詳」。❾傳　指《尚書》孔安國《傳》。❿與　給與。⓫去　免除。⓬皋陶　舜臣。⓭士　掌刑獄的官。⓮四岳　堯之臣。羲和氏之四子，分掌四方之諸侯，故云四岳。⓯鯀　禹父名。居於崇，號崇伯，奉堯命治水，九年而不成，為舜所處死。⓰方命　抗命。⓱圮族　毀其同族。⓲書　指《尚書》。⓳罪疑惟輕四句　語出《尚書‧大禹謨》。不經，不當；不合法。⓴忍人　殘忍的人。㉑詩　指《詩經》。㉒君子如祉四句　語出《詩經‧小雅‧巧言》。祉，喜悅。遄，迅速。已，制止。沮，終止。

【語　譯】堯、舜、禹、湯、文、武、成、康的時代，他們愛護人民是何等的深厚，關心百姓是何等的真切，又用君子長者的忠厚來對待天下人啊。只要有人做了一件善事，就獎賞他，又歌頌、讚美他，這是為了讚許他開始行善，勉勵他實踐到底；只要做了一件壞事，就處罰他，又哀憐、懲戒他，這是為了讓他拋棄舊的習氣，開創他的自新之路。因此嗟歎讚許的聲音、歡愉悲戚的感情，都記錄在《尚書》的〈虞書〉、〈夏書〉、〈商書〉、〈周書〉上。

成王、康王去世後，周穆王即位，周道開始衰微，然而還囑咐他的臣子呂侯，告誡他用刑須審慎。他的話憂慮而不哀傷，威嚴而不憤怒，慈愛而能決斷，有著同情無辜者的心意，所以孔子的《尚書》收錄了〈呂刑〉。孔安國《尚書傳》說：「獎賞如有可疑，依然給予，這是為了推廣恩澤啊；懲罰如有可疑，寧可免除，這是為了審慎刑罰啊。」

當堯的時候，皋陶擔任獄官，將處死人犯。皋陶說了三次「要殺他」，堯說了三次「寬恕他」。所以天下人畏懼皋陶執法的嚴厲，而喜歡堯用刑的寬容。四岳說：「鯀可用。」堯說：「不可以。鯀常常抗命，毀害同族。」不久又說：「不妨試用他。」何以堯不聽從皋陶殺人的意見，反而聽從四岳任用鯀的建議呢？那麼聖人的用意，大概可以看得出來了。

《尚書》上說：「罪有可疑，當從輕發落，功有可疑，當從重獎賞。與其殺無罪的人，寧可受失刑的責任。」唉，話已說得很明白了。那些可以賞、可以不賞的，賞了是太過於仁慈；可以罰、可以不罰的，罰了是太過於嚴厲。太過於仁慈，還不失為君子；太過於嚴厲，便淪為殘忍的人了。所以仁慈可以過分，嚴厲不可以過分。古代獎賞人不用爵祿，刑罰人不用刀鋸。用爵祿來獎賞，這種獎賞的方法只能施行在爵祿所可給予的範圍，卻不能施行在爵祿所無法給予的範圍；用刀鋸來刑罰，這種刑罰的威力，只能施用在刀鋸所可到達的範圍，卻不能施用在刀鋸所達不到的範圍。先王知道天下的善人不能夠一一獎賞，而爵祿也不足以獎勵他們；知道天下的惡人，不能夠一一刑罰，而刀鋸也不足以制裁他們。因此有所懷疑，就按照仁的方式去處理，用君子長者的忠厚來待天下的人，使天下的人相率回歸君子長者之道。所以說用心忠厚到極點了。

《詩經》上說：「在位的人喜歡接納賢人，禍亂便會很快地制止。」「在位的人生氣責備讒人，禍亂也會很快地終止。」在位的人制止禍亂，難道有特別的方法嗎？不過適當地控制他的喜怒，而且不失仁慈罷了。《春秋》的道理，立法貴在嚴肅，責罰人貴在寬厚，依照褒貶的原則來裁定賞罰，也是用心忠厚到極點了。

【研　析】本文可分五段。首段舉堯、舜等聖君愛民憂民與樂於勸善、哀矜懲創的寬仁作風，言其待民之厚。二段言衰世周穆王雖命呂侯作刑法，但出發點仍在勸善，不失忠厚。三段藉由堯與皋陶、四岳的對話，以見聖人用心之寬厚。四段為全篇主體，作者先拈出「疑」字以言刑賞必須忠厚，進而指出爵祿不足以勸善，刀鋸不足以止惡，唯有「以君子長者之道待天下」，才能使天下「歸之於仁」。末段引《詩經》和《春秋》，重申防亂褒貶均須以忠厚為原則。

賞罰作為政治運作的手段之一，無疑具有立竿見影的實效，但值得注意的是執行的方式與心態。何以故？蘇軾認為，無論賞以爵祿或刑以刀鋸，都各自有其特定的對象，因而降低了普遍適用性。另方面，賞罰分別透顯獎勵和懲戒的意含：「賞」用以示仁恩，「罰」在於維護社會正義。但賞罰的目的必須明確地界定為「使天下相率而歸於君子長者之道」，方能跳脫籠絡與威懾的工具性，並避免受個人主觀好惡的左右，進而激發人性中光輝的一面。此說可謂別闢蹊徑，無怪歐陽脩要說出「吾當避此人出一頭地」的話了。

留侯論

【題解】本文選自《東坡先生全集》。留侯，張良，字子房，城父（今河南郟縣東）人。祖父及父親皆為戰國時韓相。韓國滅亡後，張良變賣家財，得勇士狙擊秦始皇，事敗逃亡，藏匿下邳（今江蘇徐州）。傳說曾得圯上老人贈以兵書。後佐劉邦定天下，封留侯。本文是蘇軾於北宋仁宗嘉祐六年（西元一〇六一年），應制科考試時所進二十五篇策論中的一篇，旨在強調張良所以能建功立業，不在於獲圯上老人贈書，而在於能忍人所不能忍。

古之所謂豪傑之士者，必有過人之節❶。人情有所不能忍者，匹夫見辱❷，拔劍而起，挺身而鬥，此不足為勇也。天下有大勇者，卒然❸臨之而不驚，無故加❹之而不怒，此其所挾持❺者甚大，而其志甚遠也。

夫子房受書於圯上❻之老人也，其事甚怪。然亦安知其非秦之世有隱君子❼者出而試之？觀其所以微見❽其意者，皆聖賢相與警戒之義，而世不察，以為鬼物❾，亦已過矣。且其意不在書。

當韓之亡⑩，秦之方盛也，以刀鋸鼎鑊⑪待天下之士，其平居⑫無罪夷滅⑬者，不可勝數，雖有賁、育⑭，無所復施。夫持法太急者，其鋒不可犯，而其末可乘⑮。子房不忍忿忿⑯之心，以匹夫之力，而逞⑰於一擊之間。當此之時，子房之不死者，其間不能容髮⑱，蓋亦已危矣。千金之子⑲，不死於盜賊。何者？其身之可愛，而盜賊之不足以死也。子房以蓋世之才，不為伊尹⑳、太公㉑之謀，而特出於荊軻㉒、聶政㉓之計，以僥倖㉔於不死，此固圯上之老人所為深惜者也，是故倨傲鮮腆㉕而深折之。彼其㉖能有所忍也，然後可以就大事。故曰「孺子㉗可教」也。

楚莊王㉘伐鄭，鄭伯㉙肉袒牽羊以逆㉚。莊王曰：「其君能下人㉛，必能信用其民矣。」遂舍之。句踐㉜之困於會稽而歸，臣妾㉝於吳者三年而不倦。且夫有報㉞人之志，而不能下人者，是匹夫之剛也。夫老人者，以為子房才有餘，而憂其度量之不足，故深折其少年剛銳之氣，使之忍小忿而就大謀。何則？非有平生之素㉟，卒然相遇於草野之間，而命以僕妾之役㊱，油然㊲而不怪者，此固秦皇之所不能驚，而項籍㊳之所不能怒也。

觀夫高祖㊴之所以勝，而項籍之所以敗者，在能忍與不能忍之間而已矣。項籍唯不能忍，是以百戰百勝而輕用其鋒；高祖忍之，養其全鋒而待其弊㊵，此子房教之也。當淮陰破齊而欲自王，高祖發怒，見於詞色㊶。由此觀之，猶有剛強不忍之氣，非子房其誰全之？

太史公㊷疑子房以為魁梧㊸奇偉，而其狀貌乃㊹如婦人女子，不稱㊺其志氣。嗚呼！此其所以為子房歟！

【注釋】❶節　氣度；節操。❷見辱　受侮辱。❸卒然　突然。卒，通「猝」。❹加　欺陵。❺挾持　抱負。❻圯上　橋上。下邳人稱橋為圯。❼隱君子　隱士。❽微見　隱約表露。見，通「現」。顯露。❾鬼物　鬼怪。❿韓之亡　韓亡於秦王政十七年（西元前二三〇年）。⓫刀鋸鼎鑊　皆古刑具。此指嚴刑峻法。鼎鑊，本為烹飪器具，後也用以烹殺人犯。鑊，無足的大鼎。⓬平居　平時；平素。⓭夷滅　殺戮；殺滅。⓮賁育　孟賁、夏育。皆周代勇士。⓯乘　利用。⓰忿忿　憤怒不平的樣子。⓱逞　快意；縱意。⓲其間不能容髮　空隙極小，容不下一根髮絲。比喻危險萬分。間，空隙。⓳千金之子　富貴人家子弟。⓴伊尹　名摯。商代賢相，助湯伐桀滅夏，建立商朝。㉑太公　名尚，字子牙。周初人。本姓姜，後以封地呂為姓。相傳周文王出獵時，與他相遇於渭水之濱，相談甚洽，文王說：「吾太公望子久矣！」因號太公望，立為師。後佐周武王伐紂滅殷，建立周朝，受封於齊。㉒荊軻　戰國時代衛國人。好讀書擊劍，為燕太子丹入秦行刺秦王政，事敗被殺。㉓聶政　戰國時代軹縣（今河南濟源軹城鎮）人。因受嚴仲子知遇之恩，於是為他刺殺韓相俠累。事成，懼禍延其姊，遂毀形自殺。㉔僥倖　希求意外或奇蹟出現的一種心理。㉕倨傲鮮腆　傲慢無禮。倨傲，驕慢不恭。鮮腆，輕慢不敦厚。鮮，寡少。腆，厚重。㉖其　如果。㉗孺子　年輕人。㉘楚莊王　春秋時代楚國國君。名旅，春秋五霸之一。㉙鄭伯　指鄭襄公。春秋時代鄭國國君，名堅。㉚肉袒牽羊以逆　裸露上身牽著羊去迎接。肉袒，脫去上衣，赤露上身，表示誠心請罪，甘願受刑。逆，迎。㉛下人　居他人之下。即禮敬他人。㉜句踐　越王句踐。周敬王二十六年（西元前四九四年），吳王夫差伐越，越敗，句踐退守會稽（今浙江紹興東南）。㉝臣妾　用為動詞。自居於臣妾的地位。㉞報　報仇；復仇。㉟素　通「愫」。交誼。㊱役　工作。㊲油然　自然；安然。㊳項籍　（西元前二三二～前二〇二年）字羽。秦末楚人，起兵滅秦，分封諸侯，自號西楚霸王。㊴高祖　（西元前二五六～前一九五年）指漢高祖劉邦。㊵弊　通「敝」。衰敗。㊶淮陰破齊而欲自王三句　淮陰侯韓信平齊後，派人向漢王劉邦說他想做代齊王，劉邦聽了很生氣，破口大罵，這時張良趕忙踩漢王的腳，附耳告訴劉邦，漢方正在不利的時候，不能禁信稱王，不如趁機封韓信，讓信守住齊地，不然，韓信會叛變的，漢王省悟，故意又大罵說：「大丈夫征服了一個國家，要就做真正的王，何必要代理。」就派張良前往，立信為齊王，徵信兵擊楚。見，通「現」。顯現。㊷太史公　指《史記》的作者司馬遷。㊸魁梧　高大強壯的樣子。㊹乃　竟然。㊺不稱　不相配。

【語譯】古代被稱為豪傑的人，一定有超越凡人的節操。人之常情都有不能忍受的事情，一般人受到侮辱，拔起劍來，挺身格鬥，這不能算是勇敢。天下有一種大勇的人，即使突然遇到事故也不會驚慌，平白被欺陵也不會生氣，這是因為他的抱負很大，而且志向很遠。

子房接受橋上老人的書，這事很奇怪。但又怎麼知道這不是秦時的隱士要出來試探子房呢？從那老人隱約表露出來的意思，都是聖賢警戒世人的道理，而世人不詳察，認為老人是鬼怪，實在是一大錯誤。更何況老人的深意並不在贈書。

當韓國滅亡後，秦朝正強盛的時候，以嚴刑峻法來對付天下的士人，平日無罪而被殺的人，多得數不清，即使有孟賁、夏育那樣的勇士，也無法施展本事。大凡執法嚴峻急切的統治者，初期的鋒芒不可侵犯，而末期卻有可乘之機。子房無法忍受憤怒不平的心情，以個人的力量而快意於博浪沙的一擊。那時，子房雖然沒死，但與死亡的距離卻容不下一根毛髮，真是太危險了。富貴人家的子弟，不會死在盜賊手中。為什麼呢？因為他以生命為可貴，死在盜賊手中是不值得的啊。子房以蓋世的才能，不學伊尹、太公的謀略，卻只效法荊軻、聶政的行為，而希望僥倖不死，這正是橋上老人為他深感惋惜的，所以老人以傲慢無禮的態度重重地挫辱他。如果他能夠忍耐下來，然後才可以成就大事業。所以說「這個年輕人值得教誨」啊。

楚莊王討伐鄭國，鄭襄公裸露上身牽著羊出城迎接。楚莊王說：「這個國君能屈居於他人之下，必定能夠得到人民的信仰和效忠。」於是就捨棄鄭國不再攻打。句踐被圍困在會稽，以臣妾自居而服事吳王，三年下來都沒有倦怠。而且有報仇的志向，卻不能屈居人下，這是凡人的剛勇。老人認為子房的才能綽綽有餘，卻憂慮他度量不夠，所以重重地挫折他少年剛強的銳氣，使他能夠忍受小的憤慨而成就大的謀略。為什麼呢？

平日並無交誼，突然在田野之間相遇，就命令他做僕役婢妾的差事，而他也安然不以為怪地做了，這當然是連秦始皇也不能使他驚恐，項羽也不能使他憤怒了。

觀察高祖之所以勝利，而項羽之所以失敗的原因，只在於能忍和不能忍而已。項羽就因為不能忍，所以百戰百勝，而輕易耗損鋒芒；高祖能忍，保住他全部的鋒芒，以等待項羽的衰敗，這是子房教他的啊。當淮陰侯韓信攻破齊國而想自立為王的時候，高祖生氣，顯現在言語和臉色上。從這點來看，高祖還是有剛強不能忍的氣燄，如果不是子房，誰能成就他的事業？

太史公猜想子房應該是身材高大魁梧，不料他的體態像貌竟然像婦女一般，以為跟他的志氣很不相稱。唉！我想這就是子房之所以成為子房的特點吧！

【研析】本文可分六段。首段區分匹夫之勇與大勇的不同。二段反駁俗見對圯上老人授書一事的質疑。三段認為張良欲刺秦王以為韓復仇，只是小勇；但從圯上老人的磨難中，卻看出他具備做大事的沉穩性格。四段藉由史實揭櫫「忍小忿而就大謀」的應世原則，斥「匹夫之剛」為不足取。五段指出決定高祖與項羽勝敗的關鍵，在於能忍與否，而「忍」正是張良戰略的最高原則。末段引述太史公的疑惑作收，留給讀者無窮聯想。

張良在遇到圯上老人之前，一心只想為韓報仇，他所表現的，不過是戰國任俠的餘風。後來，他的器識與襟抱之所以能漸趨成熟，與圯上老人的啟迪實有莫大之關聯。在蘇軾看來，老人對張良最重要的影響，是讓張良深切體會出「忍」字的重要。這個「忍」字，竟使張良能夠脫胎換骨，由恃勇而懂得用智，由疏豪而變為沉穩，因而建立他佐漢滅秦、楚，並報亡國之仇的功業。「忍」字實為張良一生成功的關鍵。

本文開宗明義，說明小勇與大勇的區別，繼而指出張良欲刺殺秦王以報仇，只是小勇。及至經過老人的教導與啟迪，終於學會「忍」字的道理，故能輔佐劉邦建立開國的大業。全篇前後呼應，脈絡分明，通篇眼目全在首段「忍」字，而後文「子房不忍忿忿之心」、「彼其能有所忍也」、「使之忍小忿而就大謀」、「在能忍與不能忍之間而已」、「項籍唯不能忍」、「高祖忍之」、「猶有剛強不忍之氣」云云，處處扣住「忍」字發揮。

再如首段「卒然臨之而不驚，無故加之而不怒」分別有下文「卒然相遇於草野之間」、「此固秦皇之所不能驚，而項籍之所不能怒也」相呼應；首段「匹夫見辱」亦有下文「匹夫之力」、「匹夫之剛」相呼應。總之，開宗明義而語必歸宗，是本文的特色。

賈誼論

【題　解】本文選自《東坡先生全集》。賈誼（西元前二〇〇～前一六八年），西漢洛陽（今河南洛陽）人。年十八即通諸子百家。年二十二，西漢文帝召為博士，超遷至太中大夫，對於朝政制度多所建言。西漢文帝欲任賈誼為公卿，而以大臣周勃、灌嬰等人反對，遂外放為長沙王太傅，後遷梁懷王太傅。因梁懷王墜馬而死，自慚失職，憂鬱成疾而死。本文旨在評論賈誼的遭遇，認為賈誼的確有王佐之才，其所以不能有所施展，並非西漢文帝之過，而是由於自己不知忍以待變。

非才之難，所以自用者實難。惜乎賈生❶王者之佐，而不能自用其才也。夫君子之所取者遠，則必有所待；所就者大，則必有所忍。古之賢人，皆有可致❷之才，而卒不能行其萬一者，未必皆其時君之罪，或者其自取也。

愚觀賈生之論，如其所言，雖三代何以遠過？得君如漢文，猶且以不用死，然則是天下無堯、舜，終不可有所為耶？仲尼聖人，歷試於天下❸，苟非大無道之國，皆欲勉強扶持，庶幾一日得行其道。將之荊❹，先之以冉有❺，申❻之以子夏❼。君子之欲得其君，如此其勤也。孟子去齊，三宿而後出晝❽。猶曰：「王其庶幾召我。」君子之不忍棄其君，如此其厚也。公孫丑❾問曰：「夫子何為不豫❿？」孟子曰：「方今天下，舍我其誰哉？而吾何為不豫？」君子之愛其身，如此其至也。夫如此而不用，然後知天下果不足與有為，而可以無憾矣。若賈生者，非漢文之不用生，生之不能用漢文也。

夫絳侯⓫親握天子璽而授之文帝，灌嬰⓬連兵數十萬，以決劉、呂之雌雄，又皆高帝之舊將，此其君臣相得之分，豈特父子骨肉手足哉？賈生，洛陽之少年，欲使其一朝之間，盡棄其舊而謀其新，亦已難矣。為賈生者，上得其君，下得其大臣，如絳、灌之屬，優游浸漬⓭而深交之，使天子不疑，大臣不忌，然後舉天下而唯吾之所欲為，不過十年，可以得志。安有立談之間，而遽為人痛哭哉？觀其過湘⓮，為賦以弔屈原⓯，紆鬱憤悶⓰，趯然⓱有遠舉之志。其後卒以自傷哭泣，至於死絕，是亦不善處窮者也。夫謀之一不見用，安知終不復用也？不知默默以待其變，而自殘至此。嗚呼！賈生志大而量小，才有餘而識不足也。

古之人，有高世之才，必有遺俗⓲之累。是故非聰明睿哲不惑之主，則不能全其用。古今稱苻堅⓳得王猛⓴於草茅㉑之中，一朝盡斥去其舊臣而與之謀。彼其匹夫，略有天下之半，其以此哉！

愚深悲賈生之志，故備論之。亦使人君得如賈誼之臣，則知其有狷介㉒之操，一不見用，則憂傷病沮㉓，不能復振。而為賈生者，亦謹其所發哉！

【注釋】❶賈生　賈誼。生，古代對讀書人的稱呼。❷致　達到；達成。❸歷試於天下　指孔子周遊列國。❹荊　指楚國。❺冉有　即冉求。字子有，春秋時代魯國人，孔子弟子。❻申　繼；又。❼子夏　姓卜，名商，字子夏。春秋時代衛國人，孔子弟子。❽晝　齊邑。在今山東臨淄。❾公孫丑　姓公孫，名丑。戰國時代齊國人，孟子弟子。以下一問一答，見《孟子・公孫丑下》，問者是孟子的另一個學生充虞，而非公孫丑。❿不豫　不快樂。⓫絳侯　即周勃。劉邦同鄉人，隨劉邦起兵，以功封絳侯，西漢惠帝時為太尉，呂后死，周勃與陳平等共誅諸呂，迎西漢文帝立之，帝至渭橋，周勃跪上天子璽符。⓬灌嬰　睢陽（今河南商邱南）人。隨劉邦起兵，因功封潁陰侯，與周勃等人平諸呂，立西漢文帝。⓭優游浸漬　悠閒從容，逐漸深入。⓮湘　湘水。在今湖南。⓯屈原　名平，字靈均。戰國楚之公族，仕為楚懷王左徒，為同列上官大夫靳尚輩所讒，前後被流放漢北、湘南，終自沉汨羅江而卒。⓰紆鬱憤悶　愁思旋繞，鬱結不舒。⓱趯然　形容心情急迫的樣子。趯，通「躍」。⓲遺俗　違反習俗；不合時宜。⓳苻堅　東晉時期前秦君王。⓴王猛　字景略。初隱華山，應苻堅徵召，出為中書侍郎，苻堅甚信任之，自謂如劉備之遇諸葛亮。㉑草茅　指鄉野。㉒狷介　耿介自持。㉓病沮　困敗失意。

【語譯】具有才能並不難，怎樣運用自己的才能才是困難。可惜啊！賈生有王佐之才，卻不善於運用自己的才能。大抵君子追求的目標遠大，就必定有所期待；要成就偉大的事業，就必定有所忍耐。古代的賢人，都具有達成功業的才能，但終究不能施展其萬分之一的才能，未必都是當時國君的過失，也可能是他自己招致的。

我看過賈生的議論，如果照他的說法去做，即使三代的政治也不能超過他的理想。他遇到像漢文帝那樣的明君，尚且因為得不到重用而憂鬱以終，那麼是天下沒有堯、舜那樣的聖君，便終究不能有所作為了嗎？

孔子是聖人，尚且周遊列國，如果不是極為無道的國家，他都想勉強扶持，希望有一天可以實行他的理想。孔子準備到楚國去，先叫冉有去了解情況，接著又叫子夏去。君子想得到他可以輔佐的國君，是那樣地辛勤啊。孟子離開齊國時，在晝邑住了三夜才走。還說：「王或許還要召我回去吧。」君子不忍拋棄他的君王，心意是那樣地深厚啊。公孫丑問說：「老師為什麼不快樂呢？」孟子答道：「當今天下，除了我還有誰能輔佐國君治理國家呢？我又為什麼不快樂呢？」君子愛惜他自身，是那樣地周全啊！做到這樣而仍然不被國君所用，這就可以知道這個時代實在不能夠有所作為，也可以沒有遺憾了。像賈生，並不是漢文帝不能用他，是他不能用漢文帝啊。

絳侯周勃親自捧著天子的玉璽交給漢文帝，灌嬰擁有幾十萬的軍隊，來決定劉、呂的勝敗，他們又都是高帝的舊將領，他們君臣投合的情分，哪裡只是父子骨肉手足的情感呢？賈生不過是洛陽的少年，要想漢文帝在一朝之間，完全拋棄舊人來和新人商量，實在也太難了。作為賈生，應該設法在上得到國君的信任，在下得到大臣的支持，像絳侯、灌嬰這般人，悠閒從容、逐漸深入地和他們交往，使天子不疑心，大臣不妒忌，然後使整個天下都按照我的意思去做，不超過十年，就可以得志。又怎能在立談之間，驟然向人家痛哭起來的呢？看他經過湘水時，寫了一篇賦哀弔屈原，愁思旋繞，鬱結不舒，大有急迫想遠離塵世的意思。後來因為悲傷哭泣，竟至於短命而死，這也是不善於處在困窮環境的人啊！計謀只一次不被用，又怎知會一直不被用呢？不懂得默默地等待情勢的變化，卻自己殘害自己到這地步。唉，賈生的志向遠大而器量狹小，可說是才能有餘而見識不足啊。

古時有高出世人才能的人，必有不合時宜的毛病。所以不是聰明睿智不疑惑的國君，便不能完全信用他。古今稱道苻堅在鄉野間識拔王猛，一下子全部排斥他的舊臣而跟王猛商議。那苻堅只是一個普通人，竟能擁有半個天下，也許是因為這個緣故吧！

我深切悲憫賈誼的志向，所以詳細地評論他。也想讓國君遇到像賈誼這樣的臣子，就能知道他具有耿介的操守，一次不被任用，便會憂傷懊惱，不能再振作起來。而像賈生這類型的人，也要謹慎他們的情感，不要隨便地就發洩出來啊！

【研　析】本文可分五段。首段提出「非才之難，所以自用者實難」的主旨，認為賈誼雖有才而不能忍，其不為世用，殆由自招。二段舉孔、孟為例，謂賈誼少不更事，自棄而後人棄。三段代賈誼籌畫，並認為賈誼不善處窮，志大而量小，才有餘而識不足。四段引苻堅拔擢王猛的典故，暗諷漢文帝之不察。末段勸勉國君當憐才而用，而類似賈誼的臣子也當慎其言行。

在蘇軾看來，賈誼雖有鴻鵠之志、王佐之才，卻因「不善處窮」，自傷哭泣而死；此一論斷，自有其見地。賈誼之英年早逝，在其個人命運而言，是個悲劇，然其下場仍根源於自身性格的缺陷。何以故？如同一般少年得志的才俊一般，賈誼欠缺的不是勇猛精進的旺盛企圖和奉獻的熱誠，從〈過秦論〉和〈治安策〉這類文章看來，他對時勢的體察也有著過人的敏銳；問題在於他的激進引爆了部分元老重臣內心存在的焦慮。《史記》記載絳、灌、東陽侯、馮敬等人聯手抵制他，說他是「雒陽之人，年少初學，專欲擅權，紛亂諸事」。這對賈誼自然是不小的打擊，一種被誣蔑的挫折感使他突然驚覺自身的孤立，從而意識到慘烈的政治鬥爭並無是非可言，於是他在強烈的失望中鬱悒以終。究其實質，賈誼乃是以文人天真濃烈的熱情獨力對抗著「但為自保故，情義俱可拋」的官僚文化，他的失敗是必然的，而蘇軾所提「默默以待其變」的策略誠然老謀深算，恐怕也不是狷介如賈誼者所堪容受的罷！

另方面，蘇軾認為才俊之士每每不喜為格套所拘，「必有遺俗之累」，須賴「聰明睿哲不惑之主」成其大用。這項觀點所顯示的含意是：國君在簡拔人才時必須清楚地分辨，有些人是因才高而自負，因自信而狷介。由此觀之，明君賢臣之相得誠非易事，而蘇軾之〈賈誼論〉，實可視為一篇君臣關係論。

鼂錯論

【題　解】 本文選自《東坡先生全集》。鼂錯（西元前？～前一四五年），西漢潁川（今河南禹縣）人。文帝時任太子家令，頗受太子寵任，號為「智囊」。及太子即位，是為景帝，遷御史大夫。因建議削奪諸侯封地，引發七國之亂，景帝不得已而殺鼂錯以謝諸侯，平息動亂。本文旨在論斷鼂錯被殺的原因，乃因不能勇於負責。七國之亂既因鼂錯而起，鼂錯當自任其難，領兵平亂，不當為保全自己而欲留守京師，使皇帝自將討伐，遂使仇家得以乘機離間，故鼂錯是欲求自全而反招禍。

天下之患，最不可為者，名為治平無事，而其實有不測之憂。坐觀其變而不為之所❶，則恐至於不可救；起而強為之，則天下狃❷於治平之安而不吾信。惟仁人君子豪傑之士，為能出身為天下犯大難，以求成大功。此固非勉強期月❸之間，而苟以求名者之所為也。

天下治平，無故而發大難之端；吾發之，吾能收之，然後有以辭❹於天下。事至而循循焉❺欲去之，使他人任其責，則天下之禍，必集於我。昔者鼂錯盡忠為漢，謀弱山東之諸侯❻。山東諸侯並起，以誅錯為名。天子不察，以錯為說❼。天下悲錯之以忠而受禍，不知錯有以取之也。

古之立大事者，不唯有超世之才，亦必有堅忍不拔之志。昔禹之治水，鑿龍門❽，決❾大河❿而放之海。方其功之未成也，蓋亦有潰冒衝突可畏之患。唯能前知其當然，事至不懼，而徐為之所，是以得至於成功。

夫以七國之強，而驟削之，其為變，豈足怪哉？錯不於此時捐其身，為天下當大難之衝，而制吳、楚之命，乃為自全之計，欲使天子自將而己居守。且夫發七國之難者誰乎？己欲求其名，安所逃其患？以自將之至危，與居守之至安，己為難首，擇其至安，而遺天子以其至危，此忠臣義士所以憤惋而不平者也。

當此之時，雖無袁盎⓫，錯亦未免於禍。何者？己欲居守，而使人主自將。以情而言，天子固已難之矣，而重違其議。是以袁盎之說，得行於其間。使吳、楚反，錯以身任其危，日夜淬礪⓬，東向而待之，使不至於累其君，則天子將恃之以為無恐，雖有百袁盎，可得而間⓭哉？

嗟夫！世之君子，欲求非常之功，則無務為自全之計。使錯自將而討吳、楚，未必無功，唯其欲自固其身，而天子不悅，奸臣得以乘其隙。錯之所以自全者，乃其所以自禍歟！

【注釋】❶所　處置。❷狃　習以為常。❸期月　一月。指短時間。❹辭　告訴。❺循循焉　退縮的樣子。❻山東之諸侯　指吳王濞、膠西王卬、膠東王雄渠、菑川王賢、濟南王辟光、楚王戊、趙王遂等七國。山東，指崤山或華山以東。❼說　通「悅」。討好。❽龍門　山名。在今陝西韓城東北。❾決　開通；疏導。❿大河　指黃河。⓫袁盎　字絲。楚人，素與鼂錯有嫌隙，因此七國亂起乃建言殺鼂錯以止亂，景帝用其言。⑫淬礪　本謂磨鍊鋒刃。此用為刻苦自勵。⑬間　離間。

【語　譯】天下的禍患，最不容易處理的，是表面看來太平無事，實際上卻有不可測度的隱憂。坐看它的演變而不加以處理，恐怕就會發展到不可挽救的地步；如果有人起來勉強處理它，那麼天下人已經習慣了表面的太平無事，就不會信任他。只有仁人君子豪傑之士，才能挺身而出來替天下人冒大患難，以求偉大的成就。這絕不是只有短時間努力就想苟且求名的人所能做得到的。

天下太平，無緣無故地去開啟大難的發端；這是我發動它，我也要有能力收拾它，然後才可以向天下人交代。如果事到臨頭而想退避推卸，讓別人擔負這項責任，那麼天下的禍害，一定會集中到我一人身上。從前鼂錯盡忠為漢王室做事，計畫削弱山東的諸侯。山東的諸侯聯合起來造反，以殺鼂錯為藉口。天子不能明察，反而殺鼂錯來討好他們。天下人悲憐鼂錯因為盡忠而受到禍害，不知道鼂錯實在是自取其禍的啊。

古代建立大事業的人，不但有超越世人的才幹，也必定有堅忍不拔的意志。從前大禹治水，鑿開龍門，引導黃河流入大海。當他事情還沒成功之時，也會有河堤潰決、河水亂沖等可怕的禍患。但能預知它必然會發生，事到臨頭不致畏懼，慢慢地解決，所以能得到成功。

以當時七國的強大，想驟然削弱他們，他們起來造反，有什麼可奇怪的呢？鼂錯不在這時候犧牲他自身，替天下抵擋大難的衝擊，去制服吳、楚，竟然為了自全的打算，想要天子親自領兵討伐而自己在京城留守。何況引發七國變亂的是誰呢？自己想求得名聲，怎能逃避它所引起的禍害呢？以親自帶兵征討的危險，和在京城留守的安全相比較，自己是禍首，卻選擇最安全的事做，把最危險的工作留給天子，這是忠臣義士所以憤怨而抱不平的緣故啊。

這時候，即使沒有袁盎從中挑撥，鼂錯也不可能免於禍害。為什麼呢？因為自己想在京城留守，卻讓人主親自帶兵征討。以常情來判斷，天子本來就難以忍受了，只是未便反對他的建議。所以袁盎的主張，能在當時被採用。假使吳、楚造反，鼂錯能夠親身去擔任危險的工作，日夜辛勤自勵，領兵向東去對抗他們，使他的君主不至於受到連累，那麼天子將憑仗他而沒有恐懼，縱然有一百個袁盎，能從中離間嗎？

唉，世間的君子，想求得非常的功業，就不要專為自身的安全著想。假使鼂錯親自領兵討伐吳、楚，未必不會成功，只因他想保全自身，使天子不高興，於是奸臣得以利用這間隙。鼂錯這種保全自身的念頭，就是他招來禍害的原因吧！

【研　析】本文可分六段。首段指出只有「仁人君子豪傑之士」才能在太平治世中看出「不測之憂」而力矯其弊。二段謂既已發難，則須有收拾殘局的擔當，進而駁斥俗見對鼂錯的同情，認為他是虎頭蛇尾，禍由自取。三段以大禹治水為例，說明做大事的人須有冒險的心理準備，而以堅忍不拔的毅力突破困境。四段責備鼂錯「己為難首，擇其至安，而遺天子以其至危」，是不可饒恕的錯誤。五段指出鼂錯推諉塞責的做法動搖了景帝對他的信心，這才使得袁盎的讒言有機可乘；接著代鼂錯謀畫平亂與自保之計。末段重申欲求「非常之功」，須有破釜沉舟、一力承擔的決心，對鼂錯「欲自固其身」的投機心態提出了批判。

全文的主要論點在「世之君子，欲求非常之功，則無務為自全之計」三句。非常之功所以難成，在其「名為治平無事，而其實有不測之憂」，非獨具隻眼者不能洞察其端，非有堅忍不拔之志者亦無法克服萬難。鼂錯雖能洞見國家的隱憂而「出身為天下犯大難」，卻「擇其至安，而遺天子以其至危」，這種做法在天子至尊的時代裡是很容易引發疑慮的；更何況諸侯是「以誅錯為名」興兵作亂，於是袁盎的讒言得以遂行，而鼂錯之受禍亦勢所難免。鼂錯的下場提供了一項啟示，即改革往往意味著冒險，只要是對大多數人有利的事，就當排除萬難而堅持到底，虎頭蛇尾固不足以成就大事，英雄與烈士也往往只有一線之隔。

卷一一 宋文

上梅直講書

【題解】本文選自《東坡先生全集》。梅直講，梅堯臣（西元一〇〇二～一〇六〇年），字聖俞。北宋宣州宣城（今安徽宣城）人。蘇軾於北宋仁宗嘉祐二年（西元一〇五七年），參加禮部進士考試，當時梅堯臣官國子監直講，為考試的參評官之一。蘇軾於考取後，寫這封信給梅堯臣，表達嚮慕之心，及對前輩知遇之恩的感謝。

軾每讀《詩》至〈鴟鴞〉❶，讀《書》至〈君奭〉❷，常竊悲周公之不遇。及觀史❸，見孔子厄於陳、蔡❹之間，而絃歌之聲不絕。顏淵、仲由❺之徒，相與問答。夫子曰：「『匪兕匪虎，率彼曠野❻。』吾道非邪？吾何為於此？」顏淵曰：「夫子之道至大，故天下莫能容。雖然，不容何病？不容然後見君子。」夫子油然❼而笑曰：「回，使爾多財，吾為爾宰❽。」夫天下雖不能容，而其徒自足以相樂如此。乃今知周公之富貴，有不如夫子之貧賤。夫以召公之賢，以管、蔡❾之親，而不知其心，則周公誰與樂其富貴？而夫子之所與共貧賤者，皆天下之賢才，則亦足與樂乎此矣。

軾七、八歲時，始知讀書。聞今天下有歐陽公⑩者，其為人如古孟軻⑪、韓愈⑫之徒，而又有梅公⑬者，從之遊而與之上下其議論。其後益壯，始能讀其文詞，想見其為人，意其飄然脫去世俗之樂而自樂其樂也。方學為對偶聲律之文⑭，求斗升⑮之祿，自度⑯無以進見於諸公之間。來京師逾年，未嘗窺其門。

今年春，天下之士，群至於禮部⑰，執事⑱與歐陽公實親試之。軾不自意，獲在第二⑲。既而聞之人，執事愛其文，以為有孟軻之風，而歐陽公亦以其能不為世俗之文也而取焉，是以在此。非左右為之先容⑳，非親舊為之請屬㉑，而嚮㉒之十餘年間聞其名而不得見者，一朝為知己。退而思之，人不可以苟富貴，亦不可以徒貧賤。有大賢焉而為其徒，則亦足恃矣。苟其僥一時之幸，從車騎數十人，使閭巷小民聚觀而贊歎之，亦何以易此樂也。

傳㉓曰：「不怨天，不尤人㉔。」蓋「優哉游哉，可以卒歲㉕」。執事名滿天下，而位不過五品，其容色溫然而不怒，其文章寬厚敦朴而無怨言，此必有所樂乎斯道也，軾願與聞焉。

【注釋】❶鴟鴞 《詩經・豳風》篇名。舊說周公居東時所作，以貽周成王。周公自比為鳥之愛巢者，明其忠愛王室之情。❷君奭 《尚書・周書》篇名。召公與周公共同輔佐周成王，因有謠言稱周公企圖篡位，召公不悅，周公乃作〈君奭〉與之，以自表白，並寓戒勉之意。君，對人的尊稱。奭，召公的名。❸史 指《史記》。❹陳蔡 春秋時代二國名。孔子曾困於陳、蔡，路阻絕糧。❺顏淵仲由 皆孔子弟子。顏淵，名回，字子淵，春秋時代魯國人。仲由，字子路，一字季路，春秋時代卞（在今山東泗水縣東南）人。❻匪兕匪虎二句 語出《詩經・小雅・何草不黃》。言既非兕亦非虎，何以奔走於曠野。匪，通「非」。兕，野牛。率，循；行走。❼油然 自然；安然。❽宰 家臣之總管。❾管蔡 管叔名鮮，蔡叔名度，皆周公之弟。周武王死，周公攝政，二人散布謠言，謂周公將加害周成王，謀奪王位。❿歐陽公 指歐陽脩。字永叔，北宋吉州廬陵（今江西吉安）人。宋代古文運動領袖。⓫孟軻 孟子。名軻，戰國時代鄒（在今山東鄒縣東南）人，後世尊稱亞聖。⓬韓愈 字退之。唐河內河陽（今河南孟縣）人。唐代古文運動領袖。⓭梅公 即梅聖俞。⓮對偶聲律之文 講求對仗韻律之文章。如詩歌、詞賦。⓯斗升 一斗一升。言其少。⓰度 估量。⓱禮部 古代中央尚書省六部之一。掌禮制和學校貢舉。⓲執事 原指供使役之人。後人書信中每用「執事」為對受信者之尊稱，表示不敢直指受信者。⓳獲在第二 北宋仁宗嘉祐二年（西元一〇五七年），歐陽脩主持禮部進士考試，梅聖俞為參評官之一，試題為「刑賞忠厚之至論」。梅聖俞將蘇軾的卷子拿給歐陽脩，歐陽脩非常驚喜，以為能「不為世俗之文」，欲擢為第一，因疑為門生曾鞏所為，乃置之於第二。⓴先容 事先介紹、推薦。㉑屬 通「囑」。請託。㉒嚮 從前。㉓傳 古書。㉔不怨天二句 見《論語・憲問》。尤，怨恨。㉕優哉游哉二句 優閒自在，可以度過歲月。見《左傳・襄公二十一年》引《詩》。卒，終。

【語譯】軾每次讀到《詩經》的〈鴟鴞〉、《尚書》的〈君奭〉時，常私自悲歎周公不能獲得知己。後來讀《史記》，看到孔子在陳、蔡之間受困，依然能絃歌不停，與顏回和子路等弟子，相互問答。孔子說：「『不是野牛，不是老虎，為什麼奔走在曠野中？』是我的道理不對嗎？我為什麼會落到這地步？」顏回答道：「夫子的道理非常博大，所以天下容納不下。雖然這樣，不能容納又有什麼害處？不被容納才顯得您是個君子。」孔子愉悅地笑著說：「回呀，假使你有很多財富，我來做你的總管。」天下雖然不能容納他們，然而他們師生間能如此的自足快樂。現在我才知道周公的富貴，還不如孔子的貧賤呢！以召公的賢明，管叔、蔡叔的親近，卻不知周公的心意，那麼周公跟誰一起享受富貴的快樂呢？跟孔子共處貧賤的人，都是天下的賢才，那也足夠他快樂了。

軾七、八歲的時候，才懂得讀書。聽說當今天下有位歐陽公，他的為人像古代的孟軻、韓愈等人，而又有一位梅公跟他做朋友，在一起相互討論。後來我年紀漸長，才讀到他們的文章，嚮往他們的為人，猜想他們瀟灑地擺脫世俗的樂趣而能自得其樂。那時我剛開始學寫對仗排偶駢儷的文章，求一升一斗的俸祿，自己估量沒有機緣能進見這幾位先生。來到京城裡一年多了，還不曾上門拜見。

今年春天，天下的讀書人，都到禮部應試，您和歐陽公親自主持考試。軾沒想到，能考中第二名。後來聽人說，您喜歡我的文章，以為有孟軻的遺風，而歐陽公也認為我能不寫世俗的時文才錄取的，我考中的原因便在於此。並不是您左右的人預先為我關照，也沒有親舊為我請託，而十多年來只聽說名字從不曾見過一面的人，卻在一朝間視為知己。退下來想想，做人不可以勉強求取富貴，也不可以但求貧賤。只要有大賢德的人便去做他的學生，也就足以依靠了。如果只希望一時的僥倖，跟隨的車騎有數十人，使閭巷的小民圍觀而讚歎著，又何能替代這種快樂呢！

古書上說：「不埋怨天，不責任人。」大概是「優閒自在地，可以度過歲月」吧。您名滿天下，官階卻不過五品，先生的容貌溫和沒有怒意，文章寬厚樸實沒有怨言，這必然是因為樂於此道吧，我願意聽聽您的祕訣。

【研　析】本文可分四段。首段引述周公和孔子的事跡，認為「周公之富貴，有不如夫子之貧賤」，藉此反襯自己與歐陽脩、梅堯臣的關係，並為下文稱頌梅堯臣才高運蹇而仍「容色溫然而不怒」作鋪墊。二段委婉地向梅堯臣表達了崇敬之情，順便解釋自己「來京師逾年，未嘗窺其門」的原因。三段以得遇歐、梅這等恩師為人生最大樂事，進而抒發自己的理想。末段對梅堯臣雖懷才不遇卻能「溫然而不怒」、「寬厚敦朴而無怨言」的廓然大度深表讚賞，而以自己「願與聞焉」收束全篇。

在這篇門生寫給恩師的信裡所思索及企圖表述的，其實是賢者如何面對窮達的態度問題。人生中到處潛藏著難以逆料的困厄，對中國古代知識分子而言，懷才不遇既是永恆的焦慮，又是深化創作內涵的激素。蘇軾在閱讀梅堯臣詩文的過程中「意其飄然脫去世俗之樂，而自樂其樂」，而歐陽脩在〈梅聖俞詩集序〉中卻感歎「奈何使其老不得志而為窮者之詩，乃徒發於蟲魚物類、羈愁感歎之言」，同樣的作品，何以不同的讀者在閱讀後會產生這麼大的歧見？這是因為閱讀角度的差異所致呢？還是由於讀者個人的歷練、人格特質及關注焦點不同而然？抑或梅堯臣自身的性格原本兼具曠達與悒憤、消極與奮進的雙重傾向？無論如何，蘇軾對梅、歐的知遇之恩是感激而深以為樂的，他以孔門弟子自喻，實亦不外表示對恩師人品與文品的推崇。畢竟，守窮已屬難能，窮而無怨就更加可貴了。

喜雨亭記

【題　解】本文選自《東坡先生全集》。北宋仁宗嘉祐六年（西元一〇六一年），蘇軾出任鳳翔府（治所在今陝西鳳翔）簽判，到任次年在官舍堂北建亭作為休憩之所，亭成之日，適逢天降甘霖，旱象解除，因以「喜雨」為亭名，作此文以記其事，表達其與民同憂樂的情懷。

亭以雨名，志❶喜也。古者有喜則以名物，示不忘也。周公得禾，以名其書❷；漢武得鼎，以名其年❸；叔孫勝狄，以名其子❹。其喜之大小不齊，其示不忘一也。

余至扶風❺之明年，始治官舍，為亭於堂之北，而鑿池其南，引流種木，以為休息之所。是歲之春，雨麥⑥於岐山之陽⑦，其占⑧為有年⑨。既而彌月⑩不雨，民方以為憂。越三月，乙卯乃雨，甲子又雨，民以為未足；丁卯大雨，三日乃止。官吏相與慶於庭，商賈相與歌於市，農夫相與抃⑪於野，憂者以樂，病者以愈，而吾亭適成。

於是舉酒於亭上以屬客⑫，而告之曰：「五日不雨可乎？」曰：「五日不雨則無麥。」「十日不雨可乎？」曰：「十日不雨則無禾。」「無麥無禾，歲且薦饑⑬，獄訟繁興，而盜賊滋熾，則吾與二三子雖欲優游以樂於此亭，其可得耶？今天不遺斯民，始旱而賜之以雨，使吾與二三子得相與優游而樂於此亭者，皆雨之賜也，其又可忘耶？」

既以名亭，又從而歌之，歌曰：「使天而雨珠，寒者不得以為襦⑭；使天而雨玉，飢者不得以為粟。一雨三日，繄⑮誰之力？民曰太守。太守不有，歸之天子；天子曰不然，歸之造物；造物不自以為功，歸之太空⑯。太空冥冥，不可得而名，吾以名吾亭。」

【注釋】❶志　記。❷周公得禾二句　周成王之弟唐叔得到一株雙穗的禾，獻給周成王，周成王轉送給周公，周公寫了一篇文章，名為〈嘉禾〉。此文今已失傳。❸漢武得鼎二句　西漢武帝元狩七年（西元前一一六年），得寶鼎於汾水上，遂改元為元鼎元年。❹叔孫勝狄二句　春秋時代魯文公十一年（西元前六一六年），叔孫得臣打敗長狄，俘其首領僑如，乃名其子曰僑如。❺扶風　古郡名。其地北宋時為鳳翔府，轄今陝西鳳翔等地，此用舊稱。❻雨麥　下麥雨。強大旋風將麥粒捲上空中再落下。雨，作動詞用。落下。❼岐山之陽　岐山之南。岐山，山名。在今陝西岐山縣東北，近鳳翔。陽，山南。❽占　占卜。❾有年　豐年。❿彌月　整月。⓫抃　拍手。表示歡慶。⓬屬客　酌酒勸客。⓭薦饑　連歲饑荒。⓮襦　短衣。此泛指衣服。⓯繄　是；此。⓰太空　天空。

【語　譯】亭子用「雨」來命名，是為了紀念可喜的事。古人遇到可喜的事就用它來為事物命名，表示永不忘記。周公得到嘉禾，就用「嘉禾」來作自己文章的篇名；漢武帝得到寶鼎，就用「元鼎」來作自己的年號；叔孫得臣戰勝長狄國僑如，就用「僑如」作為他兒子的名字。他們可喜的事大小不同，但表示不忘是一樣的。

我到扶風的第二年，才整修官舍，在廳堂的北邊造一座亭子，又在南邊挖了一個池塘，引水種樹，作為休息的場所。這一年的春天，岐山南邊下麥雨，占卜將有好的年成。接著整個月沒下雨，百姓正為此擔憂。到了三月乙卯才下雨，甲子又下雨，百姓以為還不夠；丁卯下大雨，接連三天才停止。官吏在庭中相互慶賀，商人一起在市井唱歌，農夫在田野一道拍手歡樂；憂愁的轉喜，生病的轉好，而我的亭子也剛好落成。

於是在亭上設宴酌酒勸客，並告訴他們說：「再五天不下雨，可以嗎？」他們說：「再五天不下雨，就收不到麥子。」「再十天不下雨，可以嗎？」「再十天不下雨，稻禾也都枯死。」「沒麥子沒稻子，年成就會饑荒，訟案增加，盜賊猖獗，那麼我和各位即使想在這亭子裡優閒自得地遊樂，能做得到嗎？今上天不遺棄這些百姓，開始乾旱就賜給雨水，使我和各位能夠一起在這亭子裡優閒自得地遊樂，都是雨的恩賜，這又怎可以忘掉呢？」

我既用「喜雨」作為亭子的名字，又作了一首歌，唱道：「假使老天下珍珠，寒冷的人不能拿它做衣服；假使老天下寶玉，飢餓的人不能拿它做糧食。一場雨連下三天，這是誰的力量呢？百姓說是太守。太守說沒有，歸功於天子；天子說不是，歸功於造物者；造物者不認為是自己的功績，歸功於天空。天空那樣深遠蒼茫，沒辦法歌頌它，我就拿來作為亭子的名字。」

【研析】本文可分四段。首段言以喜雨名亭，乃表示不忘。二段記久旱得雨，官民欣喜之情。三段言久旱得雨，民心安定，方得享園亭優游之樂。末段用歌辭頌揚雨水之功，並歸結到名亭的由來，以與首段呼應。

全文以「喜」字貫串，首二句將「喜雨亭」三字拆開點題，精緻巧妙。文中大部分的筆墨集中在述雨、說雨，以寄託其欣喜之情，描寫亭子的文字似乎很少，然而巧妙之處在於後三段均在記雨之後，簡要地提及亭子，「而吾亭適成」、「得相與優游而樂於此亭」、「吾以名吾亭」，則仍緊扣主題。又表面上亭與雨之間的連結看似偶然，久旱大雨，眾人歡舞之際，剛剛好亭也完工，如此而已。但實際上兩者之間存在著十分緊密的必然關係：因雨而禾麥豐登、而民生安泰、而訟簡無事、而太守和群僚得相與優游於亭中。亦即因為有雨，亭子才能發揮其功用。因而此亭名為喜雨，並非偶然巧合，乃有其內在深刻的意義。再者，亭以喜雨為名，又暗寓著太守群僚的勤政愛民，表示歲饑訟繁則太守無心於遊樂。觀其前文曰「余至扶風之明年，始治官舍」之「始」字，亦可印證其強調以理政為先，個人居息遊宴為後的態度。

淩虛臺記

【題解】本文選自《東坡先生全集》。北宋仁宗嘉祐八年（西元一〇六三年），蘇軾在鳳翔府（治所在今陝西鳳翔）簽判任上，陳希亮來任知府，築淩虛臺，請蘇軾為文以記其事。文章旨趣在藉記事而抒發其感悟，以為外物興廢無常，難以預料，不可倚恃，人生在世，必須追求永恆而足恃者。

國❶於南山❷之下，宜若起居飲食與山接也。四方之山，莫高於終南，而都邑之麗❸山者，莫近於扶風❹。以至近求最高，其勢必得，而太守之居，未嘗知有山焉。雖非事❺之所以損益❻，而物理❼有不當然者。此凌虛之所為築也。

方其未築也，太守陳公❽杖屨❾逍遙❿於其下。見山之出於林木之上者，纍纍⓫如人之旅行⓬於牆外而見其髻也。曰：「是必有異。」使工鑿其前為方池，以其土築臺，高出於屋之檐而止。然後人之至於其上者，怳然⓭不知臺之高，而以為山之踴躍奮迅而出也。公曰：「是宜名凌虛。」以告其從事⓮蘇軾，而求文以為記。

軾復於公曰：「物之廢興成毀，不可得而知也。昔者荒草野田，霜露之所蒙翳⓯，狐虺⓰之所竄伏。方是時，豈知有凌虛臺耶？廢興成毀，相尋⓱於無窮，則臺之復為荒田野草，皆不可知也。嘗試與公登臺而望，其東則秦穆⓲之祈年、橐泉⓳也，其南則漢武⓴之長楊、五柞㉑，而其北則隋之仁壽㉒，唐之九成㉓也。計其一時之盛，宏傑詭麗㉔，堅固而不可動者，豈特百倍於臺而已哉！然而數世之後，欲求其髣髴，而破瓦頹垣無復存者，既已化為禾黍荊棘㉕、丘墟隴畝㉖矣，而況於此臺歟！夫臺猶不足恃以長久，而況於人事之得喪，忽往而忽來者歟！而或者欲以夸㉗世而自足，則過矣。蓋世有足恃者，而不在乎臺之存亡也。」既已言於公，退而為之記。

【注　釋】❶國　都邑；城市。此用為動詞。建城。❷南山　終南山。主峰在今陝西長安。❸麗　附著；靠近。❹扶風　古郡名。宋為鳳翔府，此用其舊稱。故治在今陝西鳳翔。❺事　指政事。❻損益　利害；好壞。❼物理　事理。❽陳公　陳希亮。字公弼，青神（今四川青神）人，時為鳳翔知府。❾杖屨　扶著手杖，穿著鞋子。指老人出遊。❿逍遙　優游自得的樣子。⓫纍纍　連貫的樣子。⓬旅行　眾人成群而行。⓭恍然　彷彿。⓮從事　僚佐。簽判為知府之屬官，故自稱從事。⓯蒙翳　蒙蓋遮蔽。⓰虺　毒蛇。⓱相尋　相互循環。尋，通「循」。⓲秦穆　秦穆公。春秋時代秦國國君。⓳祈年橐泉　皆宮殿名。據《漢書・地理志》顏師古注，祈年宮為秦惠公所建，橐泉宮為秦孝公所建。⓴漢武　西漢武帝。㉑長楊五柞　皆宮殿名。舊址皆在今陝西周至東南。㉒仁壽　宮殿名。隋文帝所建，為避暑之宮，故址在今陝西麟游。㉓九成　即隋之仁壽宮。唐太宗修復，而改此名。㉔宏傑詭麗　宏大綺麗。㉕禾黍荊棘　田地或草莽之地。㉖丘墟隴畝　土堆或田埂。㉗夸　誇耀。

【語　譯】建城在終南山下，人們的起居飲食應該是跟終南山時時接觸了。四方的山，沒有比終南山更高的，而傍著終南山的城市，沒有比扶風郡城更接近山的。以最近的距離去找最高的山，在情理上是必可找到的，而太守居住在這裡，卻從來不曾知道有山呢。這雖然無關政事的好壞，但在事理上卻不應是這樣的。這就是淩虛臺建造的原因。

當臺還沒建造時，太守陳公手持拐杖在山下悠遊散步。看見山峰浮現在樹林上面，一座座像是牆外往來的眾人只看到他們的髮髻一般。陳公說：「這裡必然有奇景。」於是指派工人在山前挖了個方池，利用那些土在池的後方築臺，臺的高度稍微高出屋簷為止。這樣，人們到臺上來恍惚不知道臺的高低，還以為是山勢突然凸出這一塊呢。陳公說：「這座臺應當稱它為淩虛。」便告訴他的屬員蘇軾，要他寫一篇文章來記這件事。

蘇軾回答陳公說：「事物的興廢成毀，是不能預料的。從前這裡是荒草野田，是霜露籠罩遮蔽、狐狸毒蛇潛伏的地方。那時候，哪裡知道會有淩虛臺呢？興廢成毀的事，相互循環，無窮無盡。那麼什麼時候這座臺再變成荒草野田，也都無法預知啊。我曾經跟著您登臺眺望，它的東邊是秦穆公的祈年宮、橐泉宮的所在地，它的南邊是漢武帝的長楊宮和五柞宮的所在地，而它的北邊，是隋文帝的仁壽宮、唐朝的九成宮的所在地。推想它們當時的盛況，宮殿的宏大綺麗堅固而不能動搖，何只勝過這座淩虛臺百倍呢！然而隔了幾代後，想知道它大約的輪廓，就連破瓦頹牆也不存在，早已變成田地草莽、土堆田埂了，何況這只是一座臺呢！一座臺尚且不能期待它保持長久，更何況人事的得失，忽然而去又忽然地來呢！而有些人想拿一些事來向人誇耀滿足自己，那就錯了。因為世上有足以憑恃的事，卻不在於這座臺的存亡啊。」拿這番話告訴陳公後，回來便寫下這篇記。

【研析】本文可分三段。首段記鳳翔府城的地理位置與形勢。中段敘述建臺原由及經過。末段抒發感慨與見解。

全文的感慨及見解主要有二：其一是山水美景的玩賞，雖對政事無所損益，但樂山樂水，實為人情之常。其二是對興廢成毀的無常有深切的感慨，其中又層分為：人事得喪，忽往忽來，最是短暫無常；其次是物之成毀；再次則是有足恃的恆長不朽者。這就使本文不致淪為頹廢感傷，而有其積極樂觀之精神。至於這有足恃者為何？作者除說明不在乎臺之存亡外，並未確指，留待讀者各自省思，各有所得，是其意蘊深美之所在。

全篇文意空靈，憑虛而發，猶如登臺淩虛，神思飄逸。故雖未直接解說命名之意，實已配合標題，巧妙而發。

超然臺記

【題解】本文選自《東坡先生全集》。北宋神宗熙寧七年（西元一〇七四年），蘇軾由杭州通判轉任密州（治所在今山東諸城）知州。次年，修葺城上舊臺，以為登覽之所，其弟蘇轍命其名為「超然」。蘇軾當時因反對王安石新法，連年外放，甚不得意，故因為文記其事，抒發其超然物外、自得其樂的心境。

凡物皆有可觀。苟有可觀，皆有可樂，非必怪奇偉麗者也。餔糟啜醨❶，皆可以醉；果蔬草木，皆可以飽。推此類也，吾安往而不樂？

夫所為❷求福而辭❸禍者，以福可喜而禍可悲也。人之所欲無窮，而物之可以足吾欲者有盡。美惡之辨戰乎中❹，而去取之擇交乎前，則可樂者常少，而可悲者常多，是謂求禍而辭福。夫求禍而辭福，豈人之情也哉？物有以蓋❺之矣。彼遊於物之內，而不遊於物之外。物非有大小也，自其內而觀之，未有不高且大者也。彼挾❻其高大以臨我，則我常眩亂反覆❼，如隙中之觀鬥❽，又烏❾知勝負之所在？是以美惡橫生，而憂樂出焉，可不大哀乎？

余自錢塘❿移守膠西⓫，釋舟楫之安，而服⓬車馬之勞；去雕牆⓭之美，而蔽采椽⓮之居；背⓯湖山之觀，而適桑麻之野。始至之日，歲比不登⓰，盜賊滿野，獄訟充斥，而齋廚索然⓱，日食杞菊⓲，人固疑余之不樂也。處之期年⓳，而貌加豐，髮之白者，日以反黑。余既樂其風俗之淳，而其吏民亦安予之拙也。於是治其園圃，潔其庭宇，伐安丘、高密⓴之木，以修補破敗，為苟完㉑之計。而園之北，因城以為臺者舊矣，稍葺㉒而新之。時相與登覽，放意肆志焉。

南望馬耳、常山㉓，出沒隱見㉔，若近若遠，庶幾有隱君子㉕乎！而其東則盧山㉖，秦人盧敖㉗之所從遁也。西望穆陵㉘，隱然如城郭，師尚父㉙、齊威公㉚之遺烈㉛，猶有存者。北俯濰水㉜，慨然太息，思淮陰之功㉝，而弔其不終㉞。

臺高而安，深而明，夏涼而冬溫。雨雪之朝，風月之夕，余未嘗不在，客未嘗不從。擷㉟園蔬，取池魚，釀秫酒㊱，瀹脫粟㊲而食之，曰：「樂哉遊乎！」方是時，余弟子由適在濟南㊳，聞而賦之㊴，且名其臺曰超然。以見余之無所往而不樂者，蓋遊於物之外也。

【注釋】❶餔糟啜醨　吃酒渣、飲薄酒。餔，吃；食。糟，酒渣。啜，飲；喝。醨，薄酒；淡酒。❷所為　所以。❸辭　推卻；規避。❹中　內心。❺蓋　遮蔽。❻挾　倚仗。❼眩亂反覆　迷亂徬徨。❽隙中之觀鬥　從縫隙中看人打鬥。形容眼界甚小。❾烏　如何；怎樣。❿錢塘　舊縣名。宋屬杭州，在今浙江杭縣。此代指杭州。⓫膠西　舊縣名。宋屬密州，在今山東膠縣。此代指密州。⓬服　適應。⓭雕牆　彩繪的牆。形容屋舍之美。⓮采椽　以柞木為屋椽。形容住屋簡陋樸素。采，柞木。常綠小喬木，木質堅韌，可作家具，樹皮及葉可入藥。今作「棌」。⓯背　離開。⓰歲比不登　連年歉收。歲，指收成。比，接連。不登，穀物不熟，沒有收成。⓱齋廚索然　廚房空蕩蕩的。齋，指郡齋。太守所居官舍。索然，空蕩的樣子。⓲杞菊　枸杞和菊花。枸杞為木名，落葉灌木，高一至二公尺，夏秋開淡紫色花，果實橢圓，熟時呈紅色，為中藥有名滋養品，嫩莖和葉可食。⓳期年　滿一年。⓴安丘高密　二縣名。宋時屬密州，即今山東安邱及高密。㉑苟完　姑且算作完備。㉒葺　修補。㉓馬耳常山　二山名。皆在今山東諸城。馬耳山在縣西南三十公里，雙峰聳峙，形如馬耳，故名。常山在縣西南十五公里。㉔見　通「現」。㉕隱君子　隱士。㉖盧山　在諸城東南二十三公里。因秦時盧敖而得名，上有盧敖洞。㉗盧敖　秦始皇時博士。秦始皇使求神仙，無所得，遂逃入山中，不返，後人因名其山為盧山。㉘穆陵　關名。在今山東臨朐南之大峴山上。㉙師尚父　即齊太公呂尚。周武王尊之為師尚父。師，西周統兵官「師氏」的簡稱。尚父，可尊尚的父輩。㉚齊威公　即齊桓公。春秋時代齊國國君，五霸之一。㉛遺烈　餘業。烈，功業。㉜濰水　水名。在山東省境，發源於莒縣濰山，北流經昌邑入渤海。㉝淮陰之功 韓信的功勳。指韓信在濰水擊破楚將龍且而定齊的事。韓信後封淮陰侯。㉞弔其不終 憐憫他不能善終。弔，悲憫。不終，指韓信後因謀反被殺。㉟擷 摘取。㊱秫酒 高粱酒。秫，高粱。㊲瀹脫粟 煮糙米飯。瀹，煮。脫粟，只脫去外殼的米。即糙米。㊳子由適在濟南 蘇轍正好在濟南。子由，蘇轍的字。適，恰好。濟南，郡名。宋時為齊州，轄今山東歷城一帶。蘇轍時官齊州掌書記。㊴聞而賦之 聞知此事而作一篇賦。指〈超然臺賦〉。

【語譯】一切的物都有值得觀賞的地方。如果值得觀賞，就都有樂趣，不一定要奇特美麗的東西才有。吃酒渣、喝淡酒，都可以醉；吃水果蔬菜，也都可以飽。以此類推，我到哪兒會不快樂？

人之所以求福而避禍，因為福使人快樂而禍讓人悲哀。人的慾望無窮，而可以滿足慾望的物卻是有限的。於是，心中交戰著美惡的分辨，眼前夾雜著去取的抉擇。因而常感到可樂的事少，可悲的事多，這叫求禍而去福。求禍而去福難道是人的本意嗎？這是被物慾所掩蓋了。亦即他們局限於物慾之中，不能跳脫物慾而自在地觀賞。物並沒有大小，從它內部來看，物沒有不是既高又大的。它以高大的姿態面向我們，常使我們迷亂徬徨，像從縫隙中看人打鬥，又怎能看出勝負？所以才會有美惡、憂樂交錯產生，豈不是一大悲哀嗎？

我從杭州調任密州，放棄舟船的逸樂，嘗到車馬的勞頓；離開雕飾的房舍，住進簡陋的房屋；告別湖光山色的美景，來到種桑植麻的田野。剛到任時，連年歉收，處處盜賊，訟案繁多，而糧食缺乏，天天吃著野菜，別人一定會懷疑我過得不快樂。過滿一年，容貌卻更豐潤，白頭髮反而逐漸變黑。我既愛這地方風俗的淳樸，這裡的官吏和人民也習慣於我的笨拙。於是整理園圃，清掃庭院，砍安丘、高密的樹木，修補殘破的地方，勉強使它完整。園的北面，依城牆所築的臺已經破舊，也稍加修葺刷新。時常結伴登臺觀覽，以舒展心胸。

在臺上向南眺望馬耳、常山，忽隱忽現，似近似遠，或許山中還有隱士吧！東邊是盧山，是秦時盧敖隱遁的地方。向西望穆陵，隱隱約約有如城郭，姜太公、齊桓公的遺業還流存至今。北可以俯看濰水，使人感慨長嘆，想起韓信的功業，而同情他不得善終。

臺高而安穩，深而明亮，夏涼冬溫。在飄著雪花的早晨，有風有月的夜晚，我沒有不在臺上的，朋友沒有不跟著來的。摘來園中的菜，釣起池裡的魚，篩高粱酒，煮糙米飯吃。說：「這麼玩，真痛快啊！」這時，我弟弟子由剛好在濟南，聽到這事便寫了一篇賦，並且替這臺取名為「超然」。說明我之所以到哪兒都很快樂，是因為我能超脫物外、自由自在地遊賞。

【研　析】本文可分五段。首段言凡物皆有可樂，故理應無往不樂。「樂」字是一篇主線，扣緊題目。次段言世人多不樂，乃因慾望無窮而為物所役。以上兩段為虛論，而暗中指向自己。三段落實到自己的遭遇，言雖處惡劣的環境，仍很快樂。因以「於是」相承，轉出修臺之事。前後合觀，便見修臺乃因樂而起；也就是說，樂本在心，而以臺為寄託。以回應首段無往不樂之意。四段寫登臺所見，引出許多古人，或仕或隱，或成或敗，總歸於空留勝跡，供人憑弔，隱隱襯出自己「超然物外」的襟懷。末段說明取名為超然臺的原因，點題作收。

蘇軾宦途坎坷，幾乎大半輩子都在貶謫中度過，甚至到過海南島。最後死在回京的路上。這樣的人生，若從世俗的眼光看來，自是一種不幸；但，對於蘇軾而言，卻豐富了他的體驗，提煉出光明灑脫的心境，獲得文學創作上的高度成就。而最可敬的是，在他的作品中，罕見愁苦之辭。何以如此呢？我們讀〈超然臺記〉，可以獲得解答。

這篇文章告訴我們，人生的悲與樂，關鍵在心，而不在物。只要知足而不為外物所役，便可轉用欣賞的眼光來觀覽所遭遇的一切，從而可以發現，每一事物都有引人入勝的地方，而為我心悅樂的泉源。這樣，自然就無往而不樂了。

放鶴亭記

【題解】本文選自《東坡先生全集》。蘇軾於北宋神宗熙寧十年（西元一〇七七年），因反對王安石新法而自請外放，擔任徐州（治所在今江蘇徐州）知州。其友人張天驥作亭於彭城（今江蘇銅山縣）東山上，名「放鶴亭」，以放鶴高飛，自得其樂。次年，蘇軾作此文，讚頌張天驥超然於塵世之外的隱逸生活，即使南面之尊的帝王也比不上。

熙寧十年秋，彭城大水。雲龍山人❶張君之草堂，水及其半扉❷。明年❸春，水落，遷於故居之東，東山之麓。升高而望，得異境焉，作亭於其上。彭城之山，岡嶺四合，隱然如大環，獨缺其西十二，而山人之亭適當其缺。春夏之交，草木際❹天；秋冬雪月，千里一色。風雨晦明之間，俯仰百變。

山人有二鶴，甚馴而善飛。旦則望西山之缺而放焉，縱其所如。或立於陂田❺，或翔於雲表，暮則傃❻東山而歸，故名之曰放鶴亭。

郡守❼蘇軾時從賓客僚吏往見山人，飲酒於斯亭而樂之。挹❽山人而告之曰：「子知隱居之樂乎？雖南面❾之君，未可與易❿也。《易》⓫曰：『鳴鶴在陰，其子和之⓬。』《詩》⓭曰：『鶴鳴于九皋，聲聞于天⓮。』蓋其為物，清遠閒放，超然於塵垢之外，故《易》、《詩》人以比賢人君子。隱德之士，狎⑮而玩之，宜若有益而無損者，然衛懿公⑯好鶴則亡其國。周公作〈酒誥〉⑰，衛武公⑱作〈抑〉戒，以為荒惑敗亂無若酒者，而劉伶⑲、阮籍⑳之徒以此全其真而名後世。嗟夫！南面之君，雖清遠閑放如鶴者，猶不得好，好之則亡其國。而山林遁世之士，雖荒惑敗亂如酒者，猶不能為害，而況於鶴乎？由此觀之，其為樂未可以同日而語也。」山人忻然而笑曰：「有是哉？」乃作放鶴招鶴之歌曰：

「鶴飛去兮，西山之缺。高翔而下覽兮，擇所適。翻然斂翼，宛將集兮，忽何所見，矯然而復擊。獨終日於澗谷之間兮，啄蒼苔而履白石。」

「鶴歸來兮，東山之陰㉑。其下有人兮，黃冠㉒草屨，葛衣而鼓琴。躬耕而食兮，其餘以汝飽。歸來歸來兮，西山不可以久留！」

【注釋】❶雲龍山人　張天驥的別號。雲龍，山名。在今江蘇銅山縣南。❷半扉　半扇門的高度。扉，門扇。❸明年　即宋神宗元豐元年（西元一〇七八年）。❹際　接近；連接。❺陂田　山邊的田地。陂，山坡。❻傃　向著。❼郡守　郡太守。郡的長官。宋代地方行政單位無郡，而有州府等，其長官簡稱知州或知府，此用舊稱。❽挹　斟酒。❾南面　面向南。古代君臣見面，君南面而臣北面。❿易　交換。⓫易　《易經》。⓬鳴鶴在陰二句　語出《易經・中孚》九二爻辭。⓭詩　《詩經》。⓮鶴鳴于九皋二句　語出《詩經・小雅・鶴鳴》。九皋，水澤深處。⓯狎　接近；親近。⓰衛懿公　春秋時代衛國國君。好養鶴，出則使鶴乘大夫之車而行，後翟人攻衛，衛懿公徵召人民應戰，民皆曰：「公有鶴，何不以禦敵，乃煩吾為。」國遂亡，衛懿公戰死。⑰酒誥　《尚書‧周書》篇名。相傳為周公所作，旨在告誡康叔，謂商紂因酒喪國，宜引以為戒。康叔，衛之始封君。⑱衛武公句　衛武公，春秋時代衛國國君。曾作〈抑〉詩，以諷周厲王，並以自警。〈抑〉戒，即《詩經‧大雅‧抑》，其三章云：「顛覆厥德，荒湛于酒。」亦戒酒之意。⑲劉伶　字伯倫。晉沛國（治所在今安徽濉溪縣西北）人，竹林七賢之一，平日放情肆志，尤好酒，著有〈酒德頌〉。⑳阮籍　字嗣宗。晉陳留尉氏（治所在今河南尉氏）人，竹林七賢之一，好老、莊，每以縱酒避禍，有〈詠懷〉詩八十餘首。㉑陰　指山的北面。㉒黃冠　道士所戴的帽子。

【語　譯】熙寧十年秋天，彭城發生大水災，雲龍山人張君的草堂，水淹到半扇門的高度。第二年春天，洪水退去，他就搬到老房子的東邊，住在東山的山腳下。山人登高眺望，發現了一處奇異的地方，就在那上面蓋了一座亭子。彭城的山，山嶺四面圍繞，隱隱約約地像一個大環，只有西邊大約缺少十分之二，而山人所蓋的亭子正好對準那個缺口。每當春夏之間，草木茂盛，連接天空；秋冬的月光雪色，千里一片潔白。風雨陰晴的時候，俯仰之間景色變化多端。

山人養有兩隻鶴，很馴服而且很能飛。早上便朝西山的缺口把鶴放了，聽任牠們飛往哪裡。牠們有時站在山邊的田裡，有時高飛到雲外，傍晚便向著東山飛回來，所以給這座亭子命名為放鶴亭。

郡守蘇軾時常帶著賓客和屬吏去拜望山人，就在放鶴亭上快樂地飲酒。斟酒敬山人並且告訴他說：「您知道隱居的快樂嗎？就算帝王的位置，也換不到的啊。《易經》說：『鶴雖然在陰暗的地方鳴叫，牠的小鶴必然應和牠。』《詩經》說：『鶴在水澤深處鳴叫，牠的聲音可以傳到天上。』正因為牠的性格清遠閑放，超出塵世之外，所以《易經》和《詩經》的作者，將牠比做賢人和君子。隱居之士，喜歡跟牠親近而欣賞牠，應該是有益而無害的，然而，衛懿公喜歡鶴，卻導致亡國。周公寫過〈酒誥〉，衛武公寫過〈抑〉詩警惕飲酒，以為荒惑敗亂的行為，沒有比嗜酒更為厲害的了，而劉伶、阮籍等人卻借酒保全他們的真性情而傳名後代。唉！有帝王身分的人，即使是像鶴這種清遠閑放的東西，也不能去愛好，如果愛好就會因此而亡國。然而山林隱居的人士，雖然像酒那樣能荒惑敗亂德行的東西，尚且不能對他造成禍害，何況是鶴呢？這樣看來，帝王和隱士的快樂是不能相提並論的啊。」山人聽了欣然笑道：「真有這樣的事嗎？」於是我就作了放鶴和招鶴的歌。歌詞是：

「鶴飛出去，向著西山的缺口。飛得高高地向下張望，挑選牠想去的地方。突然收斂了翅膀，好像要停下來，忽然又發現到什麼，矯捷地鼓動翅膀向上飛去。牠整天在山谷溪澗之間，啄著青苔、踩在白石的上面。」

「鶴飛回來，向著東山的北面。山下有個人，頭戴黃冠腳穿草鞋，穿著粗布的衣服在彈琴。他親自耕種而獲得糧食，多下來的把你餵飽。回來吧！回來，西山不是可以長久停留的啊！」

【研　析】本文可分五段。首段敘述建亭的緣由及亭四周的景色。二段說明以「放鶴」名亭的原因。三段以鶴、酒在君王與隱士生活中截然不同的影響，對顯出隱逸之樂非君王可及。末兩段分別為放鶴之歌與招鶴之歌。

本文所描寫的鶴姿、鶴性，同時也是個象徵，象徵著隱士的生活之姿與性情。因為兩者同具清遠閑放之姿與超然於塵垢之外的特性；中國早有以鶴象徵隱士的傳統。因此「放鶴亭」之名不僅寫意，也是個象徵。全文將隱逸之樂推至極處，連君王也比不上。故而本文雖是記亭，實是頌揚隱士與隱逸生活。而末段放鶴、招鶴之歌主要在描寫山人生活，於此作結，甚有意思。

石鐘山記

【題　解】本文選自《東坡先生全集》。石鐘山在今江西湖口，鄱陽湖口的東岸，南面的叫上鐘山，北面的叫下鐘山，兩山相向，下多石穴，風水相激則聲如鐘鳴，當地人謂之雙鐘。有關其山命名的原由，歷來說法不一。蘇軾於北宋神宗元豐七年（西元一〇八四年），由黃州（治所在今湖北黃岡）團練副使調汝州（治所在今河南臨汝）團練副使，途經湖口，親自觀察而確定山名的由來，故作此文以記其事，並抒發感慨，以為事須親自見聞，不可僅憑臆斷。

《水經》❶云：「彭蠡❷之口，有石鐘山焉。」酈元❸以為下臨深潭，微風鼓浪，水石相搏❹，聲如洪鐘。是說也，人常疑之。今以鐘磬❺置水中，雖大風浪不能鳴也，而況石乎！至唐李渤❻始訪其遺蹤，得雙石於潭上。「扣❼而聆之，南聲❽函胡❾，北音清越❿，枹⓫止響騰，餘韻徐歇」，自以為得之矣。然是說也，余尤疑之。石之鏗然⓬有聲者，所在皆是也，而此獨以鐘名，何哉？

元豐七年六月丁丑，余自齊安⓭舟行適臨汝⓮，而長子邁⓯將赴饒之德興尉⓰，送之至湖口⓱，因得觀所謂石鐘者。寺僧使小童持斧，於亂石間擇其一二，扣之，硿硿⓲焉，余固笑而不信也。

至莫⓳夜，月明，獨與邁乘小舟至絕壁下。大石側立千尺，如猛獸奇鬼，森然欲搏人；而山上棲⓴鶻㉑，聞人聲，亦驚起，磔磔㉒雲霄間。又有若老人欬㉓且笑於山谷中者，或曰：「此鸛鶴㉔也。」余方心動㉕，欲還，而大聲發於水上，噌吰㉖如鐘鼓不絕。舟人大恐。徐而察之，則山下皆石穴罅㉗，不知其淺深，微波入焉，涵澹㉘澎湃㉙而為此也。舟迴至兩山間，將入港口，有大石當中流㉚，可坐百人，空中㉛而多竅㉜，與風水相吞吐，有窾坎鏜鞳㉝之聲，與向之噌吰者相應，如樂作焉。因笑謂邁曰：「汝識之乎？噌吰者，周景王之無射㉞也；窾坎鏜鞳者，魏莊子之歌鐘㉟也。古之人不余欺也。」

事不目見耳聞，而臆斷其有無，可乎？酈元之所見聞，殆與余同，而言之不詳；士大夫終不肯以小舟夜泊絕壁之下，故莫能知；而漁工水師㊱雖知而不能言。此世所以不傳也。而陋者乃以斧斤考擊㊲而求之，自以為得其實。余是以記之，蓋歎酈元之簡，而笑李渤之陋也。

【注釋】❶水經　書名。古代專記水道的一部地理書。相傳為漢桑欽所著，一說為晉郭璞所著。今有北魏酈道元注，凡四十卷。❷彭蠡　湖名。即今江西鄱陽湖。❸酈元　酈道元。字善長，北魏涿鹿（今河北涿縣）人，所撰《水經注》，為世所重。❹搏　碰撞；撞擊。❺磬　玉或石製的樂器名。❻李渤　字濬之，號少室山人。唐洛陽（今河南洛陽）人，唐憲宗元和年間，任江州刺史，曾尋訪石鐘山，作〈辨石鐘山記〉。❼扣　敲擊。❽南聲　南面的巖石所發出的聲音。❾函胡　聲音模糊不清。❿清越　清脆響亮。⓫枹　鼓槌。⓬鏗然　形容金石聲鏗鏘。⓭齊安　即黃州。治所在今湖北黃岡。⓮臨汝　縣名。在今河南臨汝，時為汝州州治所在地。⓯邁　蘇軾之長子蘇邁，字伯達。⓰饒之德興尉　饒州德興縣尉。饒，饒州。宋代州名，治所在今江西鄱陽。德興，縣名。即今江西德興，宋時屬饒州。尉，縣尉。縣的佐吏。⓱湖口　縣名。在鄱陽湖之口，即今江西湖口。⓲硿硿　狀聲詞。⓳莫　「暮」的本字。⓴栖　棲息。㉑鶻　一種猛禽。一名鶻鷹。㉒磔磔　狀聲詞。鳥鳴聲。㉓欬　咳嗽。㉔鸛鶴　鳥名。形似鶴，又似鷺。㉕心動　心裡害怕。㉖噌吰　形容鐘鼓聲。㉗罅　縫隙。㉘涵澹　水搖動的樣子。㉙澎湃　水波沖激。㉚中流　水流的中央。㉛空中　中空。㉜竅　孔；洞。㉝窾坎鏜鞳　形容鐘鼓聲。㉞周景王之無射　周景王二十三年（西元前五二二年）鑄鐘，名曰無射。周景王，周天子。在位二十五年（西元前五四四～前五二〇年）。無射，十二律之一。㉟魏莊子之歌鐘　魏莊子的編鐘。魏莊子，春秋時代晉國大夫魏絳，死後諡莊。晉悼公曾賜魏莊子懸鐘一列，凡十六座。歌鐘，即懸鐘，亦即編鐘。㊱漁工水師　漁夫船家。㊲考擊　敲擊。考，敲。

【語譯】《水經》說：「鄱陽湖口，有石鐘山。」酈道元《水經注》以為石鐘山下面對著深潭，微風吹動波浪，波浪和巖石相撞擊，發出的聲音像撞擊大鐘一樣。這種說法，一般人常覺得可疑。因為就算把鐘磬放在水中，又有大風浪，也不會發出聲響，何況是石頭呢！到了唐朝李渤，才去尋找它的遺跡，在潭邊找到兩座巖石，「敲擊它聽聽，南面的巖石發出含糊不清的聲音，北面的巖石則聲音清脆響亮，敲打的槌子停止了響聲還在騰播，慢慢地才停止」，他自認為找到石鐘山命名的原因了。然而這種說法，我更是懷疑。石頭能發出鏗鏘之聲的，到處都有，獨有這座山名為石鐘，是什麼緣故呢？

元豐七年六月丁丑，我從齊安坐船要到臨汝，長子邁將前往饒州擔任德興縣尉，我送他到湖口，因此能夠看到傳說中的石鐘。廟裡的和尚叫小孩拿著斧頭，在亂石堆裡挑了一兩塊石頭，敲它，發出硿硿的聲音，我笑笑，還是不相信。

到了晚上，月色明亮，我獨自和邁乘小船到絕壁下。大巖石斜立高達千尺，像猛獸奇鬼般，陰森森地要抓人似的；山上棲宿的鶻鳥聽到人聲，也驚醒飛起，在雲間磔磔地叫。又有像老人又咳又笑的聲音從山谷中傳來，有人說：「那是鸛鶴。」我剛感到害怕，想回去，突然從水上傳來很大的聲音，像撞鐘的聲音叮咚不停。船夫非常恐懼。我慢慢地察看，原來山下都是些巖洞和縫隙，不知有多深，小水波流入巖洞和縫隙中，震蕩沖激才發出這種聲音來。船回到兩山間，將進入港口，有塊大石頭擋在水中，面積約可坐一百多人，中間空的而又多孔洞，風和浪灌進溢出，發出窾坎鏜鞳的聲音，和剛才叮叮咚咚的聲音相呼應，好像音樂演奏般。我因而笑著對邁說：「你知道嗎？叮咚的聲響，是周景王的無射鐘啊；那窾坎鏜鞳的聲響，是魏絳的編鐘啊。古人沒有欺騙我們啊。」

事情不是親眼所見親耳所聞而憑主觀斷定它的有無，可以嗎？酈道元所看到聽到的，可能跟我一樣，只是說得不夠詳細；士大夫始終不肯在夜晚乘小船停泊在絕壁下，所以不能知道；而漁夫船家雖然知道卻不能講清楚。這就是石鐘山命名的由來在世間不流傳的原因。那些鄙陋的人，居然拿著斧頭去敲打尋找，自以為獲得了真相。我因此把它記載下來，是因為感歎酈道元所記的簡略，笑李渤見識的鄙陋。

【研　析】本文可分四段。首段記酈道元與李渤對石鐘山之所以得名的解釋，而均令人疑惑，難以相信。二段記親臨湖口，實地了解證明李渤說法的確有誤。三段描繪泛舟江中，耳聞目見石鐘山夜景，乃明白其命名之原由。末段感慨事須親自見聞，不可臆斷。

全文展現出懷疑與求實的科學精神。在結構上，先記其疑，從「人常疑之」、「余尤疑之」、「余固笑而不信」，一一的否定前說，繼而因實地考查，發現真相，終而感慨「事不目見耳聞而臆斷其有無」為不可，一氣呵成且前後呼應。第三段描寫夜景最為生動，短短數句間，聲色迴盪，充滿變動詭譎之勢，將其陰森竦厲的氣氛寫得令人驚駭，是此文精彩淋漓之處。

潮州韓文公廟碑

【題　解】本文選自《東坡先生全集》。韓文公，韓愈（西元七六八～八二四年），文是諡號，公是尊稱。唐憲宗元和十四年（西元八一九年），韓愈因諫迎佛骨，觸怒唐憲宗，貶為潮州（治所在今廣東潮州）刺史。三月到任，七月改授袁州（治所在今江西宜春），計在潮州僅九個月，但韓愈到任後，積極興辦學校，教化人民，深受百姓感戴。卒後，潮州人在刺史公堂後立廟祭祀。北宋哲宗元祐五年（西元一〇九〇年），又擇地重建，請蘇軾作此碑文。文中肯定韓愈一生成就，與古代聖賢相符，「文起八代之衰，而道濟天下之溺」二句成為千古定評。

匹夫❶而為百世師，一言而為天下法，是皆有以參天地之化❷，關盛衰之運，其生也有自來，其逝也有所為。故申、呂自嶽降❸，傅說為列星❹，古今所傳，不可誣❺也。

孟子曰：「我善養吾浩然之氣❻。」是氣也，寓於尋常之中，而塞乎天地之間。卒然❼遇之，則王公失其貴，晉、楚失其富，良、平❽失其智，賁、育❾失其勇，儀、秦❿失其辯。是孰使之然哉？其必有不依形而立，不恃力而行，不待生而存，不隨死而亡⓫者矣。故在天為星辰，在地為河嶽，幽則為鬼神，而明則復為人。此理之常，無足怪者。

自東漢以來，道喪文弊⓬，異端⓭並起，歷唐貞觀、開元⓮之盛，輔以房、杜、姚、宋⓯而不能救。獨韓文公起布衣⓰，談笑而麾⓱之，天下靡然⓲從公，復歸於正，蓋三百年於此矣。文起八代之衰⓳，而道濟天下之溺⓴；忠犯人主之怒㉑，而勇奪三軍之帥㉒。此豈非參天地、關盛衰、浩然而獨存者乎？

蓋嘗論天人之辨㉓，以謂人無所不至㉔，惟天不容偽。智可以欺王公，不可以欺豚魚；力可以得天下，不可以得匹夫匹婦㉕之心。故公之精誠，能開衡山之雲㉖，而不能回憲宗之惑㉗；能馴鱷魚之暴㉘，而不能弭皇甫鎛、李逢吉之謗㉙；能信於南海㉚之民，廟食㉛百世，而不能使其身一日安於朝廷之上。蓋公之所能者，天也；其所不能者，人也。

始潮人未知學，公命進士趙德㉜為之師。自是潮之士，皆篤於文行，延及齊民㉝，至於今號稱易治。信乎孔子之言：「君子學道則愛人，小人學道則易使也㉞。」潮人之事公也，飲食必祭，水旱疾疫，凡有求必禱焉。而廟在刺史公堂之後，民以出入為艱。前太守欲請諸朝，作新廟，不果。元祐五年，朝散郎㉟王君滌來守是邦，凡所以養士治民者，一以公為師。民既悅服，則出令曰：「願新公廟者，聽。」民讙趨之，卜地㊱於州城之南七里，期年㊲而廟成。

或曰：「公去國㊳萬里而謫於潮，不能㊴一歲而歸，沒而有知，其不眷戀於潮也審㊵矣。」軾曰：「不然。公之神在天下者，如水之在地中，無所往而不在也。而潮人獨信之深，思之至，焄蒿㊶悽愴，若或見之。譬如鑿井得泉，而曰水專在是，豈理也哉？」

元豐七年㊷，詔封公昌黎伯，故牓㊸曰「昌黎伯韓文公之廟」。潮人請書其事於石，因為作詩以遺之，使歌以祀公。其詞曰：「公昔騎龍白雲鄉㊹，手抉雲漢分天章㊺。天孫㊻為織雲錦裳，飄然乘風來帝旁。下與濁世掃粃糠㊼，西遊咸池㊽略㊾扶桑㊿。草木衣被昭回光(51)，追逐李、杜參翱翔(52)；汗流籍、湜走且僵，滅沒倒景不可望(53)。作書詆佛譏君王，要觀南海窺衡、湘(54)，歷舜九嶷(55)弔英、皇(56)，祝融57先驅海若58藏，約束蛟鱷如驅羊。鈞天59無人帝悲傷，謳吟下招遣巫陽60。犦牲雞卜羞我觴61，於62粲63荔丹與蕉黃。公不少留我涕滂64，翩然被髮下大荒65。」

【注釋】❶匹夫　平常人；普通人。❷參天地之化　參與天地的化育。❸申呂自嶽降　周代賢臣申伯、呂侯，皆由嶽神降靈而生。《詩經・大雅・崧高》：「維嶽降神，生甫及申。」申，申伯，周宣王母舅，為周賢卿士。呂，呂侯，一作甫侯，周穆王司寇。嶽，四嶽，即東嶽泰山、南嶽衡山、西嶽華山、北嶽恆山。❹傅說為列星　傅說死後成為天上列星。傅說，殷商高宗時賢相。曾為刑徒，築於傅巖（今山西平陸東），殷高宗得之，以為相，國大治。《星經》卷下尾宿有傅說星。❺誣　虛假。❻我善養吾浩然之氣　語出《孟子・公孫丑上》。浩然之氣，至大至剛的氣。即正氣。❼卒然　忽然；突然。❽良平　張良與陳平。皆富謀略，佐漢高祖以定天下。❾賁育　孟賁與夏育。皆古代勇力之士，力舉千鈞，不畏猛獸。❿儀秦　張儀與蘇秦。皆戰國時代縱橫家，能言善辯。⓫亡　消失。⓬道喪文弊　儒學衰微，文風敗壞。指魏、晉、南北朝時期，儒學不能規範人心，因而社會道德沉淪，文學風氣華麗而乏實質。⓭異端　與正統不合的思想、學說。此指佛、老。⓮貞觀開元　唐代的兩個年號，均為唐之鼎盛時代。貞觀（西元六二七～六四九年），唐太宗年號。開元（西元七一三～七四一年），唐玄宗年號。⓯房杜姚宋　房玄齡、杜如晦、姚崇、宋璟。房、杜為唐太宗貞觀間賢相，姚、宋為唐玄宗開元間賢相。⓰布衣　指平民。⓱麾　指揮；領導。⓲靡然　草木隨風偃伏的樣子。⓳文起八代之衰　指韓愈之古文運動，振起八代文風的衰頹。八代，指東漢、魏、晉、宋、齊、梁、陳、隋。⓴道濟天下之溺　指韓愈倡儒學，挽救天下人心的陷溺。濟，挽救。㉑忠犯人主之怒　指韓愈諫迎佛骨，因而觸怒唐憲宗，被貶為潮州刺史。㉒勇奪三軍之帥　唐穆宗長慶元年（西元八二一年），鎮州（今河北正定）亂，二年，韓愈以兵部侍郎奉詔前往宣撫。既至，以大義折服其主將王廷湊，終使歸順。㉓天人之辨　天理與人事的分別。㉔人無所不至　人事可運用智巧而無所不通。㉕匹夫匹婦　平常男女。㉖開衡山之雲　唐順宗永貞元年（西元八〇五年）八月，韓愈自陽山（今廣東陽山縣）縣令，移江陵（今湖北江陵）法曹參軍，途經湖南，遊衡山，正值秋雨陰晦，韓愈自云潛心默禱後，雨止天晴，峰巒畢現。見韓愈〈謁衡嶽廟遂宿嶽寺題門樓〉詩。㉗不能回憲宗之惑　指唐憲宗不聽韓愈論迎佛骨之諫。㉘馴鱷魚之暴　潮州惡溪有鱷魚，食民畜產，民以是窮，愈既至潮，作〈祭鱷魚文〉，命南徙大海。相傳是夕溪中暴風震電，數日，水盡涸，鱷魚西徙六十里，自此潮州無鱷魚患。見《舊唐書・卷一六〇・韓愈傳》、《新唐書・

卷一七六・韓愈傳》。㉙不能弭皇甫鎛句　韓愈既到潮州刺史任，上表謝過，唐憲宗欲復用之，為皇甫鎛所讒，僅改任袁州刺史。唐穆宗長慶三年（西元八二三年），宰相李逢吉與御史中丞李紳不和，乃以韓愈為京兆尹兼御史大夫，挑撥使韓愈與李紳相衝突，而後兩罷之，以韓愈為兵部侍郎，出李紳為江西觀察使。見《舊唐書・卷一六〇・韓愈傳》、《新唐書・卷一七六・韓愈傳》。弭，防止。㉚南海　指潮州。㉛廟食　指死後得立廟，享受祭祀。㉜趙德　人名。韓愈為潮州刺史，趙德任海陽（治所在今廣東潮州）縣尉。㉝齊民　平民。㉞君子學道則愛人二句　語出《論語・陽貨》。君子，指治人者。小人，指平民。使，使令；指揮。㉟朝散郎　唐宋文散官之一階，從七品上。㊱卜地　擇地。㊲期年　滿一年。㊳去國　離開京師。國，京師。㊴不能　不足；不到。㊵審　清楚；明白。㊶焄蒿　祭祀時，祭品熱氣上騰的樣子。焄，香氣。蒿，氣發散的樣子。㊷元豐七年　西元一〇八四年。元豐，北宋神宗年號。㊸牓　題署。㊹白雲鄉　仙鄉。㊺手抉雲漢分天章　手挑銀河，分得星辰的光采。抉，挑開。雲漢，銀河。天章，日月星辰的光芒文采。㊻天孫　指織女。㊼粃糠　穀物的皮殼。此喻濁世之衰風。㊽咸池　古代神話傳說中的日落之處。㊾略　經過；巡行。㊿扶桑　古代神話傳說中的日出之處。(51)草木衣被昭回光　草木承受日光，因而發出光芒。喻韓愈如日當空，人皆受其影響。(52)追逐李杜參翶翔　追上李白、杜甫，一起飛翔。指韓愈的文學成就與李、杜不相上下。參，一起；一同。(53)汗流籍湜走且僵二句　籍、湜之輩，雖流汗仆倒，竭力追趕，終不可企及。指韓愈文章超塵絕俗，光芒奪目。籍，張籍。字文昌，唐和州烏江（今安徽和縣東北烏江鎮）人，貞元間進士，官終國子司業，有《張司業集》八卷。湜，皇甫湜。字持正，唐睦州新安（今浙江淳安西）人，元和間進士，官終工部郎中，有《皇甫持正集》六卷。二人皆韓愈之弟子。僵，仆倒。倒景，夕陽之返照。景，同「影」。(54)衡湘　衡山及湘江。(55)九嶷　山名。在湖南寧遠南，相傳為舜陵墓所在。(56)弔英皇　弔祭女英、娥皇。女英、娥皇皆帝堯之女，同嫁帝舜，相傳舜南巡而崩於蒼梧，二女投水殉夫，天帝憐之，命為水神，娥皇為湘君，女英為湘夫人。韓愈於唐憲宗元和十四年（西元八一九年）貶潮州，途經湖南湘潭北黃陵山之二妃廟，曾禱於二妃，元和十五年九月，韓愈從袁州刺史拜國子祭酒，十月，作〈祭湘君夫人文〉，令人往祭二妃廟。(57)祝融　南海之神。(58)海若　海神名。(59)鈞天　中央之天。此指天帝所居。(60)謳吟下招遣巫陽　天帝遣巫陽謳歌下降，招韓愈歸天庭。巫陽，傳說人物。善於卜筮，能以卜筮知人魂魄所在。(61)犦牲雞卜羞我觴　以犎牛為祭牲，用雞骨占卜，進獻酒漿。犦，犎牛。產於兩廣、越南一帶的野牛。羞，進獻。(62)於　表讚歎的語氣詞。(63)粲　鮮明。(64)涕滂　涕淚滂沱。(65)翩然被髮下大荒　此括用韓愈〈雜詩〉「翩然下大荒，被髮騎麒麟」句，以祝禱其神靈來享祭祀。翩然，飄逸的樣子。被髮，散髮。大荒，偏遠之地。此指潮州。

【語　譯】一個普通人而能成為百代的宗師，說出一句話而能使天下人遵從，他的言行必定足以參贊天地的化育，關係天下盛衰的機運，這種人的降生必有來歷，逝世也必有緣故。所以申伯、呂侯由嶽神降靈而生，傳說死後成為天上的星宿，這是古今相傳的說法，不可以說是虛假。

孟子說：「我善於培養我的浩然正氣。」這股正氣，寄託在平常事物中，充滿在天地之間。突然遇上了，那麼王公大人就顯不出尊貴，晉、楚二國就顯不出富有，張良、陳平顯不出智謀，孟賁、夏育顯不出勇猛，張儀、蘇秦顯不出善辯。為什麼會這樣呢？必定是有種不依賴形體而產生，不仰仗權力而運行，不憑藉生命而存在，不因逝世而消失的特質。所以在天上就形成星辰，在地面就形成山川，在陰間成為鬼神，在陽世便成為人。這是不變的道理，沒什麼好奇怪的。

從東漢以來，儒學衰微，文風敗壞，邪說紛紛產生，經過唐朝貞觀、開元的盛世，加上房玄齡、杜如晦、姚崇、宋璟等名臣都無法挽救。只有平民出身的韓文公在談笑之間領導天下，天下人紛紛響應他，重回正道，至今大約三百年了。他提倡古文以振起八代文風的衰頹，鼓吹儒學以挽救天下人心的陷溺；他的忠忱不避諱觸怒君主，勇氣能鎮懾三軍的將領。這豈不就是能參贊天地化育、關係興衰機運，正氣凜然的卓越典型嗎？

我曾探討天理與人事的分別，認為人事可用智巧而無所不通，只有天理不容許絲毫詐偽。智巧可以欺蒙王公，卻騙不了豬、魚；武力可以奪取天下，卻得不到民心。所以文公的精誠，能夠撥散衡山的陰霾，但喚不醒憲宗的迷惑；能馴服鱷魚的殘暴，卻消弭不了皇甫鎛、李逢吉的毀謗；能得到南海百姓的信服，享受百代的祭祀，而無法使自己在朝廷有一日的安定。因為文公所能做到的是合乎天理，做不到的卻是人事上的智巧。

從前潮州人不知向學，文公請進士趙德做他們的老師。從此潮州的讀書人都注重文章、德行的修養，並且影響到一般百姓，至今當地仍被認為是容易治理的地方。孔子說的沒錯：「在上位的人學了道就能愛惜人民，百姓學了道就容易治理。」潮州人侍奉文公，平常飲食之間必定祭祀他，水災乾旱瘟疫時，凡有所祈求都向他祝禱。而文公的廟在刺史公堂後面，百姓感到出入不便。前任太守想呈請朝廷重建新廟，沒有結果。

元祐五年，朝散郎王滌君來此擔任太守，所有教養士子治理百姓的措施，都仿效文公。百姓既已心悅誠服，他於是發布命令：「希望重建韓文公廟的，順應其便。」百姓高興地參與，在潮州城南七里選好土地，一年就把廟蓋成了。

有人說：「文公遠離京師萬里而貶到潮州來，不到一年就離開了，他死後如果有知，一定不會眷戀潮州的。」我說：「不對。文公的神靈存在天地之間，就像水蘊藏在地下，是無所不在的。然而潮州人對他信服特別深刻，思念特別殷切，祭祀膜拜之間就像見到他一樣。譬如鑿井挖得泉水，卻說水只在此地才有，這樣合理嗎？」

元豐七年，朝廷下詔追封文公為昌黎伯，因此廟匾題作「昌黎伯韓文公之廟」。潮州人請我記述這件事刻在石碑上，我於是作了一首詩給他們，讓他們祭祀文公時歌唱。詩辭是：「文公昔日騎龍遨遊白雲仙鄉，手挑天河分得星辰光芒。織女為您編織彩雲錦裳，飄然乘風來到天帝身旁。下降塵世掃除粃子粗糠，西遊咸池，東過扶桑。草木浸浴映照光芒，趕上李白、杜甫一同翱翔；張籍、皇甫湜流汗仆倒追隨奔忙，宛如落日餘暉不可企望。上書抨擊佛教諷諫君王，想要遊覽南海觀賞衡山、湘江，過九嶷山謁舜陵憑弔女英、娥皇，祝融在前開路，海若聞風躲藏，約束蛟龍、鱷魚如同驅趕綿羊。天庭無人天帝感傷，派遣巫陽謳歌下降招返。供上牛羊酒漿卜告祝禱，再加鮮紅荔枝橙黃香蕉。您不稍作逗留使我淚流成行，祈求您的神靈降臨這海隅邊荒。」

【研　析】本文可分七段，而重心在第三段，其他各段，皆朝此重心而輻湊。一、二段泛論聖賢，作為推尊韓愈的張本。四段以韓愈具有天道之誠，是三段的進一步說明。五段記在潮政績及潮人立廟事，六段強調韓愈之價值不僅在潮，呼應三段「天下靡然從公」之意。末段歌辭，從「文」、「道」兩方面作結，又應三段「文起八代之衰」二句。

韓愈一生以建立儒家道統為己任，所倡古文運動即以此為鵠的。在佛老盛行、儒學不振的時代，苦心孤詣，鍥而不捨，其文化熱忱及道德勇氣，無人能出其右，本文第三段所謂「文起八代之衰，而道濟天下之溺」，既為全文眼目，亦正確概括出文公一生功業之所在，千古傳誦，遂成定評。

乞校正陸贄奏議進御劄子

【題解】 本文選自《東坡先生全集》。陸贄（西元七五四～八〇五年），字敬輿，唐嘉興（今浙江嘉興）人。唐代宗大曆年間進士，唐德宗時拜相，卒諡宣文。所作奏議，切中時弊，論理剴切。有《陸宣公奏議》傳世。進御，進呈與皇帝。御，對皇帝及其相關事物的敬詞。劄子，又作「札子」，宋代以後出現的公文書名稱。北宋哲宗元祐八年（西元一〇九三年），蘇軾任皇帝侍讀，與呂希哲、吳安詩、范祖禹等人，將新校重謄的陸贄奏議，進呈給皇帝，並附這篇奏摺，希望哲宗能熟讀，以作為治國的龜鑑。

臣等猥❶以空疎❷，備員❸講讀❹。聖明天縱❺，學問日新。臣等才有限而道無窮，心欲言而口不逮，以此自愧，莫知所為。竊謂人臣之納忠，譬如醫者之用藥，藥雖進於醫手，方多傳於古人。若已經效於世間，不必皆從於己出。

伏見唐宰相陸贄，才本王佐❻，學為帝師。論深切於事情，言不離於道德；智如子房❼而文則過，辯如賈誼❽而術不疏。上以格❾君心之非，下以通天下之志。但其不幸，仕不遇時。德宗❿以苛刻為能，而贄諫之以忠厚；德宗以猜疑為術，而贄勸之以推誠；德宗好用兵，而贄以消兵為先；德宗好聚財，而贄以散財為急。至於用人聽言之法，治邊馭將之方，罪己以收人心，改過以應天道，去小人以除民患，惜名器⓫以待有功，如此之流⓬，未易悉數。可謂進苦口之藥石⓭，鍼⓮害身之膏肓⓯。使德宗盡用其言，則貞觀⓰可得而復。

臣等每退自西閣⓱，即私相告言，以陛下聖明，必喜贄議論。但使聖賢之相契⓲，即如臣主之同時。昔馮唐論頗、牧之賢，則漢文為之太息⓳；魏相條鼂、董之對，則孝宣以致中興⓴。若陛下能自得師，莫若近取諸贄。夫六經㉑三史㉒，諸子百家，非無可觀，皆足為治。但聖言幽遠，末學支離，譬如山海之崇深，難以一二而推擇。如贄之論，開卷了然。聚古今之精英，實治亂之龜鑑㉓。臣等欲取其奏議，稍加校正，繕寫進呈。願陛下置之坐隅㉔，如見贄面，反覆熟讀，如與贄言。必能發聖性之高明，成治功於歲月㉕。臣等不勝區區㉖之意，取進止㉗。

【注釋】❶猥　鄙陋。自謙之詞。❷空疎　空乏疏陋。謂無實學。❸備員　充數；湊數。在官者的謙詞。❹講讀　指侍講、侍讀。均官名，屬翰林院。❺聖明天縱　皇上的聖德英明，是天所賦予。當時皇帝為北宋哲宗。天縱，天所放任；天所賦予。❻王佐　帝王的輔佐。❼子房　張良，字子房。漢高祖的主要謀士，佐漢高祖取天下。❽賈誼　西漢初文帝、景帝時的政論家。❾格　匡正；糾正。❿德宗　唐代皇帝。唐代宗之子，在位二十五年（西元七八〇～八〇四年）。⓫名器　指爵號與車服。用以分別尊卑。⓬流　類。⓭苦口之藥石　指良藥。《家語．六本》：「良藥苦於口而利於病，忠言逆於耳而利於行。」藥石，藥物和砭石。⓮鍼　同「針」。此用為動詞。以針刺人。比喻規諫過失。⓯膏肓　中醫稱心臟之下方為膏，橫膈膜為肓。

皆藥力所不及的部位。⑯貞觀　唐太宗年號。西元六二七至六四九年，凡二十三年，為唐代政治清明之盛世。⑰西閣　宋朝皇帝聽講的地方。⑱契　投合。⑲昔馮唐論頗牧之賢二句　據《史記・張釋之馮唐列傳》，西漢文帝為匈奴入寇而憂心，曾向馮唐說很欣賞戰國趙將李齊，馮唐認為李齊還不如廉頗、李牧，文帝聽後歎息著說：「如果讓我得到像廉頗、李牧的將領，我還擔心什麼匈奴呢！」馮唐，西漢安陵（在今陝西咸陽東北）人。文帝時為中郎署長。⑳魏相條鼂董之對二句　據《漢書・魏相傳》，魏相喜歡讀前代政制和前人奏議，屢次條陳賈誼、鼂錯、董仲舒的言論，西漢宣帝採用之，以成中興之治。魏相，西漢定陶（在今山東定陶西北）人。西漢宣帝時為丞相。孝宣，即西漢宣帝。㉑六經　指《詩》、《書》、《易》、《禮》、《樂》、《春秋》。㉒三史　指《史記》、《漢書》、《後漢書》。㉓龜鑑　龜甲和鏡子。龜甲占卜吉凶，鏡子能照見美醜。用以指借鑑前事。㉔坐隅　座位旁邊。㉕歲月　泛指時間。此指短時間。㉖區區　赤忱的樣子。㉗進止　進退；去留。自唐以來，率以奉聖旨為奉進止，蓋言聖旨使之進則進，使之止則止。

【語譯】臣等以空乏疏陋的才學，充數當個侍講、侍讀的官。皇上有天賦的才德聰明，學問天天進步。臣等才學有限而聖賢之道無窮，心裡想說而口頭卻不能表達，因此自感慚愧，不知怎麼做才好。臣等私下裡認為人臣進納忠言，好比醫生用藥一樣，藥雖是醫生所給，藥方卻多數是古人傳下來的。如果已在世上施行見效，就不必都要是自己開出來的方子。

臣等聽說唐朝宰相陸贄，才幹可以做帝王的輔佐，學問可以做帝王的師傅。議論切合事體，言談不離道德；智謀像張良，而文才還勝過他；辯才像賈誼，而治術卻不疏陋。上可以匡正君心的差錯，下可以通達人民的心意。但他很不幸，做官沒遇到好時機。唐德宗以苛刻為能事，陸贄卻以忠厚來諫君；德宗以猜忌為治術，陸贄卻勸他開誠布公；德宗喜歡用兵，陸贄卻勸他以消弭兵禍為首務；德宗喜歡斂財，陸贄卻勸他散財民間為急務。至於任用人才、採納意見的方法，治理邊政、駕御將領的策略，責備自己來收攏人心，遷善改過來順應天理，排除小人來為民除害，珍惜名位車服來待有功的人，像這類事情，不能一一盡舉。可以說進苦口的良藥，鍼治害身的重病。假使德宗全部採用他的建議，那麼貞觀的盛世就會重新出現。

臣等每次從西閣出來，就私下談論，認為以陛下的聖明，必定喜歡陸贄的議論。只要聖君和賢臣能相投合，那就如同臣主是同時的人一樣了。從前馮唐論廉頗、李牧的賢能，漢文帝為之而歎息；魏相條陳鼂錯、董仲舒的言論，漢宣帝就採用這些意見而使漢室中興。倘若陛下願意自己找尋師傅，沒有比取法陸贄來得更切近。六經、三史，諸子百家的書，不是無可取法，都可以用來治理國家。但聖人的經典太幽深高遠，後人的注釋又支離破碎，譬如山海的高深，很難憑其一、二點來推演選擇。像陸贄的議論，開卷便十分清楚明白，聚集古今的精英，實可作為治亂的借鑑。臣等想選取他的奏議，稍加校正，謄寫好進呈陛下。願陛下擺在座位旁邊，就像和陸贄見面一般，反覆熟讀它，就像和陸贄交談一樣。這樣必能啟發聖上英明的德性，在短時間內完成治世的功業。臣等說不盡這赤忱的心意，敬候皇上的裁示。

【研　析】本文可分三段。首段以醫者用藥為喻，說明上劄子的緣由。二段謂陸贄才高學博，邁越張良、賈誼；而其規諫唐德宗之奏議遍及用人、治邊、改過、收人心、除民患等各個層面，亦可見其用心良苦。末段期許哲宗能體味陸贄奏議中的苦心，交代校正陸贄奏議進呈的理由。

蘇軾認為，「仕不遇時」乃是陸贄最大的不幸。不遇時的關鍵在於唐德宗的苛刻、猜忌、好戰、貪婪，與「言不離於道德」的陸贄格格不入。傳統政治型態最無可奈何的一面，就在於臣子雖明知事勢難為，卻仍一本忠心而勉強扶持之，然君王又未必領情，遂使苦心孤詣功虧一簣。於是後世也只好在「使德宗盡用其言，則貞觀可得而復」這類虛擬的夢想中自我安慰且欷歔不已。唐德宗未能廣納陸贄的建言，因而失去再創另一個貞觀之治的良機，北宋哲宗又何嘗不是如此呢？蘇軾此文顯然是借他人的酒杯，澆自己心中的塊壘，用意實不言可喻。

前赤壁賦

【題　解】本文選自《東坡先生全集》。赤壁，指今湖北黃岡境內的赤鼻磯，又稱「黃岡赤壁」或「東坡赤壁」，與今湖北蒲圻三國時孫、曹交兵的赤壁不同。本文作於北宋神宗元豐五年（壬戌、西元一〇八二年），當時蘇軾被貶為黃州團練副使。因與客泛舟遊於赤鼻磯下，面對山水月色，緬懷歷史，作此賦以抒發其人生感觸和領悟。同年稍後，再度重遊，又作一賦，故篇名之前各加「前」、「後」以示區別。

壬戌之秋，七月既望[1]，蘇子與客泛舟遊於赤壁之下。清風徐來，水波不興。舉酒屬客[2]，誦明月之詩[3]，歌窈窕之章[4]。少焉，月出於東山之上，徘徊於斗牛之間[5]。白露橫江，水光接天。縱一葦之所如[6]，凌[7]萬頃之茫然。浩浩乎[8]如馮虛御風[9]，而不知其所止；飄飄乎如遺世[10]獨立，羽化而登仙[11]。

於是飲酒樂甚，扣舷[12]而歌之。歌曰：「桂棹兮蘭槳[13]，擊空明兮泝流光[14]。渺渺[15]兮予懷，望美人兮天一方[16]。」客[17]有吹洞簫者，倚歌而和之。其聲嗚嗚然，如怨如慕，如泣如訴；餘音嫋嫋[18]，不絕如縷；舞幽壑之潛蛟，泣孤舟之嫠婦[19]。

蘇子愀然[20]，正襟危坐[21]而問客曰：「何為其然也[22]？」客曰：「『月明星稀，烏鵲南飛』，此非曹孟德之詩[23]乎？西望夏口[24]，東望武昌[25]，山川相繆[26]，鬱乎蒼蒼[27]，此非孟德之困於周郎[28]者乎？方其破荊州，下江陵[29]，順流而東也，舳艫千里[30]，旌旗蔽空，釃[31]酒臨江，橫槊賦詩[32]，固一世之雄也，而今安在哉？況吾與子漁樵於江渚[33]之上，侶魚蝦而友麋鹿；駕一葉之扁舟，舉匏樽[34]以相屬；寄蜉蝣㉟於天地，渺㊱滄海之一粟。哀吾生之須臾㊲，羨長江之無窮；挾飛仙以遨遊，抱明月而長終。知不可乎驟㊳得，託遺響㊴於悲風㊵。」

蘇子曰：「客亦知夫水與月乎？逝者如斯，而未嘗往也㊶；盈虛者如彼，而卒莫消長也㊷。蓋將自其變者而觀之，則天地曾不能以一瞬㊸；自其不變者而觀之，則物與我皆無盡也，而又何羨乎？且夫天地之間，物各有主，苟非吾之所有，雖一毫而莫取；惟江上之清風，與山間之明月，耳得之而為聲，目遇之而成色，取之無禁，用之不竭，是造物者㊹之無盡藏㊺也，而吾與子之所共適。」

客喜而笑，洗盞更酌㊻，肴核㊼既盡，杯盤狼藉㊽。相與枕藉㊾乎舟中，不知東方之既白。

【注釋】❶既望　指農曆每月的十六日。既，已。望，泛指農曆的十五日。❷屬客　勸客。屬，勸請。❸明月之詩　指《詩經・陳風・月出》。❹窈窕之章　指〈月出〉首章。其詩云：「月出皎兮，佼人僚兮；舒窈糾兮，勞心悄兮。」其中「窈糾」即「窈窕」之意，故稱此章為窈窕之章。窈窕，美好的樣子。❺徘徊於斗牛之間　緩緩移動於斗宿與牛宿之間。斗、牛，皆二十八宿宿名。張爾岐《蒿庵閒話》卷二引張如命之說，謂蘇軾此句所述星象與實況不符。以現代天文學知識來說，張如命認為：七月既望，月亮實際是「徘徊」於飛馬座（室宿）與仙女座（壁宿）之間，而不在摩羯座（牛宿）與人馬座（斗宿）之間。作者所記，與事實出入太大，可見作者只是信手拈來，而未詳察天象之實。今按：張氏之說可信，此句不過是描寫星月交輝的景象而已。❻縱一葦之所如　聽任小船自由漂盪。一葦，比喻小舟。葦，蘆葦。如，往。❼凌　渡越。❽浩浩乎　曠遠的樣子。❾馮虛御風　凌空乘風而行。馮，通「憑」。凌。虛，空。御，駕。❿遺世　脫離塵世。⓫羽化而登仙　指變化成仙。羽，羽人。即仙人。登，升。⑫扣舷　敲擊船邊。舷，船的左右邊板。⑬桂棹兮蘭槳　桂木和蘭木做成的槳。棹，同「櫂」。船槳。⑭擊空明兮泝流光　打著水底的明月啊，逆行在流動的波光上。空明，指映在水裡的月亮。泝，逆水而上。流光，指江面閃動的月光。⑮渺渺　悠遠的樣子。⑯望美人兮天一方　遙望美人啊，他卻在天的另一邊。美人，指意中之人，或指國君。天一方，天一邊。形容其遙遠。⑰客　據清代趙翼《陔餘叢考》二十四，謂即四川綿竹武都山道士楊世昌。字子京，善吹簫。⑱嫋嫋　柔細悠長的樣子。⑲嫠婦　寡婦。⑳愀然　神色改變的樣子。㉑正襟危坐　整理衣襟，直身端坐。正，整理。危，端正。㉒何為其然也　為什麼會如此呢。意謂簫聲為什麼如此悲涼。然，如此。也，同「耶」。㉓曹孟德之詩　即曹操〈短歌行〉。孟德，曹操字。㉔夏口　夏口城。故址在今武漢蛇山上。㉕武昌　今湖北鄂城。㉖相繆　互相糾纏圍繞。繆，同「繚」。㉗鬱乎蒼蒼　猶言鬱鬱蒼蒼。草木繁茂的樣子。㉘周郎　周瑜（西元一七五～二一〇年）。字公瑾，三國吳廬江舒縣（今安徽廬江）人。東漢獻帝建安三年（西元一九八年），授建威中郎將，吳中皆呼為周郎。郎，本指郎官。漢、魏以後成為青年的通稱。㉙破荊州二句　東漢獻帝建安十三年（西元二〇八年），荊州刺史劉表卒，曹操大軍至新野（今河南新野南），劉表子劉琮以荊州投降，時劉備由樊城（今湖北襄陽北）奔江陵，曹操追至當陽（今湖北當陽東），劉備走夏口，曹操進兵江陵，順長江而下。荊州，舊治在今湖北襄陽。江陵，今湖北江陵。㉚舳艫千里　戰艦首尾相接，綿延千里。形容船艦之多。舳，船尾。艫，船頭。㉛釃酒　酌酒。㉜橫槊賦詩　橫戈吟詩。形容才氣縱橫，英武蓋世的氣概。槊，長矛。㉝渚　水中小洲。㉞匏樽　用乾匏做成的酒器。匏，葫蘆。樽，盛酒器。㉟蜉蝣　蟲名。體纖細，長一點五至一點八公分，褐色，四翅，腹部末端有長尾鬚兩條，棲游水上，成蟲在數小時內交尾產卵而死。此喻壽命短促。㊱渺　微小。㊲須臾　片刻。言時間之短暫。㊳驟　立即。㊴遺響　餘音。此指簫聲。㊵悲風　指秋風。㊶逝者如斯二句　世間事物，看似不斷消逝，有如水流，其實不曾消逝。此處「逝者如斯」，即下文「自其變者而觀之」所得的印象；「而未嘗往也」，即下文「自其不變者而觀之」所得的領悟。逝，消逝。斯，指水。㊷盈虛者如彼二句　世間事物，看似有盈有虛，如同月亮，其實終無消長。此處含意與上二句相同。彼，指月亮。卒，終究。㊸一瞬　一眨眼。形容時間短暫。㊹造物者　創造萬物者。㊺無盡藏　取用不盡的寶藏。㊻洗盞更酌　洗淨酒杯，重新斟酒。盞，小杯。更，再。㊼肴核　熟肉為肴，水果為核。此指下酒食物。㊽狼藉　散亂不整。㊾枕藉　相枕而臥。

【語　譯】壬戌年的秋天，七月十六日，蘇子和客人在赤壁下泛舟遊玩。清風徐徐地吹著，水面不起波浪。舉起酒杯向客人敬酒，吟誦著《詩經·月出》，歌唱著「窈窕」的詩章。一會兒，月亮從東邊山上升起來，在斗、牛二宿之間緩緩移動。白霧瀰漫江上，水光與天相接。我們任憑小船自在地漂盪，渡越茫茫萬頃的水面。胸懷開闊有如淩空乘風而行，不知道將止於何處；飄飄然就像脫離塵世，超然特立，變作神仙一般。

於是大家喝酒，快樂極了，敲著船邊便唱起歌來。歌詞是：「桂木做的棹啊蘭木製的槳，打著水底的明月啊逆行在流動的波光上。我的情懷啊悠遠迷茫，遙望美人啊他卻在天的另一方！」有位會吹洞簫的客人，依著歌聲吹奏著，簫聲嗚嗚，像哀怨、像思慕，像在哭泣、又像在傾訴，吹奏完了還有餘音繚繞，像一縷細絲般不絕於耳；足可教潛藏在深谷裡的蛟龍起舞，讓孤舟裡的寡婦流淚。

蘇子不禁神色大變，整整衣衫直身端坐，問客人道：「為什麼簫聲如此悲涼呢？」客人答道：「『月明星稀，烏鵲南飛』，這不是曹孟德的詩句嗎？從這裡西望夏口，東看武昌，山川環繞，草木繁盛，這不正是曹操被周瑜圍困的地方嗎？當他攻破荊州，占領江陵，順著江水東下的時候，兵船接連千里，旌旗遮蔽長空，對著大江喝酒，橫倚著長矛吟詩，確實是一代英雄啊！如今又在哪裡呢？何況你我不過是江上岸邊的尋常百姓，與魚蝦麋鹿為友；駕著一葉小舟，拿酒相勸飲；有如短命的蜉蝣寄居在天地間，渺小得像滄海中的一粒粟米。感歎我們生命的短暫倉促，羨慕長江的無窮無盡；真希望能隨著神仙飛昇遨遊，像明月一樣終古長存。但我知道這願望是不可能立即實現的，只好把心情寄託簫聲散入秋風啊！」

蘇子說：「你也知道流水和月亮嗎？世間事物，看起來就像這水一樣，不停地在消逝，其實並未曾消逝；世間事物，看起來又像這月亮一般，有盈有虛，其實並沒有消長。如果從變化的觀點看，那麼整個宇宙沒有一瞬不在變化中；從不變的觀點來看，那麼萬物和我們人一樣都是沒有窮盡的啊！那又有什麼可羨慕的呢？況且天地間，萬物都有它的主人，假如不是我該有的，就是一絲一毫也不敢亂取；只有那江上的清風和山間的明月，耳朵聽到了便成了音樂，眼睛瞧見了便成了美景，取它既無人干涉，用它也不愁匱乏，這正是造物者特賜的無窮盡的寶藏，也是我和您可以一起享受的哩。」

客人聽罷，高興地笑了，便洗洗杯子又斟起酒來。直到菜肴果品全吃光了，杯盤散亂地擺著，大家才縱橫相枕而睡，不知道東方已經發白了。

【研　析】本文以託古抒情的手法，寫出面對山水、緬懷歷史的人生感觸。全文可分五段。首段描寫作者與客人暢遊赤壁，有馮虛御風、飄然遺世之感，並點出江、風、水、月，為以下的歌詩和議論預下伏筆。二段寫飲酒樂甚，扣舷而歌，客以洞簫相和，其聲嗚嗚，極具怨慕泣訴的感染力。三段借主客問答，引出客人弔古傷今，對人生短暫渺小的悲慨。四段為主題所在。作者借水月為喻，以常與變之理答客，態度樂觀豁達，與前段形成對比，氣勢也比前段壯闊。末段以客人喜悅作結，肯定作者的人生觀。

作者貶謫黃州，寄情山水，而仍不忘家國，所謂「望美人兮天一方」，即此心態的表露。有人說：「中國讀書人，達則行儒墨之仁愛，窮則存佛道之胸臆。」本篇議論，顯然受到莊子和佛家的影響。作者曠達而不偏執的人生觀察——「自其變者而觀之」和「自其不變者而觀之」，更是治療人生無常之感慨的一劑良方。

後赤壁賦

【題　解】本文選自《東坡先生全集》。蘇軾貶黃州（治所在今湖北黃岡）期間，兩度泛舟遊赤鼻磯，第一次在北宋神宗元豐五年（西元一〇八二年）七月，寫下〈前赤壁賦〉，十月再遊，寫下此賦，藉赤鼻磯冬景的蕭索，抒寫江山寥落、歲月易逝的悲感，及羽化登仙的遐想。

是歲十月之望，步自雪堂❶，將歸於臨皋❷。二客❸從予，過黃泥之坂❹。霜露既降，木葉盡脫，人影在地，仰見明月。顧而樂之，行歌相答。已而歎曰：「有客無酒，有酒無肴❺，月白風清，如此良夜何？」客曰：「今者薄暮❻，舉網得魚，巨口細鱗，狀似松江之鱸❼。顧❽安所❾得酒乎？」歸而謀諸婦❿，婦曰：「我有斗酒⓫，藏之久矣，以待子不時⓬之須！」於是攜酒與魚，復游於赤壁之下。

江流有聲，斷岸千尺；山高月小，水落石出。曾日月之幾何，而江山不可復識矣！予乃攝衣而上，履巉巖⓭，披蒙茸⓮，踞虎豹⓯，登虬龍⓰，攀棲鶻⓱之危巢⓲，俯馮夷⓳之幽宮；蓋二客不能從焉。

劃然⓴長嘯，草木震動，山鳴谷應，風起水湧。予亦悄然㉑而悲，肅然而恐，凜乎㉒其不可留也。反而登舟，放乎中流，聽其所止而休焉。

時夜將半，四顧寂寥。適有孤鶴，橫江東來，翅如車輪，玄裳縞衣㉓，戛然長鳴，掠予舟而西也。

須臾客去，予亦就睡。夢一道士，羽衣㉔翩仙㉕，過臨皋之下，揖予而言曰：「赤壁之遊，樂乎？」問其姓名，俛㉖而不答。「嗚呼噫嘻！我知之矣，疇昔㉗之夜，飛鳴而過我者，非子也耶？」道士顧笑，予亦驚悟。開戶視之，不見其處。

【注釋】❶雪堂　蘇軾謫居黃州時之寓所名。建於北宋神宗元豐五年（西元一〇八二年）春，因在大雪中完成，四壁繪雪景，自書「東坡雪堂」四字於堂上，故稱。故址在今湖北黃岡東。❷臨皋　臨皋亭。在今黃岡南長江邊。東坡初至黃州，始居定惠禪寺，後遷臨皋亭。❸二客　其一為楊世昌，四川綿竹武都山道士。另一人未詳。❹黃泥之坂　即黃泥坂。山坡名。

坂，山坡。❺肴　熟肉。此泛指下酒菜。❻薄暮　傍晚。❼松江之鱸　江蘇松江所產的四鰓鱸。長五、六寸，冬至前後，最為肥美。❽顧　但是。❾安所　哪裡；何處。❿婦　指東坡繼室王夫人。⓫斗酒　一斗酒。斗，古代的盛酒器。⓬不時　隨時；臨時。⓭履巉巖　踩上高峻的巖石。履，用為動詞。踩；踏。巉，山勢高險的樣子。⓮披蒙茸　撥開叢生的雜草。披，分開。蒙茸，草雜亂叢生的樣子。此用為名詞。⓯踞虎豹　蹲坐在猙獰的怪石上。踞，蹲坐。虎豹，借指奇形怪狀的石頭。⓰登虬龍　爬上盤曲的樹木。虬龍，借指彎曲的樹木。⓱鶻　鳥名。鷹類的猛禽。⓲危巢　高處的窩巢。危，高。此指危巢所在的山崖。⓳馮夷　水神名。即河伯。⓴劃然　形容聲音破空而來。㉑悄然　憂傷的樣子。㉒凛乎　淒清的樣子。㉓玄裳縞衣　黑裳白衣。玄，黑色。裳，下衣。縞，白色。衣，上衣。㉔羽衣　鳥羽所製之衣。道家之服。㉕翩仙　飄然起舞的樣子。㉖俛　俯首。㉗疇昔　往昔。

【語譯】這一年十月十五日，我從雪堂步行出發，要回臨皋亭去。兩位客人跟著我，經過黃泥坂。這時霜露已下，樹葉全都脫落了，人影映在地上，抬頭望見明月。環顧四周夜景，心裡快樂極了，我們邊走邊唱著歌。一會兒，我感歎地說：「有客人沒有酒，有酒沒有下酒菜，月色皎潔，晚風涼爽，怎麼度過這美好的夜晚呢？」客人回答說：「今天傍晚，張網捕到一條魚，大嘴細鱗，形狀像松江的鱸魚。但什麼地方能找到酒呢？」我回到家裡跟妻子商量，妻說：「我有一斗酒，存放已經很久了，正是準備供應你隨時需用的！」於是帶著酒和魚，再度到赤壁的下面遊玩。

江水發出聲響，峭壁高聳直立；山似乎高了些，月似乎小了些；水位低了，石頭露出來了。距離上次沒多少時日，江山景色卻教人認不得了！我撩起衣服上岸，踩上高峻的巖石，撥開叢生的雜草，蹲在奇形怪狀的石頭上，爬上盤曲的樹木，攀登蒼鷹棲宿的高崖，俯覽河伯居住的水宮；那兩個客人卻不能跟上我了。

突然有一聲長嘯，破空而來，草木震動，高山共鳴，深谷回響，夜風掀起，水濤騰湧。我也不禁黯然悲傷，悚然恐懼，覺得此地淒清不可以久留。於是回到船上，把船直放江心，聽任它漂到哪兒就歇下來。

這時已經快半夜了，四面看去，非常冷清。剛好有一隻鶴，橫過江面從東邊飛來，翅膀像車輪一般，黑色的下身，白色的上身，嘎嘎地長鳴，掠過我的船向西邊飛去。

不久，客人走了，我也回家就寢。夢裡看到一個道士，披著羽毛的氅衣，飄然而來，到了臨皋亭下，向我作揖問道：「赤壁之遊，快樂嗎？」我問他的姓名，他低頭不答。「哦，哦！我知道了，昨天夜晚，又飛又叫地掠過我的船的，不就是你嗎？」道士回顧而笑，我也驚醒過來。打開門看看，卻已不見他的蹤影。

【研析】本文可分五段。首段敘再遊赤壁的緣起。二段描寫赤壁夜景及攀登巉巖所見的景象。三段描寫景象的變動與悲懼心情。四段記孤鶴掠舟而過。末段敘夢見道士一事。

全文由赤壁冬景之淒清與兩次出遊（相隔三個月）景色變動之大，興發作者悄然而悲的情緒：悲日月之易逝與江山之無常，亦即悲生命之易逝與無常。故而當象徵仙壽的孤鶴掠舟而去時，觸動了作者對長生登仙的欣羨和想望，因而夢見羽衣翩仙的道士。

較諸〈前赤壁賦〉之通達超曠，本文似又掉入「哀吾生之須臾，羨長江之無窮」的悲情中。然因其通篇多用短句，筆調沖淡；對冬景的感觸也只以兩句含蓄簡淡地帶過；文末孤鶴道士與夢境的玄虛，又極富象徵的意境，故仍充滿空靈清逸之趣與無窮餘韻。

三槐堂銘

【題解】本文選自《東坡先生全集》。三槐堂是北宋開國功臣王祜（西元九二四～九八七年）的堂號。王祜官至兵部侍郎，以正直不容於時，未能拜相，於是取《周禮》「三公面三槐」之義，在自家庭院中手植三株槐樹，自謂「子孫必有為三公者」。後其子官至宰相，其孫王素官至工部尚書。蘇軾與王祜之曾孫王鞏為友，故作此銘文稱揚王家世代積德修業，故能有天理的福報。銘，古代的一種文體（參見〈陋室銘〉題解）。

天可必乎？賢者不必壽。天不可必乎？仁者必有後。二者將安取衷哉❶？吾聞之申包胥❷曰：「人眾者勝天，天定亦能勝人❸。」世之論天者，皆不待其定❹而求之，故以天為茫茫，善者以怠，惡者以恣❺。盜跖❻之壽，孔、顏❼之厄，此皆天之未定者也。松柏生於山林，其始也，困於蓬蒿，厄於牛羊，而其終也，貫❽四時、閱❾千歲而不改者，其天定也。善惡之報，至於子孫，而其定也久矣。吾以所見所聞所傳聞考之，而其可必也，審❿矣。

國之將興，必有世德之臣，厚施而不食其報，然後其子孫能與守文⓫太平之主共天下之福。故兵部侍郎⓬晉國王公⓭，顯於漢、周⓮之際，歷事太祖、太宗⓯，文武忠孝，天下望以為相，而公卒以直道不容於時。蓋嘗手植三槐於庭，曰：「吾子孫必有為三公⓰者。」已而，其子魏國文正公⓱相真宗⓲皇帝於景德、祥符⓳之間，朝廷清明、天下無事之時，享其福祿榮名者十有八年。

今夫寓⓴物於人，明日而取之，有得有否。而晉公修德於身，責報於天，取必於數十年之後，如持左契㉑，交手相付，吾是以知天之果可必也。吾不及見魏公，而見其子懿敏公㉒，以直諫事仁宗㉓皇帝，出入侍從、將帥三十餘年，位不滿其德。天將復興王氏也歟？何其子孫之多賢也！世有以晉公比李棲筠㉔者，其雄才直氣，真不相上下，而棲筠之子吉甫㉕，其孫德裕㉖，功名富貴略與王氏等，而忠信仁厚不及魏公父子。由此觀之，王氏之福，蓋未艾㉗也。

懿敏公之子鞏㉘，與吾遊。好德而文，以世其家，吾以是銘之。銘曰：「嗚呼休㉙哉！魏公之業，與槐俱萌。封植之勤，必世乃成。既相真宗，四方砥平㉚。歸視其家，槐陰滿庭。吾儕小人，朝不及夕。相時射利㉛，皇卹厥德㉜。庶幾僥倖，不種而穫。不有君子，其何能國？王城㉝之東，晉公所廬㉞。鬱鬱三槐，惟德之符㉟。嗚呼休哉！」

【注釋】❶天可必乎五句　此處坊間版本作「天可必乎？賢者不必貴，仁者不必壽；天不可必乎？仁者必有後。二者將安取衷哉？」今依商務印書館四部叢刊初編本《經進東坡文集事略》宋刊本改正。必，信賴。二者，指「賢者不必壽」、「仁者必有後」。衷，折中。❷申包胥　春秋時代楚國大夫。姓公孫，名包胥，封於申。❸人眾者勝天二句　語出《史記・伍子胥列傳》。乃伍子胥佐吳滅楚後，申包胥派人向伍子胥所說的話。天定，天的定數。「勝人」，原作「破人」。❹定　定局；結局。❺恣　放縱；放肆。❻盜跖　春秋時代魯國人，為大盜，橫行天下。❼孔顏　孔子與顏回。❽貫　貫通。❾閱　經歷。❿審　清楚；明白。⓫守文　遵守成法。文，法制。⓬兵部侍郎　官名。兵部的副長官。⓭晉國王公　王祐。字景叔，莘縣（今山東莘縣）人，官至兵部侍郎，後因其子王旦官至宰相，追封晉國公。⓮漢周　指五代的後漢、後周。⓯太祖太宗　指北宋太祖趙匡胤及太宗趙光義。太祖、太宗為二帝死後在太廟立室奉祀的名號，即廟號。⓰三公　輔佐帝王的最高級官員。周以太師、太保、太傅為三公，西漢為大司馬、大司徒、大司空，東漢為太尉、司徒、司空。唐、宋仍稱三公，但已無實權。此用舊稱，意指位極人臣之高官。⓱魏國文正公　王旦。王祐之子，字子明。北宋太宗時舉進士，宋真宗時拜相，封魏國公，死諡文正。⓲真宗　北宋皇帝。名恆，北宋太宗之子，在位二十五年（西元九九八～一〇二二年）。⓳景德祥符　皆北宋真宗之年號。祥符，大中祥符的簡稱。⓴寓　寄存；寄放。㉑左契　契約的左半。古代契約分為左右，各執其一，合之以為憑信，左契常用為索償的憑據。㉒懿敏公　王旦之子王素。字仲儀，官至工部尚書，諡懿敏。㉓仁宗　北宋皇帝。名禎，真宗之子，在位四十一年（西元一〇二三～一〇六三年）。㉔李栖筠　字貞一。唐贊皇（今河北贊皇）人，官至御史大夫，唐代宗曾欲任命他為相，為元載所阻，未成。㉕吉甫　李栖筠之子。字弘憲。唐憲宗元和間累官同平章事，封贊皇侯。㉖德裕　李栖筠之孫。字文饒。唐武宗時，由淮南節度使入相，執政六年，平藩鎮之禍，封衛國公。㉗未艾　未盡。㉘鞏　王鞏。王素之子，字定國。㉙休　美。㉚砥平　平定。砥，平。㉛射利　追求財利，如獵人射箭。㉜皇卹厥德　無暇憂心其德行。皇，通「遑」。卹，憂慮。厥，其。㉝王城　指北宋京師汴京。㉞所廬　所居住的地方。廬，用為動詞。居住。㉟符　憑證；見證。

【語　譯】天理是可以信賴的嗎？但賢者不一定能長壽。天理是不可信賴的嗎？但仁者必然有好的後代。二者又將怎樣取得折中調和的解釋呢？我聽說申包胥說：「人多可以勝過天理，但天理依然能勝過人。」世間論天理的人，都沒有等天理成了定局便去求證它，所以認為天理是茫茫難測的，好人因此而懈怠，壞人因此而放肆。盜跖的長壽，孔子、顏回的困厄，這都是天理還沒成定局啊。松柏生在山林中，開始的時候，被蓬草圍困，受牛羊摧殘，到後來，能通過四季，經歷千年也不改變，這就是天理已成定局了。善惡的報應，延及子孫，這種定局也算是很久了。我以所見所聞所傳的來證驗它，這種報應的可以信賴，是很清楚的。

國家要興盛的時候，必然有世代積德的臣子，他付出多卻不求回報，這樣，他的子孫就能和守法制致太平的君主共享天下的福祿。已故的兵部侍郎晉國王公，在後漢、後周時就已顯貴，又歷事過大宋太祖、太宗，文武忠孝俱全，天下的人都希望他能做宰相，然而王公終究因個性正直不能被當時所容納。他曾在庭中親手種了三棵槐樹，說：「我的子孫必定有做三公的。」不久，他的兒子魏國文正公於景德、大中祥符年間擔任真宗皇帝的宰相，在朝廷清明、天下無事的時候，享受他的福祿榮名達十八年。

假如把東西寄放在別人那邊，明天再去拿，有的拿得到，有的便拿不到。但晉國公本身修德，要求天的報償，希望在數十年後必然有所獲，這就好比拿著契約的左半邊，交手就償付了，我因此知道天理果真是有其必然的。我趕不上看到魏公，而見過他的兒子懿敏公，他以直諫事仁宗皇帝，出入於皇帝侍從和將帥三十多年，這種地位其實還不能償足他的品德。天理將使王家再度興盛嗎？何以他們家的子孫這麼多賢能的人啊！有人拿晉公和唐朝李栖筠相比，他們的雄才大略，剛直氣概，確是不相上下，而李栖筠的兒子吉甫，孫子德裕，功名富貴也大約和王家相同，然而在忠信仁厚的德行上，卻趕不上魏國公王家父子。從這些看來，王家的福氣，還沒結束呢！

懿敏公的兒子王鞏，和我交遊。他勤於修德，又有文采，用以承傳他的家風，我因此為他作銘。銘辭是這樣：「哦，美哉！魏公的功業，跟槐樹一樣不斷滋生。栽種的勤勞，在數代後必然有所成。既已做了真宗的宰相，四方平定。回到家裡，看到滿院的槐樹濃陰。我輩平凡的人，早上等不及到晚上，只知利用時機去求利，哪有時間憂心自己的德行呢！只希望圖個僥倖，不耕種便有收穫。沒有君子，怎能治理國家呢？王城的東邊，是晉公所住的地方。茂密的三棵槐樹，是積德的見證。哦，真美呀！」

【研　析】本文可分四段。首段強調天理有其必然的報償。整段全以議論行之，落筆奇宕。二段記三槐堂命名之由來，及堂之主人王祜的不容於時，求報於後。其夾議夾敘，均與首段議論相呼應。其對天理的見解，加入時間因素來考量，得以化解諸多對天理的疑惑與怨懟，而回歸到孔子「不知命無以為君子」的平和心境。三段記王祜之孫，仕宦顯達，王氏家道，方興未艾，較諸唐代李栖筠，有過之而無不及，再次印證天之「可必」。末段為銘辭，總結前面三段，讚美王家的世德家風。本文可與《史記・伯夷列傳》相對照，太史公怨尤之情與蘇軾通達之觀可謂強烈的對比，能助讀〈伯夷列傳〉者化胸中之塊壘。

方山子傳

【題　解】本文選自《東坡先生全集》。方山子，即陳慥，字季常，號龍丘子，因好戴方山冠，人稱方山子。晚年隱居岐亭（今湖北麻城西南）。其父陳希亮，曾任鳳翔府（治所在今陝西鳳翔）知府，蘇軾為府簽判。北宋神宗元豐三年（西元一〇八〇年），蘇軾貶黃州團練副使，與陳慥不期而遇，發現當年任俠豪氣的陳慥竟成了隱士，於是為之作此傳。

方山子，光、黃❶間隱人也。少時，慕朱家、郭解❷為人，閭里❸之俠皆宗之。稍壯，折節❹讀書，欲以此馳騁❺當世，然終不遇。晚乃遯❻於光、黃間，曰岐亭❼。庵❽居蔬食，不與世相聞；棄車馬，毀冠服，徒步往來山中，人莫識也。見其所著帽，方聳而高。曰：「此豈古方山冠❾之遺像❿乎？」因謂之方山子。

余謫⓫居於黃，過岐亭，適見焉。曰：「嗚呼，此吾故人陳慥季常也，何為而在此？」方山子亦矍然⓬問余所以至此者。余告之故。俯而不答，仰而笑，呼余宿其家。環堵蕭然⓭，而妻子奴婢皆有自得之意。余既聳然⓮異之。

獨念方山子少時，使酒⓯好劍，用財如糞土。前十有九年，余在岐山⓰，見方山子從兩騎，挾二矢，遊西山。鵲起於前，使騎逐而射之，不獲；方山子怒馬獨出，一發⓱得之。因與余馬上論用兵及古今成敗，自謂一世豪士。今幾日耳，精悍之色，猶見⓲於眉間，而豈山中之人哉？

然方山子世有勳閥⓳，當得官，使從事於其間，今已顯聞。而其家在洛陽，園宅壯麗，與公侯等。河北有田，歲得帛千匹，亦足富樂。皆棄不取，獨來窮山中。此豈無得⓴而然哉？余聞光、黃間多異人，往往佯狂垢汙㉑，不可得而見。方山子儻㉒見之歟？

【注　釋】❶光黃　宋時二州名。光，光州。治所在今湖北光化。黃，黃州。治所在今湖北黃岡。❷朱家郭解　皆西漢初游俠。朱家，魯（今山東曲阜一帶）人。郭解，軹（今河南濟源）人。二人事跡見《史記・游俠列傳》。❸閭里　鄉里。❹折節　改變平素之志向。❺馳騁　疾走。此喻奔走競爭，以顯貴揚名。❻遯　遠離世俗。即隱居。❼岐亭　宋代鎮名。在今湖北麻城西南。❽庵　草屋。❾方山冠　冠名。漢代宗廟祭祀時，樂師所戴之冠，唐、宋時為隱士之冠。❿遺像　遺制。像，法式。⓫謫　古代官吏被貶官、降職、流放，皆稱「謫」。⓬矍然　驚訝地注視的樣子。⓭環堵蕭然　四壁蕭條。言居處之簡陋。⓮聳然　驚訝的樣子。⓯使酒　縱酒任性。⓰岐山　地名。在今陝西鳳翔東。⓱一發　射一支箭。⓲見　通「現」。顯現。⓳勳閥　功勳。⓴得　心得。此指人生的領悟。㉑佯狂垢汙　假裝癲狂不潔。㉒儻　或許。

【語　譯】方山子是光、黃兩州間的一個隱士。他少年時，仰慕朱家、郭解等游俠的為人，鄉里間的俠客都尊他為首。年紀稍大後，才改變原先的志向，用功讀書，想藉此在當代顯貴揚名，然而始終不能達成願望。晚年，就在光州、黃州間隱居，住在地名岐亭的地方。他住草屋，吃蔬菜，不和外界相往來；放棄車馬，毀壞衣冠，步行往來於山中，沒有人認識他。看見他所戴的帽子，方而高聳。便說：「這莫非是古代方山冠所遺留下來的式樣嗎？」因此便稱他為方山子。

我被貶到黃州來，路過岐亭，剛好碰到他。我說：「哎呀！這是我的老朋友陳慥季常啊，為什麼會在這裡呢？」他也驚訝地注視著，問我怎麼會到這裡來。我把原因告訴他。他聽了低頭不語，忽然抬頭大笑，又招呼我住到他家。他的家四壁蕭條，簡陋極了，然而他的妻子和奴婢都滿臉自得的神態。這真使我感到驚訝奇怪。

我想起方山子年輕時縱酒任性，喜歡弄刀耍劍，用錢像糞土一般。十九年前，我在岐山，遇見方山子帶了兩名從騎，挾著兩副弓箭，遊獵西山。看見鵲鳥在前面飛起，叫人追過去射牠，結果沒有射中；方山子快馬單騎追過去，一箭便把牠射下來。接著和我就在馬上討論兵法以及古今成敗的事，自命為一代的豪傑。至今相隔沒多久，精明強悍的神采，隱約地還流露在他眉目間，難道他真已變成山中隱士了嗎？

然而方山子家裡世代有功勳，照理應該得到官職，假使他能從政，現在已經很顯達了。他的家在洛陽，庭園宅第非常壯麗，和公侯府第相等。河北又有田產，每年可得絲綢一千匹，也夠他富足安樂了。可是他都拋棄不要，獨自來到這荒山裡。這難道是心中無所領悟的人會這樣的嗎？我聽說光、黃兩州間多奇特的人，往往裝成狂誕齷齪的樣子，使人不容易見到他們的真面目。方山子或許見過這些人吧？

【研　析】本文是蘇軾為其朋友陳慥所寫的傳略，但只側重在陳慥年少時的任俠和目前的隱居兩個片段。全文可分五段。首段起筆只介紹一位神祕特殊的隱士，富於懸疑氣氛。二段說明方山子的真正身分，及故人久別重逢的矍然感慨。三段以倒敘的筆法追憶方山子年少時的豪氣風發，與現在形成強烈的對比，令人不勝感慨。末段說明方山子棄富貴而隱，心有獨特的人生領悟，顯示其志行之特異。

第二段敘兩人久別重逢有精彩感人之處。由「亦矍然」與「聳然異之」的反應顯示出兩人前後際遇的迴別、理想及現實的落差。人世的艱險、步履的曲折，盡在詫異與「俯而不答，仰而笑」的情態中無言地流露，含蓄蘊藉又令人低迴。

明代茅坤用「煙波生色」四字評論此文。蘇軾的小篇短作，不論記人、寫景、敘事或抒情，都能別開生面，構成佳作。

蘇轍

蘇轍（西元一〇三九～一一一二年），字子由，北宋眉州眉山（今四川眉山）人。仁宗嘉祐二年（西元一〇五七年），與兄蘇軾同榜登進士；歷仕仁宗、神宗、哲宗、徽宗四朝。先後因反對王安石新法，為新黨排斥，屢被遷謫。哲宗元祐元年（西元一〇八六年）入京為司諫，累官至門下侍郎，參與機要，多所貢獻。晚年隱居許州（今河南許昌），築室潁水之濱，自號潁濱遺老，讀書學禪，吟嘯自得。

蘇轍自幼聰敏，性敦厚沉靜。其古文氣勢汪洋，辭語簡潔，與父蘇洵、兄蘇軾合稱「三蘇」，同列名唐宋古文八大家；其詩則早年所作才情俊逸，晚年歸於平澹。自編詩文為《欒城集》，共八十四卷。其他著作有：《詩集傳》、《春秋集解》、《道德經解》、《古史》等。

六國論

【題解】本文選自《欒城集》，篇名原作〈六國〉。六國，指戰國時代的韓、趙、魏、齊、楚、燕六個國家。蘇洵曾作〈六國〉，探討六國滅亡的原因，認為「弊在賂秦」，蘇轍此文則以六國之敗亡，在於不能團結互救，以致為秦各個擊破。

愚讀六國世家❶，竊怪天下之諸侯，以五倍之地，十倍之眾，發憤西向，以攻山西❷千里之秦，而不免於滅亡。常為之深思遠慮，以為必有可以自安之計。

蓋未嘗不咎[3]其當時之士，慮患之疏而見利之淺，且不知天下之勢也。

夫秦之所與諸侯爭天下者，不在齊、楚、燕、趙也，而在韓、魏[4]。秦之有韓、魏，譬如人之有腹心之疾[5]也。韓、魏塞秦之衝[6]，而蔽[7]山東之諸侯，故夫天下之所重者，莫如韓、魏也。

昔者范雎用於秦而收韓[8]，商鞅用於秦而收魏[9]。昭王[10]未得韓、魏之心，而出兵以攻齊之剛、壽，而范雎以為憂[11]。然則秦之所忌者可以見矣。秦之用兵於燕、趙，秦之危事也。越韓過魏而攻人之國都，燕、趙拒之於前，而韓、魏乘之於後，此危道也。而秦之攻燕、趙，未嘗有韓、魏之憂，則韓、魏之附秦故也。夫韓、魏，諸侯之障，而使秦人得出入於其間，此豈知天下之勢邪？委[12]區區[13]之韓、魏，以當虎狼之強秦，彼安得不折[14]而入於秦哉？韓、魏折而入於秦，然後秦人得通其兵於東[15]諸侯，而使天下遍受其禍。

夫韓、魏不能獨當秦，而天下之諸侯藉之以蔽其西，故莫如厚韓親魏以擯[16]秦。秦人不敢逾韓、魏以窺齊、楚、燕、趙之國，而齊、楚、燕、趙之國因得以自安於其間矣。以四無事之國，佐當寇之韓、魏，使韓、魏無東顧之憂，而為天下出身[17]以當秦兵。以二國委秦[18]，而四國休息於內以陰助其急。若此，可以應夫無窮，彼秦者將何為哉？不知出此，而乃貪疆埸⑲尺寸之利，背盟敗約⑳，以自相屠滅㉑。秦兵未出，而天下諸侯已自困矣。至使秦人得間㉒其隙以取其國，可不悲哉！

【注釋】❶世家　《史記》體例之一。記封建諸侯之世系歷史。❷山西　指殽山以西。❸咎　歸罪；責怪。❹而在韓魏　坊間各本此下或有：「之郊；諸侯之所與秦爭天下者，不在齊、楚、燕、趙也，而在韓、魏之野。」本書據《四庫全書》及四部叢刊本《欒城應詔集》刪。❺腹心之疾　比喻根本的禍患。❻衝　交通要道。❼蔽　屏障；掩護。❽范雎用於秦而收韓魏　指范雎為秦昭王所用，而攻取韓之少曲、高平等地。范雎，戰國時代魏國人。遊說於秦，拜相，封應侯。❾商鞅用於秦而收魏　指商鞅為秦孝公所用，而攻取魏河西之地。商鞅，戰國時代衛國人。說秦孝公，拜相，封商君。❿昭王　戰國時代秦國國君。名則，在位五十六年（西元前三〇六～前二五一年）。⓫攻齊之剛壽二句　秦昭王三十六年（西元前二七一年），客卿竈攻齊，取剛、壽，范雎以為越韓、魏以攻齊，少出師則不足以傷齊，多出師則有害於秦，故以為失計。剛，在今山東袞州附近。壽，壽張。在今山東東平北。⓬委　拋棄。⓭區區　小小的。⓮折　屈服。⓯東　即山東。指崤山以東。⓰擯　拒斥。⓱出身　挺身；獻身。⓲以二國委秦　以拒秦之任務託付韓、魏二國。委，託付。⓳疆埸　邊界；邊境。⓴背盟敗約　背棄盟約。六國於周顯王三十六年（西元前三三三年）結成合縱盟約，至周赧王二年楚、齊絕交，盟約遂告破裂。㉑屠滅　殘殺併吞。㉒間　伺候；察探。

【語譯】我讀《史記》六國世家，心裡感到奇怪，何以當時天下的諸侯，以五倍於秦的土地，十倍於秦的軍隊，發憤西進，攻打殽山以西千里之大的秦國，卻免不了被滅亡。我常為此事深思細想，以為必定有可以自保的計策。因此未嘗不歸罪當時的謀士，他們對於禍患的思慮不夠周密，對於利益的眼光太過膚淺，而且不知道天下的大勢。

秦和諸侯爭天下的關鍵，不在齊、楚、燕、趙等國，而是在韓、魏。對於秦國而言，韓、魏的存在，就好比人在腹心有了疾病一樣。韓、魏塞住了秦國東侵的要道，掩護了殽山以東的諸侯，所以當時天下最重要的地方，莫過於韓、魏兩國了。

從前秦國用了范睢而攻取韓國的土地，用了商鞅而占領魏國的土地。秦昭王還沒得到韓、魏的歸心，就出兵去攻打齊國的剛、壽，范睢為此而擔憂。那麼秦國的顧忌就很清楚了。秦國對燕、趙用兵，是危險的舉動。越過韓國、魏國去攻他國的國都，燕、趙在正面抗拒他，韓、魏乘機在後面攻擊，所以說這是危險的舉動。然而秦國攻打燕、趙，不曾擔心韓、魏，那是因為韓、魏已歸附秦國。韓、魏是諸侯的屏障，卻讓秦國人能夠自由出入他們的國境，這哪裡算是知道天下的大勢呢？拋棄小小的韓、魏，讓他們去抵抗虎狼一般的強秦，他們怎能不屈服而倒向秦國呢？韓、魏屈服而倒向秦國，然後秦國人便可以派兵通過他們的國境去攻打東邊的諸侯，使天下普遍遭受到他的禍害。

韓、魏不能單獨抵擋秦國，而天下的諸侯卻必須藉著他們掩護西邊，所以不如親近韓、魏來抵抗秦國。秦國人不敢跨越韓、魏來窺伺齊、楚、燕、趙，齊、楚、燕、趙也就可以自我保全了。以四個沒有外患的國家，幫助面臨敵寇的韓、魏，使韓、魏沒有東顧的憂慮，為天下挺身抵擋秦兵。以韓、魏兩國對付秦國，而其餘四國在後方休息，暗中援助他們的危急。如果這樣，便可以無窮地應付下去，那秦國還有什麼作為呢？不知道用這種計謀，卻貪圖邊境上尺寸土地的小利，違背盟誓，破壞條約，甚至自己互相殘殺併吞。秦國的軍隊還沒出來，天下諸侯已經各自疲困了。使得秦國人能窺伺到機會，消滅他們的國家，這不是很令人悲痛的事嗎？

【研　析】本文可分四段。首段認為六國之士不能深慮天下形勢之利害，遂無「自安之計」而致滅亡。二段言天下形勢，關鍵在於韓、魏。三段言山東諸侯不助韓、魏，使秦得用兵於東方。四段設言諸侯助韓、魏之利，深惜其不能互助，反相屠滅，秦遂得乘隙而亡天下。

六國敗亡，既成事實，後人之論評，即使剴切中肯，亦無可挽回。然而察往知來，古人之興亡成敗，正可作為後人的借鏡。秦併天下，原非無功，後人論評，往往同情六國，而以秦為暴虐，公正與否，姑且不論，但由此可知人心之唾棄暴力，崇尚和平。

上樞密韓太尉書

【題解】本文選自《欒城集》。樞密韓太尉，韓琦（西元一〇〇八～一〇七五年），字稚圭，北宋安陽（今河南安陽）人。北宋仁宗天聖年間進士，時任樞密院使。北宋樞密院使是樞密院的首長，職掌全國軍政兵防，約略相當於漢代太尉，故稱。蘇轍於北宋仁宗嘉祐二年（西元一〇五七年）中進士後，寫了這一封信給韓琦，表達敬仰之忱，並請求晉見受教。

太尉執事❶：轍生好為文，思之至深。以為文者氣之所形，然文不可以學而能，氣可以養而致。孟子曰：「我善養吾浩然之氣❷。」今觀其文章，寬厚宏博，充乎天地之間，稱❸其氣之小大。太史公❹行天下，周覽四海❺名山大川，與燕、趙❻間豪俊交游，故其文疏蕩❼，頗有奇氣。此二子者，豈嘗執筆學為如此之文哉？其氣充乎其中而溢乎其貌，動乎其言而見❽乎其文，而不自知也。

轍生十有九年矣。其居家所與游者，不過其鄰里鄉黨❾之人。所見不過數百里之間，無高山大野可登覽以自廣❿。百氏之書⓫，雖無所不讀，然皆古人之陳迹，不足以激發其志氣。恐遂汨沒⑫，故決然捨去，求天下奇聞壯觀，以知天地之廣大。

過秦、漢之故都⑬，恣觀⑭終南⑮、嵩、華⑯之高，北顧黃河之奔流，慨然想見古之豪傑。至京師⑰，仰觀天子宮闕⑱之壯，與倉廩府庫、城池苑囿⑲之富且大也，而後知天下之巨麗。見翰林歐陽公⑳，聽其議論之宏辯，觀其容貌之秀偉，與其門人賢士大夫遊，而後知天下之文章聚乎此也。

太尉以才略冠天下，天下之所恃以無憂，四夷㉑之所憚以不敢發。入則周公、召公㉒，出則方叔、召虎㉓。而轍也未之見焉。且夫人之學也，不志其大，雖多而何為？轍之來也，於山見終南、嵩、華之高，於水見黃河之大且深，於人見歐陽公，而猶以為未見太尉也！故願得觀賢人㉔之光耀，聞一言以自壯，然後可以盡天下之大觀而無憾者矣。

轍年少，未能通習吏事。嚮㉕之來，非有取於升斗之祿㉖。偶然得之，非其所樂。然幸得賜歸待選㉗，使得優游數年之間，將歸益治其文，且學為政。太尉苟以為可教而辱教之，又幸矣。

【注釋】①執事　左右辦事的人。用為書信中之敬辭，表示不敢直接通信，託左右轉告。②我善養吾浩然之氣　語出《孟子・公孫丑上》。浩然之氣，正大至剛之氣。即正氣。③稱　適合；配合。④太史公　指司馬遷。嘗為太史令，故稱。⑤四海　天下。古人以中國為天下之中，四周有海。⑥燕趙　古代二國名。燕，在今河北一帶。趙，在今山西一帶。⑦疎蕩　流暢奔放。⑧見　通「現」。表現；顯現。⑨鄰里鄉黨　鄉里近鄰。周制，五家為鄰，二十五家為里，萬二千五百家為鄉，五百家為黨。⑩自廣　擴大自己的胸襟。⑪百氏之書　諸子百家的著作。⑫汩沒　埋沒。⑬秦漢之故都　指咸陽、長安、洛陽。秦都咸陽，今陝西咸陽。西漢都長安，今陝西長安。東漢都洛陽，今河南洛陽。⑭恣觀　任意觀賞。⑮終南　終南山。主峰在今陝西長安南。⑯嵩華　二山名。中嶽嵩山，在今河南登封北。西嶽華山，在今陝西華陰南。⑰京師　京城；首都。北宋都汴京，在今河南開封。⑱宮闕　泛指宮殿。⑲苑囿　栽植花木、畜養禽獸的園子。⑳翰林歐陽公　指歐陽脩。北宋仁宗嘉祐二年（西元一〇五七年），以翰林學士權知貢舉，蘇轍即於是年中進士。㉑四夷　指四方外族。㉒入則周公召公　言在朝則有如周公、召公佐周武王定天下。周公姬旦，召公姬奭，皆周文王之子，佐周武王建國，周成王治國。㉓出則方叔召虎　言經略在外有如方叔、召虎，為周宣王平定蠻夷，中興周室。方叔，周宣王之武將，奉命南征，荊蠻來服。召虎，召公之後裔，輔佐周宣王，伐淮夷有功。㉔賢人　指韓琦。即本文所云「太尉」。㉕嚮　從前。㉖升斗之祿　菲薄的俸祿。㉗待選　等候銓選任職。

【語譯】太尉執事：轍生性喜歡寫文章，曾深入地想過為文之道。認為文章是志氣的表現，然而文章不是單靠學習就可以做好，志氣則是可以培養而獲得的。孟子說：「我善於培養我浩然的正氣。」現在讀他的文章，寬厚博大，充塞於天地之間，跟他的志氣大小完全相稱。太史公走遍天下，看遍海內的名山大川，跟燕、趙間的豪傑交往，所以他的文章流暢奔放，頗有奇特的氣概。這兩位先生，難道曾經刻意學習寫這樣的文章嗎？他們的志氣充滿心胸而洋溢在形貌上，表現在言談間而在文章裡顯現出來，自己還不知道呢。

　轍出生已經十九年了。平日居家所交往的，不過是鄉里近鄰的人。所看到的，不過附近幾百里的地方，沒有高山曠野可以登臨眺望以擴大自己的胸襟。諸子百家的書，雖然無所不讀，但畢竟都是古人的遺跡往事，不能激發我的志氣。恐怕長此下去消沉了志氣，所以決心離開家鄉，探訪天下的奇聞壯觀，以了解天地的廣大。

我經過秦、漢的故都，盡情地觀賞終南山、嵩山、華山的高大，向北眺望黃河的奔流，想見古代的豪傑，不禁激昂感慨。到達京城，仰觀天子宮殿的壯麗，倉廩府庫、城池園囿的富足和高大，然後才知道天下的廣闊壯麗。拜見翰林學士歐陽公，聽到他議論的宏大博辯，看到他容貌的清秀魁偉，和他的門人賢士大夫交遊，然後才知道天下的文章都聚集在此。

太尉的才略是天下之首，天下依靠您而沒有憂患，四夷有所畏懼而不敢進犯。您在朝中，就像周公、召公佐助周武王定天下；您出外用兵，就像方叔、召虎為周宣王平定夷邦。但是我還沒有拜見過您。況且一個人的學習，不從大處立志，學得再多又有什麼用呢？我到這裡來，在山方面，看到終南山、嵩山、華山的高峻；在水方面，看到黃河的廣闊且深；在人方面，拜見過歐陽公。但尚未能拜見太尉呢！所以希望能瞻仰到賢人的光采，聽您幾句教訓來壯大自己的志氣，然後可以算是看過天下的大觀而沒有遺憾了。

我年紀輕，還未熟習政事。先前到京師來，並不是想求得一官半職。偶然得到了，也不覺得高興。幸而得到賜准，回家等候詮選任職，使我能優閒自在地過幾年。我要回去再練好文章，而且學習辦理政事。太尉如果認為我還可以教而教導我的話，那是我最慶幸的事了！

【研　析】本文可分五段。首段闡述自己的文學見解，並以孟子的「浩然之氣」和太史公的「奇氣」為論據，說明文學與志氣的關係。二段透過「不過」、「不足」等否定句描繪本身所處的困境。三段暢言自己遊覽天下名山大川，廣交文人學士以尋求自我突破的歷程。四段極力頌揚韓琦，用「於山」、「於水」、「於人」三個並列句式，刻意將韓琦置於名山、大川、文壇盟主之上，強烈表達了作者內心的崇敬和仰慕。末段自明本志，重申求見之意。

蘇轍在寫這封信之前並未見過韓琦，無私交可言；如其所言：「非有取於升斗之祿。」這封信也沒有任何功利性的目的，純粹出自「願得觀賢人之光耀，聞一言以自壯」的仰慕之情；而他所關心的，也僅止於為文之道，故而在表達方式上，往往採取聲東擊西、借賓形主的迂迴策略。言交遊，初謂「不過其鄰里鄉黨之人」，及遇歐陽公及其門人，復以未見太尉為憾；言觀覽，先歎「所見不過數百里之間」，繼而周遊宇內，而仍待見太尉以「盡天下之大觀而無憾」；言仕宦，則謂「偶然得之，非其所樂」，必待太尉辱教之以為幸。其於韓琦，實可謂推崇備至；雖然如此，本文所以不致流為諛詞，亦在其「治其文」、「學為政」的單純初衷，而其謂太史公之文疏蕩，實亦本篇之定評。

黃州快哉亭記

【題解】本文選自《欒城集》。快哉亭是清河（今河北清河）人張夢得貶官黃州（治所在今湖北黃岡）時所建，用以觀賞長江景致。蘇軾時亦貶在黃州，遂為亭子取名「快哉」，蘇轍則貶在筠州（治所在今江西高安），而為此亭作記。文章主旨在說明亭子命名的用意，認為士人處世，唯有心中坦然自得，不被外物所奴役，才能無往而不快樂。

江出西陵❶，始得平地，其流奔放肆大；南合沅、湘❷，北合漢、沔❸，其勢益張❹；至於赤壁❺之下，波流浸灌，與海相若。清河張君夢得謫居齊安❻，即其廬之西南為亭，以覽觀江流之勝，而余兄子瞻名之曰「快哉」。

蓋亭之所見，南北百里，東西一舍❼；濤瀾洶湧，風雲開闔❽。晝則舟楫❾出沒於其前，夜則魚龍悲嘯於其下，變化倏忽❿，動心駭目，不可久視。今乃得翫⓫

之几⑫席之上，舉目而足。西望武昌⑬諸山，岡陵起伏，草木行列⑭；煙消日出，漁夫樵父之舍，皆可指數。此其所以為快哉者也。至於長洲之濱，故城之墟⑮，曹孟德⑯、孫仲謀⑰之所睥睨⑱，周瑜⑲、陸遜⑳之所騁騖㉑。其流風遺跡，亦足以稱快世俗。

昔楚襄王㉒從宋玉㉓、景差㉔於蘭臺㉕之宮，有風颯然㉖至者，王披襟當之，曰：「快哉此風！寡人所與庶人共者耶？」宋玉曰：「此獨大王之雄風耳，庶人安得共之！」玉之言，蓋有諷焉。夫風無雌雄之異，而人有遇不遇之變。楚王之所以為樂，與庶人之所以為憂，此則人之變也，而風何與㉗焉？

士生於世，使其中㉘不自得，將㉙何往而非病㉚？使其中坦然不以物傷性㉛，將何適㉜而非快？今張君不以謫為患，竊會計之餘功㉝，而自放山水之間，此其中宜有以過人者。將蓬戶甕牖㉞，無所不快，而況乎濯長江之清流，挹㉟西山㊱之白雲，窮耳目之勝以自適㊲也哉？不然，連山絕壑，長林古木，振之以清風，照之以明月，此皆騷人㊳、思士㊴之所以悲傷憔悴而不能勝㊵者，烏睹其為快也哉？

【注釋】❶西陵　西陵峽。長江三峽之一，又稱宜昌峽，在今湖北宜昌西北。❷沅湘　沅水、湘水。沅水源出貴州，湘水源出廣西，兩水皆流入湖南，注入洞庭湖。❸漢沔　漢水、沔水。漢水源出陝西寧強，流入湖北，注入長江。沔水為漢水上游支流。❹張　開展壯闊。❺赤壁　指赤鼻磯。在今湖北黃岡城外。❻齊安　指黃州。故治在今湖北黃岡，轄黃岡、黃陂、麻城三縣，舊為齊安郡，故云。❼一舍　三十里。古代行軍每日三十里而休息，稱作「舍」。❽開闔　散聚。闔，通「合」。❾舟楫　泛指船隻。楫，船槳。❿倏忽　疾速。⓫翫　觀賞。⓬几　古人坐時用以憑依的小桌子。⓭武昌　今湖北鄂城。⓮行列　縱橫排列。直排為行，橫排為列。⓯墟　遺址；遺蹟。⓰曹孟德　曹操（西元一五五～二二〇年）。字孟德，沛國譙（今安徽亳縣）人，東漢末挾獻帝以令諸侯，統一黃河流域，官至丞相，東漢獻帝建安十三年（西元二〇八年）發兵南征，為孫權、劉備聯軍所敗。⓱孫仲謀　孫權（西元一八二～二五二年）。字仲謀，吳郡富春（今浙江富陽）人，據江東，破黃祖，聯合劉備，敗曹操於赤壁。後稱帝，都建業（今江蘇南京），國號吳，史稱吳大帝。⓲睥睨　斜視。此引申為傲視一切、不可一世。⓳周瑜　（西元一七五～二一〇年）三國吳名將。字公瑾，廬江舒縣（今安徽廬江）人。赤壁之戰，率吳軍大破曹操。⓴陸遜　（西元一八三～二四五年）三國吳名將。字伯言，吳郡吳縣華亭（今江蘇松江）人，曾敗劉備於夷陵（今湖北宜昌）。㉑騁騖　奔走；馳騁。此引申為角逐戰鬥。㉒楚襄王　楚頃襄王。戰國時代楚國國君。名橫，楚懷王之子，在位三十六年（西元前二九八～前二六三年）。㉓宋玉　戰國時代楚國大夫。長於辭賦。㉔景差　戰國時代楚國大夫。事楚頃襄王。好辭賦，宗屈原，與宋玉齊名。㉕蘭臺　戰國時代楚國臺名。傳說故址在今湖北鍾祥東。《文選》宋玉〈風賦〉：「楚襄王遊於蘭臺之宮，宋玉景差侍，有風颯然而至。」下文楚王與宋玉的問答，皆引自〈風賦〉。㉖颯然　形容風聲。㉗何與　何干；有什麼關係。㉘中　中心；內心。㉙將　則；那麼。㉚病　憂傷。㉛以物傷性　以外在的事物傷害天賦的本性。㉜適　往；到。㉝會計之餘功　公餘的閒暇。會計，掌理財物核計出納之事。此指公務的處理。餘功，餘暇。㉞蓬戶甕牖　形容房屋的簡陋。蓬戶，編蓬草為門。甕牖，以破甕為窗。㉟揖　牽引；招引。㊱西山　山名。又名樊山，在今湖北鄂城西。㊲適　舒暢。㊳騷人　泛指詩人。㊴思士　心有憂思之士。㊵勝　承受。

【語　譯】長江出西陵峽後，才流到平地，水流奔放而浩蕩；南面會合沅水、湘水，北邊會合漢水、沔水，水勢更加壯闊；到了赤壁下面，各方面的水流匯集，江面遼闊得像大海一樣。清河人張夢得君貶官到齊安，在住所西南蓋了一座亭子，來觀賞長江的勝景，我的哥哥子瞻替它取名為「快哉」。

從這座亭子可以觀賞南北一百里，東西三十里的風景；江上波濤洶湧，風雲聚散。白天船隻在亭子前面來來往往，夜裡魚龍在亭子下面悲鳴長叫，景色變化疾速，令人心神震撼、眼睛驚瞪，無法久看。現在卻能在亭中的桌前座上欣賞，放眼望去就可以看盡一切。向西眺望武昌諸山，峰巒起伏，草木縱橫；有時煙霧消散，陽光出現，漁夫樵夫的房子都可以一一數出來。這就是取名為「快哉」的原由。至於那綿亙的沙洲邊上，故城的遺址，是過去曹孟德、孫仲謀傲視一世，周瑜、陸遜爭逐往來的所在。他們所流傳下來的風範事跡，也足以叫人在俗世中稱賞快意了。

從前楚襄王帶著宋玉、景差遊蘭臺宮，一陣風颯颯地吹來，楚襄王打開衣襟迎著涼風，說：「這風好暢快啊！這是我和百姓都能共享到的吧？」宋玉說：「這只是大王的雄風，百姓哪裡享受得到呢！」宋玉的話，大概是有所諷刺吧。風其實沒有雌雄的不同，而人的際遇卻有好壞的變化。楚襄王所以感到快樂，和百姓所以感到憂苦，這只是人的差別，與風又有什麼關係呢？

讀書人活在世上，假如心中不能自在，那麼，到哪兒才不會憂傷呢？假如心中坦然，不因外物傷害到本性，那麼，有哪兒會感到不愉快呢？現在張君不因貶官而憂傷，利用公餘閒暇，把心情寄託在山水之間，這應該是他心中有超過常人的修養。如此，則編蓬草為門，用破甕作窗，也沒有什麼不暢快的，更何況能濯長江的清流，招西山的白雲，盡情享受耳目所及的勝景而自得其樂呢？不然，連綿的山峰和幽深的谿谷，廣大的森林，古老的樹木，清風吹拂，明月映照，這些都會使失意的詩人、憂思的文士悲傷憔悴而無法忍受，哪能令人暢快呢？

【研析】本文可分四段，重心全在「快哉」二字，前二段扣題描繪，後二段就亭名加以發揮。首段從江出西陵，自遠而近，由大而小，採線的移動，最後說出快哉亭的建立、位置及命名的經過。二段以亭為中心，自近而遠，由小至大，推開來寫，將視野作面的擴展，想像作時間的延伸，敘述亭之所見與歷史事跡，說明所以命名為「快哉」的原因。三段就楚襄王與宋玉的對答，補述「快哉」一詞的出處；引發物無不同，人則有變的感慨，以為人之遇與不遇，即憂樂之所以生。末段點出主旨，以心中坦然自得，不以物傷性，為快樂的真諦；否則，雖有山壑林木、清風明月，亦將悲傷憔悴。

全文結構緊密，起承轉合，脈絡分明；氣勢汪洋壯闊，曲折有致。末段所發議論，尤足引人深省。

曾鞏

曾鞏（西元一〇一九～一〇八三年），字子固，北宋建昌南豐（今江西南豐）人。仁宗嘉祐二年（西元一〇五七年）中進士。曾任史館編校、龍圖閣校勘、集賢院校理等官，累官中書舍人。卒後追謚文定。曾鞏自幼聰穎，年十二，為〈六論〉一篇，受時人讚賞；年十六、七，明六經之深奧，專力為古文。其文源於六經，雅潔穩健，為唐、宋古文八大家之一。有《元豐類稿》。

寄歐陽舍人書

【題　解】本文選自《元豐類稿》。歐陽舍人，歐陽脩（西元一〇〇七～一〇七二年），曾官起居舍人，故稱歐陽舍人。曾鞏是歐陽脩的門生，二人師生之誼頗為深厚。曾鞏祖父過世，請求歐陽脩為祖父立銘，事畢，以此信向歐陽脩致謝，並表示推崇之意。

去秋人還，蒙賜書及所撰先大父❶墓碑銘❷。反覆觀誦，感與慚并。

夫銘誌❸之著於世，義近於史，而亦有與史異者。蓋史之於善惡，無所不書。而銘者，蓋古之人有功德、材行、志義之美者，懼後世之不知，則必銘而見之。

或納於廟，或存於墓，一也。苟其人之惡，則於銘乎何有？此其所以與史異也。其辭之作，所以使死者無有所憾，生者得致其嚴❹。而善人喜於見傳，則勇於自立；惡人無有所紀，則以媿而懼。至於通材達識，義烈節士，嘉言善狀❺，皆見於篇，則足為後法。警勸之道，非近乎史，其將安近？

及世之衰，人之子孫者，一欲褒揚其親而不本乎理。故雖惡人，皆務勒銘❻以誇後世。立言者既莫之拒而不為，又以其子孫之所請也，書其惡焉，則人情之所不得，於是乎銘始不實。後之作銘者，當觀其人。苟託之非人，則書之非公與是❼，則不足以行世而傳後。故千百年來，公卿大夫至于里巷之士，莫不有銘，而傳者蓋少。其故非他，託之非人，書之非公與是故也。

然則孰為其人而能盡公與是歟？非畜❽道德而能文章者無以為也。蓋有道德者之於惡人，則不受而銘之；於眾人，則能辨焉。而人之行，有情善而迹非，有意奸而外淑❾，有善惡相懸❿而不可以實指，有實大於名，有名侈⓫於實。猶之用人，非畜道德者，惡能⓬辨之不惑，議之不徇⓭？不惑不徇，則公且是矣。而其辭之不工，則世猶不傳，於是又在其文章兼勝焉。故曰非畜道德而能文章者無以為也，豈非然哉？

然畜道德而能文章者，雖或並世⑭而有，亦或數十年，或一、二百年而有之。其傳之難如此，其遇之難又如此。若先生之道德文章，固所謂數百年而有者也。先祖之言行卓卓⑮，幸遇而得銘其公與是，其傳世行後無疑也。而世之學者，每觀傳記所書古人之事，至其所可感，則往往衋然⑯不知涕之流落也，況其子孫也哉？況鞏也哉？其追晞⑰祖德，而思所以傳之之繇，則知先生推一賜於鞏而及其三世。其感與報，宜若何而圖之？抑又思，若鞏之淺薄滯拙⑱，而先生進之；先祖之屯蹶否塞⑲以死，而先生顯之，則世之魁閎⑳豪傑不世出之士，其誰不願進於門？潛遁幽抑㉑之士，其誰不有望於世？善誰不為，而惡誰不媿以懼？為人之父祖者，孰不欲教其子孫？為人之子孫者，孰不欲寵榮㉒其父祖？此數美者，一歸於先生。

既拜賜之辱，且敢進其所以然。所諭㉓世族㉔之次，敢不承教而加詳焉。愧甚，不宣。

【注釋】❶先大父　自稱已故的祖父。先，對已故尊長的敬稱。曾鞏祖父名致堯，字正臣，北宋太宗太平興國八年（西元九八三年）進士，官至吏部郎中，因與當權者不合，屢遭貶黜而死。歐陽脩有〈戶部郎中贈右諫議大夫曾公致堯神道碑銘〉。❷墓碑銘　即墓誌銘。記死者功業善行而刻在墓碑上的文章。❸銘誌　泛指墓誌銘一類的文章。❹嚴　尊敬。❺善狀　善行。

❻勒銘　刻銘文於碑石。勒，鐫刻。❼公與是　公正與真實。❽畜　積累；培養。❾淑　善良；美好。❿相懸　相差很大。⓫侈　大。⓬惡能　怎能。惡，怎麼。⓭徇　曲從；偏私。⓮並世　當代；同一時代。⓯卓卓　卓越的樣子。⓰衋然　傷痛的樣子。⓱追睎　追慕。睎，仰望；仰慕。⓲滯拙　愚鈍；笨拙。⓳屯蹶否塞　困頓不遇。屯，處境困難。蹶，挫折；失敗。否塞，時運不通。⓴魁閎　偉大。㉑潛遁幽抑　潛藏隱遁，抑鬱不遇。㉒寵榮　榮耀。㉓諭　告知。㉔世族　世家。指累世仕宦之家。

【語　譯】去年秋天，我派去的人回來，承您賜給我一封信和您所寫的先祖父的墓碑銘。我反覆誦讀，真是又感激，又慚愧。

銘誌一類的文章在世間很流行，它的意義和史書相近，但也有和史書不同的地方。因為史書對於善惡的事，沒有不寫上去的。但銘誌的作品，是古人有功業、道德、才能、嘉行、志向、氣節的優點，怕後代人不知道，便一定要用銘誌來顯揚他。有的安置在家廟裡，有的埋放在墳墓中，用意是一樣的。如果那個人是壞人，那又何必作銘誌呢？這便是它和史書不同的地方。墓誌銘的寫作，是為了讓死去的人沒有遺憾，活著的人可以表達敬意。好人喜歡被立傳，就會勇於自立；壞人沒有什麼可記載，就會羞愧懼怕。至於有才幹有見識的人，正義英烈的志士，他們的嘉言善行，都記載在墓誌銘裡，足以做後人的典範。那種警世勸勉的道理，不是和史書相近，還跟什麼相近呢？

到後來世道衰微，作子孫的，一心想要表揚死去的親長而不依照道理。所以就算是壞人，也都要立碑刻銘來誇耀後世。寫文章的人，既無法拒絕不寫，又因他們子孫的請託，如果寫他們的壞事，在人情上便說不過去，於是墓誌銘開始失去了真實。後代想要替祖先立碑寫銘的人，就要看寫的人怎樣了。如果委託一個不得當的人，所寫出來的便不公正、不真實，那麼便不能夠流傳世間而傳於後代。所以千百年來，從公卿大夫到一般的百姓，沒有一個沒有墓誌銘的，但能流傳下來的實在很少。沒有其他原因，只是委託的人不適當，所寫的不公正也不真實啊。

那麼要怎樣的人才能做到公正和真實呢？不是積德又善於寫文章的人是無法做到的。因為積德的人，對於壞人，就不會受託去寫銘文；對於一般人，他又能辨別好壞。人的行為，有的用意良善結果卻不好；有的用心奸險，外表卻裝得很好；有的善惡相差很大，卻不能具體指出來；有的實際大過名望；有的名望大過實際。就如同用人一樣，不是有道德修養的人，又怎能明辨而不迷惑，議論而不徇私呢？不迷惑、不循私，便能做到公正和真實了。但如果他的文章不好，在世上依然不會流傳，於是又要在文章方面也好才行。所以說不是有道德修養又善於寫文章的人是無法做到的，難道不是這樣嗎？

然而，有道德修養又善於寫文章的人，雖然可能在當代就有，但也可能要隔數十年，或隔一、二百年才有。要讓嘉言美行傳於後世是這樣的不容易，要遇到一個能寫銘的人又是如此的困難。像先生的道德文章，的確可說是幾百年才有的。先祖父的言行卓越，幸好遇到您才能寫出公正和真實，他可以傳於世上、流傳後世是沒有疑問的了。世間的學者，往往讀傳記中所寫古人的事，遇到他所感動的，便常常悲痛地不覺掉下眼淚，何況是他們的子孫呢？更何況是鞏呢？我追慕先祖父的德行，想到他所以被傳誦的原因，就知道先生對鞏的賞賜，我家三代都蒙受恩德。感激和報答的心，我應該怎樣來表示呢？我又想到，像鞏這樣淺薄愚笨的人，先生卻勉勵我；先祖父的困頓不遇而死，先生卻顯揚他，那麼世間的大豪傑、不世出的才能之士，誰不願到先生的門下呢？潛藏隱遁、抑鬱不遇的人，誰不對世間抱著希望呢？善事誰不願做，惡事誰不感到慚愧害怕？做人父親和祖父的，誰不想教導他的子孫？做人子孫的，誰不想榮耀他的祖先？這幾樁好事，完全歸功於先生身上。

拜受賞賜之餘，並向您表示我所以感激的原因。先生所告示世族的次序，怎敢不承受教益而再詳加增補呢？慚愧得很，這封書信不能盡言我的心意。

【研　析】本文可分六段。首段先交代寫信的緣由和自己的心情。二段比較銘誌和史傳在文體功能上的異同。所異者，史傳善惡並陳，銘誌僅記其美善者；所同者，均具有獎善懲惡的功用。三段感歎銘誌流於虛假，失其「公」與「是」。一則由於死者的子孫每欲隱惡而誇耀後世，再則撰作者既不便推拒，又礙於情面而無法直書其事，遂不免流為諛墓。四段言道德、文章兼勝者，方能做到「公與是」。五段對歐陽脩表示推崇和深切謝忱，並讚揚其所撰銘誌足以產生積極而正面的社會影響。六段再次感謝，並表示領受教誨。

銘的寫作必須以事實為根據，它象徵著對某種顯赫勳業的追憶，同時也具有勸善懲惡的教育意義。古代銘與名相通，它既是名譽的表徵，自然得講究名實相副；如果銘已不能發揮它的教化功能，甚至受到扭曲，淪為權貴豪霸「漂白」的廣告，銘的精神就算喪失了。本文中曾鞏對歐陽脩的推崇，主要在他所堅持的「事信言文」的撰碑原則：前者仰賴強烈的道德勇氣和公正無私的操守，後者指的是文采。而其對歐陽脩的稱譽，亦所以表彰先祖得銘之公與是，此種自抬身價的巧思，亦不可不謂為高明。

贈黎安二生序

【題　解】本文選自《元豐類稿》。序，古代的一種文體（參見〈太史公自序〉題解）。本文屬「贈序」。主旨在讚賞黎姓、安姓兩位書生，能立志為古文，並進一步鼓勵二生不必在意世俗的嗤笑，而應「信乎古」、「志乎道」，堅持自己的抉擇。

趙郡❶蘇軾❷，余之同年友❸也。自蜀以書至京師遺❹余，稱蜀之士曰黎生、安生❺者。既而黎生攜其文數十萬言，安生攜其文亦數千言，辱以顧❻余。讀其文，誠閎壯雋偉❼，善反復馳騁❽，窮盡事理。而其材力之放縱，若不可極者也。二生固可謂魁奇❾特起❿之士，而蘇君固可謂善知人者也。

頃⑪之，黎生補⑫江陵府⑬司法參軍⑭。將行，請余言以為贈。余曰：「余之知生，既得之於心矣，乃將以言相求於外邪？」黎生曰：「生與安生之學於斯文⑮，里之人皆笑以為迂闊⑯。今求子之言，蓋將解惑於里人。」

余聞之，自顧而笑。夫世之迂闊，孰有甚於予乎？知信乎古，而不知合乎世；知志乎道，而不知同乎俗。此余所以困於今而不自知也。世之迂闊，孰有甚於予乎？今生之迂，特以文不近俗，迂之小者耳，患為笑於里之人。若余之迂大矣，使生持吾言而歸，且重得罪，庸詎⑰止於笑乎？

然則若余之於生，將何言哉？謂余之迂為善，則其患若此。謂為不善，則有以合乎世，必違乎古；有以同乎俗，必離乎道矣。生其無急於解里人之惑，則於是焉必能擇而取之。遂書以贈二生，并示蘇君以為何如也？

【注釋】❶趙郡　古郡名。治所在今河北趙縣。蘇軾之遠祖唐朝蘇味道，為趙郡人，故云。❷蘇軾　字子瞻，號東坡。北宋眉州眉山（今四川眉山縣）人。❸同年友　同榜登科的朋友。曾鞏與蘇軾同登北宋仁宗嘉祐二年（西元一〇五七年）進士。❹遺　給予。❺黎生安生　姓黎姓安的兩個讀書人。生，對讀書人的通稱。❻顧　拜訪。❼閎壯雋偉　謂規模宏大，意味深長。❽馳騁　快馬奔馳。比喻文章氣勢奔放。❾魁奇　傑出。❿特起　特異；特別傑出。⓫頃　不久。⓬補　補充缺額。⓭江陵府　治所在今湖北江陵。⓮司法參軍　官名。參軍，郡府中參謀官員，通常冠以職名，掌司法者為司法參軍。⓯斯文　此種文章。指古文。與當時公文、書信、考試通行的四六文有別。四六文是駢文的一種，通篇多用四字和六字句相間，亦稱時文。⑯迂闊　謂迂曲高遠而不切實際。迂，曲。闊，疏。⑰庸詎　豈只；何只。庸、詎皆有「何」、「豈」之義。

【語　譯】趙郡蘇軾是我同年登科的朋友。他從蜀地寄信到京師給我，稱讚蜀地的兩個書生——黎生、安生。後來黎生帶著他的文章幾十萬字，安生帶著他的文章幾千字，來拜訪我。讀他們的文章，確實是規模宏大，意味深長，善於反覆奔馳，窮盡事理。他們才華的奔放，好像沒有止境。二生的確可稱得上是傑出特異的讀書人，而蘇君的確可說是善於知人了。

不久，黎生補上江陵府司法參軍的缺。將要動身的時候，請我說幾句話作為贈別。我說：「我了解你，早已了然於心裡，還需要用形式上的語言來表達嗎？」黎生說：「我和安生學寫這種文章，鄉里的人都嘲笑我們，認為我們迂曲不切實際。現在請您說幾句話，是想解除鄉里人的疑惑。」

我聽了這話，想想自己，不覺感到好笑。世間迂曲不切實際的人，哪有比我更嚴重的呢？只知相信古代的，卻不知迎合現代的；只知追求聖賢之道，卻不知配合世俗。這是我到今天還困窮的原因而自己還不知覺醒的啊。世間迂曲不切實際的人，哪有比我更嚴重的呢？現在黎生的迂曲，只是文章不合世俗，這是迂曲中的小事罷了，卻擔心被鄉里人恥笑。像我的迂曲可大了，假使黎生拿了我的文章回去，就要重重地開罪他們，何僅只是恥笑呢？

那麼我對於二生，將說什麼話來贈別呢？說我迂曲是對的，那它的後患卻是這樣。如果說是不對的，那麼可以迎合現代的，必然要違背古代；可以苟合世俗的，必然要背離聖賢之道。我看二生不必急於解除鄉里人的疑惑，那麼在這些道理上，必定能夠有所選擇和把握的。於是我把這些寫下來送給二生，並且給蘇君看看，不知他以為怎樣呢？

【研　析】本文可分四段。首段由蘇軾的推薦引出結識黎、安二生的因緣，而由二生文章之閎壯雋偉，亦可見蘇軾的知人之明。二段追敘黎生請序之目的，欲以解里人之惑。三段緊扣「迂闊」二字發揮，表面上是自我消遣，實乃對自己人生態度和文學堅持的高度肯定。末段仍以「迂」字為中心，曉諭二生堅定信古、志道的理念。

「迂闊」和「解惑」是本文論述的重點。二生因不堪被里人譏為迂闊而求序於曾鞏，以解里人之惑，則二生之心亦未可許為清明。何以故？如果是自己深思熟慮後確認的真知灼見，縱使全世界都嗤之以鼻，也當堅持為真理奮戰到底的決心，此乃先知可貴之處。二生恥蒙迂闊之譏，而曾鞏反以迂闊為上，刻意造成對俗見的顛覆和對立，且在「信乎古」和「合乎世」、「志乎道」和「同乎俗」、真理與謬論、卓識與無知之間劃出一道鴻溝，於是里人愚妄的訕笑和作者自得的微笑共同交織成一幅「道不同，不相為謀」的奇景。在曾鞏看來，許多事情是無法，也沒有必要多作解釋的，俗見視以為迂闊，就任他們笑吧！重要的是自己是否真想清楚了？是不是能堅持到底？對真理的堅持不妨帶些執拗，面面俱到有時不免流於鄉愿。

王安石

王安石（西元一〇二一～一〇八六年），字介甫，號半山，北宋撫州臨川（今江西臨川）人。仁宗慶曆二年（西元一〇四二年）中進士。歷任州縣地方官十多年，頗有政績。神宗朝，曾兩度拜相，推行新法，改革科舉考試，廢詩賦而改考經義。由於任人不當，操之過急，且逢連年乾旱，致使新法無效。熙寧九年（西元一〇七六年）罷相，出判江寧府。次年辭判府事，自是稱病不再出仕。元豐元年（西元一〇七八年）封舒國公。三年，改封荊國公。卒謚文。其古文以六經為根柢，議論高奇，長於雄辯，思慮縝密，筆力簡勁，名列唐宋古文八大家之一。詩則遒勁清新，自成一格，號「王荊公體」，與歐陽脩、蘇軾、黃庭堅並列為北宋四大家。有《臨川文集》。

讀孟嘗君傳

【題解】本文選自《臨川文集》。孟嘗君，姓田，名文，戰國齊公子。曾為齊相，封於薛。其門下養食客數千人，與魏國信陵君、趙國平原君、楚國春申君，合稱戰國四公子。《史記》有〈孟嘗君列傳〉，本文即是王安石對〈孟嘗君列傳〉的讀後感，旨在批駁「孟嘗君能得士」這一傳統評價，認為孟嘗君門下都是雞鳴狗盜之徒，並非真正的「士」，而孟嘗君本人充其量也只是「雞鳴狗盜之雄」而已。

世皆稱孟嘗君能得士，士以故歸之，而卒賴其力以脫於虎豹之秦❶。嗟乎！

孟嘗君特❷雞鳴狗盜❸之雄耳，豈足以言得士？不然，擅❹齊之強，得一士焉，宜可以南面❺而制秦，尚何取雞鳴狗盜之力哉？夫雞鳴狗盜之出其門，此士之所以不至也。

【注　釋】❶脫於虎豹之秦　孟嘗君入秦，被秦昭王扣留而欲殺之，賴一門客扮狗，夜入秦宮，盜孟嘗君獻給秦昭王之白狐裘，以獻秦昭王寵姬，姬為言於秦昭王，孟嘗君乃得脫，即馳去，夜半至函谷關。時雞未鳴，不得出關，門客有能為雞鳴者，一鳴而群雞盡鳴，乃得出。❷特　只是。❸雞鳴狗盜　學雞鳴，扮狗作盜。❹擅　獨攬。❺南面　面向南而坐。古時帝王之座位向南，故引申為帝王之地位。

【語　譯】世人都說孟嘗君能羅致賢士，因此賢士也都來歸附他，終於憑藉了他們的力量從虎豹似的秦國脫險出來。唉！孟嘗君只是個雞鳴狗盜的頭目罷了，怎能說得上羅致賢士呢？不然的話，憑著齊國的富強，只要得到一個賢士，齊國應該就可以南面稱王而制服秦國，哪裡還用得著雞鳴狗盜的力量呢？雞鳴狗盜的人物都出在他的門下，所以真正的賢士便不願來到了。

【研　析】本文僅九十字，而短小精悍、出語驚人。旨在批駁「孟嘗君能得士」這一傳統觀念。在王安石看來，孟嘗君並沒有得到真正的士，何以故？秦昭王所以欲囚而殺之，在於聞孟嘗君賢，恐其為齊國所用，且無懼於齊國報復，可見孟嘗君門下並無足以嚇阻秦昭王的賢人才士。根據《史記》的記載，孟嘗君在薛所網羅的，乃是「諸侯賓客及亡人有罪者」，是以雖然號稱食客三千，實被投機分子和亡命之徒視為苟安偷生的庇護所。綜觀其一生，幾無善言善行可采，亦未嘗為齊建功謀國，徒然自喜於賓客之眾多，憂戚於權位之升降，此與市井小人何異？而雞鳴狗盜之出其門，實亦物以類聚之明徵。總而言之，孟嘗君招致食客並非由於愛才，不過是基於好大喜功、自抬身價的虛榮心罷了。知識分子之可貴，就在於他們富於理想，像孟嘗君這種政客，大概也只配跟雞鳴狗盜之徒稱兄道弟吧！

同學一首別子固

【題　解】本文選自《臨川文集》。同學，共同學習。一首，即一篇，古代詩、文、詞、賦一篇皆可稱一首。子固是曾鞏（西元一〇一九～一〇八三年）的字，北宋古文家。曾、王二人，自年輕時即以文章儒道而為知交，其後政見雖有歧異而私誼迄未中斷。曾鞏曾作〈懷友一首贈介卿〉，以儒家中庸之道與王安石互勉。北宋仁宗慶曆三年（西元一〇四三年），王安石任淮南路（治所在今江蘇揚州）判官，回故鄉臨川省親，並與曾鞏會晤，臨別作此文相贈，抒寫對曾鞏的欽慕，並表示願與曾鞏互勉，共同學習聖人之道。

江之南❶有賢人焉，字子固，非今所謂賢人者，予慕而友之。淮❷之南有賢人焉，字正之❸，非今所謂賢人者，予慕而友之。二賢人者，足未嘗相過❹也，口未嘗相語也，辭幣❺未嘗相接也。其師若❻友，豈盡同哉？予考其言行，其不相似者何其少也？曰：學聖人而已矣。學聖人，則其師若友，必學聖人者。聖人之言行，豈有二哉？其相似也適然❼。

予在淮南，為正之道子固，正之不予疑也；還江南，為子固道正之，子固亦以為然。予又知所謂賢人者，既相似又相信不疑也。子固作〈懷友〉❽一首遺❾予，其大略欲相扳❿以至乎中庸⓫而後已。正之蓋亦常云爾。

夫安驅徐行，轥⑫中庸之庭，而造⑬於其堂，舍⑭二賢人者而誰哉？予昔非敢自必其有至也，亦願從事於左右焉爾，輔而進之，其可也。噫，官有守⑮，私有繫⑯，會合不可以常也。作〈同學一首別子固〉，以相警⑰，且相慰云。

【注　釋】①江之南　長江之南。此指江西。②淮　指淮河。③正之　孫侔的字。北宋吳興（今浙江吳興）人。王安石有〈送孫正之序〉④過　探望；拜訪。⑤辭幣　文章與幣帛。幣，古人用為禮物的絲織品等。此泛指禮物。⑥若　和；及。⑦適然　當然。⑧懷友　近人所編《曾鞏集》有〈懷友一首寄介卿〉，為《元豐類稿》所未收，係據吳曾《能改齋漫錄》卷十四而輯補。⑨遺　贈送。⑩扳　援引。⑪中庸　不偏不倚，無過不及。⑫轥　車輪碾過。⑬造　到達。⑭舍　通「捨」。除去。⑮守　職責。⑯繫　牽絆。⑰警　告誡。

【語　譯】長江之南有個賢人，字叫子固，他不是現在世俗所說的賢人，我仰慕他，跟他交朋友。淮河之南有個賢人，字叫正之，他不是現在世俗所說的賢人，我仰慕他，跟他交朋友。這兩位賢人，從來沒有交往過，彼此沒說過話，也不曾以文章禮物相交接過。他們的老師和朋友，難道都相同嗎？我細察過他們的言行，不相同的地方為什麼那麼少呢？有人說，他們只是學聖人罷了。若說學聖人，那麼他們的老師和朋友，必定是學聖人的。聖人的言行，怎會有兩種呢？他們會那樣相似是當然的。

我在淮南，跟正之談到子固，正之不懷疑我所說的；回到江南，跟子固談到正之，子固也認為我的話是對的。因此我又知道，賢人既是相似，又彼此相信，沒有懷疑。子固寫了一首〈懷友〉送給我，大意是說，希望相互援引以達到中庸的境地才停止。正之也曾經這樣說過。

安穩地前進，慢慢地行走，踩進中庸的門庭，到達它的堂上，除了這兩位賢人還有誰呢？我以前不敢肯定自己必然能達到這種境界，但也願意跟隨在他們左右，一起來做就是了。唉，做官的有職守，個人有私事，會合在一起，不可能經常有的。於是作〈同學一首別子固〉，用來相互警惕，並且相互慰勉。

【研析】本文可分三段。首段以曾鞏、孫正之二人相對照，由其言行之所「同」推斷所「學」必相似。二段通過作者與孫正之言及曾鞏，與曾鞏言及孫正之，印證「所謂賢人者，既相似又相信不疑」的觀點。末段期勉三人共進於中庸之域，並以不能經常聚晤為憾。

王安石的散文向以短小精悍著稱，在這篇贈文中，作者刻意透過重複的句式播撒出一道強烈的訊息，即其所謂賢人與世俗所謂賢人是有所不同的。後者或但就才學言之，而王安石所稱道的賢人卻以「學聖人」為務，「至乎中庸而後已」，此亦何以子固、正之雖無交遊之實，卻能相信不疑的根本原因。文中沒有客套的寒暄和沾沾自喜的相互標舉，只是若無其事地訴說著彼此相勉以共躋中庸的志向，又以正之作陪，正所謂「德不孤，必有鄰」；而子固與正之二人之相似、相信，介甫與子固之相警、相慰，亦大異於朋黨之阿比。昔人謂君子之交淡如水，王、曾可謂得之。

遊褒禪山記

【題解】本文選自《臨川文集》。褒禪山，在今安徽含山縣北，因唐代慧褒禪師定居、安葬在此山下而得名。北宋仁宗至和元年（西元一〇五四年），王安石任舒州（治所在今安徽安慶）通判，遊褒禪山華陽洞，作此文以抒發其所感悟，說明世事之成敗，端視其人能否堅定意志，借助外力，並且貫徹始終。

褒禪山亦謂之華山，唐浮圖❶慧褒始舍❷於其址❸，而卒葬之，以故其後名之曰褒禪。今所謂慧空禪院❹者，褒之廬冢❺也。距其院東五里，所謂華陽洞者，以其在華山之陽❻名之也。距洞百餘步，有碑仆道❼，其文漫滅❽，獨其為文猶可識，曰花山。今言「華」如「華實」之「華」者，蓋音謬也❾。

其下平曠，有泉側出，而記遊者甚眾，所謂前洞也。由山以上五、六里，有穴窈然❿，入之甚寒，問其深，則其好遊者不能窮也，謂之後洞。余與四人擁火⓫以入。入之愈深，其進愈難，而其見愈奇。有怠而欲出者，曰：「不出，火且盡。」遂與之俱出。蓋予所至，比好遊者尚不能十一，然視其左右，來而記之者已少。蓋其又深，則其至又加少矣。方是時，予之力尚足以入，火尚足以明也。既其出，則或咎⓬其欲出者，而予亦悔其隨之而不得極乎遊之樂也。

於是予有歎焉。古人之觀於天地、山川、草木、蟲魚、鳥獸，往往有得，以其求思之深而無不在也。夫夷⓭以近，則遊者眾；險以遠，則至者少。而世之奇偉瑰怪、非常之觀，常在於險遠，而人之所罕至焉。故非有志者不能至也。有志矣，不隨以止也，然力不足者，亦不能至也。有志與力，而又不隨以怠，至於幽暗昏惑而無物以相⓮之，亦不能至也。然力足以至焉而不至，於人為可譏，而在己為有悔。盡吾志也而不能至者，可以無悔矣，其孰能譏之乎？此予之所得也。

余於仆碑，又以悲夫古書之不存，後世之謬其傳而莫能名者，何可勝道也哉？此所以學者不可以不深思而慎取之也。

四人者：廬陵⓯蕭君圭君玉⓰，長樂⓱王回深父⓲，余弟安國平父、安上純父⓳。

【注釋】❶浮圖　梵語的音譯，也譯作「浮屠」、「佛圖」。有佛教、佛經、寺廟、佛塔、和尚等義。此指和尚。❷舍　居住。❸址　山麓；山腳。❹禪院　寺院。禪，梵文音譯「禪那」的省稱，原為入定的意思，是佛教的一種修持方法，後泛指與佛教相關的人和事物。❺廬冢　屋舍和墳墓。❻陽　山的南面。❼仆道　倒在路邊。❽漫滅　磨滅。❾今言華二句　王安石指當時人將華山的「華」，讀成華實的「華」，在音讀上有錯誤，應該讀成花，與碑上的「花山」的花，才能配合。謬，錯誤。❿窈然　幽暗深遠的樣子。⓫擁火　持火把。⓬咎　責怪；歸罪。⓭夷　平坦。⓮相　輔助。⓯廬陵　今江西吉安。⓰蕭君圭君玉　蕭君圭，字君玉。生平不詳。⓱長樂　今福建長樂。⓲王回深父　王回（西元一〇二三～一〇六五年），字深父。北宋理學家。《臨川文集》有〈王深甫墓誌銘〉、〈祭王深甫文〉。⓳安國平父安上純父　皆王安石之弟。王安石兄弟七人，王安石排行第三，王安國第四，王安上最小。

【語　譯】褒禪山又叫華山，唐代和尚慧褒當初住在這山腳下，後來也葬在這裡，因此，後來就叫它褒禪山。現在的慧空禪院，就是當年慧褒的屋舍和墳墓的所在地。距禪院東五里，有一個華陽洞，因它在華山的南邊而得名。距洞一百來步，有一塊碑倒在路邊，碑文已經模糊不清，只有「花山」二字還可以辨認。今人把「華」讀成「華實」的「華」，大概是字音讀錯了。

山洞下面平坦空曠，有道泉水從旁邊冒出來，洞壁上題字留念的人很多，這就是所謂的前洞。從山路向上走五、六里，有個巖洞，幽暗深邃，進入洞內感到很冷，問它有多深，就是好遊的人也無法走到盡頭，這便是後洞。我和四個人拿著火把進去。進去越深，前進越難，但所見的也越奇特。其中有人累了想出去，便說：「不出去，火把就要燒完了。」於是就跟他們一起出來。大概我們所到的，比起好遊的人還不到十分之一，然而看看山洞兩旁，能進到此處且留下題字的人已經很少了。大約進去越深，到的人便越少。當時，我的體力還足夠再深入，火把還足夠照明。等到出來後，便有人責怪那個說要出來的人，我也後悔跟著他們出來，因而不能盡興的遊樂。

於是我有所感慨。古人觀察天地、山川、草木、蟲魚、鳥獸，往往有心得，這是由於他們探求、思慮的深刻而且無所不到。那平坦而近的地方，遊客就多；那危險而遠的地方，到的人便少。但世間奇特瑰怪、不同尋常的景致，常在危險偏遠而人跡所罕到的地方，所以不是有堅強意志的人是不能到達的。有了堅強的意志，不隨人家停止下來，然而體力不夠的人，也不能到達。有了堅強意志和體力，又不隨人家懈怠下來，然在幽暗看不見的地方，如果沒有其他東西的幫助，也是不能到達的。不過體力足以到達而沒到達的，旁人會譏笑，他自己要後悔。如果盡了自己的意志還不能到達的話，可以不用後悔了，誰能譏笑他呢？這是我的心得。

我對於倒地的石碑，又悲傷古書沒有留存下來，以致後代傳聞錯誤而不能弄清真相，這種事情怎說得完呢？這便是學者不可不深刻思慮、審慎抉擇的啊。

同遊的四人是：廬陵人蕭君圭，字君玉；長樂人王回，字深父；我的弟弟安國，字平父，安上，字純父。

【研　析】本文可分五段。首段記褒禪山的歷史淵源。二段敘遊華陽後洞的經過。三段抒發此遊的心得，以為需有志、力與輔助工具，方能盡興，不致半途而廢。四段感慨故實傳載與考證之困難。末段載錄同遊者。

這篇遊記不著重寫景，也不著重記名勝古蹟或風土人情，而著重在個人感慨上。可以說借遊巖洞以抒寫做事治學的人生哲學。此外對多人同遊而意見相左時每個人心理的微妙變化有簡要卻富趣味的描寫。吳楚材評此篇說：「借遊華山洞，發揮道學，或敘事，或詮解，或摹寫，或道故，意之所至，筆亦隨之。逸興滿眼，餘音不絕，可謂極文章之樂。」

泰州海陵縣主簿許君墓誌銘

【題　解】本文選自《臨川文集》。泰州海陵縣即今江蘇泰州；主簿是縣令的佐吏，掌管簿書。許君，指許平，官終泰州海陵縣主簿。主簿只是縣級的小吏，本文一方面肯定許平善於辯說，又有智略，一方面也惋惜許平懷才不遇，迄未受到重用。

君諱❶平，字秉之，姓許氏❷。余嘗譜❸其世家❹，所謂今泰州海陵縣主簿者也。君既與兄元❺相友愛，稱天下，而自少卓犖不羈❻，善辯說，與其兄俱以智略為當世大人❼所器❽。寶元❾時，朝廷開方略❿之選，以招天下異能之士，而陝西大帥范文正公⓫、鄭文肅公⓬爭以君所為書以薦，於是得召試，為太廟齋郎⓭，已而選泰州海陵縣主簿。貴人多薦君有大才，可試以事，不宜棄之州縣。君亦常慨然自許，欲有所為。然終不得一用其智能以卒。噫！其可哀也已。

士固有離世異俗，獨行其意，罵譏笑侮，困辱而不悔，彼皆無眾人之求，而有所待於後世者也，其齟齬⓮固宜。若夫智謀功名之士，窺時俯仰⓯，以赴勢物⓰之會，而輒⓱不遇者，乃亦不可勝數。辯足以移萬物，而窮於用說之時；謀足以奪三軍，而辱於右武⓲之國，此又何說哉？嗟乎！彼有所待而不悔者，其知之矣。

君年五十九，以嘉祐⓳某年某月某甲子⓴，葬真州㉑之揚子縣甘露鄉某所之原㉒。夫人李氏。子男瓌，不仕；璋，真州司戶參軍㉓；琦，太廟齋郎；琳，進士。女子五人，已嫁二人：進士周奉先，泰州㉔泰興㉕縣令陶舜元。銘曰：

「有拔而起之，莫擠而止之。嗚呼！許君而已於斯，誰或使之？」

【注釋】❶諱　古人稱死者之名曰諱，以示尊敬。❷氏　即「姓」。古代男子稱氏，婦女稱姓。秦、漢以後，姓氏混稱無別。❸譜　家譜。此用為動詞。編寫成譜。❹世家　古代稱世代顯貴之家。此泛指家世、世系。❺元　許平之兄。字子春，北宋宣城（今安徽宣城）人，慶曆中，擢江淮制置發運判官。❻卓犖不羈　才能出眾而不受拘束。卓犖，特出。羈，拘束。❼大人　指有名望有地位的人。❽器　器重。❾寶元　北宋仁宗年號。❿方略　宋代一種非經常性的制舉科目的名稱。目的在選拔有治國用兵才能的人，必須由皇帝的近臣推薦才能參加考試。北宋仁宗寶元二年（西元一〇三九年）曾開此科。⓫陝西大帥范文正公　指范仲淹。陝西，即陝西路。以在陝原之西，故名。路為宋代地方行政區之最高層級。大帥，統軍之主帥。范氏曾任陝西四路經略副使，文正為其諡號。⓬鄭文肅公　即鄭戩。字天休，北宋蘇州吳縣（在今江蘇吳縣）人，曾任陝西四路都總管兼經略、安撫、招討使，文肅為其諡號。⓭太廟齋郎　官名。掌太廟、陵墓祭祀等事。太廟，天子之祖廟。⓮齟齬　上下齒不相配合。比喻與世俗不合。⓯俯仰　或俯或仰。指隨俗而應變。⓰勢物　權勢和外物。或本作「勢利」，則指權勢與利祿。⓱輒　往往；常常。⓲右武　崇尚武勇。右，崇尚。⓳嘉祐　宋仁宗年號。⓴甲子　甲為天干之首，子為地支之首，古人以干支記日，此用干支之首，代指「某日」。㉑真州　北宋州名。治所在揚子縣，即今江蘇儀徵。㉒原　指墓地。㉓司戶參軍　官名。州官之屬員，掌戶籍。㉔泰州　州名。五代南唐置，北宋仍之。㉕泰興　縣名。即今江蘇泰興。

【語譯】先生名平，字秉之，姓許。我曾編過他家的家譜，他便是現在泰州海陵縣的主簿。先生和他哥哥許元相互友愛，為天下人所稱道，而他從小便才能出眾而不受拘束，善於辯說，跟他哥哥都以才智謀略被當代的大人物所器重。寶元時，朝廷開設方略科，來徵招天下才能特殊的人，而陝西大帥范文正公、鄭文肅公都爭先把先生的事跡上書舉薦給朝廷，因此能受召應試，任太廟齋郎。不久，選任泰州海陵縣主簿。朝中大官多推薦先生有大才，可以讓他擔任職事，不應該把他埋沒在州縣裡。先生也常常慷慨地自我期許，想有所作為。但是始終不能施展他的智能便去世了。唉！真可悲呀！

士人中本來就有人背離世俗，不合時宜，獨行他的意志，遭人責罵譏諷，嘲笑欺侮，甚至遭受困頓侮辱也不後悔，他們都沒有普通人的追求，卻有所期待於後世，他們的不合時宜是必然的。至於像那些有智謀、熱中功名的士人，他們會觀察時勢，隨俗應變，去迎合權勢和外物，卻往往不得志，也是不可計數。他們的辯才能夠轉移萬物，卻在看重遊說的時代受困；智謀能夠奪取三軍，卻在尚武的國家受辱。這又怎樣解釋呢？唉！那些對世俗有所期待而不悔悟的人，應該懂得這個道理吧！

先生享年五十九歲，在嘉祐某年某月某日，葬在真州揚子縣甘露鄉某處的墓地。夫人李氏。兒子瓌，沒有做官；璋，任真州司戶參軍；琦，任太廟齋郎；琳，進士。女兒五個，已嫁的兩個：一個嫁給進士周奉先，一個嫁給泰州泰興縣令陶舜元。銘辭是這樣的：

「有人提拔他，沒有人排擠阻撓他。唉！許先生卻止於這小小的官位上，是誰使他這樣的呢？」

【研析】本文可分四段。首段惋惜許平有智略、善辯說，而終不得一展抱負。二段以離世獨行之士與智謀功名之士對舉，認為許平屬於前者。三段簡述許平的年壽、安葬地點和家庭概況。末段是簡短的銘，對許平一生僅做小官，表達了作者的惋惜之情。

士之欲成大事者，必有所堅持，非與世浮沉之徒所堪效顰；又以其有所待於後世，故能忍辱負重，顯發出卓犖不羈的風姿。許平雖善於辯說，卻無法說服朝廷以獲重用；雖有智略，但無法一展長才；雖亦為王公大臣所拔擢，卻不得參與大事；其智能固足以有所為，亦欲有所為，然終無所為，這是許平個人時運不濟呢？還是他那卓犖不羈、獨行其意而無眾人之求的人格特質注定自身窮辱的命運？既有所待於後世，則雖死無悔；然不得用其智能而身名已滅，則未免可哀。於是，作者不禁要追問：究竟是什麼因素導致這齣人生悲劇？但我們也忍不住要反問：許平所待於後世者何？他果真不悔嗎？或許王安石筆下那初蒙拔擢而終遭排擠，卻又「離世異俗，獨行其意，罵譏笑侮，困辱而不悔」的清介奇士，卻正是王安石自身人格之投射哪！

卷十二 明文

宋濂

宋濂（西元一三一〇～一三八一年），字景濂，金華浦江（今浙江浦江）人。自幼英敏強記，喜讀書。元末以文章享名天下，不應朝廷徵召，隱居龍門山十餘年。入明，累官至翰林學士承旨，知制誥。禮樂制度多出自其手，為明朝開國文臣之首。太祖洪武十三年，因長孫宋慎坐胡惟庸黨處死，舉家謫茂州（今四川茂縣），路中病卒。武宗正德年間，追諡文憲。

宋濂出於元末散文家吳萊、柳貫門下，其文章醇深渾穆，自中節度，為明初古文大家。曾總修元史，有《宋學士文集》。

送天台陳庭學序

【題　解】本文選自《宋學士文集》。主旨在讚頌陳庭學宦遊四川，歷覽山水古蹟，其詩益工，並勉其於山水之外，當更探求聖賢足不出戶，而能自得其樂的原因。序，古代的一種文體（參見〈太史公自序〉題解）。本文屬「贈序」。

西南山水，惟川蜀❶最奇。然去中州❷萬里，陸有劍閣❸棧道❹之險，水有瞿唐❺、灩澦❻之虞。跨馬行篁竹❼間，山高者，累旬❽日不見其顛際❾；臨上而俯視，絕壑萬仞❿，杳莫測其所窮，肝膽為之掉栗⓫。水行則江石悍利，波惡渦詭⓬，舟一失勢尺寸，輒糜碎⓭土沉，下飽魚鼈。其難至如此。故非仕有力者，不可以遊；非材有文者，縱遊無所得；非壯強者，多老死於其地。嗜奇之士恨焉。

天台⓮陳君庭學，能為詩，由中書左司掾⓯屢從大將北征有勞，擢四川都指揮司照磨⓰，由水道至成都⓱。成都，川蜀之要地，揚子雲⓲、司馬相如⓳、諸葛武侯⓴之所居。英雄俊傑戰攻駐守之迹，詩人文士遊眺、飲射㉑、賦咏、歌呼之所，庭學無不歷覽。既覽，必發為詩，以記其景物時世之變，於是其詩益工。越三年，以例自免歸㉒，會余於京師㉓。其氣愈充，其語愈壯，其志意愈高，蓋得於山水之助者侈㉔矣。

余甚自愧，方余少時，嘗有志於出遊天下，顧以學未成而不暇。及年壯可出，而四方兵起，無所投足㉕。逮今聖主興而宇內定，極海㉖之際，合為一家，而余齒㉗已加耄㉘矣，欲如庭學之遊，尚可得乎？然吾聞古之賢士，若顏回㉙、原憲㉚，皆坐守陋室，蓬蒿㉛沒戶，而志意常充然，有若囊括㉜於天地者。此其故何也？

得無㉝有出於山水之外者乎？庭學其試歸而求焉，苟有所得，則以告余，余將不一愧而已也。

【注釋】❶川蜀　即四川。❷中州　中原。❸劍閣　棧道名。在今四川劍閣東北，大、小劍山之間。相傳為諸葛亮所修築。❹棧道　在險絕之處，傍山架木而成的道路。❺瞿唐　瞿唐峽。長江三峽之一。在四川奉節東，兩岸對峙，中貫一江，水勢怒激，為全蜀江路之門戶。❻灩澦　灩澦堆。一名淫澦堆。在瞿唐峽口江中突起的巨石，是古代三峽著名的險灘。此石於築葛州壩時已被炸平。❼篁竹　竹林。❽旬　十天。❾顛際　頂端。❿仞　古代長度單位。歷代長短不一。⓫掉栗　戰慄。掉，搖動。栗，恐懼瑟縮。⓬波惡渦詭　波濤險惡，漩渦詭異莫測。⓭糜碎　粉碎。⓮天台　縣名。今浙江天台。⓯中書左司掾　元併尚書省於中書省，下置左右司，分治省事，明初沿其制。掾，屬官之通稱。⓰都指揮司照磨　都指揮使司之屬官。都指揮司，即都指揮使司。官署名，掌一方之軍事。照磨，官名。以照對磨勘為職，主管文書核對之工作。⓱成都　明代府名。治所在今四川成都。⓲揚子雲　揚雄，字子雲。成都（今四川成都）人，西漢賦家。⓳司馬相如　字長卿。成都（今四川成都）人，西漢賦家。⓴諸葛武侯　諸葛亮，字孔明。三國蜀相，助劉備建國，定都於成都（今四川成都），封武鄉侯。㉑射投壺。古代飲宴時的一種遊戲，以長頸的壺為目標，將箭形的籌投進去，以進籌的多少為勝負，負者罰酒。㉒以例自免歸　援例辭職而歸鄉里。㉓京師　京城；首都。明朝成祖以前，京師在應天府（今江蘇南京）。㉔侈　大。㉕投足　立足。㉖極海　窮盡四海。㉗齒　年紀。㉘耄　泛指年老。㉙顏回　字子淵。春秋時代魯國人，孔子弟子。㉚原憲　字子思。春秋時代魯國人，孔子弟子。㉛蓬蒿　指野草。㉜囊括　包羅。㉝得無　莫非。

【語譯】西南地區的山水，只有四川的最為奇特。然而距離中原萬里之遠，陸路有劍閣棧道的險阻，水路有瞿唐峽、灩澦堆的恐怖。騎馬在竹林中行走，那高峻的山峰，一連十幾天都看不見山頂；居高往下看，山谷陡峭萬仞，幽深不見底，讓人嚇得肝膽戰慄。從水路走，江中的巖石兇惡銳利，波濤險惡，漩渦詭異，船隻只要尺寸差錯，就會撞得粉碎如泥，沉沒水中，乘客也跟著葬身魚腹。難行到這種地步。所以要不是做官而又有財力的人，就不可能去遊覽；要不是有才能有文采的人，縱然遊了也沒有收穫；要不是身體強壯的人，大半要老死在那個地方。好奇的人都因此感到遺憾。

天台陳庭學先生，會作詩，以中書左司掾的官職屢次跟大將軍北征有功勞，升任四川都指揮司照磨，由水路到成都。成都，是四川的要地，揚雄、司馬相如、諸葛亮等人住過的地方。英雄豪傑征戰攻伐、駐節防守的遺跡，詩人文士遊覽眺望、飲酒投壺、賦詩詠唱的地方，庭學無不一一遊覽。遊覽後，必定寫下詩篇，來記述那兒景物、時世的變遷。於是他的詩更加工巧。過了三年，他援例辭職還鄉，在京城裡和我見面。他的神氣更充沛，他的言語更豪壯，他的意志更高昂，大概是得力於山水的幫助很大吧。

我自己感到很慚愧，當我年少時，曾立志要遊歷天下，但因為學業未完成，沒有閒暇的時間出遊。到壯年可以出遊，但四方兵亂，沒有地方可以落腳。如今聖主出來，天下安定，四海之內，已合成一家，可是我的年紀卻已老了，要像庭學那樣的遊歷，還能做得到嗎？然而我聽說古代的賢士，像顏回、原憲，他們都是坐守在陋室中，野草掩沒了門戶，意志卻經常充沛，好像能包羅天地似的。這是什麼緣故呢？莫非是有高出山水以外的陶冶嗎？庭學回鄉去試著尋求這道理看看，如果有心得，請告訴我，我將不只是慚愧一下而已。

【研　析】本文可分三段。首段由山水之「奇」而「險」，突出遊蜀之「難」。二段言川蜀自古人文薈萃，認為陳庭學因遊川蜀而得山水之涵泳，故其歸來，而「詩益工」、「氣愈充」、「語愈壯」、「志意愈高」。末段自愧平生未能遠遊以廣見聞，而勉陳庭學效法顏淵、原憲之安貧樂道，提升自我修養。

通篇以「山水」二字為骨幹，前後三見；而首段二「奇」字，末段二「愧」字，各相照應，又各為首尾之眼目。作者擅長以並列結構增強氣勢，亦為本文之特色，如首段言「非仕有力者，不可以遊；非材有文者，縱遊無所得；非壯強者，多老死於其地」，二段言「其詩益工」、「其氣愈充，其語愈壯，其志意愈高」，此種類比思維有助於塑造集中而鮮明的印象，而竟波瀾壯闊之功。篇末舉顏淵、原憲為例，體現了宋、元以來理學家對「孔、顏樂處」這個問題的持續關注。也許，宋濂的內心深處雖也欣羨陳庭學的壯遊，卻更傾向於在自我省察中了悟天人之道吧！

閱江樓記

【題解】本文選自《宋學士文集》。閱江樓，故址在今江蘇南京西北獅子山頂，明太祖洪武年間所建，樓上可以覽觀江流勝景。本文係宋濂奉詔所作，闡述建樓與民同樂之餘，更當體恤民生，銳意圖治。

金陵❶為帝王之州。自六朝❷迄於南唐❸，類皆偏據❹一方，無以應山川之王氣❺。逮❻我皇帝❼，定鼎❽於茲，始足以當之。由是聲教❾所暨❿，罔間⓫朔南⓬；存神穆清⓭，與天同體，雖一豫一游⓮，亦思為天下後世法。京城之西北，有獅子山⓯，自盧龍⓰蜿蜒⓱而來，長江如虹貫，蟠⓲繞其下。上以其地雄勝，詔建樓於巔，與民同游觀之樂。遂錫⓳嘉名為「閱江」云。

登覽之頃，萬象森⓴列，千載之祕，一旦軒露㉑。豈非天造地設，以俟大一統之君，而開千萬世之偉觀者歟？當風日清美，法駕㉒幸臨，升其崇椒㉓，凭欄遙矚，必悠然而動遐思。見江、漢之朝宗㉔，諸侯之述職㉕，城池之高深，關阨㉖之嚴固，必曰：「此朕櫛風沐雨㉗、戰勝攻取之所致也。」中夏㉘之廣，益思有以保之。見波濤之浩蕩，風帆之下上，番舶㉙接跡而來庭㉚，蠻琛㉛聯肩㉜而入貢，必曰：「此朕德綏㉝威服，覃㉞及外內之所及也。」四夷㉟之遠，益思有以柔㊱之。見兩岸之間，四郊之上，耕人有炙膚㊲皸足㊳之煩，農女有捋桑㊴行饁㊵之勤，必曰：「此朕拔諸水火㊶，而登於衽席㊷者也。」萬方之民，益思有以安之。觸類而推，不一而足。臣知斯樓之建，皇上所以發舒精神，因物興感，無不寓其致治之思，奚止閱夫長江而已哉？

彼臨春、結綺㊸，非弗華矣；齊雲、落星㊹，非不高矣。不過樂管絃之淫響㊺，藏燕、趙㊻之豔姬，一旋踵㊼間而感慨係之，臣不知其為何說也？雖然，長江發源岷山㊽，委蛇㊾七千餘里而始入海，白湧碧翻。六朝之時，往往倚之為天塹㊿。今則南北一家，視為安流，無所事乎戰爭矣。然則果誰之力歟？逢掖之士(51)，有登斯樓而閱斯江者，當思帝德如天，蕩蕩難名，與神禹(52)疏鑿之功，同一罔極。忠君報上之心，其有不油然(53)而興者耶？臣不敏(54)，奉旨撰記。故上推宵旰(55)圖治之切者，勒諸貞珉(56)。他若留連光景之辭，皆略而不陳，懼褻(57)也。

【注釋】❶金陵　古地名。即今江蘇南京及江寧縣地。❷六朝　指三國東吳、東晉及南朝宋、齊、梁、陳六個朝代。均都金陵。❸南唐　五代時十國之一。❹偏據　偏安據守。❺王氣　帝王之氣。❻逮　及；到了。❼皇帝　指明太祖。❽定鼎　定都。鼎，指夏禹所鑄九鼎，夏、商、周三代均以之為傳國寶器，置於國都，後遂稱定都為定鼎。❾聲教　聲威和教化。❿暨及；到達。⑪間　區分。⑫朔南　北方與南方。朔，北方。⑬穆清　和穆清明。⑭一豫一游　一次享樂，一次遊覽。豫，享樂。⑮獅子山　山名。在今江蘇江寧北，山形若獅，故名。⑯盧龍　山名。在今江蘇江寧西北，明太祖嘗大破陳友諒於此。⑰蜿蜒　屈折延長的樣子。⑱蟠　曲折圍繞。⑲錫　賜。⑳森　眾多的樣子。㉑軒露　顯露。軒，開朗。㉒法駕　指天子的車駕。㉓崇椒　山之高處。椒，山頂。㉔朝宗　諸侯朝見天子。春見曰朝，夏見曰宗。此借喻江、漢之水歸宗入海。㉕述職　諸侯向天子報告其職守。㉖關阨　關塞。㉗櫛風沐雨　讓風梳髮，讓雨洗頭。形容勤苦奔波。㉘中夏　中國。㉙番舶　外國的船舶。㉚庭　朝廷。㉛鑾琛　異國之珍寶。㉜聯肩　並肩。㉝綏　安撫。㉞覃　延長。㉟四夷　四方之夷邦。㊱柔　懷柔；安撫。㊲炙膚　肌膚在烈日下烤曬。炙，火烤。㊳皸足　天寒足凍而裂。皸，皮膚受凍裂開。㊴捋桑　採桑。捋，以指摘取。㊵行饁　送飯到田裡。㊶水火　水深火熱。比喻處境極端困苦。㊷衽席　比喻安樂之境。衽，席。㊸臨春結綺　南朝陳後主所建的二座閣樓。故址在今江蘇南京。㊹齊雲落星　皆古樓名。齊雲，唐曹恭王所建，在吳縣（今江蘇吳縣）子城上。落星，三國吳大帝所建，故址在今江蘇江寧東北落星山上。㊺淫響　淫靡之音。㊻燕趙　二國名。此泛指古代二國所領地區。㊼旋踵　旋轉腳跟。形容時間極短。㊽岷山　山名。在今四川松潘，古人誤以為係長江發源地。㊾委蛇　蜿曲貌。㊿天塹　天然的壕溝。比喻地形險要。塹，坑。(51)逢掖之士　指儒士。逢掖，一種大袖的衣服。古代儒者之服。(52)神禹　夏禹。相傳曾治平天下水患。(53)油然　自然而然。(54)敏　聰明。(55)宵旰　宵衣旰食。天未明就起身穿衣，日已落才進食。此用來讚揚天子勤於政事。(56)貞珉　碑石之美稱。(57)褻　輕慢。

【語　譯】金陵是帝王的京城。從六朝到南唐，大抵都偏安據守一方，不能符合山川的帝王之氣。到了我朝皇帝，定都在此，方才和它相稱。於是聲威教化所到的地方，不分南北；皇上心神和穆清明，跟天道同體，即使是一次宴樂，一次遊巡，都希望成為天下後世的楷模。京城的西北方有獅子山，從盧龍山曲折蜿蜒而來，長江像一道長虹橫貫當中，彎曲圍繞在山下。皇上因這地方形勢險勝，下令在山頂建樓，跟百姓同享遊觀的樂趣。於是賜美名為「閱江」。

登臨觀覽的時候，各種景象，森然羅列，千年的奧祕，也在頃刻之間顯露出來。這難道不是天造地設，來等候大一統的國君，揭開千年萬代的盛大景觀嗎？當風清日麗的時候，天子車駕到來，登上高山的頂峰，憑欄遠眺，必定悠悠然地引起深遠的思慮。看到江、漢的水歸宗入海，有如諸侯來朝報告職守，城池的高深，關塞的嚴密堅固，皇上必然會說：「這是我風吹雨打、出征攻打辛苦所獲得的呀！」對廣闊的中國江山，便越發地想如何保有它。看到波濤的浩蕩，風帆的往來其間，外國的船隻接連地來朝見，蠻夷的珍寶接連地進貢到京師，皇上必然會說：「這是朕德化的安撫、威力的鎮服，聲威延及內外所得到的啊！」對遼遠的四方夷邦，便越發想該如何懷柔他們。看到長江兩岸之間，四周的郊野，農夫日曬受凍的煩勞，村女採桑送飯的辛勤，皇上必然會說：「這是我把他們從水深火熱中拯救出來，引他們登上安樂境地的呀！」對萬方的民眾，便越發想該如何安撫他們。觸類旁通地想，不止是一項。臣知道修築此樓的用意，是皇上在舒發精神，因景物而觸發感想，無不寄寓著求治的想法，豈止是觀覽長江的風景而已呢？

那臨春閣、結綺閣，不能不算華麗；齊雲樓、落星樓，不能不算高大。也不過是在那裡享受管絃的淫聲，密藏燕、趙的美女，不多久便消失了，徒留後人的感慨，臣不知它有何意義？話雖如此，長江發源於岷山，蜿蜒七千餘里然後入海，白浪碧波，翻騰洶湧。六朝時，往往靠它作為天然的壕溝。現在南北一家，看做是一條安詳的江流，不再用在戰爭上了。那麼到底是誰的力量呢？穿著儒服的士子，如果登上這座樓來觀賞長江，便應當想到皇上聖德如天，浩大而無法形容，跟神禹疏導開鑿的功勞，同樣偉大而沒有窮盡。忠君報上的心，怎能不自然而然地興起呢？臣不聰明，奉聖旨寫這篇記。想推求皇上日夜圖治的迫切，刻在美石上。至於其他留連光景的話，都略去不說，是恐怕褻瀆輕慢呀。

【研析】 本文可分三段。首段先點出「金陵為帝王之州」，氣勢不凡，寄寓對明太祖的期許之意；接著指出「閱江樓」的地點及得名的由來，扣應題目。二段情景交融，更見高妙。推想皇帝登樓遠眺，必悠然動遐思。見江、漢朝宗，思有以懷諸侯；見番舶來庭，思有以柔遠人；見四郊農桑勤勞，思有以子庶民，因物興感，不僅閱覽長江之美景。皇帝之心意如何，非臣下所得知，如此寫法，是從正面積極地誘導，用心可謂良苦。末段認為前人在金陵建造宮殿樓臺，皆只圖享樂，故轉眼消逝，而閱江樓是供天下人士登覽，始知皇恩如天，使人興忠臣報國之心；結語指出刻石的用意，點出「記」字。文章首尾圓合，不僅寫江山美景，還融有忠君憂民的思想，可與范仲淹的〈岳陽樓記〉媲美。

劉基

劉基（西元一三一一～一三七五年），字伯溫，處州青田（今浙江青田）人。自幼慧穎。長而通經史，尤擅長天文兵法。元順帝元統元年（西元一三三三年）中進士，屢任地方官職，有政聲。後以個性耿直，與當政者不合，棄官還鄉，隱居青田山中，著《郁離子》十八篇以明志。明太祖起兵，劉基佐贊軍務，統一天下。官至御史中丞，兼太史令，封誠意伯。後被胡惟庸所陷害，憂憤而死。《明史》本傳稱其文氣昌而奇，與宋濂並為一代文宗。有《誠意伯文集》。

司馬季主論卜

【題解】本文選自《誠意伯文集・郁離子・天道》，篇名據文意而訂。司馬季主，戰國末年楚國大夫，漢初，賣卜於長安東市。本文假託秦朝時封東陵侯的邵平，向司馬季主問卜，用對話的形式，闡述天道無常、盛衰更迭的觀點。

東陵侯❶既廢，過❷司馬季主而卜❸焉。季主曰：「君侯❹何卜也？」東陵侯曰：「久臥者思起，久蟄❺者思啟，久懣❻者思嚏。吾聞之：『蓄極則洩，閟❼極則達，熱極則風，壅極則通。一冬一春，靡屈不伸；一起一伏，無往不復。』僕竊有疑，願受教焉！」

季主曰：「若是，則君侯已喻之矣，又何卜為❽？」東陵侯曰：「僕未究其奧❾也，願先生卒❿教之。」

季主乃言曰：「嗚呼！天道何親，惟德之親；鬼神何靈，因人而靈。夫蓍⓫，枯草也；龜⓬，枯骨也，物也。人，靈於物者也，何不自聽而聽於物乎？且君侯何不思昔者也？有昔者必有今日。是故碎瓦頹垣⓭，昔日之歌樓舞館也；荒榛斷梗⓮，昔日之瓊蕤玉樹⓯也；露蛬⓰風蟬，昔日之鳳笙龍笛⓱也；鬼燐⓲螢火，昔日之金釭⓳華燭也；秋荼⓴春薺㉑，昔日之象白駝峰㉒也；丹楓白荻㉓，昔日之蜀錦齊紈㉔也。昔日之所無，今日有之不為過；昔日之所有，今日無之不為不足。是故一晝一夜，華開者謝；一春一秋，物故者新。激湍㉕之下，必有深潭；高丘之下，必有浚谷㉖。君侯亦知之矣，何以卜為？」

【注釋】❶東陵侯　邵平。秦時封東陵侯，秦亡被廢，家貧，種瓜長安城東以維生。相傳瓜有五色，味甜美，世稱東陵瓜。❷過　拜訪。❸卜　占卜。用火灼龜甲，視其裂紋以測吉凶。❹君侯　諸侯之尊稱。後用為尊貴者之泛稱。❺蟄　伏藏。❻懣　悶。❼閟　閉。❽為　疑問語助詞。無義。❾奧　深奧；奧妙。❿卒　盡。⓫蓍　草名。古人取其莖為占筮之用。⓬龜　指龜甲。古人灼龜甲以占卜。⓭頹垣　斷牆。頹，敗壞。垣，牆。⓮荒榛斷梗　荒樹斷草。榛，叢林。梗，枝莖。⓯瓊蕤玉樹　美如玉的花草樹木。瓊，美玉。蕤，草木花下垂的樣子。⓰蛬　蟋蟀。⓱鳳笙龍笛　皆梁武帝所製之曲名。此指和諧悅耳的笙歌。⑱鬼燐　燐火。古人以為鬼火。⑲金缸　金屬製的燈。缸，本作「釭」。燈的別稱。⑳荼　苦菜。㉑薺　蔬菜類。味甘可食。㉒象白駝峰　象鼻和駝峰。皆珍貴之佳餚。㉓丹楓白荻　紅楓白荻。荻，一種多年生草本植物。㉔蜀錦齊紈　四川所出之錦，山東所產之絹。㉕激湍　急流。激，急。湍，急流的水。㉖浚谷　深谷。

【語　譯】東陵侯被廢後，去拜訪司馬季主請他占卜。季主說：「君侯要卜什麼？」東陵侯說：「躺太久的想要起來，伏藏很久的想要出來，氣悶太久的想要打噴嚏。我聽人說：『蓄積到了極點便要發洩，閉藏到了極點便要開放，炎熱到了極點就會產生風，阻塞到了極點就要疏通。有冬有春，沒有曲而不伸的；有起有伏，沒有去而不回的。』我心裡感到疑惑，希望接受您的教導！」

季主說：「這樣說來，君侯已經明白了，又何必要占卜呢？」東陵侯答道：「我還沒徹底了解箇中奧妙，請先生盡量教導我。」

季主於是說道：「唉！天道對誰親近呢，只有親近有德的人；鬼神何以會靈驗呢，那是要靠人才會靈驗。蓍草，只是枯草；龜甲，只是枯骨，都只是物類。人，是比物類更有靈性的，為什麼不聽信自己卻要聽信物類呢？並且君侯為什麼不想想過去呢？有過去必定有現在。所以破瓦斷牆，是過去的歌樓舞館；荒林斷草，是過去的瓊花玉樹；露中的蟋蟀和風中的蟬，是過去的笙歌曲調；鬼火流螢，是過去的金燈華燭；秋天的苦菜，春天的薺菜，是過去的象鼻駝峰；紅色的楓葉，白色的荻花，是過去的蜀錦齊紈。過去沒有的，現在有了也不算過分；過去有的，現在沒有了也不算不足。所以經過一天一夜，花開的謝了；經過一春一秋，物類舊的變新了。在急流的下面，必定有深潭；高山的下面，必定有深谷。君侯也明白這些道理了，為什麼還要來占卜呢？」

【研　析】本文可分三段。首段藉東陵侯向司馬季主問卜，申言久廢待起之渴望。二段為過渡段，故作疑難，以引發議論。末段透過司馬季主表達了天道無常的論點。

在取材方面，本篇顯然延續了《楚辭·卜居》、嵇康〈卜疑集〉的傳統。這類作品普遍的特徵是透過一系列虛擬的對話顯示作者對於人生的思索，進行對話的主體（如〈卜居〉中的屈原和太卜鄭詹尹、〈卜疑集〉中的宏達先生和太史貞父，以及本篇的東陵侯和司馬季主）之間形成一種詭異的互動關係。即：一方面，基於「卜以決疑」（《左傳》）的認知而問卜者並非對其生涯規畫全然無知，在一系列的自我辯證過程中，他們所需要的只是聽眾；另方面，象徵人與超越界溝通管道的卜者，卻往往否定卜筮在經驗中被認定的特異功能。於是，對個體命運知與不知的判別就注定成為一個模糊地帶。既然現象界的變動遠超過個人乃至鬼神所能掌握的範圍，則主體所能確定的，也只有自我的修持罷了。

就寫作技巧言，通篇係以一「思」字貫串。東陵侯之「思」來自長期的壓抑，而以邏輯上的因果律逼顯重新出任的必然性。司馬季主的建議包含兩個層次：「何不自聽而聽於物」的深層意涵不在於質疑鬼神龜著，更重要的是向內心回歸而不假外求；「何不思昔者」一句，則更提醒東陵侯不宜慮得不慮失，而這正是老子「福兮禍之所伏，禍兮福之所倚」思想的具體呈現。

賣柑者言

【題解】本文選自《誠意伯文集》。假託賣柑者的話，譏諷元末文武官員，腐朽無能，欺世盜名，坐享富貴，揭露他們「金玉其外、敗絮其中」的真相。

杭❶有賣果者，善藏柑❷，涉❸寒暑不潰❹。出之燁然❺，玉質而金色。置于市，賈❻十倍，人爭鬻❼之。予貿❽得其一，剖之，如有烟撲口鼻；視其中，則乾若敗絮❾。予怪而問之，曰：「若❿所市⓫於人者，將以實籩豆⓬、奉祭祀、供賓客乎？將⑬衒⑭外以惑愚瞽⑮也？甚矣哉！為欺也。」

賣者笑曰：「吾業是有年矣，吾賴是以食⑯吾軀。吾售之，人取之，未嘗有言，而獨不足⑰於子所乎！世之為欺者不寡矣，而獨我也乎？吾子未之思也！今夫佩虎符⑱、坐皋比⑲者，洸洸⑳乎干城㉑之具也，果能授孫、吳㉒之略耶？峨㉓大冠、拖長紳㉔者，昂昂㉕乎廟堂㉖之器也，果能建伊、皋㉗之業耶？盜起而不知禦，民困而不知救，吏姦而不知禁，法斁㉘而不知理㉙，坐糜㉚廩粟㉛而不知恥。觀其坐高堂、騎大馬、醉醇醴㉜而飫㉝肥鮮者，孰不巍巍㉞乎可畏，赫赫乎可象㉟也？又何往而不金玉其外、敗絮其中也哉？今子是之不察，而以察吾柑。」

予默然無以應。退而思其言，類東方生㊱滑稽之流。豈其憤世疾㊲邪者耶？而託于柑以諷耶？

【注釋】❶杭　即杭州。❷柑　水果名。❸涉　經過。❹潰　腐爛。❺燁然　光澤的樣子。❻賈　通「價」。價錢。❼鬻　買。❽貿　買。以錢易物。❾敗絮　破爛的棉絮。❿若　你。⓫市　出售。⓬籩豆　盛果實肉脯的禮器。竹曰籩，木曰豆。⓭將　還是；或者是。⓮衒　炫耀。⓯愚瞽　呆子和瞎子。瞽，目不見。⓰食　養活。⓱不足　不滿意。⓲虎符　虎形的兵符。⓳皋比　虎皮。此指虎皮坐褥，為武將之座席。⓴洸洸　威武的樣子。㉑干城　扞衛城池。干，盾。用以防衛。㉒孫吳　孫武、吳起。孫武為春秋名將，吳起為戰國名將。㉓峨　高聳。此用為動詞。高戴著。㉔長紳　大帶。㉕昂昂　氣概高昂的樣子。㉖廟堂　宗廟和朝堂。此指朝廷。㉗伊皋　伊尹、皋陶。伊尹為商湯之相，皋陶為堯、舜大臣。㉘斁　敗壞。㉙理整頓；整飭。㉚糜　消耗。㉛廩粟　公糧。廩，糧倉。㉜醇醴　美酒。厚酒曰醇，甜酒曰醴。㉝飫　飽食。㉞巍巍　高大的樣子。㉟象　取法。㊱東方生　東方朔，字曼倩。善詼諧，寓諷諫，西漢武帝常為其言行所感悟。㊲疾　痛恨；憎惡。

【語　譯】杭州有個賣水果的，善於保藏柑，經過寒暑也不腐爛，拿出來仍很有光澤，像玉的質地，金的色澤。擺在市場上賣，價錢比別人的貴十倍，大家還搶著買。我買到一個，剖開來好像有煙氣嗆人口鼻；看柑的內部，乾得像破棉絮一樣。我感到奇怪而責問他，說：「你賣給客人的柑，是要裝在籩豆裡、供奉祭祀、招待賓客的呢？還是要炫耀它的外表，來欺騙愚鈍瞎眼的人呢？這樣的欺騙人，實在太過分了！」

賣柑的人笑著回答說：「我做這個生意好幾年了，我靠這來養活我自己。我賣柑，人家買，還不曾聽到有什麼意見，卻偏偏不能讓您滿意嗎！世上騙人的不少，難道只我一個人嗎？您是沒有深想罷了！如今佩帶虎符、坐在虎皮坐椅上的人，威武地像是個扞衛國家的良才，他們果真能策畫出孫武、吳起的謀略嗎？戴高冠、拖大帶的人，氣概軒昂地像是個朝廷的賢才，他們果真能建立起伊尹、皋陶的功業嗎？盜賊四起而不知道如何防止，民生疾苦而不知道如何拯救，官吏奸惡而不知道如何制裁，法令敗壞而不知道如何整飭，平白消耗公糧而不知恥辱。看他們坐在高堂上，騎著大馬，醇酒吃得醉醺醺的，美食吃得飽飽的，誰不是裝出崇高得令人生畏，顯赫得令人羨慕的樣子？又何嘗不是金玉的外表、敗絮的內裡呢？現在這些您都不去查究，卻來挑剔我的柑。」

我默默地沒話回答。回來後細想他所說的話，很像東方朔一流的滑稽人物。難道他是憤世嫉俗的人嗎？或者是藉柑來諷刺世俗呢？

【研　析】本文可分三段。首段記杭州賣柑者所賣的柑，外表燁然銜目，有如金玉，其實卻敗絮其中。此段為下段比喻及議論的端緒。中段為全文主旨之所在，犀利地諷刺了當時文武百官庸碌無能、尸位素餐、欺世盜名的實況。末段以為賣柑者之言，有所寄託。此實為作者婉言以明其主旨。文中所謂「今子是之不察，而以察吾柑」與「吾子未之思也」，可知作者對於論世者見樹不見林、斤斤於毫末的態度亦有所嘲諷。一事雙寓，發人深省，饒有興味。

方孝孺

方孝孺（西元一三五七～一四〇二年），字希直，一字希古，寧海（今浙江寧海）人。自幼警敏，好讀書。長從宋濂學，甚受推獎。明太祖洪武二十五年（西元一三九二年），以薦除漢中府（治所在今陝西漢中）教授。蜀獻王聞其賢，聘為世子師。名其書齋為「正學」，學者稱正學先生。惠帝立，累官至文學博士。國家大政，往往諮詢之。建文四年（西元一四〇二年），燕兵渡江，被執下獄。燕王棣（即明成祖）自立為帝，命方孝孺草詔，方孝儒拒之，被磔死；親友牽連而死者數百人。方孝孺篤守儒學，以明王道、致太平為己任，又工於文章，每一篇成，海內爭相傳誦。有《遜志齋集》。

深慮論

【題解】本文選自《遜志齋集》。〈深慮論〉共有十篇，本文是第一篇。旨在強調有天下者，如果想長治久安，傳世久遠，則不可倚賴人為的智術，因為人的智力有限而天道難測，惟有「積至誠、用大德」，才能感動上天，長保社稷帝祚。

慮天下者，常圖❶其所難而忽其所易，備❷其可畏而遺其所不疑。然而禍常發於所忽之中，而亂常起於不足疑之事。豈其慮之未周與？蓋慮之所能及者，人事❸之宜然，而出於智力之所不及者，天道❹也。

當秦之世，而滅諸侯❺，一❻天下，而其心以為周之亡在乎諸侯之強耳，變封建而為郡縣❼，方以為兵革❽可不復用，天子之位可以世守，而不知漢帝起隴畝之匹夫❾而卒亡秦之社稷❿。漢懲⓫秦之孤立，於是大建庶孽⓬而為諸侯，以為同姓之親，可以相繼而無變，而七國萌篡弒之謀⓭。武、宣以後，稍剖析之而分其勢⓮，以為無事矣，而王莽卒移漢祚⓯。光武之懲哀、平⓰，魏之懲漢⓱，晉之懲魏⓲，各懲其所由亡而為之備，而其亡也，皆出其所備之外。

唐太宗聞武氏之殺其子孫，求人於疑似之際而除之⓳，而武氏⓴日侍其左右而不悟。宋太祖見五代方鎮之足以制其君，盡釋其兵權，使力弱而易制㉑，而不知子孫卒困於夷狄㉒。此其人皆有出人之智，負蓋世之才，其於治亂存亡之幾㉓，思之詳而備之審㉔矣。慮切於此而禍興於彼，終至於亂亡者，何哉？蓋智可以謀人，而不可以謀天。良醫之子，多死於病；良巫㉕之子，多死於鬼。彼豈工於活人而拙於活己之子哉？乃工於謀人而拙於謀天也。

古之聖人，知天下後世之變，非智慮之所能周，非法術之所能制，不敢肆其私謀詭計，而惟積至誠、用大德以結乎天心，使天眷㉖其德，若慈母之保赤子㉗

而不忍釋。故其子孫雖有至愚不肖者足以亡國，而天卒不忍遽㉘亡之。此慮之遠者也。夫苟不能自結於天，而欲以區區㉙之智，籠絡㉚當世之務，而必㉛後世之無危亡，此理之所必無者也，而豈天道哉？

【注釋】❶圖　謀慮。❷備　防範。❸人事　人力所及的事。此指人的智力。❹天道　天神意志所形成的規律。古人以為天道可以支配人類命運。❺諸侯　指戰國時秦以外的韓、趙、魏、楚、燕、齊六國。❻一　統一。❼變封建而為郡縣　秦始皇統一天下，廢封建之制，分全國為三十六郡，郡下設縣。郡有守，縣有令，皆由朝廷直接任免。❽兵革　刀劍或甲冑等武器。多用以泛指軍備。❾漢帝起隴畝之匹夫　西漢高祖出身於民間。漢帝，指西漢高祖劉邦。隴畝，田畝。引申指民間。匹夫，指平民。❿社稷　土神和穀神。古代帝王建國，必立社稷以祭祀之，因用以借指國家、政權。⓫懲　引以為鑑戒。⓬庶孽　庶子。姬妾所生之子，此泛指子弟。⓭七國萌篡弒之謀　七國產生篡位弒君的陰謀。七國，指西漢景帝時的吳王濞、楚王戊、趙王遂、膠西王卬、濟南王辟光、菑川王賢及膠東王雄渠等七個同姓王國。萌，產生。⓮武宣以後二句　西漢武帝元朔二年（西元前一二七年）採主父偃之議，詔許諸侯王得以食邑分封子弟，使得諸侯王的勢力逐漸減弱。昭帝、宣帝以後，均沿襲此種政策。剖析，分割。⓯王莽卒移漢祚　王莽終於篡奪漢室的帝位。王莽，西漢末年的一個外戚，篡漢自立，改國號為新。移，指篡奪。祚，帝位。⓰光武之懲哀平　東漢光武帝以西漢哀帝、平帝時貴戚專權肇禍為鑑戒。⓱魏之懲漢　魏文帝以漢代多外戚之禍為鑑戒。⓲晉之懲魏　晉武帝以魏王室之孤立為鑑戒。⓳唐太宗聞武氏之殺其子孫二句　唐太宗貞觀二十二年（西元六四八年），民間傳祕記說：「唐三世之後，女主武王代有天下。」時李君羨以官職封邑，皆有「武」字，唐太宗遂借故而殺之，又求證於太史令李淳風，欲盡殺疑似者，太史令諫以不能違背天命多殺無辜，乃罷。⓴武氏　指唐武后。名曌，文水（今山西文水）人。初侍太宗，後為高宗皇后；中宗立，臨朝稱制；不久，廢中宗，立睿宗，接著又廢睿宗而稱帝，國號周，大殺唐宗室。晚年被迫歸政於中宗，尊號為則天大聖皇帝，世稱武則天，或稱武后。㉑宋太祖三句　北宋太祖鑑於五代藩鎮的勢力大過天子，於是召諸鎮節度會於京師，賜宅第慰留，釋其兵權，使其易於控制。五代，指後梁、後唐、後晉、後漢、後周。方鎮，指藩鎮。鎮守一方的軍事長官。釋，解除。㉒子孫卒困於夷狄　指宋室先後困辱於遼、夏、金、元以至於亡。夷狄，泛稱四方外族。㉓幾　徵兆；跡象。㉔審　周密。㉕巫　古代能以舞降神的人。㉖眷　顧念。㉗赤子　初生的嬰兒。㉘遽　立即；馬上。㉙區區　小小的。㉚籠絡　駕馭；控制。㉛必　一定要。

【語譯】考慮天下大事的人，往往只謀慮他們認為困難的而忽略了容易的事，防範他們認為可怕的而忽略了不值得懷疑的事。可是禍害常發生在他們忽略的地方，變亂常發生在他們認為不值得懷疑的事情上。難道是他們的思慮不周全嗎？這是因為思慮所能觀照到的，只是人事上本該如此的情形，但有些事是人的智力所不及的，那就是天道啊。

秦吞併諸侯，統一天下，認為周朝亡國在於諸侯的強大而已，於是廢封建制度改為郡縣制度，以為兵器可以不必再用，天子之位可以世代保有，卻不料漢高帝以一介平民，竟然推翻了秦朝。漢代鑑於秦王室的孤立，於是大封眾子弟為諸侯，以為同姓的親屬，可以世代相傳而不會變亂，但七國卻萌生篡位弒君的陰謀。武帝、宣帝以後，稍微分割諸侯的土地而分散他們的勢力，以為這樣可以無事了，可是王莽竟然奪得漢朝的天下。光武帝以哀帝、平帝的禍患為鑑戒，魏文帝以漢代的禍患為鑑戒，晉朝以魏的禍患為鑑戒，各以前朝滅亡的原因為戒而加以防範，然而他們的滅亡，都出於他們防範以外的事故。

唐太宗聽說姓武的將殺掉他的子孫，便要查訪那嫌疑類似的而殺掉他們，但武后每天侍候在他左右反而不察覺。宋太祖看到五代的藩鎮足以控制天子，於是解除藩鎮的兵權，使他們力量薄弱而容易控制，卻想不到他的子孫竟然受困於夷狄。這些人都有出乎常人的智慧，蓋世的才華，對於治亂存亡的徵兆，思慮得很精詳而防備得很周密。但是考慮到這一頭而禍患卻產生在那一頭，終於滅亡，這是什麼道理呢？大抵智慧可以謀畫人事，卻不可能預測天意。良醫的兒子，很多死於疾病；良巫的兒子，很多死於鬼魅。難道他們長於救活別人卻拙於救活自己的兒子嗎？這是他們長於謀畫人事而拙於謀畫天道的緣故。

古代的聖人，知道天下後世的變化，不是智慧思慮所能周全預測，不是法術所能全然控制，因此不敢運用他的私謀詭計，只有積累至誠、施用大德來結合天心，使上天顧念他的德澤，如同慈母愛護嬰兒，不忍心放棄。所以他們的子孫雖有極愚蠢不肖足以亡國的人，上天仍不忍心立即使他亡國。這才是深遠的思慮啊。如果不能主動配合天道，卻想以小小的智謀，控制當代事務，卻一定要後代子孫不遭到危亡，這在情理上是必然不會有的，何況是天道呢？

【研　析】本文可分四段。首段由人事推及天道，言智慮有其局限，此為全文議論的基礎。二、三段依時間先後列舉大量史實，將歷代覆亡興亂之由歸結於「工於謀人而拙於謀天」。末段言積德用誠方為萬世不易之理。

中國哲學對於天人問題的持續關注，顯示先賢對於人在宇宙中的地位的省思。子貢說不可得聞孔子言「性與天道」，司馬遷在〈報任少卿書〉中自謂《史記》之撰作是要「究天人之際」，何晏對王弼的稱賞是「始可與言天人之際矣」，而方孝孺亦以天道與人事對舉，且以天道為本，反覆申論配合天道的重要性。在方孝孺看來，所謂天道，即指經由高度概括後得出的歷史規律，它超越人類智慮之外。若奢望以智術為掌控天道之階，實為捨本逐末之舉。何以故？這是由於天道尚德，但智慮僅止於人事運作的技術層面，不足以上結天心；更何況智慮之用，亦往往流為「私謀詭計」而未免於陰鷙，有失仁德。由此推出「積至誠、用大德，以結乎天心，使天眷其德」的結論，也就順理成章了。

在寫作方式上，方孝孺採取一正一反、一人事一天道的論述策略，運用大量否定句逼顯主題。言智慮之難周，多用「以為……不知……」的句型反襯歷史中的偶然性；言天之德，則以「不忍」二字概括；又以工拙言「謀人」與「謀天」宜各循其道，非可盡賴於智慮。通篇用語平淺，論述的角度卻又富於變化，具有高度的說服力。

明惠帝初立，採臣下建議而實行「削藩」，諸侯王與王室間，存在著危疑緊張的氣氛。作者此文從民本、德治的儒家思想，諄諄告誡，可謂深慮。然其言尚未被採行，而「靖難」事起，燕兵南下，京師陷落，惠帝身亡，帝位遂移於成祖。帝位的轉移，固不一定有著善惡的道德意義，但同為太祖子孫而干戈相向，禍及蒼生，則也未免斤斤於個人權位，缺乏為兆民萬姓之福祉而設想的「深慮」。

豫讓論

【題解】本文選自《遜志齋集》。豫讓，春秋、戰國間晉國人。最初是晉卿中行氏的家臣，中行氏被晉卿智伯消滅後，又事智伯為家臣。智伯被趙襄子所殺，豫讓以為受到智伯國士之禮的對待，立志為智伯報仇，事敗，自殺而死。事見《戰國策・趙策一》及《史記・刺客列傳》。本文一方面肯定豫讓為主復仇而死，是忠臣義士的行為；一方面則批評豫讓死亡的時機不對，認為他應該在智伯貪得無厭之時，極力諫諍，不惜一死，以感悟智伯，如此作法，才可以算是國士對人君應有的回報。

士君子立身❶事主，既名知己，則當竭盡智謀，忠告善道❷，銷❸患於未形，保治於未然，俾❹身全而主安。生為名臣，死為上鬼❺，垂光百世，照耀簡策❻，斯為美也。苟遇知己，不能扶危於未亂之先，而乃捐軀殞命❼於既敗之後，釣名沽譽❽，眩世駭俗❾，由君子觀之，皆所不取也。

蓋嘗因而論之。豫讓臣事智伯❿，及趙襄子⓫殺智伯，讓為之報讎，聲名烈烈，雖愚夫愚婦，莫不知其為忠臣義士也。嗚呼！讓之死固忠矣，惜乎處死之道有未忠者存焉。何也？觀其漆身吞炭⓬，謂其友曰：「凡吾所為者極難，將以愧天下後世之為人臣而懷二心者也。」謂非忠可乎？及觀斬衣三躍⓭，襄子責以不死於中行氏⑭，而獨死於智伯，讓應曰：「中行氏以眾人待我，我故以眾人報之；智伯以國士⑮待我，我故以國士報之。」即此而論，讓有餘憾矣。

段規⑯之事韓康⑰，任章⑱之事魏獻⑲，未聞以國士待之也，而規也章也，力勸其主從智伯之請，與之地以驕其志而速其亡也。郄疵⑳之事智伯，亦未嘗以國士待之也，而疵能察韓、魏之情以諫智伯，雖不用其言，以至滅亡，而疵之智謀忠告，已無愧於心也。讓既自謂智伯待以國士矣；國士，濟國之事也。當伯請地無厭㉑之日，縱欲荒棄之時，為讓者，正宜陳力就列㉒，諄諄然而告之曰：「諸侯大夫，各受分地，無相侵奪，古之制也。今無故而取地於人，人不與，而吾之忿心㉓必生；與之，則吾之驕心以起。忿必爭，爭必敗；驕必傲，傲必亡。」諄切懇告㉔，諫不從，再諫之；再諫不從，三諫之；三諫不從，移其伏劍㉕之死，死於是日。伯雖頑冥不靈，感其至誠，庶幾復悟。和韓、魏，釋趙圍，保全智宗，守其祭祀。若然，則讓雖死猶生也，豈不勝於斬衣而死乎？讓於此時，曾無一語開悟主心，視伯之危亡，猶越人視秦人之肥瘠㉖也。袖手旁觀，坐待成敗，國士之報，曾若是乎？智伯既死，而乃不勝血氣之悻悻㉗，甘自附於刺客之流，何足道哉？何足道哉？雖然，以國士而論，豫讓固不足以當矣。彼朝為讎敵，暮為君臣，靦然㉘而自得者，又讓之罪人也。噫！

【注　釋】❶立身　建立自己做人做事的基礎。❷忠告善道　忠心規勸，導其為善。道，通「導」。❸銷　消除。❹俾　使。❺上鬼　上德之鬼。❻簡策　史書；史冊。簡，竹簡。連編數簡謂之策。❼捐軀殞命　犧牲生命。❽釣名沽譽　謀求聲名，騙取聲譽。❾眩世駭俗　惑亂世人，驚駭世俗。❿智伯　春秋、戰國間晉卿荀瑤。⓫趙襄子　春秋、戰國間晉卿趙孟。與韓康子、魏桓子共敗智伯軍，遂殺智伯而滅其族，盡分其地。⓬漆身吞炭　豫讓欲謀刺趙襄子，為智伯報仇，乃漆身為癩，以變其容貌，吞炭為啞，以變其聲音。⓭斬衣三躍　豫讓謀刺趙襄子，失敗被虜獲，讓曰：「今日之事，臣固伏誅，然願請君之衣而擊之，以致報仇之意，則雖死不恨。」於是趙襄子乃使人持衣與豫讓，豫讓拔劍三躍而擊之，遂伏劍自殺。⓮中行氏　中行文子荀寅。春秋、戰國間晉卿，自荀林父將中行，後因以官為氏。春秋時，晉有六軍，為避天子六軍之名，故稱上、中、下三軍，及左、右、中三行。⓯國士　一國所推仰之士。⓰段規　韓康子的家臣。智伯曾向韓康子索取土地，韓康子想不給，段規說：「不如給他。他嘗到了甜頭，一定會再向別人去要。別人不給，他一定會用武力強取，我們就可以免禍，靜待事態的變化了。」韓康子就同意給土地。⓱韓康　春秋、戰國間晉卿韓康子。名虔。⓲任章　魏桓子家臣。智伯得韓康子土地後，又向魏桓子索取，魏桓子想不給，任章說：「無故索取土地，諸大夫必定懼怕。我們給他，智伯必定驕傲。驕傲就會輕敵，大家懼怕就會更加團結，智氏的命運，必定不會長久了。」魏桓子亦與之。⓳魏獻　應為魏桓，即魏桓子。春秋、戰國間晉卿。⓴郄疵　智氏家臣。智伯率韓、魏之兵圍趙之晉陽，在城外築堤，用水灌城，郄疵說：「領韓、魏之兵而攻趙，他們會想，如果趙亡，災難必輪到韓、魏，韓、魏必反。」智伯不聽，趙襄子暗中與韓、魏約，夜裡派人殺守隄之吏，決水灌智伯軍，遂滅智氏。㉑厭　通「饜」。滿足。㉒陳力就列　居其職位，盡力而為。陳，展布。列，位置。㉓忿心　怨恨之心。㉔諄切懇告　忠厚誠意以告之。㉕伏劍　用劍自殺。㉖越人視秦人之肥瘠　喻漠不相關。越在東南，秦在西北，相去甚遠，秦人之肥瘦，與越人無關。㉗悻悻　忿恨的樣子。㉘靦然　厚顏不知恥的樣子。

【語　譯】士君子修養自身以事奉人主，既然稱為知己，便當竭盡智謀，忠心規勸引導他從善，在禍患未形成前加以消除，在問題未發生前先處理好，使自身保全而主人安寧。生前做個名臣，死後做個善鬼，留下百代的光輝，照耀史冊，這才算是美好。如果遇到知己，在未亂前不能扶持危難，卻在失敗後才犧牲生命，來求取美名，騙取聲譽，迷惑世人，驚駭世俗，以君子的眼光來看，都是不可取的。

從這觀點來討論。豫讓做智伯的家臣，等到趙襄子殺了智伯，豫讓替智伯報仇，聲名顯赫，就算是愚夫愚婦，也無人不知他是個忠臣義士。唉！豫讓之死的確是忠的表現，可惜他處理死亡的方法還有不忠的地方存在。為什麼呢？看他漆身吞炭，對他的朋友說：「我所做的這一切的事都是極難的，將使天下後世懷有二心的人臣感到慚愧。」說他不忠可以嗎？看他三次跳躍，斬刺趙襄子的衣服，趙襄子責備他不為中行氏死，卻單獨為智伯死，豫讓回答說：「中行氏以普通人對待我，所以我用普通人的方式報答他；智伯以國士的禮節對待我，所以我用國士的方式報答他。」就此而論，豫讓就有不足的地方了。

段規事韓康，任章事魏獻，沒有聽說韓、魏以國士的禮節對待他們。而段規和任章，極力勸他們的主人依照智伯的請求，給予土地讓他心志驕縱而加速他的滅亡。郄疵事智伯，也沒聽說智伯以國士的禮節對待他，而郄疵能看出韓、魏的實情以諫智伯，雖然智伯不採用他的話，以致敗亡，然而郄疵已盡了他的智謀和忠告，已經無愧於心了。豫讓既然自認智伯以國士的禮節對待他；國士，當從事有助於國的事。當智伯貪得無厭地索取別人土地的時候，放縱私慾、荒淫暴亂的時候，做家臣的豫讓，正應當就他的地位盡力而為，懇切地告訴智伯：「諸侯的大夫，各自接受所分得的封地，不要互相侵奪，這是古代的禮制。現在無緣無故奪取他人的土地，人家不給，我就會產生怨恨的心；人家給了，便造成我驕縱的心。怨恨必然會引起爭鬥，爭鬥必然要失敗；驕縱必然產生傲慢，傲慢必然要亡國。」忠厚誠意地告訴他，規諫不聽，便要再諫；再諫不聽，便要三諫；三諫不聽時，就該把用劍自殺的舉動選在這時候。智伯就算是頑冥不靈，受他至誠的感召，或許會幡然覺悟。跟韓、魏和好，解除對趙國的包圍，保全智氏的宗廟，守住智氏的祭祀。如果這樣，豫讓雖然身死依然跟活著一樣，難道不勝過斬衣而死嗎？豫讓在這時候，竟無一句開悟主人的話，眼看著智伯的危亡，就如同越國人看秦國人的肥瘦一樣。袖手旁觀，坐視他的成敗，國士的回報，竟是這樣嗎？智伯死後，卻忍不住血氣的忿恨，自己甘心附在刺客一流人物當中，還有什麼好稱道的呢？還有什麼好稱道的呢？不過，以國士來論，豫讓固然夠不上。但那些早上是仇敵，晚上便成了君臣，厚著臉皮、不知羞恥，還自鳴得意的人，那又該是豫讓的罪人了。唉！

【研　析】本文可分三段。首段指出「士君子立身事主」的原則，乃是「竭盡智謀，忠告善道，銷患於未形，保治於未然，俾身全而主安」。二段析論豫讓立身事主之言行，認為他在「處死之道」方面尚有瑕疵。末段引段規、任章、郄疵事主之道，反襯豫讓之死實非所謂「國士之報」。

全篇環繞著豫讓之死是否可以稱忠這個問題而論辨。單就其漆身呑炭，圖謀為智伯復仇的行動表現來看，其事主不可謂不忠；然就其圖報之動機與方式而言，則不無可議。首先，豫讓自矜所為「將以愧天下後世之為人臣而懷二心者也」，顯示他自殘、自裁的動機主要是為了垂名後世，而非為國為民。其次，豫讓雖自詡為「以國士報之」，但在方孝孺看來，他根本不了解何謂「國士」。所為皆濟國之事，乃可謂之國士；像豫讓這種未能竭智忠諫於患危未肇之先而「不勝血氣之悻悻」的「刺客之流」，實在不具備稱為「國士」的資格。雖然如此，較諸「朝為讎敵，暮為君臣，靦然而自得」的利祿之徒，豫讓能勇於赴死，也算難能可貴了。

王鏊

王鏊（西元一四五〇～一五二四年），字濟之，明蘇州吳縣（今江蘇吳縣）人。年十六，隨父讀書，國子監諸生爭傳誦其文。憲宗成化十一年（西元一四七五年）中進士。累官戶部尚書，文淵閣大學士。武宗正德三年（西元一五〇八年），因劉瑾弄權，朝廷官員三百多人被執下獄，王鏊不能救，便辭官還鄉，不再出任。卒諡文恪。有《震澤集》。

親政篇

【題　解】 本文選自《震澤集》。明世宗嘉靖元年（西元一五二二年），皇帝派人慰問當時辭官在鄉的王鏊，王鏊遂上〈講學〉、〈親政〉二文，陳述其對國政的意見。本文主旨在建議明世宗應恢復「內朝」之制，多與臣下交換意見，親理朝政，以革除上下壅塞、溝通不良的弊病。明中葉以來，皇帝多半惰於理政，又不信任大臣，以致宦官弄權，國是日非，故王鏊以「親政」期許明世宗，盼能掃除積弊，以臻太平。

《易》之〈泰〉❶曰：「上下交而其志同❷。」其〈否〉❸曰：「上下不交而天下無邦❹。」蓋上之情達於下，下之情達於上，上下一體，所以為泰。上之情壅閼❺而不得下達，下之情壅閼而不得上聞，上下間隔，雖有國如無國矣，所以為否也。交則泰，不交則否，自古皆然，而不交之弊，未有如近世之甚者。君臣相見，止於視朝❻數刻❼，上下之間，章奏❽批答❾相關接，刑名❿法度⓫相維持而已。非獨沿襲故事⓬，亦其地勢⓭使然。何也？國家常朝於奉天門⓮，未嘗一日廢，可謂勤矣。然堂陛⓯懸絕，威儀赫奕⓰，御史糾儀⓱，鴻臚⓲舉不如法，通政司⓳引奏，上特視之，謝恩見辭，惴惴⓴而退。上何嘗問一事，下何嘗進一言哉？此無他，地勢懸絕，所謂堂上遠於萬里，雖欲言，無由言也。

愚以為欲上下之交，莫若復古內朝之法。蓋周之時有三朝㉑，庫門㉒之外為正朝，詢謀大臣在焉；路門㉓之外為治朝，日視朝在焉；路門之內曰內朝，亦曰燕朝。〈玉藻〉㉔云：「君日出而視朝，退適㉕路寢㉖聽政。」蓋視朝而見群臣，所以正上下之分；聽政而適路寢，所以通遠近之情。

漢制，大司馬㉗、左右前後將軍㉘、侍中㉙、散騎㉚諸吏為中朝，丞相以下至六百石㉛為外朝。唐皇城之北，南三門曰承天，元正㉜、冬至㉝受萬國之朝貢則御㉞焉，蓋古之外朝也；其北曰太極門，其內曰太極殿，朔望㉟則坐而視朝，蓋古之正朝也；又北曰兩儀門，其內曰兩儀殿，常日聽朝而視事，蓋古之內朝也。宋時常朝則文德殿，五日一起居㊱則垂拱殿，正旦㊲、冬至、聖節㊳稱賀則大慶殿，賜宴則紫宸殿或集英殿，試進士則崇政殿。侍從以下，五日一員上殿，謂之輪對[39]，則必入陳時政利害。內殿引見，亦或賜坐，或免穿鞾[40]，蓋亦三朝之遺意焉。蓋天有三垣[41]，天子象之。正朝，象太微也；外朝，象天市也；內朝，象紫微也。自古然矣。

國朝聖節、正旦、冬至大朝會則奉天殿，即古之正朝也；常朝則奉天門，即古之外朝也；而內朝獨缺。然非缺也，華蓋、謹身、武英等殿，豈非內朝之遺制乎？洪武[42]中，如宋濂、劉基[43]，永樂[44]以來如楊士奇[45]、楊榮[46]等，日侍左右；大臣蹇義[47]、夏元吉[48]等，常奏對便殿[49]。於斯時也，豈有壅隔之患哉？今內朝罕復臨御，常朝之後，人臣無復進見。三殿高閟[50]，鮮或窺焉。故上下之情壅而不通，天下之弊由是而積。孝宗[51]晚年，深有慨於斯，屢召大臣於便殿，講論天下事，將大有為，而民之無祿[52]，不及覩至治之美，天下至今以為恨矣。

惟陛下[53]遠法聖祖，近法孝宗，盡剗[54]近世壅隔之弊。常朝之外，即文華、武英，倣古內朝之意，大臣三日或五日一次起居，侍從、臺諫[55]各一員上殿輪對。諸司有事咨決[56]，上據所見決之。有難決者，與大臣面議之，不時引見群臣。凡謝恩辭見之類，皆得上殿陳奏，虛心而問之，和顏色而道之。如此，人人得以自盡。陛下雖深居九重㊼，而天下之事，燦然畢陳於前。外朝所以正上下之分，內朝所以通遠近之情，如此豈有近世壅隔之弊哉？唐、虞之世，明目達聰，嘉言罔伏㊽，野無遺賢，亦不過是而已。

【注釋】❶泰　《易經》六十四卦之一。❷上下交而其志同　《易經・泰》之彖辭。言君臣溝通良好，故志意和同。上，謂君。下，謂臣。❸否　《易經》六十四卦之一。❹上下不交而天下無邦　《易經・否》之彖辭。言君臣不交好，將遭致邦國滅亡。❺壅閼　阻塞不通。❻視朝　天子上朝接見群臣處理政事。❼刻　古代計時單位。一晝夜為一百刻。❽章奏　人臣上奏的文書。❾批答　天子視臣子之上書，而定其可否。❿刑名　指君臣之名分。⓫法度　法令制度。⓬故事　舊例；往例。⓭地勢　地位尊卑的形勢。⓮奉天門　明時正殿前的中門。⓯堂陛　殿堂和臺階。古代君居殿堂之上，臣處臺階之下。⓰赫奕　盛美顯赫。⓱御史糾儀　御史糾正朝見的禮儀。御史，官名。專任彈劾糾察之職。⓲鴻臚　官名。掌朝賀慶弔的贊導相禮。鴻，聲。臚，傳。傳聲贊導，故曰鴻臚。⓳通政司　官署名。掌內外章疏臣、民密封申訴之事。此指通政使，通政司的負責官員。⓴惴惴　心不安的樣子。㉑三朝　周代天子、諸侯皆設有三朝，即下文正朝、治朝、燕朝三處。㉒庫門　天子宮城最外的第一道門。古代天子宮城有五門，自外而內，一曰庫門，二曰雉門，三曰臯門，四曰應門，五曰路門。㉓路門　古代天子宮城最內層的門。㉔玉藻　《禮記》篇名。記天子服冕之事。㉕適　往；到。㉖路寢　天子的正寢。為聽政之處所。㉗大司馬　官名。掌全國軍政。漢代為三公之一。㉘左右前後將軍　即左將軍、右將軍、前將軍、後將軍。漢代左右前後將軍，掌京師兵衛之職。㉙侍中　官名。漢代用儒者侍帝左右，掌乘輿服物，東漢時為人主親信之官。㉚散騎　官名。秦置，漢因之，為皇帝近侍之臣。㉛六百石　漢代官員俸祿的等級。漢代太史令、博士祭酒、太宰令等皆六百石。㉜元正　元旦。即農曆正月初一。㉝冬至　節候名。在陽曆十二月二十二或二十三日。㉞御　稱天子之作為或服用。此指天子幸臨。㉟朔望　農曆每月初一曰朔，十五曰望。㊱起居　群臣隨宰相入內殿，問候天子之起居。起居，生活。此用為動詞。問候；請安。㊲正旦　元旦。㊳聖節　亦稱萬壽節。指天子、皇后之誕辰。㊴輪對　輪班奏對。㊵鞾　朝鞾。㊶三垣　中國古代天文家分周天之恆星為三垣。即太微垣、紫微垣、天市垣。㊷洪武　明太祖年號。㊸宋濂劉基　皆明太祖之開國功臣。參見前文之生平簡介。㊹永樂　明成祖年號。㊺楊士奇　即楊寓。字士奇，以字行。明泰和（今江西泰和）人，惠帝建文初，以史才入翰林，宣宗朝及英宗初，與楊溥、楊榮同輔政，時號三楊。居官廉能，為有明一代名臣。㊻楊榮　字勉仁。明建安（今福建建甌）人，惠帝建文時進士，官至工部尚書，歷事成、仁、宣、英四朝，並見倚重。㊼蹇義　字宜之。明巴縣（今四川巴縣）人，洪武年間進士，惠帝時擢為吏部右侍郎，永樂初進尚書，與夏元吉齊名。㊽夏元吉　字惟哲。明湘陰（今湖南湘陰）人，洪武年間，以鄉薦入太學，成祖時，為戶部尚書。㊾便殿　天子休息閒居的殿堂。別於正殿而言。㊿閟　幽閉。(51)孝宗　明憲宗之子。在位十八年（西元一四八八～一五〇五年），年號弘治。(52)無祿　無福分。(53)陛下　古代臣民對天子的尊稱。臣子進奏，由臺階下近侍轉呈，示不敢直達，故以借指天子。此指明世宗。陛，臺階。(54)剗　剷除。(55)臺諫　指都察院的御史。漢代御史所居官署稱御史府，東漢改稱御史臺，明改為都察院，此用舊稱。(56)咨決　請示裁奪。(57)九重　指天子所居之處。王城之門九重，故稱。(58)伏　埋沒。

【語譯】《易經・泰》說：「君臣溝通良好而志意和同。」又〈否〉說：「君臣不相溝通而國家滅亡。」由於在上者的意思能傳達於下，在下者的意思能傳達於上，上下一體，所以叫做泰。在上者的意思壅塞而不能傳到下面去，在下者的意思壅塞而不能傳到上面去，上下阻隔不通，雖有國家也好像沒有國家一樣，所以叫做否。上下溝通便是泰，不溝通便是否，自古以來都是這樣，而上下不溝通的弊病，沒有像近代這樣嚴重的。

君臣相見，只在天子上朝的幾刻鐘，上下之間，只是臣子上奏和君主批答之間的接觸，名分和法制上的相連繫罷了。這不僅是因循舊例，也是尊卑形勢所造成。何以見得？國家常朝在奉天門，沒有一天荒廢過，可算是勤了。然而殿堂之上和臺階之下相懸隔遙遠，威儀美盛顯赫，又有御史糾正朝見的禮儀，鴻臚檢舉不依法度的行為，通政使傳送奏章，皇上只是看視一下而已，然後臣子謝恩告退，惶恐不安地退了下來。皇上何曾詢問過一件事，臣子何曾進獻過一句話呢？這沒有別的原因，尊卑形勢的懸隔，所謂殿堂相隔遠於萬里，使得臣子即使想進言，也沒有機會說。

我認為要使上下能夠溝通，沒有比恢復古代內朝的制度更好的了。周代有三朝，在庫門外的叫正朝，是天子諮詢大臣的所在；在路門外的叫治朝，是天子每日視朝的所在；在路門內的叫內朝，也稱燕朝。〈玉藻〉

說：「國君在日出時視朝，然後回到路寢聽政。」視朝是會見群臣，用以正上下的名分；聽政便到路寢去，用以通曉遠近的情況。

漢代制度，大司馬、左右前後將軍、侍中、散騎等官員在中朝，丞相以下到六百石的官員在外朝。唐代皇城北面最南邊的第三道門叫承天門，正月初一和冬至天子接受萬國朝貢就駕臨此處，大略相當於古代的外朝；承天門的北邊是太極門，門內有太極殿，每月初一、十五便坐殿視朝，大略相當於古代的正朝；再北邊是兩儀門，門內有兩儀殿，是天子平時聽政和處理政務的地方，大略相當於古代的內朝。宋代，平時朝見在文德殿，每五天群臣入見問候天子是在垂拱殿，正月初一、冬至、萬壽節接受慶賀是在大慶殿，賜宴在紫宸殿或集英殿，考進士在崇政殿。侍從以下的官員，每隔五日派一名官員上殿，叫做輪對，入見天子一定要陳說時政的得失。在內殿召見，有時也賜坐，有時可以免穿朝靴。這大概也有「三朝」的遺意在。因為天有三垣，天子便模仿天。正朝，模仿太微垣；外朝，模仿天市垣；內朝，模仿紫微垣。自古便是這樣了。

本朝天子華誕、正月初一、冬至的大朝會在奉天殿，即古代的正朝；平時朝會在奉天門，即古代的外朝；但獨缺內朝。然而不是沒有內朝，華蓋、謹身、武英等殿，難道不是內朝的遺制嗎？洪武年間，如宋濂、劉基，永樂以來，如楊士奇、楊榮等大臣，每日隨侍在天子左右。蹇義、夏元吉等大臣，時常在便殿奏對。在那時候，哪有閉塞隔閡的憂慮呢？如今皇上很少再親臨主持內朝，常朝以後，臣子沒有再進見的機會。三殿的殿門高大緊閉，很少有接近的機會。所以上下的心意閉塞不通，天下的弊端從此累積。孝宗晚年，深感於此，屢次在便殿召見大臣，討論天下大事，將大有所為，但百姓沒有福分，不能看到盛世的美好，至今天下人仍認為是件憾事。

希望陛下遠則效法聖祖，近則效法孝宗，完全剷除近代閉塞隔閡的弊病。在常朝以外，就文華、武英兩殿，仿效古代內朝的意思，大臣每三天或五天入宮一次，問候皇上的起居，侍從、都察院御史各派一員上殿輪班對奏。各部門有事前來請示裁決，皇上照所見的情形加以定奪。如有難以決定的問題，跟大臣當面議處，時常召見群臣。凡是謝恩、辭行一類，都可以上殿陳述奏稟，皇上虛心地問他們，和顏悅色地指示他們。這樣，人人都能完全陳述他們的意見。陛下雖處在深宮之中，然而天下事都明白地呈現在眼前。外朝用來端正上下的名分，內朝用來通曉遠近的情況，這樣，怎會有近代閉塞隔閡的弊病呢？唐、虞時代，天子耳聰目明，好意見不會被埋沒，草野沒有被遺棄不用的賢人，也不過是這樣做罷了。

【研　析】本文可分六段。首段引《易經》〈泰〉、〈否〉兩卦象辭，說明君臣情感和理念交流的重要性。二段敘述當今朝政「上下不交」的情形。三段主張恢復內朝的制度，以消弭壅隔，兼舉周之「三朝」和《禮記・玉藻》為證。四段列舉漢、唐、宋三代之制，言其皆能保存內朝的遺制。五段近推明初雖未設內朝，而天子經常親臨三殿，大臣奏對便殿，實具內朝之形態；但後繼之君漸弛，因而導致上下之情壅隔。末段提出恢復內朝的具體辦法，以通遠近之情。

全篇所言，不外通、隔二字，由古及今，歷言周、漢、唐、宋、明五朝朝會之法，認為「外朝所以正上下之分，內朝所以通遠近之情」，力主恢復內朝之制，以增加君臣溝通的機會。

王守仁

王守仁（西元一四七二～一五二八年），字伯安，明浙江餘姚（今浙江餘姚）人。曾在紹興（治所在今浙江紹興）會稽山陽明洞，築室講學，學者稱為陽明先生。自幼聰明過人，性情豪邁。十五歲，遊長城居庸關、山海關一帶，慨然有經略四方之志。孝宗弘治十二年（西元一四九九年）中進士，任刑部、兵部主事。武宗正德元年（西元一五〇六年）因得罪宦官劉瑾，受廷杖幾死，貶為貴州龍場驛（今貴州修文）驛丞。劉瑾被誅，起任南京刑部主事、太僕少卿等職。正德十一年，任右僉都御史，巡撫南贛、汀、漳等地，討平地方寇賊。十四年，平定寧王宸濠之亂，遷升南京兵部尚書，封新建伯。世宗嘉靖六年（西元一五二七年），任左都御史，平定廣西思恩、田州土酋叛亂。嘉靖七年十月，告病歸，十一月行至南安（今江西大庾），卒。

王守仁為明代大思想家，倡「知行合一」、「致良知」，弟子遍天下，世人稱為「姚江學派」。其思想與宋代陸九淵相近，並稱「陸王」。與程、朱一派理學，同為中國近世思想的兩大宗派。長於詩文，古文博大昌明，詩歌秀逸有致。卒後，門人編訂《王文成公全書》行世。

尊經閣記

【題　解】本文選自《王文成公全書》。明武宗時，山陰（今浙江紹興）縣令吳瀛在紹興府（治所在今浙江紹興）知府南大吉的委派下，重修紹興的稽山書院，並在書院後面建了一座尊經閣。南大吉是王守仁的弟子，請王守仁撰文以告誡士子，王守仁遂於明世宗嘉靖四年（西元一五二五年）寫下本文，指出六經為民族文化的寶貴資產，而六經的道理，應透過典籍求諸人的本心，不應拘泥於文字訓詁，那才是真正的「尊經」。

經，常道也。其在於天，謂之命；其賦於人，謂之性；其主於身，謂之心。心也，性也，命也，一也。通人物，達四海❶，塞❷天地，亙❸古今，無有乎弗具，無有乎弗同，無有乎或變者也，是常道也。其應乎感也，則為惻隱，為羞惡，為辭讓，為是非❹；其見於事也，則為父子之親，為君臣之義，為夫婦之別，為長幼之序，為朋友之信❺。是惻隱也，羞惡也，辭讓也，是非也；是親也，義也，序也，別也，信也，一也。皆所謂心也，性也，命也。通人物，達四海，塞天地，亙古今，無有乎弗具，無有乎弗同，無有乎或變者也，是常道也。

以言其陰陽消息❻之行焉，則謂之《易》；以言其紀綱❼政事之施焉，則謂之《書》；以言其歌詠性情之發焉，則謂之《詩》；以言其條理節文❽之著❾焉，則謂之《禮》；以言其欣喜和平之生焉，則謂之《樂》；以言其誠偽邪正之辨焉，則謂之《春秋》。是陰陽消息之行也，以至於誠偽邪正之辨也，一也，皆所謂心也，性也，命也。通人物，達四海，塞天地，亙古今，無有乎弗具，無有乎弗同，無有乎或變者也。夫是之謂六經。

六經者非他，吾心之常道也。故《易》也者，志❿吾心之陰陽消息者也；《書》也者，志吾心之紀綱政事者也；《詩》也者，志吾心之歌詠性情者也；《禮》也者，志吾心之條理節文者也；《樂》也者，志吾心之欣喜和平者也；《春秋》也者，志吾心之誠偽邪正者也。君子之於六經也，求之吾心之陰陽消息而時行焉，所以尊《易》也；求之吾心之紀綱政事而時施焉，所以尊《書》也；求之吾心之歌詠性情而時發焉，所以尊《詩》也；求之吾心之條理節文而時著焉，所以尊《禮》也；求之吾心之欣喜和平而時生焉，所以尊《樂》也；求之吾心之誠偽邪正而時辨焉，所以尊《春秋》也。

蓋昔者聖人之扶人極⑪，憂後世，而述六經也，猶之富家者之父祖，慮其產業庫藏⑫之積，其子孫者，或至於遺亡散失，卒困窮而無以自全也，而記籍⑬其家之所有以貽⑭之，使之世守其產業庫藏之積而享用焉，以免於困窮之患。故六經者，吾心之記籍也，而六經之實，則具於吾心。猶之產業庫藏之實積，種種色色，具存於其家，其記籍者，特⑮名狀數目而已。而世之學者，不知求六經之實於吾心，而徒考索⑯於影響⑰之間，牽制於文義之末，硜硜然⑱以為是六經矣。是猶富家之子孫，不務守視享用其產業庫藏之實積，日遺亡散失，至為窶人丐夫⑲，而猶囂囂然⑳指其記籍曰：「斯吾產業庫藏之積也！」何以異於是？

嗚呼！六經之學，其不明於世，非一朝一夕之故矣。尚功利，崇邪說，是謂亂經；習訓詁㉑，傳記誦，沒溺於淺聞小見，以塗㉒天下之耳目，是謂侮經；侈㉓淫辭㉔，競詭辯，飾姦心盜行，逐世㉕壟斷㉖，而猶自以為通經，是謂賊㉗經。若是者，是并其所謂記籍者而割裂棄毀之矣，寧㉘復知所以為尊經也乎？

越城㉙舊有稽山書院，在臥龍㉚西岡，荒廢久矣。郡守㉛渭南㉜南君大吉㉝，既敷政㉞於民，則慨然悼末學之支離，將進之以聖賢之道，於是使山陰㉟令吳君瀛㊱拓書院而一新之，又為尊經之閣於其後，曰：「經正則庶民興，庶民興，斯無邪慝㊲矣。」閣成，請予一言，以諗㊳多士，予既不獲辭，則為記之若是。嗚呼！世之學者，得吾說而求諸其心焉，其亦庶乎知所以為尊經也矣。

【注釋】❶四海　天下。古人以中國居天下之中，四周皆海。❷塞　充塞；充滿。❸亙　貫通。❹則為惻隱四句　此四者，人性中仁義禮智四者之善端。語本《孟子・公孫丑上》。❺則為父子之親五句　此五者，即人倫之道。語出《孟子・滕文公上》。❻消息　盛衰生滅。❼紀綱　法紀；法制。❽條理節文　指禮儀的秩序和制度。❾著　設立。❿志　記載。⓫人極　人道；為人的準則。⓬庫藏　倉庫。⓭記籍　登記於簿籍之中。籍，帳簿；簿籍。⓮貽　留下；遺留。⓯特　只是；僅是。⓰考索　研求；探求。⓱影響　影子和聲響。喻不真實、無根據之事。⓲硜硜然　固執的樣子。⓳窶人丐夫　窮人和乞丐。⓴囂囂然　傲慢得意的樣子。㉑訓詁　解釋文詞意義。㉒塗　掩蔽；蒙蔽。㉓侈　誇大；誇張。㉔淫辭　放蕩的言辭；過度的言辭。㉕逐世　隨俗。㉖壟斷　獨擅其利。㉗賊　戕害。㉘寧　豈；怎麼。㉙越城　縣名。即會稽，在今浙江紹興。㉚臥龍　山名。在紹興縣境內。㉛郡守　郡太守。此指紹興府知府。㉜渭南　縣名。在今陝西渭南。㉝南君大吉　南大吉。字元善。明武宗正德間進士，歷紹興知府。為王守仁之門人。君，對人的尊稱。㉞敷政　施政。此指施仁政。㉟山陰　縣名。與會稽縣同隸紹興府。民國廢府，併山陰、會稽二縣為紹興縣。㊱吳君瀛　吳瀛。曾任山陰縣令，生平不詳。㊲邪慝　邪惡。㊳諗　告訴。

【語　譯】經，就是恆久的道理。它存在於天，便稱為命；它賦予人，便稱為性；它作為一身的主宰，便稱為心。心、性、命，實質是一樣的。可以溝通人和物，流通天下，充塞天地，貫通古今，無有不具備，無有不相同，無有些微可改變的，便是常道。它反映在人的情感上，便是惻隱、羞惡、辭讓、是非；它表現在人間的事理上，便是父子的親愛，君臣的忠義，夫妻的分別，長幼的次序，朋友的誠信。這惻隱、羞惡、辭讓、是非，這親情、忠義、次序、分別、誠信，實質是一樣的，都是所謂的心、性、命。都可以溝通人和物，流通天下，充塞天地，貫通古今，無有不具備，無有不相同，無有些微可改變，這便是常道。

用常道來說明陰陽盛衰的道理，便叫做《易》；用常道來說明法紀政事的措施，便叫做《書》；用常道來說明歌詠情感的發抒，便叫做《詩》；用常道來說明秩序制度的設立，便叫做《禮》；用常道來說明欣喜和平的產生，便叫做《樂》；用常道來說明真偽邪正的分辨，便叫做《春秋》。由陰陽盛衰的道理，以至於真偽邪正的分辨，實質是一樣的，都是所謂的心、性、命。可以用來溝通人和物，流通天下，充塞天地，貫通古今，無有不具備，無有不相同，無有些微可改變。這就稱為六經。

六經的道理沒有別的，便是吾人內心的常道。因此，《易》是記述吾人內心的陰陽盛衰，《書》是記述吾人內心的法紀政事，《詩》是記述吾人內心的歌詠性情，《禮》是記述吾人內心的秩序制度，《樂》是記述吾人內心的欣喜和平，《春秋》是記述吾人內心的真偽邪正。君子對於六經，探求吾人內心的陰陽盛衰並適時推行它，這是尊重《易》的表現；探求吾人內心的法紀政事並適時施行它，這是尊重《書》的表現；探求吾人內心的歌詠性情並適時發抒它，這是尊重《詩》的表現；探求吾人內心的秩序制度並適時建立它，這是尊重《禮》的表現；探求吾人內心的欣喜和平並適時表達它，這是尊重《樂》的表現；探求吾人內心的真偽邪正並適時分辨它，這是尊重《春秋》的表現。

古代聖人扶持人道，為後代憂慮，於是著述六經，好比富家的父、祖輩，憂慮他的產業和倉庫中的積蓄，到他的子孫輩或許會遺亡或散失，弄到困窮不能自保的地步，於是把他所有的財產記在帳簿上留給子孫，讓子孫世代守住祖先的產業和倉庫的積蓄而享用無窮，以免遭到困窮的憂患。所以六經是我們內心的帳簿，而六經的實質，是我們內心所具有的。好比產業和倉庫的實存，各種各樣，都保存在家中，那本帳簿只不過是代表名稱和數目罷了。然而世間的學者，不懂得從我們的內心去求六經的實質，卻在影子和聲響間去探末，被枝枝節節的文義所牽制，固執地以為那便是六經的真義。這好比富家的子孫，不盡力看守管理以享用祖先的產業和倉庫的實存，而讓它日漸遺亡散失，以致變為窮人乞丐，還得意地指著帳簿說：「這是我家產業和倉庫的積存啊！」和這件事有什麼不同呢？

唉！六經的學問，不被世人所了解，已經不是一朝一夕的緣故了。重視功利，崇尚邪說，這叫做亂經；學習文詞解釋，傳授句讀背誦，沉溺在淺聞小見中，來掩蓋天下人的耳目，這叫做侮經；誇大放蕩的言辭，競尚詭異的論辯，掩飾他奸邪的居心和不軌的品行，追隨世俗，壟斷利益，卻還自認為通經，這叫做賊經。像這樣的人，是連所謂的帳簿也都撕碎毀棄了，又怎能知道為什麼要尊經呢？

越城原有稽山書院，在臥龍山的西邊，荒廢已久了。郡太守渭南人南大吉，既已對百姓施行仁政，又感慨地傷痛末學的支離破碎，將以聖賢的道理來引導百姓，於是派山陰縣令吳瀛擴充書院並加以整修，又在書院的後面築一座尊經閣，說：「經書受到應有的重視，百姓便會振作；百姓振作，便沒有邪惡的念頭。」閣落成時，要我說一些話，來告訴眾多的士子。我推辭不掉，便替他寫下這篇文章。唉！當代的學者，看到我的說法而再回過頭來從自己的內心去探求，這樣或許可以知道要尊經的道理吧！

【研　析】本文可分六段。首段指出儒家經典是永恆而普遍的法則，其在天人關係上展現為命、性、心三層；反映在情感上，即孟子所謂四善端（惻隱、羞惡、辭讓、是非）；反映在人事上，即為五倫（父子、夫婦、君臣、長幼、朋友），名稱雖異，實質上並無不同。二段從本質上說明六經的特色，重申六經各為常道之一體。三段進而主張「六經者非他，吾心之常道也」，則六經不僅具有普遍的宇宙法則之義，且是人心自然的反映，故可以用來恢復良知。四段透過三層比喻指出六經是往聖留給後世的精神財富，進而糾正當時一些學經者的錯誤傾向。五段批判世俗亂經、侮經、賊經的學術歪風而力主尊經。末段記敘尊經閣建造的經過，並說明為文之緣由及目的。

讀書不僅得知道作者在「說什麼」，更重要的是要了解作者「為什麼」要那麼說，以至於作者「如何說」。王守仁提出六經是「吾心之常道」的觀點，背後必然存在某種哲學上的預設。為什麼他會這麼看待「六經」呢？這和「心即理」的思想有很密切的關係。陸九淵在南宋時已提出「心即理」之義，心指「本心」，理則詞義尚不明確。王守仁則扣緊德性言「理」，所謂「天理」即「無私欲之蔽」，而以「去人欲，存天理」為此「心」之用功處。另方面，王守仁所謂「心」，指的是自覺或意志能力。「心」有「良知」，能夠分辨善惡，在這層意義上，人心的「良知」即為「天理」，且「無心外之理」。「心」又是「知行合一」的。知即「知善知惡」的「良知」，涉及好惡等價值判斷，而非對於客觀世界的「認知」；「行」則指意念由發動至展開而成為行為的整個歷程。「心」在知覺中兼有好惡，則「知」了自然能「行」，因此「心」與「理」為一。在陽明看來，六經所揭示的並非關於自然的知識，而係人生界的人情事故，故對於六經的態度，自應「求之吾心」。由此推之，「尚功利，崇邪說」實乃捨「天理」而就「人欲」，故曰「亂經」。「習訓詁，傳記誦」、「侈淫辭，競詭辯，飾奸心盜行，逐世壟斷」，亦皆棄本心而外求，是對六經精神的斲喪，這是因為「良知之外，別無知矣」啊！

象祠記

【題　解】本文選自《王文成公全書》。象祠是祭祀舜弟象的祠堂。貴州靈博山的苗人，整修象祠，請王守仁為文以記之。根據歷史記載，象是一個傲慢而不敬兄長的弟弟，幾度想謀害舜，而苗人卻世代恭祀不止，王守仁因而推論象必定是在舜的感召下，幡然悟改，澤加於民，故人民感念而立祠。由此得出「人性之善，天下無不可化之人」的結論。

靈博之山❶，有象祠焉。其下諸苗夷❷之居者，咸神而事之。宣慰❸安君因諸苗夷之請，新❹其祠屋，而請記於予。予曰：「毀之乎，其新之也？」曰：「新之。」「新之也，何居❺乎？」曰：「斯祠之肇❻也，蓋莫知其原。然吾諸蠻夷之居是者，自吾父、吾祖，遡曾、高而上，皆尊奉而禋祀❼焉，舉之而不敢廢也。」

予曰：「胡然乎？有鼻❽之祠，唐之人蓋嘗毀之❾。象之道，以為子則不孝，以為弟則傲。斥❿於唐，而猶存於今；毀於有鼻，而猶盛於茲土也。胡然乎？我知之矣。君子之愛若人⓫也，推及於其屋之烏⓬，而況於聖人之弟乎哉？然則祀者為舜，非為象也。意象之死，其在干羽既格⓭之後乎！不然，古之驁桀⓮者豈少哉？而象之祠獨延於世？吾於是益有以見舜德之至，入人之深，而流澤之遠且久也。象之不仁，蓋其始焉耳，又烏知其終之不見化於舜也？

「《書》不云乎？『克諧以孝，烝烝乂，不格姦⓯。』瞽瞍⓰亦允若⓱，則已化而為慈父。象猶不弟⓲，不可以為諧。進治於善，則不至於惡；不抵⓳於姦，則必入於善。信乎象蓋已化於舜矣。孟子曰：『天子使吏治其國，象不得以有為也⓴。』斯蓋舜愛象之深而慮之詳，所以扶持輔導之者之周也。不然，周公之聖，而管、蔡㉑不免焉。斯可以見象之既化於舜，故能任賢使能而安於其位，澤加於其民，既死而人懷之也。

「諸侯之卿，命於天子，蓋周官㉒之制。其殆倣於舜之封象歟？吾於是益有以信人性之善，天下無不可化之人也。然則唐人之毀之也，據象之始也；今之諸夷之奉之也，承象之終也。斯義也，吾將以表於世，使知人之不善，雖若象焉，猶可以改；而君子之修德，及其至也，雖若象之不仁，而猶可以化之也。」

【注釋】❶靈博之山　即靈博山。在今貴州黔西。❷苗夷　苗族。中國西南的少數民族。夷，古代對少數民族的蔑稱。❸宣慰　宣慰司的略稱。明代在邊地所設的官署，其長官稱宣慰使。❹新　使之新。即整修。❺何居　何故。居，同「故」。理由。❻肇　開始。❼禋祀　祭祀。❽有鼻　地名。在今湖南道縣，舜封弟象於此。❾唐之人蓋嘗毀之　唐憲宗元和九年（西元八一四年），道州（治所在今湖南道縣）刺史薛伯高拆除象祠，謂象不孝不悌，不宜有祠。柳宗元有〈道州毀鼻亭神記〉一文，記載此事。❿斥　廢棄。⓫若人　這個人；那個人。⓬推及於其屋之烏　連帶也愛他屋上的烏鴉。即愛屋及烏。《尚書大傳・大戰》：「愛人者，兼其屋上之烏。」⓭干羽既格　指舜以文德使有苗歸服。《尚書・大禹謨》載，舜命禹征有苗，有苗不服，舜於是改用文德，不用武事，舞干羽於兩階，七旬，有苗乃服。干羽，古代文舞執羽，武舞執干。干羽並舞，示偃武修文。干，盾。羽，雉尾。格，到；來。⓮驁桀　性情暴戾。⓯克諧以孝三句　語出《尚書・堯典》。言舜能以至孝使家庭和諧，使家人進而以善自治，不致於姦惡。克，能夠。烝烝，上進的樣子。乂，治。格，至。⓰瞽瞍　舜的父親。舜父有目不能分別好惡，故時人謂之瞽，配字曰瞍。瞍，無目。⓱允若　和順。⓲弟　通「悌」。敬順兄長。⓳抵　到。⓴天子使吏治其國二句　語出《孟子・萬章上》。原文作「象不得有為於其國，天子使吏治其國」。㉑管蔡　管叔、蔡叔。皆周武王之弟，曾造謠誣周公要篡國，後勾結紂王之子武庚叛變，周公平定叛亂後，處死管叔，流放蔡叔。㉒周官　周代之官制。

【語譯】靈博山上有一座供奉象的祠堂。在山下居住的苗人，都尊他為神而奉事他。宣慰司安君應苗族人的請求，重修祠堂，並要求我寫一篇記。我說：「是拆了重建，還是整修它呢？」安君說：「是整修它。」「是什麼理由要整修它呢？」安君說：「這座祠堂的創建，已經沒有人知道它的由來了。然而我們苗族住在這兒的人，從我們的父親、祖父，追溯到曾、高祖以上，都尊奉並祭祀他，世代遵行而不敢廢弛。」

我說：「這是什麼道理呢？有鼻那個地方的象祠，唐朝人曾經把它毀了。象的為人，做兒子不孝，做弟弟又傲慢。祠堂在唐代被毀，今天在這兒卻還保存著；在有鼻的被摧毀，在此地的卻還很興盛。這是什麼道理呢？我知道了。君子愛一個人，會連帶愛他屋上的烏鴉，更何況對待聖人的弟弟呢？那麼，祭祀的是舜，不是象了。我想象的死，當在舜舞干羽、有苗歸服以後吧！不然的話，古代性情暴戾的人難道少嗎？為什麼只有象的祠堂延續到今天呢？我從這點更加看出舜德行的崇高，影響人心的深入，以及德澤流傳的久遠了。象的不仁，大概是他早期的現象吧，又怎知他後來不被舜所感化呢？

「《尚書》上不是說過嗎？『舜能夠以至孝使家庭和睦，使家人進而以善自治，不致於走上邪惡。』瞽瞍也能夠和順，那麼他已變為慈父了。象雖不悌，不能跟舜和睦。但他能進而以善自治，便不會為惡；不至於姦邪，那麼必可進入善道。確實象應該已被舜感化了。孟子說：『天子派官員替他治理國事，象不能有非法的行為。』這大概是舜對象愛護得深而考慮得周詳，所以扶持輔導得那樣周全。不然的話，像周公那樣的聖明，依然不免有管叔、蔡叔叛亂的事發生。這也可以看出象已受舜的感化，所以才能任用賢能的人而安於其位，恩澤施及他的百姓，死後百姓對他懷念啊。

「諸侯的卿大夫，由天子任命，是周代的官制。這種制度也許是倣照舜的封象吧？我從這點更相信人性是善的，天下沒有不可教化的人。那麼唐人的摧毀象祠，是根據象早期的行為；今天苗族人的崇奉象祠，是根據象後來的善行。這個道理，我將向世人表明，使他們了解人的不善，即使像象那樣，依然可以改過；而君子的修德，當他達到極點時，即使像象的不仁，也還是可以感化的啊。」

【研　析】本文可分二段，全用問答方式。首段言苗夷的宣慰司官員請王守仁寫一篇象祠記，透過雙方的問答，說明苗夷修祠只是基於一個不知原委的舊俗。二段全為作者的應答。先由象在歷史記載中的不良形象反省立象祠的意義，反推舜德入人之深。再引《尚書》和《孟子》證明舜德之厚與護持其弟象之周全。最後申言「天下無不可化之人」，勉以修德化人之義。全文由自己和苗夷的對話引起，在自我反思中重新肯定人性向善的可能，此亦「致良知」學說之展現。

在王守仁看來，唐人之所以毀象祠，原因在於只看到歷史的表象，卻未深究象祠「祀者為舜，非為象」的深層義涵。何以故？王守仁認為「良知」是人心本有的「知善知惡」的能力，「愚夫愚婦與聖人同」（《傳習錄》），人能擴充此能力於行為生活中，即是「成德」。舜之可貴，不僅在於他能啟發瞽瞍和象生而即具的良知以去其蔽障，更重要的是他能使其自發而持續地安於為善。換言之，修德須在「心」上下工夫，讓良知良能從慾望的蔽隔中浮顯出來，故「人之不善，雖若象焉，猶可以改」、「雖若象之不仁，而猶可以化之」。

王守仁此文，雖多出於推測（如「象之不仁，蓋其始焉耳，又烏知其終之不見化於舜也」），卻與其人性論之預設密不可分，這是理解本文應有的認識。

瘞旅文

【題解】本文選自《王文成公全書》。瘞旅，埋葬死於旅途的人。明武宗正德元年（西元一五〇六年），王守仁因為上疏營救得罪宦官劉瑾的戴銑等人，觸怒劉瑾而被貶為貴州龍場驛（在今貴州修文）任驛丞。正德四年秋，有吏目率子、僕經過龍場驛，客死於荒山野嶺中，王守仁代為掩埋，並寫下這篇祭文。文中對於三人客死異鄉的遭遇表示了深切的同情，也間接表達了自己無理遭貶的悲憤。

維❶正德四年❷秋月❸三日，有吏目❹云自京來者，不知其名氏，攜一子一僕將之❺任，過龍場，投宿土苗❻家。予從籬落❼間望見之，陰雨昏黑，欲就❽問訊北來事，不果❾。明早，遣人覘❿之，已行矣。薄午⓫，有人自蜈蚣坡來，云一老人死坡下，傍兩人哭之哀。予曰：「此必吏目死矣。傷哉！」薄暮，復有人來，云坡下死者二人，傍一人坐嘆。詢其狀，則其子又死矣。明日，復有人來，云見坡下積尸⓬三焉。則其僕又死矣。嗚呼，傷哉！

念其暴骨⓭無主，將⓮二童子持畚鍤⓯往瘞之。二童子有難色⓰然。予曰：「噫！吾與爾猶彼也。」二童憫然⓱涕下，請往。就其傍山麓為三坎⓲，埋之。又以隻雞，飯三盂⓳，嗟吁涕洟⓴而告之曰：

「嗚呼，傷哉！繄㉑何人？繄何人？吾龍場驛丞㉒餘姚王守仁也。吾與爾皆中土㉓之產，吾不知爾郡邑，爾烏為㉔乎來為茲山之鬼乎？古者重去其鄉㉕，遊宦㉖不踰千里。吾以竄逐㉗而來此，宜也。爾亦何辜㉘乎？聞爾官，吏目耳，俸不能五斗㉙，爾率妻子躬耕可有也，烏為乎以五斗而易㉚爾七尺之軀？又不足，而益以爾子與僕乎？嗚呼，傷哉！爾誠㉛戀茲五斗而來，則宜欣然就道，烏為乎吾昨望見爾容蹙然㉜，蓋㉝不勝㉞其憂者？夫衝冒㉟霜露，扳援㊱崖壁，行萬峰之頂，飢渴勞頓，筋骨疲憊，而又瘴癘㊲侵其外，憂鬱攻其中，其能以無死乎？吾固知爾之必死，然不謂若是其㊳速，又不謂爾子爾僕亦遽然奄忽㊴也。皆爾自取，謂之何哉！吾念爾三骨之無依而來瘞爾，乃使吾有無窮之愴㊵也！嗚呼，痛哉！縱不爾瘞，幽崖之狐成群，陰壑之虺㊶如車輪，亦必能葬爾於腹，不致久暴露爾。爾既已無知，然吾何能為心㊷乎？自吾去父母鄉國㊸而來此，二年矣。歷瘴毒而苟能自全，以吾未嘗一日之戚戚㊹也。今悲傷若此，是吾為爾者重，而自為者輕也。吾不宜復為爾悲矣。吾為爾歌，爾聽之！

歌曰：「連峰際天㊺兮飛鳥不通，遊子懷鄉兮莫知西東。莫知西東兮維㊻天則同，異域殊方㊼兮環海之中㊽。達觀隨寓㊾兮莫必予宮㊿，魂兮魂兮無悲以恫(51)！」

又歌以慰之曰：「與爾皆鄉土之離(52)兮，蠻之人言語不相知兮，性命不可期(53)！吾苟死於茲兮，率爾子僕來從予兮！吾與爾遨(54)以嬉兮，驂紫彪而乘文螭(55)兮，登望故鄉而噓唏(56)兮。吾苟獲生歸兮，爾子爾僕尚爾隨兮，無以無侶悲兮。道傍之冢累累(57)兮，多中土之流離(58)兮，相與呼嘯而徘徊兮。餐風飲露，無爾饑兮。朝友麋鹿，暮猿與棲兮。爾安爾居兮，無為厲於茲墟(59)兮。」

【注釋】❶維　發語詞。❷正德四年　西元一五〇九年。正德，明武宗年號。❸秋月　指農曆七月。❹吏目　明代於各州所置僚佐之官。掌收發文書，或分領州事。❺之　前往；到。❻土苗　當地的苗人。土，土著。指世代居住其地的人。苗，中國少數民族之一。分布於貴州、廣西等地。❼籬落　籬笆。❽就　趨前。❾果　成功；做到。❿覘　探視；察看。⓫薄午　近午。薄，迫近。⓬尸　屍體。⓭暴骨　暴露屍骨。暴，顯露。⓮將　率領。⓯畚鍤　畚與鍤。畚，畚箕。盛土的器具。鍤，鐵鍬。挖土的器具。⓰難色　為難的神情。色，表情；神情。⓱憫然　哀憐的樣子。⓲坎　地穴。⓳盂　盛湯漿或食物的器皿。⓴涕洟　眼淚和鼻液。此皆當動詞。涕，眼淚。洟，鼻液。㉑繄　是；此。㉒驛丞　驛站的長官。掌郵傳迎送的事務。明代於各府、州、縣設驛，置驛丞。驛，古時傳送公文的馬或車。㉓中土　中原。㉔烏為　何為；為何。烏，何。㉕重去其鄉　不輕易離開家鄉。重，不輕易。㉖遊宦　出外做官。㉗竄逐　放逐。㉘辜　罪過。㉙俸不能五斗　俸米不到五斗。形容極微薄。不能，不到；不滿。㉚易　交換。㉛誠　果真。㉜蹙然　憂愁的樣子。㉝蓋　殆；似乎。表示疑惑不定的語氣。㉞不勝　不堪。勝，禁得起。㉟衝冒　觸犯。㊱扳援　攀登。扳，通「攀」。㊲瘴癘　山林中濕熱鬱蒸而成的毒氣。㊳其　之；的。㊴遽然奄忽　急速地死亡。遽然，急速的樣子。奄忽，指死亡。㊵愴　悲傷。㊶陰壑之虺　深谷裡的毒蛇。壑，山谷。虺，毒蛇。㊷何能為心　怎麼過意得去。㊸鄉國　家鄉。㊹戚戚　憂愁的樣子。㊺連峰際天　連綿的山峰與天相近。際，相近。㊻維　通「唯」。只有。㊼異域殊方　謂不同於中原的地方。㊽環海之中　四海之內。㊾達觀隨寓　心懷曠達，隨所居而安。寓，居止。㊿宮　房屋。51無悲以恫　不要悲痛。以，而。恫，痛。52鄉土之離　遠離鄉土的人。53期　預料。54遨遊。55驂紫彪而乘文螭　駕著紫彪和紋龍所拉的車子。驂，乘。此謂乘駕車輛。彪，小虎。文螭，身有文彩的螭。螭，龍類，無角。56噓唏　悲泣抽咽。也作「歔欷」。57累累　重重疊疊的樣子。形容極為眾多。58流離　指漂泊轉徙的人。59無為厲於茲墟　不要在此地做惡鬼。厲，惡鬼。墟，土丘。此指墳墓。

【語　譯】正德四年七月三日，有一個據說是從京城來的吏目，不知道他的姓名，帶著一個兒子和一個僕人要去上任，路過龍場，投宿在本地苗人的家裡。我從籬笆間看到他們，那時天正陰雨，天色昏暗，我本想過去問問他北方的情況，沒有去成。第二天早上，派人去看，他們已經走了。快到中午，有人從蜈蚣坡來，說有一個老人死在坡下，旁邊兩人哭得很悲哀。我說：「這一定是那個吏目死了。真慘啊！」傍晚時候，又有人來，說山坡下死了兩個人，旁邊一人坐著悲歎。問了情形，知道吏目的兒子也死了。次日，又有人來，說看到坡下有三具屍體。可知那個僕人也死了。唉！好悲慘啊！

我想他們屍骨暴露野外，沒人會收殮，於是帶兩個童僕拿著畚箕和鐵鍬去掩埋他們。兩個童僕面露為難的樣子。我說：「唉！我和你們的處境也就和他們一樣啊！」兩個童僕聽了，悲傷地掉下淚來，答應前往埋那三人。我們在屍體旁的山腳下挖了三個坑，把他們埋了。又用一隻雞、三碗飯，歎息淚下地祭告他們，說：

「唉，好悲慘啊！你是什麼人啊？你是什麼人啊？我是龍場驛的驛丞餘姚人王守仁。我和你都是中原人，我不知道你的鄉里，你為什麼來做這座山的鬼呢？古人不輕易離開家鄉，出外做官也不超過千里。我因為被流放而來到這兒，是理所當然的。你又有什麼罪過呢？聽說你的官職不過是個吏目罷了，俸米不到五斗，你帶著妻兒親自耕種就有了，為何因為五斗米而葬送了你一條命？還不夠，又加上你的兒子和僕人呢？唉，悲慘啊！你如果真是為這微薄的俸米而來，就應該高興地上路，為什麼昨天我見到你愁容滿面，像是有著難以忍受的憂傷呢？冒著霜露，攀登山崖峭壁，走在萬峰的山頂，飢渴勞苦，筋疲力竭，外有瘴癘的侵襲，內受憂鬱的煎熬，怎能不死呢？我本來就知道你是一定會死的，卻沒想到會這樣地快，更想不到你的兒子和僕人也那麼快地死去。這都是你自己招來的，還有什麼好說呢！我關心你們三具屍骨沒人收埋而來埋葬你們，卻使我感到無窮的悲傷！唉，悲痛啊！即使我不來埋你們，山崖裡狐狸成群，深谷中毒蛇如車輪般粗大，也必定會吞下你們，不致使你們長久暴屍。雖說你們已沒有知覺，然而我怎能過意得去呢？從我離開父母、家鄉來到這兒，已經二年了。遭遇瘴毒的侵襲而還能勉強活命，是因為我一天也沒憂愁過啊。可是今天竟如此悲傷，足見我關懷你的成分多，關懷自己的成分少。我不應該再為你悲傷了。我為你作首歌，你聽聽吧！」

歌詞是：「連綿的高峰與天相接喲，鳥兒也飛不過；遊子懷念著家鄉喲，無從辨識西東。不辨西東喲，只對著同樣的天空；身居異地他鄉喲，總在四海之中。心懷曠達隨遇而安喲，又何必一定要在自己家中；魂兒喲，魂兒喲，不要悲傷哀痛！」

再唱一首歌來安慰你：「你我同是異鄉人喲，蠻人的言語誰也聽不懂喲，是生是死料不中！我如果死在這裡喲，你就帶著兒子和僕人，來跟我在一起喲！我們一同遨遊嬉戲喲，駕著紫彪和紋龍喲，登高眺望故鄉歎幾口氣喲。我如果還能活著回故鄉喲，你的兒子和僕人也還能跟隨著你喲，你不要因沒有伴侶而悲傷喲。路旁累累的墳墓，多半是中原流離到這兒的人喲，你和他們一道呼嘯流連喲。吃著山風，喝著露水，也不會使你飢餓喲。早上和麋鹿為友，晚上和猿猴同棲息喲。你安心地住下來喲，不要在這荒野裡做惡鬼喲。」

【研　析】本文可分五段，包含敘事和弔祭兩個部分。首段敘吏目及其子、僕三人的死。二段記率童子往掩埋之。此二段敘事，為以下祭文及祭歌抒情的張本。三段為祭文，先悲詰死者何以遠來而自取其死，再告知自己所以代為埋葬之由。四、五段為祭歌，旨在安慰亡魂。

王守仁所以要奠祭一個不知其姓名而僅有一面之緣的過客，正如他自己告訴其童子：「吾與爾猶彼也。」本來就是感同身受，別有寄託的。全文在不斷的追問中，看似哀悼吏目，其實是為同是天涯淪落人的自己而悲傷。作者雖然自解：「今悲傷若此，是吾為爾者重，而自為者輕。」甚且為之作祭歌。但從歌的內容看來，「飛鳥不通」，豈不暗示長絕於故國；「莫知西東」，豈不宣示著濃重瀰天難以跨越的鄉愁；「無以無侶悲」，難道不是對於未知命運絕望的自勉？故而「登望故鄉而噓唏」、「相與呼嘯而徘徊」，遂成為陰陽兩界共通的情感基調與遣懷方式。王守仁固不能處死生存亡之際而無傷痛，但他終究沒有沉湎於「去父母鄉國而來此」的落寞苦楚之中，反而勉勵遊魂「朝友麋鹿，暮猿與栖」，從而展現出一種面對死亡與命運的健康態度。畢竟，人生真正的安寧是來自良好的自我調適，並不只在居處的逸樂。

唐順之

唐順之（西元一五〇七～一五六〇年），字應德，一字義修，明武進（今江蘇常州）人。世宗嘉靖八年（西元一五二九年）中進士，官至淮陽巡撫右僉都御史。唐順之為明代中葉古文大家，提倡文章本色說，著重體、志、氣、韻四項。反對明代「前七子」何景明、李夢陽「文必秦漢，詩必盛唐」之說。晚年講學，學者稱荊川先生。有《荊川集》等書。

信陵君救趙論

【題解】本文選自《荊川集》。信陵君，名無忌。戰國魏公子，魏安釐王的異母弟，戰國四公子之一。魏安釐王五十七年（趙孝成王八年、西元前二五八年），秦圍趙都邯鄲（今河北邯鄲西南），趙公子平原君向魏國求救，魏王派晉鄙救趙，但又畏懼秦國，故令晉鄙留駐於鄴（今河北臨漳西），觀望情勢。信陵君急於救趙，遂請魏王寵姬如姬竊兵符，持以奪晉鄙兵權，解邯鄲之圍。本文評論此事，認為信陵君此舉實出於解救其姊夫平原君的私心，且無視於魏王之存在，其心可誅。

論者以竊符❶為信陵君之罪，余以為此未足以罪信陵也。夫強秦之暴亟❷矣，今悉❸兵以臨趙，趙必亡。趙，魏之障也；趙亡，則魏且為之後。趙、魏，又楚、燕、齊諸國之障也；趙、魏亡，則楚、燕、齊諸國為之後。天下之勢，未有岌岌❹於此者也。故救趙者，亦以救魏；救一國者，亦以救六國也。竊魏之符以紓❺魏之患，借一國之師以分六國之災，夫奚不可者？

然則信陵果無罪乎？曰：又不然也。余所誅❻者，信陵君之心也。信陵一公子❼耳，魏固有王❽也；趙不請救於王，而諄諄焉❾請救於信陵，是趙知有信陵，不知有王也。平原君❿以婚姻激信陵，而信陵亦自以婚姻之故，欲急救趙，是信陵知有婚姻，不知有王也。其竊符也，非為魏也，非為六國也，為趙焉耳。非為趙也，為一平原君耳。使禍不在趙而在他國，則雖撤魏之障，撤六國之障，信陵亦必不救。使趙無平原，或平原而非信陵之姻戚，雖趙亡，信陵亦必不救。則是趙王與社稷⓫之輕重，不能當一平原公子；而魏之兵甲⓬，所恃以固其社稷者，祇以供信陵君一姻戚之用。幸而戰勝，可也；不幸戰不勝，為虜於秦，是傾魏國數百年社稷以殉⓭姻戚。吾不知信陵何以謝魏王也？夫竊符之計，蓋出於侯生⓮，而如姬⓯成之也。侯生教公子以竊符，如姬為公子竊符於王之臥內，是二人亦知有信陵，不知有王也。

余以為信陵之自為計，曷若以脣齒之勢⓰，激諫於王；不聽，則以其欲死秦師者，而死於魏王之前，王必悟矣。侯生為信陵計，曷若見魏王而說之救趙；不聽，則以其欲死信陵君者，而死於魏王之前，王亦必悟矣。如姬有意於報信陵，曷若乘王之隙，而日夜勸之救；不聽，則以其欲為公子死者，而死於魏王之前，王亦必悟矣。如此，則信陵君不負魏，亦不負趙；二人不負王，亦不負信陵君。何為計不出此？

信陵知有婚姻之趙，不知有王；內則幸姬，外則鄰國，賤則夷門野人⑰，又皆知有公子，不知有王，則是魏僅有一孤王耳。嗚呼，自世之衰，人皆習於背公死黨⑱之行，而忘守節奉公之道。有重相而無威君，有私讎而無義憤。如秦人知有穰侯⑲，不知有秦王；虞卿⑳知有布衣㉑之交，不知有趙王。蓋君若贅旒㉒久矣。

由此言之，信陵之罪，固不專係乎符之竊不竊也。其為魏也，為六國也，縱竊符猶可；其為趙也，為一親戚也，縱求符於王而公然得之，亦罪也。

雖然，魏王亦不得為無罪也。兵符藏於臥內，信陵亦安得竊之？信陵不忌魏王，而徑㉓請之如姬，其素窺魏王之疏也；如姬不忌魏王，而敢於竊符，其素恃魏王之寵也。木朽而蛀㉔生之矣。古者人君持權於上，而內外莫敢不肅㉕。則信陵安得樹㉖私交於趙？趙安得私請救於信陵？如姬安得銜㉗信陵之恩？信陵安得賣恩於如姬？履霜之漸㉘，豈一朝一夕也哉？由此言之，不特㉙眾人不知有王，王亦自為贅旒也。

故信陵君可以為人臣植黨㉚之戒，魏王可以為人君失權之戒。《春秋》書「葬原仲㉛」、「翬帥師㉜」。嗟乎！聖人之為慮深矣。

【注釋】❶竊符　偷兵符。符，兵符。君主與領兵將領各執一半，合之以驗真假，作為調兵遣將的信物。❷亟　緊急。❸悉　全部。❹岌岌　危險的樣子。❺紓　解除。❻誅　責備。❼公子　古代稱國君之子。❽王　指魏安釐王。❾諄諄焉　懇切不倦的樣子。❿平原君　戰國時代趙國公子。名勝，趙武靈王之子，趙惠文王之弟，封於平原，故號平原君。其夫人，為魏信陵君之姊。秦軍圍趙邯鄲時，平原君為趙相，請救兵於魏，魏將晉鄙觀望不前，平原君乃使人責備魏公子說：「勝之所以和公子締結婚姻關係，是因公子高義，能急人之困。」⓫社稷　土神和穀神。古代天子、諸侯之所祭祀，因以借指國家。⓬兵甲　指軍隊。兵，武器。甲，用皮革或金屬製成的戰衣。⓭殉　犧牲。⓮侯生　名嬴。戰國時代魏都大梁夷門的守門人，信陵君待之為上賓。⓯如姬　魏安釐王之寵姬。如姬父為仇人所殺，欲復仇不得，信陵君便派門下客為她復仇。⓰脣齒之勢　脣亡齒寒的形勢。即利害相關的形勢。⓱夷門野人　指侯生。夷門，大梁城之東門。其地有夷門山，故名。在今河南開封城內東北隅。野人，平民。⓲背公死黨　背棄公理，為私黨而死。⓳穰侯　即魏冉。秦昭王母宣太后之異父弟，三度為相，封於穰（今河南鄭州），故稱穰侯。⓴虞卿　戰國遊說之士。姓虞，其名不傳。曾遊說趙孝成王，趙以為上卿，乃號虞卿。後其友人魏齊窮困來歸，虞卿解相印，與魏齊一同離趙逃亡。㉑布衣　平民。㉒贅旒　旗幟上的飄帶。比喻虛居其位而無實權。㉓徑　直接。㉔蛀　蛀蟲。㉕肅　敬畏。㉖樹　建立。㉗銜　感激。㉘履霜之漸　《易經・坤》：「初六，履霜堅冰至。」此用其典，意謂因履霜而知堅冰將至。堅冰之至，先已有霜，非突然而來，魏王之失權於上，亦非一朝一夕之故。㉙不特　不但。㉚植黨　培植黨羽。㉛葬原仲　《春秋・莊公二十七年》：「秋，公子友如陳葬原仲。」謂公子友私行到陳參加陳大夫原仲的葬禮。此行乃為私人交情，故《左傳》：「非禮也。原仲，季友之舊也。」《春秋》書此以戒人臣之植黨。公子友，即魯季子，春秋時代魯國公子。原仲，春秋時代陳國大夫。㉜翬帥師　《春秋・隱公四年》：「秋，翬帥師會宋公、陳侯、蔡人、衛人伐鄭。」宋公乞師於魯，魯公不許，公子翬強請而行。《春秋》書此，稱翬而不稱公子，疾其非義而行，所以戒人君之失權。翬，即公子羽父。魯大夫，後弒隱公。

【語　譯】評論者認為竊取兵符是信陵君的罪過，我認為這件事不足以譴責信陵君。那時，強秦的兇暴已經非常緊急了，它用全部的兵力圍攻趙國，趙國必定會滅亡。趙，是魏國的屏障；趙國滅亡，那麼魏國也就會跟著滅亡。趙、魏，是楚、燕、齊等國的屏障；趙、魏滅亡，那麼楚、燕、齊等國便會相繼滅亡。天下的局勢，沒有比這更危急的了。所以救趙國，也就等於救魏國；救一國，也就等於救六國。竊取魏國的兵符以解除魏國的危難，借一國的兵力以紓解六國的災難，這有什麼不可以的呢？

那麼，信陵君果真沒有罪嗎？我說，也不是這樣。我所責備的是信陵君的用心。信陵君只是一個公子而已，魏國本來有國王的；趙國不向魏王求救，卻一味懇切地向信陵君求救，這顯示趙國心目中只有信陵君，而沒有魏王。平原君利用姻親關係來激信陵君，信陵君自己也因為婚姻的緣故，想快一點去救趙，這顯示信陵君心目中只有姻親，而沒有魏王。信陵君竊取兵符，不是為了魏國，也不是為了六國，只是為了趙國。其實也不是為趙國，只是為一個平原君罷了。假使禍患不在趙國而在其他國家，那麼即使會撤除魏國的屏障、撤除六國的屏障，信陵君也必然不會去援救。假使趙國沒有平原君，或者平原君不是信陵君的姻戚，即使趙國就要滅亡了，信陵君也必然不會去援救。那就是趙王和趙國的分量，還不及一個平原君重；而魏國的軍隊，是憑藉它來安定國家的，現在只是供給信陵君的一個姻戚使用。幸好打勝了，還說得過去；如果不幸打敗了，被秦國俘虜，那就是傾盡魏國幾百年的社稷為一個姻戚而犧牲。我不知道信陵君將怎樣向魏王謝罪呢？竊取兵符的計謀，是出自侯生，而由如姬執行。侯生教公子去竊取兵符，如姬替公子從魏王的臥室內偷得兵符，這顯示這兩個人也只知有信陵君，不知道有魏王。

我認為如果信陵君為自己打算，不如以趙、魏脣亡齒寒的形勢，極力地勸告魏王；如果魏王不聽從，就以他要和秦軍決一生死的決心，死在魏王面前，魏王必然會覺悟的。如果侯生為信陵君打算，不如自己去謁見魏王而勸他救趙；如果魏王不聽從，就以他想為信陵君而死的決心，死在魏王面前，魏王也必然會覺悟的。如姬有心要報答信陵君的恩惠，不如乘魏王的空暇，日夜勸他救趙；如果魏王不聽從，就以她想為魏公子而死的決心，死在魏王面前，魏王也必然會覺悟的。這樣做，信陵君既不辜負魏國，也不辜負趙國；侯生、如姬兩人既不辜負魏王，也不辜負信陵君。為什麼不採取這樣的方法呢？

信陵君只知有婚姻關係的趙國，不知道有魏王；在內的寵姬，在外的鄰國，地位低的夷門看門人，又都只知有公子，不知有魏王，那表示魏國僅有一個孤立的王罷了。唉，自從世道衰微以來，世人都習慣了背棄公理、為私黨而死的行為，卻忘了堅守節操奉行公理的原則。只有權重的宰相而沒有威嚴的國君，只有私人的仇怨而沒有正義的公憤。例如秦人只知有穰侯，卻不知道有秦王；虞卿只知有貧賤的朋友魏齊，卻不知道有趙王。國君形同虛設，由來已久了。

這樣說來，信陵君的罪過，本來就不僅在於竊不竊取兵符。如果他是為了魏國，為了六國，縱使是竊取兵符還可以說得過去；如果只是為了趙國，為了一個親戚，縱使是向魏王請求兵符而且公然得到了，也是有罪的。

話雖如此，魏王也不能說沒有罪。兵符藏在臥室裡面，信陵君又怎能偷得到？信陵君不顧忌魏王，而直接請求如姬竊取，可見他平時就已看出魏王的疏忽；如姬不顧忌魏王，而敢竊取兵符，可見她素來就仗恃著魏王的寵幸。木頭腐朽了才會生蛀蟲。古代人君在上面掌握大權，朝廷內外沒有人敢不敬畏。那麼信陵君怎能在趙國建立私人交情？趙國怎能向信陵君私下求救？如姬怎能感激信陵君的恩惠？信陵君怎能施恩給如姬？踩到霜，便知道堅冰將來到，堅冰難道是一朝一夕而來的嗎？這樣說來，不但眾人不知有魏王，魏王也自甘於居虛位而無實權啊。

所以信陵君可以作為臣子結黨的警戒，魏王可以作為國君失去實權的警戒。《春秋》記載「葬原仲」、「翬帥師」。唉！聖人的思慮，的確深遠啊。

【研　析】本文可分七段。首段先肯定信陵君救趙的歷史意義，但此肯定須在「竊魏之符以紓魏之患，借一國之師以分六國之災」的前提下才能成立。二段直斥平原君和信陵君皆重婚姻而輕魏王，置魏國社稷安危於不顧，其心可誅。三段借箸代籌，以為信陵君、侯生、如姬，皆應激諫於王，不惜繼之以死，方為得計。四段感歎亂世之臣存私背公，使國君徒居虛位。五段小結前四段，以信陵君竊符之功過，全視其動機而定。六段責魏王自甘居於贅旒之地位。末段總結，以「信陵君可以為人臣植黨之戒，魏王可以為人君失權之戒」為全文收束。

通篇藉史實以論公私之理，而其「誅心」說所欲批判的，不僅是信陵君這批人的個人行為，更是「人皆習於背公死黨之行，而忘守節奉公之道」的社會現象，與「有重相而無威君，有私讎而無義憤」的政治亂象。於是他對信陵君的訾議，遂集中於「知有婚姻之趙，不知有王」這點；換言之，決定救與不救的關鍵，繫於信陵君一人的私心。所謂「傾魏國數百年社稷以殉姻戚」，實際上是以舉國安危孤注一擲，這種自我過度膨脹，以致破壞國家體制與安全的不負責的態度，乃是作者深惡痛絕的。

另方面，魏國的君臣關係也呈現病態。信陵君、如姬皆「不忌魏王」，甚且「不知有王」，而魏王亦「自為贅旒」，臣驕主闇，豈非禍亂之始？六段連用五個「安得」反詰此弊，對「木朽而蛀生之矣」的危狀深致疑慮。

唐順之身處明朝國勢日下的昏亂之世，自不能無所憂懼，而他對史事的體會，或可視為對當時政局的反映。

宗臣

宗臣（西元一五二五～一五六〇年），字子相，明揚州興化（今江蘇興化）人。世宗嘉靖二十九年（西元一五五〇年）中進士，歷官吏部考功郎。稱病還鄉，在百花洲上築書室。後又出仕，任稽勳員外郎，因送賻金弔楊繼盛之喪，為權相嚴嵩所惡，出為福建布政司參議。防倭寇有功，遷升為提學副使。死於任所。宗臣與李攀龍、王世貞、謝榛、徐中行、吳國倫、梁有譽等，並稱為「嘉靖七子」，即「後七子」。有《宗子相集》。

報劉一丈書

【題解】本文選自《宗子相集》。報，回覆。劉一丈，宗臣父親的朋友。姓劉，名玠，字國珍，號墀石。排行第一，故稱劉一；丈是對長者的尊稱。明世宗嘉靖年間，權相嚴嵩父子當道，百官競相奔走鑽營於嚴氏門庭，賄賂公行，政風敗壞。宗臣對此深感痛惡，因此藉回覆劉一丈來信，針對信中「上下相孚」的告誡之語，揭露當時官場的汙穢，從而表明不肯同流合汙的心跡。

數千里外，得長者❶時賜一書，以慰長想，即亦甚幸矣；何至更辱饋遺❷，則不才❸益將何以報焉。書中情意甚殷❹，即長者之不忘老父，知老父之念長者深也。至以「上下相孚❺，才德稱位❻」語不才，則不才有深感焉。

夫才德不稱，固自知之矣；至於不孚之病，則尤不才為甚。且今世之所謂孚者，何哉？日夕策馬⑦候權者之門，門者故不入⑧，則甘言媚詞作婦人狀，袖金以私之⑨。即門者持刺⑩入，而主人又不即出見；立廄⑪中僕馬之間，惡氣襲衣袖，即飢寒毒熱不可忍，不去也。抵暮⑫，則前所受贈金者出，報客曰：「相公⑬倦，謝客⑭矣。客請明日來。」即明日，又不敢不來。夜披衣坐，聞雞鳴，即起盥櫛⑮，走馬抵門。門者怒曰：「為誰？」則曰：「昨日之客來。」則又怒曰：「何客之勤也？豈有相公此時出見客乎？」客心恥之，強忍而與言曰：「亡奈何⑯矣，姑容我入。」門者又得所贈金，則起而入之；又立向⑰所立廄中。

幸⑱主者出，南面⑲召見，則驚走匍匐⑳階下。主者曰：「進！」則再拜，故遲不起；起則上所上壽金㉑。主者故不受，則固請㉒。主者故固不受，則又固請。然後命吏納㉓之。則又再拜，又故遲不起；起則五六揖㉔始出。出，揖門者曰：「官人㉕幸顧我，他日來，幸無阻我也！」門者答揖。大喜奔出，馬上遇所交識，即揚鞭㉖語曰：「適㉗自相公家來，相公厚㉘我，厚我！」且虛言狀㉙。即所交識，亦心畏相公厚之矣。相公又稍稍語人曰：「某也賢！某也賢！」聞者亦心計㉚交贊之。此世所謂「上下相孚」也，長者謂僕㉛能之乎？

前所謂權門者，自歲時伏臘㉜一刺之外，即經年不往也。間㉝道經其門，則亦掩耳閉目，躍馬疾走過之，若有所追逐者。斯則僕之褊衷㉞，以此長不見悅於長吏㉟，僕則愈益不顧也。每大言曰：「人生有命，吾惟守分㊱而已。」長者聞此，得無㊲厭其為迂㊳乎？

【注釋】❶長者　對長輩的尊稱。❷饋遺　贈送禮物。❸不才　自謙之辭。❹殷　深厚。❺相孚　互相信任。孚，信。❻稱位　合於職位。意謂能勝任。稱，相配；相合。❼策馬　執鞭驅馬。策，馬鞭。此當動詞。❽門者故不入　守門的人故意不讓他進去。❾袖金以私之　取出袖中預藏的金錢私下送給他。❿刺　名帖；名片。⓫廄　馬房；馬棚。⓬抵暮　到了天黑。抵，至。⓭相公　尊稱宰相。⓮謝客　謝絕見客。⓯盥櫛　梳洗。盥，洗手。也泛指洗濯。櫛，梳子。此當動詞。⓰亡奈何　無可奈何。亡，通「無」。⓱向　先前。⓲幸　慶幸；幸虧。⓳南面　面向南而坐。古代帝王之位如此。此言權者自比於王，待客傲慢。⓴匍匐　伏地。㉑壽金　禮物。壽，向人敬酒或以禮物贈人表示祝賀。㉒固請　堅請。㉓納　收下。㉔揖　拱手為禮。㉕官人　居官的人。此指上文「相公」。㉖揚鞭　高舉馬鞭。此形容得意之狀。㉗適　剛才。㉘厚　厚待。㉙虛言狀　誇大形容其所受厚遇之情狀。㉚心計　心中考慮。㉛僕　自稱之謙詞。㉜歲時伏臘　猶言逢年過節。伏，指伏日。有三伏：農曆夏至後第三庚日為初伏，第四庚日為中伏，立秋後第一庚日為末伏。為一年中最熱的時候。臘，指臘日。即歲末祭祀百神之日。秦、漢時伏日與臘日皆為節日。㉝間　偶爾。㉞褊衷　狹窄的心胸。褊，狹小。衷，內心。㉟長吏　長官。㊱守分　持守本分。㊲得無　該不會；會不會。㊳迂　不切實際；不合時宜。

【語譯】幾千里外，偶爾收到老先生的來信，安慰我深長的思念，已經很榮幸了；怎麼又蒙您贈送禮物，這讓我更不知要如何報答您了。信中情意深厚，這是老先生不忘記家父，可想知家父也同樣深念著您哪！至於信中用「上下互信，才德稱職」來勉勵我，我卻有很深的感慨。

才德不能稱職，我自己已有體認，至於不能互信的毛病，在我就更嚴重了。況且現在所謂的互信是什麼情況呢？每天騎著馬到權貴者門口守候，守門的僕人故意不讓他進去，他就作出女人模樣，對僕人說些討好動聽的話，拿出袖中的錢私下賄賂門房。即使門房拿了名帖進去，而主人又不立即出來接見；他就站在馬房中和僕人及馬匹混在一起，臭氣熏人衣袖，即使凍餓酷熱得無法忍受，也不敢離去。到了天黑，先前收他錢的門房出來，告訴他說：「相公累了，不接見客人了。請客人明天再來。」到了明天，又不敢不來。整夜披衣坐著，聽到雞鳴就起來梳洗，騎著馬去到門口。門房生氣地問：「是誰？」就說：「昨天的客人來了。」門房又生氣地說：「客人怎麼這麼勤快啊？相公哪有這時候見客的道理呢？」客人雖然內心感到羞恥，也只能勉強忍耐著回答說：「實在是無可奈何啊！姑且讓我進去吧！」門房又得到他的錢，才開門讓他進去；他又到先前所站的馬房中等候。

幸虧主人出來了，面向南邊坐著召見他，他就惶恐地走向前伏在臺階下。主人說：「進來！」就拜了兩拜，故意拖延著不起身；一起身就奉上所要送的財物。主人故意不收，他就堅決請求收下。主人再故意堅決不收，他又再堅決地請主人收下。主人這才命令下人收下。於是又拜了兩拜，又故意遲延不起；起來又作了五六個揖才退出。出來時對門房作揖說：「很榮幸得相公的接見，改天再來，希望你不要擋我了！」門房也回他一揖。他很高興地跑出來，在馬上遇到熟人，就高舉著馬鞭說：「剛才由相公家出來，相公厚待我！厚待我！」又誇大其詞地說了受到厚待的情形。那些熟人也就因相公對他好而忌憚他。相公偶爾也隨意地向人說：「某人不錯！某人不錯！」聽到的人也就揣摩著相公的心意交相稱讚他一番。這就是世人所說的「上下互信」啊！老先生您說我做得到嗎？

前面所說的權貴者之門，我除了逢年過節送一張名帖以外，就整年不去拜訪。偶爾路經門口，也摀緊耳朵閉上眼睛，快馬加鞭跑過去，好像後面有人在追趕似的。這就是我狹窄的心胸，也因此一直不被長官欣賞，我卻更不去理會這些。我經常揚言：「人生自有命定，我只想持守本分罷了。」老先生聽我這麼說，會不會嫌棄我不切實際呢？

【研　析】本文可分四段。首段對長者的賜書、饋贈表示感謝，進而扣住來信中「上下相孚，才德稱位」的看法抒發感慨。二、三段為文章主體，緊承「上下相孚」四字，形象地刻畫出當時奔走於權貴之門的趨炎附勢之徒，種種奴顏婢膝的猥瑣醜態，並對「世所謂上下相孚」提出質疑。末段寫作者平日對待權貴者的態度，而以「得無厭其為迂」回應首段「不才有深感焉」。

篇中描繪的人物有三類，即當權者（主）、拜謁者（客）和門者，生動勾勒出一幅官場寫真圖。拜謁者求見之初的表現可用倓、媚、賄、忍四字概括，他們「日夕策馬候權者之門」，對於仗勢作威的門者，一方面「甘言媚詞作婦人狀，袖金以私之」，另方面還得強忍「惡氣襲衣袖」、「飢寒毒熱」，乃至門者的蓄意刁難。及至受到召見，則「驚走匍匐階下」、「再拜」、「又再拜」；上壽金時「固請」、「又固請」、「故遲不起」、「起則五六揖」，表現出一副受寵若驚、銘感五內的樣子。權者則「故不受」、「故固不受」、「然後命吏納之」，表面上道貌岸然，實際上，當他「不即出見」，並縱容門者恣意索賄和怒斥來客，即已暗示其貪婪虛偽的真面目。拜謁者蒙召之後「大喜奔出」，以至遇所交識即揚鞭炫人的醜狀，與孟子所說齊人驕其妻妾的故事如出一轍，這豈不正是名利場的干祿傳統？而當一個時代的進身之階已變成「才德退位，貨賂先行」，甚且必須獻媚於當權者以獲褒賞，以求升遷，這豈不是個希望貧乏的時代？宗臣雖自謂為迂，但一個有守有為的知識分子，又怎能厚顏無恥以希世媚俗呢？

歸有光

歸有光（西元一五〇六～一五七一年），字熙甫，明崑山（今江蘇崑山）人。九歲能寫文章，少年時，讀遍五經、三史。但參加科舉考試，卻連遭失敗，鄉試六次才中舉人，會試九次才於明世宗嘉靖四十四年（西元一五六五年）中進士，年已六十歲。官至南京太僕寺丞，卒於任上。嘉靖二十年，第一次會試失利，次年即遷居嘉定（今上海嘉定）安亭，讀書講學，門生常數百人，學者稱震川先生。

歸有光是明代古文大家，其古文得力於《史記》、《漢書》及唐、宋諸古文家。擅長藉事抒情、細節描繪。黃宗羲曾推許為明文第一，清代桐城古文家也備致推崇。有《震川先生集》。

吳山圖記

【題　解】本文選自《震川先生集》。吳縣（今江蘇吳縣）知縣魏用晦離職時，吳縣人繪贈〈吳山圖〉以表示感念。魏用晦與歸有光是同榜進士，請歸有光為這幅圖畫作記。記文中稱讚魏用晦對吳縣百姓有恩有情，所以百姓對他感恩戴德，念念不忘。

吳、長洲❶二縣在郡治所❷，分境而治。而郡西諸山皆在吳縣，其最高者，穹窿❸、陽山❹、鄧尉❺、西脊❻、銅井❼；而靈巖❽，吳之故宮在焉，尚有西子❾

之遺跡。若虎丘⑩、劍池⑪及天平⑫、尚方⑬、支硎⑭，皆勝地也。而太湖⑮汪洋三萬六千頃，七十二峰沉浸其間，則海內⑯之奇觀矣。

余同年⑰友魏君用晦⑱為吳縣，未及三年，以高第⑲召入為給事中⑳。君之為縣，有惠愛，百姓扳留㉑之不能得，而君亦不忍於其民，由是好事者繪〈吳山圖〉以為贈。

夫令㉒之於民，誠㉓重矣。令誠㉔賢也，其地之山川草木亦被其澤而有榮也；令誠不賢也，其地之山川草木亦被其殃而有辱也。君於吳之山川，蓋增重矣。異時㉕吾民將擇勝於巖巒之間，尸祝㉖於浮屠㉗、老子㉘之宮也，固宜。而君則亦既去矣，何復惓惓㉙於此山哉？昔蘇子瞻㉚稱韓魏公㉛去黃州㉜四十餘年，而思之不忘，至以為思黃州詩，子瞻為黃人刻之於石。然後知賢者於其所至，不獨使其人之不忍忘而已，亦不能自忘於其人也！

君今去縣已三年矣。一日，與余同在內庭㉝，出示此圖，展玩㉞太息㉟，因命余記之。噫！君之於吾吳有情如此，如之何而使吾民能忘之也！

【注釋】❶長洲　縣名。今江蘇蘇州。❷郡治所　郡衙門所在地。郡，指蘇州府。舊稱吳郡。治所，地方官署所在地。❸穹窿　山名。在吳縣西南。❹陽山　山名。在吳縣西北。❺鄧尉　山名，又名光福山。在吳縣西南。❻西脊　山名，又名西磧山。在鄧尉山之西。❼銅井　山名。在鄧尉山之西南。❽靈巖　山名。在吳縣西南，為吳王館娃宮之舊址，上有西施洞、響屧廊、吳王井等遺蹟。❾西子　即西施。春秋末年吳王夫差的寵姬。❿虎丘　山名。在吳縣西北，為吳王闔閭安葬之處。⓫劍池　在虎丘山上。相傳秦始皇東巡至虎丘，於吳王闔閭墓尋寶劍，有虎蹲於墓上，秦始皇以劍刺虎，誤中於石，陷而為池。⓬天平　山名。在吳縣西，山頂平曠，有望湖臺。⓭尚方　山名。在吳縣東北。⓮支硎　山名。在吳縣西南，晉僧支遁隱居於此。⓯太湖　湖名。古稱震澤，跨江、浙二省。⓰海內　國內。古人以中國四周皆海，故稱國內為海內，國外為海外。⓱同年　科舉時代，同榜考取舉人或進士者，彼此互稱「同年」。⓲魏君用晦　魏體明，字用晦，明侯官（今福建福州）人。與歸有光為同榜進士。任吳縣知縣，後遷刑科給事中。君，對人的尊稱。⓳高第　高等；優等。⓴給事中　官名。明代於吏、戶、禮、兵、刑、工等六部，皆置給事中，掌侍從規諫，稽察六部百司之職。㉑扳留　挽留。㉒令　縣令。㉓誠　確實。㉔誠如果。㉕異時　異日；他日。此指將來。㉖尸祝　此處皆當動詞。謂設神位而祭祀之。尸，代表鬼神接受祭享的人。祝，傳告鬼神言辭的人。㉗浮屠　梵語的音譯。此指佛教。㉘老子　春秋時代楚國人。相傳姓李名耳，或謂姓老名聃。道家之始祖，後世道教宗奉之。㉙惓惓　念念不忘。㉚蘇子瞻　蘇軾的字。㉛韓魏公　韓琦。北宋仁宗時為相，封魏國公。㉜黃州　今湖北黃岡。㉝內庭　宮禁之內。㉞展玩　展視玩賞。㉟太息　長歎。

【語譯】吳、長洲兩縣的衙門同在蘇州府治的所在地，兩縣各自治理所轄的縣境。府西邊的許多山都在吳縣境內。其中最高的山是穹窿山、陽山、鄧尉山、西脊山和銅井山。而靈巖山有春秋時代吳國的故宮在上面，還留有西施的遺跡。至於虎丘山、劍池以及天平山、尚方山、支硎山，都是名勝之地。太湖湖面汪洋遼闊，有三萬六千頃，湖上七十二座山峰沉浸在其中，可稱得上是海內的奇觀了。

我的同榜朋友魏用晦君任吳縣知縣，還不到三年，以考績優異被召進京擔任給事中。魏君治理吳縣，能惠愛百姓，百姓挽留他不得，而魏君也捨不得離開他的百姓，於是有熱心的人畫了一張〈吳山圖〉送給他。

知縣對百姓而言，的確很重要。知縣如果賢明，當地的山川草木也受到他的恩澤而有榮耀；知縣如果不賢明，當地的山川草木也受到他的禍害而有恥辱。魏君對於吳縣的山川，是增加了不少的光彩。將來本地的百姓將在巖石峰巒間揀個勝地，在佛教、道教的廟堂裡設神位禱祝他，固然是應當的。但魏君已經離開了，又為什麼還是忘不了這些山川呢？從前蘇子瞻稱道韓魏公離開黃州四十多年，還思念不忘黃州，甚至寫思念黃州的詩，子瞻替黃州人把他的詩刻在石上。我這才明白賢者在他所到的地方，不但使當地百姓忘不了他，而他自己也不會把百姓忘了！

魏君離開吳縣已經三年了。有一天，我和他同在宮廷裡，他拿出這幅圖給我看，一邊欣賞，一邊長歎，因此要我寫一篇記。唉！魏君對於我們吳縣有這樣的感情，教我們百姓怎能忘掉他呢！

【研　析】本文可分四段。首段記吳縣的名山古蹟，指出太湖七十二峰的奇觀。此段點出「吳山」二字。次段說明〈吳山圖〉繪製贈遺的原委。此段點出「圖」字。三段議論縣令賢否不僅澤惠百姓，連山川草木也增光彩。末段說明寫「記」的因緣。

本文結構嚴謹，題文呼應緊切。首段描寫吳山形勝古蹟，乃就〈吳山圖〉展玩開來所見而描繪的，而後再就〈吳山圖〉的由來細說從前，最後說明寫記的因緣。故而本篇實屬倒敘結構，富於戲劇藝術化的情趣。

這篇為應酬而作的記文，對魏用晦、吳縣人民及山水三方面均予以讚揚稱美。然因作者即為吳縣人，文末又用「吾吳」、「吾民」等字，使文意充滿誠摯懇切之情，顯得十分貼切。

王文濡評此篇說：「不泛作贊頌語，而令之與民兩不能忘，其賢可知。寫來自淡宕有致。」

滄浪亭記

【題　解】本文選自《震川先生集》。滄浪亭故址在今江蘇蘇州城南，北宋詩人蘇舜欽（西元一〇〇八～一〇四八年）於流寓蘇州時所建，有〈滄浪亭記〉以記其事。明末僧人文瑛加以重修，請歸有光寫了這篇記文，敘述滄浪亭數百年間的興廢變遷，強調以蘇州宮館園林之盛，而此亭獨受重視，迭加修建，乃因蘇舜欽其人之受敬重。

浮圖❶文瑛居大雲庵❷，環水，即蘇子美❸滄浪亭之地也。亟❹求余作滄浪亭記，曰：「昔子美之記，記亭之勝也；請子記吾所以為亭者。」

余曰：「昔吳越❺有國時，廣陵王❻鎮吳中，治南園於子城❼之西南，其外戚❽孫承佑❾亦治園於其偏❿。迨⓫淮海納土⓬，此園不廢。蘇子美始建滄浪亭，最後禪者⓭居之，此滄浪亭為大雲庵也。有庵以來二百年，文瑛尋古遺事，復子美之構於荒殘滅沒之餘，此大雲庵為滄浪亭也。夫古今之變，朝市⓮改易。嘗登姑蘇之臺⓯，望五湖⓰之渺茫，群山之蒼翠，太伯、虞仲⓱之所建，闔閭、夫差⓲之所爭，子胥⓳、種、蠡⓴之所經營，今皆無有矣。庵與亭何為者哉？雖然，錢鏐因亂攘竊，保有吳越，國富兵強，垂及四世，諸子姻戚，乘時奢僭，宮館苑囿㉑，極一時之盛；而子美之亭，乃為釋子㉒所欽重如此。可以見士之欲垂名於千載之後，不與其澌㉓然而俱盡者，則有在矣！」

文瑛讀書，喜詩，與吾徒㉔游，呼之為滄浪僧云。

【注釋】❶浮圖　梵語之音譯。此指和尚。❷大雲庵　一名結草庵。元朝至正年間，僧善慶所建，在今江蘇蘇州城南。❸蘇子美　北宋蘇舜欽，字子美。工詩，與梅聖俞齊名。❹亟　屢次。❺吳越　五代時期的十國之一。錢鏐所建，都杭州（今浙江杭州），傳四代，降宋。❻廣陵王　錢鏐第六子，名元璙。封為廣陵郡王，鎮守吳中。吳中，指蘇州地區。❼子城　大城所屬之小城。即內城。❽外戚　指帝王母族、妻族。❾孫承佑　人名。其女為吳越王錢俶之妃。官至光祿大夫。❿偏　旁邊。⓫迨　及；到了。⓬淮海納土　北宋太宗太平興國三年（西元九七八年），錢鏐之孫錢俶降宋，宋封錢俶為淮海國王。⓭禪者　僧；和尚。⓮朝市　早晨的市集。⓯姑蘇之臺　姑蘇臺。在吳縣西南姑蘇山上。吳王夫差破越，越獻西施，吳王築姑蘇臺以居之。⓰五湖　即太湖。⓱太伯虞仲　皆周太王之子。兄弟二人讓位與其三弟季歷，遂逃往荊蠻，荊蠻人擁太伯為吳君，太伯死，虞仲繼其位。太伯所居，即今吳縣。虞仲居虞山，即今常熟。⓲闔閭夫差　皆春秋末吳君。闔閭，虞仲之後，殺吳王僚自立，後與越王句踐戰，受傷而死。夫差，闔閭之子。曾敗越為父復仇，後為越王句踐所滅。⓳子胥　即伍子胥。名員，春秋時代楚國人。父伍奢、兄伍尚，俱為楚平王所殺，伍子胥奔吳，佐吳伐楚以復仇，遂使闔閭稱霸。夫差敗越後，他反對議和，夫差賜劍使自殺。⓴種蠡　文種和范蠡。皆越王句踐之大夫，佐句踐滅吳。㉑苑囿　種植花木、畜養禽獸之處。㉒釋子　僧徒。㉓澌　盡。㉔吾徒　吾輩。

【語譯】文瑛和尚居住在大雲庵，庵的四周環繞著水，那裡本來是北宋蘇子美滄浪亭的舊址。他多次要求我寫一篇滄浪亭記，說：「從前蘇子美的〈滄浪亭記〉，是記亭子的勝境；現在請您記我重建的原因。」

我說：「從前吳越保有國祚的時候，廣陵王鎮守吳中，在子城的西南修築了南園，吳越王的外戚孫承佑也在南園旁邊修築庭園。到了錢俶獻地歸順宋朝，受封為淮海國王，這座庭園依然沒有廢棄。蘇子美在這裡始建滄浪亭，後來是和尚住在這裡，這樣滄浪亭就變成大雲庵了。自從有大雲庵以來已經兩百年，文瑛搜尋古代的遺事，在荒殘湮沒的殘跡上，恢復蘇子美的建築，這樣大雲庵又變為滄浪亭了。古今的變遷，有如早晨的市集不斷改變。我曾經登上姑蘇臺，眺望過太湖的飄渺遼闊，群山的青蔥翠綠，想起太伯、虞仲所建立的，闔閭、夫差所爭奪的，以及伍子胥、文種、范蠡所經營的，如今都已不存在了。那麼庵和亭又能怎麼樣呢？話雖如此，錢鏐趁著混亂竊取權位，保有吳越的地方，國富兵強，王位傳了四代，他的子孫和姻戚，也乘機奢侈越禮，宮館苑囿的盛況，在當時達到極點；但蘇子美的亭，卻被僧徒這樣的敬重。可見士人要想留名千年，不跟外界的事物同歸於盡，自有它的道理在喲！」

文瑛讀書，喜愛詩，跟我們交往，我們都稱他為滄浪僧。

【研析】本文可分三段。首段敘作記的緣由。二段為全文重心，敘述此亭之滄桑變化。三段補記文瑛之性情愛好。滄浪亭始建於北宋蘇舜欽，蘇舜欽已有〈滄浪亭記〉，詳記其造設、園亭形勢、景色，今若再記宮室、寫景物，便是雷同，故歸有光此文改由園變為亭，亭變為庵，庵再變為亭的變化上著筆，抒寫其興替盛衰之感慨，以及如何千載不朽的定見。這樣的興發正與滄浪亭歷經數百年歷史以及姑蘇的千年典故相互呼應，事與情十分貼切。

文末指出士人想傳名後代，自有道理在。但道理究竟何在，卻不直接說明，留下巧妙的懸疑。使人讀罷，追思尋繹，大有繞梁之音餘韻不絕的感覺。

茅坤

茅坤（西元一五一二～一六〇一年），字順甫，號鹿門，明歸安（今浙江湖州）人。世宗嘉靖十七年（西元一五三八年）中進士。官至大名兵備副使。後被忌者所中傷，解官歸里。

茅坤工古文，喜唐、宋，曾選編唐韓愈、柳宗元，宋歐陽脩、三蘇、曾鞏、王安石等八家古文，為《唐宋八大家文鈔》，「唐宋古文八大家」之名於是確立。自著有《茅鹿門先生文集》等。

青霞先生文集序

【題解】本文選自《茅鹿門先生文集》。《青霞先生文集》是沈鍊的詩文集。沈鍊，字純甫，號青霞山人，明會稽（今浙江紹興）人。明世宗嘉靖十七年（西元一五三八年）中進士。曾任錦衣衛經歷，因上書揭發嚴嵩父子罪狀，被謫戍保安衛（治所在今河北懷來東南）。後被嚴嵩所害。門人集其所作為《青霞先生文集》，其子沈以敬請茅坤作序。序文表彰沈鍊的正直敢諫，而其詩文正是其道德勇氣的體現，其人其詩闇合於「古之志士」。序，古代的一種文體（參見〈太史公自序〉題解）。本文屬「書序」。

青霞沈君，由錦衣經歷❶上書詆❷宰執❸。宰執深疾❹之，方力構❺其罪，賴天子❻仁聖，特薄❼其譴❽，徙之塞上❾。當是時，君之直諫之名滿天下。

已而君纍然⑩攜妻子，出家塞上。會北敵⑪數內犯，而帥府以下，束手閉壘⑫，以恣⑬敵之出沒，不及飛一鏃⑭以相抗。甚且及敵之退，則割中土之戰沒者與野行者之馘⑮以為功。而父之哭其子，妻之哭其夫，兄之哭其弟者，往往而是，無所控籲⑯。君既上憤疆埸⑰之日弛，而又下痛諸將士之日菅刈⑱我人民以蒙國家也。數嗚咽欷歔⑲，而以其所憂鬱發之於詩歌文章，以泄⑳其懷，即集中所載諸什㉑是也。

君故以直諫為重於時，而其所著為詩歌文章，又多所譏刺，稍稍傳播，上下震恐，始出死力相煽構㉒，而君之禍作矣。君既沒，而一時閫寄㉓所相與讒君者，尋且坐罪罷去。又未幾，故宰執之仇君者亦報罷。而君之門人給諫㉔俞君，於是裒輯㉕其生平所著若干卷，刻而傳之。而其子以敬，來請予序之首簡。

茅子㉖受讀而題之曰：「若君者，非古之志士之遺乎哉？孔子刪《詩》，自〈小弁〉㉗之怨親，〈巷伯〉㉘之刺讒以下，其忠臣、寡婦、幽人㉙、懟士㉚之什，並列之為風㉛，疏之為雅㉜，不可勝數，豈皆古之中聲㉝也哉？然孔子不遽遺之者，特憫其人，矜㉞其志，猶曰『發乎情，止乎禮義』、『言之者無罪，聞之者足以為戒』焉耳！予嘗按次春秋以來，屈原㉟之騷疑㊱於怨，伍胥㊲之諫疑於脅，賈誼㊳

之疏疑於激，叔夜㊴之詩疑於憤，劉蕡㊵之對疑於亢。然推孔子刪《詩》之旨而裒次之，當亦未必無錄之者。君既沒，而海內之薦紳㊶大夫，至今言及君，無不酸鼻而流涕。嗚呼！集中所載〈鳴劍〉、〈籌邊〉諸什，試令後之人讀之，其足以寒賊臣之膽，而躍塞垣戰士之馬，而作之愾㊷也固矣。他日，國家采風㊸者之使出而覽觀焉，其能遺之也乎？予謹識㊹之。至於文詞之工不工，及當古作者之旨與否，非所以論君之大者也，予故不著。」

【注釋】❶錦衣經歷　官名。錦衣，明禁衛軍錦衣衛之簡稱。經歷，掌出納文移之職。❷詆　毀謗。此用為痛責。❸宰執　宰相。執一國之政柄，故稱。此指嚴嵩及其子嚴世蕃。❹疾　憎恨。❺構　附會以成之；羅織陷害。❻天子　指明世宗。❼薄　用為動詞。減輕。❽譴　責罰。❾塞上　邊境。❿纍然　抑鬱不得志樣子。⓫北敵　指蒙古族俺答部。⓬閉壘　緊閉城壘。⓭恣　任憑。⓮一鏃　一枝箭。鏃，箭頭。此代指箭。⓯馘　殺敵割取其左耳。⓰控籲　控訴。⓱疆埸　邊界。⓲菅刈　殘害；殘殺。⓳嗚咽欷歔　失聲哭泣。⓴泄　發洩。㉑什　篇章。㉒煽構　以言惑世，陷人於罪。㉓閫寄　寄以閫外之事。即委以重要的軍職。閫，城郭之門。㉔給諫　即給事中。明六部皆置此官，掌侍從規諫，補闕拾遺，稽察六部百司之職。㉕裒輯　搜集編纂。㉖茅子　茅坤自稱。㉗小弁　《詩·小雅》篇名。趙岐謂此詩乃尹吉甫之子伯奇所作。尹吉甫為後妻所蠱惑，逐其前妻之子伯奇，伯奇作此詩以抒怨。㉘巷伯　《詩·小雅》篇名。寺人（即太監）孟子因被讒遭刑，故作是詩以洩怨憤。㉙幽人　幽居之人。指隱士。㉚懟士　怨士。㉛風　歌謠。指《詩經》中的十五〈國風〉。㉜雅　朝廷之樂歌。《詩經》中有〈大雅〉、〈小雅〉。此指〈小雅〉。㉝中聲　平和中正之樂聲。㉞矜　同情。㉟屈原　戰國時代楚國大夫，為楚懷王左徒。以忠信見疑而被逐，憂愁幽思，乃作〈離騷〉。㊱疑　類似；似乎。㊲伍胥　春秋末吳國大夫伍子胥。佐吳王夫差伐越而大破之，越王句踐請和，夫差許之，子胥屢諫不聽。㊳賈誼　西漢雒陽（今河南洛陽）人。文帝時，召為博士，遷至太中大夫，後招忌出為長沙王太傅，尋遷梁懷王太傅。賈誼曾上疏條陳政事，頗得治體。㊴叔夜　晉嵇康，字叔夜。因呂安事下獄，作〈幽憤詩〉。㊵劉蕡　唐人。文宗時應賢良對策，直言宦官之禍。㊶薦紳　也作「搢紳」、「縉紳」。古代官員，插笏於紳，是曰搢紳。後因謂仕宦曰搢紳。紳，大帶。㊷愾　憤怒。㊸采風　採集民間歌謠。㊹識　通「志」。記。

【語　譯】青霞沈先生，擔任錦衣衛經歷時上書痛責宰相，宰相十分憎恨他，正竭力羅織他的罪名，幸好皇上仁慈聖明，特意減輕他的罪責，把他流放到邊區。在這時候，沈先生直諫的名聲傳遍了天下。

不久，沈先生抑鬱地帶著妻子和孩子，出京到邊塞上去住。剛好遇到北方敵人屢次來寇邊，自統帥以下的官員，都束手無策，緊閉城壘，任憑敵寇隨意出沒，連射一枝箭去抵抗也沒有。甚至等到敵人退了，便割取中原兵士戰死者和野外行路人的左耳來獻功。而父親哭兒子，妻子哭丈夫，哥哥哭弟弟，這種情況到處都是，卻無處可以控訴。沈先生既悲憤邊界國防的日漸鬆懈，又痛恨一般將士時常殘害國人來蒙蔽朝廷。因此每每失聲哭泣，把他的憂傷發抒在詩歌文章中，以排遣他的心情，就是這本文集中所收的篇章。

沈先生本來便因直諫受到當時人的推重，而他所寫的詩歌文章，又多有所譏刺，漸漸地流傳開來後，朝野上下為之震動驚駭，便開始有人出死力煽惑中傷他，因此他的災禍便發生了。沈先生死後，當時握有兵權進讒言陷害先生的那幫人，不久也都因罪罷官。再過不久，以前仇視沈先生的宰相也丟了官。沈先生的門人給事中俞君，於是搜集編纂沈先生生平的著作若干卷，刻印流傳。沈先生的兒子以敬，來請我寫篇序擺在書的前面。

我讀了他的文集，寫道：「像沈先生這樣的人，不就是古代志士的後繼者嗎？孔子刪《詩經》，從〈小弁〉的怨親、〈巷伯〉的刺讒以下，那些忠臣、寡婦、幽人、怨士的篇什，都分別收入〈風〉、〈雅〉中，不能一一細數，這些難道都是古代平和中正的樂聲嗎？然而孔子並不輕易地刪去的原因，只是憐憫這些人，同情他們的心志，還說是『發自於真情，而不逾越於禮義』、『說的人沒有罪，聽的人足以作為警戒』的呢！我曾依次序閱讀春秋以來的作品，覺得屈原的〈離騷〉近於幽怨，伍子胥的諫言近於脅迫，賈誼的上奏近於激憤，嵇叔夜的詩近於憤慨，劉蕡的對策近於剛直。然而如果按照孔子刪《詩》的本旨來收集編纂，這些人的作品未必無可選錄。沈先生死後，海內官員至今一提到他，沒有一個不鼻酸而掉淚的。唉！集中所收〈鳴劍〉、〈籌邊〉各篇，試著讓後代的人讀它，應足以使賊臣膽寒，使邊城戰士的戰馬踴躍，進而激起同仇敵愾的心理，這是必然無疑的。將來國家採集民歌的使者看到這些作品，難道會漏掉它們嗎？我審慎地記下這些。至於文詞的工巧不工巧，以及合乎古代作者的要旨與否，不是我評論沈先生的重點所在，所以我不論及。」

【研　析】本文可分四段。前兩段介紹沈鍊生平，及其發憤著為詩文，遂罹禍殃之始末。三段追敘其詩文之流傳及編纂刊刻之經過。末段強調沈鍊的詩文能合乎古人諷諭之旨，足供後世觀省得失。

茅坤與王慎中、唐順之、歸有光等人被稱為明代的「唐宋派」古文家，他們都十分重視文章的內容；本篇特別表彰沈鍊直言敢諫的道德勇氣，且盛讚其詩文之氣骨，正是茅坤文學主張的體現。在茅坤看來，沈鍊一生最值得稱述的地方，就在其剛正不阿的氣節，故重言其「直諫」之耿介（「君之直諫之名滿天下」、「君故以直諫為重於時」）。直諫是基於強烈的危機意識而以忠直之言對當局發出警訊，它以整體利益為考量，故不免觸犯既得利益者的忌諱，而使自身暴露於眾矢之的的危險之中，此為沈鍊罹禍之所由。然而，也正因為其正義感始終處於被壓抑的狀態，故而他在情感上一直是傷痛憂鬱的，發之於詩歌文章，遂「多所譏刺」，而闇合於「古之志士」，在這點上，茅坤是充分肯定其價值的。

王世貞

王世貞（西元一五二六～一五九〇年），字元美，號鳳洲，又號弇州山人，明太倉（今江蘇太倉）人。世宗嘉靖二十六年（西元一五四七年）中進士。官至南京刑部尚書。工古文，與李攀龍、謝榛、宗臣、梁有譽、徐中行、吳國倫等合稱後七子，繼前七子之後，以秦漢之文、盛唐之詩倡行天下，而李、王實為其領袖。李攀龍去世後，王世貞獨主盟文壇達二十年。著有《弇州山人四部稿》等。

藺相如完璧歸趙論

【題解】本文選自《弇州山人四部稿》。藺相如，戰國時代趙國人，為趙國宦者令繆賢之舍人。趙惠文王得和氏璧，秦昭王願以秦十五城與趙換璧。趙王不敢拒絕，又恐被秦所欺，失璧而換不回十五城，於是派藺相如持璧入秦。藺相如因秦王見璧而不提十五城之事，遂設巧計，命人暗中將璧先行送回趙國。《史記・廉頗藺相如列傳》記此事，稱讚藺相如智勇兼備。王世貞針對此事而翻案，認為藺相如之所以能完璧歸趙，實賴天意成全，而無關其智勇。

藺相如之完璧，人皆稱之，予未敢以為信也。夫秦以十五城之空名，詐趙而脅❶其璧，是時言取璧者，情❷也，非欲以窺趙也。趙得其情則弗予，不得其情則予；得其情而畏之則予，得其情而弗畏之則弗予。此兩言決耳，奈之何既畏而復挑其怒也？

且夫秦欲璧，趙弗予璧，兩無所曲直❸也。入璧而秦弗予城，曲在秦；秦出城而璧歸，曲在趙。欲使曲在秦，則莫如棄璧；畏棄璧，則莫如弗予。

夫秦王既按圖以予城，又設九賓❹，齋❺而受璧，其勢不得不予城。璧入而城弗予，相如則前請曰：「臣固知大王之弗予城也。夫璧，非趙寶也；而十五城，秦寶也。今使大王以璧故而亡其十五城，十五城之子弟皆厚怨大王以棄我如草芥❻也；大王弗予城而紿❼趙璧，以一璧故而失信於天下。臣請就死於國，以明大王之失信。」秦王未必不返璧也。今奈何使舍人❽懷而逃之，而歸直於秦？

是時秦意未欲與趙絕耳。今秦王怒而僇❾相如於市，武安君❿十萬眾壓邯鄲⓫而責璧與信，一勝而相如族⓬，再勝而璧終入秦矣！吾故曰：「藺相如之獲全於璧也，天也。」若其勁澠池⓭，柔廉頗⓮，則愈出而愈妙於用。所以能完趙⓯者，天固曲全之哉！

【注釋】❶脅　以威力迫人。❷情　實情。❸曲直　是非；對錯。❹九賓　周天子接見使臣朝聘之禮，命各國賓客會同觀禮，以示隆重。❺齋　齋戒沐浴。古人遇祭祀或典禮等大事，先潔身清心，以示虔敬，謂之齋。❻草芥　草。喻輕賤之物。

❼給　欺詐。❽舍人　左右親近之通稱。此指藺相如的門客。❾僇　殺戮。❿武安君　秦將白起之封號。⓫邯鄲　戰國時代趙國都城。在今河北邯鄲西南。⓬族　滅族。⓭澠池　言藺相如於秦、趙澠池（在今河南澠池西）之會時，不屈於秦王之前。勁，強硬。⓮柔廉頗　言相如之於廉頗，不與之計較。⓯完趙　保全趙國。

【語　譯】藺相如完璧歸趙一事，人們都稱讚他，我卻不敢同意。秦國想用十五座城的空口許諾，欺騙趙國而強取趙國的和氏璧，這時秦國聲言想得到璧，這是實情，並不是想伺機侵略趙國。如果趙國了解秦國的實情就不要給，不了解實情就給；了解實情而畏懼秦就給，了解實情而不畏懼秦就不給。這是兩句話便可決定的事，為什麼既畏懼秦國卻又要去挑起秦的怒火呢？

何況秦國想要璧，趙國不給，雙方都無所謂對錯。給了璧而秦國不給城，錯在秦國；秦國拿出城來而璧卻送回趙國，錯在趙國。想使錯在秦國，便不如捨棄這塊璧；怕捨棄這塊璧，便不如不給。

秦王既已指著地圖要把十五座城給趙國，又設九賓的大禮，齋戒沐浴後準備接受這塊璧，在這種情況下，不可能不給城。如果璧交給了秦王，而秦王不給城，相如便可以上前向秦王請求說：「臣本來就料到大王不會給城。那塊璧，不算是趙國的珍寶；那十五座城，卻是秦國的寶物。現在假使大王因為璧的緣故而失去十五座城，十五座城的子弟都會深深地怨恨大王，認為大王拋棄自己像拋棄小草一般。假使大王不給城，而騙取了趙國的璧，就會因為一塊璧的緣故而失信於天下。臣願意死在這裡，來凸顯大王的失信。」這樣秦王未必不把璧歸還。如今為什麼派門客懷藏著璧逃回趙國，卻把正直合理留給了秦國呢？

在這時，秦國並沒意思要跟趙國絕裂。假使招惹秦王動怒而殺相如於市，派武安君帶兵十萬進逼邯鄲，並責問那塊璧和失信的事，秦國一仗打勝，相如會被滅族，再勝，那塊璧終究會落入秦王手中了！所以我說：「藺相如能保全那塊璧，是天意啊！」至於他在澠池會上對秦王的強硬，在趙國用柔弱的方式對待廉頗，真是越來越神妙了。他之所以能保全趙國，實在是天意成全了他啊！

【研　析】本文可分四段。首段言趙國對秦以城易璧一事的實情有「得」與「不得」兩種認知，而對秦的威脅亦可有「畏」與「弗畏」兩種態度和反應。二段以「棄璧」與否為關鍵，扣緊「曲直」來析理。三段為藺相如擬設一段應對秦王的辭令，以失信欺趙和為璧棄城而招怨兩面難之，逼秦王返璧。末段言藺相如之舉實有亡身、亡璧、亡趙三重危險，而將其所以安然脫險歸諸天意。

王世貞作此論有一基本預設，即末段所謂「秦意未欲與趙絕耳」。「未欲」並非不欲，只是力有未逮。《史記》記載藺相如使秦之前，廉頗大破齊師於陽晉，顯示趙國的軍事力量尚不容忽視，而秦、趙前此之攻戰互有勝負，亦使秦不敢以輕心掉之。另方面，藺相如赴澠池之會前已和廉頗約定，三十日後趙王不還，便立太子為王，以絕秦望。藺相如固然智勇雙全，實亦仰賴趙之實力與決心以為籌碼，方有談判之空間。王世貞先疑其「既畏而復挑其怒」，以為不智；又責其昧於曲直，實欲失信；更以族滅、國破、璧失三險難之，謂其所以保身完趙全璧，誠賴天意成全。然則細審王氏推證之過程，亦不無可議。何以故？賈誼曾於〈過秦〉中指責秦不施仁義，而在秦君之治國理念底層，亦未嘗欲以愛民為事，故王世貞擬設責秦以失信、民怨，所謂「秦王未必不返璧也」，乍看似得其曲直，實則亦未必盡是。

袁宏道

袁宏道（西元一五六八～一六一〇年），字中郎，號石公，明公安（今湖北公安）人。年十六，中秀才，結社城南，自為社長。神宗萬曆二十年（西元一五九二年）中進士。累官稽勳郎中。工詩文，主妙悟，倡性靈，反對後七子王世貞、李攀龍等復古模擬之弊。所作以小品文見長，清新輕俊，時稱「公安體」。與兄袁宗道、弟袁中道並有才名，號「三袁」。有《袁中郎全集》等。

徐文長傳

【題解】本文選自《袁中郎全集》。徐文長，徐渭（西元一五二一～一五九三年），字文長，明山陰（今浙江紹興）人。一生科舉不利，僅考中秀才。才氣橫溢，不拘格套，兼擅詩文書畫及戲曲。有《徐文長集》等。

本文為徐渭作傳，敘述其生平，評論其藝文成就，對其負奇才而命運坎坷，表達了深切的同情。

徐渭，字文長，為山陰諸生❶，聲名藉甚❷。薛公蕙❸校❹越❺時，奇其才，有國士❻之目。然數奇❼，屢試輒蹶❽。中丞❾胡公宗憲❿聞之，客諸幕⓫。文長每見，則葛衣烏巾⓬，縱談天下事，胡公大喜。是時公督數邊兵，威鎮東南，介胄之士⑬，膝語蛇行⑭，不敢舉頭，而文長以部下一諸生傲之，議者方⑮之劉真長⑯、杜少陵⑰云。會得白鹿⑱，屬⑲文長作表。表上，永陵⑳喜。公以是益奇之，一切疏計㉑，皆出其手。

文長自負才略，好奇計，談兵多中。視一世事無可當意者，然竟不偶㉒。文長既已不得志於有司㉓，遂乃放浪麴蘖㉔，恣情山水，走齊、魯、燕、趙㉕之地，窮覽朔漠㉖。其所見山奔海立，沙起雷行，雨鳴樹偃㉗，幽谷大都，人物魚鳥，一切可驚可愕之狀，一一皆達之於詩。其胸中又有勃然不可磨滅之氣，英雄失路、托足無門之悲，故其為詩，如嗔㉘如笑，如水鳴峽，如種出土，如寡婦之夜哭，羈人㉙之寒起；雖其體格㉚時有卑者，然匠心㉛獨出，有王者氣，非彼巾幗㉜而事人者所敢望也。文有卓識，氣沉而法嚴，不以模擬損才，不以議論傷格，韓、曾㉝之流亞㉞也。文長既雅㉟不與時調㊱合，當時所謂騷壇㊲主盟者，文長皆叱而奴之，故其名不出於越。悲夫！喜作書，筆意奔放如其詩，蒼勁㊳中姿媚躍出，歐陽公㊴所謂「妖韶㊵女，老自有餘態」者也。間以其餘，旁溢為花鳥，皆超逸有致。

卒以疑殺其繼室㊶，下獄論㊷死。張太史元忭㊸力解，乃得出。晚年，憤益深，佯狂㊹益甚。顯者至門，或拒不納。時攜錢至酒肆，呼下隸與飲；或自持斧擊破其頭，血流被面，頭骨皆折，揉㊺之有聲；或以利錐錐其兩耳，深入寸餘，竟不得死。周望㊻言：晚歲詩文益奇，無刻本，集藏於家。余同年㊼有官越者，托以鈔錄，今未至。余所見者，《徐文長集》、《闕編》二種而已。然文長竟以不得志於時，抱憤而卒。

石公㊽曰：「先生數奇不已，遂為狂疾；狂疾不已，遂為囹圄㊾。古今文人牢騷㊿困苦，未有若先生者也。雖然，胡公間世(51)豪傑，永陵英主。幕中禮數(52)異等，是胡公知有先生矣；表上，人主悅，是人主知有先生矣。獨身未貴耳。先生詩文崛起(53)，一掃近代蕪穢之習，百世而下，自有定論，胡為不遇哉？梅客生(54)嘗寄予書曰：『文長吾老友，病奇於人，人奇於詩。』余謂文長無之而不奇者也。無之而不奇，斯無之而不奇也！悲夫！」

【注釋】❶諸生　明時稱入學之生員。俗稱秀才。❷藉甚　盛大。❸薛公蕙　薛蕙。字君采，明亳州（今安徽亳縣）人。武宗正德九年（西元一五一四年）進士，累官吏部考功司郎中。公，對人的尊稱。❹校　考校。即學官考試諸生。❺越　指紹興府。治所在今浙江紹興。❻國士　一國傑出之士。❼數奇　命運不好。❽蹶　失敗；挫折。❾中丞　官名。明時稱巡撫為中丞。❿胡公宗憲　胡宗憲。字汝員，明績溪（今安徽績溪）人，嘉靖進士，曾以御史巡按浙江，後升總督，負責江南、江北、浙江、福建等數省海防，抗擊倭寇。累官兵部尚書。⓫客諸幕　禮聘為幕客。客，用為動詞。以客禮相待。幕，幕府的簡稱。指將軍或地方軍政首長的府署。⓬葛衣烏巾　穿葛布衣，戴黑色頭巾。即平民裝束。⓭介冑之士　指軍人。介，甲衣。胄，頭盔。⑭膝語蛇行　以膝跪地而語，彎腰俯伏而行。形容卑遜之極。⑮方　比擬。⑯劉真長　劉惔。字真長，東晉人。晉簡文帝初作相，帝以上賓之禮待之。⑰杜少陵　杜甫。自稱少陵野老，唐代詩人。杜甫流寓成都，在劍南道東西川節度使嚴武幕中備受禮遇，曾乘醉對嚴武說：「嚴挺之（嚴武之父）竟然有你這個兒子！」⑱會得白鹿　明世宗嘉靖三十七年（西元一五五八年），胡宗憲得白鹿於舟山，獻於朝廷，視為吉祥物。⑲屬　通「囑」。吩咐。⑳永陵　指明世宗。明世宗葬永陵，故用以借指明世宗。㉑疏計　奏章報表。㉒不偶　不遇；不得志。㉓有司　指官吏。設官分職，各有所司，故稱。㉔麴蘖　釀酒用的發酵劑。此指酒。㉕齊魯燕趙　皆古國名。此指各國所領地區。齊、魯，指今之山東一帶。燕、趙，指今之河北、山西一帶。㉖朔漠　北方沙漠。㉗偃　伏倒。㉘嗔　怒。㉙羈人　客居異地的人。㉚體格　風格。㉛匠心　指文學構思。㉜巾幗　婦女的頭巾和髮飾。此代指婦女。㉝韓曾　韓愈和曾鞏。㉞流亞　同一流人物。㉟雅　非常。㊱時調　指當代的文風。㊲騷壇　文壇。㊳蒼勁　古老而強勁。㊴歐陽公　指歐陽脩。歐陽脩有〈水谷夜行寄子美聖俞〉詩云：「譬如妖韶女，老自有餘態。」㊵妖韶　嬌媚的樣子。㊶繼室　續娶之妻。㊷論　判決。㊸張太史元忭　張元忭。字子蓋，明山陰（今浙江紹興）人。穆宗隆慶年間進士，官至翰林侍讀。明代修史屬翰苑諸臣，故翰林亦稱太史。㊹佯狂　假裝瘋狂。㊺揉　按摩。㊻周望　陶望齡。字周望，號石簣，明會稽（治所在今浙江紹興）人。神宗萬曆十七年（西元一五八九年）中進士，官編修，有詩名。㊼同年　科舉時代同榜考中舉人或進士的人，彼此互稱「同年」。㊽石公　袁宏道之號。㊾囹圄　牢獄。㊿牢騷　抑鬱不平的感觸。(51)閒世　隔世。即不世出。(52)禮數　禮節。(53)崛起　特出；突出。(54)梅客生　梅國楨。字客生，明麻城（今湖北麻城）人。神宗萬曆進士，官至兵部右侍郎、總督宣大山西軍務。

【語　譯】徐渭，字文長，是山陰縣的秀才，名氣很大。薛蕙公主持紹興府府試時，認為他的才學奇特，把他視為國士。但他運氣不好，屢次應試都失敗。巡撫胡宗憲公聽到他的名氣，聘請他做幕僚。文長每次進見，都是穿著粗布衣、戴著黑頭巾，縱談天下大事，胡公非常欣賞他。當時胡公總督數省邊防，威鎮東南一帶，將士們見了他，跪著講話，彎著腰走路，不敢抬頭，而文長只是胡公部下的一個秀才竟對他傲慢，評論的人把他比做劉真長和杜少陵。剛好胡公獲得一隻白鹿，吩咐文長作一篇表。表呈上去，世宗皇帝看了很喜歡。胡公因此更認為他是個奇才，一切奏章報表，都交給他寫。

文長自負他的才略，喜歡出奇計，談論軍事多能切中實際。他看當代的一切事情，沒有讓他滿意的，但是始終不能得志。文長仕途既不得志，於是肆意飲酒，縱情山水，遊歷過齊、魯、燕、趙等地，飽覽北方大漠。他所看過的山勢的奔騰，海水的洶湧，沙石的飛揚，雷電的疾行，雨的鳴嘯，樹的頹倒，寂靜的山谷，宏偉的都市，以及人物魚鳥，一切令人驚奇的形狀，都一一表現在他的詩中。他胸中又有蓬勃不可磨滅的氣概，英雄失意、無處容身的悲哀，所以他的詩，像在發怒，像在嘲笑，像流水在峽谷中悲鳴，像種子發芽冒出泥土，像寡婦夜晚哭泣，異鄉客寒夜起身；風格雖然偶爾有些卑下，但構思獨特，有王者的氣勢，不是那些像婦女般專討好人的作家所能跟他相比的。他的文章有卓越的見解，氣勢深沉而法度謹嚴，不以模擬折損他的才氣，不以議論損傷他的格調，可說是韓愈、曾鞏一流的人物。文長既然與當代文風極度不合，當時所謂文壇領袖的人物，文長都斥責他們、輕視他們，所以他的聲名不出浙江。真是可悲呀！他喜歡寫字，筆意奔放像他的詩，蒼老勁健中躍出嫵媚的姿態，如同歐陽脩所說的「嬌媚的女子，老了也仍自有風韻」。偶爾將其餘力，表現在花卉禽鳥畫上，也都超逸有韻致。

後來因疑心而殺了他續娶的妻子，下獄判了死罪。張太史元忭竭力營救他，才得釋放。晚年，憤世更深，裝瘋更嚴重。顯貴的人登門拜訪，有時拒不接見。他時常帶了錢到酒店，招呼一些地位低賤的人跟他喝酒；有時拿著斧頭敲破自己的腦袋，血流滿臉，頭骨都折斷，摸上去會有聲音；有時用銳利的錐子刺自己的雙耳，深入一寸多，居然沒有死。陶周望說他晚年的詩文越發奇妙，沒有刻本傳世，集子藏在他家裡。我的同年有在浙江做官的，我託他抄錄，到現在還沒抄來。我看到的只是《徐文長集》和《闕編》兩種而已。唉！文長終究因為在當時不得志，抱恨而死。

石公說：「先生命運始終不好，因此變為狂妄病；狂妄病老是不好，因此招來牢獄之災。古今文人抑鬱不平、窮困苦難，沒有一個像先生這樣悲慘的。雖然如此，胡公是不世出的豪傑，世宗是英明的皇帝。在幕府中胡公以特殊的禮儀待他，可見胡公是深知先生的了；表章呈上去，皇帝很喜歡，可見皇帝是知道先生的了。只是一生未曾顯貴罷了。先生的詩文特出，一掃近代蕪雜穢亂的習尚，百代以後，自然有公正的評價，怎能說他不遇時機呢？梅客生曾寄信給我，說：『文長是我的老友，他的病比他的為人奇特，他的為人比他的詩更奇特。』」我說文長沒有一樣不奇特，因為沒有一樣不奇特，所以他的遭遇也都不順利。實在令人悲傷呀！」

【研　析】本文可分四段。首段記述徐文長之奇才，先後見賞於薛蕙、胡宗憲和明世宗。二段歎其長才未能施展，而絕意仕進，放浪於酒鄉林野，詩文益奇，書畫俱佳。三段記其殺其繼室，下獄幾死；晚年雖激憤佯狂，詩文尤奇。末段引梅國楨語為證，謂其無一不奇。全篇藉由描述徐渭的奇才（詩奇、文奇、字奇、畫奇，且好奇計）來烘托他的「數奇」，表達了作者深刻的同情。

對多數傳統士大夫而言，「修身、齊家、治國、平天下」是一條無可置疑的人生道路，《論語》「學而優則仕」是他們根深柢固的信念。然而，事與願違的畢竟占了多數，在各自「自負才略」且「視一世事無可當意者」的情況下，牢騷滿腹者有之，恃才傲物者更不乏其人，徐渭就是一個典型。才高者固易好「奇」，所謂「匠心獨出，有王者氣，非彼巾幗而事人者所敢望」，以至對騷壇主盟者「叱而奴之」，實亦無非以己所長，相輕所短之文人積弊所致。徐渭終身偃蹇，恐怕是這種率性狂傲的態度所導致的吧！

然而，作為一個藝術創作者，亦必得有真性情以充其氣。徐渭的言行固然有失溫厚，甚且流於病態，但他始終堅持忠於自我，耿介不群，亦非媚俗的鄉愿所堪比擬。袁宏道以一「奇」字許之，正是推崇其獨抒性情、不拘格套的一面，這與公安派的基本主張是一致的。

張溥

張溥（西元一六〇二～一六四一年），字天如，明太倉（今江蘇太倉）人。自幼好學，所讀詩文，往往反覆抄寫六、七遍，因名其書房曰「七錄齋」。明思宗崇禎四年（西元一六三一年）中進士，授庶吉士。因葬親請假還鄉，不再出仕。張溥與同鄉同學張采齊名，號稱「婁東二張」。曾集郡中名士為文社以復古學，名曰復社。以聲勢浩大，為執政者所厭惡，幾得禍，至其死，而社事之究問猶未已。著有《七錄齋集》等書，編有《漢魏六朝百三名家集》。

五人墓碑記

【題解】本文選自《七錄齋集》。明熹宗天啟（西元一六二一～一六二七年）年間，宦官魏忠賢把持朝政，殘害忠良。天啟六年，辭官在鄉的吳縣（今江蘇蘇州）人周順昌，因忤魏忠賢而被逮捕，此事激起人民的義憤，與東廠緝捕人員發生激烈衝突。魏忠賢以吳縣人民暴亂，發兵而來。顏佩韋等五人毅然自首，被斬決，事方平定，不再株連。明思宗崇禎元年（西元一六二八年），魏忠賢充軍死，吳縣士紳請准將五人屍身合葬於虎丘山塘。本文即五人墓成立碑時所作碑文，表揚出身平民的五人，能捨生取義，死得其所。

五人者，蓋當蓼洲周公❶之被逮，激於義而死焉者也。至於今，郡❷之賢士大夫請於當道❸，即除❹魏閹❺廢祠❻之址以葬之，且立石於其墓之門以旌❼其所為。嗚呼，亦盛矣哉！

夫五人之死，去今之墓而葬焉，其為時止十有一月耳。夫十有一月之中，凡富貴之子，慷慨得志之徒，其疾病而死，死而湮沒❽不足道者亦已眾矣，況草野❾之無聞者歟？獨五人之皦皦❿，何也？

予猶記周公之被逮，在丁卯⓫三月之望⓬。吾社⓭之行為士先者，為之聲義⓮，斂⓯貲財以送其行，哭聲震動天地。緹騎⓰按劍而前，問：「誰為哀者？」眾不能堪，抶⓱而仆⓲之。是時以大中丞⓳撫吳者為魏之私人，周公之逮所由使也。吳之民方痛心焉，於是乘其厲聲以呵，則譟而相逐。中丞匿於溷藩⓴以免。既而以吳民之亂請於朝，按誅五人，曰：顏佩韋、楊念如、馬杰、沈揚、周文元，即今之傫然㉑在墓者也。然五人之當刑㉒也，意氣揚揚，呼中丞之名而詈㉓之，談笑以死；斷頭置城上，顏色不少變。有賢士大夫發五十金㉔，買五人之脰㉕而函㉖之，卒與屍合。故今之墓中，全乎為五人也。

嗟夫！大閹㉗之亂，縉紳㉘而能不易其志者，四海之大，有幾人歟？而五人生於編伍㉙之間，素不聞《詩》《書》之訓，激昂大義，蹈死不顧，亦曷故哉？

且矯詔㉚紛出，鉤黨㉛之捕徧於天下。卒以吾郡之發憤一擊，不敢復有株治㉜，大閹亦逡巡㉝畏義，非常之謀，難於猝發。待聖人㉞之出而投繯㉟道路，不可謂非五人之力也。

由是觀之，則今之高爵顯位，一旦抵罪，或脫身以逃，不能容於遠近，而又有剪髮㊱杜門㊲，佯狂不知所之者，其辱人賤行，視五人之死，輕重固何如哉？是以蓼洲周公，忠義暴㊳於朝廷，贈諡㊴美顯，榮於身後，而五人亦得以加其土封㊵，列其姓名於大堤㊶之上。凡四方之士，無有不過而拜且泣者，斯固百世之遇也。不然，令五人者保其首領㊷，以老於戶牖之下，則盡其天年，人皆得以隸使之，安能屈豪傑之流，扼腕㊸墓道，發其志士之悲哉？故予與同社諸君子，哀斯墓之徒有其石也，而為之記，亦以明死生之大，匹夫㊹之有重於社稷㊺也。賢士大夫者，冏卿㊻因之吳公㊼，太史㊽文起文公㊾，孟長姚公㊿也。

【注釋】❶蓼洲周公　周順昌。字景文，號蓼洲，明吳縣人。神宗萬曆四十一年（西元一六一三年）中進士，歷官吏部主事、文選員外郎。為魏忠賢所陷，下獄死。明思宗崇禎初，諡忠介。公，對人的尊稱。❷郡　指明之蘇州府。舊為吳郡，此用舊稱。❸當道　指握政權者。❹除　清除。❺魏閹　指魏忠賢。明熹宗時之宦官。時擅朝專政，生祠遍天下。明思宗立，貶於鳳陽（今安徽鳳陽），自縊死。❻廢祠　指魏忠賢生祠的廢址。在虎邱山塘。❼旌　表彰。❽湮沒　埋沒。❾草野　鄉野；民間。❿皦皦　明亮的樣子。⓫丁卯　丁卯年。即明熹宗天啟七年（西元一六二七年）。⓬望　農曆每月的十五日。⓭吾

社　指復社。時張溥與同里張采等，共結此社，以繼東林聲氣。⑭聲義　聲張正義。⑮斂　募集。⑯緹騎　逮治犯人之吏役。即官騎。緹，丹黃色的帛。漢執金吾從騎以此帛為服。⑰抶　擊打。⑱仆　跌倒。⑲大中丞　指蘇州巡撫毛一鷺。明代稱巡撫為中丞。「大」字有諷刺之意。⑳溷藩　廁所。㉑傫然　聚集的樣子。㉒當刑　受刑；就刑。㉓詈　罵。㉔五十金　五十兩銀子。明代以銀一兩為一金。㉕脰　脖子。此代指斷頭。㉖函　匣子。此用為動詞。裝入棺材。㉗大閹　指魏忠賢。㉘縉紳　代指官吏。古代官員束帶插笏，故稱。縉，插。紳，大帶。㉙編伍　指編入戶籍的平民。㉚矯詔　假聖旨。㉛鉤黨　結黨。此指東林黨。㉜株治　牽連治罪。㉝逡巡　遲疑不前的樣子。㉞聖人　指明思宗。㉟投繯　自縊。繯，繩圈。㊱剪髮　指落髮為僧。㊲杜門　閉門。㊳暴　顯揚。㊴贈諡　贈予死者之號，以示其德。㊵土封　聚土為封。指加封其墳墓。㊶大堤　地名。在今蘇州虎邱山塘。㊷首領　頭顱。㊸扼腕　以手握腕。表示振奮或惋惜。㊹匹夫　一般百姓。㊺社稷　借指國家。社為土神，稷為穀神，古代建國，必立社稷以祀之。㊻冏卿　官名。即太僕寺卿。㊼因之吳公　吳默。字因之，明吳江（今江蘇吳江）人。㊽太史　官名。明代修史之翰林稱之。㊾文起文公　文震孟。字文起，明吳縣（今江蘇吳縣）人。㊿孟長姚公　姚希孟。字孟長，明長洲（今江蘇蘇州）人。

【語　譯】這五個人，是在周蓼洲公被捕時，激於義憤而被殺害的。到現在，郡中的賢士大夫向當局請求，清除魏閹生祠的廢址來安葬他們，並在墓門前立一塊石碑來表彰他們的行為。唉！這也算是盛事了啊！

這五個人的死，距現在修好墳墓安葬他們，其間僅十一個月而已。在這十一個月當中，那些富貴人家的子弟，或慷慨得意的人，他們因病而死，死後沒沒無聞不值得稱道的也多極了，何況鄉野間那些沒有聲名的人呢？惟獨這五人聲名顯赫，這是為什麼呢？

我還記得周公被捕，是在丁卯年三月十五日。我們復社裡那些品行可以作為士人前導的，替他聲張正義，募集錢財來為他送行，當時哭聲震動天地。拘人的官差拿著劍上前，喝道：「你們為誰哀傷？」眾人不能忍受，把他們擊倒在地上。當時蘇州大中丞是魏某的私人，周公被逮捕便是他造成的。蘇州百姓正為此事而痛心，於是乘他厲聲呵責人時，便騷動起來追趕他。中丞藏匿到廁所裡才得脫身。不久，他以蘇州人民暴動的理由請示朝廷查辦，定罪處死這五個人，他們是：顏佩韋、楊念如、馬杰、沈揚、周文元，就是現在合葬在墳墓中的五個人。然而這五個人在受刑的時候，意氣高揚，喊中丞的名字並且罵他，談笑從容而死；砍斷的頭顱放在城上，臉色一點也沒改變。有賢士大夫出五十兩銀子，買回五人的頭裝入棺材，終於使他們的頭和屍體相合，所以現在的墳中，五人的屍體是完整的。

唉！大宦官亂政時，官員能不改變操守的，天下這樣大，又有幾個人呢？而這五個人生在一般百姓家，一向沒聽過《詩》《書》的教訓，卻能為大義而激昂，不惜生命而赴死，又是什麼緣故呢？況且當時假造的聖旨不斷地發出，對於東林黨人的逮捕遍及天下。終於因我郡的奮力一擊，不敢再牽連治罪，大宦官也因害怕大義而遲疑，那篡奪帝位的奸謀，才不敢驟然發動。等到聖天子即位而他只好自縊在流放的途中，不能不說是這五個人的力量啊。

從這件事看來，當今的那些達官貴人，一旦犯了罪，有人脫身逃亡，遠近都不被容納，有人剪了頭髮出家、閉門不出，假裝發狂、不知逃往何處的，他們使人感到可恥的卑賤行為，比起這五個人的死，輕重又該是怎樣呢？

所以周蓼洲公，忠義顯揚於朝廷，天子賜給他謚號，美盛榮顯，死後得到哀榮，而這五個人也得以建墳安葬，姓名列刻在大堤上。舉凡四方的人士，經過他們的墳前無不祭拜哭泣，這真是百代的禮遇啊。假使不是這樣，讓這五個人保全他們的頭顱，老死在家中，那麼，終其一生，別人都可以隨意役使他們，又怎能使豪傑之輩屈身，在墓道扼腕歎息，發出其志士的悲痛呢？所以我和同社的諸君子，不忍這墳墓前只有空白的碑石，就寫下這篇記，也想用來說明死生是大事，平常百姓也可以對國家有重大貢獻啊！

前面所說的賢士大夫，是太僕寺卿吳公因之，太史文公文起，姚公孟長。

【研　析】從形式上看，碑文除以散文記事外，往往在末了加一段「其詞曰」的韻文，但此篇已純然是散文的體式了。就立碑地點和用途而言，碑最早用於帝王的封禪，周代才用於宗廟，至漢以後始用於墓前。一般墓誌往往對死者過度讚揚，張溥此文乃表揚忠貞義行，可說是頌而有實，自非一般諛墓之碑文可比。

全文圍繞「激於義而死」這個主題層層展開，可分六段。首段簡述五人的死因及樹立墓碑的緣由。二段評價五人之死，較諸常人為光榮顯耀。三段追敘五人死難經過及英勇就義的情景。四段譏貶達官貴人懼禍附勢，反不若出身平民之五人能激揚大義，發憤以擊閹黨。五段讚揚五人捨生取義，與周順昌同樣名垂千古。六段補記前文出金埋葬五人的賢士大夫之姓名。

死亡本是人生最大的限制，張溥卻刻意將「激於義而死」的「五人」，和採取「辱人賤行」的方式逃避一死的「高爵顯位」者對比，這豈不是個諷刺？為所當為謂之義；無學無位之「五人」勇於為公義而死，臨刑猶面不改色，縉紳之士卻多不敢仗義忠諫，以致「死而湮沒不足道」，此實王綱所以不振，而閹逆群小所以橫行之故。張溥為五人作碑記，多以感歎句、疑問句和反問句出之，鮮明地表達了他對缺乏道德勇氣的在位者的不滿。值得玩味的是，歷來所謂忠臣義士，他們殫精竭慮所欲護持的，往往是個亂朝庸君，結果反而導致自身的悲劇。是他們不智嗎？抑或此種明知局勢已不可為而猶勉強為之的道德勇氣，正是其可貴之處呢？讀者試一思之。

◎新譯昌黎先生文集

周啟成等／注譯　陳滿銘等／校閱

文起八代之衰、道濟天下之溺的韓愈，一生以文章標榜其道統。當眾人隨狂瀾而逐波，棄墜緒於茫茫之際，唯獨韓愈焚膏繼晷，振臂於儒學之復興。他大力倡導的古文運動，開創了中國散文的新傳統，影響、啟迪後世無數優秀文人。然而以聖人之志自許的韓愈，卻也有動輒得咎的頓挫煩憂。且讓我們披覽文章，含英咀華，體會這位唐宋古文八大家之首的生命內涵。

◎新譯柳宗元文選

卞孝萱、朱崇才／注譯

柳宗元是中唐著名的政治家和文學家，他和韓愈同為唐代「古文運動」的倡導者，開創了中國散文的新局面。他的散文具有簡煉生動、節奏明快、富於變化等特色，常運用虛實結合、夾敘夾議之法，使得文章意趣橫生。批判時政筆鋒銳利，形象生動；山水遊記刻劃細緻，寄託深遠；牢騷宣洩之作則借景抒情，嘻怒笑罵，皆成文章。本書精選柳宗元各體散文六十餘篇，注譯簡明易懂，篇末並有精彩研析，幫助讀者深入賞閱。

◎新譯蘇洵文選

羅立剛／注譯

蘇洵為唐宋古文八大家之一，其存文雖不若二子豐富，但文風精悍，筆墨犀利，分析透徹，思想深邃，在整個唐宋文壇中，具有不可替代的地位。蘇洵的思想兼容儒道法兵各家，其論說文格調高古，氣勢如虹，既有《孟子》的雄放恣肆，又能運抑揚頓挫之筆，十分耐讀。本書精選蘇洵文章七十餘篇，深入注譯評析，無論是想欣賞蘇洵的文章之美，或想瞭解三蘇的文學家風與成就，本書都是必備的佳作。

◎新譯蘇軾文選

滕志賢／注譯

蘇軾集文學家、藝術家、思想家、政治家於一身，被譽為天下奇才。在文學創作上，蘇軾也是詩詞文全才型作家，他的文章代表了宋代散文的最高成就，比詩詞享有更高的聲譽。其一生經歷曲折，迭宕起伏，散文則是他心路歷程的忠實記錄。本書精選蘇文八十二篇加以注譯評析，內容兼及作者各個人生階段，且包含各種文體，俾讀者窺知蘇軾一生生活思想的變化，領略其在不同文體所展示之風采。

◎新譯蘇轍文選

朱　剛／注譯

本書精選蘇轍散文八十篇，依其生平起伏與寫作年代加以編排，並結合蘇轍所處時代的政治與學術背景深入注譯研析。蘇軾曾讚譽蘇轍說：「其為人深不願人知之，其文如其為人。故汪洋澹泊，有一唱三歎之聲。」尤其是晚年之作，貌似隨意，實則言淺意深，最能代表唐宋古文運動終結階段的成就。透過本書，讀者不僅能快速理解蘇轍撰文要旨，體會其樸實淡雅的文字風格，更可隨著蘇轍的生命軌跡按圖索驥，觀得其人一生思想、心境與文風之變遷。

◎新譯曾鞏文選

高克勤／注譯

曾鞏是一位以主要精力從事散文創作的作家，不僅在北宋文壇名揚一時，更被後人列為唐宋古文八大家之一。曾鞏的散文，繼承、發揚了中國「文以載道」的傳統；其文學觀與其師歐陽修「文與道俱」、「事信言文」的觀點十分接近，同為中國古代文論中「義法說」的奠基人。本書精選注譯曾鞏各體散文六十五篇，全書譯注明暢，研析深入，能幫助讀者輕易掌握曾鞏各體散文的精華，並從中體認曾鞏為文的思想旨趣，領略其長於議論、精於說理的散文藝術特色。